40

改革开放
40年文学丛书

新现实主义
小说 下卷

陈晓明 主编

作家出版社

目　录

大嫂谣

罗伟章

　　我从城里回来的那天，映山红把一座山开得亮堂堂的，五月的阳光也好得没法说。可我大嫂却在这一天走了。我先去的是二哥家。今年轮到父亲跟二哥住。父亲一个人在屋里，正在扫地。他已经老得不成样子了，我站在门口喊他，他将左手握成拳头，反过去顶住腰部，再把腰像折尺一样慢慢打开，然后才看见是我。他说幺儿呢，你回来了？我说爸，我回来了。我进屋放下行李包，包很轻，不过就是给父亲买的一瓶酒，给大嫂买的一袋冰糖，但父亲还是过来帮忙。在他的心目中，我还是母亲去世的时候那么弱小，而母亲去世已经三十年了。

　　他把行李包从我肩上取下来，才以埋怨的口气说，夏至呀，你为啥不早一天回来呢。

　　我这次回来，并没事先通知，也不是什么节假日，我以为早一天晚一天是无所谓的。

　　父亲说，你大嫂今儿个走了！

　　那时候我正给父亲递烟，烟抽出来一半，就落到了地上——这个"走"字，在我们那里含义丰富——我说大嫂她……去哪里了？

　　去广东了。

　　唔……大嫂去广东干什么？她是去找清明吗？

　　父亲说不是，她是去挣钱。父亲说你要是早一天回来，就能送送她了。

大哥呢?

在家里。你大哥很焦心，你去看看他吧。

我把烟盒扔到傍壁的小桌上，叫父亲自己拿，随后我就出了门。

大哥家在岩畔底下，有半里路程，下一坡松林，再下一坡竹林，我就看见大哥了。他穿着一件孔孔眼眼的背心，把门敞开着，屁股对着门外摇筛子。腾起的麦壳和尘土，把他整个人裹住了，也把门封住了。听见狗叫，大哥转过头，在烟尘中又惊又喜地笑了一下，立即将筛子放进地上的簸箕里，搭了根条凳出来，外面坐，他说，屋里乌烟瘴气的。

大嫂走了?

天不亮就下了河，大哥低了头说，现在多时到了县城，说不定都坐上火车了。

大嫂这一辈子，从没出过清溪河流域。我们住的那匹山，名叫老君山，是川东北一座巍峨的大山。山下就是清溪河，流程很短，上游是普光镇，下游是宣汉县城，不过就六七十公里。

大嫂只在河上坐过汽划子，连汽车也没坐过。

她去广东，先没跟谁联系?

没有呢，大哥说，她直接去佛山找胡贵，胡贵肯定要收她。

胡贵是河对面杨侯山的人，二十年前就把家甩了，据说现在成了大老板，在佛山搞建筑。

我说大哥你今年多大年纪啦?

三月间就满五十了。

大嫂比你还长三岁呀!

大哥听出我在责备他，紧着脖子咳肺里的痰。他很年轻的时候身体就不好，时常胸闷。他去检查过几次，没有结核病，可就是呼吸不上来，痰也咳不上来，咳的时候空空的，把脊梁都咳弯了。每次去检查前，大哥都说，要是结核病就好了，晚期最好，我就用不着医治，自己绑块石头在身上，跳进清溪河喂鱼，也免得家里办丧事花钱。其实他舍不得死，他跟大嫂的关系很好，大嫂叫陈美，大哥人前人后都把她叫美，叫得有盐有味。他也没资格死，他小儿子清华去年九月才进高中一年级。

我说大哥，你不出门也就算了，我知道你身体吃不消，不能出门，但你也不该让大嫂出门，她那么大年纪，又贫血。还搞建筑呢……我给她带了包冰糖回来，哪晓得她走了。

大哥的眼圈红了。他的眼睛本来就红，是被麦芒扎的，现在像要浸出血来。

不出门……大哥艰难地说，清华要用钱，不出门咋行？不是她出门，就是我出门，反正要走一个。

每当说到钱，我就总是无地自容。我跟大哥的年龄差距很大，母亲去世的时候，大哥十八岁，我才四岁，九年后大哥结了婚，因他身体不好，家里全靠父亲和大嫂撑持，后来父亲年迈体衰了，就靠大嫂一个人了（二哥脾气古怪，是靠不住的）。在饭也吃不饱的年代，我能够念完大学，没有大嫂是不可想象的。每次回家，我即使没钱买更多的礼物，但给父亲和大嫂的却少不了。可是一点菲薄的礼物能起什么作用呢，大嫂需要的是钱，她小儿子清华在县中读书，学费贵得吓人，她还想让清华读大学呢，她把丈夫的弟弟供成了大学生，总不能不让自己的儿子读大学，何况清华的成绩那么好。我知道大嫂最需要的是钱，但我没有钱给她，大学毕业后，我先在一所学校教书，后来去了一家报社，没干两年，我又从报社辞职，东一榔头西一棒槌的，在城市里混着，连自己的嘴巴也糊不拢。

大哥好像看出了我的心思，为我解围，说要不是清明，家里就不会这么紧了。

清明是他们的大儿子。

我说清明最近有消息没有？

又是大半年没信儿了，大哥说，让他死在外面算了！

大哥的嘴角滚动着两条蚯蚓似的曲线。那是两条垂死的蚯蚓。

清明是被大哥惯坏了的。大哥在农村算晚婚，头胎生了个儿子，他就当成金宝贝，生怕儿子吃了亏，下点毛毛雨，只要他没时间把儿子背到两里外的村小，就不让儿子上学，他说下这么大的雨，上啥学呢！言毕把儿子装进背篼，带他一道上山，他割草、锄地，儿子就捉蝴蝶，或者捡石头打树上的鸟。大哥跟大嫂后来吵架的时间很少，但那几年吵得多，都是为清明的事。大嫂没什么文化，但她懂一句古语，叫耕读为本。她说在农村，能读书的就一定要读书，不能读书的就把田种好；话虽如此，其实她心里明白，在我们那样的大山区，种田只不过是吊命，唯一可靠的出路是把书读好。清明不去上学，她就拿使牛棍打，棍子还没落到身上，清明就扯破了嗓子号，大哥听到哭声，必然迅速冲过来，一把将清明搂在怀里，龇牙咧嘴地朝着大嫂发狠。清明见有人保他，就哭得更加理直气壮，逃学也更加顺理成章，每次考试语文数学都得鸭蛋。那时候清华还没念书，大嫂把清华夺进怀里，对大哥说，你毁了一个，可不能毁两个，清华将来上学，由我看管，你要是再插手，我们各走各的路！

自从嫁过来，大嫂没说过这么决绝的话，大哥果然不敢再娇惯清华了。

在大嫂的心目中，有一道遥远的光，而大哥的心里没有这道光。大哥只能看到眼下的生活。

清明村小毕业，就去普光镇中学念书。镇中学是住校的，脱离了母亲的视线，他就更加肆无忌惮了，课本发下来，最多一个月，不是撕烂了，就是弄丢了，老师知道他成不了器，对此基本上不过问，他不进教室听讲，照样不过问。这样，清明把学校当成了客栈，与镇上的公子哥儿去开设在镇政府底楼的游艺室打台球，或者去清溪河钓鱼。一群人今天这一派，明天那一派，彼此结交又彼此仇视。结交的时候，去镇里最好的酒楼赊账吃喝，末了就进那酒楼的包厢里看录像，玩游戏机；仇视的时候就打群架，打别人也被别人打，从而练就了一身好力气。

那些日子，大嫂赶场，常常被酒楼老板拦住。酒楼老板是个花枝招展娇娇小小的年轻女人，全镇人都知道她叫倩儿，也知道她是跟镇上某位领导睡觉，才拉来那么多吃公款的食客，也才敢于大张旗鼓地放学生进去看录像打游戏，因此对她又鄙夷又畏惧。倩儿不知通过什么途径，认出大嫂是清明的母亲，她摇摇曳曳地走到戏楼底下（现在那里已无人演戏，每到赶场天，坝子里就拥挤着卖山货的乡里人），走到大嫂跟前，居高临下又和颜悦色地说，你家清明又欠我一百多了。大嫂本来是蹲在自己背篼跟前的，那背篼里装着土豆或者谷糠（镇上居民有的自己养猪，需要买谷糠，满满一背篼，只花一块钱），这时候站起来，跟倩儿一般高地站着。倩儿那么白，那么好看，像是从戏楼上走下来的，给人一种不真实的感觉，而大嫂的脸色黄不拉唧，散发着山风和太阳的苦味，头发虽然在出门前特意梳理过，还系了两根辫子，这时候却显得又灰暗又凌乱。大嫂久久地说不出话来。她被那个庞大的数字堵住了。她还被周围好奇的目光堵住了。倩儿说，你倒是发个话，啥时候还我啊？大嫂这才说，二场，二场我还你。倩儿走了，大嫂又蹲下去，像石头一样沉默着，直到有买主走到她面前了，她才醒悟，自己是来卖货的，卖了这点货，才能买盐回去，或者买农药回去。这么一惊醒，她才恢复了一些活力。

普光镇三天一个场，回到家，大嫂就马不停蹄地把谷子从仓里撮出来，去当门的石碾里碾成米，把谷糠筛掉，碎米筛掉，第二场背到街上去卖。她要卖一百多斤米才能抵儿子欠下的债。老君山的土地瘦，收成薄，种出的粮食仅够吃而已。大嫂做着这些事情，心里充满恐惧。

由于大哥干不了重活，那一百多斤米，到时候也是大嫂独自背到街上去卖的。

大哥种下了苦果，由大嫂来吃，但她已经不再跟大哥吵架了。

有一回大嫂对我说，清明成今天这样，我这个当妈的有责任，我当时不该由着你大哥。

大嫂每次去把钱还给倩儿的时候，都向她交代：以后不要让清明来赊账了。倩儿当时是答应的，可过不了多久，她又到戏楼底下找到了大嫂。那么好看的一个人，在大嫂的眼里，却比毒蛇还让她害怕。她不等倩儿靠近，双腿就情不自禁地弹了起来，直打哆嗦。当倩儿又说出一个惊人的数字，大嫂到底忍不住了：我不是叫你不让他赊吗，你自己要赊，你去找他，我不管！倩儿翘着嘴角说，你咋这么不讲道理呢，消费前他也没说赊账，我怎么知道呢？再说那么多人一起来，我开始也不知道是谁买单啦。倩儿看到有那么多乡里人带着欣羡和敬畏的目光望着自己，就禁不住滋长了一点儿骄横（平时，她的骄横只在骨子里，皮面上却总是温柔和气的），话也越说越难听了，她说你这人咋这么不要脸呢？

这句话把大嫂击垮了。她干涩涩的嘴有气无力地翕动着，仿佛晾在坡地上的鱼。她想跟倩儿吵一架，可是，倩儿的来头她知道，她拿不准吵一架会带来什么可怕的后果。于是，她用目光向周围的人求助，结果周围的人全都在帮倩儿说话，他们说，吃了人家的玩了人家的，当然要给钱哪，自己教出了那么个东西，怪谁呢。大嫂觉得，她的脸真是丢尽了，如果还为这事吵架，那就只好把屁股当脸了。她抹一把额头上急出的汗水，又低声下气地给倩儿许诺。倩儿离去后，大嫂心里闷得慌，想哭。但她没哭，她冲进学校，把清明的桌子拖出来了。镇中学的学生桌，都是自己按规定尺码做好背去的。大嫂的意思是再不让儿子读书了。

每当这时候，清明就哭得昏天黑地，并给母亲下跪，表示以后再不赊账，再不逃学，总之是好好读书。大嫂的心软了，她想，说不准他是真心悔过的，又把儿子的书桌放进了教室。

清明只是不想离开镇上的环境。他已经对这有吃有喝有玩的环境产生了连血带骨的依赖。

大嫂一次一次地受骗，直到清明初中毕业。

清明没考上高中，自然而然就回了家。

他磨皮擦痒地混满了年岁，就去考兵。玩耍和打架练出的强健体魄，让他一考就中。

清明出发的那天，大哥和大嫂去镇上送他。大嫂千叮万嘱，说我的儿啦，你去了部队，要听领导的话，要好好锻炼。清明不住地点头。军车开动了。大嫂开头没事，当漫天尘土遮没了儿子那张稚气的面孔，她终于泣不成声。

两年后复员回来，清明长高了些，但身上的恶习一点没改。部队发放的近两千元复员补贴，他从大连到四川的路上，就花得一干二净。他在家待了不到半月就出门打工了。行前，他对正放假回来的弟弟说，清华，你不要跟哥哥学，你要好好念书，钱的事你不用担心，不就是钱吗，有什么了不起！最多两个月，我就给你寄一笔回来；以后我按月寄给你。

那时候的大嫂，就像有人帮她打开了一扇从没开启过的窗户。大哥那些天一直在空空地咳嗽，听了大儿子的话，他突然间不咳了。

清明一去就杳无音讯，差不多过了半年，他才给村里的张老师打了个电话。张老师在重庆唱川剧的儿子为他买了部手机。清明问了家里的情况，对他自己，却不透露半点信息。他用的是公用电话，显示出的区号没有人知道是哪个地方。张老师问要不要他爹妈来接，清明说，不用了。张老师说你爹妈都愁死了，还是让他们来听听你的声音吧，清明说不用了不用了。

从他出门到现在，已满一年半，没回来过，也没寄过钱，只打过两次电话，而且他爹妈都没接成。

决心送小儿子读书的大嫂，靠我靠不住，靠她大儿子也靠不住。

她只能靠她自己了。

大哥问我，你说说，读大学真的有用吗？

我不知道怎样回答他。

如果说有用，我至今也还是村里唯一读过大学的人，可我不也跟那些农民工一样，在城市里混着吗？而且我还没有很多农民工混得好，大多数农民工，都能定期或不定期地往家里寄钱，但我做不到，我连养妻儿都困难，更不要说跟胡贵比了。胡贵压根儿就是个文盲，可他却当上了老板，把父母和兄弟姐妹都接到了广东，还把亲戚全都带过去发财了。不仅如此，他还为对河两面山上的人做了许多事，凡是杨侯山和老君山的人，只要愿意去他工地上，他一律接纳，而且从不拖欠工资。他允许别人欠他的钱，决不允许自己欠别人的钱。从那边回来的人都说，胡贵在广东很吃得开，连城里人都怕他。我知道，村里有人常常拿我和胡贵对比，对比的结果是：许许多多的家庭，都不送孩子读书了。最多初中毕业，不管成绩好坏，都赶到外地的工厂或工地上挣钱去了，有的人，才读到小学四五年级，就花钱办张假身份证，去遥远的他乡当童工去了，每天关在一个固定的地方，十二个小时甚至十六个小时地劳动。

如果说没用，我又无法想象自己没有知识的生活。那会是多么黑暗……

不过，到这时候，我才知道我来关心大嫂是否应该在五十多岁的时候外出打工，显得多么苍白无力。

大哥见我沉默，说，你现在干些啥呢？

主要在家里面写作，没钱花的时候就打点零工。

大哥说，写作就是写书吗？

我说是。

写书能挣钱不？

有时能挣点儿，有时是一堆废纸，总体说来是挣不了多少钱。

既然挣不了钱，你为啥还写？你是读过大学的人，脑瓜子咋就这么不够用？

我又被噎住了。

大哥说，你要是回到以前的那家报社，他们还要你吗？

我说不会要我了。

其实是我自己不愿意回去。那是一家娱乐报，每天津津乐道的，就是男女明星的绯闻，以及某女明星顺利产下了三胞胎之类的话题。编这样的报纸，不需要实地采访，只从网上下载，或者从其他报纸上改头换面地抄录就是了，花不了多少时间，但我几乎每天都是早出晚归：下了班就跟同事出去喝酒，更多的是打牌。那是一个难以抽身的旋涡。我们的报纸隶属于某局，局长最喜欢干的事情，就是约报社的人打牌。他为报社给了一点特殊政策，就是部分广告收入可以不报财务，而是用来发奖金，于是他认为自己对报社有恩，同时认为报社的人都很有钱。报社一共只有七个人，其中四个是女性，局长从不跟女人打牌，他说跟女人打牌坏手气，这样一来，我不去也得去了。我不想得罪同事，更不敢得罪局长，就跟他们通夜通夜地耗。局长从头天吃罢晚饭就上桌，打到第二天早上九点，被人从桌上叫下去吃了早饭，还能在大会上讲一天半天，而且讲得头头是道。这是他做局长的本事。我就不行了，我觉得自己是在往深渊里坠，我觉得大嫂含辛茹苦地送我上了大学，结果我把学来的知识全都扔到粪坑里沤烂了，我太对不起大嫂了。

于是我干脆辞职走人，不跟他们发生任何关系。

我想对得起大嫂，结果是更加对不起她。在报社上班的时候，每次回老家，我必然先去镇中学找到清华（那时他在那里念初中），给他一些钱，这样，大嫂就可以很长时间不为儿子的生活费焦心了（清华跟他哥完全两样，他从不乱花钱）。自从辞了职，我就再没给清华拿过钱。

我给大嫂买袋冰糖什么的，对她究竟有什么帮助呢？即使我给她，她也舍不得吃，她会背着我去卖给村里人，村里人不要，就拿到街上去，找熟识的百货店帮她卖。这些事情我都知道……

大哥说，我怕清华将来读了大学没用，现在又把你大嫂累垮了，那就划不着了，可你大嫂是个死脑筋，总是听不进油盐。

我嗫嚅着说，读大学也不是没用……

我看就是没用！大哥断然地打断我，要是有用，你就不该落到今天这步田地。

在家乡人看来，特别是在家乡的亲人看来，我一定过得很惨。

想想吧，一个没有工作在城里混着的人，怎么不惨呢？

大哥又说，其实，家里没有谁指望你支持钱，你大嫂多次对我说，千万不要找夏至要钱，她说看起来城里人手头随时都有钱，乡里人不卖粮食，不卖鸡蛋，就一年半载见不到钱，但城里不比乡下，城里上厕所都要钱，过日子不容易。我们也都是这个意思，从来没想到让你支持钱，可你要把自己当人看，不要过得人不人鬼不鬼的。

大哥的话触到了我的一些痛楚。我低下头，说我知道。

一凡（我儿子）该读三年级了吧？

我说三年级了。

现在还是小学，听说一年就要交好几千？以后上了中学，看你拿啥去供他，你总不能跑去给校长拍手板，校长就答应给你儿子减免书学费！

大哥的话让我心里一阵阵发紧。这些事情，我在城里也经常想，主要是躺在床上，把书一放，把灯一关，要睡觉之前想。但我没想得那么远。对生活上的困境，我从来不会想得太远。现在被大哥这么揭示出来，我突然觉得现实真是很严峻的。

你这人，为啥总是跟我们想得不一样呢？大哥摇了摇头，好好的正事不做，辞了职在家里搞写作，要是写作能像胡贵那样挣钱也好，听你说来又挣不到钱，这不是胡闹吗？你呀，千万不要把自己搞写作的事说出去，免得让村里人听了笑话。

我说我不会说出去。

大哥很怜悯地看着我。

大嫂出发前，把张老师和我的电话都记下的，可四天过去，她既没给张老师打电话，也没给我的手机上打电话。我打电话到城里的家中，问大嫂有信儿没有，妻子说没有啊，妻子说你采访得如何啊？我怒气冲冲地把电话挂断了。

我这次回来，是想去看看老君山顶上的一座古墓（我们住在半山腰，要爬上山顶，需三四个钟头）。那墓里曾埋着一个在清乾隆年间做过四川提督的人。"文革"中，墓被红卫兵挖开了，内棺里的水银全部倾进山涧里去了，被水银养着的那具庞大身躯，迅速风干，半小时不到，就缩成一堆婴儿大小的腐肉。不过，十多年前，当地百姓又照原样把坟墓为他修了起来。据说墓里的主人是一个疾恶如仇心怀慈悲的好官（成都有名的文殊院就是他捐资修建的）；做官之前，他曾是啸聚山林的土匪，身怀绝技，杀富济贫。老君山头，有许许多多关于他的传说，我本想把这些传说采访回去，写成一部长篇小说的。我甚至幻想这部小说能够改变我窘迫的处境。

计算车程，大嫂最晚在一天前就该到佛山了。

大哥急得捂住胸口咳嗽。好像他咳嗽不是用肺和喉咙，而是用全身。他的小腿肚也能咳嗽。

我们那里有种说法：娶一个好媳妇，三代人都有福。我们家离享福还很遥远，但这不是大嫂的责任。大哥知道大嫂的好处，大嫂应该有消息的时候却没有消息，他不能不急得小腿肚甚至脚趾头都能咳嗽了。大嫂走之前，把家里什么都安排好了。虽然田地很少，但她怕大哥累着，把一半的田都送给别人种了，大哥舍不得送，大嫂说，一个人要知道轻重，要是累得把命都搭进去了，值吗？这样的话，大嫂对父亲说过，也对我说过，说不定还对别的人说过。至于她自己，从来就不知道累。在家里时，三伏天的午后，村里再勤苦的人也躲在院坝外的竹林或果木底下摇篾笆扇，大嫂还在阳光暴晒的坡地上扯草，或者锄地。现在，她满五十三岁的时候又到一个完全陌生的地方搞建筑去了，那是男人也畏惧的活儿，她却不怕。在大嫂看来，好像全世界的人都能累垮，就她一个人累不垮似的……大哥知道大嫂的好处。

父亲也来到大哥家里，坐在街檐的青坎上抹眼泪。父亲经常说，他这一生没有女儿，大嫂就是他的女儿，父亲说要是没有这个女儿，他这个家早就败了。

正在焦头烂额的时候，二哥下来借晒席了，父亲连忙站起来，对二哥说，永辉，你到杨侯山去一趟。

二哥说去杨侯山干啥？

把胡贵的电话问来。

老君山人去找胡贵的不少，但大多在山顶上（我们村从没有人去过），具体是哪一家也不清楚，与其瞎碰，不如直接去杨侯山胡贵所在的磨子村。

二哥说胡贵离家都那么多年了，谁知道他的电话？

父亲说胡贵离家那么多年，他家里面的人没走几年嘛；再说磨子村差不多有一半的人去给胡贵打工，未必不晓得他的电话？

二哥咕哝了一声，说，我家的活路堆到颈子上来了呢！连晒席也不借，就回去了。

父亲恨着二哥的背影。他那样子好像在说，如果眼睛能把人恨死，我就把你恨死了。

二哥比大哥小六岁，大嫂嫁过来的时候，二哥早已辍学，大嫂听说二哥念书时成绩好得没办法（他的成绩的确很好），就动员二哥再去上学。二哥是在初中二年级辍学的，这就意味着，他如果复学，也只能从初中二年级读起。二哥听到这话，像受到了侮辱，他说老都老了，还上学！他认为大挺挺的一个人，跟一群小孩坐在一起，太丢脸了。大嫂说，你才二十多点就算老哇，过去那些人读到六七十岁咋说呢？大嫂自己没读过几册书，可她不知从哪里听来那么多古人不计年龄和穷困发奋念书的故事。二哥说，你为啥不去读？你也可以去呀！大嫂垂下眼帘说，我是没你那个脑壳嘛，我要是有你那个脑壳的话……

大嫂没把话说完，脸上有些悲戚。

她并不是没有"脑壳"，之所以读几册书就不读了，完全是因为家里穷。她脸上的轮廓也是长得很好看的，之所以那么晚才嫁人，是为了照顾她父亲。大嫂的母亲有类风湿，生下她就不敢再生，因此大嫂是她爹妈的独苗，她十六岁那年，母亲去世了，再过两年，该她谈婚论嫁的时候，不幸父亲又患了脑溢血，时好时坏，好的时候跟正常人一样，坏的时候就像个植物人，拉屎拉尿都在床上。大嫂服侍她父亲，直到父亲病逝为止。当她把父亲埋了，才发现自己已经三十岁了，成地地道道的老姑娘了。这么多年来，她先把母亲送走了，又把父亲送走，她还没经意自己的少女时代，那段日子就过去了，远远地过去了，永远不会再回来了。她村里的好心人在老君山上为她物色对象（大嫂的娘家比我们村低几百米），终于找到我那一直未能成家的大哥。两人见了面，过一阵就结了婚。大哥有时给大嫂开玩笑，说要不是我，你就完了。大嫂也说，要不是我，你还不是完了。那时候，两个人的眼里都充盈着幸福的光芒。

虽然我从来没去证实过，但我相信，大嫂读书的时候，成绩一定也是很好的，而且她渴望读书，否则就不会收集那么多古人读书的故事。我说过，大嫂的心里有一道光，大哥的心里没有这道光，清溪河流域很多人的心里都没有这道光，这是大嫂与别人不同的地方。她见惯了病痛和死亡，一旦心里有了光，就紧紧地抓住不放。

大嫂同时还不得不考虑这样一个问题，我真要去读书，谁供我呢？

她已是结婚的人了，有了人生中新的义务……

二哥最终没同意去上学。过了半年，比我们高五百米左右的一个村子里，有两个从镇中学退休回来的教师，联手在家里办起了私塾性质的学校，一个教数理化，一个教语政史（那时候不像现在这样把英语看得比中文还重要，某些重点初中也学英语，但中考时不考），大嫂又动员二哥去。因为是在家里学，二哥觉得没有坐在教室那么丢脸了，再说只要考上高中，他的年龄就算不上特别大，有些复读了七八年高三还不中榜的人，比他大得多呢。二哥口头上有些松动，但还是不愿去。大嫂就把他往山上推。二哥高壮，大嫂推不动他，就喊我大哥：和平，你来帮一下忙嘛！大哥老实去帮忙，到底把二哥推上山去了。

学了大半年，镇上招考代课教师，二哥去应考，以第一名的身份被录取，分在我们村教书。那时候，二哥对大嫂是感激的，如果不去补习，那些知识他早就忘了，断然考不上代课教师。

二哥教了两年多，上面来了政策：所有代课教师一律取缔。

这样，二哥又回家务农了。

从这时候起，二哥就对大嫂不好，话也不想跟她说。二哥是死要面子的人，他认为开始不去教书也便罢了，教了一阵又被取缔，就遭人耻笑了。而让他被耻笑的人，就是大嫂。

……

二哥不愿意去杨侯山，我说我去吧。

父亲说你去行吗？

我说怎么不行呢？

我那样爱我的父亲，可我对他说话，却很少轻言细语过。父亲老是唠叨母亲办丧事的那个夜晚。办丧的那天夜里，要请来阴阳先生为死者超度，做儿女的，要身戴重孝，围着棺材转圈，称为"绕棺"，从天黑开始，一直绕到第二天早上。绕棺的过程中，要随时听从阴阳先生的口令，阴阳先生每念一段经文，就拖长声音说：叩首——再叩首——三叩首——做儿女的就要跪下去磕头。父亲那时候站在一旁，看一眼睡在棺材平板上的母亲，又看一眼撅着屁股磕头的我。他才四岁呀，父亲以后常常对人说，那才好大个人人儿呀！我在他眼里总也长不大，这就跟村里人拿我和胡贵比较一样，多多少少伤了我的自尊心。

别看只隔一条并不宽阔的河，要走到杨侯山的磨子村，需下山，过河，再上山，上山和下山的距离差不多，脚步再快，来去一趟也要好几个钟头。

胡贵的家在磨子村的最下头，我一眼就看到了。那已经不是家了。房子彻底垮掉，到处是朽木烂瓦，周围长满了一人多高的蒿蒿，我路过的时候，几只肥野鸡从那蒿蒿丛里扑棱棱地起飞，嘎嘎地鸣叫着，飞到了遥远的树梢上。我又爬了一程，又遇到几间摇摇欲坠的空房子，看来也是至少两三年没人住，都拖儿带女举家外出打工了。爬到第四重岩畔，到底碰见了人。

很容易就问到了胡贵的电话。

我立马掏出手机给胡贵拨去。

胡贵离家二十年了，但他的口音一点没变，连那种很土的尾音也没变。想到那间垮掉的房子，再听他的口音，我简直无法把他跟一个在外面"很吃得开"的大老板联系起来。

我说胡大哥呀，我是老君山上的，我大嫂到你那里打工来了，她叫陈美，不晓得她到了没有？他说到了啊，我已经给她安排事了，她一个女人家的，又那么大年纪，我就让他做地面上的活，拌点灰浆，推推斗车。我说胡大哥，谢谢你啦。他说谢啥呢，都是家乡人嘛，你是永辉吧？我说不是呢，我是夏至。

听说是我，胡贵的口气变了，变成城里人的腔调了（是那种似像不像的广东腔），还故意咬文嚼字起来，听上去别扭得让人发慌。我心里想，胡大哥你这是何必呢，两面山上的人都在谈论我不如你，你哪里犯得着跟我操广东腔还咬文嚼字呢？但他收留了我大嫂，还把她安排得那么妥当，就是我的恩人了，我不能让他感觉到我心里别扭，我说胡大哥，如果方便的话，能让我大嫂接听一下吗？他说这个自然没问题的啦，我马上就通知她的啦，陈美！陈美！从很远的地方传来大嫂的应声。脚跟子快些，你家小叔子来电话了。胡贵又说起了家乡土话。

大嫂上气不接下气地喊了我一声。

我说你到了佛山，为啥不给家里来个电话呀？

没钱哪，大嫂说，走到胡贵这里钱就用得只剩两角了（她快乐地笑起来），才来这里，我又不敢借钱。我准备发了工资就打电话的。你咋晓得我走了？

我回家了，我给你买了袋冰糖，结果你走了。

我说出这句话，不是要表功，是想给大嫂感情上的安慰。

大嫂咳嗽了一声。我听得出来，那是装咳。

然后她说，你大哥累不得哟，你给他说，累不下来的活不要做。爸爸要是想跟我们住，叫他下来就是，我原先就给他说过，叫他想住哪里就住哪里。

大嫂没把话说明白。二哥二嫂对父亲不太好，二嫂有时还故意把饭煮得很硬，让父亲无法下咽。父亲在他们家过得很不愉快，想一直跟大哥大嫂住，又不愿意增加他们的负担。

我说好，我说大嫂你一个人在外面，自己要知道保重。

她说我晓得。

我只能对大嫂说这些了。我本来还想对她说，如果吃不消，你就回来，可她回来又怎么办呢？这种关心是苍白的，甚至是虚伪的，我不能说。

我什么也没采访就回了城。回城之后，几天几夜睡不着觉。

我在想我是不是太自私了，为了自己，我就不管家里人了。

连父亲我也没管。我辞职以后，父亲到我这里来过，父亲说我以前没到我幺儿那里去，是他忙，现在他有时间陪我了，再说我年龄也大了，还不去看看，这一辈子就不晓得他究竟在哪里过日子，死了连收个脚迹也找不到地方（清溪河流域的人认为，人在断气之后，灵魂会去他亲人家里弄出响声，有放信的意思，也有把死者生前留下的印迹收回去的意思，叫"收脚迹"）。父亲那次本来是想要两三个月甚至半年的，结果不到一个星期他就走了。他以为我有时间陪他，其实我比以前更加紧张。以前的忙是表面的，是用时间来计算的，现在的忙是骨子里的，不仅用时间计算，还用心态计算。我成天坐在狭小的书房里，父亲则只能待在客厅，我妻子是电信公司的业务员，为那每月几百块钱的提成，从早到黑地在外面奔忙，发展用户，儿子又上学，没有人陪父亲说话。我把电视给他打开，但父亲看不懂铺天盖地的城市泡沫剧，也没有兴趣看，我出去上厕所，看到父亲几乎都在垂着头打瞌睡。我说爸，你出去走走吧。开始一两天，他出去了，到处是车辆，到处是人流，但这些人他一个也不认识，而且全都是行色匆匆，没有人站下来给他打招呼，也没有人愿意听他说话，后来他就不再出去了。

住到第五天，父亲羞怯地对我说，夏至，我想回去了。

我说爸你不是准备住一阵子的吗？

父亲说我是泥脚杆命，在城里住不惯。

第二天一早，父亲就乘车回了老家。

父亲一走，我就很后悔，很心痛，我总觉得，父亲是被我赶走的。

我成天躲在书房里写，究竟写出了什么鸿篇巨制呢？我真的就有那么忙吗？我坐在书桌前，不是大部分时间都处于无用的玄想之中吗？如果我把这些时间用去陪父亲说话，父亲就不会腿脚都没歇过来就回了老家。

我并不是真的忙得没有一点儿闲暇，而是跟许多城里人一样，得了一种"忙病"。

按道理，父亲在大哥和二哥家轮流住，我应该给他们补贴一些钱的，但我没有钱。父亲在我身上花的钱最多，结果到了他老年，我反而为他付出得更少了。二哥二嫂对父亲再不好，也比我好。

现在，大嫂又被逼走了……

出身农村，加之中国现代的城市本身就是一个大工地，到处都在兴房起楼，我知道拌灰浆和推斗车是怎么回事，这些地面上的活儿，危险性的确不大，但那是相当累人的。用铁锨将一大堆河沙和水泥拌匀，这不累人吗？按工人们的说法，腰杆也能累断。推斗车没那么累人，可热天干这事就难了，斗车把是铁的，火红的太阳将铁把烧得像烙铁，舔出隐隐的蓝光，手握上去，能把皮子烙煳。这一点也不夸张，在我家附近，就是前两年火爆起来的考古遗址，叫"金沙遗址"，去年开始修博物馆，那些推斗车的工人，手上都有一层硬硬的、黑黑的死肉，我开始以为是握出来的，一问工人，他们说不是，是被铁把烫的。大嫂去的地方还是广东呢！

睡不着觉，我就想大嫂干活的情形。大嫂身材不高，也瘦，在一大堆河沙和水泥面前，就像站在一座山的面前，她不仅要搬动这座山，还要让这座山的血与肉重新组合，成为另一座完全不同的山。她站在那里一声不吭地劳动着，只有铁锹偶尔搓到地面的声音，只有汗水摔碎的声音。她瘦小的身体里，哪来那么大的能量呢？大嫂拌了灰浆，没有休息，又去推斗车了，她的手刚一握住车把，我就听到吱的一声怪叫；大嫂像握住了一只知了，那只知了在痛苦地挣扎着，没挣扎几下，大嫂眼前的天就黑下来了，她的眼睛慢慢闭上，几摇几晃，就倒了下去……

每当这时候，我就很不自在地翻一下身。

妻子已经知道我这几天没写什么了，也知道我一直在失眠。她把灯打开，她说你怎么啦？

没怎么，就是睡不着。

她说你回了一趟老家，什么事也没做就回来了，回来后就失眠，是不是碰到杏儿了？

……"杏儿"是妻子给我开的玩笑，她说像我们这种生在农村的人，许多在初中甚至小学就订婚了，她说你肯定也订了婚，那女子叫杏儿还是桃儿？干脆就叫杏儿吧，我觉得杏儿比桃儿更沉静，还有一种忧郁的美，不像桃儿那样鲜鲜艳艳的张扬，她说你肯定是念了大学就把人家杏儿给甩了的。我说没那回事。真没那回事。

妻子不该在这种时候给我开玩笑，我有些恼火，说大嫂走了，到广东打工去了。

妻子呀了一声，说天啦，她那么大年纪，还跑那么远打工？她不是还有贫血病吗，要是昏倒了怎么办？

我说是呀，我刚才正想这事呢。

你就为这个睡不着？

我没回答，撑起身来，把头靠在床板上，认真地看着妻子的眼睛说，冬梅，你说说看，我这人是不是太自私了？

有那么一点儿，妻子想了想，笑着说，但我可从来没怪过你呀。

这是事实。她不仅没怪过我，还支持我。从一家收入不错的报社辞职，坐在家里写不挣钱的东西，没有她的支持是不可思议的。妻子出生于普通工人家庭，父母心甘情愿地承认这世上的人是要分等级的，对生活的要求不高，性格也都很豁达，从而造就了他们儿女心地的单纯。

我说你不怪我，但我自己不能那么没心肝。

妻子又笑了，她说你呀，你一定是觉得自己没钱给大嫂，大嫂才出门打工的，大嫂走了，你才发现自己没心肝了，——可是你为什么不想想我呢？我每天的工作就是爬楼梯，爬上一层就胆战心惊地敲人家的门，当听到门里传来脚步声，我要马上把胆怯收起来，做出一副很职业的样子，身体站端正，脖子放端正，人家把门打开，我累得再狠，说话也不能气喘，也不能结巴，我要以清晰流利的语言向人家介绍：我们公司最近开通了什么业务，让您打长话可以节省多少钱……大多数时候，我刚说出几个字，人家砰的一声就把门闭了。那一声真是惊心动魄。我那一串背熟的话，在喉咙里咕嘟嘟地打滚，吐不出来了，憋得心里难受啊；我的腿也软了，汗水也下来了，我一边上楼或者下楼，一边想，家里的米完了，儿子要买校服了……我真想哭。可是我还要去敲人家的门呢，我能哭吗？我能带着泪水和哭红的眼睛去做业务吗？……

妻子用指头点了一下我的额头，说，你这个没良心的，我受的这些苦你知不知道？

我的鼻子发酸。我说我知道，我怎么会不知道呢？

妻子说，你知道就好，这辈子跟你我就认了，下辈子我可不干。

说罢，她又哈哈哈地笑起来。无论多难，她都永远是这么快乐。

笑过了，她才想起我之前是在为大嫂伤心，突然发现不该自己来诉苦的，于是说，你经常讲大嫂的好，可大嫂怎么个好法，你却从来没对我说过，反正睡不着，你就说一说嘛。

真要说大嫂，我却不知道从何说起。

我只讲了跟我有关的两件事情。

我念初中是在普光镇的一个半岛上，那不是镇中学，而是县里办在普光镇的一所学校。镇子西面的河坝是个猪牛市场，从那里渡河过去，就是三面环水的半岛，半岛很大，夏秋两季，青纱帐一望无际。学校在半岛中央，离镇上的河码头有六七里地。我们那时候读书要交大米，一斤米再加一角多钱，才能领到一斤饭票，前半年是父亲给我送，我念初一下学期时大嫂嫁给了我大哥，自从嫁过来，给我扎鞋是她的事，去半岛送米送钱，照样是她的事。从我们村到镇上，上坡下坎的有二十五里，加半岛上的那一段，就是三十余里，每次大嫂都是天不亮就出发，到我们学校时，要是我还没放午学，她决不会到教室找我，而是蹲在教学楼外的洋槐树下等……

这里要说的，是我读初三那年，那是五月底，还有一个多月我就毕业了，放午学后，我看见洋槐树下吵吵嚷嚷地围了一大堆人，不知道发生了什么事，也没多关心，就回寝室去了。

把饭打回来，听寝室的人讲，说有一个卖李子的妇女被学校的治安员打了。

不知为什么，当时我的心就咯噔一下，我下意识地觉得那个妇女很可能就是我大嫂。

我把饭碗一放，就往教学楼外的洋槐树下跑。

人群外到处是被踩得稀烂的李子。我挤进去一看，心都碎了。

那正是我的大嫂……大嫂嫁到我们家两年了，她为我们家所付出的牺牲，从嫁过来的第一天就开始了，我已经不仅仅把她看成大嫂，还看成母亲了。

大嫂的半边脸被打肿，紫红紫红的。她胸前的一颗纽扣也被扯掉了。而那个人高马大的治安员，还在跟她夺一把小秤。

大嫂双手紧紧地抓住秤杆，治安员每用一下力，她单薄的身体就摇晃几下，并伴随着一声尖叫。当她重新站稳，就求治安员不要把秤杆撅断了，她说这秤是她从镇上一个熟人那里借来的，撅断了她就要赔。治安员说像你这种不讲理的婆娘，不要说赔秤，赔人也该！

我不声不响地拾起地上的秤砣，猛地向治安员的胸膛上砸去。

秤砣并没脱我的手，治安员见一团黑影朝他飞来，敏捷地跳开了。

我没有砸着他。

大嫂扑过来，一把抓住了我的手，她说你做啥呀！

治安员疑惑而尴尬地狠了我两眼，走了。他是认识我的。那是因为我成绩好。在一所规模不大的中学里，成绩特别拔尖的学生，连炊事员都认识。治安员平时还喜欢给我说话，只要在路上遇见我，他都要拍拍我的头，说李夏至，你这娃娃有出息，好好学哟。

围观的人见无戏可看，都跑到食堂打饭去了。

大嫂蹲下身去捡李子。李子全都踩烂了，只要是烂掉半边的，大嫂都捡起来，放到背篼沿口上的竹筛里。大嫂这样捡了十来个，还把她胸前绷掉的那颗纽扣从一撮污泥里抠了出来。她说这李子是卖不掉的了，你拿回寝室去，洗一洗还可以吃，言毕就揣进我的荷包。我没说话。我看不清自己的表情，但我知道我的脸色一定是铁青的。大嫂看出我心里想的还是那个治安员，她说，其实今天不怪他，我晓得你没钱用，就去姑姑家（她娘家姑姑，住在杨侯山上）摘了点李子来卖，李子有些涩口，镇上卖不脱手，我想学生娃可能喜欢吃，就背过来了，我哪晓得你们学校不准小商小贩进来呢，那个人站在远处吼了一声，我没听清他吼啥，还以为不是朝我吼呢，就没管他，他跑过来，一家伙就把筛子给我掀倒了，我骂了他两声，他才打我的。其实不怪他呀。

　　我的眼前，晃动着大嫂肿起来的半边脸，还有胸前掉了的那颗纽扣。大嫂的脸比开始肿得更高了，使她说话的声音也变了调。

　　她理了理我卷进去的衣领，说，要是你那一秤砣打在他身上，要出大事的，秤砣是铁的，哪能打人呢？要是你把人打伤了，学校会把你开除的。你都是要参加考试的人了。

　　开除就开除，我嗡声嗡声地说，我不读了！

　　大嫂变得严肃起来，她说这哪像你说的话？几匹山上的人都知道你成绩好，碰到爸爸都要谈起你，说你那个三儿子不得了呢，听说他写的作文都拿到县里去了，县文教局打印了好多份，发给全县的中学当范文呢！爸爸听到这话，心里有多舒坦，你想想他心里会有多舒坦！家里那么穷，可是穷不败，这是为啥？就因为有个想头！……今后，那种没出息的话不能再说了。

　　末了，大嫂问我，我看那个人不是被你手里的秤砣吓走的，他肯定认识你，他也知道你成绩好，是吧？

　　我说他知道。

　　早晓得，大嫂说，我该先就把我三弟的名字说出来，他就不会倒我的李子了。

　　那一刻，大嫂骄傲极了。

　　而我却流下了眼泪。

　　大嫂一面用粗糙的手掌为我擦泪，一面说，哭啥？没啥好哭的。人活一辈子，没有哪个逃得过三灾八难，我不过就是被人打了几下，又没打好狠，有啥了不起的？只是那二十多斤李子可惜了。不要哭了，免得被人看见，这多不好。

我当真不哭了。我把涌上来的眼泪，全都吞进了胃里。

大嫂说，你没啥钱了吧？我说还有。其实我已经好几顿没买过菜吃了。大嫂说，有？我不信！你先借来用着，我回去马上想法，过两天就给你送来。

她挎着背篼走了。

我多想留大嫂吃顿饭！但她是不会吃的，以往我每次留她吃饭，她都说自己一点儿也不饿。

我远远地跟着大嫂。半岛上是密集的玉米地，玉米秆有一人多高，在绿浪中穿行的大嫂，发现不了我。

我一直把大嫂送到了半岛边缘的码头上，我望见她渡过河去，上了猪牛市场，隐没于镇子石板街上的低矮房舍之间……

我给妻子讲的第二件事，发生在我高考之后。

我念高中的学校，就是大嫂的小儿子清华正就读的县中。考试那几天我都是好好的，最后一堂考下来，我突然觉得不行了。头晕，胸痛，痛得像针刺。

是大哥和大嫂去县城接我的（那时候二哥早已结婚，大哥大嫂已分出去了），见此情形，他们都被吓住了。我的班主任老师说，没关系，可能是太劳累，送医院去检查一下。鉴于我肯定能考上大学，班主任提议不要去当时很混乱的县医院，直接送市医院算了。市区离我们县城只有两个小时车程。大哥送我走，大嫂回去借钱。那时候的医院还不像现在，只要没钱，病得要死也不能入院，那时候没钱是准许入院的，只是不能用药。住院的非常多，走廊上也搭满了钢丝床。我们在角落里放垃圾桶和痰盂的地方挤出了一块儿，搭了张床，忐忑不安地等大嫂。

大嫂第二天赶下来了。和她一起来的是父亲。交了钱，一检查，说我得的是胸膜炎，胸部积水很多。胸膜炎都是跟肺结核有牵连的，我的肺部已经感染了，只是不严重，但必须住院。

大哥和大嫂回去了，由父亲陪着我。大嫂借来的钱是很有限的，她说过十来天她再下来。

三天之后，一个中年女医生带着一群活蹦乱跳的实习生来抽了我胸部的积水，我顿时感到无比的轻松。

　　医生给我输液，并观察了差不多一个星期，就对我父亲说，你孩子可以出院了。父亲说，可以出院了吗？医生说可以了。父亲说我儿子今年考大学，肯定考得上，听说上学的时候还要检查，要是身体不过关，被打回来了咋办？

　　不知是不是那医生的孩子也正考大学，她态度特别的慈祥，她说一百个放心，我说没事了就是没事了。随后给我开了个方子，说回去之后，照方子抓药，再吃一段时间。

　　我和父亲去办出院手续，结果还余下一点钱，够我们坐车回到镇上。

　　回去之后才知道，大嫂今天带着借来的钱去市医院了。我们错过了。

　　按理，大嫂当天夜间就该回来，但第二天没回来，第三天还是没回来，又没得个音信，就跟她这次去广东不和家里联系一样。不过那时候城里有家庭电话的也不多，山区农村就更不用说，大嫂想联系也没办法。我们一家人坐在房子旁边的一棵杏树底下，愁眉苦脸，又无计可施。父亲说，是不是有人谋害她呀？这倒是有可能的，因为大嫂身上带着从大队部借来的两百块钱。大哥坐在那里哭，说夏至呀，这都是为了你呀！大哥并不是成心责怪我，他是担心糊涂了。二哥由于教了一阵子书又被取缔的事，本来对大嫂心生怨恨，眼见她几天没人影子，也着急得吃不下饭，不过他比我们都要冷静，他说，明天再等一天，如果明天还不回来，我就去市医院看看。大哥哭着说，去市医院有啥用，她一问就知道夏至出了院，就会离开了，肯定不在那里了。可事已至此，又有什么别的办法呢？

　　第二天，我们依然聚在杏树底下，空坐到黄昏时分，全都耷拉着脖子，没有人弄饭吃，也没有人开腔说话，心想这么多天了，完了。

　　就在这时候，二嫂突然叫一声：大嫂回来了！

　　十余米外的石梯上，冒出一张笑盈盈的脸，接着，大嫂披一身金色的霞光上来了。

　　她的第一句话是：考上了，上重点线了！

　　原来，她从市医院出来，直接去县中看我的考分去了。考分要过几天才下来，她就在那里等。晚上，她就睡在学校的花园里。这么几天过去，她只吃过三顿饭，都是二两一碗的挂面。

一家人处在喜庆之中，大哥却在恶毒地骂大嫂。

不管大哥怎样骂，大嫂都是傻兮兮地笑，满脸通红，嘴里不停地重复一句话：考上了，上重点线了……

大嫂果然在广东的工地上昏倒了。

热啊！在太阳坝干活，不要说她这种体质本来就差的女人，就是很强健的男人，照样可能脱水昏倒。

大嫂是在推斗车的时候突然倒下的。那里有一段斜坡，大嫂要把满满一斗车砖，从那斜坡推上去。大嫂双脚朝后蹬，把腰伏得很深，不仅手上用力，还用肩膀去顶斗车把。她的个子矮，这种姿势，使她的脸几乎贴到了地面上。地面是水泥路，被午后的太阳晒得亮晃晃的，好像燃烧起来了，而照在背部和后脑的太阳，仿佛就悬在屋檐那么高的位置。大嫂觉得自己不行了，她抬头想喊人，可那些人似乎离她都非常遥远，遥远得只有一个梦幻般的影子（其实不过二三十米），她心想那么远的人，怎么喊得应呢。再说她也没有精力喊，她把骨髓里的力量，都抠出来推斗车了，喊人就要泄气，一泄气她就完了。她没有经验，不知道人处在极端境遇的时候，连一丝一毫的杂念也是不能有的，有了杂念就会分心。斗车也怕热，本来就叫唤着不肯上行，猛然间发现推它的人没那么用劲了，便趁机往后退了两步。这一退，大嫂就要付出双倍的代价去稳住它。可她哪里还有多余的力量呢，只不过两秒钟时间，她就偏偏歪歪地栽下去了。

斗车得到了解放，吱溜溜地朝后滑。

轮胎从大嫂的一条腿上碾过。

当斗车退到坡下的砖墙处，发出砰的一声巨响，工人们才看见发生的事情。

大嫂被送到了医院。她腿上被搓掉了一张皮，幸好骨头没被轧断。

没有人把这事告诉大哥，也没有人告诉我。大嫂肯定是不会打电话的（她怕家里人一知道，就会让她回去），胡贵也没打电话，胡贵不仅自己不打电话，还不准其他人给我们家透露风声，他说谁透露了风声，谁就走人。他在那边虽然吃得开，可也是麻烦不断，他害怕我去给他找麻烦。我毕竟是读过大学的人哪，现在尽管是在城市里混着，可到底也是正正宗宗的城里人。他进城的时间比我还长，而且是发了财的老板，但他还是个农民，从骨子到表皮都是个农民，他融不进城市，城市也不愿意接纳他，这让他对城里人有一种天生的畏惧心理。

有时候我想，这人，总是缺哪样就觉得哪样贵重。

人们之所以很难感觉到幸福，就是这样来的。

如果不是大嫂自己以后回家来边笑边说出了这件事，我们永远也不会知道。当然这是后来的事情了。

大嫂的医药费全都是胡贵支付的，大嫂出院后，胡贵只让她拌灰浆不让她推斗车了，但工钱没有减她的，一分也没减。

大嫂的工钱是每个月六百块，包住，不包吃。大嫂说，六百呀，够多的了！想想在家里刨那瘦筋筋的土巴，除了糊自己的嘴，刨上一年到头哪里挣得到六百？大嫂满足得不得了，她把其中的五百块寄回家，自己留一百。在广东生活，一百块怎么够呢？但大嫂想过来想过去，算过来算过去，觉得不能多留了。清华念的县中，这些年因为高考成绩在全市列冠，牛气得像随时都准备拿牛角顶人，每到招生时节，学校大门都被挤爆了，不仅有本县的学生，还有外县的，而且都是那么优秀，学校恨不得把他们一网打尽；事实上也收得够狠的了，从高一到高三，没有哪个班低于七十五人，重点班甚至达到了九十多个，教室就那么大，只好缩短书桌的尺码，过道如一根线，谁要想从过道上通过，都像过独木桥那么难。我从家里回城的时候，特意去县中看了清华，他就在重点班，他们班的讲台两侧也放了好几张学生桌！老师站在两尺见方的讲台上课，就像被关在人墙组成的囚室里。——即便这样，学生也是收不完的啊。学校仿佛觉得，我本来应该收那么多学生，收那么多书学费，结果一部分人被挡在外面了，对不起，进来的就该出点血，把我损失的部分补起来。学校随时都在收钱，名目的繁多和古怪，真是闻所未闻的。清华是一个很知道节约的孩子，生活费比别的同学少花三分之一，但学校强迫交的那些"苛捐杂税"（学生们是这么说的），他就无法控制了。他每个月的各项花销基本上都在五百元以上。

大嫂怎么能多留呢？她恨不得自己一分钱也不用。

再说她寄给大哥的五百块，大哥并不是都能得到。自从去外地打工的人多了，往家里寄钱的多了，镇邮电所就跟各村的头头儿达成协议：

汇款单由各村的村长去取，村民再去找村长。人家是跑了路的，你当然不能白拿，你得给村长付劳务费；劳务费是汇款单上金额的百分之三。有村民不满意自己亲人的血汗钱被截留了，去对邮电所交代，说我不要村长帮忙，我自己会来取。邮电所的工作人员态度还是蛮和善的，说可以呀，但你也看见了，邮电所就只有这么一间破房子，一到赶场天，来取信的就乱抓乱扯，你的单子丢了，我可负不了责哟。村民说村长来取未必就不丢？工作人员说，我们不按人头而是按村来分发，就简便些了，就不容易丢了，再说村委会也是一级政府，政府是为老百姓办事的，要是他们把你们的汇款单丢了，就脱不了爪爪。工作人员这么绕来绕去地说了一通，就把村民吓住了，村民说要得要得，还是让村长来取，离开的时候，免不了对工作人员千恩万谢。

其实，那截留的百分之三，村长得一成，邮电所得两成。

大哥每次收到五百块，就要被扣除十五块，全镇几万人口，有多少人在外面打工？每年要寄多少钱回来？他们又会从中扣下多少？这真是不敢算的一笔数字。

大嫂知道，她每次寄回的钱，都会被克扣，她想直接把钱汇给清华吧，但清华独自去离学校很远的邮电局取钱，放心吗？县城里摸包的有，抢劫的有，那要是一丢，就不是丢百分之三了，就是全部了，说不准还会添上一条命，大嫂敢吗？她只能把钱寄给丈夫，让丈夫给儿子送去。丈夫收到她寄的四百八十五块，不要说自己偶尔称点肉改善一下生活，就连小儿子的花销也绷不住的，丈夫还只能拖着病弱的身体，去田野上勤苦地劳作，生产一点粮食出来，再背去卖掉……这让大嫂心痛极了，可她有什么办法呀。

拖家带口的农民工，一般都是在外面租条件很差价格便宜的房子，像大嫂这种单身独往的，就住在工棚里。工棚是牛毛毡房，狭窄而低矮，里面还安放着上下铺床，睡上铺的人，就跟睡火车硬卧的上铺一样，坐上去腰是伸不直的，腰一伸，头就把顶棚撞得嚓咔嚓咔响。大嫂就睡上铺。跟她住在一起的女工，共有八个，除大嫂，那七个都是年轻小妹儿，七个人都把大嫂叫大娘。每当看到大娘往上铺爬，那些睡下铺的年轻妹子都觉得有些过意不去，毕竟大娘那么大年纪了，腿还被斗车轧过，而她们年轻，手脚利索，她们应该有一个人站出来，把大娘调到下铺。但她们也只是这么想，最终没有一个人敢于站出来。上铺热啊，牛毛毡是很吸热的，白天把太阳的毒焰吞进去，晚上再慢慢往外吐，睡上铺的人，一晚上都被它吐出的热焰烘烤着（还有一股皮革的臭味），等它吐完了，凉快了，天又亮了，又该起床干活了。

工地上有伙食团，掌勺的就是胡贵的老婆，他母亲和几个杂七杂八的亲戚在里面帮忙。那七个小妹儿都是去伙食团打饭吃，但大嫂没去。伙食团吃饭不交现金，每个月发工钱的时候再扣出，照每顿八块计算。这么算下来，一个月的伙食费就该二百四十块了，这还了得。

大嫂找来个土炉子，买来简易的炊具，自己开伙。

燃料是不缺的，工地上到处都是废弃的短木方，大嫂不需要用斧子劈，就可以直接把木方塞进炉孔。木方都是干透水性的，刚塞进去，就欢欢实实地燃烧起来了，要不了多久，就做好了饭，炒好了菜；大嫂只炒一个菜，有时候就懒得炒菜。年轻妹儿说，大娘，你菜都不炒，咋能吃？大嫂以教训晚辈的口气说，把饭煮稀些，不是就能咽下去啦？

有一天，大嫂掏炉孔的时候，掏出了一些钉子。那是钉在木方上的。大嫂突然得到启发：如果把这些钉子存起来，拿去当废铁卖，不是又能卖几个钱吗？

她那黑乎乎的手，快速地刨开炉灰，把所有的钉子都捡了起来。

从那以后，她就专门找那些钉子密集的废木方捡。跟她同住一室的年轻小妹儿，知道她的想法，凡是碰到了这样的废木方，也帮她捡回来。

大嫂觉得，如果不是她的大儿子那么不争气，这日子真是很美好的。

就在大嫂被斗车轧了不久，清明给村里的张老师打电话了。与以往不同的是，这次他用的是手机，还指名道姓地要他爸爸接。张老师拿着手机跑过来，在一条水沟边碰到大哥，就把手机捂在大哥的耳朵上，说是你大儿子打来的。大哥接过手机，手禁不住发抖，连耳朵也在发抖，他说清明！他的声音也在发抖。张老师以为他要责骂大儿子的，可是大哥说清明啦，爸爸……就抽泣起来。抽泣了好一阵才说，你妈也打工去了，你晓得不？

清明也在那边哭，清明说妈那么大年纪了，怎么能让她去打工呢？妈走的哪里？大哥说佛山，在胡贵手下。清明嗤了一声，说他胡贵就算发财吗？妈何必要去给他卖命？清明这么一说，大哥心里顿时升起无限的希望，他说清明，你这几年都在干啥来？清明说我在广东做生意，离佛山不远，前两年没挣到钱，没脸给爹妈说。既然是前两年没挣到钱，现在不就挣到钱了吗，而且，他把胡贵也不放在眼里，证明是挣到大钱了。大哥脸上的皱纹舒张开来，思念儿子的痛苦，都被他的出息抹平了。他说清明，你挣了钱就回来吧，现在县城里面也办了工厂，有几个人都回来入股了。清明说我也是这想法，但是我不会去县城入股，具体干啥，等我以后回来考察了再定。清明说，我这人不做就不做，要做就做别人没有做过的。大哥说，娃娃呀，爸爸只想你快些回来，去佛山把你妈也叫回来，她虽然打电话说外边比屋头还好耍些，鬼才相信！

电话里有了片刻的气流声，之后清明很随地说了一句话：爸，我想你……

这句话，是大哥想说而没说出来的。这句话把大哥的泪水又逗下来了。

大哥擤鼻子的时候，清明又是一句，爸，我谈女朋友了。

大哥高兴啊，大哥说幺儿呢（叫幺儿不一定是老幺，只是一种爱称），你女朋友是哪里人？

清明说是南京的。

大哥说那不就是城里人吗？（大哥的声音昂扬起来，恨不得让整个村子的人都听见。）

清明说当然哪，南京是江苏的省会，就跟四川的成都一样，是大城市。

……大哥差点把张老师的手机掉到水沟里去了，他说她叫啥名字？

叫……倩儿。

大哥笑得呵呵呵的，说你个家伙，咋总是跟倩儿扯不清？

清明愣了一下，大概想起来普光镇那个酒楼老板也叫倩儿，就跟他爸一起笑了。随后说，爸，再过十天，就是倩儿的生日。

大哥说好哇好哇，要是你们在家里，我把那只生蛋的老母鸡也要杀了。你们啥时候回来？

清明说生意忙，一时回来不了……爸，她父母到时候要来广东给她过生，顺便考察一下我。

那你自己就要好好表现哟。

那顿生日宴肯定要由我支付了，去酒楼吃一顿，要花两三千呢。

大哥情不自禁地吐了一下舌头，脸都吓黑了。他说吃一顿饭就花两三千？吃龙肉啊？

清明说爸你没见过世面，两三千算啥呀，还有几万的席桌呢。

大哥沉默了片刻，有气无力地说，该花就花，钱挣来不就是花的嘛。

话虽如此，他心里到底有些悲哀，他想起自己的父亲快满八十，自己和妻子都已过五十，生日那天最多就是吃一颗鸡蛋，一个二十出头的人，就花两三千办顿生日宴？再说，听上去清明发了大财，可是他从没往家里寄一分钱，今天通了这么久的话，他也没表示出寄钱的意思。

清明终于说，爸，最近我把钱都投到生意上去了，手头很紧，你能不能给我寄三千块来？你放心，最多一个月，我就寄回来还你。

大哥傻眼了，大哥说清明，家里的情况你不是不知道，你要我到哪里去给你找三千块？

清明抽抽咽咽的（他虽然去部队待过两年，可还是像小时候一样，眼泪说来就来），说我知道，可是，我不在她爹妈面前做出个样子，她爹妈可能就不会同意……她对我只有那么好了，要不是她，我这生意是做不起来的。

大哥这时真的傻眼了，嘴唇发青。他知道作为一个农村人，找一个城里媳妇有多难，何况是大城市的人。只要清明跟倩儿结了婚，清明就很容易变为城里人了。他不能丢了这个儿媳妇。这么一默念，尽管大哥知道我很艰难，可他除了支使儿子去找他三爸，还有什么办法呢？他说，清明，你爸爸没本事，确实没法子，你给你三爸打个电话吧。

清明犹豫了，他说三爸那人，像是不相信我。特别是三妈……那次她跟三爸一路回去，三爸在和那些来我们家要的人说话，三妈不认识他们，搭不上腔，我好心好意给她摆了半天龙门阵，结果她说，清明，你说话要实在些，你不要以为实在了人家就看不起你，你越实在人家越看得起你，越实在越证明你有决心改变自己的处境。那次我给她讲了些啥，你坐在旁边都是听见的，我哪句话说飞了？我见不来她那样子！

大哥说你把事情说明白，你三爸咋会不相信呢？你三妈批评你，也是为你好嘛。

清明沉吟了一下，说爸，我还是不想找他们，你看……能不能叫妈给我拿三千？我的话妈不信，你先给她说一说，我直接到她那里去取就是了。

大哥握手机的手慢慢离开了耳朵。

站在一旁的张老师说，打完了？

大哥没作声，张老师就把手机接过去。手机都已经发烫了。张老师正要关机，听到里面还在说话，他对大哥说，清明还在讲呢！

大哥没理睬，转过身，对张老师一句道谢的话也没有，就摇摇晃晃地回家去了。

他把门一闭，就蹲在了门槛底下。

大嫂昏迷后被车轧的事情，大哥虽然不知道，但他头场去普光镇，遇上一个刚从胡贵工地上回来奔丧的杨侯山人。那人遵照胡贵的命令，没有把那件事说出来，但他有许许多多的暗示，每一条暗示都在大哥的心里投下一团阴影，甚至戳上一刀。他想问明白，又不敢问，但他清楚，妻子真的是在那边卖命。

可是，为了给女朋友过生日，一顿就花三千，还要去找一个卖命的人拿钱……

春节很快到了。大嫂没有回来。这没什么奇怪的，外出打工的人，特别是去了广东、北京、新疆这些遥远地方的农民工，不要说半年，就是三年五载不回来的，也大有人在。他们不愿意把血汗钱往铁轨上扔。再说春节的车票是要涨价的，他们哪里敢动身。说白了，春节车票涨价，不就是限制穷人的吗？有钱人是不在乎那点钱的，不管上浮百分之几十，该坐卧铺还是坐卧铺，穷人就不一样了，你就是涨千分之一，他也觉得那是钱，而他的每一分钱都来得不容易，穷人的主体，就是背井离乡的农民工。某些特殊行业出台的政策，从总体上说，看起来有它的必要性，但一旦深入到个体，深入到每一个生命细节当中，就会发现，它的一左一右，哪怕只有毫厘之差，都会影响到无数个家庭的悲欢离合。

胡贵的工地上放了十天假，他手下的绝大部分工人，都没有离开，都请求胡贵不要放假，但胡贵态度坚决，他说我都不怕损失，你们还怕？他说他娘的城里人春节休息七天，我就要让大家休息十天！

腊月三十那天中午，依照家乡清溪河流域的习俗，是团年的日子。自从打工潮兴起，能团年的农村家庭已经越来越少了。那天大嫂割了二两很肥的猪肉，把它炒在白菜里面，可直到饭吃完，猪肉也没动一下。她想象着她的亲人就坐在身边，她要把肉留给她的亲人吃……

大嫂没回来，清明倒是回来了。他是正月初二上午九点回来的（这证明他头天就到了镇上），那天我正准备走，见他回来，就决定多留了一天（因父亲今年和大哥住，我也就住在大哥家里）。清明说，三妈和一凡弟弟呢？我说没回来，清明很遗憾的样子，说一凡弟弟还是这么高的时候我见过他，说罢在自己的膝盖处比了一下。他给女朋友过生日的事情，大哥已对我讲了，我们都没急于过问，只是观察着他的神情。他做出很精神、甚至很气派的样子，头发朝后梳着，梳得溜光水滑，身上也穿着笔挺的西装，但眼里的落寞是显而易见的。他的精神和气派都是装出来的。一家人烤了半个时辰火，大哥终于耐不住了，说清明，你一个人回来的？清明突然现出怒容，没回他爸的话。我给大哥使个眼色，叫他不要问了。大哥舔了舔嘴唇，自觉地改变话题（之所以如此，是他觉得在那件事情上自己没能帮助儿子，他愧对儿子），问清明的生意做得怎样了？清明下意识地望了我一眼，说生意很好，但不是他一个人的生意，他是跟几个朋友合伙的。他爷爷事实上也看出了他眼里的落寞，但他爷爷是一个坚决不愿意把自己亲人的处境和品格往坏处想的人，此时骄傲地说，我清明跑那么远，还能找到做生意的朋友，硬是能干。

我很想单独对清明说点什么，可是没机会了，他爷爷刚说了那句话，他就站起身说，我要去清坪看一个战友（清坪在清溪河下游，很远）。他爸惊慌失措地说，总要歇一天脚再去嘛，前几天才下了雪，路滑得很！清明说，我跟人家约好了的。

话音未落，他已经出了门，下了门前的那坡石级。

我们都追出去。他爸爸带着哭腔问，你啥时候回来？

后天或者大后天……也说不定，看情况。

当他的头被一坡长着低矮麦苗的梯田遮没（那麦田里还有零零星星的雪堆），我们才进屋。

几个人卷进来一团寒气，久久不散。在短暂的聚会中，清明问过他妈，但没问过他弟弟。他弟弟今天早上背着香蜡纸火去给外公外婆上坟去了，清明问也没问一声。他好像怕问他弟弟，一问弟弟，就会让人想起昂贵的学费，就会让人想起钱，而看来他根本就不愿意提到钱的事。

他这次回家，就像清早才去普光镇赶了个耍场，打着个甩手回来的。

我等不到他，当天就走了。

后来我知道，清明五天后离开了家，而这五天时间里，他在家里待的时间不足一天。走的时候，还是找他爸要的路费。

那钱是他母亲才寄回来的，是他弟弟下学期的学费。

清明到广东后，直接去找了他母亲。

大嫂已经上工了，依然干着拌灰浆的活。清明去到工地，一眼就看到了他母亲，垂着头朝母亲靠近。他显得有些畏畏缩缩的，蹑手蹑脚的，生怕被人看见一样，总之是在老家或电话里摆出的豪气荡然无存了。尽管是冬天，大嫂还穿着单衫子，汗水却把她头发湿透了，衣服也湿透了，浑身水淋淋的，直往下滴，在她的身下，滴成了一个缩成一团的模糊的人形，像正午时分太阳照出的影子。清明走到她身边，轻声喊，妈。大嫂没听见，她耳朵里嗡嗡作响，心里还想着别的事。清明看了看四周，那些男男女女的工人，都各就各位，都在勤苦地劳作，没有精力在乎别的人别的事，但清明还不能放心：他不怕工人们看见他，就怕胡贵看见他。其实胡贵根本就不认识他，但他在心里跟胡贵比，他觉得自己肯定比胡贵强，胡贵是个文盲，而他是初中毕业生，关键是他当过兵，见过大世面，胡贵怎能比得过他呢？但胡贵却发了财！他这次回家，随时都能听到人们谈论胡贵，不管谁提到胡贵的名字，都带着敬仰的口吻，这让他心里很不舒服，很不服气。他只看到了胡贵现在发财，看不到胡贵发财之前所受的苦，胡贵正是凭借牲口一样的勤劳和忠诚，才获得了别人的信任，让别人愿意把工程拿给他做。

四周都没有老板模样的人，清明胆子大些了，又叫了声妈。大嫂一抬头，看到了久不见面的大儿子，恍惚间如在梦中。她把铁锨一扔，就抓住了清明的手。

清明很激动。那是真的激动。母亲见老了，很厉害地老了，头上的白发，带着一种不由自主的悲哀的神情，把黑发排挤得差不多了。那些白发好像在对清明说，我们也不愿意这么快就长出来，这实在怪不得我们，是你妈真的老了。她还变得那么瘦，嘴皮都快包不住牙齿了。她手上的老茧，刀片似的把清明割得生痛。清明泪水盈眶的，说妈，你过年也不回去。大嫂说我倒是想回去哟……你回去没有？清明说回去了，我刚从家里来。清明说爷爷和爸爸的身体都好，弟弟的成绩也比以前更好了，期末考试，他得了全年级第二。大嫂最需要的就是这样的消息，在这样的消息面前，她忘记了自己受的累，也忘记了站在面前的这个儿子给她带来的心灵上的痛苦。她摸出钥匙，叫清明先回工棚里去，她干到午饭时候就回来。清明问工棚里是不是只住她一个人，大嫂说咋会呢？有七八个呢。这样一来，清明不愿意去了，他说妈，我马上要回厂，我是顺便来看看你。大嫂这才想起问他在哪个厂，清明说在惠州的一家木材厂。大嫂问挣到钱没有？清明羞涩地说，没有呢。大嫂顿了一下，又问他，身上有钱花没有？清明就不作声。大嫂低下头，取下裤兜上的两根锁针，再小心翼翼地把裤兜翻出来，摸出用橡皮筋捆扎着的一百一十块钱，把五十块递给清明，想想又添了十块，说，春节放假那几天我出去拾荒，挣了二十多块，你拿六十块去。清明把钱揣进口袋，离开了。

这次清明没撒谎，他的确在广东惠州的一家木材厂打工，挣几个钱就玩，花完了再做工。他没有做什么生意，只是梦想着发横财，怎样才能发横财呢？他思来想去，觉得只有加入当地很盛行的传销组织。他早就想加入了，只是没钱，于是编出谈了个南京女朋友要花两三千给她办生日的鬼话，他在想这个谎言的时候，没料到他爸爸会问他女朋友叫什么，他慌了神，冲口说出了"倩儿"这个似曾相识的名字，被他爸爸点醒后，他才有些后悔……这次他来看母亲，依然是想从母亲那里弄到一笔钱，完成他的梦想。

可是，他一看母亲的样子，就知道无法弄到他想象中的那笔钱。

相反，母亲的苍老和辛苦，给了他强烈的刺激。

自从当兵过后，他就不大把偏荒之地的父母放在眼里，可现在他发现，他是爱父母的。他希望把父母从苦难中解救出来。而怎样才能做到这一点呢？只有像胡贵那样！胡贵管理那么大一个工地，却人影子也不见，他为啥这么洒脱？是钱——是钱让他洒脱起来的。

有了这些想法，他发横财的梦想就愈发强烈了，他又去听了几次传销课，那狂热的口号，森林般的手臂，好像点着了每一个人的血，烟雾腾腾的屋子里，是血在燃烧。清明更加坚定地相信，做传销能够达到他的目的。可是找谁要那笔钱？找母亲看来是不行的，找二爸？他想也没想过，找三爸又不敢，手指都扳遍了，觉得还是只有找他父亲。本来，传销的理念就是"先亲后友，至亲至友"，也就是首先在自己最亲近的人那里找突破口。他想，父亲应该是有办法的，家里不是有一头耕牛吗？耕牛卖掉了，不是还有房子吗？

于是他又给他父亲打电话了，他一点也不怕说漏了嘴，依然表白自己在跟几个朋友合伙做生意，他说生意的前期投入是那几个朋友付的，现在轮到他了。大哥问要多少？这次清明狠了心，说要两万。他爸还没回过气来，他又强调，这两万块钱一给，立马就会见成效，说白了就是财源滚滚。过惯了苦日子的大哥，对"财源滚滚"这个词是没有概念的，也是不相信的，他看重的明明白白的、使他有切肤之感的现实。大哥说，你是把爸爸往绝路上逼啊！

清明就提出了耕牛和房子的事。清明又在那边哭了，说爸爸，你就不愿意给我这次机会吗？你以前不是喜欢我的吗？可现在你也跟妈一样，成天说的都是清华！清华！好像你们只有清华一个儿子！早晓得这样，你们就不该生我……

这几句话，让大哥心都碎了，他说好吧，我看看能不能想法。清明见有了松动，又给他父亲补了一剂强心针：爸爸，生是容易的，活是容易的，生活起来是不容易的。大哥没大听明白儿子的话，更不明白这是传销组织总结出的经典性语言，凡是去听过传销课的，都会说这句话。

放了电话，张老师见大哥脸色惨白，问怎么回事，大哥就说了。

尿莫名堂！张老师说，卖嘛，把房子卖了，你窝也没一个！住岩洞？你家里还有个老人呢！

……大哥心想是这个道理呀，可是大哥说，清明说这是他最好的一次机会呀。

尿！张老师骂道。他从没这么粗鲁过。他说我看那娃儿以前的老毛病又犯了。

……这些话，大哥听起来是很不舒服的，可他打心眼里又承认张老师是对的……

清明第二天一早又打电话回来了，问该卖的卖了没有？大哥还没把想法说完，清明就说，十天后我没收到钱，你就会收到一封信，信里包着我的手指头，我把我的手指头剁了寄给你！

最多过了半个小时，清明又来电话了，这次说他要去卖一个肾。

张老师把手机收了起来，他说清明再来电话，老子接也懒得接！

大哥也不想接，更不敢接，但他的儿子要去卖肾，他怎么能不管呢？他是被逼得要疯的时候，才把电话打到胡贵那里，将清明的事告诉了大嫂。

大嫂脸青面黑，老半天才说，和平啦，他是在骗你呀，他在一家木材厂打工，做狗屁生意！剁手指头，卖肾，都由他……

他是二十多岁的人了，该分得出个是非轻重，既然他知道生活是不容易的，那就让生活去教育他吧，教育过来了，是他的造化，教育不过来，是他该遭的孽。

大嫂说，我想得通。

胡贵在佛山的事情做完了，又去另一个地方找到了工程。那地方靠近香港。胡贵把他的全部人马都拉了过去，工人们也愿意跟他。

对农民工来说，就是靠近纽约也无所谓，他们身在城市或者城市的边缘，但并不证明他们生活在那里，他们成天接触的，都是跟自己来自同一个阶层的人，像胡贵工地上的，很大一部分还来自同一个故乡，他们说着家乡的方言，谈着家乡的人事，就像把家乡搬到这里来了。农民工自成一体，成为散布在中国城市汪洋中的孤岛。

大嫂一过去工钱就涨了。其实她做的事情跟以前是一样的，由于年龄不饶人和长时间的疲劳，她的动作慢了，相对而言，做的事还没有以前多了，但胡贵毫不犹豫地给她涨了近一倍的工钱。胡贵是从困苦中熬过来的，他能体会身居下位的艰难和屈辱。大嫂的勤勤恳恳和不计报酬，让他想起自己过去的时光，并深受感动。

大嫂每个月给家里寄的钱，增加了一百块，自己的生活费还是那么多，余下的（包括卖铁钉的钱），她都存起来了。她之所以要自己存而不寄回家让大哥存，是不愿意让镇邮电所和村长抢去那百分之三，同时她也知道大哥的脾气：只要清明一向他诉苦，他就很可能把钱给他。而大嫂现在不仅仅是考虑眼下的日子了，她还想到了将来，想到了清华考上大学之后的事。现在，清华的成绩已经不是全年级第二了，是第一了，在县中得第一是什么概念呢？就是能上北京大学或者清华大学的概念。县中每年都有人考上那两所学校，清华读的是理科，上清华大学的可能性大。清华这个名字，是大嫂取的，当时她没想那么远，谁知这个名字就给儿子封了相了，这让大嫂觉得，人啊，都是有命的。

想到命，大嫂就难受了。清华有那个命，清明呢？未必清明就该当到世上来受苦？清明虽然那么不争气，但大嫂知道他在受苦。人的苦都是在心里面的，与心里的苦比起来，身体上的苦根本就不叫苦。清明的心太大了，而他的能力、见识和品格都无法帮助他把空出来的心填满，于是他只好去折磨自己的亲人，他竟然以剁指头和卖肾来威胁自己的父亲，可见他的心里住进魔鬼了，那个魔鬼在吃他的肉，啃他的骨，他会是多么痛苦。大嫂就为这个难受。她虽然口头上说自己想得通，但做母亲的，永远也不可能在儿女的事情上真正想通。清华和清明，都是从她身上掉下来的肉啊！何况她还欠清明的呢，当初，要是她强硬一些，清明就不会是今天这个样子。人的一生不就是走路吗，开始就走错了，要回过头走到正路上，当然不那么容易。而清明之所以走错了路，能全怪他自己吗？他当时还那么小，怎么分得出正确和错误呢？这都是父母的责任。

广东的很多地方，都喜欢在午后时分突然刮风下雨，通常情况下，风雨很快就会过去，工地上的人也只是聚在某个地方躲避一阵，风停雨息后又继续干活。但这一个午后，风势刚刚起来，大嫂就去请假了，她本来可以不直接向胡贵请假，但她去办公室找到了胡贵。胡贵个子高，又胖，简直可以称得上庞大了，此时，他那庞大的身躯摊脚摊手地窝在高靠背皮革转椅里，正歪着嘴打呼噜。他现在的日子基本上都是这样度过的，早上起来就到办公室去，不翻书，不看报（他不是个文盲吗），有人来给他说事，他就听，没有人说事，就睡觉，眼睛还没闭严呼噜声就起来了，偶尔醒来，见天光还是亮的，他会嘟囔一句，还没黑呀？又睡。他好像有睡不完的觉，好像要把以前的辛苦，全都在睡眠中找补回来。

大嫂喊胡贵，喊不醒，就抓住椅子摇，胡贵猛然间睁开血红的眼睛，很惊恐的样子。大嫂对胡贵无意中表现出的样子感到困惑不解：未必胡贵也在担心啥？……

等胡贵定了心，大嫂说，我想请半天假去看我儿子。胡贵说你儿子在哪？大嫂说在惠州。胡贵说去嘛。但大嫂并没离开，她说，胡贵，我想把我儿子带到你的工地上来。胡贵笑了一下，很为难的样子。他为难起来不是愁眉苦脸的，而是现出一种中年男人少见的天真模样。大嫂说我晓得你工地上的人已经多余了。胡贵是免不下情面的人，人家都这么通情达理了，你还能怎样呢？他说行嘛行嘛，别处的人我都在要，老君山的我能不要？

大嫂就乘车去了惠州。

她并不知道清明在哪家木材厂。儿子虽然有个手机，丈夫也告诉她号码了，但她没记住。她完全是凭着要见儿子的强烈愿望才不管不顾的。好在惠州城并不大，她花了两个小时，就在城东一个铺满煤渣路的巷道里找到儿子上工的地方。那个巷道又深又窄，两侧一个挨一个的口子，每个口子都装着铁门，铁门里面都是一个木材厂。大嫂从巷子尽头一道铁门望进去的时候，正看到清明站在里面的坝子上。他的衣服上和头发上都洒满锯末，证明他没玩，而是在做事。

大嫂的心像被人拧了一把。

看到母亲，清明的脸沉下来。他不是故意这样做的，甚至也不是怀恨母亲搅扰了他的发财梦，他是从母亲的身上，闻到了穷苦日子的阴郁气氛。但大嫂看得出来，他是需要亲人安慰的。大嫂给他说了许多话，说了他爸爸差点被逼疯的事情，还把他三妈叫他做人实在些的话也拿出来说了，但清明低着头，一句也没应。之后，大嫂才叫他去胡贵的工地。

清明坚决回绝了。

清明说，妈，你这么大年纪去给他卖命，还要把我也搭上？

大嫂说，胡贵是一个很好的人哪，你为啥要这样想呢？

清明说，他要真是个好人，就不该收你这种头发都白完了的人。

大嫂说，他要是不收我，你弟弟能把书念下去吗？

说了这句，大嫂就有些后悔。这种时候，她不该提到他弟弟。

清明倒没计较，他说，你不懂。

大嫂的确不懂。她觉得儿子对问题的看法很古怪。

接着，清明以不容商量的口气说，我反正是不会去给他打工的。

大嫂只好心歉歉地回去了。她对胡贵说，她没有找到儿子。

在这座靠近香港的城市里，表面上跟其他城市没什么区别——现在，中国内地的城市，彼此间又有多少区别呢？北京没有四合院了，成都没有宽巷子窄巷子了，从县城到大都市，建筑式样都是差不多的，大家都在比试着牺牲个性，据说这就是现代化——但它的内部，却涌动着一股暗流，这股暗流影响着甚至左右着人们的生活。

每到黄昏时分，街上花花绿绿的报纸就铺天盖地了，这些报纸都有很吸引人的名字："管家婆""储钱罐""百万富翁"……它们没有特别的新闻，都只说一件事："买码。"

"买码"也就是买六合彩。

六合彩最低比率都是一比四十：投一块进去，要是中了，庄家就赔你四十块。

这真是诱人的啊，如果投入一百块，就能得四千，一千块，就是四万啊……

胡贵工地上的人，开始不敢去尝试。他们不知道这东西是不是骗人的，如果根本就不可能中奖，投进去的钱都是肉包子打狗有去无回，那就太可惜了。工人们不约而同地都在看老板胡贵。要是胡贵去试试就好了，反正他有的是钱，丢个千儿八百的，就像从牛身上掉一根毛。胡贵好像明白大家的心思，拿出五百块递给他小舅子，让他去闹着玩。

六合彩每周开三次奖，周二、周四、周六（有时是周日），都在晚上。胡贵把钱给他小舅子的时候，是周二上午。离工地不远的地方，就有个所谓的庄家，胡贵的小舅子兴致勃勃地去了。还没走到，他就看到了好几个公安，正把那个庄家带走。胡贵的小舅子吓得直往后退，跑回去说，不得了不得了，那个人被抓起来了。好像那五百块钱烫手一样，急忙递还给他姐夫哥。胡贵没收，淡然地说，那就下午去嘛。他小舅子惊惊乍乍的，还下午呢，我不是说那个人被抓起来了吗，公安在打击呢！胡贵咂了咂嘴：打击个屁，把他们打击了，公安不是就少了个财源？罚点款就放人，都是这一套！

胡贵到底是见过世面的，当他小舅子下午去的时候，那个上午被带走的人，又若无其事地坐在凳子上开展工作了。他将五百块投了进去。

晚上开奖，当地电视台还要转播的，但胡贵和他小舅子都没去关心。

直到第二天中午，胡贵才知道自己中了，他投出去五百，收回两万块了！

这件事，在工地上引起轩然大波。原来，那东西是真的。

很多人都去买码了。

这天夜里，儿子都已经睡下，大哥给我打电话来说，夏至，你知不知道，你大嫂在看书了？

我吃了一惊，大嫂自从嫁到我们家来，我从没见她看过书啊，她小学只读过几册，老师教给她的那点可怜的字，早该从她脑子里逃跑回书上去了。

大哥说，你大嫂看的是"马经书"。

我说什么书？

大哥说牛羊马的马，经济的经，你大嫂在养马。

我一时糊涂，心想在建筑工地上，怎么可能养马呢？

大哥乐呵呵地开了半天玩笑，才说明，大嫂在"买码"，不是养马。

但大嫂看书是真的。在那座城市里，不仅有关于六合彩的报纸，还有大量书刊出售，这些书刊有各种不同的版本，各种不同的名字，但中心词都是"马经"（我不知道是"马经"还是"码经"）。你不管走到哪个书摊上，别的书籍都极少，连时尚刊物也少，基本上都是"马经"。报纸的主要功能是关于近期六合彩的动态，到开奖日就公布开奖结果，书刊的主要功能是教你怎样买码。据说，只要把这些书研究透了，就一定能中。

我说大嫂她怎么认识那些字呢？

大哥不无骄傲地说，你大嫂那人，只要成心做一件事，就没有啥难得倒她。不认识的字，她就问，开始，她一本书上只能认十多个字，她硬是一个字一个字地抠出来问，问了就钉在心里，听说她现在都能通读了……说到这里，大哥笑起来，你大嫂都着迷了你晓得不？她有天做饭的时候看书，饭煮煳了，锅里的米都燃起来了，她才警觉。

放了电话，我把这事告诉了妻子。

妻子刚洗澡出来，正站在客厅里用一块毛巾擦湿漉漉的头发，听了我的话，她的手停在头上不动了，不可能吧？她缩了一下脖子，似笑非笑地说。我说怎么不可能，你出来之前我才放了电话。妻子哈哈大笑，笑弯了腰，还把手里那块毛巾不停地在身上拍打，像拍灰一样。

我说你得神经病啦，这有什么可笑的？

真的，我觉得一点也不可笑。我的心里有一种说不出来的悲凉。

可妻子还在笑，边笑边说，大嫂啊大嫂……大嫂啊大嫂……

她这么叫了几声大嫂，就不笑了，眼泪花子出来了。我以为那是笑出来的眼泪，可紧接着，妻子就用毛巾捂住脸，哭起来了。

我把她扶到沙发上坐下，她的脸捂在米黄色的毛巾里面，因洗过澡而显得越发纤细的脖子，还在一抽一抽的。我说你真得神经病啦，一会儿笑一会儿哭的？

她说我没哭，我是说……大嫂真不简单，她太不简单了……

她的声音听上去伤心透了。

关于大嫂在那边的情况，还有清明的情况，我们都通过各种渠道听说了。大嫂为了那个家，是在背负一座大山。那么瘦弱的一个女人，五十多岁的年纪了，却被生活逼成这样……

这其中的分量，妻子比我理解得深刻。

妻子用毛巾把湿头发裹起来，眼睛红红的对我说，快，开电脑。

我不明白她的意思，只是进书房照她的话做了。妻子将睡裙一撩，就坐到机子前，上了网，在"百度"里输入"六合彩"三字。很快，就出来几十页有关六合彩的信息。大嫂买的是什么"美女生肖"那种，妻子就照网址将这种打开。电脑运行的时候，妻子对站在她背后的我说，注意哈。我懵里懵懂的，问注意啥，妻子有些恼怒，跺了两下脚说，我们来帮大嫂研究一下嘛！她虽然能够通读书本，可是她能领会其中的意思吗？她辛辛苦苦把你这个弟弟供出来，这关键时刻不帮她中奖，还要等到什么时候？

我很惭愧，同时又为拥有这样的妻子而满心幸福。我在想，我们家的男人并不怎么样，找的女人为什么就这么好呢（就是二嫂，也比二哥做活能干，她像个男人一样犁田、耙地、砍柴）？到底是我们家的男人运气好，还是天底下的女人都是这么好呢？

我搭了张凳子来坐在妻子身边，专心致志地盯着打开的网页。

结果，我们除了惊叹于香港六合彩公司那种异常庞大而严密的组织机构，对别的内容简直一窍不通！两人琢磨到后半夜，脑子里也像糨糊一样。

妻子说，天啦，我们都看不懂，大嫂她能看懂吗？

我说这东西是注重操作性的，我们看不懂，大嫂不一定不懂。

妻子说，废话，大嫂看书，并不是不懂操作，而是想分析出个道道来的嘛。

我说那怎么办呢，这些字我们全都认识，可就是弄不懂其中的关节呀。

妻子说不行，我明天（事实上天都快亮了，应该是今天了）去公司问问，我们公司有个人是去年才从那边过来的，那人在这方面特有兴趣，脑子也特灵，现在还长期研究体彩，肯定在那边也买过六合彩的，说不定有些心得。

黄昏时分，妻子刚进屋，一边气喘吁吁地站在门口脱鞋，一边喊我，夏至！夏至！我从书房跑出去，妻子说，赶快给大嫂打电话，叫她不要买那玩意儿了，我问了那个人，他说他的确研究过六合彩，但不行，再研究也只能亏本，他说由于大陆不准经营六合彩，就缺乏统一的管理措施，反而给那些地下经营者留下了空子。比如说，一个庄家今天收了80万，结果他赔的数目超过了这个数，他就主动向公安投案自首，公安把他拘留后，买码的人见庄家都被抓了，也就自认倒霉了，而庄家最多被拘留十五天，再罚一点款，他又出来了，那一笔巨款就被他吞下去了，他又是一条好汉了。都是暗箱操作，休想去那里挣钱的！

我立即给胡贵拨电话。我一边按键一边想，胡贵要是不给我说广东腔就好了（我是很敬佩胡贵的，但不知道为什么，他一给我撇广东腔，我就很强烈地感受到他的卑微和艰难）。遗憾的是，胡贵用家乡话问了一声：找哪个？大概从号码上意识到是我，立即又操起广东腔来了。看来他正在跟家人一起吃饭，口里包着东西，旁边还有个说着家乡话的女人，听口气像他老婆。胡贵真是不错的啊，人家那些发了财的，即使不包个二奶，也要临时性地去找找小姐，但胡贵根本就没这些事，他宁愿在办公室里打呼噜，也不愿把精力和钱财花在野女人身上，他说，人为啥挣钱？不就是为了让自己亲人高兴的嘛！

听说我要找大嫂，胡贵连忙说好的啦好的啦。我说你在吃饭吧，那就不急，我等半小时再打来。胡贵说没关系的啦。接着是他喊我大嫂的声音，还有他迈着沉重的脚步快跑的声音。

看来他们离得很近，十几秒钟后，手机就到了大嫂手里，我听到胡贵用家乡话说，打完了给我送来就是，大嫂应了，就喊：夏至呀！她的声音是那样大，好像她就站在我的窗前。我说大嫂，好久没给你打电话了，我听说你在看书？大嫂说，你听哪个说呀？我似乎看到她羞红了脸，还有些惊慌。我说没听哪个说，我昨晚上做梦了。她说你梦到我在看书？我说是呀，你看的书花花绿绿的，有很多符号，还有很多图表，我都看不懂。大嫂这才笑嘻嘻地承认，说她前些天是在看书，她说那都是没用的书啊。我说怎么没用？她把声音放低了，说那是教人买码的。我问她，你学会了吗？会啥呀！大嫂说，你不是说你都看不懂吗？你不是看不懂，是懂了也等于零，我们这里有些人读过高中，他们就说自己懂了，结果还是往里面栽钱！

大嫂停顿了一下，以更低的声音说，不是一次都中不到，有时也中，但算起来反正是亏，胡贵中了三万多块，但一清账目，还是亏了五千几。我也亏了三百多啦！

说"三百多"这个数字的时候，大嫂像被什么哽住了一样。

我说你还在买吗？

不买了，从上周开始我就不买了。

我这才把妻子了解到的情况向大嫂说了。

难怪得！大嫂恍然大悟。抽了两口气，她又说，工地上还有很多人在买，有个安徽来的，买红了眼，结果把这几年挣的钱都输光了。胡贵也还在买，他不像我们，我一次最多买十块，他一丢就丢个千儿八百。我等一会儿都跟他们说说，叫他们不要买了。我就说是我三弟和三弟妹打电话告诉我的，他们会信。

我说你三弟哪有那么大的面子呀。

大嫂说你才不晓得呢，他们听说我三弟是个写书的，都对我格外好。胡贵给我涨工钱，还不是看在你的面子上！你别看胡贵跟我们一样是大老粗，哪些人该尊重，他心里是亮亮堂堂的。

听了这些话，我万般感慨。

我很想问一问清明的近况，又怕影响大嫂的心情，就没问。

妻子一直坐在我旁边听，我把听筒扣上之后，她说，你感觉到大嫂身上的变化没有？

我说她好像比以前更加沉重了。

妻子说，对！她在外面挣了钱，却反而比以前更紧张，我觉得这一是清明让她放不下心，二是环境逼的，大嫂见识了外面的世界，知道了做一个人该怎样过日子，她心里害怕了。

停顿了一下，妻子又说，不过大嫂知道控制和调整自己，我们是不用为她担心的。

我很同意妻子的意见。

可是我们两个人都错了。

没过几个星期，大嫂就出了事。

这件事是由胡贵引起的。

胡贵并不是真正的老板。他一个农民，去异地他乡搞建筑，怎么能当上真正的老板呢？那里对土地的使用形成了这样一种链条：政府以各种手段征地，建筑公司（他们同时又是开发商）从政府那里把土地拍到手，再以高价包给别人——直接从公司拿到地盘的，是第一级包工头，称为大包头，大包头是不会亲自召集人马上工的，他们虽是个人行为，但发挥着与建筑公司几乎相同的职能，之所以揽地，是要将土地以更高的价格再包下去，并从中获取暴利；从大包头手里拿到地盘的，称为二包头。但这还没完，下面还有三包头四包头乃至七包头八包头，每下传一次，地价就要高出一块，一直要传到没有人愿意接手了，只能从廉价的工人手里榨取血汗钱了，工程才会真正上马。目前，中国许多城市的房价居高不下，还节节攀升，可以说得出几十种原因，上述情形就是原因之一。

这么说就很明白了，胡贵不是老板，只是一个包工头，而且是比较低级的包工头，而那些级别较高的包工头，乡下人是做不了的，他们通常都是城里人，还不是普普通通的城里人，而是多多少少都有些背景的城里人，有的本身就是政府官员，他们与作为开发商的建筑公司一起联手倒卖土地。胡贵千方百计把工程弄到了手，他上面那一层一层的包工头就隐去了，他又直接受建筑公司下属的项目部领导了。他干了事情，修了房子，就找项目部拿钱，而项目部往往以各种理由克扣他的钱，实在克扣不下来的，就找胡贵"借"。

胡贵从来不欠工人一分钱，如果你这个月不想干满就回家，只要提前给胡贵打声招呼，他手头再紧，也要想法在你回家前把你该得的工钱付了。然而，别人却欠着胡贵的钱，欠了很多。

通过合情合理的手段去要回那些钱，几乎是不可能的。欠钱的都是老爷，你去讨要的时候，他心情好，可以见你一面，居高临下地给你说几句话，但钱是不会给的；心情不好，他连见也不见你。通过合法的手段是不是就能要回那些钱呢？一般说来，像胡贵这样的人想也不会朝那方面想，他们并非不知道有法院这样的机构，但他们对这样的机构很陌生，也缺乏信任，不要说很难打赢官司，就是打赢了，也要耗时数月甚至数年，被拖得皮裂嘴歪，到头来还不一定能执行到手。

许许多多从农村去的、没有背景的包工头，在故乡人面前风光得很，谁知他们都吃着这样的哑巴亏，都在外面给别人当孙子。

胡贵做梦也在想，我怎样才能把欠款收回来呢？他觉得很难，又不甘心，睡梦中都在担惊受怕。

有人说，中国的农民工大体上可分为三类：一类靠苦力，二类靠暴力，三类"傍老"（有姿色的男女，傍老板或富婆）。这第三类人，是社会的暗流，我们可以暂时不去讨论。这里只说前两类。农民工进城之初，都抱着靠苦力挣钱的单纯理想，可现实告诉他们，你一天十六个小时甚至二十个小时地卖命，结果还被拖欠甚至完全被赖掉工钱。吃苦不能成为他们生活的保障，当他们苦不堪言的时候，就只有求救于暴力了。暴力无奈地成为他们活命的最后保障。

前面说过，胡贵在城里很吃得开，那正是因为他早就开始使用暴力。他对城里人有一种天生的畏惧心理，这反而促使了他崇尚以暴力的方式来对付城里人，就像那些天生怯懦的人很容易做出极端行为一样。同时现实也提示他：这种方法是很管用的。大嫂去他工地之前，他已经用暴力的方式要回了好几十万。他虽然个子高大，但由于太肥胖，说不上什么力气，可他采用暴力的手段很奇特，也很突然，当他被梦魇住了，在一声惊天动地的呼噜中醒过来了，他会立即站起身，血红着眼珠，去工地上招呼他的工人：下来，全都下来！把铁锹拿上，把木棒拿上！接着他就交代去某某地方打某某人。而且他还说，只要去了的，不管动没动手，我都给一百块，下手把人打死了的，我给钱让他逃跑，该坐牢该枪毙，都由我去顶！工人们知道胡贵是从不骗他们的，胡贵说话是算数的，于是男男女女都从脚手架上下来了，在很短的时间内，啸聚到胡贵周围，胡贵就领着这一大帮手持凶器的民工，朝目标走去。

见这阵势，再厉害的人也会害怕。听说胡贵领着大帮人来了，欠他钱的因为自己不干净，同时可能还牵扯到背后一个庞大的黑暗网络，不敢报警；躲也不是办法，躲得过初一躲不过十五呀！他们必然迅速出动，主动跑来给胡贵说好话了，即使不能付款，也要定出个付款的日期。

现在胡贵又面临这样的问题了。项目部说好哪几幢楼按时竣工并通过验收后就给他多少钱，胡贵按时按质地完成了任务，但项目部就是不照约付款，胡贵去找了若干次，人家根本不理他，连正眼也不瞧他，他去给项目部经理下跪了，还把那个跟他一样肥胖但戴着眼镜的经理叫爹，他说爹呀，你再不给我钱，我就没法给工人付工钱了，那些工人都是从农村出来的，家里苦哇，领不到工钱，他们没法过日子呀，他们是在我手下干活，我不给他们工钱，就是我缺德呀，我胡贵活一辈子人，没做过缺德事呀！

经理吐了一口烟圈，说，我即便要收干儿子，也不会收你这种下贱货吧！

胡贵站起来，走了。回到工地，他双手叉腰，扯破了嗓子吼叫：不干了，打人去！

有许多人是在他手下干了很多年的，知道可以白挣一百块钱了，立即听从召唤。大家都是出来讨生活，不容易，他们不愿意独享好处，就把胡贵以前的做法告诉了不知情的新手。

大嫂就这样被卷进去了……

公司离工地不远，过两条马路就到了，街上的人看到这群举着铁锨镐子的乱哄哄的农民，以为他们是被临时雇到哪里去干活的，以城里人看待农民工那种特有的眼神看他们一眼，就走自己的路了；只是尽量往边上靠，还把手掌当成扇子，轻轻地挥着。胡贵大踏步地走在前面，心里在对那个经理说，你个狗日的，今天让你看看谁是下贱货！

建筑公司的办公楼有七层，那个项目部经理是住在顶层上的，说来也该出事，胡贵的队伍刚到楼外的一个小广场，项目部经理就低着头从底楼的大厅里钻出来了。听到非凡的响动，他猛然抬头，看了一眼胡贵，又看了一眼站在胡贵背后那一张张怯生生的、卑微的脸，立刻明白是怎么回事了。

他这时候犯了一个致命的错误，他实在低估了胡贵，也低估了胡贵背后的那群人。他把滑到鼻尖的宽边眼镜推了一下，走出大厅，迎上前来说，想干啥啦？我问你们想干啥啦？一群猪，都给我滚出去！

此前，胡贵是怀着期待的，他希望经理见到这阵势，就像以前的那些经理一样，立马给他说好话，哪怕一分钱不给，只要让他顺一口气，他也有个下来的台阶，事情也会平息。

现在看来，他的希望落空了。

他说，就是他，给我打！

人群一哄而上……

警察赶来的时候，经理倒在血泊中，仰面朝天，四肢像抽筋一样弹动。

警察赶来就开始捕人，胡贵走上前去，说这些人都是他的手下，是他召集来的，要捕就捕他。警察利索地将他铐了，继续捉捕别的人。

这些平时生活在城市孤岛上的农民，此时此刻才觉得自己离开了孤岛，扑进城市的汪洋里了，他们眼里含着恐惧，站在原地，浑身抖得比那个被救护车拉走的经理还厉害。

警察很方便地就将他们带走了，装了两大卡车。

大嫂在看守所里蹲了一夜黑屋子，第二天就被放出来了。

建筑公司外墙上安了摄像头，哪些人动了手，哪些人没动手，一看就清楚了。

真正动手的不到十个人，都是男人，那几个人跟胡贵一起被扣住了，其余的全放了出来。每个人出来之前都被录了口供，他们所说的，除表述上的不同，陈述的事实基本一致。

大嫂是第一个被放出来的，她简直就没站到人群里去，而是躲在角落里一个椭圆形花台旁边，拌灰浆用的铁锹也没拿在手里，而是放在花台上，疑惑而悲哀地望着那边正发生的一切……

那天夜里，医院里传来消息，说那个经理的命保住了，但落下终身残疾，是肯定了的。

放出来的这群人，围在工地的空地上，像堆放在一起的木头。

他们不说一句话，脑子里却像电光石火一样清醒。去建筑公司之前，他们只想着一件事，现在，很多思绪都涌上来了，很多道理都明白了。把人打死了，是要偿命的，把人打残了，是要坐牢的，这时候他们都醒悟过来了。胡贵会去坐牢吗？那几个工友会去坐牢吗？……

现在大嫂就想着这些事，她后悔死了。她之所以跟着人群去，当然是想得那一百块钱，她听人说了：不会打起来的，只是去走个过场，散散心，一百块就到手了。她买六合彩亏了三百多，当然希望通过这种简简单单的方式捞回一百块。她的大儿子早该是谈女朋友的年龄了，可他还那样漂着，小儿子还有大半年就考大学了，小儿子肯定考得上（这也是她一直梦想的），他考上了，总不能因为没钱，就不让他去读！而这样的事情，在农村是不少见的。每年，各个学校各个地区的高考状元，很多都是穷苦人家出身，他们的事迹被媒体宣扬着，被口头传颂着，结果闹到头，却没有钱去读大学！那些运气好的，能得到社会和好心人的捐助，可大部分人没有那样的好运气……大嫂更加明确地意识到，人是应该有知识的啊，比如这次打人的事件，都是因为胡贵和跟他去的人没知识造成的啊！她无法想象清华将来也混迹在这群人中间，去跟她一样蹲公安局的黑屋子，甚至像那些没被放出来的人一样，还有可能要去坐牢。

而这样的一个群落，人数并不少。大嫂在广东的工地上，见到了许多夫妻一起出来打工，他们把孩子也带出来了，孩子在当地开办的民工学校读书，那读的什么书呢，不过就是混年龄罢了，混得手脚上有点儿劲了，就成为新一代的农民工。这些农民工从小在城市生活，对老家没有什么感情了，吃不下老家面朝黄土背朝天才能刨碗饭吃的那个苦，不愿意回去了，而他们又无法融入城市，就四肢不靠地荡着，小小的年纪，就抽烟喝酒，打牌赌博，满口下流话，这样的人稍不注意，就会成为安放在城市的炸弹。大嫂有一个儿子差不多沦落到这种境地了，她怎么舍得再让一个儿子面临这种尴尬和危险。——何况清华和清明是不一样的，清明好坏有一身力气，而清华却文弱得像个女孩子。

大嫂当然想去白挣那一百块钱。

但也不仅仅如此，她之所以跟着胡贵去，是想对胡贵报恩的。胡贵对她那么好，人家有了难处，她总不能袖手旁观。

结果她帮了胡贵的倒忙。

这人哪，是不能贪心的，是不能没有知识的，大嫂反反复复地这样责备自己……

工程自然而然地停了下来，工人们的主要任务，就是等消息，还有就是安慰胡贵的家人。

第三天上，清明来了。他是从报纸上知道这件事的。

一看到清明的身影，已经两天没吃饭的大嫂，扑过去把儿子抱住了。大嫂抱住儿子哭，她说清明呢，那次你幸好没跟妈一道来，要是你来了，照你的脾气，说不定也被关起来了……

清明则显得很冷，他以很不屑的、淡然的口气对母亲说，即使我来了，也不会去做那种蠢事。我做得最出格的事情，就是读书的时候欠债让你着难，再就是逼了爸爸，逼了爸爸过后不到两天，我就后悔了，就知道不该逼他。我从来没做过对不起外人的事，更不可能做出胡贵做的这种蠢事。

大嫂泪眼巴巴地望着儿子。

她第一次看到了儿子身上的另一面。

判决结果下来得出人意料的快，胡贵被判处五年有期徒刑，其余几个动手打人的，判了两年到五年不等。胡贵希望用暴力去为自己获得保障，他不知道，你再冤枉再委屈，也没有权利去剥夺人家的健康和生命。剥夺人家的生命，是天底下最大的罪恶；剥夺人家的健康，让人家承受终身残疾的痛苦，是仅次于前一种罪恶的罪恶……

那个经理通过治疗，别的地方无大碍，但左脚的跟腱被镐子掘断了，接上之后，左腿短了一大截，走路跛得相当厉害。他的医疗费全是胡贵承担的，胡贵还一次性地赔偿他的各项损失（包括精神损失）三十万元。项目部欠胡贵的钱是怎么处理的，工人们不知道。

在此之前，工地由胡贵的小舅子领头（打人那天，他外出买材料去了，没有参与），他小舅子也是三十七八岁的人了，但遇到大事小事都毫无主张，动不动就跟人吵架。好在工地上的人都记得胡贵的好处，从不跟他计较。在胡贵等人的判决结果下来之前，他小舅子从没给工人发过工资，工人们依然没计较，大家都抱着幻想，以为胡贵赔了钱就能够出来，没想到还是被判了五年。一些不是从清溪河流域来的工人，知道跟着胡贵的小舅子没什么搞头，没领的工钱也不要了，打起铺盖卷走人了。他们一走，胡贵的老乡也人心思散了；他们出门毕竟是为了挣活命钱，现在挣不到钱了，留下来怎么办呢？胡贵的小舅子见此情形，完全没了抓拿，只是像泼妇一样跺着脚骂人。

完完整整的一个工地，顷刻间就瘫了。

胡贵的那一大家子人，哭哭啼啼地回了老家。老家的房子早就垮了，那块空地早就变成蒿蒿漫长野鸡栖息的荒地了……胡贵带着亲人出来转了那么大一个圈子，结果最终还是回了老家，而他本人，五年之中还必须蹲在大墙之内。

工地暂时无人接手，那些立起来的房子，成了烂尾房。

大嫂不想走，可她不能不走了。

她没有走远，还是在那座城市里。

那地方也跟众多城市一样，本身就是一个大工地，搞建筑的到处都是，但大嫂明明白白已经是一个老太婆了，谁还愿意要她呀。建筑工地不要她，别的厂家也不要她。他们宁愿要童工，也不会要一个老太婆。她在那座城市的偏僻处，租了间窄小、阴暗而潮湿的地下室，找了个背篼和几根蛇皮口袋，买了一把秤，干起了拾荒的营生。除了去公园和海边拾荒，她还去居民小区收酒瓶，收废报刊，去得多了，住在那些小区里的城里人都认出她了，如果家里有了可再利用的废物，又在路上碰见了她，就跟她约个日子。大嫂很自觉，去别人家收东西，从来都只站在门口，别人把废物抱到门口来，她整理进蛇皮口袋里，再称秤。她从来不抠秤。城里人也很相信她，她称秤的时候，只有很少一部分人才把一只脚站出来瞅。有一些好人心，见大嫂嘴皮子起壳，心想她的喉咙一定冒烟了，想喝水了，就用纸杯给她倒一杯凉开水出来；大嫂通常是不喝，她想我一个乡下人，身上脏兮兮的，怎么能喝城里人的水呢？她知道纸杯是一次性的，但还是觉得自己会把城里人的水喝脏。有一些城里人（特别是上了年纪的老人）很固执，非要她喝下不可，于是大嫂就仰起脖子喝了。她分不清自己喝下的是凉开水还是泪水。

城里的好人和乡下的好人一样多，可是，究竟是什么把城里人和乡下人分得这么清楚的呢？

大嫂永远也不会想明白。

开始拾荒的那段时间，大嫂的收入不行，自从跟小区的居民熟识过后，收入很快就上去了，比在胡贵的工地上还多。

她那双卑微的手，捡起城里人不要的东西，之后变成了钱……大嫂为此感到很幸福。

更让她幸福的是，清明跟她在一起了。清明而今在一家石材厂上班，离大嫂租房子的地方有两公里左右，每天下班之后，他就步行回到租房的地方，跟母亲一起生活。他的话比以前少了，但干起活来再不是三天打鱼两天晒网，挣几个钱，也不是胡乱花掉，而是将绝大部分交给母亲，往家里寄多少，往账簿里存多少，都由母亲去处理。他对母亲说，我这样踏踏实实挣几年钱，争取回普光镇办个小型砖厂，然后再慢慢扩大……

胡贵出的那件事情，在儿子心里引起的震动，大嫂看得最清楚。

这年春节，大嫂依然没回来，清明也没回来。到了三月间，大嫂突然给我打来电话。

她兴奋得话都说不明白了。她说夏至呀，我看到你写的书了！我去一户人家收废报纸，那家男主人又拿出几本书来，让我一并称了，我一看，就在一本书上看到你的名字了，我说天啦，这是我家三弟写的呢！这是我家三弟写的呢！那家男主人把书拿回去看了看，说你三弟叫李夏至？我说可不是嘛！他就翻开一页，说是这个人？我一看是你的照片，说咋不是这个人，就是这个人哪！那家男主人笑了，说，既然是你三弟写的，这本书你就不用称了，我送你算了。那么厚一本，他就送给我了，这都是看在我三弟的面子上啊！我拿回来后，当天晚上就读，可是我读不懂啊，以前我看马经书，那上面翻来覆去就只有那么些字，你这书上到处都是生字，我没法看啊，我叫清明念给我听，没想到那个家伙比我认的字还少！我说你当时不好好读书吧，你三爸写的书你就没法读了！……我才舍不得卖你的书呢，我把它放我的枕头上！……

两行热泪，静静地滑出我的眼眶。

晃眼间到了六月，清华高考的日子来了。

六月二十日左右，我丢下手中紧要的活，回到故乡去，住在县城里等清华的高考成绩。

县城的一个朋友掏钱把我安排进了一家像模像样的宾馆，我住在那里，想着大嫂当年等我的高考成绩时露宿在学校花园里的情景，就怎么也睡不踏实。

两天之后，高考成绩下来了。

清华考了全市第一，以两分之差没能成为理科省状元。

我把电话打到清明的手机上。手机虽然通了，但没接听。那是上午十点左右，清明肯定在上班，石材厂电锯的尖叫声使他听不到手机响。我一刻不停地按重拨键，按了约摸一个小时，清明终于接了，我说清明啦，赶快回去找你妈，让你妈接电话。我想把这个喜讯，第一个就告诉大嫂。清明说，是三爸呀，妈拾荒去了，她旮旮旯旯到处走，找不到哇。我说别管，你现在就去给我找。清明一听这么紧急，还不知道啥事呢，立即说，要得，我马上去请假。

当大嫂下午一点过把电话打来的时候，我故意以平淡的口气向她报告了清华的成绩。

电话里传来模糊难辨的声音。

过了好一阵，大嫂才带着哭腔说，三弟，我知道了，我知道了……

那天余下来的时间，大嫂连午饭也没吃，就赶往火车站买票。她知道这里每天上午才有发往四川的火车，这样的时节，车票并不紧张，开车之前去都能够买到票，但大嫂要在最短的时间内把那张车票攥到手心里。她只有攥住车票了，才像获得了某种保证。

车票很顺利就买到了。大嫂没回租房，而是乘车朝城南奔去。

十五公里外的一座监狱里，关押着胡贵和她以前的几个工友。

监狱在一个乡镇上，规模很小，大门正对着镇子狭长而繁忙的独街。大嫂在一家四川乐山人开的卤肉摊上称了两斤猪头肉，就朝监狱走去。走出几步，大嫂想，那么几个人，两斤肉哪里够呢，又倒回去，添了一只很有名的"乐山甜皮鸭"。这东西十四块钱一斤，大嫂自己从没尝过，加上她早就饿了，当摊主那双肥胖而油腻的手把剁好的甜皮鸭往袋里装的时候，大嫂的喉咙咕嘟了一声。

要在平时，大嫂来这种地方多多少少会有些胆怯的，但今天她心里装着一个巨大的喜事，她一点也不胆怯。她在门口登了记，就进去了。想象中的监狱，一定充满了各种各样的喧嚣，事实上这里很安静，安静得让人心里不踏实。爬上一段很长的斜坡，就是一个并不宽敞的停车坪，大嫂正站在那里观望，两个狱警从旁边的房子里出来了。大嫂向狱警说明了来意。

结果，只有胡贵在，那几个工友都外出了。关押在这里的犯人，没有煤炭可挖，没有田地可种，他们接受劳动改造，就是被押解着去附近各地为某些行业或部门修房子，这些人，多数都是在狱外搞建筑，进了监狱还是搞建筑，但已经是两种截然不同的人生了。胡贵之所以没去，是因为他昨天才去了，今天留在狱内洗车。

狱警仔细检查了大嫂带来的食品，没发现异物，才把她带进亲友会见室。

不多一会儿，胡贵进来了。胡贵看见大嫂，竟然一点也没吃惊，只是朝大嫂笑了一下。在他进来之前，大嫂一再对自己说，不要做出愁眉苦脸的样子，不要做出怜悯他的样子，总之是不要做出在监狱里见他的样子。可胡贵一出现，大嫂就做不到了。胡贵被理了光头——这倒没什么，他以前也是理很浅的板寸头，可他那身带蓝横格的囚服，让大嫂不敢朝他身上看。他穿着深筒水靴，水靴上湿漉漉的，裤子和前襟也是湿漉漉的。他当了多少年老板了，大嫂想，他有多少年没干过这样的活了……特别是胡贵笑那一下，就像在一整块冰面上敲开了一个洞，水从那洞里漫出来，让人不是感觉到暖意，而是加倍的寒冷。

胡贵坐下来，胖大的身躯松弛着。大嫂想好了一大堆要对他说的话，这时候却一句也说不出来了。胡贵显然也想说话，可他也说不出来，两片厚嘴唇不住地颤抖。大嫂想起她带来的食品，急忙打开，说胡贵，你吃些，我这就去给你要双筷子来。胡贵疲惫的眼神有了光彩，他把大嫂一拦，就用手抓着吃。那真是狼吞虎咽。大嫂看着他两只手不停歇的样子，听着他因来不及咀嚼喉咙里发出的吃力的滚动声，心里涌起只有母亲看到饥饿的孩子时才会有的酸楚。

一个在外面挣扎了多年的人，一个凭借忠诚和勤苦当了老板的人，竟成了这样……

大嫂说，胡贵，没啥了不起的，人这一辈子，都要有些坡坡坎坎。

胡贵没应声，腮帮快速地蠕动着。

大嫂说，胡贵，我小儿子考上大学了。

胡贵将一块甜皮鸭的骨头剔了出来，他剔出来后，又舍不得丢掉那块骨头，放进嘴里嘎吱嘎吱地嚼。

大嫂说，胡贵，我小儿子考了老高老高的分数。

大嫂多么希望把她的好事跟胡贵分享，多么希望胡贵能从她的好事中得到快乐。

可是胡贵什么也没听见。

他把那块骨头嚼烂了，眼睛鼓了几下，吞进了胃里，接着又抓起一块鸭脖子。

规定的探监时间马上就到了，大嫂说，胡贵，我明天就回家了。

胡贵猛然间停了下来，眼里燃烧着一团火球。他就这样看着大嫂，像大嫂就是家乡那片云蒸霞蔚的土地。

他二十多年前就把家乡甩了，可此时此刻，家乡却钩子一样掏着他的心窝。

在这个世界上，究竟有多少人真的愿意离乡背井……

大嫂说，胡贵，我回去后，过两天就去杨侯山看你的家里人。

胡贵摇晃着站起来，朝大嫂深深地鞠了一躬。随后，狱警就把他带出去了。

从监狱出来，看着街面上痛快淋漓地演绎着的人间世象，大嫂回望监狱大门内那段长长的斜坡，恍然如在梦中。

那还是下午五点钟左右，阳光灿烂地照耀着，但大嫂已经走到了时间的前头，她仿佛坐上了一辆长着翅膀的火车，眨眼之间，她就看到银带似的清溪河了，看到被映山红开得亮亮堂堂的老君山了……她流下了眼泪。

神木

刘庆邦

一

冬天。离旧历新年还有一个多月。天上落着零星小雪。在一个小型火车站,唐朝阳和宋金明正物色他们的下一个点子。点子是他们的行话,指的是合适的活人。他们一旦把点子物色好了,就把点子带到地处偏远的小煤窑办掉,然后以点子亲人的名义,拿人命和窑主换钱。这项生意他们已经做得轻车熟路,得心应手,可以说做一项成功一项。他们两个是一对好搭档,互相配合默契,从未出过什么纰漏。按他们的计划,年前再办一个点子就算了。一个点子办下来,每人至少可以挣一万多块。如果运气好的话,也许会突破两万块大关。回老家过个肥年不成问题。

火车站一侧有一家敞棚小饭店,饭店门口的标牌上写着醒目的广告,卖正宗羊肉烩面、保健羊肉汤、烧饼和多种下酒小菜。唐朝阳对保健羊肉汤产生了兴趣。他骂了一句,说:"现在什么都保健,就差搞野鸡不保健了。"一位端盘子的小姑娘迎出来,称他们"两位大哥",把他们请进棚子里坐下。他们点了两碗保健羊肉汤和四个烧饼,却说先不要上,他们还要喝点酒。他们的心思也不在酒上,而是在车站广场那些两条腿的动物上。两人漫不经心地呷着白酒，嘴里有味无味地咀嚼着四条腿动物的杂碎，四只眼睛通过三面开口的敞棚，不住地向人群中睃寻，离春节还早，人们的脚步却已显得有些匆忙。有人提着豪华旅行箱，大步流星往车站入口处赶。一个妇女走得太快，把手上扯着的孩子拖倒了。她把孩子提溜起来，照孩子屁股上抽两巴掌，拖起孩子再走。一个穿红皮衣的女人，把电话手机捂在耳朵上，嘴里不停地说话，脚下还不停地走路。人们来来往往，小雪在广场的地上根本存不住，不是被过来的人带走了，就是被过去的人踩化了。待着不动的是一些讨钱的乞丐。一个上年纪的老妇人，跪伏成磕头状，花白的头发在地上披散得如一堆乱草，头前放着一只破旧的白茶缸子，里面扔着几个钢镚子和几张毛票。还有一个年轻女人，坐在水泥地上，腿上放着一个仰躺着的小孩子。小孩子脸色发白，闭着双眼，不知是生病了，还是饿坏了。年轻女人面前也放着一只讨钱用的搪瓷茶缸子。人们来去匆匆，看见他们如看不见，很少有人往茶缸里丢钱。唐朝阳和宋金明不明白，元旦也好，春节也罢，只不过都是时间上的说法，又不是人的发情期，那些数不清的男人和女人，干吗为此变得慌张、骚动不安呢？

这二人之所以没有发起出击，是因为他们暂时尚未发现明确的目标。他们坐在小饭店里不动，如同狩猎的人在暗处潜伏，等候猎取对象出现。猎取对象一旦出现在他们的视野之内，他们会马上兴奋起来，并不失时机地把猎取对象擒获。他们不要老板，不要干部模样的人，也不要女人，只要那些外出打工的乡下人。如果打工的人成群结帮，他们也会放弃，而是专挑那些单个儿的打工者。一般来说，那些单个儿的打工者比较好蒙，在二对一的情况下，用不了多大一会儿工夫，被利诱的打工者就如同脖子上套了绳索一样，不用他们牵，就乖乖地跟他们走了。他们没发现单个儿的打工者，倒是看见三两个单个儿的小姐，在人群中游荡。小姐打扮妖艳，专拣那些大款模样的单行男人搭讪。小姐拦在男人面前嘀嘀咕咕，搔首弄姿，有的还动手扯男人的衣袖，意思让男人随她走。大多数男人态度坚决，置之不理。少数男人趁机把小姐逗一逗，讲一讲价钱。待把小姐的热情逗上来，他却不是真的买账，撇下小姐扬长而去。只有个别男人绷不住劲，迟迟疑疑地跟小姐走了，到不知名的地方去了。唐朝阳和宋金明看得出来，这些小姐都是野鸡，哪个倒霉蛋儿要是被她们领进鸡窝里，就算掉进了黑窟窿，是公鸡也得逼出蛋来。他们跟这些小姐不是同行，不存在争行市的问题。按他们的愿望，希望每个小姐都能赚走一个男人，把那些肚里长满板油的男人好好宰一宰。

端盘子的小姑娘过来问他俩，这会儿上不上羊肉汤。

唐朝阳回过眼来，把小姑娘满眼瞅着，问："你们这里有没有保健野鸡汤？"

宋金明听出唐朝阳肚子里在冒坏汤儿，也盯紧小姑娘的嘴唇，看她怎样回答。小姑娘腰身瘦瘦的，脖子细细的，看样子是刚从乡下雇来的黄毛丫头，还没开过胯，还没经过大阵仗。正是这样的生坯子，用起来才有些意思。女人身上一旦起了软肉，就不再是柴鸡的味道，而是用化学饲料催长的肉鸡的味道。小姑娘好看的嘴唇动了动，说她不知道有没有保健野鸡汤。

"你们饭店里有保健羊肉汤，难道就没有保健野鸡汤吗？野鸡汤本钱也不高，比卖羊肉汤来钱快多了。"唐朝阳说。

小姑娘说，她去问一问老板，转身进屋去了。

宋金明朝唐朝阳脚杆子上踢了一下："去你妈的，别想好事儿了。要想弄成事儿，恐怕五百块都说不下来。"

"一千块我也干！"

老板从屋里出来了，是一位少妇。少妇身前身后都起了不少软肉，比小姑娘逊色多了。少妇说："两位大哥真会开玩笑，你们把羊肉汤喝足了，还愁喝不到野鸡汤吗！"少妇把红嘴往旁边的洗头泡脚屋一努，说那里面就有，想喝多久喝多久，口对口喝都没人管。

唐朝阳看出老板娘不是个善茬儿，不再提要野鸡汤的事，说："把羊肉汤端上来吧。"

他俩注意到了，小饭店的左侧是一个挂着黑漆布帘子的放像室，一男一女堵在门口卖票收钱，四块钱放进去一位，时间不限。门口立着一个黑色立体声音箱，以把录像带上的声音同步传播出来作为招徕。音箱里一阵一阵传出来的大都是女人的声音，她们像是被什么东西塞住了音道，发音吐字一点也不清晰。右侧是一家美容美发兼洗头泡脚的小屋门面，门面的大玻璃窗上写着两行红字："低价消费，到位服务。"这样的小屋唐朝阳和宋金明都进去过，别看小屋门面不大，里面的世界却深得很，往往要七拐八拐，进了旁门，还有左道，有时还要上楼下楼。等到了单间，小姐转出来，一对一的洗和泡就可以进行了。当然了，他们洗的是第二个头，泡的是第三只脚。

小姑娘把保健羊肉汤端上来了。羊肉汤是用砂锅子烧的，大概因为砂锅子太烫手，小姑娘是用一个特制的带手柄的铁圈套住砂锅子，才分两次把热气腾腾的羊肉汤端上桌的。唐朝阳和宋金明一瞅，汤汁子白浓浓的，上面洒了几珠子金黄的麻油，酽酽的老汤子的香气直往鼻腔子里钻。二位拿起调羹，刚要把"保健"的滋味品尝一下，唐朝阳往车站广场瞥了一眼，说声："有了！"几乎是同时，宋金明也发现了他们所需要的人选，也就是来送死的点子。二人很快地对视了一下，眼里都闪射出欣喜的光芒。这种欣喜是恶毒的。他们不约而同地把调羹放下了。一个点子就是一堆大面值的票子，眼下，票子还带着两条腿，还会到处走动，他们绝不会放过。由于心情激动，他们急于攫取的手稍稍有些发抖，调羹放回碟子时发出了微响。宋金明站起来了，说："我去钓他！"

如同当演员做戏一样，宋金明从敞棚小饭店出来时，没忘了带着他的一套道具，这就是一个用塑料蛇皮袋子装着的铺盖卷儿，一只式样过时的、坏了拉锁的人造革提兜。提兜的上口露出一条毛巾。毛巾脏污的有些发黑，半截在提兜里，半截在兜外耷拉着。这样的道具容易被打工者认同。

二

被宋金明跟踪的目标走过车站广场，向售票厅走去。目标的样子不是很着急，目的性似乎也不太明确。走过车站广场时，他仰起脸往天上看了一会儿，像是看一下天阴到什么程度，估计一下雪会不会下大。看到利用孩子讨钱的那个妇女，他也远远地站着看了一会儿。他没有走近那个妇女，更没有给人家掏钱。目标到售票厅并没有买票，他到半面墙壁大的列车时刻表下看看，到售票窗口转转，就出去了。目标走到门外，有一个人跟他搭话。宋金明顿时警觉起来，他担心有人撬他们的行，把他们选中的点子半路劫走。宋金明紧走两步，想接近目标，听听那人跟他们的目标说什么，以便见机行事，把目标夺过来。宋金明的担心多余了，他还没听见两人说什么，两人就错开了，一人往里，一人往外，各走各的路。

目标下了售票厅门口的水泥台阶，看见脚前扔着一个大红的烟盒，烟盒是硬壳的，看上去完好如新。目标上去一脚，把烟盒踩扁了。他没有马上抬脚，转着脖子左右环顾。大概没发现有人注意他，他才把烟盒捡起来。他瞪着眼往烟盒里瞅，用两个指头往烟盒里掏。当证实烟盒的确是空纸壳子时，他仍没舍得把烟盒扔掉，而是顺手把烟盒揣进裤子口袋里去了。

这一切，宋金明都看在眼里。目标左右环顾时，他的目光及时回避了，装作什么都没看见。目标定是希望能从烟盒里掏出一卷子钱来，烟盒空空如也，不光没钱，连一根烟卷也不剩，未免让他的可爱的目标失望了。通过这一细节，宋金明无意中完成了对目标的考察，他因此得出判断，这个目标是一个缺钱和急于挣钱的人，这样的人最容易上钩。事不迟疑，他得赶快跟他的目标搭上话。

车站广场一角有一个报刊亭，目标转到那里站下了，往亭子里看着。报刊亭三面的玻璃窗内挂满了各类花里胡哨的杂志，几乎每本杂志封面上都印有一个漂亮的女人。宋金明掏出一支烟，不失时机地贴近目标，说："师傅，借个火。"

目标回过头来，看了宋金明一眼，说他没有火。

既然没有火，宋金明就把烟夹在耳朵上走了，像是找别人借火去了。他当然不会真走，走了几步又折回来了，对目标说："我看着你怎么有点面熟呢？"还没等目标对这个问题做出反应，他的第二个问题跟着就来了："师傅这是准备回家过年吧？"

目标点点头。

"离过年还有一个多月呢，回家那么早干什么！"

"不回家去哪儿呢？"

"我们联系好了一个矿，准备去那里干一段儿。那里天冷，煤卖得好。那儿回来的人说，在那个矿干一个月，起码可能挣这个数。"说着弯起一个食指钩了一个九。他见目标的眼睛亮了一下，随即把代表钱数的指头收起来了。这时，有个吸烟的人从旁边路过，他过去把火借来了。他又掏出一支烟，让目标也点上。目标没有接，说他不会吸烟。宋金明看出目标心存戒心，没有勉强让他吸，主动与目标拉开距离，退到一旁独自吸烟去了。一旁有一个长方形的花坛，春夏季节，花坛里当有花儿开放，眼下是冬季，花坛里只剩下一些枯枝败叶。这些带刺的枯枝子上挂着随风飘扬的白塑料袋，像招魂幡一样。花坛四周，垒有半腿高的水泥平台。宋金明的铺盖卷儿放在地上，在台面上坐下了。对于钓人，他是有经验的。钓人和钓鱼的情形有相似的地方，你把钓饵上好了，投放了，就要稳坐钓鱼台，耐心等待，目标自会慢慢上钩。你若急于求成，频频地把钓饵往目标嘴边送，很有可能会把目标吓跑。

果然，目标绕着报刊亭转了一圈，磨蹭着向宋金明挨过来。目标向宋金明接近了，眼睛并没有看宋金明，像是无意之中走到宋金明身边去的。

宋金明暗喜，心说，这是你自己送上门来找死，可不能怨我。他没有跟目标打招呼。

目标把一直背在肩上的铺盖卷放下来了，他的铺盖卷也是用蛇皮塑料袋子装的。并没人做出规定，可近年来，外出打工的人几乎都是用蛇皮袋子装铺盖。若看见一个人或一群人，背着臃肿的蛇皮袋子在路边行走，不用问，那准是从乡下出来的打工族。蛇皮袋子仿佛成了打工者的一个标志。目标把铺盖卷放得和宋金明的铺盖卷比较接近，而且都是站立的姿势。在别人看来，这两个铺盖卷正好是一对。宋金明注意到了目标的这一举动。他拿铺盖卷做道具，他的道具还没怎么耍，有人就跟他的道具攀起亲家来了。有那么一瞬间，他产生了一点错觉，仿佛不是他钓人家，而是打了颠倒，是人家来钓他，准备把他钓走当点子换钱。他的心里狠狠打了一个手势，赶紧把错觉赶走了。

目标咳了咳喉咙，问宋金明刚才说的矿在哪里。

宋金明说了一个大致的地方。

目标认为那地方有点远。

"那是的，挣钱的地方都远，近处都是花钱的地方。"

"你是说，去那里一个月能挣九百块？"

"九百块是起码数，多了就不敢说了。"

"你一个人去？"

"不，还有一个伙计，在那边等我。我来买票。"

目标不说话了，低着头，一只脚在地上来回擦。他穿的是一种黑胶和黑帆布黏合而成的棉鞋，这种鞋内膛较大，看上去笨头笨脑。宋金明知道，一些缺乏自信的打工者，都愿意把有限的钱藏在这种棉鞋里。他不知道这个家伙鞋膛里是不是有钱。宋金明试探似的把目标的棉鞋盯了盯，目标就把脚收回去了，两只脚并在了一处。宋金明看出来了，他选定的目标是一个老实蛋子。在眼下这个世界，是靠头脑和手段挣钱。像这种老实蛋子，虽然也有一把子力气，但到哪里都挣不到什么钱，既养活不了老婆，也养活不了孩子。这样的笨蛋只适合给别人当点子，让别人拿他的人命一次性地换一笔钱花。

目标开始咬钩了，他问宋金明："我跟你们一块儿去可以吗？"

宋金明没有答应，他还得继续拿钓饵吊目标的胃口，让自愿上钩者把钢钩咬实。他说："恐怕不行，人家只要两个人，一下子去三个人算怎么回事。"

目标说："我去了，保证不跟你们争活儿，要是没我的活儿干，我马上回家。我说话算话，你要是不信，我可以赌咒。"

宋金明制止了他的赌咒。赌咒是笨人才用的办法：笨人没办法让别人相信他，只有采取精神自残的赌咒作践自己。赌咒算个狗屁，现在都什么时候了，谁还相信咒语？宋金明说："这事儿我说了不算，活儿是我那个伙计联系的，只能跟他说一下试试。"

宋金明领着目标往小饭店走。走到那个头一直磕在地上的老妇人跟前，宋金明让目标等等，从口袋里掏出一把钱，抽出一张一块的，丢进老妇人的茶缸里去了。老妇人这才抬起头来，但很快又把头磕下去，说："好人一路平安，好人一路平安……"宋金明走到那个抱孩子的年轻女人面前，一下子往茶缸里放了两块钱。年轻女人说的话跟老妇人的话是一个模子，也是"好人一路平安"。

跟在宋金明身后的目标想跟宋金明学习，也给乞丐舍点钱，但他的手在口袋里摸索了一会儿，到底没舍得掏出钱来。

唐朝阳看见了宋金明带回的点子，故意装作看不见，只问宋金明买票了没有。

宋金明说："还没买。这个师傅想跟咱一块儿去干活。"

唐朝阳顿时恼了，说："扯鸡巴淡，什么师傅！我让你去买票，你带回个人来，这个人是能当票用，还是能当车坐！"

宋金明嗫嚅着，做出理亏的样子，解释说："我跟他说了不行，他还是想见见你。不信你问问他，我说了不行没有？"

点子说："不能怨这位师傅，他确实说过不行。我一听他说你们准备去矿上干，就想跟你们搭个伴，去矿上看看。"

"怎么，你在矿上干过？"

"干过。"

唐朝阳和宋金明很快地交换了一下眼神，唐朝阳的口气变得稍微缓和些。他要借机把这个点子调查一下，看他都在哪个地方的矿干过，凡是他去过的矿，就不能再去，以免露出破绽，留下隐患。唐朝阳说："看不出你还是个挖煤的老把式，你都在什么地方干过？"

点子说了两个矿名。

唐朝阳把两个矿名默记一下，又问点子："这两个矿在哪个省？"

点子说了省名。

调查完毕，唐朝阳还向点子问了一些闲话，比如这两个矿怎么样？能不能挣到钱？点子一一做了回答。这时，唐朝阳还不松口，还在玩欲擒故纵的把戏。他说："不行呀，我看你岁数太大了，我怕人家不要你。"

点子说："我长得老相，显得岁数大。其实我还不到四十岁，虚岁才三十八。"

唐朝阳没有说话，微笑着摇了摇头。

点子不知是计，顿时沮丧起来。他垂下头，眼皮眨巴着，看样子要把眼睛弄湿。

唐朝阳看出点子在做可怜相，真想在点子面门上来一记直拳，把点子捅一个满脸开花。这种人没别的本事，就会他妈的装装可怜相，让人恶心。这种可怜虫生来就是给人做点子的，留着他有什么用，办一个少一个。唐朝阳已经习惯了从办的角度审视他的点子，这好比屠夫习惯一见到屠杀对象就考虑从哪里下刀一样。这个点子戴一顶单帽子，头发不是很厚，估计一石头下去，能把颅顶砸碎。即使砸不碎，也能砸扁。他还看到了点子颈椎上鼓起的一串算盘子儿似的骨头，如果用镐把从那儿猛切下去，点子也会一头栽倒，再也爬不起来。不过，在办的过程中，稳准狠都要做到，一点也不能大意。他同时看出来了，这个点子是一个肯下苦力的人，这种人经过长期的劳动锻炼，都有一股子笨力，生命力也比较强。对这种人下手，必须一家伙打蒙，使他失去反抗能力，然后再往死里办。要是不能做到一家伙打蒙，事情办起来就不会那么顺利。想到这里，唐朝阳凶巴巴地笑了，骂了一句说："你要是我哥还差不多，我跟人家说说，人家兴许会收下你。"

宋金明赶紧对点子说："当哥还不容易，快答应当我伙计的哥吧。"

点子见事情有了转机，慌乱不知所措，想答应当哥又不敢应承。

"你到底愿意不愿意当我哥？"唐朝阳问。

"愿意，愿意。"

"那你姓什么？叫什么？"

"姓元，叫元清平。"

"还有姓元的，没听说过。那，老元不就是老鳖吗？"

"是的，是老鳖。"

"要当我的哥，你就不能姓元了。我姓唐，你也得姓唐。"

唐朝阳对宋金明说："宋老弟，你给我哥起个名字。"

宋金明早就准备好了一串名字，但他颇费思索似的说："我这位老兄叫唐朝阳，这样吧，你就叫唐朝霞吧。"

唐朝阳说："什么唐朝霞，怎么跟个娘儿们名字似的。"

宋金明说："先是朝霞，后有朝阳，他是你哥，叫朝霞怎么不对！"

点子已经认可了，说："行行，我就叫唐朝霞。"

唐朝阳对宋金明说："×你妈的，你还挺会起名字，起的名字还有讲头。"他冷不丁地叫了一声："唐朝霞！"

叫元清平的人一时没反应过来，好像不知道凭空而来的唐朝霞是代表谁，有些愣怔。

"×你妈的，我喊你，你怎么不答应！"

元清平这才愣过神来，"哎哎"地答应了。

"从现在起，那个叫元清平的人已经死了，不存在了，活着的是唐朝霞，记清楚了？"

"记清楚了！"

"哥！"唐朝阳又考验似的喊了一声。

这次改名唐朝霞的人反应过来了，只是他答应得不够气壮，好像还有些羞怯。

唐朝阳认为这还差不多，"这一弄，我们成了桃园三结义了。"他招呼端盘子的小姑娘，"来，再上两碗羊肉汤，四个烧饼。"

宋金明知道唐朝阳把刚才要的两碗羊肉汤都用了，却明知故问："你呢？你不吃了？"

唐朝阳说他刚才饿得等不及，已吃过了。这是给他们两个要的。

唐朝霞说他不吃，他刚才吃过饭了。

唐朝阳说："我们既然成了兄弟，你就不要客气。"

"吃也可以，我是当哥的。应该我花钱，请你们吃。"

唐朝阳又翻下脸子，说："你有多少钱，都拿出来！"

唐朝霞没有把钱拿出来。

"再跟我外气，你就不是我哥，你走你的阳关道，我钻我的黑煤窑！"

唐朝霞不敢再外气了。从唐朝阳野蛮的亲切里，他感到自己遇上够哥们儿的好人了。他哪里知道，喝了保健羊肉汤，一跟人家走，就算踏上了不归之路。

三

他们三人坐了火车坐汽车，坐火车向北，然后坐长途汽车往西扎，一直扎到深山里。山里有了积雪，到处白茫茫的。这里的小煤窑不少，哪里把山开肠破肚，挖出一些黑东西来，堆在雪地里，哪里就是一座小煤窑。一些拉煤的拖拉机喘着粗气在山区路上爬行。路况不太好。拖拉机东倒西歪，像是随时会翻车。但它们没有一辆翻车的，只撒下一些碎煤，就走远了。山里几乎看不见人，也没什么树木。只能看见用木头搭成的三角井架，和矮趴趴的屋顶上伸出的烟筒。还好，每个烟筒都在徐徐冒烟，传达出屋子里面的一些人气。唐朝阳往来路打量了一下，嫌这里还不够偏远，带着宋金明和唐朝霞继续西行。他胸有成竹的样子，说快到了。他们还拦了一辆拉煤的空拖拉机，爬上了后面的拖斗。司机说："小心把你们冻成肉棍子！"唐朝阳说："冻得越硬越好，用的时候就不用吹气了。"他们又往西走了几十里，唐朝阳选了一处窑口堆煤比较少的煤窑，他们才下了路，向小煤窑走去。接近窑口一侧的房子时，唐朝阳让宋金明和唐朝霞在外面等一会儿，他去找窑主接头。

宋金明和唐朝霞找到屋后一个背风的地方，冻得缩着脖，揣着手儿，来回乱走。按以往的经验，唐朝霞没几天活头了，顶多不会超过一星期。于是，宋金明就想跟唐朝霞说点笑话，让他在有限的日子里活得愉快些。他问："唐朝霞，你老婆长得漂亮吗？"

"不漂亮。"

"怎么不漂亮？"

"大嘴叉子。"

"嘴大了好哇，听人说女人嘴大，下面也大，生孩子利索。你老婆给你生了几个孩子？"

"两个，一个男孩儿，一个女孩儿。"

"男孩儿大女孩儿大？"

"男孩儿大。"

"女孩多大了？"

"十四。"

"让你闺女给我当老婆怎么样，我送给她一万块钱当彩礼。"

唐朝霞恼了，指着宋金明说："你，你……你骂人！"

宋金明乐了，说："×你大爷，跟你说句笑话你就当真了。我老婆成天价在家里闲着，我还娶你闺女干什么。说实话，我现在最担心的就是我老婆跟别人睡。我问你，你长年在外面跑，你老婆会不会跟别的男人干？"

"不会。"

"你怎么敢肯定不会？"

"我们那儿的男人都出来了。"

"噢，原来是这样，拔了萝卜净剩坑了。哎，你给我写个条，我去找嫂子干一盘怎么样？"

这一次唐朝霞没恼，说："想去你去呗，写条干什么！"

大约有一袋烟的工夫，唐朝阳从窑主屋里出来了，站在门口喊："哥，哥。"

宋金明和唐朝霞赶紧从屋子后面转出来，向唐朝阳走去，这时窑主也从屋里出来了。窑主上身穿着皮夹克，下身穿着皮裤，脚上还穿着深勒皮鞋，从上到下全用其他动物的皮包装起来。窑主的装束全是黑的，鼓鼓囊囊，闪着漆光。有一种食粪的甲虫，浑身上下就是这般华丽。窑主出来并不说话，嘴里咬着一个长长的琥珀色的烟嘴，烟嘴上安着点燃的香烟。唐朝阳把唐朝霞介绍给窑主，说："这是我哥。"

窑主瞥了一眼唐朝霞，没有说话。

唐朝霞往唐朝阳身边贴了贴，说："这是我弟弟，亲弟弟。"

窑主说："废话！"

唐朝阳又把宋金明介绍给窑主，说："他是我们的老乡，跟我们一块儿来的。"

窑主把牙上咬着的烟嘴取下来，弹了一下烟灰，问："你们真的下过窑？"

三个人都说真的下过。

"最近在哪儿下的？"

唐朝阳说了一个地方。

"为什么不在那儿下了？"窑主问话的声音并不高，但里面透出步步紧逼的威严，仿佛要给外面闯进山里来的陌生人来一个下马威。

这当然难不住唐朝阳和宋金明，他们有一整套对付窑主的办法，或者说，他们干的营生就是专门从窑主口袋里挖钱，对每一个装腔作势的窑主，他们都从心里发出讥笑。但他们表面上装得很谦卑，甚至有些猥琐，跟没见过任何世面的土包子一样。唐朝霞就是这种样子。不过，他的样子不是装出来的，是真的。他已经被窑主的威严吓住了。

唐朝阳答："那个矿冒了顶，砸死了两个人。"

窑主说："死两个人算什么！吃饭就要拉屎，开矿就要死人，怕死就别到窑上来！"

唐朝阳连连点头称是。他确实很赞成窑主的观点，心里说："你狗日的说得真对，老子就是来给你送死人的，你等着吧！"

宋金明补充说："按说死两个人是不算什么，可是，死人的事不知怎么走漏了消息，上面的人坐着小包车到那个矿上一看，马上宣布停产整顿。"

窑主不爱听这个，他的手挥了一下，说："整顿个蛋，再整顿也挡不住死人！"

宋金明还有话要说，这些话都是经过他精心构思的，是经过实践证明行之有效的。他把这些话说出来，是要刺激一下窑主，让窑主把信息储存在脑子里。这样，就等于为下一步和窑主讲条件时埋下了伏笔，到时他把伏笔稍微利用一下，窑主就得小心着，他就可以牵着窑主的鼻子走。他说："我们在那里等了几天，想跟矿主算一个账。干等长等也见不到矿主的面。后来才知道，矿主也被人家上面的人……"

窑主打断了宋金明的话。他果然受到了刺激，有些沉不住气，说："咱丑话说在前面，我也不能保证我这个矿不死人。有句话说得好，要奋斗就会有牺牲，死人的事是经常发生的。当然了，谁开矿也不希望死人。这样吧，你们干两天我看看。我说行，你们就接着干。我看着不是那么回事，你们马上卷铺盖走人。这两天先不发钱，算是试工。按说我应该收你们的试工费，看你们都是远地方来的，挣点钱不容易，试工费就免了。"

三个人连说"谢谢矿主"。

下窑第一天，唐朝阳和宋金明没有动手消灭代号为唐朝霞的点子，他们把力气暂时用在消灭煤炭上了。他们一到窑底，就起了杀人的心，就想把点子办掉。但窑主要试工，他们就得先忍着。等试工结束，窑主签下一份使用他们的字据，再把点子办掉，窑主就赖不掉账了。唐朝阳和宋金明不时地交换一下眼色，他们的眼睛在黑暗里仍闪闪发光。在他们看来，窑底下太适合杀人了，简直就是天然的杀人场所。把矿灯一熄，窑底下漆黑一团，比最黑暗的夜都黑，在这里出手杀个把人，谁都看不见。别说人看不见，窑底下没有神，没有鬼，离天和地也很远，杀了人可以说神不知，鬼不知，天不知，地不知。就算杀人时会发出一些钝声，被杀者也许会呻吟，但窑底和上面的人间隔着千层岩万仞山，谁会听得见呢！窑底是沉闷的，充满着让人昏昏欲睡的腐朽的死亡气息，人一来到这里，像服用了某种麻醉剂一样，杀人者和被杀者都变得有些麻木。不像在地面的光天化日之下，杀一个人轻易就被渲染成了不得的大事。更重要的是，窑底自然灾害很多，事故频繁，时常有人竖着进来，横着出去。在窑底杀了人，很容易就可以说成天杀，而不是人杀。

唐朝阳和宋金明以前就是这么干的,他们很好地利用了窑底下的自然条件,把杀人夺命的事毫无保留地推给了窑下的压力、石头或木头梁柱。这一次,他们也准备照此办理。

他们三个包了一个采煤掌子,打眼,放炮,用镐刨,把煤放下来,然后支棚子。他们三个人都很能干。特别是唐朝霞,定是为了表现一下自己,以赢得两个伙伴的信任,他冲在放煤前沿,干得满头大汗,一会儿都不闲着。如果单从干活的角度看,点子唐朝霞的确算得上一位挖煤的好把式。可是,挖出的煤再多,卖的钱都让窑主得了,他们才能挣多少一点钱呢!宋金明在心里对他们的点子说,对不起,只好借你的命用用。

负责往外运煤的是另外两个窑工,他们领来一辆骡子拉着的带胶皮轱辘的铁斗子车,装满一车,就向窑口底部拉去。把煤卸在那里,返回来再装再拉。每当空车返回来时,唐朝霞就抄起一把大锨,帮人家装车。当着运煤工的面,唐朝阳愿意表现一下对唐朝霞的亲情,他夺过唐朝霞手中的大锨,说:"哥,你歇会儿,我来装。"手中没有了大锨,唐朝霞仍不闲着,用双手搬起大些的煤块往车上扔。唐朝阳对哥的爱护进一步升级,他以生气的口气说:"哥,哥,你歇一会儿行不行!你一会儿不磨手,手上也不会长牙!"唐朝霞以为唐朝阳真的在爱护他,也承认唐朝阳是他弟弟,说:"老弟,你放心,累不着你哥。"

这一天,全窑比平常日子多出了好几吨煤,窑主感到满意。

第二天,唐朝阳和宋金明仍没有打死点子。兄弟和哥哥的关系似乎更亲密了。窑主到他们所在的采煤掌子悄悄观察时,唐朝阳仿佛长着第三只眼睛,窑主往掌子边一站,他就知道了。但他装作什么也不知道,只是不离唐朝霞身边,左一个哥右一个哥地叫。唐朝霞正用一只铁镐刨煤帮,他一把将唐朝霞拖开了,说:"哥,小心片帮!"他抓住哥手中的铁镐,要自己去刨。哥不松铁镐,说:"兄弟,没事,片不了帮!"兄弟说:"没事也不行,万一出点事就晚了。咱爹对咱们是咋说的,说钱挣多挣少没关系,千万要注意安全!"兄弟一提"咱爹",当哥的也得随着往"咱爹"上想。当哥的爹已经死了,眼下要重新认一个"咱爹",他脑子里还得转一个弯子。他转弯子时,手稍有放松,他的好兄弟就把铁镐夺过去了。唐朝阳身手矫健,镐尖刨在煤帮上像雨点一样,而落煤纷纷流泻下来，汇积如雨水。

宋金明心里明镜似的，暗骂唐朝阳真他妈的会演戏，戏越演越熟练了。他的戏演得越熟练，越充满亲情味，点子越死得不明白，窑主也会进到戏里出不来。

窑主说话了："看来你们真在别的矿上干过。"

"是矿主呀，你老人家是不是检查我们的工作来了？"唐朝阳说。

"说不上检查，随便下来看看。什么矿主矿主的，我听着怎么跟称呼地主一样，我姓姚。"

唐朝阳改称他姚矿长。

窑主身边还站着一个人，大概是窑主的随从或保镖一类的人物。窑主到窑下来，牙上还咬着那根琥珀色的长烟嘴，只是烟嘴上没有安烟。窑主把烟嘴取下来指点着他们说："我记住了，你们俩姓唐，是弟兄俩；你姓宋。没错吧？"

"姚矿长真是好记性。怎么样，姚矿长能给我们一碗饭吃吗？"宋金明问。

"吃饭好说，关键是泡妞儿。你们挣那么多钱，泡妞儿不泡？"

对这个突如其来的问题，三个人的反应不尽一致，宋金明的回答是："不泡，泡不起。"唐朝霞不知没听清还是没听懂，他问："泡什么？"唐朝阳理解，窑主这是在跟他们说笑话，透露出对他们的认可，愿意跟他们打成一片，他问："上哪儿泡？"

窑主说："哪儿不能泡！哪儿有水，哪儿就有妞儿，哪儿能洗脚，哪儿就能泡妞儿。"

唐朝阳说："妞儿谁不想泡，人生地不熟的，我们不敢哪。"

窑主笑了，说："那有什么可怕的，见妞儿就泡，替天行道。替天行道你们懂不懂，这是老天爷交给你们的光荣任务。你们要是完不成任务，或者任务完成得不好，老天爷下辈子就把你们的家伙剁掉，把你们变成妞儿，让人家泡你们。"

唐朝阳虚心地说："姚矿长这么一说，我们就懂了。等姚矿长给我们发了饷，我们争取完成任务。"

唐朝霞像是这才把泡妞儿的话听懂了，他嘿嘿地笑着，显得很开心。

这天上了窑，窑主就着人通知他们，试工结束，他们可以在本矿干了，多劳多得，实行计件工资。工资一月一发。希望他们春节期间也不要回家，春节期间工资翻倍。

宋金明和唐朝阳找到窑主，问能不能签一个正式的用工合同。

窑主说："签什么合同，我这里从来不兴签那玩意儿。石头凿的煤窑，流水的窑工。想在我这儿挣钱，就挣。不想挣了，自有人挤着脑袋来挣。"

二人只好作罢。

四

事情不宜再拖，第四天，唐朝阳和宋金明做出决定，在当天把他们领来的点子在窑下办掉。

唐朝阳和宋金明都听说过，不管哪朝哪代，官家在处死犯人之前，都要优待犯人一下，让犯人吃一顿好吃的，或给犯人一碗酒喝。依此类推，他们也要请唐朝霞吃喝一顿，好让唐朝霞酒足饭饱地上路。这种送别仪式是在第三天晚上从窑下出来时举行的。他们三个人，乘坐一个往上拉煤的敞口大铁罐从窑底吊上来时，上面正下大雪。冬日天短，他们每天上窑，天都黑透了。今天快升到窑口时，觉得上头有些发白，以为天还没黑透呢。等雪花落在脖子里和脸上，他们才知道下大雪了。宋金明说："下雪天容易想家，咱们喝点酒吧。"

唐朝阳马上同意："好，喝点酒，庆贺一下咱们顺利留下来做工的事。咱先说好，今天喝酒我花钱，我请我哥，宋老弟陪着。你们要是不让我花钱，这个酒我就不喝。"

不料唐朝霞坚持他要花钱，他的别劲上来了，说："要是不让我花钱，我一滴子酒都不尝。我是当哥的，老是让兄弟请我，我还算个人吗!"他说得有些激动，好像还咬了牙，表明他花钱的决心。

唐朝阳看了宋金明一眼，做出让步似的说："好好好，今天就让我哥请。长兄比父，我还得听我哥的。反正手心手背都是肉，我弟兄俩谁花钱都是一样。"

他们没有洗澡，带着满身满头满脸的煤粉子，就向离窑口不远的小饭馆走去。窑上没有食堂，窑工们都是在独此一家的小饭馆里吃饭。小饭馆是当地一家三口人开的，夫妻俩带着一个女儿，据说小饭馆的女老板是窑主的亲戚。等走到小饭馆门口，他们全身上下就不黑了，雪粉覆盖了煤粉，黑人变成了白人。女老板热情地迎上去，递给他们扫把，让他们扫身上的雪。雪一扫去，他们又成了黑人，只是眼白和牙齿还是白的。唐朝阳让唐朝霞点菜。唐朝霞说他不会点。唐朝阳点了一份猪肉炖粉条，一份白菜煮豆腐，一份拆骨羊头肉，还要了一瓶白酒。唐朝霞让唐朝阳多点几个菜，说吃饱喝饱不想家。点好了菜，唐朝霞说他去趟厕所，出去了。宋金明估计，唐朝霞一定是借上厕所之机，从身上掏钱去了，他的钱不是缝在裤衩上，就是藏在鞋里。宋金明没把他的估计跟唐朝阳说破。

宋金明估计得不错，唐朝霞到屋后的厕所撒了一泡尿，就蹲下身子，把一只鞋脱下来了。鞋舌头是撕开的，里面夹着一个小塑料口袋。唐朝霞从塑料口袋里剥出两张钱来，又把钱口袋塞进棉鞋舌头里去了。

菜上来了，酒倒好了，唐朝霞说喝吧，那二人却不端杯子。唐朝阳看着唐朝霞说："你是当哥的，今天又是你花钱，你不喝谁敢喝。"宋金明附和唐朝阳说："你是朝阳的哥，就等于是我的哥，千里来走窑，这是咱们的缘分哪！大哥，你说两句吧。"

唐朝霞眨巴眨巴黑脸上的眼白，喉咙里吭哧了一会儿才说："我不会说话呀，我说啥呢，你们两个都是好人，我遇上好人了，天底下还是好人多呀。从今以后，咱弟兄们同甘苦，共患难，来，咱们一块喝，喝起。"唐朝霞把一杯酒喝干了，摇摇头，说他不会喝酒，喝两杯就上头。

唐朝阳和宋金明计划好了要"优待"他们的点子一下，用酒肉给点子送行，他们当然不会放过点子唐朝霞。于是，这两个笑容满面的恶魔，轮番把点子喊成大哥，轮番向点子敬酒。等不到明天这个时候，他们的点子就该上西天去了，他们已提前看到了这一点。在敬酒的时候，他们话后面都有话，像是对活人说的，又像对死人的魂灵说的。一个说："大哥，我敬你一杯，喝了这杯你就舒服了。"另一个说："大哥，我敬你一杯，喝了这杯，你就能睡个踏实觉，就不想家了。"一个说："大哥，我再敬你一杯，喝了这杯，我有什么做得不对的地方，你就可以原谅我了。"另一个说："大哥，我再敬你一杯，我祝你早日脱离苦海，早日成仙。"唐朝霞的舌头已经发硬，他说："喝，死……死我也要喝……"唐朝霞提到了死，跟那两个人心中的阴谋对了点子，两个人不免吃了一惊，互相看了一下。

唐朝阳突然抱住唐朝霞的一只手，很动感情地对唐朝霞说："哥、哥，我对你照顾得不好，我对不起你呀！"

唐朝霞大概受到了感染，加上他喝多了酒，真把唐朝阳当成自己一娘同胞的亲兄弟了，他说："兄弟，我看你是喝多了，不是兄弟你对不起哥，是哥对你照顾不周，对不起你呀！"唐朝霞说着，两眼竟流出了泪水。泪水把眼圈的煤粉冲洗掉了，眼肉显得特别红。

女老板和女儿见他们说着外乡话，交谈得这么动感情，站在灶间门里向他们看着。女老板对女儿说："这弟兄俩真够亲的。"

唐朝阳和宋金明把唐朝霞架着拖进做宿舍用的一眼土窑洞里，唐朝霞往铺着谷草垫子的地铺上一瘫软，就睡去了。雪停了，灰白的寒光一阵阵映进窑洞。唐朝阳也睡了。宋金明担心唐朝霞因用酒过度会死过去，那样，他们千里迢迢弄来的点子就作废了，他们就会空喜欢一场。他把点子的脸扭得迎着门口的雪光，用巴掌拍着点子死灰般的脸，说："哎，哥们儿，醒醒，起来脱了衣服睡，你这样会着凉的。"点子没有反应。他顺便把点子看了看，看到了点子脚上穿着的棉鞋。他心生一计，脱下点子的棉鞋试一试，看看点子的钱是不是藏在棉鞋里。他先给点子盖上被子，说："盖上被子睡。来，我帮你把鞋脱掉。"他两手抓住点子的一只鞋刚要往下脱，点子脚一蹬，把他蹬开了。点子嘴里还含糊不清地说了一句什么。宋金明顿时有些激动，他试出来了，点子没有死。更重要的是，点子的钱藏在鞋里毫无疑问的了。这个秘密他不能让唐朝阳知道，等把点子办掉后，他要伺机把点子藏在鞋里的钱取出来，自己独得。这时，唐朝阳说了一句话，唐朝阳说："睡吧，没事儿。"宋金明的一切念头正在鞋里，唐朝阳猛的一说话，把他吓了一跳。在那一瞬间，他产生了一点错觉，仿佛他正从鞋里往外掏钱，被唐朝阳看见了。为了赶走错觉，他问唐朝阳："你还没睡着吗？"唐朝阳没有吭声。他不能断定，刚才唐朝阳说的是梦话，还是清醒的话。也许唐朝阳在睡梦里，还对他睁着一只眼呢，他对这个阴险而歹毒的家伙还是多加小心才是。

说来他们把点子办掉的过程很简单，从点子还是一个能打能冲的大活人，到办得一口气不剩，最多不过五分钟时间，称得上干脆、利索。

人世间的许多事情都是这样，准备和铺垫花的时间长，费的心机多，结果往往就那么一两下子就完事了。十月怀胎，一朝分娩，说的就是这个意思。

在打死点子之前，他们都闷着头干活，彼此之间说话很少。唐朝阳没有再和生命将要走到尽头的点子表示过多的亲热，没有像亲人即将离去时做的那样，问亲人还有什么话要说。他把手里的镐头已经握紧了，对唐朝霞的头颅瞥了一次又一次。在局外人看来，他们三个哥们儿昨晚把酒喝兴奋了，今天就难免有些压抑和郁闷，这属于正常。

宋金明还是想把心情放松一下，他冒出一句与办掉点子无关的话，说："我真想逮个女人×一盘！"

前面说过，唐朝阳和宋金明的配合是相当默契的，唐朝阳马上理解了宋金明的用意，配合说："想×女人，想得美！我在煤墙上给你打个眼，你干脆×煤墙得了。要不这么着也行，一会儿等运煤的车过来了，咱瞅瞅拉车的骡子是公还是母，要是母骡子的话，我和我哥把你送进骡子的水门里得了！"

宋金明说："行，我同意，谁要不送，谁就是骡子×的。"

二人一边说笑，一边观察点子，看点子唐朝霞笑不笑。唐朝霞没有笑。今天的唐朝霞，情绪不大对劲，像是有些焦躁。唐朝阳打了一个眼，他竟敢指责唐朝阳把眼打高了，说那样会把天顶的石头崩下来。唐朝阳当然不听他那一套，问他："是你技术高还是我技术高？"

唐朝霞偏头偏脸，说："好好，我不管，弄冒顶了你就不能了。"

"我就是要弄冒顶，砸死你！"唐朝阳说。

宋金明没料到会出现这种局面，唐朝阳这样说话，不是等于露馅了吗？他喝住唐朝阳，质问他："你怎么说话呢？有对自己的哥哥这样说话的吗？你说话知道不知道轻重？不像话！"

唐朝霞赌气退到一边站着去了，嘴里嘟囔着说："砸死我，我不活，行了吧！"

唐朝阳的杀机被点子的话提前激出来了，他向宋金明递了个眼色，意思是他马上就动手。他把铁镐在地上拖着，在向点子身边接近。

宋金明制止了他，宋金明说："运煤的车来了。"

唐朝阳听了听，巷道里果然传来了骡子打了铁掌的蹄子踏在地上的声响。亏得宋金明清醒，在办理点子的过程中，要是被运煤的撞见就坏事了。

运煤的车进来后，唐朝霞就不赌气了，抄起大锹帮人家装煤。这是这个人的优点，跟人赌气，不跟活儿赌气，不管怎样生气也不影响干活儿。如此肯干的好劳动力，撞在两个黑了心的人手里，真是可惜了。

骡子的蹄声一消失，两个人就下手了。宋金明装着无意之中把点子头上戴的安全帽和矿灯碰落了。他这是在给唐朝阳创造条件，以便唐朝阳直接把镐头击打在点子脑袋上，一家伙把点子结果掉。唐朝阳心领神会，不失时机，趁点子弯腰低头拣安全帽，他镐起镐落，一下子击在点子的侧后脑上。他用的不是镐尖，镐尖容易穿成尖锐的伤口，使人怀疑是他杀。他把镐头翻过来，使用镐头的铁箍子部分，将镐头变成一把铁锤，这样怎样击打出现的都是钝伤，都可以把责任推给不会说话的石头。当铁镐与点子的头颅接触时，头颅发出的是一声闷响，一点也不好听。人们形容一些脑子不开窍的人，说闷得敲不响，大概就是指这种声音。别看声音不响亮，效果却很好，点子一头拱在煤窝里了。

点子唐朝霞没有喊叫，也没有发出呻吟，他无声无息地就把嘴巴啃在他刚才刨出的黑煤上了。他尽力想把脸侧转过来，看一看究竟发生了什么事，但他的努力失败了。他的脸像被焊在煤窝里一样，怎么也转不动。还有他的腿，大概想往前爬，但他一蹬，脚尖那儿就一滑。他的腿也帮不上他的忙了。

紧接着，唐朝阳在他"哥哥"头上补充似的击打了第二镐、第三镐、第四镐。当唐朝阳打下第二镐时，唐朝霞竟反弹似的往前蹿了一下，蹿得有一尺多远，可把唐朝阳和宋金明吓坏了。不过他们很快发现，这不过是唐朝霞在做垂死挣扎，连第三镐、第四镐都是多余。因为唐朝霞在蹿过之后，腿杆子就抖索着往直里伸，当直得不能再直，突然间就不动了。正如平常人们说的，他已经"蹬腿"了。

尽管如此，宋金明还是搬起一块石头，重重地砸在唐朝霞头上了。这一石头，他是在为自己着想，是为下一步的效益平均分配打下更坚实的基础。石头砸下去后，就压在唐朝霞头上没有弹起来。有血从石头底下流出来了，静静的，流得不慌不忙，看样子血的浓度不低。血的颜色一点也不鲜艳，看上去不像是红的，像是黑的。在矿灯的照耀下，血流的表面发出一层蓝幽幽的光。在不通风的采煤掌子，一股腥气迅速弥漫开来。

唐朝阳和宋金明对视了一下，脸上露出胜利的微笑。

这是他们联手办掉的第三个点子。

不知出于何种心理，宋金明上去把压在唐朝霞后脑上的石头用脚蹬开了，并把唐朝霞的身子翻转过来。刚把唐朝霞的身子翻得仰面朝上，宋金明就有些后悔，他看见，唐朝霞的双眼是睁着的，睁得比平时更大。他说："看什么看，再看你也不认识我们。"他抓起煤面子往唐朝霞两只眼上撒。奇怪，煤面子撒在唐朝霞眼上，唐朝霞的眼球不光眨都不眨，好像睁得更大了。唐朝霞的眼睛上好像有一层玻璃质，煤面子一落上去就自动滑脱了。无奈，宋金明只得又把唐朝霞翻得眼睛朝下。

这时，唐朝阳跟宋金明开了一个不合时宜的玩笑。他说："我哥记住你了，小心我哥到阴间跟你算账！"

宋金明骂了唐朝阳一句狠的，还说："闭上你那不长牙的竖嘴！"

为了使事情做得更逼真，他们又往顶板上轰了一炮，轰下许多石头来，让石头埋在唐朝霞身上。这样一制造，不管让谁看，都得承认唐朝霞是死于冒顶事故。

五

运煤的车返回来后，唐朝阳刚听到一点骡子的蹄声，就嘶声喊叫起来："哥，哥，你在哪儿呀……"

宋金明迎着运煤的车跑过去，说："快快，掌子面冒顶了，唐朝阳的哥哥埋进去了！"

两个运煤的窑工二话没说，丢下骡子车，让骡子自己拉着走，他们跑着，随宋金明到掌子面去了。

唐朝阳一边扒石头，一边哭喊："哥，哥，你千万别出事！哥，哥，你听见了吗？你一定要挺住！"

宋金明和两个运煤的窑工也扒上去帮着扒。其中一个窑工安慰唐朝阳说："别哭别哭，你哥哥兴许还有救。"

骡子自己拉着铁斗子车到掌子面来了，到了掌子面它就站下了。骡子似乎对人类之间的小伎俩早就看透了，它不多看，也不屑于看。它目光平静，一副超然的神态。

唐朝霞被扒出来了，唐朝阳把他扶得坐起来，晃着他的膀子喊："哥，你醒醒！哥，你说话呀！哥，我是朝阳，我是你弟弟朝阳呀……"

这趟车没有装煤，他们把喊不应的唐朝霞抬到车斗子里，由唐朝阳怀抱着，向窑口方向拉去。把唐朝霞放进铁罐里往地面上提升时，唐朝阳和宋金明都同时上去了。铁罐提到半道，宋金明捅了唐朝阳的肚子一下，提醒他注意流眼泪。唐朝阳说："去你妈的，你还怪舒服呢！"

铁罐一见天光，唐朝阳复又哭喊起来，他这次喊的是"救命啊，快救命——"在窑上的人听来，像是唐朝阳自己的生命受到了严重威胁。

窑主听见呼救跑过去了，问怎么回事。窑主并不显得十分慌张，手里还拿着烟嘴和烟。

宋金明从铁罐里翻出来了，唐朝阳搂抱着唐朝霞的脖子，一时还没出来。唐朝阳弄得满身是血，脸上也有血。在光天化日之下，血显得比较红了。唐朝阳没有立即回答窑主的问话，而是把唐朝霞搂得更紧些，哭着对唐朝霞说："哥，你醒醒，矿长来了，救命恩人来了！"他这才对矿长说："我哥受伤了，赶快把我哥送医院，救救我哥的命！"

窑主转身问宋金明怎么回事。

宋金明受冻不过似的全身哆嗦着，嘴唇子苍白得无一点血色，说："掌子面冒顶了，把唐朝霞埋进去了。我和唐朝阳，还有两个运煤工，扒了好大一会儿才把唐朝霞扒出来。我们是一块儿出来的，要是唐朝霞有个好歹，我们怎么办呢！"他声音颤抖着，流出了眼泪。

唐朝阳和宋金明是交叉感染，互相推动。见宋金明流了眼泪，唐朝阳做悲做得更大些，"哥，哥呀，你这是怎么啦，你千万不能走呀，你赶快回来，咱们回去过年，咱不在这儿干了……"他痛哭失声，眼泪流得一塌糊涂。

听见哭声，窑上的其他工作人员，在窑洞里睡觉的窑工，还有小饭馆的一家人，都跑过来了。窑主让人快拿副担架来，把受伤的人抬出来，放到担架上。他挥着手，让别的人都散开，该干什么干什么，这里没什么可看的。围观的人都没有散开，他们退后了一两步，又都站下了。

唐朝霞被放置在担架上之后，唐朝阳还是嚷着赶快把他哥送医院抢救。一个围观的人说："不行了，肯定没救了，头都砸得瘪进去了，再抢救也是白搭。"

小饭馆的女老板看见唐朝霞大睁着的眼睛，吓得惊叫一声，急忙掩口，说："哎呀，吓死我了，还不赶快把他的眼皮给他合上。"

窑主猛吸了两口烟，蹲下身子，颇为内行似的给唐朝霞把脉，同时看了看唐朝霞的眼睛。把完脉，看完眼睛，窑主站起来了，说："脉搏一点儿也没有了，瞳孔也放大了，看来人是不行了。"窑主着两个人把死者抬到澡堂后面那间小屋里去。

唐朝阳像是不同意窑主做出的结论，哭嚷着："不，不，我哥昨天还好好的，我们还一块儿喝酒，怎么说不行就不行了呢?"

窑主说："这要问你们自己，你们说自己技术多么高，结果怎么样?刚干几天就冒了顶，就给我捅了这么大的娄子。"

唐朝阳和宋金明都听见了，窑主把他们的说法接过去了，也说事故是冒顶造成的。这说明，他们已经初步把自以为是的窑主蒙住了，窑主没有怀疑唐朝霞的死因。这使他们甚感欣慰和踏实。

宋金明把冒顶的说法又强调了一下，他说："谁愿意让冒顶呢，谁也不愿意让冒顶。矿长对我们不错，我们正想好好干下去，谁想到会出这么大的事呢!"

澡堂后面的小屋是一间空屋，是专门停尸用的。类似医院的太平间。唐朝霞被放在停尸间后，那些围观的人也跟过去了。窑主发了脾气，说："你们谁他妈的不走，我就把谁关进小屋里去，让谁在这里守灵!"那些人这才退走了。

小屋有门无窗，屋前屋后都是雪。门是板皮钉成的，发黑的板皮上写着两个粉笔字：天堂。门口下面也积有一些雪。小屋够冷的，跟冰窖差不多，尸体在这里放几天不成问题。

窑主让一个上岁数的人把死者的眼睛处理一下，帮死者把眼皮合上。那人把两只手掌合在一起快速地搓，手掌搓热后，分别焐在死者的两只眼睛上暖，估计暖得差不多了，就用手掌往下抿死者的眼皮。那人暖了两次，抿了两次，都没能把死者的眼皮合上。

唐朝阳借机又哭："我哥这是挂念家里亲人，挂念俺爹俺娘，挂念俺嫂子，还有侄子侄女儿。我哥他死得太惨了，他这是死不瞑目啊！"他对宋金明说："你快去找地方打个电报，叫俺爹来，俺嫂子来，俺侄子也来。天哪，我怎么跟家里人交代，我真该死啊！"

宋金明答应找地方去打电报，低着头出去了。他没看窑主，他知道窑主会跟在他后面出来的。果然，他刚转过小屋的屋角，窑主就跟出来了，窑主问他准备去哪里打电报。宋金明说他也不知道。窑主说只有县城才能打电报，县城离这里四十多里呢！宋金明向窑主提了一个要求，矿上能不能派人骑摩托把他送到县城去。他看见一个大型的红摩托车天天停在窑主的办公室门口。窑主没有明确拒绝他的要求，只是说："哎，咱们能不能商量一下。你看有必要让他们家来那么多人吗？"窑主让宋金明到他办公室去了。

宋金明心里明白，他们和窑主关于赔偿金的谈判已正式拉开了序幕。谈判的每一个环节都关系到所得赔偿金的多寡，所以每一句话都要斟酌。他把注意力重新集中了一下，说："我理解唐朝阳的心情，他主要是想让家里亲人看他哥最后一眼。"

窑主还没记清死者的名字叫什么，问："唐朝阳的哥哥叫什么来着?"

"唐朝霞。"

"唐朝阳作为唐朝霞的亲弟弟，完全可以代表唐朝霞的亲属处理后事，你说呢?"

"这个事情你别问我，人命关天的事，我说什么都不算，你只能去问唐朝阳。"

说话唐朝阳满脸怒气地进来了，指责宋金明为什么还不快去打电报。

宋金明说："我现在就去。路太远，我想让矿长派摩托车送送我。"

"坐什么摩托，矿长的摩托能是你随便坐的吗！你走着去，我看也走不大你的脚。你还讲不讲老乡的关系，死的不是你亲哥，是不是?"

窑主两手扶了扶唐朝阳的膀子，让唐朝阳坐。唐朝阳不坐。窑主说："小唐，你不要太激动，听我说几句好不好。你的痛苦心情我能理解，这事搁在谁头上都是一样。事故出在本矿，我也感到很痛心。可是，事情已经出了，咱们光悲痛也不是办法，总得想办法尽快处理一下才是。我想，你既然是唐朝霞的亲弟弟，完全可以代表你们家来处理这件事情。我不是反对你们家其他成员来，你想想，这大冷的天，这么远的路，又快该过年了，让你父亲、嫂子来合适吗？再累着冻着他们就不好了。"

唐朝阳当然不会让唐朝霞家里的人来，他连唐朝霞的家具体在哪乡哪村还说不清呢。但这个姿态要做足，在程序上不能违背人之常情。同时，他要拿召集家属前来的事吓唬窑主，给窑主施加压力。他早就把一些窑主的心思吃透了，窑上死了人，他们最怕张扬，最怕把事情闹大。你越是张扬，他们越是捂着盖着。你越是要把事情闹大，他越是害怕，急于把大事化小，小事化了。别看窑主一个二个牛气哄哄的，你牵准他的牛鼻子，他就牛气不起来，就得老老实实跟你走。更重要的是，他们这一闹腾，窑主一跟着他们的思路走，就顾不上深究事故本身的细节了。唐朝阳说："我又没经过这么大的事，不让俺爹俺嫂子来怎么办呢！还有我侄子，他要是跟我要他爹，我这个当叔的怎么说！"唐朝阳又提出一个更厉害的方案，说："不然的话，让我们村的支书来也行。"

窑主当即拒绝："支书跟这事没关系，他来算怎么回事，我从来不认识什么支书不支书！"窑主懂，只要支书一来，就会带一帮子人来，就会说代表一级组织如何如何。不管组织大小，凡事一沾组织，事情就麻烦了。窑主对唐朝阳说："这事你想过没有，你们那里来的人越多，花的路费越多，住宿费、招待费开销越大，这些费用最后都要从抚恤金里面扣除，这样七扣八扣，你们家得的抚恤金就少了。"

唐朝阳说："我不管这费那费，我只管我哥的命。我哥的命一百万也买不来。我得对得起我哥！"

"你要这么说，咱就不好谈了！"窑主把吸了一半的烟从烟嘴上揪下来，扔在地上，踏上一只脚碾碎，自己到门外站着去了。

唐朝阳没再坚持让宋金明去打电报，他又到停尸的小屋哭去了。他哭的声音很大，还把木门拍得山响，"哥，哥呀，我也不活了，我跟你走，下一辈子，咱俩还做弟兄……"

窑主又回到屋里去了，让宋金明去征求一下唐朝阳的意思，看唐朝阳希望得到多少抚恤金。宋金明去了一会儿，回来对窑主说，唐朝阳希望得到六万。窑主一听就皱起了眉头，说："不可能，根本不可能，简直是开玩笑，干脆把我的矿全端给他算了。哎，你跟唐朝阳关系怎么样？"

"我们是老乡，离得不太远。我们是一块儿出来的。唐朝阳这人挺老实的，说话办事直来直去。他哥更老实。他爹怕他哥在外边受人欺负，就让他哥俩一块儿出来，好互相有个照应。"

"你跟唐朝阳说一下，我可以给他出到两万，希望他能接受。我的矿不大，效益也不好，出两万已经尽到最大能力了。"

宋金明心里骂道："去你妈的，两万块就想打发我们，没那么便宜！四万块还差不多。"他答应跟唐朝阳说一下试试。宋金明到停尸屋去了一会儿，回来跟窑主说，唐朝阳退了一步，不要六万了，只要五万块，五万块一分也不能少了。窑主还是咬住两万块不涨价，说多一分钱也没有。事情谈不下去了，宋金明装作站在窑主的立场上，给窑主出了个主意，他说："我看这事干脆让县上煤炭局和劳动局的人来处理算了，有上面来的人压着头，唐朝阳就不会多要了，人家说给多少就是多少。"

窑主把宋金明打量了一下说："要是通过官方处理，唐朝阳连两万也要不到。"

宋金明说："这话不该我说，让上面的人来处理，给唐朝阳多少，他都没脾气。这样你也省心，不用跟他费口舌了。"

宋金明拿出了谈判的经验，轻轻几句话就打中了窑主的痛处。窑主点点头，没说什么。窑主万万不敢让上面的人知道他这里死了人，上面的人要是一来，他就惨了。九月里，他矿上砸死了一个人，不知怎么走漏了消息，让上面的人知道了。小车来了一辆又一辆，人来了一拨又一拨，又是调查，又是开会，又是罚款，又是发通报，可把他吓坏了。电视台的记者也来了，扛着"大口径冲锋枪"乱扫一气，还把"手榴弹"捣在他嘴前，非要让他开口。在哪位来人面前，他都得装孙子。对哪一路神，他都得打点。那次事故处理下来，光现金就花了二十万，还不包括停产造成的损失。临了，县小煤窑整顿办公室的人留下警告性的话，他的矿安全方面如果再出现重大事故，就要封他的窑，炸他的井。警告犹在耳边，这次死人的事若再让上面的人知道，花钱更多不说，恐怕他的矿真得关张了。须知快该过年了，人人都在想办法敛钱。县上的有关人员正愁没地方下蛆，他们要是知道这个矿死了人，无不争先恐后来个大量繁殖才怪。所以窑主做的第一件事就是封锁消息。他给矿上的亲信开了紧急会议，让他们分头把关，在死人的事做出处理之前，任何人不许出这个矿，任何人不得与外界的人发生联系。矿上的煤暂不销售，以免外面来拉煤的司机把死人的消息带出去。特别是对唐朝阳和宋金明，要好好"照顾"他们，让他们吃好喝好，一切免费供应。目的是争取尽快和唐朝阳达成协议，让唐朝阳早一天签字，早一天把唐朝阳哥哥的尸体火化。

六

当晚，唐朝阳和宋金明不断看见有人影在窑洞外面游动，心里十分紧张，大睁着眼，不敢入睡。唐朝阳小声问宋金明："他们不会对咱俩下毒手吧？"宋金明说："敢，无法无天了呢！"宋金明这样说，是给唐朝阳壮胆，也是为自己壮胆，其实他自己也很恐惧。他们可以把别人当点子，一无仇二无冤地把无辜的人打死，窑主干吗不可以一不做二不休地把他们灭掉呢！他们打死点子是为了赚钱，窑主灭掉他们是为了保钱，都是为了钱。他们打死点子，说成是冒顶砸死的。窑主灭掉他们，也可以把他们送到窑底过一趟，也说成是冒顶砸死的。要是那样的话，他们可算是遭到报应了。宋金明起来重新检查了一下门，把门从里面插死。窑洞的门也是用板皮钉成的，中间裂着缝子。门脚下面的空子也很大，兔子样的老鼠可以随便钻来钻去。宋金明想找一件顺手的家伙，作为防身武器，瞅来瞅去，窑洞里只有一些垒地铺用的砖头。他抓起一块整砖放在手边，示意唐朝阳也拿了一块。他们把窑洞里的灯拉灭了，这样等于把他们置于暗处，外面倘有人向窑洞接近，他们透过门缝就可以发现。

果然有人来了，勾起指头敲门。唐朝阳和宋金明顿时警觉起来，宋金明问："谁？"

外面的人说："姚矿长让我给你们送两条烟，请开门。"

他们没有开门，担心这个人是个前哨，等这个人把门骗开，埋伏在门两边的人会一拥而进，把他们灭在黑暗里。宋金明答话："我们已经睡下了，我们晚上不吸烟。"

送烟的人摸索着从门脚下面的空子里把烟塞进窑洞里来了。

宋金明爬过去把塞进来的东西摸了摸，的确是两条烟，不是炸药什么的。

停了一会儿，又过来两个黑影敲门。唐朝阳和宋金明同时抄起了砖头。

敲门的其中一人说话了，竟是女声，说："两位大哥，姚矿长怕你们冷，让我俩给两位大哥送两床褥子来，褥子都是新的，两位大哥铺在身子底下保证软和。"

宋金明不知窑主搞的又是什么名堂，拒绝说："替我们谢谢姚矿长的关心，我们不冷，不要褥子。"二人悄悄起来，蹑足走到门后，透过门缝往外瞅，见门外抱褥子站着的果真是两个女人。两个女人都是肥脸，在夜里仍可以看见她们脸上的一层白。

另一个女人说话了，声音更温柔悦耳："两位大哥，我们姐妹俩知道你们很苦闷，我们来陪你们说说话，给你们散散心，你们想做别的也可以。"

二人明白了，这是窑主对他们搞美人计来了，单从门缝里扑进来的阵阵香气，他们就知道了这两个女人是专门吃男人饭的。要是放她们进来，铺不铺褥子就由不得他们了。宋金明拉唐朝阳一下，把唐朝阳拉得退回到地铺上，说："你们少来这一套，我们什么都不需要！"

那个说话温柔的女人开始发嗲，一再要求两位大哥开门，说："外面好冷哟，两位大哥怎忍心让我们在外面挨冻呢！"

宋金明扯过唐朝阳的耳朵，对他耳语了几句。唐朝阳突然哭道："哥，你死得好惨啊！哥，你想进来就从门缝里进来吧，咱哥俩还睡一个屋……"

这一招生效，那两个女人逃跑似的离开了窑洞门口。

夜长梦多，看来这个事情得赶快了结。宋金明和唐朝阳商定，明天把要求赔偿抚恤金的数目退到四万，这个数不能再退了。

第二天双方关于抚恤金的谈判有了进展，唐朝阳忍痛退到了四万，窑主忍痛涨到了两万五。别看从数目上他们是一个进一个退，实际上他们是逐步接近。好比两个人谈恋爱，接近到一定程度，两个人就可以拥抱了。可他们接近一步难得很，这也正如谈恋爱一样，每接近一步都充满试探和较量。到了四万和两万五的时候，唐朝阳和窑主都坚守自己的阵地，再次形成对峙局面。谈判进展不下去，唐朝阳就求救似的到停尸间去哭诉，例数哥死之后，爹娘谁来养老送终，侄子侄女谁来抚养，等等。功夫下在谈判外，不是谈判，胜似谈判，这是唐朝阳的一贯策略。

第三天，窑主一上来就单独做宋金明的工作，对他俩进行分化瓦解。窑主把宋金明叫成老弟，让"老弟"帮他做做唐朝阳的工作。今后他和宋金明就是朋友了。宋金明问他怎么做。窑主没有回答，却从口袋里掏出一沓钱来，说："这是一千，老弟拿着买烟抽。"

宋金明本来坐着，一看窑主给他钱，他害怕似的站起来了，说："姚矿长，这可不行，这钱我万万不敢收，要是唐朝阳知道了，他会骂死我的。不是我替唐朝阳说话，你给他两万五抚恤金是少点。你多少再加点儿，我倒可以跟他说说。"

窑主把钱扔在桌子上说："我给他加点儿是可以，不过加多少跟你也没关系，他不会分给你的，是不是？"

宋金明心里打了个沉，说："这是他哥的人命钱，就是他分给我，我也不会要。"他问窑主："你打算给他加到多少？"

窑主伸出三个手指头，说："这可是天价了。"

宋金明的样子很为难，说："这个数离唐朝阳的要求还差一万，我估计唐朝阳不会同意。"

窑主笑了笑，说："要不怎么请老弟帮我说说话呢，我看老弟是个聪明人，唐朝阳也愿意听你的话。"

窑主这样说，让宋金明吃惊不小，窑主怎么看出他是聪明人呢？怎么看出唐朝阳愿意听他的话呢？难道窑主看出了什么破绽不成！他说："姚矿长的话我可不敢当，看来我应该离这个事远点。要不是唐朝阳非要拽着我等他两天，我前天就走了。"

窑主让宋金明坐下，说："老弟多心了，我不是那个意思。"

宋金明刚坐下，窑主又从口袋里掏出一沓钱，把放在桌子上的钱拿起来合在一块儿，说："这是两千，算是我付给老弟的受惊费和辛苦费，行了吧。我当然不会让唐朝阳知道，也不会让任何人知道，你放心就是了。"说着，扯过宋金明的衣服口袋，把钱塞进宋金明口袋里去了。

这次宋金明没有拒绝。他在肚子里很快地算了一个账，三万加两千，实际上是三万二。三万他和唐朝阳平均分，每人可得一万五。他多得两千，等于一万七，这样离预定的两万的目标相差不太远了。让他感到格外欣喜的是，这两千块钱是他的意外收获，而唐朝阳连个屁都闻不见。上次他们办掉的一个点子，满打满算一共才得了两万三千块，平均每人才一万多一点。这次赚的钱比上次是大大超额了。宋金明已认同了这个数，但他不能说，勉强答应帮窑主到唐朝阳那里做做工作。

宋金明把唐朝阳的工作做通了，唐朝阳只附加了一个要求，火化前给他哥换一身新衣服，穿西装，打领带。窑主答应得很爽快，说："这没问题。"窑主握了宋金明的手，握得很有力，仿佛他们两个结成了新的同盟，窑主说："谢谢你呀，宋老弟。"宋金明说："姚矿长，我们到这里没做出什么贡献，反而给矿上造成了损失，我们对不起你呀！"

窑主骑上他的大红摩托车到县里银行取现金，唐朝阳和宋金明在窑洞里如坐针毡，生怕再出什么变故。窑主是上午走的，直到下午太阳偏西时才回来。窑主像是喝了酒，脸上黑着，满身酒气。窑主对唐朝阳说："上面为防止年前突击发钱，银行不让取那么多现金。这些钱是我跑了好几个地方跟朋友借来的。"他拿出两捆钱排在桌子上，说："这是两万。"又拿出一沓散开的钱，说："这是八千，请你当面点清。"

唐朝阳把钱摸住，问窑主："不是讲好的三万吗，怎么只给两万八？"

窑主顿时瞪了眼，说："你这个人讲不讲道理？考虑不考虑实际情况？就这些钱还是我借来的，不就是他妈的短两千块钱吗？怎么着，把我的两根手指头剁下来给你添上吧！"说着看了旁边的宋金明一眼。

宋金明一听就知道上了窑主的当了，窑主先拿两千块钱堵了他的嘴，然后又把两千块钱从总数里扣下来了。这个狗日的窑主，真会算小账。宋金明没说话，他说不出什么。

唐朝阳看宋金明，似乎在征求他的意见。

宋金明在心里骂唐朝阳："你他妈的看我干什么！"他把脸别到一边去了。

唐朝阳从口袋里掏出一团脏污的手绢，展开，把钱包起来了。

火化唐朝霞的时候，唐朝阳和宋金明都跟着去了。他们就手把钱卷进被子里，把被子塞进蛇皮袋子里，带上自己的行李，打算从火葬场出来，带上唐朝霞的骨灰盒，就直接回老家去了。

唐朝霞的尸体火化之前，火葬场的工作人员从唐朝霞的口袋里掏出一个透明的小塑料袋，里面放着一张照片。隔着塑料袋看，照片上是四个人，后面是唐朝霞两口子，前面是他们的两个孩子，一个男孩儿，一个女孩儿。唐朝阳把照片收起来了。唐朝霞的衣服被全部换下来了，在地上扔着。宋金明只把一双鞋捡起来了，说这双鞋他带走吧，做个留念。唐朝阳没说什么。

唐朝阳把唐朝霞的骨灰盒放进提包里，他们二人在这个县城没有稍作停留，当即坐上长途汽车奔另一个县城去了。他们没有到县城下车，像是逃避人们的追捕一样，半路下车了。这里还是山区，他们背着行李向山里走去。在别人看来，他们跟一般打工者没什么两样，他们总是很辛苦，总是在奔波。走到一处报废的矿井旁边，他们看看前后无人，才在一个山洼子里停下了。他们各自坐在自己的行李卷儿上，唐朝阳对宋金明笑笑，宋金明对唐朝阳笑笑。他们笑得有些异样。唐朝阳说："他妈的，我们又胜利了。"宋金明也承认又胜利了，但他的样子像是有些泄气，打不起精神。唐朝阳问他怎么了。他说："不怎么，这几天精神紧张得很，猛一放松下来，觉得特别累。"唐朝阳说："这属于正常现象，等见了小姐，你的精神头马上就来了。"宋金明说："但愿吧。"

唐朝阳把唐朝霞的骨灰盒从提包里拿出来了，说："去你妈的，你的任务已经彻底完成了，不用再跟着我们了。"他一下子把骨灰盒扔进井口里去了。这个报废的矿井大概相当深，骨灰盒扔下去，半天才传上来一点落底的微响。这一下，这位真名叫元清平的人算是永远消失了，他的冤魂也许千年万年都无人知晓。唐朝阳把那张全家福的照片也掏出来了撕碎了。撕碎之前，宋金明接过去看了一眼，指着照片上的唐朝霞问："这个人姓什么来着？"唐朝阳说："管他呢！"唐朝阳夺过照片撕碎后，扬手往天上撒了一下。碎片飞得不高，很快就落地了。有两个碎片落在唐朝阳身上了，他有些犯忌似的，赶紧把碎片择下来。

还有一样东西没处理。唐朝阳对宋金明说："拿出来吧。"

"什么？"

"你是真糊涂还是装糊涂？"

宋金明摇头。

"我看你小子是装糊涂。那双鞋呀！"

这狗娘养的，他一定也知道了唐朝霞的钱藏在鞋里。宋金明说：

"×，一双鞋有什么稀罕，你想要就给你，是你哥的遗物嘛。"宋金明从提包里把鞋掏出来，扔在唐朝阳脚前的地上。

唐朝阳说："鞋本身是没什么稀罕，我主要想看看鞋里面有多少货。"他拿起一只鞋，伸手就把鞋舌头中间夹藏的一个小塑料袋抽出来了，对宋金明炫耀说："看见没有，银子在这里面呢！"

宋金明嗤了一下鼻子。

唐朝阳把钱掏出来了，数了数，才二百八十块钱，说："×他奶奶的，才这么一点钱，连搞一次破鞋都不够。"他问宋金明："你说，这小子怎么就这么一点钱。"

宋金明说："我哪儿知道！"

唐朝阳把钱平均分开，其中一半递给宋金明。宋金明不要，说："这是你哥的钱，你留着自己花吧。"

唐朝阳勃然变色道："你他妈的少来这一套，我不会坏了规矩。"他把一百四十块钱扔进宋金明开着口子的提包里了。"我还纳闷呢，窑主讲好的给咱们三万块，数钱的时候少给两千，这是怎么回事？"

这次轮到宋金明恼了，他盯着唐朝阳骂道："×你妈的，你这是什么意思？你说，你是什么意思？你不说清什么意思，老子跟你没完！"

唐朝阳赖着脸笑了，说："你恼什么，我又没说你什么。我是骂窑主个狗日的说话不算话，拉个屎橛子又坐回去半截儿。"

"你还以为窑主是好东西呢，哪个窑主的心肠不是跟煤窑一样，一黑到底！"

坐了汽车坐火车，两天之后，他们来到了平原上的一座小城。按照原来的计划，他们没有急于找新的点子。但他们也没有马上分头回家，着实在城里享乐了几天。他们没有买新衣服，没有进舞厅，也很少大吃大喝。说他们享乐，主要是指他们喜欢嫖娼。住进小城的当天晚上，他俩就在一家宾馆包了一个双人间。宾馆大厅一角，有桑拿浴室、按摩室和美容美发厅，不用问，里面肯定有娼妇。果然，他们进房间刚打开电视，刚在席梦思床上用屁股蹾了蹾，试了试弹性，就有电话打进来了，问他们要不要小姐。宋金明在电话里问了行情，跟人家讲了价钱，就让两个小姐到房间里来了。宋金明把房间让了唐朝阳，自己把另一个小姐领进卫生间里去了。他们二话没说，就分头摆开了战场。唐朝阳完事了，给小姐付了钱，还不见宋金明出来。他到卫生间门口听了听，听见里面战事正酣，不免有些嫉妒，说："×他妈的，他们怎么干那么长时间？"小姐说："谁让你那么快呢？"唐朝阳一把将小姐揪起来，要求再干。小姐把小手一伸，说再干还要再付一份钱。唐朝阳与小姐拉扯之间，宋金明从卫生间出来了，唐朝阳只得放开小姐，对宋金明说："你小子可以呀！"

宋金明显得颇为谦虚，说："就那么回事，一般化。"

分头回家时，他俩约定，来年正月二十那天在某个小型火车站见面，到时再一块儿合作做生意。他们握了手，还按照流行的说法，互相道了"好人一生平安"。

七

宋金明又坐了一天多长途汽车，七拐八拐才回到了自己的家。他没告诉过唐朝阳自己家里的详细地址，也没有打听过唐朝阳家的具体地址。干他们这一行的，互相都存有戒心，干什么都不可全交底。其实，连宋金明的名字也是假的。回到村里，他才恢复使用了真名。他姓赵，真名叫赵上河。在村头，有人跟他打招呼："上河回来了？"他答着："回来了，回来过年"，赶紧给人家掏烟。每碰见一位乡亲，他都要给人家掏烟。不知为什么，他心情有些紧张，脸色发白，头上出了一层汗。有人吸着他给的烟，指出他脸色不太好，人也没吃胖。他说："是吗？"头上的汗又加了一层。有个妇女在一旁替他解释说："那是的，上河在外面给人家挖煤，成天价不见太阳，脸捂也捂白了。"

赵上河心里抵触了一下，正要否认在外边给人家挖煤，女儿海燕跑着接他来了。海燕喊着："爹，爹。"把爹手里的提包接过去了。海燕刚上小学，个子还不高。提包提不起来，她就两个手上去，身子后仰，把提包贴在两条腿上往前走。赵上河摸了摸女儿的头，说："海燕又长高了。"海燕回头对爹笑笑。她的豁牙还没长齐，笑得有点害羞。赵上河的儿子海成也迎上去接爹。儿子读初中，比女儿力气大些，他接过爹手中的蛇皮袋子装着的铺盖卷儿，很轻松地就提起来了。赵上河说："海成，你小子还没喊我呢!"

儿子不好意思地笑了一下，才说："爹，你回来了?"

赵上河像完成一种仪式似的答道："对，我回来了。有钱没钱，都要回家过年。你娘呢?"赵上河抬头一看，见妻子已站在院门口等他。妻子笑模笑样，两只眼都放出光明来。妻子说："两个孩子这几天一直念叨你，问你怎么还不回来。这不是回来了吗!"

一家来到堂屋里，赵上河打开提包，拿出两个塑料袋，给儿子和女儿分发过年的礼物。他给儿子买了一件黑灰色西装上衣，给女儿买了一件红色的西装上衣。妻子对两个孩子说："快穿上让你爹看看!"儿子和女儿分别把西装穿上，在爹面前展示。赵上河不禁笑了，他把衣服买大了，儿子女儿穿上都有些哐里哐当，像摇铃一样。特别是女儿的红西装，衣襟下摆长得几乎遮了膝盖，袖子也长得像戏装上的水袖一样。可赵上河的妻子说："我看不赖。你们还长呢，一长个儿穿着就合适了。"

赵上河对妻子说："我还给你买了个小礼物呢。"说着把手伸到提包底部，摸出一个心形的小红盒来。把盒打开，里面的一道红绒布缝里夹着一对小小的金耳环。女儿先看见了，惊喜地说："耳环，耳环!"妻子想把耳环取出一只看看，又不知如何下手，说："你买这么贵的东西干什么，我哪只耳朵趁戴这么好的东西?"女儿问："耳环是金的吗?"赵上河说："当然是金的，真不溜溜的真金，一点都不带假的。"他又对妻子说："你在家里够辛苦了，家里活儿地里活儿都是你干，还要照顾两个孩子。我想你还从来没戴过金东西呢，就给你买了这对耳环。不算贵，才三百多块钱。"妻子说："我怕戴不出去，我怕人家说我烧包。"赵上河说："那怕什么，人家城里的女人金戒指一戴好几个，连脚脖子上都戴着金链子，咱戴对金耳环实在是小意思。"他把一只耳环取出来了，递给妻子，让妻子戴上试试。妻子侧过脸，摸过耳朵，耳环竟穿不进去。她说："坏了，这还是我当闺女时打的耳朵眼，可能长住了。"她把耳环又放回盒子里去了，说："耳环我放着，等我闺女长大出门子时，给我闺女做嫁妆。"

门外走进来一位面目黑瘦的中年妇女，按岁数论，赵小河应该把中年妇女叫嫂子。嫂子跟赵上河说了几句话，就提到自己的丈夫赵铁军，问："你在外边看见过铁军吗?"

赵上河摇头说没见过。

"收完麦他就出去了，眼看半年多了，不见人，不见信儿，也不往家里寄一分钱，不知道他死到哪儿去了。"

赵上河对死的说法是敏感的，遂把眉头皱了一下，觉得嫂子这样说话很不吉利。但他没把不吉利指出来，只说："可能过几天就回来了。"

"有人说他发了财，在外面养了小老婆，不要家了，也不要孩子了，准备和小老婆另过。"

"这是瞎说，养小老婆没那么容易。"

"我也不相信呢，就赵铁军那样的，三锥子扎不出一个屁来，哪有女人会看上他。你看你多好，多知道顾家，早早地就回来了，一家人团团圆圆的。你铁军哥就是窝囊，窝囊人走到哪儿都是窝囊。"

赵上河的妻子跟嫂子说笑话："铁军哥才不窝囊呢，你们家的大瓦房不是铁军哥挣钱盖的！铁军哥才几天没回来，看把你想的那样子。"

嫂子笑了，说："我才不想他呢。"

晚上，赵上河还没打开自己带回的脏污的行李卷，没有急于把挣回的钱给妻子看，先跟妻子睡了一觉。他每次回家，妻子从来不问他挣了多少钱。当他拿出成捆的钱时，妻子高兴之余，总是有些害怕。这次为了不影响妻子的情绪，他没提钱的事，就钻进了妻子为他张开的被窝。妻子的情绪很好，身子贴他贴得很热烈，问他："你在外面跟别的女人睡过吗？"

他说："睡过呀。"

"真的？"

"当然真的了，一天睡一个，九九八十一天不重样。"

"我不信。"

"不信你摸摸，家伙都磨秃了。"

妻子一摸，他就乐了，说："放心吧，好东西都给你攒着呢，一点都舍不得浪费，来，现在就给你。"

完事后，赵上河长长地叹了一口气。妻子问他怎么了，他说："哪儿好也不如自己的家好，谁好也比不上自己的老婆好，回到家往老婆身边一睡，心里才算踏实了。"

妻子说："那，这次回来，就别走了。"

"不走就不走，咱俩天天干。"

"能得你不轻。"

"怎么，你不相信我的能力？"

"相信。行了吧？"

"哎，咱放的钱你看过没有？会不会进潮气？"

"不会吧，包着两层塑料袋呢。"

"还是应该看看。"

赵上河穿件棉袄，光着下身就下床了。他检查了一下屋门是否上死，就动手拉一个荆条编的粮囤，粮囤里还有半囤小麦，他拉了两下没拉动。妻子下来帮他拉。妻子也未及穿裤衩，只披了一件棉袄。粮食囤移开了，赵上河用铁铲子撬起两块整砖，抽出一块木板，把一个盛化肥用的黑塑料袋提溜出来。解开塑料袋口扎着的绳子，从里面拿出一个小瓦罐。小瓦罐里还有一个白色的塑料袋，这个袋子里放的才是钱。钱一共是两捆，一捆一万。赵上河把钱摸了摸，翻转着看看，还用大拇指把钱抿弯，让钱页子自动弹回，听了听钱页子快速叠加发出的声响，才放心了。赵上河说，他有一天做梦，梦见瓦罐里进了水，钱沤成了半罐子糨糊，再一看还生了蛆，把他气得不行。妻子说："你挂念你的钱，做梦就胡连八扯。"

赵上河说："这些钱都是我一个汗珠子掉在地上摔八瓣儿挣来的，我当然挂念。我敢说，我干活流下的汗一百罐子都装不完。"他这才把铺盖卷儿从蛇皮袋子里掏出来了，一边在床上打开铺盖卷儿，一边说："我这次又带回一点钱，跟上两次带回来的差不多。"他把钱拿出来了，一捆子还零半捆子，都是大票子。

妻子一见"呀"了一下，问："怎么又挣这么多钱？"

赵上河早就准备好了一套话，说："我们这次干的是包工活儿，我一天上两个班，挣这点钱不算多。有人比我挣的还多呢。"他把新拿回的钱放进塑料袋，一切照原样放好，让妻子帮他把粮食囤拉回原位，才又上床睡了。不知为什么，他身上有些哆嗦，说："冷，冷……"妻子不哆嗦，妻子搂紧了他，说："快，我给你暖暖。"

暖了一会儿，妻子说："听人家说，现在出去打工挣点钱特别难，你怎么能挣这么多钱？"

赵上河推了妻子一下，把妻子推开了，说："去你妈的，你嫌我挣钱多了？"

"不是嫌你挣钱多，我是怕……"

"怕什么，你怀疑我？"

"怀疑也说不上，我是说，不管钱多钱少，咱一定得走正道。"

"我怎么不走正道了？我在外面辛辛苦苦干活，一不偷，二不抢，三不赌博，四不搞女人，一块钱都舍不得多花，我容易吗！"赵上河大概触到了心底深藏的恐惧和隐痛，竟哭了，"我累死累活图的什么，还不是为了这个家。连老婆都不相信我，我活着还有啥意思！"

妻子见丈夫哭了，顿时慌了手脚，说："海成他爹，你怎么了！都怨我，我不会说话，惹你伤了心，你想打我就打我吧！"

"我打你干什么！我不是人，我是坏蛋，我不走正道，让雷劈我，龙抓我，行了吧！"他拒绝妻子搂他，拒绝妻子拉他的手，双手捂脸，只是哭。

妻子把半个身子从被窝里斜出来，用手掌给丈夫擦眼泪，说："海成他爹，别哭了好不好，别让孩子听见了吓着孩子。我相信你，相信你，你说啥就是啥，还不行吗！一家子都指望你，你出门在外，我也是担惊受怕呀！"妻子也哭了。

两口子哭了一会儿，才又重新搂在一起。在黑暗里，他大睁着眼，突然产生了一个念头，做点子的生意到此为止，不能再干了。

第二天，赵上河备了一条烟两瓶酒，去看望村里的支书。支书没讲客气就把烟和酒收下了。支书是位岁数比较大的人，相信村里的人走再远也出不了他的手心。他问赵上河："这次出去还可以吧？"

赵上河说："马马虎虎，挣几个过年的小钱儿。"

"别人都没挣着什么钱，你还行，看来你的技术是高些。"

赵上河知道，支书所说的技术是指他的挖煤技术，他点头承认了。

支书问："现在外头形势怎么样？听说打闷棍的特别多。"

赵上河心头惊了一下，说："听说过，没碰见过。"

"那是的，要是让你碰上，你就完了。赵铁军，外出半年多了，连个信儿都没有，我估计够呛，说不定让人家打了闷棍了。"

"这个不好说。"

"出外三分险，害人之心不可有，防人之心不可无，以后你们都得小心点儿。"

赵上河表示记住了。

过大年，起五更，赵上河在给老天爷烧香烧纸时，在屋当间的硬地上跪得时间长些。他把头磕了又磕，嘴里呜呜囔囔，谁也听不清他祷告的是什么。在妻子的示意下，儿子上前去拉他，说："爹，起来吧。"他的眼泪呼的就下来了，说："我请老天爷保佑咱们全家平安。"

年初二，那位嫂子又到赵上河家里来了，说："赵铁军还没回来，我看赵铁军这个人是不在了。"嫂子说了不到三句话，就哭起来了。

赵上河说："嫂子你不能说这样的话，不能光往坏处想，大过年的，说这样悲观的话多不好。这样吧，我要是再出去的话，帮你打听打听。要是打听到了，让他马上回来。"赵上河断定，赵铁军十有八九被人当点子办了，永远回不来了。因为做这路生意的不光是他和唐朝阳两个人，肯定还有别的人靠做点子发财致富。他和唐朝阳就是靠别人点拨，才吃上这路食的。有一年冬天，他和唐朝阳在一处私家小煤窑干活，意外地碰上一位老乡和另外两个人到这家小煤窑找活儿干。他和老乡在小饭馆喝酒，劝老乡不要到这家小煤窑干，累死累活，还挣不到钱。他说窑主坏得很，老是拖着不给工人发工资，他在这里干了快三个月了，一次钱也没拿到，弄得进退两难。老乡大口喝着酒，显得非常有把握。老乡说，一物降一物，他有办法把窑主的钱掏出来。窑主就是把钱串在肋巴骨上，到时候狗日的也得乖乖地把钱取下来。他向老乡请教，问老乡有什么高招，连连向老乡敬酒。老乡要他不要问，只睁大两眼跟着看就行了，多一句嘴别怪老乡不客气。一天晚间在窑下干活时，老乡用镐头把跟他同来的其中一个人打死了，还搬起石头把死者的头砸烂，然后哭着喊着，把打死的人叫成叔叔，说冒顶砸死了人，向窑主诈取抚恤金。跟老乡说的一样，窑主捂着盖着，悄悄地跟老乡进行私了，赔给老乡两万两千块钱。目睹这一特殊生产方式的赵上河和唐朝阳，什么力也没掏，老乡却给他们每人分了一千块钱。这件事对赵上河震动极大，可以说给他上了生动的一课。他懂得了，为什么有的人穷，有的人富，原来富起来的人是这么干的。大鱼吃小鱼，小鱼吃蚂虾，蚂虾吃泥巴。这一套话他以前也听说过，只是理解得不太深。通过这件事，他才知道了，自己不过是一只蚂虾，只能吃一吃泥巴。如果连泥巴也不吃，就只能自己变泥巴了。老乡问他怎么样，敢不敢跟老乡一块干。他的脸灰着，说不敢。他是怕老乡找个地方把他也干掉。后来，他和唐朝阳形成一对组合，也学着打起了游击。唐朝阳使用的也是化名，他的真名叫李西民。他们把自己称为地下工作者，每干掉一个点子，每转移到一个新的地方，他们就换一个新的名字。赵上河手上已经有三条人命了。这一点他家埋在地下罐子里那些钱可以作证，那是用三颗破碎的人头换来的。但赵上河可以保证，他打死的没有一个老乡，没有一个熟人。像赵铁军那样的，就是碰在他眼下，他也不会做赵铁军的活儿。这叫兔子不吃窝边草。

嫂子临离开他家时，试着向赵上河提了一个要求："大兄弟，过罢十五，我想让金年跟你一块走，一边找点活儿干，一边打听他爹的下落。"

"你千万不要有这样的想法，金年不是正上学吗，一定让孩子好好上学，上学才是正路。金年上几年级了?"

"高中一年级。"

"一定要支持孩子把学上下来，鼓励孩子考大学。"

"不是怕大兄弟笑话，不行了，上不起了，这一开学又得三四百块，我上哪儿给他弄去。满心指望他爹挣点钱回来，钱没挣回来，人也不见影儿了。"

赵上河对妻子说："把咱家的钱先借给嫂子四百块，孩子上学要紧。"

嫂子说："不不不，我不是来向你们借钱的。"

赵上河面带不悦，说："嫂子，这你就太外气了。谁家还不遇上一点难事，我们总不能眼看着孩子上不起学不管吧。再说钱是借给你们的，等铁军哥拿回钱来，再还给我们不就结了。"

嫂子说："你们两口子都是好人哪，我让金年过来给你们磕头。"这才把钱接下了。

八

正月十五一过，村上外出打工的人又纷纷背起行囊，潮流一样向汽车站、火车站拥去。赵上河原想着不外出了，但他的魂儿像是被人勾去了一样，在家里坐卧不安。妻子百般安慰他，他反而对妻子发脾气，说家里就那么一点地，还不够老婆自己种的，把他拴在家里干什么！最终，赵上河还是随着潮流走了。他拒绝和任何人一路同行，仍是一个人独往独来。有不少人找过他，还有人给他送了礼品，希望能跟他搭伴外出，他都想办法拒绝了。实在拒绝不掉的，他就说今年出去不出去还不一定呢，到时候再说吧。他是半夜里摸黑走的。土路两边庄稼地里的残雪还没化完，北风冷飕飕的。他就那么顶着风，把行李卷儿和提包用毛巾系起来搭在背上，大步向镇上走去。到了镇上，他也不打算坐公共汽车，准备自己租一个机动三轮车到县城去。正走着，他转过身来，向他的村庄看了一下。村庄黑沉沉的，看不见一点灯光，也听不见一点声息。又往前走时，他问了自己一句："你这是干吗呢？偷偷摸摸的，跟做贼一样。"他自己的回答是："没什么，不是做贼，这样走着清静。"他担心有人听见他的自言自语，就左右乱看，还蹲下身子往路边的一片坟地里观察了一下。他想好了，这次出来不一定再做点子了。做点子挣钱是比挖煤挣钱容易，可万一有个闪失，自己的命就得搭进去。要是唐朝阳实在想做的话，他们顶多再做一个就算了。现在他罐子里存的钱是三万五，等存够五万，就不用存了。有五万块钱保着底子，他就不会像过去一样，上面派下来这钱那钱他都得卖粮食，不至于为孩子的学费求爷爷告奶奶地到处借。到那时候，他哪儿都不去了，就在家里守着老婆孩子踏踏实实过日子。

　　赵上河如约来到那个小型火车站，见唐朝阳已在那里等他。唐朝阳等他的地方还是车站广场一侧那家卖保健羊肉汤的敞棚小饭店。年前，他们就是从这里把一个点子领走办掉的。车站客流很多，他们相信，小饭店的人不会记得他们两个。唐朝阳热情友好地骂了他的大爷，问他怎么才来，是不是又到哪个卫生间玩小姐去了。一个多月不见面，他看见唐朝阳也觉得有些亲切。他骂的是唐朝阳的妹子，说卫生间有一面大玻璃镜，他一下子就把唐朝阳的妹子干到玻璃镜里去了。互相表示亲热完毕，他们开始说正经事。唐朝阳说，他花了十块钱，请一个算卦的先生给他起了一个新名字，叫张敦厚。赵上河说，这名字不错。他念了两遍张敦厚，说"越敦越厚"把张敦厚记住了。他告诉张敦厚，他也新得了一个名字，叫王明君。"你知道君是什么意思吗？"张敦厚说："谁知道你又有什么讲究。"

王明君说："跟你说吧，君就是皇帝，明君就是开明的皇帝，懂了吧？"

"你小子是想当皇帝呀！"

"想当皇帝怎么着，江山轮流坐，枪杆子里出政权，哪个皇帝的江山不是打出来的。"

"我看你当个黑帝还差不多。"

"这个皇不是那个黄，水平太差，朕只能让你当个下臣。张敦厚！"

"臣在！"张敦厚垂首打了个拱。

"行，像那么回事。"王明君遂又端起皇帝架子，命张敦厚，"拿酒来！"

"臣，领旨。"

张敦厚一回头，见一位涂着紫红唇膏的小姐正在一旁站着。小姐微微笑着，及时走上前来，称他们"两位先生"，问他们"用点什么"。张敦厚记得，原来在这儿端盘子服务的是一个黄毛小姑娘，说换就换，小姑娘不知到哪儿高就去了，而眼前这位会利用嘴唇做招徕的小姐，显见得是个见过世面的多面手。张敦厚要了两个小菜和四两酒，二人慢慢地喝。其间老板娘出来了一下，目光空空地看了他们一眼，就干别的事情去了。老板娘大概真的把他们忘记了。在车站广场走动的人多是提着和背着铺盖卷儿的打工者，他们像是昆虫界一些急于寻找食物的蚂蚁，东一头西一头乱爬乱碰。这些打工者都是可被利用的点子资源，就算他们每天办掉一个点子，也不会使打工者减少多少。因为这种资源再生性很强，正所谓取之不尽，用之不竭。

有一个单独行走的打工者很快进入他们的视线，他俩交换了一下眼色。张敦厚说："我去看看。"这次轮到张敦厚去钓点子，王明君坐镇守候。

王明君说："你别拉一个女的回来呀！"

张敦厚斜着眼把那个打工者盯紧，小声对王明君说："这次我专门钓一个女扮男装、花木兰那样的，咱们把她用了，再把她办掉，来个一举两得。"

"钓不到花木兰，你不要回来见我。"

张敦厚提上行李卷儿和提包，迂回着向那个打工者接近。春运高峰还没过去，车站的客流量仍然很大。候车室里装不下候车的人，车站方面把一些车次的候车牌插到了车站广场，让人们在那里排队。那个打工者到一个候车牌前仰着脸看上面的字时，张敦厚也装着过去看车牌上的车次，就近把他将要猎取的对象瞥了一眼。张敦厚没有料到，在他瞥那个对象的同时，对象也在瞥他。他没看清对象的目光是怎样瞥出来的，仿佛对象眼睛后面还长着一只眼。他赶紧把目光收回来了。当他第二次拿眼角的余光瞥被他相中的对象时，真怪了，对象又在瞥他。张敦厚的感觉出来了，这个对象的目光是很硬的，还有一些凛冽的成分。他心里不由得惊悸了一下，他妈的，难道遇上对手了，这家伙也是来钓点子的？他退后几步站下，刚要想一想这是怎么回事，那个打工者凑过来了，问："老乡，你这是准备去哪儿？"

张敦厚说："去哪儿呢？我也不知道。"

"就你一个人吗？"

张敦厚点点头。他决定来个将计就计，判断一下这个家伙究竟是不是钓点子的，看他钓点子有什么高明之处，不妨跟他比试比试。

"吸支烟吧。"对象摸出一盒尚未开封的烟，拆开，自己先叼了一支，用打火机点燃。而后递给张敦厚一支，并给张敦厚把烟点上，"现在外头比较乱，一个人出来不太好，最好还是有个伴儿。"

"我是约了一个老乡在这里碰面，说好的是前天到，我找了两天了，都没见他。"

"这事儿有点麻烦，说不定人家已经走了，你还在这儿瞎转腰子呢。"

"你这是准备去哪儿？"

对象说了一个煤矿。

"那儿怎么样，能挣到钱吗？"

"挣不到钱谁去，不说多，每月至少挣千把块钱吧！"

"那我跟你一块儿去行吗？"

"对不起，我已经有伴儿了。"

这家伙大概在吊他的胃口，张敦厚反吊似的说："那就算了。"

"我们也遇到了一点麻烦，人家说好的要四个人，我们也来了四个人，谁知道呢，一个哥们儿半路生病了，回去了，我们只得再找一个人补上。不过我们得找认识的老乡，生人我们不要。"

"什么生人熟人，一回生，两回熟，咱们到一块儿不就熟了。"

对象做了一会儿难，才说："这事我一个人说了不算，我带你去见我那两个哥们儿，看他们同意不同意要你。要是愿意要你呢，算你走运；要是不同意，你也别生气。"

张敦厚试出来了，这个家伙果然是他的同行，也是到这里钓点子的。这个家伙年龄不太大，看上去不过二十五六岁，生着一张娃娃似的脸，五官也很端正。正是这样面貌并不凶恶的家伙，往往是杀人不眨眼的好手。张敦厚心里跳得腾腾的，竟然有些害怕。他想到了，要是跟这个家伙走，出不了几天，他就得变成人家手里的票子。不行，他要揭露这个家伙，不能让这个家伙跟他们争生意。于是他走了几步站下了，说："我不能跟你走！"

"为什么？"

"我又不认识你们，你们把我弄到煤窑底下，打我的闷棍怎么办？"

那个家伙果然有些惊慌，说："不去拉鸡巴倒，你胡说八道什么，我还看不上你呢！"

张敦厚笑得冷冷的，说："你们把我打死，然后说你们是我的亲属，好向窑主要钱，对不对？"

"你是个疯子，越说越没边了。"那家伙撇下张敦厚，快步走了。

张敦厚喊："哎，哥们儿，别走，咱们再商量商量。"

那家伙转眼就钻进人堆里不见了。

九

张敦厚领回一个中学生模样的小伙子，令王明君大为不悦，王明君一见就说："不行不行！"鱼鹰捉鱼不捉鱼秧子，弄回一个孩子算怎么回事。他觉得张敦厚这件事办得不够漂亮，或者说有点丢手段。

张敦厚以为王明君的做法跟过去一样，故意拿点子一把，把点子拿牢，就让小伙子快把王明君喊叔，跟叔说点好话。

小伙子怯生生地看了王明君一眼，喊了一声"叔叔"。

王明君没有答应。

张敦厚对小伙子指出："你不能喊叔叔，叔叔是普遍性的叫法，得喊叔，把王叔叔当成你亲叔一样。"

小伙子按照张敦厚的指点，把王明君喊了一声叔。

王明君还是没答应。他这次不是配合张敦厚演戏，是真的觉得这未长成的小伙子不行，一点也不像个点子的样子。小伙子个子虽长得不算低，但他脸上的孩子气还未脱掉。他唇上虽然开始长胡子了，但胡子刚长出一层黑黑的茸毛，显然是男孩子的第一碴胡子，还从来没刮过一刀。小伙子的目光固定地瞅着一处，不敢看人，也不敢多说话。这么大的男孩子，在老师面前都是这样的表情。他大概把他们两个当成他的老师了。小伙子的行李也带着中学生的特点。他的铺盖卷儿模仿了外出打工者的做法是不假，也塞进一个盛粮食用的蛇皮袋子里，可他手上没有提提包，肩上却背了一个黄帆布的书包。看他书包里填得方方块块的，往下坠着，说不定里面装的还有课本呢！这小伙子和年龄差不多的男孩子相比，也有不同的地方，就是他的神情很忧郁，眼里老是泪汪汪的。说得不好听一点，好像他刚死了亲爹一样。王明君说小伙子"一看就不像个干活儿的人"，问："你不是逃学出来的吧?"

小伙子摇摇头。

"你摇头是什么意思，是就说是，不是就说不是。"

小伙子说："不是。"

"那，我再问你，你出来找活儿干，你家里人知道吗?"

"我娘知道。"

"你爹呢?"

"我爹……"小伙子没说出他爹怎样，眼泪却慢慢地滚下来了。

"怎么回事?"

"我爹出来八个多月了，过年也没回家，一点音信都没有。"

"噢，原来是这样。"王明君与张敦厚对视了一下，眼角露出一丝笑意，问，"你爹是不是发了财，在外面娶了小老婆，不要你们了?"

"不知道。"

张敦厚碰了王明君一下，意思让他少说废话，他说："我看这小伙子挺可怜的，咱们带上他吧，权当是你的亲侄子。"

王明君明白张敦厚的意思，不把张敦厚找来的点子带走，张敦厚不会答应。他对小伙子说："带上你也不是不可以，只是挖煤那活儿有一定的危险，你怕不怕？"

"不怕，我什么活儿都能干。"

"你今年多大了？"

"虚岁十七。"

"你说虚岁十七可不行，得说周岁十八，不然的话，人家煤矿不让你干。另外，你一会儿去买一把刮胡子刀，到矿上开始刮胡子。胡子越刮越旺，等你的胡子长旺了，就像一个大人了。你以后就喊我二叔。记住了，不论什么人问你，你都说我是你的亲二叔，这样我就可以保护你，别人就不敢欺负你了。你叫一声我听听。"

"二叔。"

"对，就这么叫，你爹是老大，我是老二。哎，你叫什么名字来着？"

"元凤鸣。"

王明君眼珠转了一下说："你以后别叫这个名字了，我给你改个名字，叫王风吧。风是刮风的风，记住了？"

小伙子说："记住了，我叫王风。"

就这样，这个点子又找定了。他们一块儿喝了保健羊肉汤，二人就带着叫王风的小点子上路了。上次他们是往北走，这次他们坐上火车再转火车，一直向西北走去，比上次走得更远。王风哪里知道，带他远行的两个人是两个催命的魔鬼，两个魔鬼正带他走向世界的末日。他一路往车窗外面看着，对外面的世界他还觉得很新奇呢。在火车上，王风还对二叔说了他家的情况。他正上高中一年级，妹妹上初中一年级。过了年，他带上被子和够一星期吃的馒头去上学，因带的书本费和学杂费不够，老师不让他上课，让他回家借钱。各种费用加起来需要四百多块钱，而他带去的只有二百多块钱。就这二百多块钱，还是娘到处借来的。老师让他回家借钱，他跟娘一说，娘无论如何也借不到钱了。娘只是流泪。他妹妹也没钱交学费，因为他妹妹学习特别好，是班长，班主任老师就动员全班同学为他妹妹捐学费。他背着馒头，再次到学校，问欠的钱可以不可以缓一缓再交。班主任老师让他去问校长。校长的答复是，不可以，交不齐钱就不要再上学了。于是，他就背着被子和馒头回家了，再也不能去学校读书。一回到家，他就痛哭一场。说到这些情况，王风的眼泪又涌满了眼眶。

王明君说："其实你不应该出来，还是应该想办法借钱上学。你这一出来，学业就中断了。"他亲切地拍了拍王风的肩膀，"我看你这孩子挺聪明的，学习成绩肯定也不错，不上学真是可惜了。"

"没办法，我得出来挣钱供我妹妹上学，不能让我妹妹再失学。我已经大了，应该分担我娘的负担。我还想一边干活儿，一边打听我爹的下落。"

"你爹的下落恐怕不好打听，中国这么大，你到哪儿打听去！"

"村里人让我娘找乡上的派出所，派出所让我娘印寻人启事。我娘一听印寻人启事又要花不少钱，就没印。"

"不印是对的，印了也没用，净白花钱。印寻人启事花一百块，人家让你们家出三百，人家得二百。印了寻人启事，也没地方贴。你贴得不是地方，人家罚款，你们家又得花钱。这叫花了钱又找不到人，两头不得一头。你说二叔说的是不是实话？"

"是实话。二叔，我娘叫我出来一定要小心。你说，社会上是好人多还是坏人多？"

"你说呢？"

"让我看还是好人多，二叔和张叔叔都是好人。"

"我们当然是好人。"

张敦厚插了一句："我们两个要不是好人，现在社会上就没好人了。"

十

来到山区深处的一座小煤窑，由王明君出面和窑主接洽，窑主把他们留下来了。窑主是个岁数比较大的人，自称对安全生产特别重视。窑主把王风上下打量了一下，说："我看这小伙子不到十八周岁，你不是虚报年龄吧？"王风的脸一下白了，望着王明君。

王明君说："我侄子老实，说的绝对是实话。"

下窑之前，窑主说是对他们进行一次安全教育，把他们领到灯房后面的一间小屋里去了。小屋后墙的高台上供奉着一尊窑神，窑神白须红脸，身上绘着彩衣。窑神前面摆放着一口大型的香炉，里面满是香灰纸灰。还有成把子的残香没有燃尽，缕缕地冒着余烟。门里一侧的小凳子上坐着一位中年妇女，专卖敬神用的纸和香。她的纸和香都比较贵，但窑主只让买她的。张敦厚和王明君一看就明白了，这位妇女肯定是窑主的人，他们在借神的名义挤窑工的钱。这没有办法，到哪儿都得敬哪儿的神。神敬不到，人家就有可能不给你活儿干，使你想受剥削都受不到。张敦厚买了一份香和纸，王明君也买了一份。该王风买了，他却拿不出钱来，他的钱已经花完了。王明君只得替他买了一份。三人烧香点纸，一齐跪在神像前磕头。窑主要求他们祷告两项内容："一、你们要向窑神保证，处处注意安全生产，不给矿上添麻烦；二、你们请窑神保佑你们的平安。"王明君心里打了几下鼓，难道有人在这个窑上办过点子了？窑主已经出过血了？不然的话，老窑主为什么老把安全挂在嘴上，看来办点子的事要谨慎从事。

王风一边磕头，一边看着王明君。王明君磕几个，他也磕几个。见王明君站起来，他才敢站起来。

窑主说："不管上白班夜班，你们每天下井前都要先拜窑神，一次都不能落。这事要跟过去的'天天读'一样。你们知道'天天读'吗？"

三个人互相看看，都说不知道。

"连'天天读'都不知道，看来你们是太年轻了。"

窑上给每人发了一顶破旧的胶壳安全帽，也要交钱。这一次，王风不好意思让二叔替他交钱了，问不戴安全帽行不行。发安全帽的人说："你他妈的找死呀！"

王明君立即发挥了保护侄子的作用，说："我侄子不懂这个，你好好跟他说不行吗？"他又对王风说："下井不戴安全帽绝对不行，没钱就跟二叔说，别不好意思，只要有二叔戴的，就有你戴的。"他把自己头上戴的安全帽摘下来，先戴在侄子头上了。

王风看看二叔，感动得泪花花的。

这个窑的井架不是木头的，是用黑铁焊成的。井架也不是三角形，是方塔形。井架上方还绑着一杆红旗。不过红旗早就被风刮雨淋得变色了，差不多变成了白旗。其中一根铁井架的根部，拴着一条黑脊背的狼狗。他们三个走近窑口时，狼狗呼地站起来了，目光恶毒地盯着他们，喉咙里发出呜呜的声音。狼狗又肥又高，两边的腮帮子鼓着，头大得跟狮子一样。张敦厚、王明君有些却步，不敢往前走了。王风吓得躲在了王明君身后。张王二人走过许多私家办的煤窑了，还从没见过在井架子上拴大狼狗的，不知这个窑主的用意是什么。这时窑主过来了，把狼狗称为"老希"，把"老希"喝了一声，介绍说："我这个伙计名字叫希特勒，来这里干活儿的必须向它报到，不然的话，它就不让你下窑。"窑主抱住狗头，顺着毛捋了两把，说："你们过来，让希特勒闻闻你们的味，它一记住你们的味，对你们就不凶了。"张敦厚迟疑了一会儿，见王明君不肯第一个让希特勒闻，就豁出去似的走到希特勒跟前去了。希特勒伸着鼻子在他身上嗅了嗅，放他过去了。王明君听说狗的鼻子是很厉害的，有很多疑难案件经狗的鼻子一嗅，案就破了。他担心这条叫希特勒的狼狗嗅出他心中的鬼来，一口把他咬住。他身子缩着，心也缩着，故作镇静地走到希特勒面前去了。还好，希特勒没有咬他。希特勒像是有些乏味，它嗅完了王明君，就塌下眼皮，双腿往前一伸，趴下了。当王风把两手藏在裤裆前，侧着身子，小心翼翼地走到希特勒跟前时，希特勒只例行公事似的嗅了一下他的裤腿就放行了。

他们三人乘坐同一个铁罐下窑。铁罐在黑乎乎的井筒里往下落，王风的心在往上提。王风两眼瞪得大大的，蹲在铁罐里一动也不敢动，神情十分紧张。铁罐像是朝无底的噩梦里坠去，不知坠落了多长时间，当铁罐终于落底时，他的心也差不多提到了嗓子眼。大概因为太紧张了，他刚到窑底，就出了满头大汗。

王明君说："你小子穿得太厚了。"

王风注意到，二叔和张叔叔穿着单衣单裤，外加一件棉坎肩，就到窑下来了。而他原身打扮，穿着毛衣绒裤、秋衣秋裤，还有一身黑灰色的学生装，怪不得这么热呢。

窑底有两个人，在活动，在说话。他们黑头黑脸，一说话露出白森森的牙。王风一时有些发蒙，感觉像是掉进了另外一个世界。这个世界跟窑上的人世完全不同，仿佛是一个充满黑暗的鬼魅的世界。正蒙着，一只黑手在他脸上摸了一把，吓得他差点叫出声来。摸他的人嘻嘻笑着，说："脸这么白，怎么跟个娘们儿一样。"王风的两个耳膜使劲往脑袋里面挤，觉得耳膜似乎在变厚，听觉跟窑上也不一样。那个摸他的人在面前跟他说话，他听见声音却来自很远。

王明君对窑底的人说："这是我侄子，请师傅们多担待。"他命王风："快喊大爷。"

王风就喊了一声大爷。王风听见自己嘴里发出的声音也有些异样，好像不是他在说话，而是他的影子在说话。

在往巷道深处走时，从未下过窑的中学生王风不仅是紧张，简直有些恐怖了。巷道里没有任何照明设备，前后都漆黑一团。矿灯所照之处，巷道又低又窄，脚下也坑洼不平。巷道的支护异常简陋，两帮和头顶的岩石面目狰狞，如同戏台上的牛头马面。如果阎王有令，说不定这些"牛头马面"随时会猛扑下来，捉他们去见阎王。王风面部肌肉僵硬，瞪着恐惧的双眼，紧紧跟定二叔，一会儿低头，一会儿弯腰，一步都不敢落下。他很想拉住二叔的后衣襟，又怕二叔小瞧他，就没拉。二叔走得不慌不忙，好像一点也不害怕。他不由得对二叔有些佩服。他开始在心里承认这个半路上遇到的二叔了，并对二叔产生了一些依赖的思想。二叔提醒他注意。他还不知道注意什么，咚的一声，他的脑袋就撞在一处压顶的石头上了，尽管他戴着安全帽，他的头还是闷疼了一下，眼里也直冒碎花。

二叔说："看看，让你注意，你不注意，撞脑袋了吧?"

王风把手伸进安全帽里搓了两下，眼里又含了泪。

二叔问："怎么样，这里没有你们学校的操场好玩吧!"

王风脑子里快速闪过学校的操场，操场面积很大，四周栽着钻天的白杨。他不知道同学们这会儿在操场里干什么，而他，却钻进了一个黑暗和可怕的地方。

二叔见他不说话，口气变得有些严厉，说："我告诉你，窑底下可是要命的地方，死人不当回事。别看人的命在别的地方很皮实，一到窑下就成了薄皮子鸡蛋。鸡蛋在石头缝儿里滚，一步滚不好了，就得淌稀，就得完蛋!"

王明君这样教训王风时，张敦厚正在王风身后站着。张敦厚把镐头平端起来，做出极恶的样子在王风头顶比画了一下，那意思是说，这一镐下去，这小子立马完蛋。王明君知道，张敦厚此刻是不会下手的，点子没喂熟不说，他们还没有赢得窑主的信任。再说了，按照"轮流执政"的原则，这个点子应该由他当二叔的来办，并由他当二叔的哭丧。张敦厚奸猾得很，你就是让他办，让他哭，他也不会干。

张敦厚和王明君要在挖煤方面露一手，以显示他们非同一般的技术。在他们的要求下，矿上的窑师分配给他们在一个独头的掌子面干活儿，所谓独头儿，就像城市中的小胡同一样，是一个此路不通的死胡同。独头掌子面跟死胡同又不同。死胡同上面是通天的，空气是流动的。独头掌子面上下左右和前面都堵得严严实实，它更像一只放倒的瓶子，只有瓶口那儿才能进去。瓶子里爬进了昆虫，若把瓶口一塞，昆虫就会被闷死。独头掌子面的问题是，尽管巷道的进口没被封死，掌子面的空气也出不来，外面的空气也进不去。掌子面的空气是腐朽的，也是死滞的，它是真正的一潭死水。人进去也许会把"死水"搅和得流动一下，但空气会变得更加混浊，更加黏稠，更加难以呼吸。这种没有任何通风设备的独头掌子面，最大的特点就是闷热。煤虽然还没有燃烧，但它本身固有的热量似乎已经开始散发。它散发出来的热量，带着亿万年煤炭生成时那种沼泽的气息、腐殖物的气息，和溽热的气息。一来到掌子面，王风就觉得胸口发闷，眼皮子发沉，汗水流得更欢。

张敦厚说："他妈的，上面还是天寒地冻，这里已经是夏天了。"

说着，张叔叔和二叔开始脱衣服。他们脱得光着膀子，只穿一件单裤。二叔对王风说："愣着干什么，还不把衣服脱掉！"

王风没有脱光膀子，上面还保留着一件高领的红秋衣。

二叔没有让王风马上投入干活儿，要他先看一看，学着点儿。

二叔和张叔叔用镐头刨了一会儿煤，热得把单裤也撕巴下来了，就那么光着身子干活儿。刚脱掉裤子时，他们的下身还是白的，又干了一会儿，煤粉沾满一身，他们就成黑的了，跟煤壁乌黑的背景几乎融为一体。王风不敢把矿灯直接照在他们身上，这种远古般的劳动场景让他震惊。他慢慢地转着脑袋，让头顶的矿灯小心地在煤壁上方移动。哪儿都是黑的，除了煤就是石头。这里的石头也是黑的。王风不知道这是在哪里，不知上面有多高，下面有多厚；也不知前面有多远，后面有多深。

他想，煤窑要是塌下来的话，他们跑不出去，上面的人也没法救他们，他们只能被活埋，永远被活埋。有那么一刻，他产生了一点幻觉，把刨煤的二叔看成了他爹。爹赤身裸体地正在刨煤，煤窑突然塌了，爹就被埋进去了。这样的幻觉使他不寒而栗，几乎想逃离这里。这时二叔喊他，让他过去刨一下煤试试。他很不情愿，但还是战战兢兢地过去了。煤壁上的煤看上去不太硬，刨起来却感到很硬，镐尖刨在上面，跟刨在石头上一样，震得手腕发麻，也刨不下什么煤来。他刚刨了几下，头上和浑身的大汗就出来了。汗流进眼里，是辣的。汗流进嘴里，是咸的。汗流进脊梁沟里，把衣服湿湿了。汗流进裤裆里，裤裆里湿得跟和泥一样。他流的汗比刨下的煤还多。他落镐处刨不下煤来，上面没落镐的地方却掉下一些碎煤来，碎煤哗啦一响，打在他安全帽上。他以为煤窑要塌，惊呼一声，扔下镐头就跑。

二叔喝住了他，骂了他，问他跑什么，瞎叫什么。"你的胆还没老鼠的胆子大呢，像个男人吗？像个挖煤的人吗？要是怕死，你趁早滚蛋！"

王风惊魂未定，委屈也涌上来，他又哭了。

张敦厚打圆场说："算了算了，谁第一次下窑都害怕，下几次就不怕了。"他怕这个小点子真的走掉。

二叔命王风接着刨，并让他把衣服都扒掉。王风把湿透的秋衣脱下来了。二叔说："把秋裤也脱掉，小鸡巴孩儿，这儿没有女人，没人咬你的鸡巴！"

王风抓住裤腰犹豫了一下，才把秋裤脱下来了。但他还保留了一件裤衩，没有彻底脱光。裤衩像是他身体上最后的防线，他露出恼怒和坚定的表情，说什么也不放弃这最后的防线了。

一个运煤的窑工到掌子面来了，二叔替下了王风，让王风帮人家装煤。二叔跟运煤工说："让我侄子帮你装煤吧。"

运煤工说："不用不用，我自己来。你侄子岁数不大呀。"

"我侄子是不大，还不到二十岁。"

王风看见，运煤工拉来一辆低架子带轱辘的拖车，车架子上放着一只长方形的大荆条筐。他们就是把煤装进荆条筐里。王风还看见，车架子一角挂着一个透明的大塑料瓶子，瓶子里装着大半瓶子水。一看见水，王风感到自己渴了，喉咙里像是在冒火。他很想跟运煤工商量一下，喝一口他的水。但他闭上嘴巴，往肚子里干咽了两下。忍住了。

运煤工问他："小伙子，发过市吗？"

王风眨眨眼皮，不懂运煤工问的是什么意思。

张敦厚解释说："他是问你跟女人搞过没有。"

王风赶紧摇摇头。

运煤工笑了，说："我看你该发市了，等挣下钱，让你叔带你发发市去。"

王风把发市的意思听懂了，他像是受到了某种羞辱一样，对运煤工颇为不满。

荆条筐装满了，运煤工把拖车的绳袢斜套在肩膀上，拉起沉重的拖车走了。运煤工的腰弯得很低，身子贴向地面，有时两只手还要在地上扒一下。从后面看去，拉拖车的不像是一个人，更像是一匹骡子，或是一头驴。

十一

他们上的是夜班。头天下窑时，太阳还没落山。第二天出窑时，太阳已经升起来了。

当王风从窑口出来时，他的感觉像是做了一个长长的噩梦，终于醒过来了。为了证实确实醒过来了，他就四下里看。他看见天觉得亲切，看见地觉得亲切，连窑口拴着的那只狼狗，他看着也不似昨日那么可怕和讨厌了。也许是刚从黑暗里出来阳光刺目的缘故，也许他为窑上的一切所感动，他的两只眼睛都湿得厉害。

窑工从窑里出来，洗个热水澡是必需的。澡堂离窑口不远，只有一间屋子。迎门口支着一口特大号的铁锅。锅台后面，连着锅台的后壁砌着一个长方形的水泥池子。水烧热后，起进水泥池子里，窑工就在里面洗澡。这样的大锅王风见过，他们老家过年时杀猪，就是把吹饱气的猪放进这样的大锅里煺毛。锅底的煤火红通通的，烧得正旺。大铁锅敞着口子，水面上走着缕缕热气，刚到澡堂门口时，由于高高的锅台挡着，王风没看见里面的水泥池子，还以为人直接跳进大锅里洗澡呢！这可不行，人要跳进锅里，不把人煮熟才怪。等他走进澡堂，看见水泥池子，并看见有人正在水泥池子里洗澡，才放心了。

洗澡不脱裤衩是不行了。王凤趁人不注意，很快脱掉裤衩，迈进水泥池子里去了。池子里的水已稠稠的，也不够深，王凤赶紧蹲下身子，才勉强把下身淹住。他腿裆里刚刚生出一层细毛，细毛不但不能遮羞，反而增添了羞。这个时候的男孩子是最害羞的。比如刚从蛋壳里出来不久的小鸟，只扎出了圆毛，还没长成扁毛，还不会飞，这时的小鸟是最脆弱的，最见不得人的。王凤越是不愿意让人看他那个地方，在澡堂里洗澡的那些窑工越愿意看他那个地方。一个窑工说："哥们儿，站起来亮亮，咱俩比比，看谁的棒。"另一个窑工对他说："哥们儿，你的鸟毛还没扎全哪！"还有一个窑工说："这小子还没开过壶吧！"他们这么一逗，王凤臊得更不敢露出下身了。他蹲着移到水池一角，面对澡堂的后墙，用手撩着水洗脸搓脖子。

一个窑工向着澡堂外面，大声喊："老马，老马！"

老马答应着过来了，原来是一个年轻媳妇。年轻媳妇说："喊什么喊，这么好的水还埋不住你的腚眼子吗！"

喊老马的窑工说："水都凉了，你再给来点热乎的，让我们也舒服一回。"

"舒服你娘那脚！"年轻媳妇一点也不避讳，说着就进澡堂去了。

那些光着肚子洗澡的窑工更有邪的，见年轻媳妇进来，他们不但不躲避，不遮羞，反而都站起来了，面向年轻媳妇，把阳具的矛头指向年轻媳妇。他们咧着嘴，嘿嘿地笑着，笑得有些傻。只有王凤背着身子，躲在那些窑工后面的水里不敢动。他不知道会发生什么样的事。

当年轻媳妇从大锅里起出一桶热水，泼向他们身上时，他们才一起乱叫起来。也许水温有些高，泼在他们身上有点烫，也许水温正好，他们确实感到舒适极了，也许根本就不是水的缘故，而是另有原因，反正他们的确兴奋起来了。他们的叫声像是欢呼，但调子又不够一致。叫声有的长，有的短，有的粗，有的细，而且发的都是没有明确意义的单音。如果单听叫声，人们很难判断出他们是一群人，还是一群别的什么动物。

"瞎叫什么，再叫老娘也没奶给你们吃！"年轻媳妇又起了一桶水，倒进水池里。

一个窑工说："老马，这里有个没开壶的哥们儿，你帮他开开壶怎么样？"

窑工们往两边让开，把王风暴露出来。

"什么？没开过壶？"老马问。

有人让王风站起来，让老马看看，验证一下。

王风知道众人都在看他，那个女人也在看他，他如针芒在背，恨不得把头也埋进水里。

有人动手拉王风的胳膊，有人往后扳王风的肩膀，还有人把脚伸到王风屁股底下去了，张着螃蟹夹子一样的脚趾头，在王风的腿裆里乱夹。

王风恼了，说："谁再招我，我就骂人！"

二叔说话了："我侄子害羞，你们饶了他吧。"

年轻媳妇笑了，说："看来这小子真没开过壶。钻窑门子的老不开壶多亏呀，你们帮他开开壶吧！"

一个窑工说："我们要是会开壶还找你干什么，我们没工具呀！"

年轻媳妇说："这话稀罕，我不是把工具借给你了吗？"

那个窑工一时不解，不知年轻媳妇指的是什么。别的窑工也在那个窑工身上乱找，不明白年轻媳妇借给他的工具在哪里。

年轻媳妇把题意点出来了，说："你们往他鼻子底下找。"

众人恍然大悟似的笑了……

王风睡觉睡得很沉，连午饭都没吃，一觉睡到了半下午。刚醒来时，他没弄清自己在哪里，眨眨眼，他才想起来了，自己睡在窑工宿舍里。这个宿舍是圆形的，半截在地下，半截在地上。进宿舍的时候先要下几级台阶，出宿舍也要先低头，再上台阶。整个宿舍打成了地铺，地铺上铺着碎烂的谷草。宿舍没有窗户，黑暗得跟窑下差不多，所以宿舍里一天到晚开着灯。灯泡上落了一层毛茸茸的东西，也很昏暗。王风看见，二叔和张叔叔也醒了，他们正凑在一起吸烟，没有说话。两位叔叔眉头皱着，他们的表情像是有些苦闷。宿舍还住着另外几个窑工，有的还在大睡，有的捏着大针缝衣服，有的把衣服翻过来在捉虱子。还有一个窑工，身子靠在墙壁上，在看一本书。书已经很破旧了，封面磨得起了毛。隐约可以看见，封面上的人物穿的是大红大绿的衣服，好像还有一把闪着光芒的剑。王风估计，那个窑工看的可能是一本武侠小说。

王风欠起身来，把带来的挎包拉在手边打开了。他从挎包里拿出来的是他的课本，有英语、物理、政治、语文等。每拿出一本，他翻了翻，放下了。翻开语文课本时，他从课本里拿出一张照片看起来。照片是他们家的全家福，后面是他爹和他娘，前面是他和妹妹。看着看着，他就走神了，心思就飞回老家去了。

"王风，看什么呢?"二叔问。

王风抽了一个冷战，说："照片，我们家的照片。"

"给我看看。"

王风把照片给了二叔，指着照片上的他爹介绍说："这个就是我爹。"

二叔虎起脸子，狠瞪了他一眼。

王风急忙掩口。他意识到自己失口了，哪有当弟弟的不认识哥哥的。

二叔说："我知道，这张照片我见过。"说了这句，他意识到自己也失口了，差点露出一个骇人的线索。为了掩饰，他补充了一句："这张照片是在咱们老家照的。"

张敦厚探过头来，把照片看了一下，他只看了一下就不看了，转向看王明君。

王明君也在看他。

两个人同时认定，这张照片跟张敦厚上次撕掉的那张照片一模一样，照片上的那个男人正是他们上次办掉的点子，不用说，这小子就是那个点子的儿子。

二叔把照片还给了王风，说："这张照片太小了，应该放大一张。"王风刚接到照片，他又把照片抽回来了，说："这样吧，我正好到镇上有点事，顺便给你放大一张。"说着就把照片放进自己口袋里，站起来出门去了。往外走时，他装作无意间碰了张敦厚一下。张敦厚会意，跟在他后面向宿舍外头走去。来到一条山沟里，他们看看前后无人，才停下来了。王明君说："坏了，在火车站这小子一说他姓元，我就觉得不大对劲，怀疑他是上次那个点子的儿子，我就不想要他。看来真是那个点子的儿子，他妈的，这事儿怎么这么巧呢!"

张敦厚说："这有什么，只要有两条腿的，谁都一样，我只认点子不认人!"

"咱要是把这小子当点子办了，他们家不是绝后了吗！"

"他们家绝后不绝后跟咱有什么关系，反正总得有人绝后。"

"我总觉得这事儿有点奇怪，这小子不是来找咱们报仇的吧？"

"要是那样的话，更得把他办掉了，来个斩草除根！"他的手向王明君一伸，"拿来！"

"什么？"

"照片。"

王明君把照片掏出来了，递给了张敦厚。张敦厚接过照片，连看都不看，就一点一点撕碎了。他撕照片的时候，眼睛却瞅着王明君，仿佛是撕给王明君看的。

王明君没有制止他撕照片，说："你看我干什么？"

"不干什么，你不是要给他放大吗？"

"去你妈的，你以为我真要给他放大呀，我觉得照片是个隐患，那样说是为了把照片从他手里要过来。"

张敦厚把撕碎的照片扔在地上，一只脚踩上去使劲往土里拧。拧不进土里，他就用脚后跟蹬出一些碎土，把照片的碎片埋上了。

十二

第二次从窑里出来，王风有了收获，带到窑上一块煤。煤块像一只蛤蜊那么大，一面印着一片树叶。发现这块带有树叶印迹的煤时，王风显得十分欣喜，马上拿给二叔看，说："二叔二叔，你看，这块煤上有一片树叶，这是树叶的化石。"

二叔说："这有什么稀罕的。"

王风说："稀罕着呢。老师给我们讲过，说煤是森林变成的，我们还不相信呢。有了这块带树叶的煤，就可以证明煤确实是亿万年前的森林变成的。"

"煤就是煤，证明不证明有什么要紧。煤是黑的，再证明也变不成白的。好了，扔了吧。"

"不，我要把这块煤带回老家去，给我妹妹看看，给老师看看。"

"你打算什么时候回老家？"

"我也不知道。听二叔您的，您说什么时候回，咱就什么时候回。"

王明君牙齿间冷笑了一下，心说："你小子还惦着回老家呢，过个三两天，你的魂儿回老家去吧。"

王风把煤块拿到宿舍里，又在那里反复看。印在煤上的树叶是扇面形的，叶梗叶脉都十分清晰。王风不知道这是什么树的叶子，也许这样的树早就绝种了。他用手指的肚子把"扇面"轻轻摸了一下，还捏起两根指头去捏树叶的叶梗。他想，要是能从煤上揭下一片黑色的树叶，那该多好呀。

同宿舍有一位岁数较大的老窑工问他："小伙子，看什么呢？"

"树叶，长在煤上的树叶。"

"给我看看行吗？"

王风把煤块给老窑工送过去了。老窑工翻转着把煤块端详了一下，以赞赏的口气说："不错，是树叶。这树叶就是煤的魂哪！"

王风有些惊奇，问："煤还有魂？"

老窑工说："这你就不懂了吧，煤当然有魂。以前这地方不把煤叫煤，你知道叫什么吗？"

"不知道。"

"叫神木。"

"神木？"

"对，神木。从前，这里的人并不知道挖煤烧煤。有一年发大水，把煤从河床里冲出来了。人们看见黑家伙身上有木头的纹路，一敲当当响，却不是木头，像石头。人们把黑家伙捞上来，也没当回事，随便扔在院子里，或者搭在厕所的墙头上了。毒太阳一晒，黑家伙冒烟了，这是怎么回事，难道黑家伙能当木头烧锅吗？有人把黑家伙敲下一块，扔进灶膛里去了。你猜怎么着，黑家伙烘烘地着起来了，浑身通红，冒出的火头蓝荧荧的，真是神了。大家突然明白了，这是大树老得变成神了，变成神木了。"

王风听得眼睛亮亮的，说："我这块煤就是带树叶的神木。"

王明君不想让王风跟别人多说话，以免露了底细，说："王风，我让你刮胡子你刮了吗？"

"还没刮。"

"你这孩子就是不听话，要是这样的话，下次我就不带你出来了。马上刮去吧。"

王风从书包里拿出刮胡子刀，开始刮胡子。他把唇上的一层细细的茸毛摸了摸，迟疑着下不了刀子。他这是平生第一次刮胡子，心里不大情愿。他也听说过，胡子越刮长得越旺。他不想让胡子长旺。男同学们都不想让胡子长旺。胡子一长起来，就不像个学生了。可是，二叔让他刮，他不敢不刮。二叔希望他尽快变成一个大人的样子，他不能违背二叔的意志。把刀片的利刃贴在上唇上方，他终于刮下了第一刀。胡子没有发出什么声响，第一碴胡子就细纷纷地落在地铺的谷草上。他是干刮，既没湿水，也没打肥皂。刮过之后，他觉得嘴唇上面有点热辣辣的，像是失去了什么。他不由得生出了几分伤感。

下午睡醒后，王风拿出纸和笔，给家里人写信。他身子靠着墙，把课本搁在膝盖上，信纸垫着课本写。娘不识字，他把信写给妹妹了。他以前没写过信，每写一句都要想一想。想起妹妹，好像是看见了妹妹。问起娘，好像是看到了娘。提到尚未找到的爹，他像是看到了爹。不知怎么留下的印象，他想到哪一位亲人，那位亲人就以一种特定的形象出现在他的脑海里：妹妹是在娘面前哭，怕娘不让她上学；娘是满头草灰、满头大汗地在灶屋里做饭；爹呢，则是背着铺盖卷儿刚从外面回家。亲人的形象在他脑子里闪过，他的鼻子酸了又酸，眼圈红了又红。要不是他揉了好几次眼，他的眼泪几乎打在信纸上了。

张敦厚碰碰王明君，意思让他注意王风的一举一动。王明君看出王风是给家里人写信，故意问道："王风，给女同学写信呢？"

王风说："不是，是给我妹妹写。"

"你在学校里跟女同学谈过恋爱吗？"

王风的脸红了，说："没有。"

"为什么？没有女同学喜欢你吗？"

"老师不准同学们谈恋爱。"

"老师不准的事儿多着呢，你偷偷地谈，别让老师发现不就得了。跟二叔说实话，有没有女同学喜欢过你。"

王风皱起眉想了一下，还是说没有。

"再到学校自己谈一个，那样我和你爹就不用操你的心了。"

王风写完了信，王明君马上把信要过去了，说他要到镇上办点事，捎带着替王风把信送到邮局发走。王风对二叔深信不疑。

王明君拿了信，就到附近的一条山沟里去了。张敦厚随后也去了。他们找了一个背风和背人的地方，坐下来看王风的信。王风在信上告诉妹妹，他现在找到了工作。在一个矿上挖煤。等他发了工资，就给家里寄去，他保证不让妹妹失学。他要妹妹一定要努力学习。说他放弃了上学，正是为了让妹妹好好上学，希望妹妹一定要争气啊！他问娘的身体怎么样，让妹妹告诉娘，不要挂念他。他用了一个词，好男儿志在四方。他也是一个男儿，不能老靠娘养活，该出来闯一闯了。还说他工作的地方很安全，请娘不要为儿担心。他说，他还没有打听到爹的下落，他会继续打听，走到哪里打听到哪里。有了钱后，他准备到报社去，在报纸上登一个寻人启事。他不相信爹会永远失踪。王明君还没把信看完，张敦厚捅了他一下，让他往山沟上面看。王明君仰起脸往对面山沟的崖头上一看，赶紧把信收起来了。崖头上站着一个居高临下的人，手里牵着一条居高临下的狗，人和狗都显得比较高大，几乎顶着了天。人是本窑的窑主，狗是窑主的宠信。窑主及其宠信定是观察过他们一会儿了，窑主大声问："你们两个干什么呢？鬼鬼祟祟的，不是在搞什么特务活动吧？"

狼狗随声附和，冲他们威胁似的低吠了两声。

王明君说："是矿长呀！我让侄子给家里写了一封信，我给他看看有没有错别字。"

"看信不在宿舍里看，钻到这里干什么！"

"我要把信送走，不知道路，一走就走到这里来了。"

"我告诉你们，要干就老老实实地干，不要给我捣乱！"

狗挣着要往山沟下冲，窑主使劲拽住了它，喝道："哎，老希，老希，老实点儿！"窑主给老希指定了一个方向，他和老希沿着崖头上沿往前走了。老希在前面挣，窑主在后面拖。老希的劲很大，窑主把铁链子后面的皮绳缠在手上，双腿戗地，使劲往后仰着身子，还是被老希拖得跌跌撞撞，收不住势。

王明君一直等到窑主和狗在崖头上消失，才接着把信看完。王风在信的最后说，他遇到了两个好心人，一个是王叔叔，一个是张叔叔。两个叔叔都对他很关心，像亲叔叔一样。王明君把信捏着，却没有说信的事儿，对窑主的突然出现，他心里还惊惊的，吸了一下牙说："我看这个窑主是个老狐狸，他是不是发现咱们有什么不对劲的地方了。"

张敦厚说："不可能，他是出来遛狗，偶尔碰见我们了。狗不能老拴着，每天都要遛一遛。你不要疑神疑鬼。"

王明君不大同意张敦厚的说法，说："反正我觉得这个窑主不一般，不说别的，你听他给狗起的名字，希特勒，把'希特勒'牵来牵去的人，能是好对付的吗！"

"不好对付怎么的，窑上死了人他照样得出血。你只管把点子办了，我来对付他！"张敦厚把信要过去，看了一遍。他没把信还给王明君，冷笑一下，就把信撕碎了，跟撕照片一样。

王明君不悦："你，怎么回事？"

"我怎么了？"

"我自己不会撕吗！"

"会撕是会撕，我怕你舍不得撕。"

"这是什么意思？"

"什么意思这要问你，你是不是同情那小子了？"

王明君打了一个愣，否认说："我干吗要同情他！我同情他，谁同情我？"

张敦厚说："这就对了，你想想看，这信要是发出去，就等于把商业秘密泄露出去了，咱们的生意就做不成了。就算咱硬把生意做了，这封信捏在人家手里，也是一个祸根。"

"就你他妈的懂，我是傻子，行了吧！我把信要过来为什么，还不是为了随时掌握情况，及时堵塞漏洞。我主要是想着，这小子来到人世走一回，连女人是什么味都没尝过，是不是有点亏？"

"这还不好办，把他领到路边饭店，或者发廊，找个女人让他玩一把不就得了。"

"把这个任务交给你，你带他去玩吧。"

张敦厚不由得往旁边躲了一下，说："那是你侄子，干吗交给我呀！有那个钱，我自己还想玩呢。再说了，咱们以前办的点子，从来没有这个项目，谁管他日不日女人。"

王明君指着张敦厚："这就是你的态度？你不合作是不是？"

"谁不合作了？我说不合作了吗？"

"那你为什么斤斤计较，光跟我算小账？"

张敦厚见王明君像是恼了，做出了妥协，说："得得得，钱你先垫上，等窑主把钱赔下来，咱哥俩平摊还不行吗！"

张敦厚主张当天下午就带王风去开壶，王明君坚持明天再去。两个人在这个问题上又产生了分歧。张敦厚认为，解决点子要趁早，让点子多活一天，就多一天的麻烦。王明君说，今天他累了，没精神，不想去。要去，由张敦厚一个人带点子去。张敦厚向王明君伸手，让王明君借钱给他。王明君在他手上狠抽了一巴掌，说："借给你一根鸡巴，拿回去给你妹妹用吧！"

不料张敦厚说："拿来，拿来，鸡巴我也要，我炖炖当狗鞭吃。"

"没有你不要的东西，我看你小子完了，不可救药了。"

十三

这天下班后，他们吃过饭没有睡觉，王明君和张敦厚就带王风到镇上去了。按照昨天的计划，在办掉点子之前，他们要让这个年轻的点子尝一尝女人的滋味，真正当一回男人。

走出煤矿不远，他们就看见路边有一家小饭店。饭店门口的高脚凳子上坐着两个小姐。阳光亮亮的，他们远远地就看见两个小姐穿得花枝招展，脸很白，嘴唇很红，眉毛很黑。张敦厚对王风说："看，鸡。"

王风往饭店门前看了看，说："没有鸡呀。"

张敦厚让他再看看。

王风还是没看见，他问："是活鸡还是死鸡？"

张敦厚说："当然是活鸡。"

王风摇头，说："没看见。只有两个女的在那儿嗑瓜子儿。"

"对呀，那两个女的就是鸡。"

王风不解，说："女的是人，怎么能是鸡呢！"

张敦厚笑着拍了一下王明君，说："你二叔对鸡很有研究，让你二叔给你讲讲。"

王风求知似的看着二叔。

二叔说："别听你张叔叔瞎说，我也不懂。女人是人，鸡是鸡。鸡可以杀吃，女人又不能杀吃，干吗把人说成鸡呢？"

张敦厚想了想说："谁说女人不能杀吃，只是杀法不太一样，鸡是杀脖子，女人是杀下边。"

这话王风更不懂了，说："怎么能杀人呢？"

杀人的话题比较敏感了，二叔说："你张叔叔净是胡扯。"

王明君本想把这家小饭店越过去，到镇上再说。到了跟前，才知道越过去是不容易的。两位小姐一看见他们，就站起来，笑吟吟地迎上去，叫他们"这几位大哥"，给他们道辛苦，请他们到里面歇息。

王明君说："对不起，我们吃过饭了。"

一位小姐说："吃过饭没关系，可以喝点茶嘛。"

王明君说："我们不渴，不喝茶。我们到前边看看。"

另一位小姐说："怎么会不渴呢，出门在外的，男人家没有一个不渴的。"

张敦厚大概想在这里让点子解决问题，问："你们这里都有什么茶，有花茶吗？"

一位小姐说："有呀，什么花都有，你们想怎么花就怎么花。"

两位小姐说着就上来了，样子媚媚的，分别推王明君和张敦厚的腰窝。

二人经不起小姐这样推法，嘴当家腿不当家，说着不行不行，腿已经插入饭店的门口里了。饭店里空空的，没有别的客人。

只有王风站在饭店门外没动。他没见过这样的阵势，不知会发生什么事情。

一个小姐回头关照他，说："这个小哥哥，进来呀，愣着干什么！我们不是老虎，不吃人。"

二叔说："进来吧，咱们坐一会儿。"

王风这才迟疑着进去了。

他们刚坐定，站在柜台里面的女老板过来了，问他们用点什么。女老板个子高高的，姿色很不错，看样子岁数也不大，不会超过三十岁。关键是女老板笑得很老练，很有一股子抓人的魅力，让人不可抗拒。

王明君问："你们这里有什么？"

女老板说："我们这里有小姐呀，只要有小姐，就什么都有了，对不对？"

王明君不由得笑了笑，承认女老板说得很对，但他还是问了一句："你们这里有按摩服务吗？"

"当然有了，你们想怎么按就怎么按，做爱也可以。"

"啊，做爱！"做爱的说法使张敦厚激动得嘴都张大了，"这个词儿真他妈的好听。"

王风的脸红了，眼不敢看人。他懂得做爱指的是什么。

王明君让女老板跟他到一边去了。他小声跟女老板讨价还价。女老板说做一次二百块。他说一百块。后来一百五成交。女老板说："你们三个人，我这里只有两个小姐，你们当中的一个人还要等一下。"

王明君把女老板满眼瞅着，说："加上你不是正好吗，咱俩做怎么样？"

女老板微笑得更加美好，说："我不是不可以做，不过你至少要出五百块。"

王明君说："开玩笑开玩笑。"他把王风示意给女老板看，小声说："那是我侄子，今天我主要是带他来见见世面，开开眼界。"

女老板似乎有些失望。

王明君回过头做王风的思想工作，说："我看你这孩子力气还没长全，干起活儿来没劲。今天呢，我请人给你治治。你不用怕，一不给你打针，二不让你吃药，就是给你做一个全身按摩，经过按摩你的肌肉就结实了，骨头就硬了，人就长大了。"

女老板指派一个小姐过来了，小姐对王风说："跟我来吧。"

王风看着二叔。二叔说："去吧。"

跟小姐走了两步，王风又退回来了，对二叔说："我不想按摩，我以后加强锻炼就行。"

二叔说："锻炼代替不了按摩，去吧，听话。我和张叔叔在这里等你。"

饭店后墙有一个后门，开了后门，现出后面一个小院，小院里有几间平房。小姐把王风领到一间平房里去了。

不大一会儿，王风就跑回来了，他满脸通红，呼吸也很急促。

二叔问："怎么回事？"

王风说："她脱我的裤子，还，还……我不按摩了。"

二叔脸子一板，拿出了长辈的威严，说："混蛋，不脱裤子怎么按摩。你马上给我回去，好好配合人家的治疗，人家治疗到哪儿，你都得接受。不管人家用什么方法治疗，你都不许反对。再见你跑回来我就不要你了！"

这时那位小姐也跟出来了，在一旁哧哧地笑。王风极不情愿地向后院走时，王明君却把小姐叫住了，向小姐询问情况。

小姐说："他两手捂着那地方，不让动。"

"他不让动，你就不动了？你是干什么吃的！把你的技术使出来呀！我把丑话说到前面——"说到这里，他看了一眼回到柜台里的老板娘，意思让老板娘也听着，"你要是不把他的东西弄出来，我就不付钱。"

张敦厚趁机把小姐的屁股摸了一把，嘴脸馋得不成样子，说："我这位侄子还是个童男子，一百个男人里边也很难遇到一个，你吸了他的精，我们不跟你要钱就算便宜。"

小姐到后院去了，另一个小姐继续到门外等客，王明君和张敦厚就看着女老板笑。女老板也对他们笑。他们笑意不明，都笑得有些怪。女老板对王明君说："你对你侄子够好的。"

王明君却叹了一口气说："当男人够亏的，拼死拼活挣点钱，你们往床上一仰巴，就把男人的钱弄走了。有一点我就想不通，男人舒适，你们也舒服，男人的损失比你们还大，干吗还让男人掏钱给你们！"

女老板说："这话你别问我，去问老天爷，这是老天爷安排的。"

说话之间，王风回来了。王风低头走到二叔跟前，低头在二叔跟前站下，不说话。他脸色很不好，身上好像还有些抖。

二叔问："怎么，完事儿了？"

王风抬起头来看了看二叔，嘴一瘪谷一瘪谷，突然间就哭起来了，他咧开大嘴，哭得呜呜的，眼泪流得一塌糊涂。他哭着说："二叔，我完了，我变坏了，我成坏人了……"哭着，一下子抱住了二叔，把脸埋在二叔肩膀上，哭得更加悲痛。

二叔冷不防被侄子抱住，吓了一跳。但他很快明白了这是怎么回事，男孩子第一次发生这事，一点也不比女孩子好受。他接住了王风，一只手拍着王风的后背，安慰王风说："没事儿，啊，别哭了。作为一个男人，早晚都要经历这种事儿，经历过这种事儿就算长成人了。你不要想那么多，权当二叔给你娶了一房媳妇。"这样安慰着，他无意中想到了自己的儿子，仿佛怀里搂的不是侄子，而是自己的亲生儿子。他未免有些动感情，神情也凄凄的。

那位小姐大概被王风的痛哭吓住了，躲在后院不敢出来。女老板摇了摇头，不知在否定什么。张敦厚笑了一下又不笑了，对王风说："你哭个屎呢，痛快完了还有什么不痛快的！"

王风的痛哭还止不住，他说："二叔，我没脸见人了，我不活了，我死，我……"

二叔一下子把他从怀里推开，训斥说："死去吧，没出息！我看你怎么死，我看你知不知道一点好歹！"

王风被镇住了，不敢再大哭，只抽抽噎噎的。

十四

他们三人回到矿上，见窑主的账房门口跪着两个人，一个大人和一个孩子。大人年龄也不大，看上去不过二十七八岁。他是一个断了一条腿的瘸子，右腿连可弯曲下跪的膝盖都没有了，空裤管打了一个结，断腿就那么直接杵在地上。大概为了保持平衡，他右手扶着一支木拐。孩子是个男孩，五六岁的样子。孩子挺着上身，跪得很直。但他一直塌蒙着眼皮，不敢抬头看人。孩子背上还斜挎着一个脏污的包袱。王明君他们走过去，正要把跪着的两个人看一看，从账房里出来一个人，挥挥手让他们走开，不要瞎看。这个人不是窑主，像是窑主的管家一类的人物。他们往宿舍走时，听见管家呵斥断腿的男人："不是赔过你们钱了吗，又来干什么！再跪断一条腿也没用，快走！"

断腿男人带着哭腔说："赔那一点钱够干什么的，连安个假腿都不够。我现在成了废人，老婆也跟我离婚了，我和我儿子怎么过呀。你们可怜可怜我们吧!"

"你老婆和你离不离婚，跟矿上有什么关系。你不是会告状吗，告去吧。实话告诉你，我们把钱给接状纸的人，也不会给你。你告到哪儿也没用!"

"求求你，给我儿子一口饭吃吧，我儿子一天没吃饭了，我给你磕头，我给你磕头……"

他们下进宿舍刚睡下，听见外面人嚷狗叫，还有人大声喊救命，就又跑出来了。别的窑工也都跑出来看究竟。

窑口煤场停着一辆装满煤的汽车，汽车轰轰地响着。两个壮汉把断腿的男人连拖带架，往煤车上装。断腿的人一边使劲扭动，拼命挣扎，一边声嘶力竭地喊:"放开我! 放开我! 还我的腿，你们还我的腿! 我儿子，我儿子!"

儿子哇哇大哭，喊着:"爸爸! 爸爸!"

狼狗狂叫着，肥大的身子一立一立的，把铁链子抖得哗哗作响。

两个壮汉像往车上装半布袋煤一样，胡乱把断腿的人扔到煤车顶上去了，然后把他的儿子也弄上去了。汽车往前一蹿开走了。断腿的人抓起碎煤面子往下撒，骂道:"你们都不得好死!"

汽车带风，把小男孩儿头上的棉帽子刮走了。棉帽子落在地上，翻了好几个滚儿才停下。小男孩儿站起来看他的帽子，断腿的人一把把他拉坐下了。

窑主始终没有露面。

回到宿舍，窑工们蔫蔫的，神色都很沉重。那位给王风讲神木的老窑工说:"人要死就死个干脆，千万不能断胳膊少腿。人成了残废，连狗都不待见，一辈子都是麻烦事。"

张敦厚悄悄地对王明君说:"咱要狠狠地治这个窑主一下子。"

王明君明白，张敦厚的言外之意是催他赶快把点子办掉。他没有说话，扭脸看了看王风。王风已经睡着了，脸色显得有些苍白。这孩子大概在梦里还委屈着，他的眼睫毛是湿的，还时不时地在梦里抽一下长气。

下午太阳落山的时候，他们从狼狗面前走过，又下窑去了。这是他们三个在这个私家煤窑干的第五个班。按照惯例，王明君和张敦厚应该把点子办掉了。窑上的人已普遍知道了王风是王明君的侄子，这是一。他们的劳动也得到了窑主的信任，窑主认为他们的技能还可以，这是二。连狼狗也认可了他们，对他们下窑上窑不闻不问，这是三。看来铺垫工作已经完成了，一切条件都成熟了，只差把点子办掉后跟窑主要钱了。

窑下的掌子面当然还是那样隐蔽，氛围还是那样好，很适合杀人。镐头准备好了，石头准备好了，夜幕准备好了，似乎连污浊的空气也准备好了，单等把点子办掉了。可是，时间在一分一秒地过去，运煤的已经运了好几趟煤，王明君仍然没有动手。

张敦厚有些急不可耐。看了王明君一次又一次，用目光示意他赶快动手。他大概觉得用目光示意不够有力，就用矿灯代替目光，往王明君脸上照。还用矿灯灯光的光棒子往下猛劈，用意十分明显。然而王明君好像没领会他的意图，没有往点子身边接近。

张敦厚说："哥们儿，你不办我替你办了！"说着笑了一下。

王明君没有吭声。

张敦厚以为王明君默认了，就把镐头拖在身后，向王风靠近。

王风已经学会刨煤了。他把煤壁观察一下，用手掌摸一摸，找准煤壁的纹路，用镐尖顺着纹路刨。他不知道煤壁上的纹路是怎样形成的，按他自己的想象，既然煤是树木变成的，那些纹路也许是树木的花纹。他顺着纹路把煤壁掏成一个小槽，然后把镐头翻过来，用镐头铁锤一样的后背往煤壁上砸。这样一砸，煤壁就被震松了，再刨起来，煤壁就土崩瓦解似的纷纷落下来。王风身上出了很多汗，细煤一落在他身上，就被他身上的汗水黏住了，把他变成了一个黑人，或者是一块人形的煤。不过，他背上的汗水又把沾在身上的煤粉冲开了，冲成了一道道小溪，如果把王风的脊背放大了看，他的背仿佛是一个浅滩，浅滩上淙淙流淌着不少小溪，黑的地方是小溪的岸，明的地方是溪流中的水。中间那道溪流为什么那样宽呢，像是滩上的主河道。噢，明白了，那是王风的脊梁沟。王风没有像二叔和张叔叔那样脱光衣服，赤裸着身子干活，他还是坚持穿着裤衩干活。很可惜，他的裤衩已经看不出原来的颜色了，变成了黑色的。而且，裤衩后面还烂了一个大口子，他每刨一下煤，大口子就张开一下，仿佛是一个垂死呼吸的鱼嘴。这就是我们的高中一年级的一个男生，他的本名叫元凤鸣，现在的代号叫王风。他本来应该和同学们一起，坐在教室里听老师讲课，听老师讲数学讲语文，也跟老师学音乐学绘画。下课后，他应该和同学们到宽阔的操场上去，打打篮球，玩玩单双杠，或做些别的游戏。可是，由于生活所逼，他却来到了这个不为人知的万丈地底，正面临着生命危险。

张敦厚已经走到了王风身后，他把镐头拿到前面去了，他把镐头在手里顺了顺，他的另一只手也握在镐把上了，眼看他就要把镐头举起来——

这时王明君喊了一声："王风，注意顶板！"

王风应声跳开了，脱离了张敦厚的打击范围。他以为真的是顶板出了问题，用矿灯往顶板上照。

王风跳开后，张敦厚被暴露在一块空地里。他握镐的手松垂下来了，镐头拖向地面。尽管他的意图没有暴露，没有被毫无防人之心的王风察觉，他还是有些泄气，进而有些焦躁。他认为王明君喊王风喊的不是时候，不然的话，他一镐下去就把点子办掉了。他甚至认为，王明君故意在关键时候喊了王风一嗓子，意在提醒王风躲避。躲避顶板是假，躲避打击是真。他不明白这是为什么？为什么？难道王明君不愿让他替他下手？难道王明君不想跟他合作了？难道王明君要背叛他？他烦躁不安地在原地转了两圈，就气哼哼地靠在巷道边坐下了。坐下时，他把镐头的镐尖狠狠地往底板上刨去。底板是一块石头，镐尖打在上面，砰的溅出一簇火花。亏得这里瓦斯不是很大，倘是瓦斯大的话，有这簇火花做引子，窑下马上就会发生瓦斯爆炸，在窑底干活儿的人统统都得完蛋。

张敦厚坐了一会儿，气不但没消，反而越生越大，赌气变成了怒气。他看王风不顺眼，看王明君也不顺眼。他不明白，王风这点子怎么还活着，王明君这狗日的怎么还容许点子活着。点子一刻不死，他就一刻不痛快，好像任务没有完成。王明君迟迟不把点子打死，他隐隐觉得哪里出了毛病，出了障碍，不然的话，这次合作不会如此别扭。王明君让王风歇一会儿，他自己到煤壁前刨煤去了。他刨着煤，还不让王风离开，教王风怎样问顶。说如果顶板一敲当当响，说明顶板没问题。如果顶板发出的声音空空的，就说明上面有了裂缝，一定要加倍小心。他站起来，用镐头的后背把顶板问了问。顶板的回答是空洞的，还有点闷声闷气。王风看看王明君。王明君说，现在问题还不大，不过还是要提高警惕。张敦厚在心里骂道："警惕个屁！"看着王明君对王风那么有耐心，他对他们二人的关系产生了怀疑，难道王明君真把王风当成了自己的亲侄子？难道他们私下里结成了同盟，要联合起来对付他？张敦厚顿时警觉起来，不行，一定要尽快把点子干掉。于是他装出轻松的样子，又拖着镐头向王风走过去。他喉咙里还哼哼着，像是哼一支意义不明的小曲儿。他用小曲迷惑王风，也迷惑王明君。他在身子一侧又把镐头握紧了，看样子他这次不准备用双手握镐把儿了，而是利用单手的甩力把镐头打击出去。以前，他打死点子时，一般都是从点子的天灵盖上往下打，那样万一有人验伤时，可以轻易地把受伤处推给顶板落下的石头。这次他不管不顾了，似乎要把镐头平甩出去，打在王风的耳门上。就在他刚要把镐头抡起来时，王明君再次干扰了他，王明君喊："唐朝阳！"

提起唐朝阳，等于提起张敦厚上次的罪恶，他一愣，仿佛自己头上被人击一镐，自己手里的镐头差点松脱了。他没有答应，却问："你喊谁？谁是唐朝阳？"

王明君没有肯定他就是唐朝阳，过去抓住他的一只胳膊，把他拉到掌子面外头的巷道里去了。张敦厚意识到王明君抓他的胳膊抓得有些狠，他胳膊使劲一甩，从王明君手里挣脱了。他骂了王明君，质问王明君要干什么。

王明君说："咱不能坏了规矩。"

"什么规矩？"

王明君刚要说明什么规矩，王风从掌子面跟出来了，他不知道这两个叔叔之间发生了什么事。

王明君厉声喝道："你出来干什么？回去，好好干活！"

王风赶紧回掌子面去了。

王明君说出的规矩是，他们还没有让王风吃一顿好吃的，还没有让王风喝点上路的酒。

张敦厚不以为然，说："小鸡巴孩儿，他又不会喝酒。"

"会不会喝酒是他的事儿，让不让喝酒是咱的事儿，大人小孩儿都是人，规矩对谁都一样。"

张敦厚很不服，但王明君的话占理，他驳不倒王明君。他的头拧了两下，说："明天再不办咋说？"

"明天肯定办。"

"你啃谁的腔？我看没准儿。"

"明天要是办不成，你就办我，行了吧!"

张敦厚没有说话。

这个时候，张敦厚应该表一个态，指出王明君是开玩笑，他不说话是危险的，至少王明君的感觉是这样。

等张敦厚觉出空气沉闷应该开一个玩笑时，他的玩笑又很不得体，他说："你是不是看中那小子了，要留下做你的女婿呀!"

"留下给你当爹!"王明君说。

十五

最后一个班，王明君在掌子面做了一个假顶。所谓假顶，就是上面的石头已经悬空了，王明君用一根点柱支撑住，不让石头落下来。需要石头落下来时，他用镐头把点柱打倒就行了。这个办法类似用木棍支起筛子捉麻雀，当麻雀来到筛子下面时，把木棍拉倒。麻雀就被罩在下面了。不对，筛子扣下来时，麻雀还是活的，而石头拍下来时，人十有八九会被拍得稀烂。王明君把他的想法悄悄地跟张敦厚说了，这次谁都不用动手，他要制造一个真正的冒顶，把点子砸死。

张敦厚笑话他，认为他是脱下裤子放屁，多此一举。

王明君把假顶做好了，只等王风进去后，他退到安全地带，把点柱弄倒就完了。那根点柱的作用可谓千钧一发。

在王明君煞费苦心地做假顶时，张敦厚没有帮忙，一直用讥讽的目光旁观他，这让王明君十分恼火。假顶做好后，张敦厚却过去了，把手里的镐头对准点柱的根部说："怎么样，我试试吧?"

王明君正在假顶底下，如果张敦厚一试，他必死无疑。"你干什么?"王明君从假顶下跳出来了，跳出来的同时，镐头阻挡似的朝张敦厚抡了一下子。他用的不是镐头的后背，而是镐头的镐尖，镐尖抡在张敦厚的太阳穴上，竟把张敦厚抡倒了。天天刨煤，王明君的镐尖是相当尖利的，他的镐尖刚脱离张敦厚的太阳穴，成股的鲜血就从张敦厚脑袋一侧冒出来。这一点既出乎张敦厚的意料，也出乎王明君的意料。

张敦厚的眼睛瞪得十分骇人，他的嘴张着，像是在质问王明君，却发不出声音。但他挣扎着，抱住了王明君的一只脚，企图把王明君拖到假顶底下，他再把点柱蹬倒……

王明君看出了张敦厚的企图，就使劲抽自己的脚。抽不出脚来，他也急眼了，喊道："王风，快来帮我把这家伙打死，就是他打死了你爹，快来给你爹报仇！"

王风吓得往后退着，说："二叔，不敢……不敢哪，打死人是犯法的。"

指望不上王风，王明君只好自己抢起镐头，在张敦厚头上连砸几下，把张敦厚的头砸烂了。

王风捂着脸哭起来了。

"哭什么，没出息！不许哭，给我听着！"王明君把张敦厚的尸体拖到假顶下面，自己也站到假顶底下去了。

王风不敢哭了。

"我死后，你就说我俩是冒顶砸死的，你一定要跟窑主说我是你的亲二叔，跟窑主要两万块钱，你就回家好好上学，哪儿也不要去了！"

"二叔，二叔，你不要死，我不让你死！"

"不许过来！"

王明君朝点柱上端了一脚，磐石般的假顶轰然落下，烟尘四起，王明君和张敦厚顿时化为乌有。

王风没有跟窑主说王明君是他的亲二叔，他把在窑底看到的一切都跟窑主说了，说的全部是实话。他还说，他的真名叫元凤鸣。

窑主只给了元凤鸣一点回家的路费，就打发元凤鸣回家去了。

元凤鸣背着铺盖卷儿和书包，在一道荒路茫茫的土梁上走得很犹豫。既没找到父亲，又没挣到钱，他不想回家，可不回家又到哪里去呢？

国家订单

王十月

终于，李想这一天对小老板提出了辞呈。小老板坐在租屋的旧沙发上，眼睛盯着电视里吴小莉那职业的微笑，沉默许久。他想说什么来着，想说一说李想的诺言说一说让李想再帮帮他可他终究什么也没有说。他理解李想，并不责怪他。李想有自己的生活，没有理由被绑死在他这辆眼看就要倾覆的破车上。

小老板说，工资的事，过几天好吗，赖查理……

小老板说到赖查理，说不下去了。他不止一次用赖查理来搪塞工人，说赖查理就要来了，赖查理一来就有钱了，公司也就渡过困难期了，弄得全厂的工人都知道有个赖查理，知道他是工厂的救星。可是这个赖查理，已许久没法联系上了。连小老板自己都对赖查理的到来失去了信心。可是他又觉得赖查理不是那样的人，这几年的交往，赖查理给他的印象不坏。不过话又说回来，这世道，人心隔肚皮，谁又敢保证小老板看人没看走眼呢。

李想的鼻子一酸，他太理解小老板的心情了，毕竟是多年的朋友了。他差点就改变了主意。小老板待他不薄，可以说从来就未曾把他当属下看待，说是亲如兄弟也不过分。可是想到身怀六甲的妻子，想到周城那边催得急，想到到处都要花钱，他狠下了心，说，我做到月底吧。工资不急，你现在需要用钱。

刘梅快要生了吧？小老板还是盯着电视屏幕。

八个月了。李想说。

小老板问到了刘梅，李想就知道，小老板再难，也会在刘梅生产之前把工资给他的。从家里来的时候，刘梅反复对他说，一定要提钱，半年的工资，趁他还拿得出来，再过一段时间他破产了，杀他无肉剐他无皮，他想给也没的给了。李想嗯嗯地答应着。刘梅说，别拉不下面子。李想说我知道。刘梅说，有什么不好说的，欠债还钱，他欠你的工资，不好意思的是他。李想说，我知道。刘梅说，你就说我要生孩子了，缺钱用。李想说，我知道了。

小老板已欠下了供应商不少的货款。最要命的是，工人的工资也欠了四个月。开始的时候，小老板还对工人信誓旦旦，说赖查理很快就可能结清货款的，到时把工资一次性算给大家。可是一个月过去了，又一个月过去了，赖查理杳如黄鹤，工资只有一拖再拖。和工人交涉的重担，就落在了李想的肩上。李想对工人们动之以情，晓之以理，但还是不停有工人辞工。辞工当然要结工资，不结算工资就要告到劳动站去，再不行就喊打喊杀的，现在的工人，也不好糊弄了，不像李想和小老板当初出门打工时那样，人为刀俎，我为鱼肉，现在的工人，对付起老板来，办法一套一套的。小老板倒不怕那些供货商，却怕这些工人。终还是有工人离开了，厉害的角色，自然拿到了工资，次一点的，打一张欠条，还有老实一点的，干脆拍拍屁股走人。小老板一天无数遍拨打赖查理的电话，电话从来没有接通过。

李想说，我知道，这时候我不该走。谁都可以走，我不该走。可是……

小老板张了张嘴，嗓子里像有鸡毛一样，痒。干咳着，终于咳出几个字：大家都不容易。

还说什么呢。但小老板多少是有些失望的，李想一走，等于少了他的一条胳膊，他的局面将更加难以应付，倒闭是迟早的事。只是，小老板终究是不甘心，他在等着奇迹出现。十年前，小老板背着一个破蛇皮袋离开故乡。那是一个清晨，天刚蒙蒙亮，初春的风，吹在脸上，像小刀子在割。路两边，都是湖，湖睡在梦中，那么宁静，他的脚步声，惊醒了一两只狗子，狗子就叫了起来，狗子一叫，公鸡也开始叫，村庄起伏着一片鸡犬之声。小老板在那一刻停下了脚步，回望家门，家里的灯还亮着。他在心底发下了誓言，一定要发财，当老板，衣锦还乡。出门打工，小老板吃过许多的苦，受过许多的难。这些，都不提了罢，小老板从来没有埋怨过生活，也没有恨过生活给他的苦。乡里人有一句话，"吃得苦中苦，方为人上人"。他一直在寻找机会，先是当工人，当技术工，跑业务。终于有机会了，他有了自己的业务网，特别是赖查理的出现，改变了他的生活。他有了自己的制衣厂，十几号人七八条枪，一路这么走过来，终于有了一定的规模。他打过工，知道打工的苦，待工人不坏。他对工人说，将来工厂发展大了，我不会亏待大家。他是这样说的，也当真是这样想的。

小老板盯着电视画面，思想却飞得很远。李想想再说一些抱歉的话，但觉得这样的话说出来就显得虚伪，显得多余，也就不再说什么。两个男人，就这样一言不发，盯着电视画面发呆。他们没有想到，此刻，在遥远的大洋彼岸，正在发生一件惊天动地的事情，这件事，改变了世界。

就在李想觉得自己该走了时，凤凰台的电视画面，出现了奇怪的一幕：大洋彼岸，美利坚合众国那著名的双子座大楼，那无数好莱坞影片中出现的标志性建筑，此刻却像是两个大烟囱，在冒着滚滚浓烟。两位心事重重的中国男人，在这一刻都呆住了，他们忘记了自己正面临的困境。很快他们就明白了事情的原委。李想跳了起来，尖叫着，打电话通知自己的朋友。李想还拨通了妻子刘梅的电话，只说了一句话，赶快看凤凰台。挂了，又拨了周城的手机，也还是那一句，快看凤凰台。周城的手机信号似乎有问题，声音断断续续的，问，看什么你说看什么李想高声说，快看凤凰台。周城这一次听清了，说他在外面谈很重要的事情呢。周城问凤凰台有什么好看的，李想说，别问那么多了，赶快打开电视机看凤凰台，不然你会后悔。小老板很冷漠地看着李想，嘴角甚至泛起了一丝冷笑。他想到了那封信，没有署名，但措辞很强硬，限他三天之内把工人的工资发了，否则，后果自负。随信一起的，还有一把水果刀。刀很锋利，闪着寒光。信肯定是他厂子里的工人写的，但是谁写的，小老板不知道。他本来是想和李想谈一谈这封信的，没想到李想提出了辞职，这让小老板的心里多少生了些许的疑惑。理论上来说，厂里所有的员工，都有可能写这封信，所有的员工，当然就包括了李想。看着李想，小老板又觉得，这写信的人不可能是李想。怎么说，他也算得上是李想的恩人，李想不至于如此恩将仇报。

又一架飞机撞向了大楼，画面给了尖叫着的惊慌的人群，给了五角大楼，给了白宫，给了一面在风中飘扬的星条旗……李想再一次尖叫了起来。李想还想说什么，但这一次李想觉出了不对劲，小老板的眉头皱了起来，有些悲哀地说了一句，不知要死多少人。小老板的话一出口，李想一时语塞。和小老板分手的时候，沉默的格局还是因为这事件的发生而打破。他们交流了对于这次事件的感慨，也共同关心了大楼里有没有中国人，关心了这次事件中死亡的人的数字，然后道别，一切都显得有些陌生而漠然了。

李想回到家，问刘梅有没有看过凤凰台。

刘梅说，跟小老板说了没有。

李想说，说了。

刘梅说，小老板生气了吧？

李想说，倒也没有生气，不过他心里肯定不好受。在我们最难的时候，是小老板帮了我们，现在他有了难，我却要辞职，总觉得有点不厚道。

刘梅说，你不会对他说我要生了吗？再说了，这些年来，你为他打工，没有白天黑夜，也帮了他不少，算是报恩了。

李想说，话虽这么讲，可心里总是难受的。你没有看凤凰台吗？

刘梅说，看了，小老板没有说多久给你结工资吗？

李想说，没想到，美国的双子楼被撞了。

刘梅说，别在这里打马虎眼了，肯定是没有谈工资的事吧？你呀你，我就知道你这人，把面子看得比什么都重要，说几句话会死人。

李想就把头低了下去，像一个做错了事的孩子，说，我答应了，做到月底。

喊！刘梅冷笑一声，月底，你们厂还能做到月底。

李想不再说话。本来他是想和刘梅谈一谈美国双子楼被撞的事，现在却一点谈兴都没有了。洗了正准备睡呢，周城的电话打来了，问李想和老板谈得怎么样了，什么时候辞职了跟他一起干。李想说谈了，月底就离开小老板。李想问周城，看凤凰台了没有。周城说没看，说他今天晚上和一个美国基金会的代表在谈判，合同都签好了。咱们要发财了，周城说，晚上有活动吗？

李想说，都几点钟了，还活动！

周城说，嫂子怀了几个月，憋坏了吧。出来，我请客，帮你把那戒给破了。

李想还想说什么，周城已说了声西子足疗馆见，把电话挂了。

这么晚了还往外跑，刘梅自然是一脸的不高兴。何况是跟周城跑，刘梅更加不高兴。

刘梅一直觉得周城这人不踏实，虚头巴脑，咋咋呼呼的，又爱吹牛。担心李想跟他在一起学坏，还担心他吃亏。刘梅说真想不通，周城怎么那么大的能耐，名利双收。可是想到老公将来跟了周城，赚的钱要比跟了小老板多，也就不怎么反对了。

到了足疗馆，周城一脸喜色，在那里和咨客聊天。见李想到了，便问李想，是按摩还是洗脚。李想说洗脚。周城说，那就洗脚吧，下次一定要帮你破戒。李想笑笑说他早就没有戒可破了。要了房间，咨客问周城有没有熟悉的技师，周城叫了三十八号，又指着李想说帮他叫个漂亮点的小妹。咨客笑盈盈地答应了，不一会儿回来，对周城说，对不起老板，三十八号出钟了，您再叫一位吧。周城说那你随便安排吧。

等候技师时，周城神秘地对李想说，我那事成了。

李想问什么事。周城说就上次对你说的那事，从现在起，我免费为打工者打官司了，免费，你知道吗？一分钱也不收。老子再也不用担心那些打工仔赢了官司不给钱了。

说话间，技师来了。给李想洗脚的技师长得不错，而给周城洗脚的技师，却是一位大嫂。李想嘴角泛过一丝笑，望了周城一眼，周城皱了皱眉头，朝李想摇了摇头，长叹一声，哎呀，命苦呀。也不同技师说话，只是对李想说，我今天跟那假美国佬把合同签了，我只管打官司，所有的律师费都由老美出。接下来我这里肯定忙不过来，缺一个又能干又放心的帮手，你最好快点过来。

李想说没办法，做人不能太绝情，当年我被治安抓，差点送收容所了，是小老板帮了我。李想又不无担心地问周城，拿美国人的钱，会不会有什么问题？

周城笑了，说，你呀你，这也是为打工者做一件大好事，名利双收，你就放心吧。

从洗脚城出来的时候，已是凌晨了。路过海华工业区前的十字路口时，就看见前面围了一圈人。李想一个激灵，说，妈的，又是查暂住证的。把手摸向了口袋，身份证暂住证都在。多年前，他刚来南方，工作没有找到，手中的钱又花光了，屋漏偏遭连阴雨，晚上又被治安队抓了。他就是那时认识小老板的。那时的小老板还没有当老板，还在工厂里打工。萍水相逢的小老板帮他出了一百五十块的罚款，让他免了收容之苦，还把他介绍进了他们厂做工。从此，开始了他们长达八年的友谊。小老板从厂里出来创业，李想也跟了出来。想到自己今天向小老板提出辞职，想到小老板的工厂已是风雨飘摇，想到当初自己被小老板帮助时说过的话：今后您要有用得着我李想的地方，我赴汤蹈火在所不惜。李想禁不住一声长叹。南国的风，带着咸腥的海的气息扑面而来。街道两旁那高大的大王椰，在风中沙沙沙地响。李想突然觉得内心凄惶莫名。

一群治安员围着两个人，他们现在对李想和周城不感兴趣。李想却差不多患了治安员综合征，见了治安腿就发软。现在他唯一想做的就是快点离开这是非之地，却发现不见了周城，回头望，见周城在看热闹。李想等了一会儿，见周城似乎没打算离开，想一想，把身份证、暂住证拿出来再确认了一遍，才走过去，说周城你干吗哩，你……呀！张怀恩！李想看见，那被治安员折腾的居然是厂里的车衣工张怀恩。

张怀恩正在同治安员辩解，说他手中的刀子，当真是削水果的，不是用来行凶的。说着就激动了起来，手开始比画着。

张怀恩正百口莫辩，突然听见有人叫他的名字，原来是厂里的经理李想，那兴奋无异于溺水的人抓住了一根浮木。喊了一声李经理，对治安员说，他是我们厂的经理，他可以证明我是好人的。

治安员把注意力转移到了李想和周城的身上，目光像锐利的刀子，把李想从头到脚刮了一遍，又把周城从头到脚刮了一遍。然后指着李想，说，暂住证、身份证。

李想迅速把证件递给了治安员。治安员看了一眼，还给了他。指着周城要看证件。周城却没有把证件交给他们看的意思，只是慢条斯理地说，你们是哪个派出所的，把你的证件给我看看。

这简直是在太岁头上动土。治安员天天查看别人的证件，大约从来没有被人查看过证件，一下子倒愣住了。又拿目光刮周城，就没有先前那么锐利了。心里有些虚，不知道周城是何方神圣。周城看出了治安员的心思，冷笑了一声，说，你们为什么要为难他？谁给你们的权力？

治安员之一说，他带着刀子。

张怀恩说，是水果刀，用来削水果的。

治安员之二说，水果刀就不能行凶了？

周城说，真是好笑，带了水果刀就会行凶吗？那我说你是强奸犯。我怎么是强奸犯？

你有强奸的工具呀。周城说。

周围的人都哄地笑了起来。

治安员闹了个大黑脸，被周城这么一唬，有点蒙了。眼前这人，看穿着也不像是什么了不起的大人物，哪有大人物深更半夜在街上闲溜达的呢，慢慢有些回过神来。首先回过神来的，大约是治安员头目，他指着周城说，丢雷个嗨，你在这里装什么大头鸟，你干吗的？身份证，暂住证！

周城不慌不忙，从腰上取下手机，说，问我是谁是让李世贤来告诉你们，还是让黄标告诉你们？

周城说的李世贤，是这城市的公安局长，黄标，就是这片区的派出所长。周城报出这两个人的名字，治安头目再一次慌了。周城把手机递给那治安头目，说，要不要给李世贤打个电话让他为我证明身份？

治安头目慌忙说，对不起对不起，您讲笑了。

周城见好就收，说，你们这么晚出来执法，也很辛苦，可是你们要文明执法，看见他手中有刀子，拦住盘问，都是对的，说明你们工作很认真。可你们怎么能没来由欺侮人呢？欺侮人就是你们的不对了。治安队伍这么辛苦保一方平安，为什么老百姓还这样不待见你们呢？还是你们的执法态度有问题啊。

治安头目低头垂手，像一个犯了错的小学生，连声说是是是，下次注意。挥手让手下的治安员放了张怀恩。张怀恩千恩万谢。李想说，这么晚了出来瞎转悠什么呢，你又不是刚出门打工的，出来就算了，还带一把刀子。快点回厂里去吧。张怀恩又谢了李想，说李经理，要不是您，我今晚就惨了。

车衣工张怀恩并不知道，刚才跟着李经理的，并不是什么大人物，不过是一个专帮打工者打官司的律师罢了。他更不会想到，和李经理在一起的那个大人物，根本就不认识什么公安局局长和派出所所长。他不过是看准了治安员的心态，诈了他们一把。他要是知道了，当时怕是吓得都走不动了。

这个晚上经历的一切，对车衣工张怀恩来说，是一个警示信号，他得认真想一想下面的路该如何走了。回到工厂，睡在铁架床上，张怀恩的手脚还在发软。如果不是李经理他们赶到，他坚持不了几分钟，就会如实招供了。

张怀恩想到了另外的一把刀子，还有和刀子放在一起的那封信。几个月没有发工资了，工友们陆续在离开，许多人都没有拿到工资。张怀恩不想找劳动站，他早就听说，老板被一个叫赖查理的香港人骗了，几十万的货款都没有要到。就算到劳动站去告，老板也拿不出钱来发工资了。何况，天地良心，他张怀恩跟了小老板也有三年了，小老板待他们这些工人当真不错。张怀恩也不想把事情弄大，他只是想吓唬一下小老板，然后要到自己的工钱。

晚上，他去未婚妻打工的厂子，俩人在厂外面的香蕉林里亲热了半天，打算国庆节就回家结婚。说到回家结婚之前，无论如何要把工资拿到手。未婚妻劝他，好好跟老板说，把要结婚的事说清楚，也许老板会把工资结了呢。再说了，你的身体一直不大好，要早点去医院检查检查。张怀恩摇摇头，苦笑，说，小老板人是不错的，他要拿得出钱来，也不会拖我们这么久的工资了。又说，我没什么病，不过就是有点贫血，结婚了你天天给我做好吃的就行了。未婚妻偎在张怀恩的怀里，无限幸福，说，结婚了我们在外面租个房子，我天天给你煲汤，把你养得胖胖的。

张怀恩并没有告诉未婚妻关于刀子的事。未婚妻抱着他时，碰到了那把水果刀，吓了一跳。张怀恩说，没什么，用来防身的。未婚妻就不说话。上个月，他们俩也是在这厂外的香蕉林里亲热，结果被几个烂仔抢了，抢了钱不说，那烂仔还摸了未婚妻的胸。当时的张怀恩，没有做出任何的反抗。未婚妻倒没有责怪张怀恩，张怀恩却感到极度愧疚，说他不是男人。未婚妻说，我只要你好，平平安安的。你要真和他们打起来了，有个三长两短，我也不想活了。话是这么说，张怀恩的心里却更加难受，总觉得自己不算个男人，连自己的女人都保护不了。当张怀恩说他的刀子是用来防身时，未婚妻沉默了一会儿说，以后别带刀子了，带了刀子更危险。也是在那时，张怀恩听到了一个让他又喜又忧的事，未婚妻怀上了他的骨肉。当真让他又是欢喜又是惶恐。

张怀恩决定，用温和的方法去向小老板要工资。他要对小老板说他的未婚妻，说他未来的孩子，当然，还可以编造一下，比如说家里有一个八十岁，不，七十岁的老母，有一个正在读高中，明年就要考大学的妹妹，我张怀恩一家人的幸福，都寄托在小老板您的身上。实在不行了，就算给老板下跪也是可以的。然而第二天，小老板并没有来工厂。张怀恩找到了老板娘，老板娘说要工资你去找老板。张怀恩说，那老板去哪儿了。老板娘说，我还在找他呢。看着老板娘火药一样，仿佛一触就要爆炸，张怀恩退出了办公室，见文员李兰朝他吐舌头做鬼脸，便凑过去，用嘴努老板娘的办公室，问怎么回事。李兰小声说，和老板吵架了，早上在办公室里哭呢。

这一天，张怀恩带来的消息，像一股暗流，在工人中引起了不小的骚动。

老板不见了！

连老板娘都不知道老板去哪里了。

老板会不会跑掉了？要是跑掉了，我们这些人就惨了，四个月的工资呢。

工人去找经理李想，问经理，老板是不是跑了。李想安慰大家，说怎么可能呢，怎么会跑呢，老板不可能跑的，他有这个厂在这里，还有这么多的设备，跑得了和尚跑得了庙？工厂不过暂时遇到了一些小困难，赖查理马上就要来了，赖查理一来，大家的工资都有的发了，一分钱都不会少你们的。再说了，我不也还欠着工资吗，你们欠四个月，我还欠了六个月呢，张怀恩你说是不是这个理？

张怀恩昨晚才受了李想的恩惠，现在没有理由不站在李想的这一边帮他说说话，张怀恩于是对工人们说，李经理说得有道理。老板可能是帮我们弄钱去了哩，我打工十年，干过七八间厂，在这个厂干了三年，这个老板是最好的了。

工人们的从众心理是比较强的，有人说老板跑了，就人心惶惶，觉得老板真的跑了；有人说老板不可能跑，大家一听，又觉得在理，老板要跑早就跑了，还会等到今天。

小老板的确没跑，跑到哪里去呢，这厂子是他的命和心血，他怎么会抛下呢。只是他现在觉得很累，前所未有的累。昨天晚上，和妻子吵了一架，心情坏到了极点。他现在只想找一个安静的，没人知道的地方，好好睡一觉，积蓄力量。和妻子吵架后，小老板离开了家，给阿蓝打了电话。问阿蓝晚上有空没有。阿蓝说有空。小老板就去了阿蓝那儿。阿蓝一见小老板，就偎在了他的怀里，紧紧抱着他。小老板轻抚着阿蓝的长发，说，我有点饿，给我做点吃的吧。

阿蓝烧得一手好菜。小老板每次来这儿，阿蓝都会下厨烧上几个小老板爱吃的菜。

阿蓝说，看你的脸色很差，我给你放点热水，你泡个澡吧。

小老板说好，倒在阿蓝的床上休息。小老板每次一倒在阿蓝的床上，就觉得瞌睡，倒下就能睡着，而且还睡得格外香。就像现在，他睡在了阿蓝的床上，就像到了一个温暖宁静的港湾，工厂里的烦心事，都仿佛与他无关了，他现在只想好好地享受这温馨的时刻。阿蓝在浴室里放好了水来叫小老板时，房间里已响起了轻微的鼾声。

阿蓝不忍心叫醒他，下厨房去做菜。做好了菜，看小老板还在睡，阿蓝就坐在床边，看着小老板。

不知为何，阿蓝觉得自己是渐渐喜欢上这小老板了，这种喜欢是危险的，她知道这不同于一般的感情，也不同于她对其他客人的感情。这些年来，她就在这里安了个窝，接待一些熟悉的客人。遇上喜欢的男人还会为他们炒两个菜。也有客人提出过把她包起来，她只是笑。她似乎喜欢上了现在的这种生活，为那些事业小有成就却又心灵孤独的男人，营造一个家的氛围，做他们临时的妻子。可是小老板出现后，阿蓝的心有些乱了，她开始减少和其他客人交往。小老板并没有给过她多少的钱，只是每次会送给她一些小礼物，这礼物有的比较值钱，有的不值钱。但这些对于阿蓝来说，似乎都是无价的。有时阿蓝也想，这个平时总显得心事重重的男人，到底有什么样的魅力，让她心乱如此。想来想去，阿蓝觉得，是小老板的真实。小老板在阿蓝面前，从来不掩饰自己的内心，也不掩饰他的困窘。不像有的男人，一来就对她吹嘘又赚了多少钱，说要和老婆离了婚娶她。小老板却总对她说，不能一个人一直这样下去，碰到合适的，就嫁了。他情愿那时和她做一个朋友。说他的生意遇到了困难，但一切都会过去的。说他喜欢到这里来，是喜欢这里有家的感觉，可以让他忘了那许多的烦恼。难道只是这些吗？阿蓝自己也不清楚，于是只能对自己说，人的感情，当真是很奇妙很复杂的。

小老板猛地醒了，看着阿蓝，笑，说，我又睡着了。每次来你这里，都有睡不完的瞌睡。

阿蓝说，饭好了，吃饭吧。

于是他们吃饭。吃完饭，小老板洗了个热水澡。抱着阿蓝，做爱。小老板做爱总是很小心，像在抚摸一尊绝品的瓷器。然而这一次，小老板一反常态了，风狂雨骤的。小老板喊，阿蓝啊阿蓝，阿蓝啊……小老板居然哭了。但小老板没有让眼泪泛滥，泪刚出来，便被他止住。小老板仔细地抚摸着阿蓝细瓷一样的肌肤，说，阿蓝，我恐怕是最后一次来你这里了。阿蓝抱着他，拿手指抚摸着他的胸肌，不问为什么。小老板说他的工厂这次真的坚持不下去了，他明天回去，就宣布破产。把厂里的东西卖了给工人发工资，欠供货商的钱，那就只有欠着了。小老板说他反正是死猪不怕开水烫，只是对不起阿蓝，有钱的时候，为什么没有想着多帮帮她。

这个晚上，小老板睡得格外的香，连梦都没有做一个。次日拥别阿蓝的时候，他把腕上那块戴了五年的手表摘下来，作为给阿蓝最后的留念。

小老板回到了工厂。现在他的内心很平静，他做好了坦然面对这一切的准备。工人见到老板回厂了，都长长地吁了一口气。老板果然没有跑。老板没有跑，大家的心也就安了。张怀恩的心却并没有安妥下来。小老板刚坐回办公室，张怀恩就去找他了。小老板很客气地让张怀恩坐下。张怀恩站着。小老板说，你坐吧，坐下说。张怀恩很拘束地坐下。小老板拉开了抽屉，里面静静地躺着一封信，还有一把闪亮的刀子。信上的每一个字，其实都像是一把刀子，一刀一刀，扎在小老板的心头。

可是现在，爱也好恨也好，这一切似乎意义都不大了。小老板把抽屉合上，平静地盯着张怀恩。张怀恩被小老板盯得有点发毛了，惶恐地低下了头，恨不得把头都低到两条腿中间了。

怀恩，有什么事，你说。小老板说话和风细雨，但这和风细雨里，却透着疲惫与失望。

张怀恩想好了许多的话，可是一下子，居然一句都说不出来了。脸涨得通红，过了好一会儿才说，老板，我要回家结婚了。

小老板笑了笑，露出一口好看的牙。这么多年来，小老板保持了许多美好的品德，不抽烟，不喝酒。三十有五了，身体一点也没有发福。

恭喜你。到时要给我派喜糖哦。我还得给你包个红包的。又说，日子定好了吗？

定好了，就在国庆节。张怀恩的眼四处游走，就是不敢看小老板的眼。

哦，我知道了。工资的事你放心，我会尽快发给你的。你看，我厂里还有那么多设备，那么多布料，怎么说也能卖点钱，发工人的工资还是够的。

张怀恩没有想到，事情会是如此的简单。他甚至还没有来得及说他未婚妻肚子里的孩子，没有说他那虚构的七十岁的老母亲，还有那凭空造出来的读高中的妹妹，更没来得及说他的贫血。这样一来，张怀恩反倒觉得有点空落落的感觉，仿佛攒足了劲，一拳打出去，却打在了棉花上。

还有事吗？小老板问。

张怀恩站了起来，突然说，我，要做爸爸了。说完脸更红了。

小老板笑得很开心，说，那是双喜临门了。我得包一个大点的红包。

张怀恩说，老板，那……我走了。

走到门口时，张怀恩又站住了。

小老板说，还有什么事吗？

我……张怀恩差一点就对老板说，对不起，那封信是我写的，还有那把刀。然而张怀恩没有说，只是突然冲小老板鞠了一个躬。

张怀恩离开后，小老板又拉开抽屉，拿出那把锋利的刀子，眯着眼睛看着。电话响了起来，他不想去接。可电话铃声响得很固执。小老板看着电话机，突然觉得这些年的创业生活，当真像是梦。他想起多年前，他离开故乡的那个清晨。小老板拿起了电话，突然像被人在屁股上扎了一刀一样，蹦了起来。

赖查理！小老板的声音很古怪，说不清是愤怒还是激动。

赖查理，你在哪里你可把我害苦了。小老板的手都在发抖了。

赖查理没有说话，让小老板发脾气。等小老板的脾气发得差不多了，才说，骂够了吧，骂够了，给个大单你做。

大单小老板苦笑了一下，真正的大单，赖查理是不会给他做的。给他做的，要么是工价很低，别的厂不愿接，要么是要货急，像催命一样，别的厂不想接。但就是这些鸡零狗碎的订单，让小老板一步步走到了如今。可以说是成也赖查理，败也赖查理。

赖查理不是老外，是个香港人，多年以前，他也只是一家港资制衣厂的高管。那时小老板打工的厂和他打工的港资厂有业务往来。两人打交道多了，赖查理就鼓动小老板投资办一个小厂子，他呢，也绕开了老板，把自己接到的一些小的订单下给小老板做。小老板的制衣厂壮大的同时，赖查理的贸易公司也做得顺风顺水了。但有了制衣方面的单，他总还是想着小老板的。

小老板没有追问赖查理这几个月为何不见了，连公司的电话也打不通。赖查理也没有去解释。在江湖上，各人有各人的混法，只要赖查理来了就好了。赖查理来了！这个消息像风一样，在小老板的制衣厂里吹遍了。每个员工的心都被吹皱了，九月南方的酷热，也被这一阵风吹散了。赖查理果然是小老板的救星，小老板的救星就是百十号工人的救星。打工者和老板，看似对立的两个阶层，其实又是紧密的利益相关者，是拴在一条绳上的俩蚂蚱。用老祖宗的话说，这叫大河涨水小河满，大河落水小河干。当然理是这个理，实际上却是，大河涨水了，小河会不会满倒是不一定的，大河落水了，首先干涸的却肯定是小河。

赖查理带来了欠小老板的部分货款，外加一个大订单。用赖查理的话说，这可不是一般的订单，这是国家订单，而且不是一般的国家订单，是美国的国家订单。你要感到荣幸哦。

赖查理说的所谓美国国家订单，是生产二十万面美国国旗。

赖查理实话实说，他接的订单是一百万面星条旗，这样的单，本来是不会给小老板分一杯羹的。一是看在小老板的忠厚本分，二来呢，这批货也实在要得太急了些。这才匀出了二十万面的单给小老板。二十万面星条旗，五天交货。

小老板听说一百万面星条旗时，微微一笑。和赖查理打了这么多年交道，他太了解赖查理了，人不坏，也有信誉，就是爱吹点牛，用现在流行的话说，是喜欢忽悠。他说什么一百万面星条旗，估计也就是那二十万面。

不就是二十万面旗子吗。五天交货，一点问题都没有。小老板说得斩钉截铁。

赖查理狐疑地看着小老板，说，二十万面，你真能按期交货？

小老板说，我们也不是一年两年的朋友了，这么多年，我什么时候说过大话只是，怕是要加班加点了。你这一消失就是两个月，弄得我的工人天天去劳动站告我的状。我的那些货款……

赖查理说，阎王少了小鬼的钱。

小老板笑，说那是那是。又说，工人不拿钱不肯开工，加两个班时间长一点，早把我告劳动站去了。

赖查理说，你还怕劳动站。你这当老板的，从来不都是和劳动站串通一气的吗？

小老板说，我要有这样的关系，还怕工人告我？

赖查理说，这倒是实话。你放心让工人加班吧，劳动站那边小意思啦，我一个电话就摆平了。

赖查理来了。小老板头上的乌云一下子就散了。当天就把欠工人的工资给发了，厂里又加了菜。也对工人们托了话，离开了，又想回来的工人，随时欢迎。辞了工，还没有走的，最好留下来别走了。接下来的货工价那可是前所未有的高，保证大家一天能挣上六十块。车衣工张怀恩拿到四个月的工钱后，做出的第一个决定就是继续留在厂里。

小老板现在想的是李想的去留问题。突然之间，工厂又死里逃生了，而且眼看着有了大的发展机遇。这让小老板的内心起了波澜，表面上，似乎风平浪静，可内心的波澜，却可以说波涛汹涌了。这一次的困难，让小老板对世事看透了许多。比如他的妻子，小老板和她结婚这么多年来，妻子对他是百依百顺，从未逆过他的意。可这次，他差点翻船了，妻子呢，果真能够和他共患难吗？夫妻本是同林鸟，大难临头各自飞。这话说得还真有那么点意思。还比如李想，不就是半年的工资没有发吗？用得着这样辞职？笑话！这就是把我当兄弟一样看的人吗？小老板忽然冷笑了一声，觉得他真该感谢赖查理失踪了两个月，是这件事让他看清了许多。

人逢喜事精神爽，小老板突然有了点想唱几句的冲动。但他没有唱，只是闭着眼，吹了几声口哨。想到接下了这么大又这么急的订单，现在如何少得了李想，小老板决定和李想谈一谈，好好安抚他，挽留他，最起码也让他死心塌地把这批货赶完。小老板把李想叫到了办公室，给李想倒了茶。小老板的目光盯在了李想的脸上，他没有意识到自己目光中流露出的得意。而这得意，像一把锋利的刀，将他和李想之间的裂缝切得更大了。

李想说，老板，您找我什么事？

小老板把李想的辞职书拿了出来，推到李想的面前，说，这个，你拿回去。

又从抽屉里拿出一沓钱，一万元，轻轻地推到了李想的面前，说，这个，是你的奖金。

小老板说，我不怪你，一点也没有怪你的意思。我只是希望你不要再提什么辞职的事了。

李想把辞职书和钱推回给了小老板，说，你现在渡过难关了，我的心里也好受一些了，不然我会因为辞职感到良心不安的。只是，好马不吃回头草，决定的事，我不想再改了。你放心，我答应了做到月底，说话算数。在这里做一天，就会尽全力的。

李想这话说得很有分寸，这话一出口，就注定了两人之间，裂痕真的越来越大了。李想的话说得很有水平，意思是，你小老板的心思我懂，不就是担心这批货赶不出来吗？你是怕我李想在这里混日子哩，我李想可不是那种人！

小老板把那辞职书收起来，钱还是推给了李想，说，人各有志，我这里是太小了，你是个有能力的人，应该谋个更有发展前途的位置，我也不强留。这个你收下，刘梅不是马上要生孩子了吗？在这里生孩子，可得不少的钱花。我也不说是奖金了，算是我给未来侄子的见面礼。

李想咧开嘴，笑，有些苦涩。但他还是把钱收下了。小老板这样说，他没有理由拒绝。其实，从赖查理出现的那一刻起，李想就有点后悔了。他意识到，他的辞职是个错误的选择，倒不是因为他舍不得这个职业，他只是觉得，要是再坚持几天，等赖查理来了，等小老板过了这难关再辞职，那该是多么美好的一件事啊。那么，他们的友谊，就会持续下去。可是木已成舟。他本来是觉得有些内疚的，走进小老板的办公室时，他都还在内疚，可是当小老板用那种得意的目光看着他时，那种内疚感一下子就消失得无影无踪了。那一瞬间，李想的心情是复杂的，由内疚到失落，再到坦然。他突然觉得他再也不欠小老板什么了，之所以决定帮小老板把这批货赶完，一是自己承诺过做到月底，二是要让小老板欠他一个情。两人的心情变化，都是一瞬间的事。但两人都是聪明人，都感觉到了，他们的友谊，已蒙上了尘。片刻的尴尬之后，小老板就开始谈工作了，问李想，二十万面旗，五天时间能不能赶出来？李想说，肯定不能，加点班，十万面没问题。

没有办法吗？马上招人呢。小老板问。

李想说，就算是满员，也不可能按时交货。

小老板说，你有办法的。

李想说，没有办法，能有什么办法呢？除非……

小老板眼睛一亮，问李想除非什么。李想摇了摇头，说不可能的。小老板说你还没有说呢，怎么知道可不可能呢？

李想说，我算了一下，如果满员，按我们的工人正常的进度，最少要十二天才能交货。现在只有五天的时间，除非外发一部分给别的厂加工。

外发绝对不行。小老板说得很坚决。他好不容易才等到这么一个单，订货方要货急，才给出了这么高的价，做好这一单，他的工厂就真的可以起死回生了。

李想苦笑，摇了摇头。要是在过去，他肯定会说服小老板，告诉他人不可能一口吃成个胖子，有时不该是自己的财也别强求。要是在过去，他说了这样的话，小老板也多半会接受的。可这半年来，小老板被钱逼得快疯了，哪里还能把到嘴的肥肉拱手让给别人。现在的李想，要是再这样劝小老板，小老板还听得进去吗？李想认为小老板是听不进去的了，因此他也不再劝小老板了。只是说，那就只有加班，拼命地加班。反正只是五天时间，大不了大家五天不合眼。

李想这话说得还是带点刺的，他觉得他有义务提醒一下小老板，人哪里能五天不睡觉呢。可是小老板没有想到这一层，却兴奋了起来，说，对，做完这一单，给工人放几天假，让他们好好睡几天。你看电视里，抗洪抢险，官兵不也是几天几夜不睡觉吗，人的潜能是无限的。把工人的伙食搞好一点，李想你给工人打打气，鼓鼓劲。

抗洪抢险，李想的嘴咧了咧。他想说这怎么能和抗洪抢险相提并论，但又觉得这样的话还是不说为好，只是拿眼睛看着小老板，觉得小老板突然变得陌生了起来。

李想去安排生产了。小老板想了想，又让文员把张怀恩叫来了。张怀恩再一次紧张地站在了小老板面前。这一次，他看见了小老板桌子上放着的那封信，还有那把刀子。张怀恩的手脚一下子就软了。小老板笑了笑，走到张怀恩的身边，拍了拍张怀恩的肩膀，将五百块钱塞进了张怀恩的口袋里。张怀恩说，老板，您这……小老板说，你马上要结婚了，又要做爸爸，双喜临门，可你决定留在厂里，这让我很感动，这个，是我的一点心意。张怀恩又看了一眼桌子上的信和刀，手脚还是没有劲。小老板说，你的技术很好，我一直想着让你做个主管，协助李经理把生产抓上去，我看现在是时候了。你去吧，一会儿我让文员出一个通告，把你当主管的事在厂里宣布一下。对了，这批货很紧，五天要做出十天的货，厂里好多工人都是你的老乡，你帮我带好这个头。小老板说着，又在张怀恩的肩膀上拍了拍，说，你下去吧。

张怀恩满心欢喜，诚惶诚恐地下去了。主管这个位置张怀恩不是没有梦想过，不是有句俗话，叫不想当将军的士兵不是好士兵吗？在这家厂子里，论技术，张怀恩算不上是最好的，可是论人缘，他是最好的，厂里好多工人都是他的老乡。从老板的办公室出来，张怀恩再看这车间，看面临的工作时，心境一下子大不一样了。他觉得他对这厂子有了责任，他不再只是一个车衣工，把自己的货做好，尽可能多地车衣，多挣工钱。并不是每个打工者都有机会当主管的，现在机会来了，就看自己能不能把握住了。当了主管，从此就不用再天天坐在车位前，不要命地车衣了。当了主管，吃的住的还有工资都会不一样了。张怀恩突然觉得，这一切来得太突然了，来得那么不真实。他又想到了老板桌子上的那封信，还有那把刀。老板要是知道，这信是我张怀恩所写，这刀是我张怀恩所寄，会怎么想呢？这样一想，张怀恩就后悔得要死，觉得自己干了一件天大的蠢事。重要的是，这事他干得并不隐秘，他对另外的一个老乡讲过了，当时讲时，他是很得意的。现在，这老乡，成了一个危险的存在了。好在老乡关系和他不错，大不了当了主管，在工作上照顾他一点。

回到车位上时，张怀恩有点心不在焉。老乡问他，怀恩，怎么啦？老板叫你去干了？张怀恩一惊，说，没干吗，没干吗，就是问我结婚的事。老板真是好呢，你看我一个打工仔，结个婚，他还那么关心。老乡说，我也觉得我们老板人不错。张怀恩说，前一段时间，老板遇到了困难，厂子差一点就倒闭了，你知道那天我去找老板辞职，老板怎么说吗？老乡问怎么说。张怀恩说，老板说回去告诉大家，让大家放心，我厂子就算倒闭了，卖设备卖原料，也要把工人的工钱都发了。老板说他也是打过工的，知道打工人不容易呢，哪里就能差工人的钱呢？老乡说，也是。张怀恩又说，所以，这一次老板遇到了好机会，听说这批货很紧，五天一定要交货，老板对我们好，我们也要帮帮老板呢。说到这里，张怀恩觉得自己说得太多了一点，便不再说话，只是埋了头车衣，把电车踩得飞快。

中午快要下班时，车间里的喇叭响了起来，宣布了对张怀恩的任命。老乡们都向张怀恩表示了热烈的祝贺。吃饭的时候，张怀恩拿着饭碗去员工窗口打饭，工友们就笑，说张主管，你还在这里打饭呀，去那边，和老板一起吃小灶呀。张怀恩憨笑，还是挤在员工队伍里，眼却不时地望着干部吃饭的小房间。老乡们把他从队伍里挤了出来，说，别在这里装啦，快点过去吧。张怀恩被挤了出来，他便去队伍的后面排队。李想刚好从车间过来，说，张主管，你怎么在这里排队，去那边吃吧。

张怀恩跟着李想去了。小老板和干部们一起坐着，见张怀恩去了，其他的干部站了起来，给张怀恩挪椅子。小老板说，怀恩你现在是主管了，要负起主管的责任来。有李经理带着你。当务之急，是把工人的积极性调动起来，加班加点，把这批货赶出来。大家有困难没有？干部们都表了态，说没困难。小老板说，怀恩，你呢？有什么困难就说。张怀恩说，没有困难。小老板笑，说，困难是有的，但大家要想办法克服困难，战胜困难，再苦再难也就是五天时间，赶完这批货，我请全厂员工去大鹏湾海边玩一趟，游泳、晒太阳、吃烧烤，怎么样？干部们齐声叫好。

小老板去了员工的饭堂，中午的伙食，明显比平时要好了许多。小老板又把加完了班放三天假，带大家去海边玩，去游泳、烧烤的事说了。员工们的情绪也都调动了起来。

张怀恩猛地做了主管，有点不知所措，跟在李想的后面转了两圈，不知道该做什么，就又坐回到自己的位置忙碌起来。小老板看在眼里，并没有说什么，嘴角泛起了微微的笑。

小老板把该安排的事都安排妥当了，突然发觉，做了这么多年的生意，这一次，他才真正像一个生意人了，他学会了驭人之术。他自己都觉得自己有些陌生，这陌生让他觉出了一点点的危险，但转念一想，又觉得这是一种进步。

生意人嘛！小老板坐在办公室里，听着车间里的电车在轰鸣，心里像六月天喝了冰水一样，舒畅极了。他想起了阿蓝。他想给阿蓝打个电话，想一想，还是没有打。现在不是儿女情长的时候。打开了电视机，看电视。电视里还在播着九月十一日的那个恐怖的画面。那曾经雄视世界的双子座倒塌了。消防队员还在紧张地进行全力搜救，希望能从废墟中找出生还者。小老板第一次发现，现在的世界，没有什么事件是孤立的，比如这次发生在大洋彼岸的恐怖袭击，几天前，他何曾想到这样的一次恐怖袭击会改变他的命运呢。在国难面前，美国人的爱国热情，出现了前所未有的高涨，家家户户都在门口悬挂着国旗，表示他们对国家的热爱。这时他们才发现，在美国国内，居然找不到生产国旗的工厂，突然涌现的对国旗的大量需求，竟成了他小老板的企业死而复生的机会。现在，小老板看着这电视画面时，心情就比往日复杂了许多。他走到窗口，盯着窗外，窗外是九月的南国，天空似乎有些异样，干涸了一个夏季的小镇，在骄阳的炙烤下，仿佛一揉就会散成粉末。小老板开始渴望一场雨的降临。

傍晚的时候，果真就下了一场久违的雨。这中国南方的小镇，在雨水的滋润下，顿时温和了起来。雨水洗净了布满尘灰的小镇的天空，小镇一下子新了起来，连路边的树也鲜活了，香蕉叶绿得肥硕温润，高大的大王椰的叶子在风中摇摆，发出沙沙的响声。小老板让工人们早早吃过饭睡了。现在，他的工厂是万事俱备，只欠东风。赖查理给的消息是，最迟今晚，东风就到。当然，这东风并不是从东边吹来的风，而是在另外的一家印染厂里，正在加班加点印出来的制作星条旗的布料。布料一到，小老板一声令下，他手下的这百十号工人，加上他小老板，加上他的妻子，所有能上的都要上，他小老板的翻身仗，全在这五天了。只许成功，不许失败。

布料还没有到。天刚黑，工人们就奉命睡觉。睡不着也要睡，要抓紧时间睡。布料一到，再想睡也没得睡了。工厂里很安静，静得只有小老板不安的脚步声。布料迟到一分钟，就意味着他的工人要多加一分钟的班，意味着他多担一分钟的风险。小老板从未如此焦躁不安过，他是一个有着极好心理素质的人。从前，他自以为泰山崩于前也会面不改色，没想到，他的心理承受能力原来并没有想象中的好，二十万面星条旗，五天的时间，几乎就是他心理承受的极限了。谁说一口吃不成一个胖子，他咬着牙，恨不得一口把这世界咬住不放。

其实现在的小老板，完全也可以睡一会儿，闭目养神，或者好好欣赏一下这南方小镇的夜色。多美的南方小镇啊，多年前，他初到南方时，就惊异于这里的美丽，那么多新奇的植物，那么多漂亮的霓虹。现在的小镇依然是美的，这小镇的雨水、街灯，雨水中静立的厂房，荔枝树，香蕉林，吹过小镇的风，这一切，因了夜色和雨水而显得意象朦胧。就在一天前，他在决定了放弃这间厂，决定向命运投降的时候，他是有这样的心境去欣赏小镇的美丽的。真怪，那一刻，他是那么从容，安宁，居然有了长长地松了一口气的感觉，有马拉松终于跑到了头的感觉。突然之间，命运来了一个急转弯，他反倒躁动不安了起来。夜终于是沉下去了。他站在雨水中，看着他打拼出来的事业，过了眼前这一关，他将有能力把自己的事业做出声色来，他将不会满足于只是做一点来料加工，跟在别人屁股后面吃点儿残汤剩饭。迟早有一天，他会拥有自己的品牌，有自己的设计师，自己的专卖店，把他的品牌时装卖到北京，卖到上海，卖到美国，卖到巴黎。那时，当他回望自己的来处，回望那个清晨，回望那个背着蛇皮袋离开故乡的穷酸少年时，将会有怎样的感慨。这样想时，小老板有了一些醉酒的感觉。

送布料的车，是在凌晨一点钟来到的。那时，许多的工人，刚刚进入梦中。在送货的人卸车的时候，工人们都被从梦中叫醒。顿时，厂里就闹哄哄地热闹了起来。几个月来，做工都是断断续续，工人们也有好久没有这样加过班了，大家都显得有些兴奋。裁剪，车工，尾段，整烫，包装，所有的工人都行动了起来。裁剪房里刚把一批布裁好，就被运到了制衣车间。工人们差不多是一哄而上，一车布料，转眼就被瓜分掉了。张怀恩还在叫不要抢不要抢，可是工人们才不管这些，早一点抢到手，就意味着多车一些货，意味着多挣一些钱，这个时候，谁会把张怀恩的话当回事。张怀恩说，你们一下子车不了这么多，抢这么多干吗，分点别人做，分点别人做。笑话！抢到的货，就像到嘴的肉，哪里还会吐出来。这一点张怀恩比谁都清楚，他平时就是有名的抢货大王。现在他大声地叫着，其实也无非是在显示他的存在，好让老板听见，他张怀恩不是没有起作用的，他是在安排生产的。

第二批货裁出来的时候，制衣车间里，基本上就变得有序了起来，差不多的工人都领到了货，有限的几位没有抢到货的，在张怀恩的干涉下，也从别人那里匀来了一些。一面面的星条旗，随着电车的轰鸣，堆到了车位下面，每一个车位前面的塑料筐子里，很快就堆起了一个个红蓝相间的布堆，像一堆堆闪烁的星星。

小老板也没有闲着，充当起了搬运工，把车工车出来的星条旗记了数，送到尾段。尾段车间，说是车间，其实就是一间不到二十平方米的小屋，七八个女工。她们平时主要的工作，就是剪剪线头、钉钉纽扣这一类最没有技术含量的工序，实在没事可做就去做卫生，帮一帮厨房。做工的，都是一些年近四十的阿姨，正规的工厂不好进，就只好进这种小厂混日子。平时她们的工作是最闲的，手上剪着线头嘴巴也不闲着，无非是家长里短儿女情长，说说笑笑就把时间打发过去了。当然，她们的工资也是最低的。不过这一次，情况完全不同了，老板娘坐进了尾段车间，和这些妇人一起剪起了线头，于是空气就显得有些沉闷。老板娘是一个话少的人，这些平时爱说爱笑的妇人，也一下子都哑了声。

其实生产上的事，根本用不着小老板去操心，有李想安排着，就连他火线提拔的主管张怀恩，现在也显得有些多余，在车间里转了两圈，见老板、老板娘都在带头干了，哪里还闲得住，赶紧坐回自己的车位前当起了车工，手上的动作，比起平时来，更加轻快利索了。

在平时，车衣工们都是做完手上所有的货，才转到下一道工序。现在不一样了，每隔一段时间，小老板就从车间清点出一些货，送到下一道工序。尾段刚剪出来一点货，他又忙着送到了整烫车间。整烫房里，热气腾腾，两个小伙子，光着膀子，挥舞着蒸汽熨斗，干得热火朝天。

这一晚，相对闲一点的是李想，他没有像小老板那样去当搬运工，也没有像张怀恩一样去当车工。制衣厂里的活，从画版、裁剪、车衣直到包装，没有他干不来的。可是他不会去动手做这些。他的职责是负责全厂的生产，而不是一个车工或者包装工。在安排好了所有的工作之后，他发现了问题，车工、尾段、整烫和包装工的比例，是按生产服装搭配的，现在变成生产星条旗了，车工就显得多了，而整烫和尾段的工人，就显得人手不足了。这是一个不好办的问题，车衣工是技术工种，工资是这厂里最高的，现在要是把车衣工调过去剪线头、整烫，除非给他们加工价。可是给他们加了工价，原来做整烫做尾段的工人，当然有权要求同工同酬。涉及加工价，李想就没有权力了，去请示小老板，小老板很快地算了一下，随便加一点工价，这么多货算下来，也不是个小数目，说，这事你来想办法摆平。李想看着小老板，没有走。小老板说，还站在这里干吗，该干什么干什么去呀！李想不说话。小老板有些恼火，说，不会只给调岗的车工加工价。李想张了张嘴，想说什么。小老板说，不是你的钱，你不会心疼的。李想见小老板把话说到这份儿上了，便不再说什么，去叫了一些技术比较差的车工，说好了给他们每天多少钱的补贴，这才把他们调到了尾段、整烫和包装车间。又交代了，不要对其他工人说给他们补贴的事。安排好了这一切，现在生产次序基本上就顺了，李想就坐回了办公室，闭着眼睛养神。平时他是这样的，现在赶货了，他还是这样。这多少让小老板有一点点不高兴，他觉得李想这样做，还是因为他李想辞了工的缘故，是没有把工厂的事当成他李想的事一样看的缘故。小老板心里这样想，脸上却没有表现出来。他盘算着的是，在这一批货做完之后，到哪里请一个合适的人帮他管生产。张怀恩显然是不行的，张怀恩根本就不是一个当主管的料，就算他有这个能力，小老板也不会重用他的。那一封信，那一把刀，可是字字见血、刀刀入肉的，是小老板心头的痛。

第一个夜班时间过得格外快，小老板一点也没有觉得困，吃早餐的时候，他走到了张怀恩的身边，拍了拍张怀恩的肩，说，你呀你，你晚上也在做车位呀。张怀恩咳了一下，又咳了一下，说，反正生产有李经理安排，货又要得这么急，我还是做车位的好。

小老板说，好好干，你做得好，我心里是有数的。你怎么啦，怎么咳嗽了。

张怀恩说，没事，可能昨晚分货的时候出了汗，回了汗，有点感冒。

小老板说，不要紧吧，吃药了没有？

张怀恩说，没事的，没事的。

早餐时间被控制在了十五分钟以内。突然加了一个通宵，吃早餐的时候，工人们的脸上已经显出了疲惫。老板娘做到四点钟的时候，实在撑不住，回到办公室去睡觉了，这让小老板多少有一些不满。他认为妻子无论如何也该把这第一个夜熬到天亮。熬不到天亮也就罢了，偏偏在站起来的时候，还打了个长长的哈欠，拿手捶着腰，说了一声实在受不了啦，困死了，我去眯一会儿。她这一哈欠，带得那些妇人都打起了哈欠。小老板本想去责怪一下她的，可是想一想，又觉得没有这个必要。他是一个关注细节的人，平时爱说的一句话是细节决定成败，又常爱说，从一件事看一个人的品行。现在，他从这个细节上，对这个跟了他多年的女人产生了深深的失望。他想起了阿蓝，要是阿蓝，会不会坚持到天亮呢？

早餐伙食不错，这是小老板专门交代了厨房的，在平时早餐标准的基础上，每个人多加两个煎蛋。体力是加班的保障。他不能让工人从这样的细节上，对加班产生抵触的情绪。

接下来的事情，一切都进行得很顺利。其间，赖查理来过厂里一次，在每个车间都看过了，又拆开了几箱已包装好的星条旗。小老板说，我办事你放心。赖查理走后，小老板又投入到了生产中。他知道，现在工人的身体还吃得消，随着时间的推移，会越来越难的。他现在要给工人做一个表率。连老板都在加班，都没有睡觉，工人们也就无话可说了。其实这事说起来似乎很简单，可人毕竟是血肉之躯，不是铁打的，给他小老板加班，也不能等同于生死一线的抗洪抢险。这个白天还好，大家咬咬牙，也就坚持过去了。到了第二个晚上，小老板的本意，是要让工人再加一个通宵的。他一直在关注着出货的速度，现在生产理顺了，出货的速度却有了一些减缓。车衣工们的手脚，比起第一个晚上来，已慢下来了许多，个个瞪圆了眼睛，咬着嘴，一声不吭，手和脚的动作，显得有些机械。尾段车间那些话痨一样的妇人，现在没有了老板娘的监管，一样的说不出话来了，每个人的嘴唇都变得焦枯，脸色蜡黄，眼圈发灰，只听得见嚓嚓嚓嚓剪线头的声音。小老板进去走了一圈，想说一些给大家打气的话，可是他发现，他的嗓子里仿佛塞满了鸡毛，说起话来嘶嘶啦啦的，只说了一声大家辛苦了，坚持到底就是胜利，就什么也说不出来了。

到了晚上的十二点钟，李想终于是忍不住了，对小老板说，还是让工人休息一下吧。小老板望着李想，什么也没有说。吃夜宵的时候，工人们开始有些不满了，吃饭的速度明显变慢了。规定的十五分钟，结果吃了半个小时。有的工人先吃完了，回到车间，见其他工人还没有来，就趴到了车位上，抓紧时间眯一会儿。小老板吃得很快，十分钟就把饭吃完了。比小老板吃得还要快的，是张怀恩。小老板吃完饭回到车间时，张怀恩已经开始在那里车衣了。小老板以为张怀恩还没有去吃饭呢，说，怀恩，你怎么不去吃。张怀恩说，吃过了。小老板突然发觉，这两个夜班下来，张怀恩变了，变得苍老了，本来就巴掌宽的脸，更加瘦了，头发乱七八糟地蓬着，眼里布满了血丝，还时不时地咳嗽几声。这让小老板生出了一些内疚，也从心底里原谅了张怀恩。

我不会亏待你的。小老板说。这一次，他说的是真心话。他真的想过了，把这批货赶完了，要给张怀恩放一个月的婚假，是带薪的。他这样想了，也这样对张怀恩说了。说了之后，又去办公室，给张怀恩找了一点止咳的药。忙完了这些，小老板发现，工人们还在吃饭，断断续续上来的几个，也在趴着睡觉，一看时间，半个小时都过去了。小老板说，怀恩，你去食堂催一下，让吃饭的快一点。又走到那些趴在车位上的车工面前，把他们一个个拍起来，说，别睡了别睡了，打起精神来。

张怀恩去到食堂。他觉得很为难，可是他必须完成任务。老板对他太好了，好得他把老板的事当成了自己的事，不，比自己的事还要重。张怀恩当然没有大声地对工人们说你们快点吃，他只是找了自己的老乡，一个一个地说，用的是几近哀求的口吻。他说没办法，老板让我来催你们，你们就算给我一个面子。老乡们还算给张怀恩面子。他们知道，就算不给张怀恩面子，胳膊拧不过大腿，他们还是得去加班的，顺水人情，不送白不送。老乡们一走，又带走了几个工人，其他在磨蹭的，见大势已去，就都慢慢腾腾地回到了车间。不一会儿，车间里又热闹了起来。空气中弥漫着一股焦煳的气味，那是机器长时间运转后发出的气味。空气明显地干燥了起来。天亮了，又是一个艳阳天。太阳从窗子外射进来，照着工人们一张张疲惫而苍白的脸。

周城打电话给李想的时候，李想连说话的力气都快没有了。他特别困，特别想睡，恨不得找两根火柴棍把眼皮子撑起来。工人们手上有活在干，疲惫是疲惫，相对还没那么瞌睡。李想不一样，他不用做什么体力活，就是到各车间转转，只要屁股一挨着椅子，眼皮就一个劲地往下沉。几次就这样睡着了，又猛地惊醒了。他觉得他这样撑着是完全没有必要的，他这样做，只是不想给小老板一个口实，再难也就剩三天了，怎么样也要把这三天撑过去。周城给他电话时，他差不多是在梦游了。周城说，你小子干吗呢？李想说，上班，还能干吗！周城说，你是病了吗怎么有气无力的。李想说，两个通宵没睡觉了，加班加得没有白天黑夜。周城说，咦，你们厂不是快倒闭了吗？李想说，倒不了啦，老板又接到了一个大单。加了两天两夜，还要加三天三夜。周城说，你开玩笑吧。李想说，没开玩笑，我哪儿还有心思跟你开玩笑。周城说，那就是你们老板在拿工人的性命开玩笑。李想说，他要这样开玩笑，我有什么办法。周城说，你去让工人休息，老板要是敢对你怎么样，我来帮你打官司。现在我拿着人家美国人的美元，正要办几件漂亮的、有影响的事呢。李想突然笑了起来，他想起工人们现在正在赶的货——那些星条旗，想起过不了多久，那些星条旗就要飘扬在美国人民的窗口和屋顶。周城说你笑什么。李想说没什么，我赶完这批货就来跟你干了。挂了电话，想到要给刘梅一个电话。电话打过去，刘梅过了好一会儿才接。李想问刘梅好不好，说又加了一个通宵的班。刘梅说，这是把人不当人，你不会找个地方睡一会儿，管他那么多，反正做完这几天就要走人了。李想说算了吧，好人做到底。

李想终于还是没有把他的好人做到底。加班到第三天的晚上，别说工人，连小老板自己都撑不住了。他第十遍统计了装箱的数量，按这样的进度，按时交货是不成问题了，问题是，现在的进度是越来越慢了，小老板把能想到的办法都想到了。第三天的晚上，开始有工人不管不顾地睡觉了，在电车台上，在包装台上，或是趴在腿上，眯上眼打个盹，只要两眼一合，立马就能睡着。最先睡下的是尾段车间的几个年纪大点儿的妇人，毕竟年纪摆在那里，岁月不饶人。其实单是这一点，这些妇人还没有集体罢工睡觉的胆，问题是，她们得知了，那些从成衣车间调来的车工们，和她们一样做尾段，一样加班，可是一个班要比她们生生多出了十五块钱。给你老板卖命也就罢了，出来打工，总是要加班的，又不是天天加班。可是同工不同酬，这样太欺负人了，太不把人当人看了。大家正愁找不到一个罢工休息的借口呢，现在借口有了，又是这样的特殊时刻，能拿老板一把，哪有不拿的道理。几个妇人开始叫了起来，也不知是谁先说的不干了，说不干就不干，倒在布堆上，也就是生产出来的星条旗上就睡。一个睡了，其他人也不甘落后，一分钟不到，就都睡得东倒西歪了。其时小老板实在困得不行，也在办公室里打了个盹，猛地醒了，一看时间，已是凌晨一时，慌忙到各车间看了一遍，还好，工人们都在有气无力地工作，来到尾部车间时，小老板的鼻子差点气歪了。小老板气得大叫，叫李想，可是叫不出声音来，嗓子已被什么塞住了一样，嘴唇也干裂得生疼。小老板不见李想的影子，就把妇人们一个个摇醒，摇起了这个倒下了那个，小老板又去叫张怀恩，让张怀恩来叫醒这些妇人。妇人们终于是被摇醒了，却提出了要加工价，说老板太不讲良心了，一样的工作，一样的加班，凭什么从成衣车间调来的人一个班要多十五块，一天下来多三十块呢。小老板一时语塞，也没有了退路，只好说，你们先加班，工价的事好说。可是妇人们都在故意拖时间，说，什么叫好说到底一个班加多少钱。小老板实在没有精力和她们再浪费时间了，只好答应了她们的请求。把这事一处理完，已是一个小时过去了。小老板还是没有见到李想的影子，有人说看见李经理出去了。小老板打了李想的电话，通了，劈头盖脸一顿骂，哑着嗓子说你跑哪里去了，有你这样做事的吗。小老板骂得很难听，他实在是心急上火，被尾段的工人们这样一折腾，早就是火上浇油了。骂到后来，实在说不出话来了，只听李想在电话那端说，我是个人，我不是你的奴才，我老婆半夜突然肚子痛，要生了……你爱怎么样就怎么样，老子不侍候了。最后我给你个忠告，你这样不把工人当人，工人也不会把你当人的。说完把电话挂了。小老板愣了好几分钟，才回过神来，觉得自己是太过分了，人家老婆要生孩子了，那当真是天大的事，可是两人话赶话，都说到这份儿上了，什么情分也都被撕破了。头痛得要裂了一样，突然又听成衣车间里传来了吵闹声，接着闻到了一股焦煳味，小老板的背上顿时出了一身的汗。跑到成衣车间时，就看见工人在乱哄哄地扑火。是机车太长时间地运转，发热了，都冒火了，火星点着了布料。工人们一通乱扑，幸好没有酿成大祸。

张怀恩的话提醒了小老板，人可以不休息，机器却不能不休息，再这样干下去，机器越来越热，保不定还会着火。小老板睁着血红的眼，看着那扑灭了的火点，终于说，大家就地休息。现在是两点，六点钟上班。小老板还想说什么，有一半的工人就已趴在电车上睡着了。车间里顿时安静了下来。小老板回到办公室，给闹钟上了时间，抱着闹钟倒在了沙发上，还想想一点什么问题，脑子里却短了路，一分钟不到就睡过去了。

四个小时的睡眠，仿佛只是一眨眼的工夫。小老板连梦都没有做一个，突然听见了嘀嘀嘀的声音，好半天才猛地灵醒过来，天亮了。小老板觉得浑身都没有劲，可是不行，他必须起来。小老板胡乱洗了把脸，觉得脑子清醒了许多，便去车间，工人们睡意正酣。张怀恩也睡了，窝在一堆布里。张怀恩的头发更乱了，胡碴子青乎乎的一片，脸色像纸一样，没有了一丝血色。小老板拿手去摸张怀恩的手，张怀恩的手是冰凉的，小老板的手触电一样弹了回来，再看张怀恩，嘴张得老大，小老板把手放到了张怀恩的鼻孔前，这才放下心来。他有些不忍心叫醒他们，可是他必须叫醒他们。他觉得自己这一次真是欠他们太多了，可是又有什么办法，大家都不容易，打工不容易，当他这样的小老板也不容易，他终于叫醒了张怀恩。张怀恩又一个个去叫醒工人，推醒了张三，又去摇醒李四。李四才摇醒，张三又倒下了。差不多用了半个小时，张怀恩急出了一身汗，才把工人们都叫醒了，胡乱洗脸，吃完早餐，已是上午的七点半钟。工人们睡了一觉，精神好了许多。生产进度也有了明显的提高。紧赶慢赶，在交货的最后期限，终于是把这一批货赶出来了。用不着老板吩咐，工人们以最快的速度把自己放倒在床上。

人当真是奇怪的动物，连续几天没有好好睡觉，以为这下可以一口气睡上三五天才解恨，可当真让你睡，睡了一个白天，又睡了一个黑夜，工人们都睡不着了。半夜三更的，宿舍里就有了叽叽喳喳的声音，东扯西拉的，最后扯到了大海，他们在等着小老板兑现诺言，带他们去海边玩。好多的工人，来南方打工都有七八年上十年了，却从来没有见过大海，没有去过海边。班终于加完了，加班的时候，在心里把小老板骂了何止一万遍，把他家所有的亲人都用最恶毒的言语问候过了。现在睡了一天一夜，大家精神了，把这加班的苦都忘了，觉得小老板终究还是不错的，加了班还答应带大家去海边玩。何况这几天挣的工资，相当于平时半个月的。出门打工，不就是为了挣钱吗！每个月来一次这样的加班才好呢。

小老板也决定实现他的诺言，带工人们去海边玩，还提议让工人们自己组织一下，到时候玩一些小游戏，把活动搞得丰富一点。至于李想，小老板觉得，现在他有必要给李想一个电话，当时大家都不冷静。现在想一想，李想这些年来，帮他的真不少，也不知他老婆生了没有？生男生女？可是李想的电话一直打不通，小老板也就没有继续打了。

工人们都休息得精气神十足了，去海边玩的事，就可以实施了。老板决定亲自带队。临到出发了，小老板突然发觉不对劲，觉得少了点什么东西，在办公室里走了两圈，又站在窗口，看着窗外一日日少去的香蕉林，一日日多起来的厂房，还是没有想起来差了点什么。等工人们都上了车，小老板才突然想起来，这两天没有看见张怀恩。小老板让文员去宿舍找，文员去了一会儿回来了，说没有看见，宿舍里没有人。问了他的同室，都说前天都只顾了睡觉，没有人注意他，昨天到今天，都没有看见他。说他女朋友也在这镇上打工，怕是去他女朋友那里了。小老板笑，说你们要向张怀恩学习，他当真是铁打的呢，加了这么多天班，还有精神去女朋友那里继续加班，哪里像你们，加两天班，一个个鸦片鬼一样没精打采的。工人们都哄地笑了起来。小老板说，这次去海边玩，他不去，实在是有点可惜了。

小老板带员工去的地方叫大鹏湾。这地方远离市区，游客稀少，不像深圳的大小梅沙，去了那儿哪里是看海，分明是看人，人挤人，活受罪。大部分的工人，这是生平第一次见到大海，兴奋地尖叫着，小老板还在叫着说大家相互照顾，注意安全……好多工人都已扑进海里。有些女工从未在人前穿过游泳衣的，扭捏着不敢下去。小老板就鼓励女工们勇敢一点。羞涩的女工们终究是抵挡不了大海的诱惑，试探着把自己交给了海。小老板大声鼓励那些未婚的男工抓住这机会。小老板说他当年打工的时候，做梦都想有这样的机会。有工人就问老板，当年追老板娘是不是在海边。小老板说，想得美呀，我们那时天天加班，生怕被老板炒掉了，哪像你们现在，动不动就炒老板。工人说，你还没有说你是怎么追老板娘的呢。小老板笑，说这个你们要问老板娘，当年可是她主动追我的。老板娘不苟言笑，工人不敢去和她玩笑，就都笑着，戏水。看员工们玩得开心，小老板心里美滋滋的，一种说不出的成就感在他心里油然升起，自己一个农民的孩子，从打工仔做起，到现在，有这么多的工人，他给了他们工作，还能让他们享受这样的休假，想想都觉得自豪，觉得自己了不起。小老板觉得他是一个给别人带来了欢乐与幸福的人。晚上，租了帐篷，在沙滩上围成了一个圈。很亮的月光，银子一样，照在沙滩上，照在海面上。海显得无限辽阔幽深。小老板带头唱了一首歌，又宣布了要给员工们发奖金。小老板有些豪情满怀了，他第一次对员工们说起了他的梦想。小老板说，等咱们生产品牌时装了，大家的工价要提高很多，也没有这么累了，但是对工艺的要求会更高，这就要求大家苦练技术。小老板在为自己描绘未来的蓝图，也在为工人们描绘未来的蓝图。快乐的小老板，并没有忘记李想。李想没有能和他一起分享快乐，这多少让他觉得有些遗憾。

李想这两天的心情并不好。妻子那天晚上肚子痛，结果只是虚惊一场，送到医院住了一晚就出院了。休息了一个晚上，李想就睡不着了。睡在床上，细数了多年前小老板从治安员手中救出他到如今，天地良心，小老板待他不薄，如果说小老板这次对他言语上有些过分了，那么过去，小老板对他的好却是难以计数的。人总是这样的，别人对他九十九次的好，也抵不过一次的不好。李想把他的想法对刘梅说了。刘梅说，你呀你，终究不是个干大事的人。小老板对你的好，都是好在一些鸡毛蒜皮的小事上，好在嘴皮子上，这些年来，也没给你拿多高的工资，赚了大钱也没说给你分一点，那么一点小恩小惠，就把你收买了。

李想看着刘梅，觉得刘梅说得也有道理。做出的事，泼出的水，也没有什么好后悔的了。现在跟着周城好好干吧。总不能一直窝在小老板那芝麻大的厂里。这些年来，周城在南方很是折腾出了一些名气，专门帮打工者打官司，赢得了一个打工律师的称号，交了许多媒体的朋友，也得罪了不少的地方势力。打工者们把他奉为救星，老板们视他为眼中钉、肉中刺。

周城新搬了一处地方，办公室比之从前要漂亮了许多。见到李想来了，周城迎到了门口。李想坐下就问有什么工作要他做的。周城笑笑，说，不忙不忙，饮杯茶先。我这里有上好的铁观音，你品品看。周城的办公室里新添了一套茶具。周城不无得意地说，你看看这茶几，原木镂雕的，这壶，宜兴制壶名家的手笔。李想笑笑，说他不懂得茶道，喝茶只是牛饮，只是解渴。周城说，你过去在工厂里，一天到晚忙得尿湿鞋，现在到我这里，就用不着这样忙了。

李想也觉得，周城这里，和过去有了很大的区别。周城过去办公的地方，是巷子里的两套民房，一套用来办公，里面一张办公桌，几把椅子，实在有些寒酸。另一套是他的委托人住的，里面放了六七张高低床，一群因工伤致残的打工者，天天围在那里打纸牌。这些人可以说是周城的衣食父母。周城帮他们打官司，都是自己先垫付律师费，有时还要垫生活费。不过官司打赢之后，他收取的代理费用，也就相对高一些。

怎么样，我这里有点新气象了吧。周城说。

周城很熟练地煮着茶，两个小巧的紫砂壶茶杯，在他的手指间转动，煮茶点茶的动作，娴熟专业。

你尝尝这茶，嗯，先含一小口，噙在舌根下面，对，就这样，在舌尖上打三个转，再慢慢喝下去，是不是很香？

李想学着品茶，果然，这茶品出了特殊的滋味。

周城说，同样是茶，看你怎么喝，会品的人，能品出独特的味道，不会品的人，就是你说的牛饮。

见李想一脸疑惑的样子，周城又给李想续上了茶，说，你是想问，我这里的那些打工仔都住哪里去了吧，呵呵，现在我不会胡乱接官司了。那些没良心的打工仔，说句缺德的话，断手断脚那是活该，我供他们吃供他们住，忙活了几个月，他们倒好，赢了官司拿了赔偿，立马人间蒸发。

李想说，这样的人毕竟是少数。

周城笑，说，那你就错了，这样的人是多数，这些年来，老老实实交费的，只有三分之一，要么一分不给，要么打一些折扣。不过现在好了，现在，咱不跟那些穷打工仔玩了，咱们挣美元。咱现在也不用什么官司都打了，要打就打有影响的。听着周城在这里天花乱坠地吹，李想突然觉得，他怕是跟周城也干不长久的。在这之前，他对周城这人是很尊敬的，觉得周城的身上有点侠士的风范，以一己之力，在为打工者争取着权益。他也亲见过因周城的介入打赢了官司拿到了赔款的打工者，给周城下跪，感激涕零。

李想这微妙的心理活动，并未能逃脱周城的眼。周城说，律师这个行当，只对委托人负责，同样的一桩工伤案，我的委托人要是老板，那我就得为老板争取最大的利益。这里面无关道德，为委托人负责，就是律师的职业道德。两人闲聊了一上午。下午有了案子，周城带李想去见当事人，调查取证。案情很清楚，打工者在厂里断了四根手指，工伤认定也没有问题。周城说，按说现在我是不会接这样的小案子了，打出来也没有影响。但这个官司里有一个值得关注的地方，就是这个伤者是在我们B镇的××厂受的伤，这个工厂，只是××公司的一个部门，相当于一个车间。公司的总部在浙江，伤者也是和浙江的总部签下的劳务合同。如果按事发地的赔偿标准，也就是我们B镇的标准，四根手指，也就赔四万块钱。

李想说，一万块一根。

周城说，对，一万块一根。可是，这四根手指，到了浙江，就不是这个价了，一根手指，最少值这个数。周城伸出了五个手指，说，对，五万，四根手指，要赔二十万。我们现在要做的，就是争取帮委托人要到二十万。有难度，而且是前所未有的。不过，周城说，正因为有难度，这个官司才有价值，才会成为社会的热点。

李想听周城这样一说，心里沉沉的，感觉周城说话看似有那么点玩世不恭，甚至他做事的出发点，也不那么纯洁，可对于当事人来说，却是一件功德无量的好事，因此增加了跟着周城干的决心。而小老板，已经成为他生命中的一个过客。

从海边回来之后，小老板去了一次阿蓝那里。小老板的到来，让阿蓝多少有些意外。那一天的温存与诀别，让阿蓝以为，小老板此去将不再回来。这些，她都习惯了。她只是有些恨自己，怎么就那么傻，怎么会对客人动了真情，怎么在小老板走后，自己竟然有了一些被掏空的感觉。小老板那天的神态，让她深感不安，她越想越觉得不对劲，觉得小老板会走一条傻路。她是害怕小老板有个三长两短，也担心着小老板的企业破产。看到小老板笑盈盈的样子，阿蓝悬着的心一下子就放下了。她知道，小老板渡过了难关。果然，小老板对她说了他这几天命运发生的奇妙转变。小老板第一次像阿蓝其他的客人那样，在她的面前，描绘起了他未来事业的蓝图。阿蓝为小老板绝处逢生而高兴。阿蓝依然要去做小老板喜欢吃的菜，小老板却抓住了阿蓝的手，说我现在不想吃饭，我想吃你。小老板和阿蓝做爱，觉得体内有着无限的力量，看着阿蓝幸福尖叫的样子，他第一次有了长久的、独自拥有这美丽女人的冲动。他说，不许你再跟别人。阿蓝说，不跟。他说，你是我一个人的。阿蓝说，我早就是你一个人的了。

　　工人的电话，是在小老板快要入睡时打来的。工人在电话里说，老板，张怀恩死了。

　　什么？张怀恩，死了？小老板略显吃惊，不过他并没有多想，只是问怎么回事，是出车祸还是……

　　不清楚。他死在车间里。我们在打扫车间时发现的。都臭了……

　　小老板这才觉出了事态的严重。张怀恩死了，小老板也是关心的，毕竟他是自己厂里的工人。可是张怀恩死在了车间里，那事态的性质就不一样了。小老板问了一声，报警了没有。工人说没有，发现了就给老板打电话了。小老板说先不要报警，等我回来了再说。

　　小老板回到厂里时，厂里已炸了窝。工人们凭自己的判断，给张怀恩的死定了性，累死的。工人们都这样说。张怀恩一定是加班加死的。小老板最害怕的，正是这一点。但这差不多就是事实，他无可否认。好在，张怀恩不是死在车位上的，而是死在堆着一些碎布料的墙角。那么说他是加班加死的，并没有直接的证据，谁能保证他不是突然发了什么病呢？想是这么想，小老板毕竟是心虚的。他一时也没有了对策。这事情来得太突然了，现在，他要做的，是处理张怀恩的后事。通知张怀恩的家人，火化，当然，少不了要付一些抚恤金的。小老板有些后悔了，早知会出这样的事，当初听了李想的话，把这货匀一部分出去做就好了。现在，他要果断处理好这件事，把大事化小，小事化了，不要把这事的影响扩大了。然而事情并没有往小老板设想的方向发展。一条人命，可不是儿戏。何况厂里有那么多张怀恩的老乡，老乡们首先发难了，这事不能这样草率处理，张怀恩的死因，要弄个水落石出。警察很快就来到了厂里。随着警察而来的，是记者。第二天，小老板就上了报：黑工厂！不良老板！小老板从来没有想过，他的名字会和这样的词紧密相连。然而事实正是如此，五天五夜只休息了四个小时，这是铁的事实。张怀恩因加班而累死，也是事实。

张怀恩的未婚妻来了。她并没有大声哭号。毕竟，她现在还没有和张怀恩结婚。张怀恩的父母，是在第二天赶到南方的。小老板亲自去火车站把张怀恩的父母接到了厂里。张怀恩的父母亲年纪不大，也就是五十来岁的样子。这让小老板多少又放心了一点。一路上，他都没有敢对张怀恩的父母说，他就是那个黑心烂肺不把工人当人的老板。而张怀恩父母的沉默，出乎小老板的意料之外。他们没有哭，不过从他们红肿的双眼，可以想见，他们的眼泪早已流干了。甚至，张怀恩的父亲，还对老板能派车派人来接他们，表示了感谢。这让小老板的心又放宽了许多。二位老人都是善良之人，想必不会漫天要价。小老板问张怀恩的父母，吃过午饭没有。张怀恩的父亲说，吃不下。

小老板说，勉强也得吃一点，人死不能复生，二老要节哀。

小老板说，怀恩是个好孩子，工作负责，厂里刚升了他当主管。

张怀恩的父母只是听着，不说话。沉默得像两块石头。

小老板问张怀恩的父母，家里还有一些什么人，一年能有多少收入。张怀恩的父亲倒是一一回答了。

小老板问这些话，一是真心觉得对不起张怀恩，同时也在想着后事该如何处理。得知张怀恩的父母都是地道的农民，也没有什么背景，经济收入也很少，小老板对于将要支付的抚恤金，心里大小也有了一个数。

小老板把张怀恩的父母接到了早已为他们订好的宾馆。两位老人急着去厂里看儿子。小老板说，怀恩现在已不在厂里了，在殡仪馆。殡仪馆离这里还远，二老先吃点东西，休息一会儿再去看不迟。张怀恩的父母一切都听着小老板的指挥。中午饭很丰盛，小老板陪着。老人勉强吃了点，随小老板到殡仪馆，又看了张怀恩的遗体。老人还是没有哭，老人不哭，小老板的心里反而更不好受，也更没有底。从殡仪馆回到宾馆，张怀恩的未婚妻在门口候着，上前拉着张怀恩的母亲，叫了一声妈。张怀恩的母亲抱着张怀恩的未婚妻，叫了一声我苦命的儿，就瘫软在地上，哭得几次背过气去。这样又折腾了差不多两个小时，两位老人终于平静了下来。现在，小老板开始提抚恤金的事了。张怀恩的父母说，这事要和老板谈。小老板说他就是这厂里的老板。这让张怀恩的父母感到很意外，大约是小老板的样子，与他们想象中的老板相差甚远吧，他们想象中的老板，大约是大腹便便，穿西装打领带，一口港台腔的。哪里想得到，老板会穿得这样朴素，又这样年轻，又这样单薄，对他们说话有礼有节，一点架子都没有。小老板还说，怀恩去了，从今往后，我就是二老的亲儿子。这样的话，哪里是一个老板说得出口的。他们的意识里，儿子的死，固然与加班有关，但也不能全怪老板，全厂那么多的工人，为何偏偏就是他们的儿子张怀恩累死了呢？还是他们儿子的身体弱啊。于是二位老人提出了要求，一是帮忙把儿子火化了，他们在这城里人生地不熟的，二是请老板帮他们买回家的火车票，至于抚恤金的事，请老板自己说给多少。小老板说出了一个让二位老人不曾想到的数额，七万元。对这二位农村老人来说，也算是一个天文数字了。二位老人觉得，老板提出了这个数字，多少是可以往上加一点的，商量了一下，提出要十万，小老板还了一万的价，给八万。张怀恩的父母没有什么异议。这事就算是这样了结了。小老板为自己又躲过了一劫多少有些庆幸。当然，也觉得这样做，有些对不起张怀恩。觉得自己当真像报纸上说的那样，是个黑心老板。

　　当然，价钱的事商量好了，小老板说还是要写个书面协议，白纸黑字写清楚才行。小老板让二位老人在宾馆里先住着，他回厂里去准备要签的合约。又问了二位老人，是要现金，还是帮他们办一张卡存着。小老板建议还是办一张卡，八万元的现金，不小的一堆，拿在手上不安全。两位老人觉得还是现金靠谱一点，小老板表示理解，答应拿现金来。

　　小老板前脚刚离开宾馆，李想和周城后脚就到，和他们一起进来的，还有张怀恩的老乡，也是小老板厂里的工人。还有某报的记者，这些天一直在跟踪着这个案子，写了不少的报道。听老乡介绍了李想、周城和记者，张怀恩的父母紧张了起来，说没有想到他儿子的事，还惊动了你们这么多的大人物，说你们这里的人可真好，都好，都是好人，刚走的那个老板，也是个好人，只怪咱儿子命不强，遇上了这样的好老板，又提他当了官，却没有命来享受。

老乡问，叔，老板答应赔多少钱？

张怀恩的父母不肯说。八万块，不是小数目，说出来了不安全。

老乡说，叔，你还不相信我这个律师是来帮你的，还有这记者，你知道不，记者见官大一级，什么事都敢管。

张怀恩的父母看着老乡，又看了看李想、周城和那记者，这才说老板答应赔八万块。

周城和李想交换了一下眼神。那记者在不停地拍照。老乡说，叔，您是被骗了呢。怀恩是咋死的？是累死的。知道不，做事断了一只手，厂里都要赔八万块，一条命呢，八万块就打发了。

一只手就赔八万张？怀恩的父母望着周城。周城点头。

那，要赔多少合适？张怀恩的父亲问。

老乡抢着说，叔，你想想，一只手赔八万，一个身体当得多少只手，少说也要赔个一二百万。

张怀恩的父母不敢相信这老乡的话，也无法想象二百万是多大的一堆，不知道要了二百万怎么花，转过头看着李想。问李想，真能赔这么多？

李想不说话。他根本不想来，怎么说小老板和他也是多年的朋友，他觉得自己来办这事，不厚道，有点落井下石，有点恩将仇报。可是周城说这事一定要办，这是职业道德。再说了，你们那老板，为富不仁，拿打工人的生命当儿戏，不该受到应有的惩罚？我们现在在为弱势群体提供法律援助，只是希望还这社会一点公道，维护弱势者基本的人权，这又有什么不对？你在情和法这两个问题上拎不清，那就别指望吃律师这碗饭了。周城这样一说，李想无话可说。何况周城只是说去看看，看张怀恩的父母有没有需要帮忙的地方，也不一定就是要介入这场官司。没有想到，小老板会这样黑，拿区区八万块就想买张怀恩的一条命，就想把两位老人打发走，这让李想心里的不安减轻了许多。

周城接过了话，说，也不能这样来算，八万元肯定是个不人道的数字，他要付的抚恤金，肯定比这个数字多十倍。

八万的十倍是多少，那就是八十万。想到这个数字，张怀恩的父亲突然觉得无限悲伤，说了一声可怜我们家怀恩，眼泪就下来了，拿手背去揩，怎么也揩不净。弄得大家都沉默了，李想的心情，也沉重了起来，觉得他是有义务为二位老人讨要这笔赔款的。只是，小老板，能拿出这么多钱吗？只怕，到时他真的要倾家荡产了。一时间，心里是五味杂陈。

老乡说，叔，您也别哭了，再哭咱怀恩哥也不能活过来不是。咱们要多想想赔钱的事，不能让怀恩白死了。您看咱那老板，人家这是在骗你们呢，叔和婶来了，不让你们去厂里，也不让见别人，就是怕人多嘴杂。

听他们这样一说，张怀恩的父母就把见到小老板的前前后后都想了一遍，觉得这老乡说得在理，觉得这外面的世道，果然人心险恶，差一点就被这老板给蒙骗了。一时倒急了，害怕了起来，怕这老板说的八万块到时都不能到手。老乡说，叔，婶，你们不用怕，这不有他们吗，有律师，有记者帮你呢。周城也说，您二老只要委托我们来帮您打官司，余下的事，就由我们来办了。张怀恩的父母望着张怀恩的女朋友，问她这事怎么办。张怀恩的女朋友觉得周城他们说得有理。再说了，她现在还怀着张怀恩的孩子呢，她是很喜欢怀恩的，她甚至打算了，要把怀恩的孩子给生下来。那将来这孩子的成长，可得要花钱。她也问过了周律师，周律师说她肚子里的孩子是第一继承人呢。当然她现在还没有想太远，她还沉浸在悲伤之中，在犹豫之中。不过她是坚决赞成和小老板打官司的。有了怀恩女朋友这话，二位老人就听了周城的安排，当即搬出宾馆，换了个地方住下来。又立了委托书，余下的事，就由李想、周城经办了。

小老板这些天差不多是心力交瘁了。可是他不甘心就这样认输，命运在他快要崩溃的时候，突然给了他希望，他不相信，这希望破灭得这么快。他要做最后的努力。厂子被封了，他被人骂为黑心老板，甚至有人在厂门口候着，扬言要打死他，可是他不甘心就这样服输。如果八万块真的能把张怀恩的后事处理好，劳动局那里肯定是要罚一笔款的，但他还是有东山再起的希望。

小老板打印好了两份张怀恩后事处理的协议书，取了钱，匆匆赶到宾馆，却不见了张怀恩的父母。问服务员，说是被几个人接走了。一种不祥的预感顿时把他淹没。他转身往宾馆外跑，刚到大堂，撞见了候在门口的李想和周城。

你怎么在这里？小老板狐疑地盯着李想。

李想低下了头，不敢看小老板。

周城走了过来，说，我们在等您。受张秋山、李银芝，也就是你厂员工张怀恩的父母的委托，来全权处理张怀恩加班致死案的赔偿事宜。

周城把话说得简明扼要，并且一下子道出了利害和关键，给张怀恩的死定了性，加班致死。小老板的脸色一下子煞白，手脚一点力气也没有了。周城指着大堂一边的茶座，说，我们去那儿坐坐吧。小老板屁股落在椅子上，浑身还是没有力气，服务员端来了水，他居然没有力气把那杯水捧到嘴边，双手握着杯子，支撑着身体。过了一会儿，他看着李想说，你，现在和他一伙？

李想低着头，无言以对。

周城说，您这样说就不对了，什么叫一伙，仿佛我们是打家劫舍的不法分子。李先生是我的助手，当然，我也知道，他过去是您厂里的经理，但这些纯属私人恩怨，与我们要谈的事无关。

小老板突然很冲动地站了起来，厉声说，说吧，你们想怎么样，要多少钱？把我这条命给你们总可以了吧。小老板的冲动，惹来了大堂里众多异样的目光。小老板也觉出了自己的失态，重又坐了下来，颓然道，说吧，你们想怎么样？周城说，不是我们想怎么样就怎么样的，也不是你想怎么样就怎么样的，一切按法律办事，你要了张怀恩的命，我们并不想要你的命。我们只是想为张怀恩讨个公道，为社会伸张正义。

小老板冷笑了一声，说，得了吧，说得那么冠冕堂皇，你不也是为了那些代理费吗？

周城正色道，您又错了，我们是在为二位老人提供法律援助，分文不取，打官司期间，二位老人的食宿都由我们负责。周城说罢，把二位老人的委托书递给了小老板，上面果然写得清清楚楚，是义务提供法律援助。小老板长叹了一声，说，那，你们就去告吧。这官司，你们想怎么打，就怎么打。

周城说，我们还是希望这事能通过协商解决的，能不上法庭，最好别上法庭。

小老板慢慢站了起来，说，没有什么好协商的。小老板又盯了李想一眼，说，早知如此，何必当初。我他妈当真是瞎了狗眼。说完无限悲愤地离开了酒店。

李想低下了头。小老板的话让他无地自容。小老板走后，李想对周城说，索赔八十万，是不是太多了一点。

李想现在当真是很难了。他知道小老板一路走来的艰辛，真不想这样将他逼上绝路，觉得这样太残忍了。然而，如果不打官司呢，对张怀恩的父母来说，对张怀恩的未婚妻来说，对他那还未出生的孩子来说，是不是又太残忍了？李想把他的想法对周城说了，希望周城手下留情，给小老板一条活路。

周城冷笑了一声，说，李想啊李想，没想到你这人是如此婆婆妈妈，你这叫什么？这叫妇人之仁，你这性格迟早会把你害了。我是不会给这样的黑心老板留后路的，要痛打落水狗，把他打死了再踏上一脚，要通过媒体，把这事做大，让全社会都知道，不顾工人死活，当黑心老板，下场就是这样的。

周城的话，让李想觉得背后直冒凉气。他真的在为小老板捏一把汗了。

小老板现在反而什么也不怕了。等着他的，无非是破产。他突然觉得，这老天爷真会捉弄人，觉得这命运就像是一只猫，而他不过是一只老鼠，命中注定了是要被弄死，却不让他一下子死得痛快，却把他折磨得死去活来。小老板回到厂里，坐回办公室，办公室的桌子上还放着一面星条旗，他本来打算把这一面旗挂在样板室里，作为他公司起死回生的见证，将来在公司发展了，作为昔日的荣耀来激励员工的。现在，他拿起了这面星条旗，苦笑了一下。办公桌上，还放着劳动局开出的整改通知和罚单，上面的那个数字，让小老板突然觉出了饿，饿得心里发慌。他把那星条旗拿在了手上，苦笑了一下。觉得这星条旗里，浮出了上帝慈悲的笑，那笑是如此的宽广悲悯。

小老板有太多的后悔，其实命运是给了他机会的，可是他没有把握好。如果当时听了李想的话，略微把工人当人一点，拿出一部分星条旗外发加工，这一切，大约也就不会发生了。然而命运不可假设。小老板把自己关了办公室里，坐了许久。他什么时候走出办公室的，也没有人知道。天快黑的时候，不知谁最先发现了，那高大的高压线铁架上，坐着一个人。大家以为，又是哪一家的老板黑心，拖欠了工人工资不给，于是工人要以死讨薪了。这年头，这样的事，大家见得多了。虽说是见得多了，但总还是有爱热闹的人，不一会儿，铁架下面就聚集了上百人。再过了一会儿，警察也来了。据说电力公司的人也来了，把这一片的电也切断了。警察拿着高音喇叭劝上面的人下来，说没有什么过不去的坎。上面的人却无动于衷。

高压线架上的人是小老板，小老板并不想死。他在办公室里坐到天快黑了，想在外面走一走，走到这大铁架下时，他突然产生了要爬上去的冲动。他真的只是想爬上去，爬得高高的，去俯瞰这个世界。他想知道，上帝在天上看人时，是一个什么样的视角。他希望能从另外的一个角度，把自己的命运看清，他就爬上去了，他果然从另外的一个视角看到了这个世界，突然觉出了人的渺小和可怜。下面聚集的人越来越多，他觉得这些人当真是很可笑。可是很快，他笑不出来了，他听到了他老婆的哭声，老婆在下面哭着喊着，劝他下来，说，大不了破产，破产了我们再去打工，有什么大不了的呢。小老板突然感觉一片温暖。他想到了阿蓝，阿蓝要是知道他现在在这高高的铁架上面，不知会说些什么。他这样想，就拿出了手机，打了阿蓝的电话。阿蓝接了电话，小老板说，你知道我在哪里给你打电话吗？阿蓝说不知道，在哪里？不会在我的门外吧。小老板说，我在高压线铁架上面，很高很高，往下望一眼，头都发晕。阿蓝尖声叫了起来，说你要干吗，你千万别干傻事。小老板说，什么叫傻事？阿蓝说，你不为自己想，也要为我想。小老板又看了一眼高压线架下面哭喊着的他的妻子。城市的夜色降临了。他看见，这小镇，灯火是那么灿烂，但是有一片地方却是黑暗的，那是因为他的缘故，那里便成了黑暗的角落。小老板想他不要再待在上面了，要给那一片地方光明。这时他的电话却响了起来。是赖查理。赖查理在电话里说，他还需要十万面星条旗，不过这一次的时间更紧，赖查理问小老板，两天时间能不能交货。赖查理再一次说到了，这可是国家订单……

去他妈的国家订单！小老板突然激动了起来，把手机扔得远远的，引得底下的人群一阵骚动和惊呼。小老板从口袋里摸出了那面星条旗的样版。国家订单！他苦笑了一下，把那星条旗用劲扔了出去。星条旗像一只巨大的黑鸟，在这南中国小镇的夜空中掠过。

天缺一角

李贯通

于明诚颇不情愿地躺在地排车上，儿子于大川拉着，文化馆李书记在一侧扶着，慢慢悠悠地出了医院。县医院距文化馆一里地，于明诚不时听到有人给李书记和儿子打招呼，也不时听到有人说，于老头又活过来啦！其中有一位说得很玄，不是早就火化了吗？语气里惊喜与遗憾兼而有之。于明诚就想，如今的年月，大家都乐于糊涂了，人云亦云了，事不关己，没有谁去"考究"，小县城一个弹丸之地，难免"十步之内，必有谣传"……车轮子就是嘎吱嘎吱辗着谣传走进文化馆的。

四十天前，一向不愿串门的于明诚对馆里的同事们一一登门造访。他说他近日将有一场大劫，如果能把命夺回来，就一日三省，一定和大家好好相处——天下熙熙攘攘，能在一块共事，本是缘分，十年修得同船渡；如果缘分尽了，就请大家原谅他所有的过失，他到了岸那边再为大家祈祷，"是皆秦之罪也"——他特别喜好苏秦的这句自责的话。

看他那一脸的凄楚无奈，一脸的认真，同事们无不酸了胸臆。在文化馆，于明诚有个绰号，叫作"准半仙"。他除了对金石学很有研究外，就是占卜术了。大家都求于明诚算过卦，也有应验的，也有不灵的，此时，大家都想起了那些应验的。比如，盛馆长家的新自行车被盗，于明诚说"待到重阳日，还来就菊花"，果真是重阳节失而复得；李书记的儿子高考，他算出"男儿西行学女红"，果然被西安纺织学院录取——这个志愿本来并没有报；搞舞蹈的童舞生孩子之前向于明诚问卜，他说"一手撑开乾坤圈"，也还真是先露出了一只小手……越想这些事，大家心里越不安，就惴惴地聚在李书记和盛馆长身边，议定了几条防护措施：不让他出门，以防车祸；文化馆设了几个流动岗哨，以防歹徒；不让他喝酒，不让他工作；院里那口古井用水泥板盖了口，请电工做了一次安全用电检查。这一番工作都做细了，大家心里也踏实了，于明诚身体好好的，还能有什么灾呢？于是又想起占卜不灵的那些事。

谨慎的日子到了第四天，于明诚的话到底应验了。

文化馆坐北朝南，一座三层灰楼把它分为前后两院。设计人员说这座楼一石三鸟，办公、图书、宿舍，都囊括进去，最为实用，文化馆这样的老贫农，来个"拼盘"就对路了。楼前本是两亩杨树林，林中有石桌、石凳，可为琴棋书画，可供品茗阅读，曾几何时，文化味缭绕，为县城一大雅景。这些年开展以文养文、以副养文，推倒临街的墙盖起了各种各样的店铺。杨树两天之内伐个精光，那些石桌石凳，虽是笨重，却也能不翼而飞。院子一半是几十张台球案子，另一半搭起了两个帐篷，一个常年放录像，一个用来演杂技、耍猴弄熊、展览古尸……纷乱与嘈杂，不难想象。

文化馆的后院始终是后院。一亩多地，被十几家平分了，一块块的小菜园都经营得有声有色。置身其中，满目滴翠，遍体溢香，人与蜂蝶同醉。乌鸦和喜鹊也视这里为乐园，时而空中盘旋，时而地上觅食，时而栖息于院墙，直到有了夜色才各自归巢。这里人不畏鸟虫，鸟虫不畏人，人和鸟虫共同弄着、也共同享用着这个不可多得的清幽之境。还有西北角那口古井，黑黝黝张圆了大口，早晚吁吁着如烟的雾气，朝如虹霓，夜如素练，狂风吹不尽，无风亦自摇，更为后院平添了一份神秘。可以与古井比资格、比深奥、比价值的，便是平躺在墙脚下的那块石碑了。只是石碑不像古井那么富有生气，它身上裹着几层塑料布、稻草苫子，远看一口棺材似的僵挺在那里。

晚饭后，于明诚悠然来到后院，像往常一样浇菜、散步。菜地里通了几个自来水龙头，接上水管，用手一拧，水就汩汩而出。于明诚的目光正随着水流委蛇而行的时候，听到了一种令人悚然的声音，仿佛一下一下凿在他的心上。他循声望去，石碑身上的塑料布和稻草苫子被揭去了大半，童舞六岁的儿子童童正坐在上面，举着锤子砸核桃。他一路蹿跳而去，石碑的一角已被砸去了拳头大的一块。他凄厉地一叫，仆倒于地。他为自己算的这一卦应验了，诊断书上写着：突发性心肌梗死……

于明诚由儿子和李书记拉着，恍兮惚兮地回到文化馆。同事们早已在大门口迎候。大家簇拥着他，纷纷说他大难不死，必有后福。走到院子中央，不知从何而来的一片落叶飘打在他的脸上。他暗自一惊，就在地排车上为自己算了一卦。他苦笑着说，举头三尺有神明，看来是在劫难逃了！

于明诚曾是名牌大学政治系的高才生，本该在"政治"上有所作为的——如今的事实足以佐证：他的同班同学中，副省级干部三人，厅局级干部九人，县处级二十七人，称得上辉煌显赫。一九六六年文化大革命开始，他正读大学三年级。他是被人们指责为逃避革命的逍遥派。在一场混战中，他充当和事佬，却也意外地受伤。混战是在中午，战场是在城郊的一片坟地。薄暮时分，乌鸦的本无善意的怪叫却把他那颗即将飘逝的灵魂衔了回来。他的伤并不重，只是头上鼓起了一个包。他身边歪着一只黑色的陶罐。他想在他昏倒的一刹那正是这只陶罐向他袭来。他忽而来了兴趣，细细地观赏着。陶罐上有几尾粗线条勾成的鱼，迷蒙的夜影中，鱼们渐渐苏醒了，隆鳃抖尾，呼之欲出。他兴奋地怀抱着陶罐，跌跌撞撞走出了坟垒起伏的野地。

历史系的一位老教授把他和陶罐一起抱住，激动地说，宝！民族之宝！人类文化之宝！

于明诚就这样神差鬼使地"改行"了，他对自己的新的专业迷恋得如痴如狂。他感谢那个陶罐，感谢那个坟地，感谢那场混战。毕业前一年多的时间里，他破窗而入，躲进图书馆的一角，读了大量史书、工具书，对欧阳修的《集古录》、赵明诚的《金石录》、洪适的《隶释》、翁方纲的《两汉金石记》等专著，更是精心研读。大学毕业，同学们进京的进京，留省城的留省城，唯有他一个，分配到了县文化馆。

这个偏僻小县的文化大革命比外地晚了将近一年，于明诚进馆的时候，这里"破四旧"刚刚开始。上班后的第一个夜晚，电闪雷鸣，大雨如注。天空被一次次地凶残地撕裂，又一次次地顽强地弥合，地上满目汪洋，喧嚣鼎沸。于明诚正辗转反侧，徐馆长叩开了他的门。这时，正是深夜一点。

于明诚同志，你喜欢你的职业吗？徐馆长问。这虽然是个驼背老头，目光却分外犀利，闪电一般刺得人目眩。

当然……报到的时候，我讲的都是真话，我忠于我的职业。于明诚颤抖着说。馆长深更半夜屈尊而来，他预感到将要有什么大事发生。

于明诚，你能永不背叛吗？徐馆长逼近他。

能，我能。

于明诚，你能为自己的事业献身吗？

能，我能。

好，我相信你，也相信我自己的眼力。徐馆长从怀里取出一张拓片，你看看这个。

这是一张汉画像石的拓片，高约一米四，宽约七十厘米，画分三层。第一层上端为天空，有卷状云纹，共计九朵。云下有伏羲、女娲。伏羲头戴斜顶高冠，女娲头戴五梁华冠。伏羲与女娲均为人身蛇尾，两尾相互交缠。伏羲执矩，女娲举规，两背相向。中有两个小人，其尾也相交缠。第二层为"子见老子"，二人都戴斜顶高冠，略为躬身，老子在右，面向左，孔子在左，面向右。老子手拄一棍，孔子手捧一雁献于老子。孔子身后有一身材较矮者，大概是颜回。第三层左边有一老虎，一位杂技艺人单足立于高翘的虎尾之上，两手耍着六个球；右边有一车，为两条鱼所拉，车载一大鱼，鱼上骑有一吹管老者，一男童站在管端舞一拂尘。

这真是瑰宝珍品！绝妙无比！于明诚看了又看，赞叹不已。

绝妙在哪里呢？徐馆长问。这句话，显然是要对新来的大学生"鉴定"一下了。

于明诚说，从内容上看，神话传说、文化掌故、民间生活存在于一块像石上，已属难得，而三者之间又有着密切的逻辑关系——造人、育人、娱人，这与常见的汉画像石画面层层之间毫无关联有着质的区别，这就是说，整块像石是和谐的、统一的，可以说这是一幅画。从局部内容看，伏羲鳞身，女娲蛇躯，是屡见不鲜的；"子见老子"，在汉画像石中也并不罕见；而表现民间生活、民间艺术的第三层，在汉画像石中恐怕是绝无仅有。这既是现实的，又是理想的，其构思的奇特，寓意的深远，其旷达，其脱俗，在汉画像石中可以说是卓尔不群。这幅画还告诉我们这样一个道理：伟大的艺术恰恰存在于民间，进入境界的生活恰恰是民间生活……说得俗一点，对于今天的艺术家，这幅画是一本珍贵的教科书。从石刻艺术上看，精致娴熟，布局巧妙；人与物的刻画，或写意，或工笔，都极具动态。说它尽善尽美，绝不过分。徐馆长听于明诚说完，闭目叹息，好了，我放心了。徐馆长眼睛再睁开时，目光里少了一份犀利，多了一份抑郁。他说，我老了，这幅拓片给你保管。拓片只有两张，另一张在国家文物部门收藏。现在"破四旧"了，你要慎之又慎！

于明诚说，馆长，请你放心，我会像对待生命一样。

徐馆长说，你刚上班，也许想不到，这块像石就在咱们馆。

于明诚惊异得险些叫出声来。

咱们馆——咱们县，目前除了这块像石，没什么珍贵的文物了。徐馆长说，这块像石就在文化馆后院的西北角放着。那里有口古井，县志上记载，明代就有了这口井。千百年来，这里屡遭大旱，井水从未干枯过。一九三六年，老百姓意外地从井里"出土"了这块汉画像石。当时，省城几个懂行的奸商和此地的土匪勾结在一起，要把它偷偷卖到国外，运出一百多里了，又被我们队伍追回来，为它还牺牲了三名战士……一晃三十年，像石还在那里躺着……

于明诚说，应该立起来，再建个碑亭，至少也应该放在室内。

徐馆长说，一九五七年省里拨过一笔专款，碑亭还没来得及建，这里遭了水灾，这笔钱用来救济难民了。

于明诚说，再向上级申请？

谈何容易！徐馆长说，如今，别说为它建碑亭，连躺也躺不住了……

于明诚跟着徐馆长，披着雷雨，脚下踩着滔滔流水，悄悄到了后院西北角。借着电光，于明诚总算见到了像石的真面目，尽管只是几个瞬间，却深深地烙在心上。他轻柔地抚摩着像石，如沐春风般温暖。

雷雨愈加肆虐，水光迷茫，万物飘摇。浊水早已灌满了古井。

徐馆长从墙脚取出准备好的绳索、撬棍。于明诚猛然醒悟。不！馆长。不……他乞求着。徐馆长并不言语，把撬杠往他手里强硬地一塞。

像石平静地坠入井底了。两个人泥猴一般蹲在井沿，于明诚抱头抽泣，徐馆长盯住他，痴呆似的嘱咐着，时机不到，不可出土，时机不到，不可出土，时机不到，不可出土……

后来的事正如徐馆长所料。文化馆所有的文物都被"破除"了，造反派们想起了那块像石。文化馆几乎被掘地三尺，也不见像石的踪影。文化馆人人被审查，人人遭"逼、供、信"，像石还是杳如黄鹤。再后来，徐馆长被无休止地揪斗，受尽了逐步升级的肉体折磨。除了像石事件之外，徐馆长致命的罪恶是他在建国初讲过一句话：毛主席三天不学习，赶不上刘少奇；刘少奇三天不用功，赶不上毛泽东。那年的元旦那天，徐馆长失踪了，人们在古井里发现了他的尸体。打捞时，于明诚自告奋勇下到井底。他唯恐别人发觉井下的像石。他猜想，徐馆长最初绝不是选择这种自杀的方式，他不会提醒那些人这里还有一口被忽略的古井，他一定是向像石和古井诀别时，不慎跌落。于明诚又想，对于自杀，这里无疑是徐馆长最好的归宿。

像石在井底一沉便是十年。一九七七年春天像石重新"出土"，完好无损。首先向上级建议"出土"像石，并确凿无误地指明它的藏身之处的，不是于明诚，而是创作员小高。小高对上级领导说，水落而石出。小高的精明与内秀令于明诚惊诧不已，小高颇不以为然地说，这事能瞒得了外人，哪能瞒得了文化馆的人？于明诚一一问了，方信此言不差。为此，于明诚激动得心区疼痛——审查也好，"逼、供、信"也罢，文化馆没有一个人出卖像石、背叛文化——多好的同事，多好的文化人……

于明诚的激动一直持续下来。近几年，那种激动才不知不觉地淡漠了，不知不觉地嬗变了——由意外、敬佩与谢忱变成了茫然、疏远与拒绝。同样持续下来的还有他的心前区疼痛，年复一年，年年有增。于明诚用不着算卦，也早已料定心脏会有出大事的这一天。

初秋的季节，万物都无可掩饰地透出悲凉之象。初秋里病愈的于明诚，一如万物，大不是先前的光景。于明诚自己想了想，就觉得颇似那片飘在他脸上的落叶，脸色像落叶那样蔫黄了，脊背像落叶那样卷拢了，脚下磕磕绊绊像落叶那样少了根基。同事们当面说他"必有后福"，背后又都议论纷纷，生发出些许生命的感喟——人生一世，草木一秋；麦熟一场风，人走一场病；天地无情，反正怎么也是无情了，于脆我行我素，随心所欲，否则就更增添无情了；人生无聊，反正怎么也是无聊了，再不无聊就更为无聊了……思来想去，怜悯着于明诚的同时，也怜悯起自己来了！

于明诚回到馆里，歇了一个多小时，就颤巍巍地去了后院，同事们怎么劝阻都是枉然。像石还在老地方躺着，还是那几块破败的塑料布和稻草苫子盖着，再上面是几个砖头压住。他仔细看了看像石残缺的部分。残缺的是天空，一个云朵消失了，带走了天空的一角。如果再往下一点，就会伤害女娲的头部。不幸中之侥幸，不幸中之侥幸。于明诚捂了捂心前区，一边自语着，一边蹲在地上寻找失去的那朵云，那一角天。他一点点地挪动着，墙脚，井边，菜丛。又由菜丛到了井沿。会不会掉到井里呢？什么可能都会发生，他思忖着。可惜他垂垂老矣，若在当年，他就早下了井……

他的儿子于大川先是蹑手蹑脚绕到他背后，继而两臂一抱，把他端出七八步。

你还要命吗？儿子大声说，你还不接受教训？是这块石头重要，还是你的命重要？

于明诚谔谔地说，当然是石头重要……一个是凡夫俗子，一个是文化瑰宝；一个是可有可无，一个是不可或缺……

什么瑰宝瑰宝的？于大川忿忿地叫开了，你把它当瑰宝，别人把它当废物！你还是先爱惜爱惜你这条老命吧！

于明诚一个长叹，你哪里能理解！我于明诚命系一石，早就人石合一了！

那好，要么我去喊石头个爹，伺候它倒省心；要么我把它砸了，把你和它分开，砸了它你就没心思了！没心思了！于大川将满腹牢骚尽情地喷吐了，你心里除了石头还有谁？连你自己都没有，还能有谁？那年下雹子，我母亲砸得昏倒了你不管，反倒跑来看你的石头，石头硬还是雹子硬？石头重要还是人头重要？你关心过我吗？我和老婆的工资都发不出来，你问过吗？我娘死后，你的工资足够用的，可是你整天买书写文章买书写文章，都到什么年月啦！你还要自费出版你写了一辈子的《金石新索》，你索来索去索着了我，借了我两千元买香港书号，书号作废了，钱也要不回来了……迂腐至极！你把它当瑰宝，别人把它当废物；别人把它当废物，你把它当瑰宝！

于大川嗓门越来越高，心理上先是觉得和老子争吵，后来就觉得是和全社会争吵，再后来就是觉得是全社会和他老子争吵。这还真有了效果，吵着吵着，李书记、盛馆长、赵雨果，新分来的音乐辅导员谢苑，七八个人陆续赶来。好言相劝，口到病除，争吵平息下来。于大川摇着头回他自己的家了，于明诚对着儿子的背影说，大川，我借你的两千块钱早晚要还你，不就是两千块钱？你放心！

于大川听了，止不住苦笑，泪也笑了出来。

书记、馆长一伙人都交口称赞于明诚，说他如何如何品格高尚，大家都像他这样，文化工作就好干了。创作员赵雨果持不同意见，他说都像于老这样，文化工作更难干，理由是穷，不会搞钱。赵雨果说，于老若能兼了财政部长和文化部长，文化工作才真正好干了。大家笑了一阵，就蹲下来，帮于明诚找那一角像石。

盛馆长回家拿来一床破败的旧褥子，盖在像石上，揭掉了稻草苫子。李书记见状，也拿来一件褴褛的棉大衣。两个人又蒙好了塑料布。这使于明诚很受感动。

赵雨果说，领导，光这样像救济难民似的不行！就不能来个革命性的行动？

盛馆长问，什么样的革命行动？我和李书记好好谢谢你。

赵雨果说，革命行动是叫它由难民变成小康——建个碑亭！这么一块价值连城的碑，理当有个碑亭。

盛馆长说，谁不知道建碑亭好！展览也方便，雨果同志，资金呢？你问李书记，建碑亭的报告馆里打了没有二十次，也有十九次了，县里财政吃紧，心有余而力不足。

赵雨果说，馆里的创收不是搞得很好吗？拆了围墙，卖了白杨，来了古尸，耍了猴狼……

盛馆长说，雨果，你别耍贫嘴，抽空我和李书记跟你好好地算算收支账。要说创收，你正年轻，该是一把好手，光躲在屋里写你的传世大作不行。盛馆长指着谢苑说，小谢刚分来几个月，也通过办音乐培训班为馆里创收了几百元了。一分没挣的，就剩你和老于了，老于年纪大，文的这一行也难与经济效益挂钩，这个任务就免了，你呢？你叫李书记说说，李书记，你说说，雨果是不是该出点力了？李书记——李书记一直在笑，李书记是一年前到任的，文化馆是副科级单位，他是加了括号的正科级。他原来是乡里分管宣传的党委委员，本是个清汤的闲差，手中没权没钱，只有到抓计划生育时，他才能同书记、乡长平起平坐了——党委委员各守一方，这就成了忙人，他深知忙也是白忙——即使一帆风顺，也要经过副乡长、副书记两个台阶，两届下来，年龄又超了提拔的界限，他一生就要老在副科上了。

正当他心灰意冷的时候，去年那场大雨给他带来了转机。

那天，县委组织部高部长由市里开会，返回时赶上那场大雨，不得不落脚在李宣委所在的那个乡里。当时乡里的头头只有一位女性副乡长，再就是他李宣委了。高部长平时很讨厌这位女乡长，他多次接到人民来信，反映她与县里的某个老干部有染，而这位老干部正巧与他不是一条道上的人。那天吃晚饭，高部长的司机填饱肚子就睡去了，酒桌上还剩下他们三个。先是表面应酬，一会儿就酒酣耳热，耍下去二斤"孔府宴"。女乡长又暗中打开了第三瓶。她是海量，频频出击。高部长早有了几分醉意，明知不是敌手，就死活不再喝了。两个人推来推去，一杯啤酒居然泼在了女乡长的小腹上，三个人情不自禁地笑起来。女乡长并不罢休，抓住他的手相劝。抓来抓去，高部长的心里热热乎乎的，看着她的确是个动人的少妇。

女乡长说，你要不喝这杯酒，就是对我有意见，有意见就当面提出来。

高部长说，哪有那么多的意见？我已经醉了！

女乡长说，说醉是假。部长，你应该把这里当成你的家，你在家怎么喝，在这里也怎么喝。叫你喝一杯真难，比抓计划生育还难。我给你讲个笑话，有个村长在会上对村民发火，他说，你们男的一听结扎就摆头，女的一听戴环就撇嘴……

高部长笑得合不上嘴，也想起一个笑话，他指了指女乡长被泼湿的小腹，你不是叫我提意见吗？意见还真有，你那里不能仅仅是老干部活动中心，还应该成为青年之家。

女乡长和李宣委都是一个愣怔，高部长话一出口就后悔了，只是泼水难收。李宣委反应迅速，笑道，笑话！笑话！我也讲一个，某村一位老革命不服一青年干部的气，叫嚷着，老子八年抗战，不跟你一刀割蛋?!

僵局随即释然，三个人开怀大笑。

事隔不久，县级班子换届，女乡长以此事为由状告高部长。这事说小便小，说大也能大出意想不到的麻烦。高部长有口难辩之际，见证人李宣委说话了，他说那不是高部长提的意见，是讲的个笑话；笑话也不是高部长讲的，而是他讲的；笑话的内容也叫女乡长说翻版了，他的原版是老干部对一妇女说，你那里不能仅仅是青年之家，还要成为老干部活动中心。

换届结束，部长仍是部长。两个月后，李宣委意外地接到调令，成了文化馆的李书记。李书记心里有底，有了知恩图报的高部长，文化馆就是他的一块跳板了，只要不出乱子，将来调个好科局差不多是小菜一碟了……

李书记从上任那天起，就十分注重人缘。对下属只表扬不批评，只原谅不较量。文化馆无大事，就在小事上做个有心人。于明诚病了，他忙前忙后，买鸡蛋送水果；赵雨果深夜伏案写作，他就去劝他保重身体，还送给他二斤枸杞子；谢苑一分来，他就亲手为她在门上安猫眼，房前的走廊上安了盏电灯；搞舞蹈的童舞下了海，成了"金鸡服装店"的老板，他几乎每天都要去看看，问候问候。他觉得在文化部门里争争斗斗，实在是无聊透顶。因而，他在盛馆长面前很是恭顺，连盛馆长的岳母的姐姐去世，他也要送个花圈；年终评优秀党员，他带头评的盛馆长；盛馆长和于明诚的县级拔尖人才，也是他到处游说才审批下来的。他这种处世态度，盛馆长看得透彻，当面提过意见，他都表示接受，可做起来海棠依旧，也就拿他无可奈何了……今天，借着与赵雨果磨嘴，盛馆长故意将他一军。

到了这般境地，李书记不说也得说了。雨果，盛馆长的话你要好好琢磨琢磨。盛馆长早就说过，叫大家搞创收是难为大家了，可是不搞不行，总得过日子！就算是体验生活吧！能力有大小，革命有先后，雨果年轻有为，说不定对创收已经胸有成竹了！

赵雨果说，我还真有了高招，梦笔生花。小谢你走吧，我这高招不能传于女人。谢苑走后，赵雨果故作诡秘地说，昨天夜里我做了个梦，司马迁对我说，汝乃不义之小人也！汝之书记、馆长皆贤主，素有恩于汝，汝当唯命是从，缘何于创收之事雷鸣而不闻？不义如此，实可憎也！我说，我也想创收，可我苦于无计呀！司马迁说，汝亦不智之人，何不开发自身乎？我说，怎么个开发法？司马迁说，割蛋！吾何等人也！吾之蛋尚能割，汝区区小辈，汝之蛋贱若泥丸，割又何妨？士为知己者死，蛋为文化馆割。我问司马迁，割蛋有什么用呢？司马迁说，蛋屈居裆中，无缘日月，汝可摧之三尺，移植于鼻梁，则化腐朽为神奇，幽暗为光明，泥丸为财源也！况夫割蛋者必发愤，当世之泰斗，舍君其谁！我就按司马迁老人家指点的办了，取得了巨大的成功。门票百元一张，观瞻我的人山人海……

大家笑得前仰后合。李书记说，你这个赵雨果，真叫人服气啦！

盛馆长说，行啦行啦，无可救药，不指望你搞创收了，和老于一样，免了！不过，你可真要给我拿出好作品来。

赵雨果向盛馆长道个谢，又对于明诚说，于老，我高攀了，和你一个档次了！

大家正在说笑，搞摄影的老强走过来，说是组织部高部长来了。赵雨果说，部长来有什么稀罕的，他不是经常来文化馆"采风"吗？该采谁采谁呀！赵雨果的话，引得几个人相视一笑，眼神里闪过一丝小狡黠。对赵雨果的话置若罔闻的是李书记和于明诚。于明诚还在低头找那一角像石。

老强说，高部长找的是书记和馆长。

赵雨果说，老强，你别乱点鸳鸯谱。

老强说，我可不敢，文化馆就你敢。高部长这次是因公而来，你别以小人之心度君子之腹。

赵雨果说，老强，你说话跟你的照相机一样，很会维护领导的形象。其实，"采风"也不是什么坏事，至少是密切联系群众的一条途径。我们这些人，或者是无"风"可采，或者是没能力"采"了，才都有了酸葡萄情绪……

李书记和盛馆长到了办公室，高部长已在那里等候。高部长就是当年的创作员小高，虽然身居高位，对文化馆这个老家，称得上情有独钟。当年称老师的，现在还是称老师；当年称伙计的，现在还是称伙计。高部长四十岁了，看上去年轻而又沉稳，淳厚而又不乏城府。这些年，文化馆对他不是没有微词，但是，谁也没有理由说他一阔脸就变。县里对事业单位搞财政改革，文化馆经费自收自支，宣传部长和分管的县长也是这个意见。高部长当时对这件事没表态，执行了两个月，文化馆寸步难行，向高部长请愿，高部长这才出面，力排众议，争取到了保证基本工资，给文化馆做了件有功德的事。有了他这层关系，宣传部长和分管县长，以至文化局长，对文化馆的事都能宁推不揽了。

略作寒暄，高部长问，近期馆里的经济状况怎么样？

盛馆长说，一天天地紧张下去。院子里的那一套越来越不景气，除了电费、税收等等，每月只剩四百多块钱。今天看，毁了那一院子白杨，真是我的一大罪过。

李书记说，也不能怪你。我来得晚，当时的情况也听说了，县里的调子是文化口财政一律自收自支，那两个月工资也没着落。叫谁，也是卖杨树搞创收的。

盛馆长说，临街租出去的门面房，房租收不上来，就连自己的人——童舞吧，盛馆长稍事沉吟，还是把童舞说了出来，童舞也不交。童舞那个"金鸡服装店"办得明明是相当红火……

高部长说，这就是童舞的不对了！盛馆长，你和李书记不要为我的面子，不要觉得她和我是前后村的近邻、是我作介绍把她分来的，该批评的批评，该处分的处分。馆里创收的事，还要挖挖潜力。统战部的同志今天告诉我，最近有位港商要来我县投资办企业，还提出要看看那块汉画像石，想买张拓片，价格任我们要。

盛馆长说，这块像石的拓片仅存一张啊！

高部长说，我们的保守就在这里。港商给我们的启示不小啊！只要有像石在，还愁拓片？

盛馆长说，这件事应该尊重老于的意见。

高部长说，于老师是通情达理的，你们再做做工作。何况，像石是国家的，不是哪一个人的。于老师身体恢复得怎么样？他住院期间，我在省党校学习，也没顾得上看看他。

离开办公室，高部长到了于明诚的宿舍。先做了一番自我批评，又做了一番安慰。有关港商的事，一字不提。于明诚提出该为那块像石建个碑亭了，他表示尽力做工作，争取资金。临别，高部长说，于老师多少年没给我算卦了，今天请于老师指点指点了。

于明诚也不推辞，当即为他算了一卦。高部长见他神情窘迫，就笑着说，是什么就说什么！于明诚用手指蘸了点水，在地面上写下八个字：女子祸水，尤物误国。高部长始料不及，尴尬得脸上发烫，只得强颜作欢，连声说，慎之慎之，慎之慎之！

于明诚于别人的私生活，称得上聋子、瞎子，根本不知道高部长有什么风流韵事，见高部长难堪的样子，于心不忍，端过一碗水朝地上一泼，八个字顷刻湮灭。于明诚说，算卦只当作娱乐，卦好卦坏都一笑置之，一笑了之，谁认真谁吃亏。

高部长说，是，是，好卦对人有个鼓励，孬卦对人有个警策，反正算卦挺好玩的。

高部长原定最后一站是童舞的"金鸡服装店"，有了这一卦，胸有块垒，没了兴致，想躲开服装店绕道回家。童舞早看准了他，几步追上去，对他说，部长，你夫人叫我进的双褶裙进来了，你带回去吧！高部长别无选择，装出坦然来跟她回去。上了服装店的二层楼，童舞就急切地抱住他，一阵狂吻。吻得有点累了，才感觉出他完全是被动的，一点力也不出。童舞顿时感到受了侮辱，一边哭一边说，你心里又有哪个小情人啦？

高部长就说出那一卦。童舞说，你还听谁的？我想了，咱们别再苦了自己了，我先离了婚，你再离……

高部长说，你疯啦？

童舞又哭起来，高部长吻了吻她的泪，对她说，我永远把内容交给你，把形式交给她。童舞说，我追求的是形式和内容的统一。高部长捏了捏她的嘴巴，亲昵地说，你这个孩子！随即匆匆离去。

于明诚几乎是以手作筛，把后院筛了几遍，终不见像石的那一角。这天上午，看到童童又出现在后院里，用个小小的塑料桶浇他家的菜地。他这是出院后第一次看到童童。他想，也许小家伙知道那一角的下落。童童——于明诚的话刚出口，童童就被吓得脸色蜡黄，丢了魂似的大哭大叫，拼命跑向他家的服装店。四十多天前于明诚面孔的狰狞和猝然仆倒时的凄惨，使童童吓破了胆，——童童那天真的病了，高烧，抽搐，呕吐。吐出的水又苦又绿，医生说，那就是胆汁。童童是在医院里过了五天才痊愈的。

于明诚还在为童童的怪诞大惑不解，童舞就吵过来了。

于老头，你安的什么心？我跟你有什么仇？你没养过孩子？你还有没有人性？

童舞，你这是说的什么话？于明诚说，咱们都是同事，有话好说，你不能出口伤人。

有话好说，你别强盗装正经啦！你为什么要害童童？你是打的童童，还是骂的童童。

你这就是诬蔑了，于明诚说，我怎么打童童、骂童童？我只是想问问他那块石头。

这话谁信？不打不骂，童童能吓成那个样子？石头石头，你别拿一块石头吓唬老百姓。童童是个六岁的孩子，杀了人也不算犯法，砸下一块石头你能要他的命？你能吗？

于明诚气得瞠目结舌，说不出话来。馆里的同事都跑出来劝解。童舞说，姓于的，上次你病了，童童也病了，你住院了，童童也住院了，也差不多扯平了吧！没想到你还真有个劲头，又一次欺负童童，战争贩子！战争贩子战争贩子！我正告你，童童有个好歹，一切由你负责！你要胆敢继续纠缠，我就控告！起诉！我就以牙还牙，以血还血！

于明诚心前区一阵刺疼，腿一软，坐到了地上。人们惊骇地要拉要架，李书记急忙护住，把他的身子放平了，不叫任何人碰。过了两分钟，于明诚缓过气来。抬头看了看众人，声嘶力竭地叫道，我要求组织处理！我要上诉！直到中央——吃午饭的时候，于明诚把写好的材料交给李书记、盛馆长各一份。内容两条，一条是孩子损坏了珍贵文物，家长负有不可推卸的责任，应做出经济赔偿，这是常识；另一条是批评馆里的领导，事件发生近五十天，至今未做任何处理，以至要不了了之。最后说，如果再不及时处理，他就逐级向组织部门、业务部门、舆论部门反映，不搞个水落石出，决不罢休！

于明诚的言谈举止悲壮极了，两个领导受了震动，不敢等闲视之。盛馆长说，于明诚说得都在理，咱们马上找童舞谈谈，叫她写个检查，再考虑赔偿的事。

李书记沉默好久才说，馆长，这事还得慎重。童童毕竟是个不懂事的孩子，叫大人写检查，有株连之嫌；至于赔偿，更是个难题，文物法也没有具体规定，这样的一级文物，无价之宝，赔十万也不能说多，可是赔一百块钱也说不出少。

盛馆长说，你说的也有道理，文化馆还没遇到过这样的事，这就难办了。

李书记说，我有个想法，你考虑行不行，检查就不叫童舞写了，是否赔偿，咱们搞个民意测验。

盛馆长笑了，矛盾交给群众？也未尝不可，群众是真正的英雄。

下午三点，全馆人员都召集到了会议室。下通知时，只说重要会议，不得缺席，具体内容大家都不知道。当明白了会议的意图后，有两个人说闹肚子上厕所，一去不返。剩下的人也觉得这个内容可笑。盛馆长讲了讲像石被童童砸核桃砸去一角的事，李书记讲了讲民意测验的重要，说这是目前唯一可选择的，麻烦大家，实在是不得已而为之。越解释大家越笑，盛馆长和李书记也跟着大家笑起来。只有于明诚和童舞铁青着脸。接着就是发票、填票、计票。结果当场宣布：十一票反对赔偿，五票同意赔偿，一票弃权。于明诚听了，即刻拂袖而去。

李书记盛馆长嘀咕了几句，李书记说，尊重群众意见，不再赔偿，希望童舞同志对孩子加强爱护公物的教育。李书记又高度赞扬了于明诚的责任心、事业心，号召全馆同志向于明诚学习。然后就宣布散会。

先别散会，我要求发言，童舞起身说，像石是我儿子砸的，可是如果保管得好，就不会发生这件事，所以像石受损坏，是馆里负责人和有关人员玩忽职守造成的。追究玩忽职守者的责任，这可是文物法上规定的！干吗欺负一个孩子？

会场僵窘起来。盛馆长面带愠色地说，那就追究我吧！

李书记也说，当然也跑不了我。

人们交头接耳，议论纷纷，莫衷一是。

我要求发言，我觉得童舞的话千分之千地有道理。赵雨果貌似深沉地看了看众人，慢声慢语地说，玩忽职守，损坏文物，这个案子大了！我看和《杨乃武与小白菜》颇有相似之处，越查牵扯的官员越多——你想想，像石保管不好是什么原因？经费！在经费问题上，文化局长玩忽职守了，财政局长玩忽职守了，宣传部长玩忽职守了，分管县长玩忽职守了，与文化馆关系密切的组织部长玩忽职守了，等等等等，恕不一一。

赵雨果惹得哄堂大笑，童舞狠狠地瞪了他一眼，愤然而去。

盛馆长对李书记说，本想有个结果，利利索索的，这下好了，于明诚带着一肚子气走了，童舞带着一肚子气走了。

李书记说，咱也要学得乐观一些，这好歹也算个结果。

傍晚，于明诚的儿子于大川来看他父亲，迎面碰到了摄影师老强。老强拉他到了一个蔽场，对他说，你这当儿子的该时时守护着老子，你今天差点儿没见上你父亲。于大川问他详情，老强不说，怕惹出是非，好心无好报。于大川说我这人重的是义气，我要出卖你，出门就叫汽车轧死。老强这才闪烁其词地说出于明诚和童舞的争战。

于大川见了于明诚，啥话不说，找出一瓶"孔府宴"，也不用什么菜，咕咕地吞下去半瓶，又往手心里倒满酒，朝胸前一抹，直奔童舞的"金鸡服装店"。于明诚知道不妙，穷追不舍，于大川说，你活得太窝囊了！秀才对付兵不行，必须兵来将挡。

于明诚说，小童也是个秀才，搞舞蹈的，我们之间有点争执属于正常。

于大川说，争执？战争吧！

于明诚问，你听谁说的？

于大川说，你别管了，我要三下五去二，把她那个店收拾了，再修理修理她，反正我喝醉了！我喝醉了谁能怎么我？

于明诚眼看拉不住，陡生一计，就地一蹲，手捂了胸部。这是他平生第一次作假。于大川忙抱住于明诚。于明诚气若游丝，大川，咱不能干犯法的事，不能吓着人家的孩子，我都把人家的孩子吓病了，你也有孩子，也有家……于大川说，我先放她一马，以观后效！

于明诚父子的话，一字不落地送到了童舞的耳中。童舞正在厕所。也曾想出去与于大川理论一番，终没有勇气，好汉不吃眼前亏。后来听到于明诚的话，心中怦然一动，鼻尖也有些酸凉了。这天夜里，她怎么也不能入睡。她问童童，于爷爷动手打你了吗？童童摇摇头。她问童童，骂你了吗？童童摇摇头。她说，那你号什么？童童说我看着他……

像个鬼……吓死人！童舞心头一凛，朝童童屁股上打了一掌，不许你胡说！

夜里十二点了，童童均匀的呼吸使夜更为寂寥、闷躁。童舞趴在窗台，望着邃密的星空。在那个混沌的东南一隅，她依稀看见她丈夫的身影时隐时现。这个县皇宫食品厂的销售科长早就沉湎那个温柔之乡乐不思蜀了，她一忽儿看到他销魂在豪华的居室，一忽儿看到他在痴迷于灯影斑驳的舞厅，妖冶的女人与他如胶似漆形影不离。她看到他远远地丢给她一个讪笑，如云飘去。她正是在这样的衔悲含恨的日子里，在面临崩溃的状态下，扑向高部长的怀抱。她为高部长的来如雨去如风而怅惘。她天真地渴望朝朝暮暮，因而她便时常感到这种往来的无聊——反正是无聊了，再不无聊就更无聊了——同事们偶发的感叹又成了她灵魂的慰藉。

一颗流星划过，又一颗流星划过。远航的野鹤掉下一行如泪的鸣叫。秋天正是陨落的季节，怀旧的季节。她想到了天鹅，十年前的那只天鹅。月华如泻，静谧的湖面上波光粼粼，一只美丽的白天鹅忧伤地飘浮，她知道她已在垂危之中了。正是那期待的月亮，那深情的浩渺的天空，那热切的无声的呼唤，给了她勇气。她不屈不挠地立起脚尖，试图重新振动翅膀，飞向抒写生命的天宇。然而，她终究体力衰竭，跪了下来，合上了双翅……师专艺术系毕业前的汇报演出，童舞表演的芭蕾舞《天鹅之死》赢得了经久不息的掌声。她找出那时的剧照，看着看着，飞的欲望油然而生。她脱去衣服，看到了她的不知何时变得臃肿的脚，不知何时堆积出脂肪的腹部，她嘤嘤而泣了。那只天鹅一去不返。

街上响起吵架的声音，男女混杂，嗓门愈来愈高，由吵到骂，脏话跳跃着升级，不堪入耳。安详洁净的夜一下坠入了尘世。

她下意识地想起了文化馆的民意测验，想起那五张同意赔偿的票，心里陡生了愤慨。五张票她能有把握地算出四张，盛馆长，于明诚，赵雨果，谢苑。剩下的那个"蒙面人"是谁呢？她对参加会的人一遍遍地筛选，也找不出目标。

港商唐先生的到来，似乎使文化馆蓬荜生辉。组织部、宣传部、统战部、文化局的人员作陪，前簇后拥，看热闹的人也越聚越多，浩浩荡荡一支队伍进了文化馆。老强的接待任务是摄影，端着相机前后左右地跑。他说，文化馆有史以来这是第二次到这么多人，第一次是红卫兵来"破四旧"。

按预先的安排，先把唐先生请到会议室。唐先生看上去温文尔雅，办事却很固执，急于去观瞻那块汉画像石。领导们也不便勉强，就把跟来看热闹的群众拦在前院，通往后院的门交给赵雨果把守。

老强说，雨果，这可是个严肃的政治任务呀！

赵雨果说，我就把它当作中南海的大门守护！

十几个人围住像石，盛馆长和李书记一层层地去揭覆盖在上面的塑料布、棉大衣、棉褥子。唐先生皱着眉，大惑不解，怎么可以放在这里呢？李书记忙搪塞说临时，临时。唐先生说，冬天还没到，棉衣早早地穿上了！众人都哧哧地笑。像石面目全露出来了，唐先生啊的一声长叫，手杖也抛了，两臂向着像石张大，凝固在空中。眼里的光束在像石上游动。

国宝啊，国宝啊，唐先生赞叹着，三十年前我在国内的一份杂志上见过它的介绍，今天见得庐山真面目，缘莫善焉，幸莫大焉！说着说着，唐先生像拜佛一样，对着像石闭目、合十。

文化局的一个股长说，先生，这不是佛像……

请佛永恒的佑护。即心即佛，即石即佛。唐先生取出相机：能为它拍张照片吗？

领导们都说，唐先生太客气了！

谢谢，谢谢，唐先生说。他正要摁下快门，突如其来的一只手紧紧地捂住了镜头。于明诚一直侧身人群中静观不语，这时候不得不挺身而出了。他说，唐先生，这块像石从未在书刊上发表过，按文物法规定是不准拍照的，抱歉，抱歉。

于明诚的行为引起诸多人的不满。有的说这是小题大做，有的说这是特殊情况特殊对待。不管人们如何评说，于明诚执意不肯。唐先生犹豫了一下，就毕恭毕敬地站在像石一侧，请老强为他和像石合影，用了老强的机子照了，又用他自己的机子照。

唐先生照完，不知谁说，咱也合个影吧！一句话使人们大彻大悟了，唯恐误了良机，自觉以职务高低为序，一个个学着唐先生的恭敬，与像石合影。着实叫老强忙活了一阵子，他独自喃喃着，哎呀，第三次了，这是第三次了，第一次是省委书记来，抢着合影，第二次是影星巩俐来，抢着合影……

少了一角，唐先生大惊失色，痛惜万分地说，怎么少了一角?!

人们无言以对。李书记扯过褥子，把像石盖上了。唐先生又掀起褥子看了看，遗体告别一般离开了。于明诚受了感染，揉着眼说，天塌一角，尚有女娲，石缺一角，如之奈何? 唐先生听了，主动上前握住了于明诚的手。

到了会议室，唐先生直言相告，要买一张像石的拓片，价格由馆里定。盛馆长说拓片只有一张。高部长说先拿来叫唐先生看看。盛馆长说一直在于明诚那里保管着，老于的认真是出了名的。高部长说于老师通情达理，这是公物，不是私人财产。盛馆长拉着李书记去了，于明诚正在家里抽烟——他平时一口也不抽。两个人费尽了口舌才把他请了过去。

唐先生看了拓片，兴奋地说，我买下了，贵馆说价格吧!

于明诚收起拓片就要走，几个人忙拦住，扶着他坐下。于明诚说，这块汉像石的拓片只有两张，另一张在国家文物部门收藏。现在像石缺了一角，这张拓片庶几成了孤本。不论给多少钱，都不能卖。

唐先生说，我出五万如何? 如果贵馆不满意，我们可以另作商议。

唐先生的话使举座皆惊，一张拓片卖出一个天文数字，不知道唐先生疯了还是傻了。不要说一般人员和县里的领导，连盛馆长这样的行家也被震撼得有了窒息的感觉。

高部长向李书记递过一个眼色，李书记心有灵犀，对于明诚说，于老，唐先生是有诚意的。

于明诚说，其诚固然可敬，拓片也是固然不可卖的。

众人都有了愠色，一是恼他目无领导，一是恼他迂腐成了一个绝代傻瓜。

唐先生眼见无望，便退让一步说，既然贵馆如此珍视，我唐某也不能夺人所爱。好在像石还在，就新拓一张卖给我，因为缺了一角，价格我只好出在三万了!

众人又是一惊，都迅疾地在心里算着一笔账：拓一张三万，拓一张三万，用不了多少拓，文化馆岂不就轻易地成了百万富翁?

众人还在算账，不料于明诚又说话了，拓也不能拓。文物法规定，元代和元代以前的石刻，只许翻刻副版传拓……

唐先生说，翻刻副版拓印，就没有多少价值了……

高部长做了极大努力，面色才显出了和悦。他说，于老师讲得对，一切法规都基于两点，一是保护文物，一是弘扬民族文化。况且，上级也曾要求各地制定自己的法规。对婚姻法、计划生育法，各地不是有自己的规定吗？馆里一次次报告建碑亭，我们何不取之于碑，用之于碑，以碑养碑呢？这件事，几个部的同志研究一下，你们馆里再开个民主会，听听群众的意见。

于是三分众人：几个工作人员陪唐先生就地休息，几个部里的领导到办公室商讨，文化馆的全体人员到后院集合。

李书记对盛馆长说，我看还是民意测验吧！盛馆长点点头。

票发到手里，人们不假思索，笔一动就填好了。于明诚先打了个"×"，正想交上去，耳边莫名其妙地响起部长说的以碑养碑，心里一虚，就把"×"涂掉了，想补个对号，又不肯就范，只好糊里糊涂地交了上去。童舞和赵雨果冤家路窄，坐得相邻，她本来填了对号，见赵雨果也填了对号，就在对号上狠狠地戳了两笔，戳成一个"×"。

李书记宣布结果，一票反对，一票弃权，其余的全是赞同。立即到办公室汇报了，正好与领导们的意见吻合。

于明诚违心地忙碌了一天。李书记和盛馆长也跟着伺候，又是刷像石，又是研墨，鞍前马后，不离左右。晚上七点，拓片从像石上揭下来。统战部的同志来了，一手接过拓片，一手交上了三万元现金。文化馆的人像过节一样，载笑载言，眉飞色舞。于明诚筋疲力尽，正想早早地睡觉，赵雨果来了。

赵雨果说，于老，说句高攀的话，咱们两个都是鄙弃俗尘的人，可是我和你又有不同。我明明知道"穷"，我就只想独善其身，比如说，我绝不写庸俗的作品，绝不炒卖自己的作品，任何时候我都会，恪守纯粹的艺术精神，我不会背叛。但是，不论我的作品多么高雅脱俗，你本人却是吃俗饭、穿俗衣、住俗屋、吐纳俗气而生存下去的。因而，我鄙弃俗尘不等于拒绝，不等于消灭，也拒绝不了，消灭不了，除非你自杀，让一切化为乌有。"世人皆醉我独醒"——这样的人恰恰都是虚伪、怯懦的一面。你老人家呢？明明"穷"，还想兼济天下，玉宇澄清万里埃，这就叫人可怜了。"朝饮木兰之堕露兮，夕餐秋菊之落英"——美则美矣，你能活得下去吗？

于明诚说，雨果，谢谢你有意要指点迷津……我听累了，我困了……

赵雨果说，我再唠叨几句。以碑养碑，是行之有效的。我不炒卖自己，我想炒卖一下像石———会儿我就给市报的同学要个电话，叫他明天抢发头版……

半夜里，于明诚做了一个噩梦，死去二十多年的徐馆长闯进他屋里，手拿一块石头猛砸他的脑袋。他惊出一身冷汗，怅然若失，双手抱膝挨到天亮。

一上班，李书记、盛馆长、张会计三人就聚在了办公室，研究那天从天而降的三万元的用场。第一笔开支当是建碑亭，这是三人的共识，高部长"以碑养碑"的指示声犹在耳。盛馆长电话里询问了建委的设计人员，对方说建个像样的碑亭大约在一个整数以内。剩余的两万如何处理？需要用钱的地方太多，补发各种津贴，报销差旅费，报销医药费，楼顶严重漏水，下水道常年堵塞……随便一想就是十几项，一项比一项重要，容不得厚此薄彼。商量了两个小时，弄得头昏脑涨，也排不出先后。到了十点钟，报纸来了，一人拿了一份，放松放松。盛馆长拿的是市报，头版上一条黑标题赫然入目：《一幅拓片售价三十万》。盛馆长拍案而起，半个脸抽搐不已，谣言！弥天大谎！荒谬绝伦！这……坑了，把文化馆坑了……

正面的报道没有不夸张的，总不能夸张十倍？李书记唉声叹气地说。沉默须臾，又自我安慰说，也许给文化馆带来福音，现在什么都兴"炒"了！

盛馆长漠然一笑，李书记，那咱就等着福音吧！

盛馆长话音刚落，电话响了，是市文物局打来的，恭喜发财，还准备组织各县来学习以文养文的经验，希望能提供食宿方便云云。盛馆长忙不迭地解释、辟谣，一个电话就弄得期期艾艾，焦了口舌，听到铃响就发怵了，请李书记对付。市文物局的电话只是拉开了序幕，衔尾而来的有省城的、兄弟县市的、本县县直机关和一些乡镇的、文化馆人员的亲朋好友的，有业务部门的，有报社电台电视台的，有作协文联的……五花八门，应有尽有。李书记在乡里工作多年，对付电话能力强，一鼓作气对付了十一个，终于大汗淋漓败下阵来。张会计当仁不让，可惜对付了三个便头晕作呕，干脆拿下话筒，任谁有天大的本领也打不进来了。

十一点多，税务局来了两个人，拿着一沓文件，要照章收税。盛馆长、李书记、张会计都懵了，不理解卖拓片怎么还要交税。税务人员叫他们看文件，他们越来越糊涂。李书记说，你们说几壶就几壶吧！

税务人员面带霜色地说，不是我们说几壶就几壶，而是文件说几壶就几壶——四万二！

张会计一下子跳起来，我们才卖三万，你们叫交四万二的税，干脆把文化馆的人都宰了算啦！

税务人员拿出市报，会计拿出单据，税务人员又打电话问了宣传部、统战部，才得到落实。税务人员说，这个账好算，四万二的十分之一，四千二百。

李书记和税务局长在一个乡里共过事，就要通了电话，叫苦不迭，最后一句话是"文化馆穷得恨不得大人孩子尿醋卖，我这个书记急得简直没法了"。税务局长被逗笑了，心也软了，就叫去收税的人接电话，给他们讲了几分钟。两个税务人员拿出计算机，重新计算。李书记问，几壶？

税务人员说一八一八壶，营业税、城建税、教育附加税。

李书记说，是个吉利数，要发要发。

盛馆长说，给的面子不小啊！

税务人员说，我们只讲原则，不讲面子，这不过是另一种算法。

盛馆长说，还有更好的算法吗？

税务人员不再理会，收了款昂然而去。盛、李、张三个人脸都青了。李书记忙又给宣传部要了电话，请部里通知县电视台，马上发个文化馆卖拓片的消息，强调卖了三万元，并希望反复播放、反复播放。

下午刚上班，邮电局和自来水公司的讨债女郎同时光临。电话费和水费都是十八个月没交了，邮电局和自来水公司都已仁至义尽，再不交，拆电话的拆电话，断水的断水。李书记叫张会计买来几袋话梅、几袋瓜子、一两好茶，让女郎们先逍遥着，他们三人躲到了会计室。李书记说，外财不富命穷人，怎么办盛馆长？

盛馆长说，杀人的偿命，该账的还钱，自古皆然。理都是人家的，错都是咱的。既然人家找上门来，咱砸锅卖铁也不能赖呀。

李书记说，咱什么时候能混个债主当当？

盛馆长说，咱现在就是，临街的门头房租金不是收不上来？连童舞也拖拖拉拉。李书记说，张会计多动脑子，门头房的租金要制定得力措施。

盛馆长说，张会计，你大体算算，咱还欠哪里的钱？欠多少？

张会计胸有成竹地说，除了邮电局、自来水公司，还有电力局，这三家都欠了十个月了，少不了一万三。

盛馆长说，你想细一些，还有没有债主？

张会计说，地主没了，再说就是中农下中农了：县招待所三百多，印刷厂四百多，残疾人福利会六百，天鸣养鸡场二百多。就这些，绝无遗漏。

李书记说，美术培训班的学生到养鸡场写生，不知怎么把棚子弄歪了，砸死了一批雏鸡，偷鸡不成反蚀把米。

三个人正苦笑，就听得有女人嗲声嗲气地找领导。盛馆长说，又来债主了！我的意见是咱痛痛快快、完全、彻底、干净地还清债，心里也舒坦舒坦。

李书记说，我同意，这又是一次解放。

回到办公室，果然见又添了位印刷厂的女郎。她们从张会计手里接过钱，脸上灿若桃花，袅袅婷婷地走了。余下的债主，不等人家来讨，张会计逐个电话通知。半下午就统统了结了。盛馆长伸着懒腰说，完了——完了——有点平反昭雪的味儿！

李书记说，我这会儿光想喝杯酒。

张会计转眼之间就提来一瓶"孔府宴"，倒了三茶杯。以女郎们剩下的话梅、瓜子为肴，三个人推杯换盏。盛馆长酒量小，喝了两口就面色酽然，身子飘荡。他说，我想唱点什么。李书记和张会计掌声鼓励。盛馆长唱道——霹雳一声震乾坤……李书记和张会计也一同唱起来。

张会计说，留下建碑亭的一万，还有四千二，大家的津贴一年没发了，差旅费、医药费也一年没报了，是不是解决解决？想全解决不可能，补津贴就不报销，报销就不补津贴。盛馆长醉醺醺地说我听李书记的了！大概是喝得急，李书记也有了醉意，右手一挥说民意测验！盛馆长和张会计都捧腹大笑。李书记写了阄，叫盛馆长抓。盛馆长抓了个"补"。张会计雷厉风行，挨家挨户地补发去了。补到于明诚那里，他坚辞不受。他说我住院花了那么多钱，连累了别人。张会计解释说住院倒好了，卫生局付，不住院的由单位付。于明诚又问建碑亭的钱，张会计说绝对绝对好了，绰绰有余，你老把心装肚里吧！于明诚这才接过补发的津贴。

晚饭后，人们零零星星地走到后院，弄自己的菜地。发了津贴，大家的情绪比往日高涨了，爽朗了，你一言我一语，全是愉悦的话题。李书记说，以后的日子大概要好起来了，何不请于先生为文化馆算上一卦？大家都说该算。

于明诚即席一算，说道："抱琴送鹤去，枕石望月归。"虽说不上多么富裕，但却是难得的境界，无忧无虑，远离尘嚣，宁静祥和，天人一趣。大家说但愿此卦灵验，这样的活着已是神仙或准神仙了。

大家扯来扯去又夸奖起领导。盛馆长说，都别说好听的了，下回发还不知猴年马月，还是饮水思源——谢谢这块汉画像石。

有人说一齐跪下磕几个响头，有人说逢年过节的时候要好好举行盛大祭典。谢苑惋惜地说，如果不缺那一角，一张拓片就成了五万，真遗憾呀！谢苑直率单纯，实话实说，绝无影射之意。哪知提到像石，童舞本来就心虚，听到谢苑的话，觉得字字都是热讽冷嘲，明枪暗箭，一个妙龄女郎竟然这般的刻薄歹毒……霎时童舞的肚子就鼓了起来。

遗憾的事多着哩！童舞讥讽道，遗憾的是这块像石不是你自己家的而是公家的！遗憾的是这是文化馆而不是中南海！遗憾的是你只能在这个小县城找个老公，而不能到美国找个大亨！遗憾，遗憾……遗憾的是童童是我的儿子而不是你的儿子！

谢苑被这骤来的风暴吹得身心战栗地说，你不讲理……你不讲理……

童舞说，我给人讲理，你是狼！

谢苑说，我怎么是狼的？

童舞说，一个六岁的孩子无意砸坏了一点像石，你就没完没了啦！

你恨不得也把童童的头砸去一块！你不是狼谁是狼？

谢苑说，我一直都喜欢童童……你才是狼，你把于老师气得……多危险！

你又搞挑拨离间？说我狼，我就是狼！童舞心一横，手中的塑料水管对着谢苑喷射过去。水还没溅到谢苑身上，盛馆长一下把水管夺了下来。

童舞看了看众人，大多数都怒目金刚似的看着她。她心中一怯，转身就走。经过老强身边，老强用哑音对她说，忍着点忍着点。这使她心里掠过一丝春风。

童舞和谢苑之间的这场小战本应就此结束，谁也想不到第二天一大早，童舞就在楼房的走廊里冲着谢苑的宿舍大骂开来。文化馆的大人孩子都从梦中惊醒，演杂技的，展览古尸的，早起赶集上店跑步锻炼的，都被吸引过来。原来，童舞早晨发现她的"金鸡服装店"的牌子被人改写了，金鸡后添了一个"巴"字，跑到灰楼上又发现她宿舍门匾上的"闻鸡起舞"也被人改了，鸡后同样添了一个"巴"字。

童舞如疯似魔，又蹦又跳，连舞蹈动作也用上了，嘴里也越骂越脏。李书记、盛馆长制止不了，拉又不能拉，就叫自己的老婆拉。两个中年妇女不但降服不了童舞，反而助长了童舞的威风。

谢苑原以为梦里有人吵架，惊醒后才知道是童舞卷土重来。童舞的脏话不堪入耳，谢苑羞于见人，气得头埋在被窝里哭泣。童舞不住地骂阵，谢苑想起了那句古话——士可杀而不可侮，决意和童舞拼个你死我活。她猛地打开门，叫道，童舞，你骂的是你自己，你骂的是童舞，你骂的正是你自己！

童舞说，你到底从你的×窝里出来了！我问你，我是"金鸡巴服装店"，我是"闻鸡巴起舞"，你呢？你还没结婚，你怎么知道那么多，金银铜铁锡，金木水火土，工农兵学商，你都尝过了？你真行，你是万能×！连那块汉画像石也装进去！

谢苑哭叫着，你才是呢？你才是呢？谁不知道你？

童舞觉得被蜇了一下，狂叫着，我撕你的×！我给你撕碎！我把你的×撕成条条！

谢苑骂不出口，哽咽道，你撕你自己的吧……你还是撕你自己的吧……你撕你自己的多方便呀……

童舞眼里喷火，身子一纵蹿了过去。赵雨果从后面抓了她的手，用力一拽，童舞倒退回来。赵雨果说，你还是个女人？你这个嘴还是个嘴？你这个嘴该撕不该撕？

于明诚气得两手扶着墙，脱口说道，该撕！

楼下看热闹的立即附和道，该撕——该撕——童舞见状，不无怯懦地问赵雨果，谢苑是你老婆？是你妹妹？

赵雨果说，是什么都没关系，你只要再骂，我就撕——严惩不贷！

盛馆长愤愤地说，撕！再骂就撕！我批准了！有了责任我承担！文化馆里一点斯文也没有了！成了他妈的骂协啦！武协啦！

谢苑砰地关上门，趴在床上呜呜地哭，绵绵无绝。童舞也抽泣着跟李书记、盛馆长进了办公室。看热闹的人们发着种种的感慨各奔前程，有个小青年学着谢苑的腔说，你撕你自己的吧，你撕你自己的多方便呀！引出零落的笑声。

李书记和盛馆长给童舞谈了一阵子，先是严厉批评，后是婉言劝慰，表示一定会查清案情真相的。又先后找谢苑、赵雨果谈了话。两位领导一致认为，恶作剧绝非谢苑所为，也不是赵雨果所为，更不会是于明诚所为，近期跟童舞不睦的这几位都排除了，馆里的其他人员也都一个一个地筛了又筛，谁都不像是干那种事的人。两个人正伤脑筋，公安局来了两个刑侦员，说有关领导指示要你们尽快破案，加"巴"字的事已构成人身攻击罪。现场被破坏了，刑侦员拍照了一番，向书记、馆长了解了有关情况，找当事人童舞座谈了一会儿，就载笑载言散淡而去。

吃过早饭，童舞拜见了于明诚。她由衷地做了道歉，悔恨交加，泪光惨淡。她求于明诚为她算一卦，算算是谁改的牌子和门匾。她说在这个馆里，于明诚是她最敬仰和信赖的人。

于明诚说，算卦说到底是一种游戏，有时灵验是因为任何事物都有正反两个方面，其运动都有多种可能性与可行性，算卦要是全能灵验，一切科学岂不都成了多余？案子的事，只能依靠公安局。于明诚又说，昨天傍晚我刚刚为文化馆算了个宁静祥和的卦，你们俩就开了大战，我这卦还能算？臭卦臭卦。你还是依靠公安局。

童舞说，越是这种案子越难破，根本破不了，于老师我就求你这一次了，我绝对保密，你过去的卦灵验的也不少啊！

于明诚心软，经不住童舞可怜兮兮地哀求，只好为她算上一卦。他解释说，这是一个谁也想不到的人，因了拐弯抹角的关系，才向你放了一箭。九年后这人身患绝症，良心重现，主动向你坦白、认罪；你不仅原谅了他，还为他四处求医，治好了他的病，在县城成为一段佳话，在市里你还成了新闻人物。

童舞说，于老师像在写小说。

于明诚笑着说，我自己也觉得像写小说，信也好，不信也好。

童舞回家后又琢磨起于明诚的话，脑子里突然冒出了于大川，越想越是这个人干的。于大川几天不来文化馆，就是为了蒙蔽。她悄悄地给于大川所在的工厂打了个电话，才知道于大川两天前到四川为厂里索债去了。放下电话，童舞觉得她的猜忌太荒唐了，太对不起于明诚了。

童舞打上门来，赵雨果挺身而出，赵雨果也没想到这一举动结出一朵奇葩。那天谢苑长哭当歌，如淅沥秋雨，黯淡了日月，人们劝慰的话语堆成了山，却不能堵住她的泪腺。夜里十点，赵雨果来了，端来一碗奶色的鲫鱼汤和荷包蛋。赵雨果说，想不到你谢苑是这么懦弱，你谢苑不像一个有知识的人，而像一个乡间老妪。上帝给你谢苑一副肩膀，不是仅仅叫你当衣服架子，主要的是叫你承担重负；上帝给你谢苑一双耳朵，不是仅仅叫你听美妙的乐章，而是要你听各种各样的声音……谢苑，你真叫我失望！

赵雨果正要离开，谢苑止住哭泣，起身说，赵雨果，谢谢你。说着说着下意识地把手伸了过去，再见，赵雨果。赵雨果的手伸过去之后，两只手都神差鬼使地用起了力，直到把两个人拽到一块儿。一阵脉脉的拥吻之后，赵雨果惴惴地说我是不是在乘人之危？谢苑极力地摇着头，一个热吻堵上了他的嘴。他和她双双坠入爱河。他和她都说，他们是"毫无准备，不慎落水"的。

"大战"之后的童舞，不会善罢甘休。安排好店里的活，她白天以睡为主，夜里爬上她的小楼的顶上，监视着馆里那座灰楼，希冀改写牌子的她或他再度出山，她将一举抓获。熬过了几个夜晚，她全部的发现就是有人悄悄走进谢苑的宿舍，她辨得出那正是赵雨果的身影。某个夜半，她蹑手蹑脚上了灰楼。谢苑的房间漆黑而幽秘。她侧耳门上，努力分辨屋里的声音。听着听着，她怦然心动———一种微弱而又澎湃的声音幽幽送入她的耳中，她仿佛清晰地看见了一个健康男子和一个健康女子的共同创造。愤懑、悲凉、嫉妒……她曾想过大喊大叫，刹那间又粉碎了那样的念头，她不能干那种卑鄙下作的勾当……她心里只剩下悲凉了。在她就要寂然离去的那一刻，她无意中看到门鼻已被人上了锁。她幡然醒悟：上锁的人正是改写她的店牌和门匾的人！这是一把生了锈的旧锁，所幸只能挂上不能锁死。她小心翼翼地摘下锁，抬手放在门楣上。

回到她的小楼，她不寒而栗了。她像翻书一样把文化馆的人刷刷刷翻了一遍又一遍，翻不见挂锁人的一鳞半爪……她因此被折磨出一种说不出的疲惫，她想想世间一切都可恶，一切又都无聊。这样的情绪叫她想到了于明诚那一卦，她觉得日月在心，明净超然多了。她很快便睡熟了，却又被一个荒诞不经的噩梦惊醒：她不知怎么变成了一件褪色的服装，一会儿被人扔在路边，一会儿被人偷偷地塞进洞穴，一会儿被风刮到了树梢。她披衣而起，望着迷离的星空，晶莹的泪珠从眼里滚落不已。

次日，她向赵雨果讲了那把锁，也讲到于明诚算的那一卦。赵雨果握握童舞的手，笑得很是潇洒。他说，一个多么美丽动人的故事，一个多么幽默智慧的预言啊！

上午十点钟，几十位农民雄赳赳地进了文化馆。起初以为是农民进城看杂技或者古尸展览，后来见他们目不斜视穿过院子里的帐篷，一味往里挺进，人群里几个青年还莫名其妙地抬着一张折叠床，馆里的人才有了警惕。更叫人意想不到的是这帮农民径直到了文化馆的后院。放稳了折叠床，馆里的人才看见床上躺着一位身子扁平如饼的白发老人。老人似乎奄奄一息，一位大汉抱起老人的上身，让老人倚在他怀里。老人痰声漉漉，颤抖的手指着古井中说，就是它……就是它……

一个领头的中年人把手握成喇叭状，对着灰楼喊道，有当家的没？文化馆当家的呢？

文化馆的人早在一旁面面觑觑地站着，猜想他们肯定是为钱而来，但猜想不出他们扛什么旗号，找什么理由。盛馆长对李书记说，我真怯了，不是怕他们，是叫这几天的事情揉搓成面筋了！

李书记说，没事，你沉住气，在乡里我经的多了！提留，公粮，结扎，组与组之间，村与村之间……哪天少了闹事的，倒觉得尸位素餐对不起工资了……

领头的中年人有了火气，高声叫道，头呢？文化馆没头？是不是带着那三十万吃喝嫖赌去了？嗯——头呢？

盛馆长硬着头皮走过去，刚迈出一步就被李书记拉回来。李书记笑容可掬正要出面，却又被赵雨果拦住了，赵雨果说，实不相瞒，三十万是我炒出来的，我捅的漏洞我堵。李书记一把没拉住，赵雨果到了领头的中年人的面前。村长你好！赵雨果说，欢迎大家来这里指导，有什么事直说，咱们好商量，好商量。

中年人说，你别封官，我不是村长，我是作业组长，东关的。怎么称呼你？怎么才出来？是不是贪了昧心钱，心里觉病啦？

赵雨果笑道，我姓赵，是临时负责，一不贪，二不沾，不烟不酒，不嫖不赌，身体很好。组长，是不是叫大伙到会计室歇着去，有什么事要文化馆办，你就直说吧！我祖祖辈辈是农民，最敬佩的就是农民，最累的是咱们农民，最苦的是咱们农民，最厚道的是咱们农民……

赵馆长倒是农民的贴心人，组长说，你知道这些，事情就好办啦！三秋大忙就要到来，家里有一百件事等着。我们不上会计室了，也不能影响你们办公。组长对他的人说，大伙儿就在地上坐着歇会儿，小心别踩了人家的菜，别看人家是文化人，菜种得还真有些道道，凭这条看就和咱们心连心啦！

几十个农民在畦埂在井旁在墙根坐下。赵雨果特意吩咐于明诚、盛馆长、李书记等几个有年纪的提茶倒水，点火敬烟。农民们反倒不好意思了，怕敬不怕硬，敬得焦躁不安。赵雨果和组长也对面就地而坐。

组长说，赵馆长年轻，馆里的老同志恐怕也不知道——听说过去有个徐馆长，是他经办的。文化馆这块地原先是我们组的，一九五七年建馆征地，四十八块钱一亩，共征了四亩整，东西南北量直了，不包括古井那个小角在内，那个小角是八厘。后来你们拉围墙，一高兴把古井那个角拉进了你们院子里，组长指着那个角落说，赵馆长你看看，本来该是直角的，这不明明成了楔子——成了锐角？

赵雨果说，组长的意思是说古井那个角不属于文化馆？

没错，属于我们。组长走过去，扶着那位老人说，二爷爷，你看准啦？

老人气若游丝，手抖抖地指着，说道，这是……咱的……老人从怀里掏出一个发黑的信封，交给组长。老人说，这是……地契……地契……

赵雨果看了地契，方寸便乱了，额上的虚汗扑簌簌掉下来。地契上写得明明白白，文化馆征地的北边界在古井以南四尺。地契上有文化馆当年的椭圆形公章，也有徐馆长的私章。赵雨果把地契交给盛馆长、李书记、张会计、于明诚等人看了，都变了脸色。李书记低声说地界是最最最最棘手的事，这下倒霉了！张会计叫公安局来人吧！李书记说那样更糟。张会计说叫县委、政府出面？李书记说联合国来也没用，还是雨果去应付，看他们到底要个什么价。赵雨果说我这一会儿四肢乏力，又饿又累，不一定能撑得下来。

组长问，文化馆的同志都看清地契啦？

赵雨果说，组长，你把你们的意思说白了吧！

组长说，你是个痛快人。报上登你们一张拓片卖了三十万，电视上说三万，我们查清了，的确是三万。井属于我们，那块汉画像石是井里捞出来的，这个三万就不能属于你们，起码不能全属你们。我们想了两条路，赵馆长你选择选择。一条是你们每卖一次拓片，我们都要分一半的钱，另一条是一次性了结，把那个八厘的斜角卖给你们。

赵雨果说，组长，几十年前的事了，即使我们犯了罪，也早过了追诉期。再说，出土文物，一律属于国家。

组长说，赵馆长话不能这么说，别说几十年，几百年、几千年的事也有才平反的，你懂，这叫还历史的本来面目。既然文物属于国家，那就按第二条路，一次性了结，这对你们是最便宜的事，跟白捡差不多，因为这八厘的斜角不是一般。

赵雨果说，这八厘的斜角是个什么价？

组长说，现在县城里每亩地十五万，八厘就是一万二。文化部门穷，我们实在不忍心多要——真多要你赵馆长也没法，古井和像石都是无价的。

赵雨果说，一千二百元文化馆差不多还能拿出来，一万二吓不死我也能愁死我，卖拓片的三万，水费电费电话费，三样就花光了……这样吧，我先搞个民意测验，买还是不买。赵雨果转身找盛馆长、李书记商量。盛馆长哭丧着脸，气得胸脯一鼓一鼓，缄默不语。

李书记说，一万二真不能算漫天要价……侃，你给他侃去，侃就是砍，要有韧劲。

赵雨果对组长说，群众的意见是两千元，价高了我们就不买了，我们拆墙头还斜角。

组长哈哈大笑，笑着笑着脸色陡地一变，冷冷地说，赵馆长你少来这一套，我谅你没胆拆！你这一手是虚晃一枪，骗不了我们。这个斜角你们侵占了快四十年了，菜也种了，邪财也发了，旧账一笔勾销，我们够大度了，你却想要你自己的腿自己当家，想往哪儿走往哪儿走，跑了和尚跑不了庙！我们不骂不打，你们不是文化人吗？那就跟你文斗！组长对农民说，从现在起，开始静坐、绝食，除了二爷爷，任何人水滴也不准沾一沾！

文化馆的人上了楼，从后窗看得真真切切。农民都把茶杯倒扣在地上，茶壶也歪了，除了"二爷爷"不住地寻死觅活地咳痰，后院鸦雀无声，只一会儿，有的农民嘴唇就干涩了，只好用同样干涩的舌头舔了再舔。

赵雨果说，农民们破釜沉舟了，我的戏唱完了！我再也不冒充馆长了！

李书记怕局势愈来愈恶劣，征得盛馆长的同意，给高部长打通了电话。高部长一听就大光其火，训斥他们连这点应变能力也没有，指责他们看不出事情的严重性危害性，教育他们不要老是钱钱钱，提醒他们省里的领导正在县里搞调查研究，一切后果由他们承担！李书记请求高部长做具体指示，高部长说这还用问？答应农民的要求。李书记说碑亭的钱怎么办？高部长说以后再想法，当务之急是安抚农民，叫人家满意而归！

李书记、盛馆长相视一叹，把公章交给了会计，要他全权代理买下斜角，办得越快越好，那个奄奄一息的"二爷爷"万一在文化馆驾崩，大家只有逃亡了。

张会计问，只有一万建碑亭的钱，那个两千到哪里找？

李书记思忖道，你跟我一块儿找童舞！两人匆匆下了楼。

盛馆长在办公室徘徊了一阵，心一横，奋笔疾书，写好一份"辞呈"，拉起自行车送交文化局去了。

于大川从外地出差回来，未及进家，先来看望于明诚，宿舍门大敞着，空无一人。正是午饭时分，炊香和乐曲线绕着灰楼。于大川看了看父亲锅碗合一、瘪瘪巴巴的小铝盆，不由得潸然泪下。父亲吃的还是老一套，咸汤泡干馒头，咸汤只用菠菜、葱花烧成。所有的青菜都来自父亲的小菜园。于大川为父亲买过几次肉，谁知他"目中无肉"，明明在小菜橱上放着他却视而不见，待到嗅出腐臭味了，才惋惜地割碎了，埋在他的小菜园里沤作肥料。于大川看看他千里迢迢带来的火腿、板鸭，觉得又办了件蠢事，心里郁闷。不出于大川所料，于明诚就在后院，正守着那块汉画像石。于大川喊了几声，于明诚如遇路人，连一声应也没有，欲睡的迟滞僵老在面部。于大川又叫了几声，于明诚迟滞照旧。于大川拉起他，搀扶到了宿舍。于大川说，你走火入魔了？你的灵魂嵌到石头里了？你这个样子叫我怎么放心？你到我那个破家里住几天吧！散散心。你要不去，我就一头撞死在你屋里！于大川替于明诚简单地收拾了几件衣服，锁好房门，一手提了板鸭、火腿、旅行包，一手架着于明诚走了。一路上于明诚都是迟滞无语，宛如木偶。

于明诚走的第二天，李书记接到高部长的电话，市里有关领导对那块汉画像石很是珍爱，有意收藏拓片，请文化馆尽快拓两幅，文化馆可酌情收费。李书记犯了难，明白酌情的意味，觉得拓也不是，不拓好像更不是。独自到了后院，在像石前伫立，暗暗诅咒着，你这冤家石头，除了惹是生非，还有什么用处？说你价值连城你也真价值连城，说你分文不值你也真分文不值！如果说价值连城，不用全国，光是本市的重点文物，也能把全世界的城市都换过来；如果说分文不值，谁要是真把你毁了，无疑就触了律条。你他妈的才真叫一石激起千层浪……困难的时候李书记想到了盛馆长，一路犹豫着去了医院。

盛馆长交了辞呈之后，文化局和县委、政府有关领导陆续找他谈话，或晓之以公理，或动之以私情，文化馆的人也无一遗漏地恳求，盛馆长是开弓没有回头箭。高部长说，共产党的干部，叫你辞的时候，你不辞也得辞；不叫你辞的时候，你辞了也白辞。

盛馆长说，辞了不白辞，不辞白不辞。过了几天，盛馆长感觉头痛、晕眩、嗜睡、半个脸麻木，到医院一查，诊断为"暂时性脑缺血发作"，欲称"小中风"。

进了病房，见盛馆长正坐在床上看书，气色很好，李书记颇为宽慰，也有点儿怀疑盛馆长是否真有病。盛馆长谈兴极浓，他看的是冯梦龙的《笑史》，不等李书记开口，一气讲了四五个笑话，两个人都笑得酣畅淋漓。李书记不忍心破坏他的情绪，拓片的事怎么也说不出口，又听他讲了一个笑话，就告辞了。到了馆里，自己抓阄，一个是"拓"，一个是"不拓"，连抓三次都是"拓"。那就只好拓了，他自嘲地说，抓个"不拓"也没用。定下拓，自然想到于明诚，李书记决定亲自去请。走出文化馆大门，又改变了主意，于明诚身体、精神都不好，他不能干雪上加霜、火上浇油的事。

老强正和童舞在大门口闲聊，李书记彷徨间就把这件事说了。老强说，这活交给我吧！

老强说到做到，看上去也还熟练，一天拓一张，两天就完成了任务。拓片也是由老强送给高部长的，高部长要交钱，老强按李书记的嘱咐，对高部长说收费问题以后再定。

李书记刚算完了一桩心事，万万意料不到索取拓片的络绎而来，电话、信函、派员，有的是大道直取，有的是曲径通幽，日甚一日，夜以继日，竟成蜂拥之势。政界的李书记不愿得罪，新闻界的也不便得罪——曾闻企业界有"防火防盗防记者"之说，其他界别的也不好得罪———李书记想来想去，没有一个能得罪得起的。他原以为只要在乡里抓过计划生育，就天下无难事，此刻才觉得和拓片的事相比，可以说是稀松一把泥……他数了数老强列的索取拓片登记表，已经到了三十六。李书记突发奇想：三十六计，走为上策！

次日上午，李书记接到来自上海的加急电报：母病速来沪，李书记的母亲跟他在上海工作的弟弟生活，这是人所共知的。李书记拿着电报请了假，风风火火地起程了。

文化馆没了领导，能指挥老强的人反倒多了。县委、政府、文化局，大小是个官员或官员的派员，都直接找老强。老强只是唯唯诺诺，一天一张地拓，依职务大小逐一打发。张会计严细，不论谁拿走拓片，他都叫他们写下收条，叫经办人签名盖章。

赵雨果说，老强，要拓片的都是教唆犯，而你才是真正的凶手，你还是放下屠刀吧!

老强说,我顶不住呀!我是一棵小草,他们都是大风……大风起兮云飞扬,安得猛士兮守四方。我看文化馆的猛士非你莫属,你去顶吧!当仁不让赵雨果。

赵雨果说,也不妨一试,尘世中的各色人等,哪一类都不少,少的只有堂吉诃德。

吃过午饭,赵雨果进了谢苑的宿舍。赵雨果拿出肥肥大大两件白背心,用红墨水写了醒目的字。一件前胸写了"救救",后背写了"文物";一件前胸写了"文物",后背写了"救救"。谢苑不解其意,赵雨果说,这叫不飞则已,一飞冲天,不鸣则已,一鸣惊人。咱俩一人穿一件,在街上走几圈,然后一起到县委静坐请愿。

谢苑说,你这不是有病吗?

赵雨果说,这背心是童舞赞助的,连她都有这个觉悟。

谢苑说,你以为这样就能成功吗?

赵雨果说,我现在不考虑成功与否,我要的是这个举动——这是一个文化人起码的良知。

谢苑说,你不是说独善其身吗?

赵雨果说,对呀,我如果连个态度也没有,我的良心上就会结出一个肿瘤。所以说,独善其身和兼济天下在某种意义上说,也不矛盾。

谢苑说,我说不过你,反正我不去。

赵雨果说,谢苑,咱们的关系已经到了这一步,都成为对方的"不可替代的男人或不可替代的女人",但是,爱情绝不仅仅是优美的田园诗,价值观念——意志愿望的吻合是爱进入纯粹境界的重要因素。往往起初并不吻合,只要爱情存在,总会徐徐趋于一致,任何强迫都是对爱的亵渎和限制。谢苑,我只好自己去了,我带一块牌子,撑起另一件背心。赵雨果在谢苑脸上留下一个吻,穿上背心就要下楼。谢苑被感染了,风萧萧兮易水寒,这样的离别既悲且壮。谢苑叫他等等,她忙把那一件背心套在身上,紧追过去。

刚下楼走出十几步,就引得满院哗然。看古尸看杂技看录像的,都倾巢而出,围追堵截,弄得他俩步履维艰。这个喊"文物",那个喊"救救",也有说是演话剧的,也有说这叫旅行结婚的。有位小伙子曾目睹那次的大战，便学起谢苑的腔调——你撕你自己的吧，你撕你自己的多方便呀！谢苑一分一秒也坚持不下去了，拨开众人，踉踉跄跄跑回宿舍。赵雨果本来是有如入无人之境的气魄的，谢苑突然逃离，他骤然腿软了、心虚了。偷觑一下四周那灼灼的目光，猛地感觉自己像被扒得一丝不挂，如那具古尸一样，任人指点、戏弄。

进退维谷之际，于大川来文化馆给于明诚拿衣服，看个明白，他呵斥开众人，拉拉扯扯把赵雨果弄了回去。于大川说，你这样管×用？耍猴法？简直就是电影《乔老爷上轿》中的那个乔老爷？

谢苑正一条条地撕着背心，赵雨果进来了。谢苑撕得更凶。赵雨果抱住她，问道，你是撕的背心还是撕的谁？

谢苑说，想撕谁撕谁。

赵雨果又问，到底是谁？

谢苑说，谁都是，谁都不是！

赵雨果说，我明白你肯定是撕的我……

谢苑眼里泪汪汪的了，头埋进了赵雨果的怀里。两个人亲热了一会儿，赵雨果说，换一种形式；我们上书！如实上书！上书有关领导有关部门！

于大川心里有话憋不住，回到家里，把在馆里的所见所闻和盘托出讲给了于明诚。于明诚还是欲睡，默不作声。于大川见状，心中踏实多了。没想到了半夜，于明诚叫醒了儿子，脸上不再是木然与迟滞，那饱含激情的犀利的目光，令于大川望而生畏了，他首先揣测到的是回光返照……

翌日清晨，文化馆爆出一条新闻：汉画像石不翼而飞！到了下午，又一条新闻搅得县城沸沸扬扬：于明诚、于大川父子二人同时被公安部门传去，正隔离审查。于明诚说汉画像石是被他投入古井的，他要求依法对他严惩。于大川说汉画像石是他投进井里的，与他父亲毫不相干，他父亲手无缚鸡之力，怎么能弄动一块石头？他说他早就恨那块像石了，巴不得一个霹雳轰碎了它，巴不得叫外星人把它弄走……

赵雨果闻风而动，起草了一个请愿，请求县领导和有关部门对于明诚父子的行为做全面分析，强烈要求对他们宽大处理，不予刑事追究。赵雨果第一个签上名，继而是谢苑、张会计、童舞、老强……包括家属和上了学的孩子也都捺了手印。赵雨果最后到了医院。

盛馆长签过名后感慨万端地说，老于是孤注一掷、破釜沉舟了，可以肯定，老于是胜利者……好多事情都是这样，本来应该通过正常渠道自然而然地解决，哪怕是举手之劳，也要受这样那样的制约，把你挤到一条怪道、险道上，叫你绕尽了弯子，销蚀了心血，甚至心灰意冷行将就木，这才肯拨云见日……

赵雨果和张会计、老强三人拿着请愿书先到了文化局，邀了局长又去找高部长。高部长很生气地说，这个于老师是不是老糊涂了！高部长说着就抓起电话，和县里有关领导在电话上商量了一下，又给公安局打了电话商量，形成两条意见：第一，解铃还须系铃人，首要的是由于明诚做指导，请人把像石打捞上来；第二，尊重文化馆群众的意见，如果像石未遭损毁，打捞费用由于明诚父子支付，如有损毁，视损毁情况另做处理；第三，从即日起，停止拓印像石。

下午四点，古井上支起三脚架，安好倒链，于大川喝了二两酒下了井。正如人们所料，像石除了原来那一角再无损毁处——像石是用被子、褥子精心包裹起来的。

于明诚说，只要它能长期在井里，我宁可判个无期徒刑——哪里也不如井里安全呀！于明诚问众人，你们说实话，还有比井里更好的地方吗？

李书记从上海回来那天，省纪委调查组也到了县城。省纪委接到群众举报，高部长从文化馆拿走八张珍贵拓片，私自卖给外商，所得巨款全部侵吞。适值高部长在外地开会，李书记听到风声，感到事关重大，就关闭了办公室的门窗，给高部长挂长途。接到李书记的电话，高部长懒懒地一笑，说道，李书记，你这个电话纯属多余，杞人忧天……调查组找你，你实事求是地讲就是对得起组织、也对得起我了！

放下电话，李书记想，高部长真是固若金汤了，自己也真成了杞人了。正嘲笑着自己，县纪委来了电话通知，一小时后调查组找他谈话，要他在文化馆办公室等候。他思考着要涉及的几个重要细节。高部长拿走的那两张拓片现在何处，自然要由高部长自己解答；一级文物拓印问题，虽然国家有规定，各地执行起来也都有其灵活性，这充其量只能算个"软件"。高部长拿走两张拓片至今分文未交，不管什么理由，都是不对的，都可以上升为"硬件"。想想高部长对他本人的提携，对文化馆的关照，李书记觉得绝不可掉以轻心，忽略这个"硬件"。他想出一个补救措施，大步流星去了童舞的服装店。

他把童舞叫到一边，说道，请你帮个忙，借一千元。

童舞说，上次农民来，馆里买斜角，你和张会计找我，我愣也没愣就把两千元交出去了，正好抵了房租，我现在不欠馆里呀！

李书记说，你误会了，我个人借，有急用。

童舞见他迫不及待的样子，便问，什么事？你不说实话我就不借给你。

李书记看看手表，时不我待，又懂得童舞和高部长的交往，就实话实说，先替高部长补交一千元。

童舞沉吟少顷，说道，高部长叫你交的？

李书记说，没有没有。

童舞朗朗地笑了，李书记一眼就看出她笑得造作矫情，猜想必有文章。童舞说，我想高部长不会那么健忘，健忘的倒是我，为这个小店我忙得丢三落四。一周前高部长的爱人来我这里买衣服，就把钱捎来了，也还真是一千整。两张拓片能值多少钱？卖给外商当然是另一回事。高部长的爱人说是暂交这些，需要补的时候以后再补，并且再三嘱咐我马上转交到馆里，可我偏偏忘了！你今天不说，谁知道我猴年马月才能想起来？

李书记心里想，高部长有这么一位忠诚聪慧的美貌情人，造化，造化！

李书记把钱交给了张会计，做了一番解释，故意埋怨童舞丢三落四。张会计把账记入"暂存款"一栏，不用李书记吩咐，日期也记在了一周前。一切都天衣无缝了，李书记又给高部长拨通了电话。李书记说，这下我放心了，童舞太粗心了，你一周前叫夫人捎去的买拓片的一千元，她今天才想起来交……高部长一言不发，只在未了嗯了一下。

省纪委调查组在文化馆调查了一天，从领导到群众，一个个地谈，最后到医院找了盛馆长，又叫人接回于明诚。使调查组感到意外的是，文化馆一二十个人，对拓片的事讲得众口一词；一千元的暂交款虽然只有三个人谈到，而财会账目未必将每一项收支随时向群众公布；其他方面，比如涉及文物政策、价格等等问题，也很难说高部长触犯了什么。调查中，有不少人为高部长歌功颂德，赵雨果对调查组的人说，告状分好人告状和小人告状，这次就是小人告状。时下的风气，高部长这样的干部，绝对是并不多见的好干部。

高部长接到通知，提前从外地返回。他对调查组讲的与文化馆群众讲的毫无二致。调查组问及那两张拓片的下落，他说他本是干文化工作出身，这些年虽身居官场，收藏的爱好有增无减，那两张拓片完全是为了丰富个人收藏。高部长回家取回拓片，向调查组出示，如果组织上认为违纪，他就缴公，听候处理。调查组见了拓片，一切真相大白，所谓"八张拓片卖给外商，侵吞巨款"，概属诬陷不实之词，两张拓片的归属，尊重当地文化馆的意见。做出结论，调查组打道回府了。

黄昏时分，下起了小雨，街道上冷清下来。童舞叫她的两位服务员提前下班，她独自守着服装店，儿子童童到小朋友家玩去了。正是寂寞秋凉一怀愁绪，门口雨伞一合，高部长走进来。

能到楼上坐坐吗？高部长深情地说。

童舞摇摇头。

高部长大为惶惑，他从不曾见过童舞这般的冷淡，他只领受过她的热烈，她的柔情似水、风情万种。他问，出什么事了吗？

她说，一个平民百姓，能出什么事？

他恳切地说，能到楼上坐坐吗？

她说，为了你，也是为了我们大家，到此为止吧！过去的事，我绝无反悔，依旧珍惜，我把它存放在记忆里，作为最最美好的一部分——只有到此为止，它才是美好的，你没听说那句名言吗？真理前进一步就会变成谬误。

高部长惆怅良久，眼角湿了。门外闯来一句寒蝉的绝望，雨声瞬间滂沱。高部长叹息道，秋天来了，树叶黄了。一群大雁往南，一会儿排成了"一"字，一会儿排成个"人"字。高部长把预备好的一千元钱还给童舞，童舞也没有客气。高部长给童舞说有什么困难一定要找他，童舞说她个人没什么困难，只希望他对县里的文化工作多下些功夫。最后，两个人轻轻一握，高部长走了。高部长在秋雨中缓慢而沉稳地走着，一步一步走进了如释重负的熨帖里。

一周后，县财政局来了通知，建碑亭的第一笔款三千元已经拨出，第二笔七千元将在半月后拨出。文化馆里喜气洋洋，有的说多亏于明诚孤注一掷，有的说多亏盛馆长辞职，有的说多亏上书、请愿，有的说多亏高部长由文化馆发迹……最终归功于大家的共同努力，人人都是功臣。功劳不仅仅是建一个碑亭，而是证明文化工作已引起县领导的足够重视，从这点来看，意义是重大的，影响是深远的。管图书的说进书的日子就要到了，我们几年没进一本书啊！搞美术的说美术摄影展览也不再是遥遥无期了！谢苑说文化馆什么时候能有一架钢琴？哪怕最低档的……李书记说面包会有的，汽车会有的，该有的都会有的！

高部长亲临文化馆召开会议，商量建碑亭的事，李书记、于明诚、建委的设计师等六七个人参加。盛馆长出院多日，照旧"不理朝政"，自觉在前院当了一名清洁工。高部长向他声明不是开领导会议，他才同意以一个普通人员的身份出席。于明诚提出一个极有开创性的意见，他说古井历经数百载，自清以来的县志都有记载，堪称本县一大古迹，也应重点保护，况且像石出自古井，何不合而为———都在碑亭的庇护之下？于明诚的意见得到大家的赞赏，并商定像石立在井前一米处。高部长也提出一个极有建设性的意见，他说再修一块新碑，碑文除了记载这次建亭盛事，重点是介绍像石和古井，让子孙后代知道珍惜，从民族文化中汲取营养。高部长的意见同样得到大家的赞赏，并商定新碑建在碑亭前五米。谈及碑文，多数人建议由高部长撰文，这是代表县委、县政府的。高部长拒不接受，他说于明诚老师是唯一适合的人选。他陈述了一番理由，大家一致认同，于明诚本人也当仁不让。谈到碑文的书写，大家议论纷纷，推荐出了十多位省内书法界名流，也有说应由县里领导写的。高部长推了一位，既是书法家又是领导，这就是市委郭书记，郭书记的书法作品多次在市文联举办的书法大赛中获奖，人称获奖专业户。大家也觉得郭书记合适。最后又落实几个具体问题：一是这个工程由李书记马上抓；二是根据资金情况，工程分两期，先立碑，后建亭，二十五天之内全部竣工；三是于明诚今天就摆好碑文，交县里主要领导审读、修润，明天高部长亲自去市里，请郭书记挥笔书写；四是文化馆立即派人去山东嘉祥，选最好的石料，请最好的石刻艺人。

大约过了十天，像石和新碑就立起来了。新碑质地优良，郭书记的笔力也还可以，石刻的工艺也确是上乘。像石紧偎古井，有袅袅无绝的水烟，有正前方的哨兵似的新碑，像石与古井平添了许多威严与悠远，望上一眼，恍若走进历史的隧道，旷达超拔遐思无穷。这里真正成了县城的名胜，碑亭虽还未有踪影，每天都有一些人来观瞻了。

最为兴奋的就是于明诚了。白天连吃饭也端着碗厮守在像石的一侧，夜晚在那里踏着星光陶然吟哦。于明诚背也挺了，眼睛也明亮了，看上去减去了十岁。赵雨果说，包装还真管用，星星还是那个星星，月亮还是那个月亮，像石再不是那块像石，于先生再也不是那个于先生了。

县财政局拨的第二笔款已经到位，建亭工程开始进料，琉璃瓦、木材、水泥、油漆等无一不是精品、特优。半个月之内，一座古朴典雅、精妙大气的碑亭就要璨然而起。

这天，县委组织部知识分子工作室来了通知，组织县级专业技术拔尖人才到南方某地疗养，一路游览名胜。盛馆长和于明诚都是拔尖人才，他们对繁华都市毫无兴趣，对名山大川却情有独钟。于明诚还有些犹豫，一是怕身体不支，一是碑亭的事牵肠挂肚。组织部的同志说有最好的医生随团，万无一失。李书记劝他放心去疗养，回来后就能目睹碑亭的风采了，即便他在家，其实也帮不上什么忙。于明诚算了一卦，卦象显示大吉大利，家中事无不顺遂，出门后步步芳草。于明诚就和盛馆长联袂南行了。

天有不测风云，碑亭施工第一天，这个县西部的四个乡镇遭受了特大风暴。农作物大面积被毁，房屋倒塌、人畜伤亡情况严重。县委、县府紧急动员，要求县直机关全力救灾，文化馆只留下老强，连童舞的服装店也关了门。老强得了急性肾炎，需要卧床休息，用药治疗。碑亭工程丝毫没受影响。李书记吩咐老强，身体好些的时候，就往后院里转转。

文教卫生口包驻的灾区是受灾较轻的乡，也是最偏远的乡，离县城六十里。救灾指挥部规定，任何人不得请假回城。到了第七天，李书记实在放心不下碑亭的事，弄得舌焦口燥才请下半天假，飞起自行车赶回文化馆。到了后院，李书记心花怒放了——一座光彩绚丽的碑亭千呼万唤千折百磨终于傲岸而生！后院遍地辉煌了，后院的天空布满了彩虹……七八个民工做着最后的扫尾工作，为那四根圆柱涂最后一遍漆，为顶上的琉璃瓦再擦一次浮尘，为那一片土地铺上水泥，砌出小道……

刹那间，李书记脑子里划过一道闪电，身子也如同遭了雷击，四肢发抖，目瞪口呆，汗如泉涌——碑亭建错了！

这是做梦也想不到的事，是任何一位幻想大师、幽默大师也想象不出的事——碑亭建错了，碑亭并没有建在汉画像石和古井之上，而是阴差阳错地建在了那块于明诚撰文、郭书记书写的新碑上！碑亭建错了！

李书记质问民工，民工们不以为然，其中一位说这亭子建得是没说的，和图纸上设计的分毫不差，我们是高速优质，图纸上并没说建在哪块碑上，两块都是碑，建在哪里都叫碑亭。另一位说刚动土那天，高部长还来看过了一眼，什么也没说就走了，我多了个心眼，跟过去问高部长，我说碑亭当然是保护好碑？高部长说这还用问吗？碑亭当然是保护好碑的。

李书记气呼呼地说，你们没文化？一点点文化也没有？哪个是好碑认不出来？

一个工人说，我们当然没有你们的文化大，可是叫你说哪个是好碑？井上的那块，又旧又有残，在农村也就是个垒猪圈的料；这一块碑又新又好看，是县委、县政府立的，还刻着市里郭书记的大名，我们这些老百姓就看着这块碑好！打个比方，一床旧被子，一床新被子，你说保护哪一床？

李书记说，完了，完了，我给你们说不清了……你们就不能问细一些、问明白一些？

一位工人说，你叫我们去问谁？这七八天文化馆连个像样的人影都不见，光是几个孩子和老娘们来凑热闹，喝水都是我们自己上街提……

李书记两腿如灌了铅，差不多是匍匐着爬上二楼的。老强正在床上睡着，他的当护士的女儿刚给他挂上吊针。老强的妻子对李书记说，老强这几天又发高热了，老是说胡话，怪吓人的。

李书记在灾区没黑没白地工作，已是心力交瘁，再加上这次刺激，下楼的时候，眼一黑就栽倒了，额角碰出了血。老强的女儿叫来办古尸展览的人，把他送到了医院。医生说静脉注射，用大针管直接推葡萄糖注射液，再加维C等。针头往血管里一扎，李书记的眼角就湿了。医生说，没打过吊针？坚强些，坚强些嘛！李书记忽地想起了《红楼梦》里的一回，"薄命女偏逢薄命郎，葫芦僧判断葫芦案"，情不自禁地笑了。

文化馆像遇了白事，人人一副哭丧相。李书记下令把录像厅关了，古尸展览、杂技等也一律停下来，院子里难得有了墓场般的沉寂。

于明诚和盛馆长从南方疗养归来，家没进就满怀喜悦地直奔后院，只瞟了一眼，两个人都失声叫起来。先是于明诚心前区一痛，慢慢地蹲下，仰在地上了，接着盛馆长一阵眩晕，扶着墙坐下了。一个是心，一个是脑，文化馆的人对付这样的紧急情况有了经验，分别用了药，休息了一会儿就苏醒了。苏醒后的盛馆长和于明诚都成了酒徒。谁都知道这是心脑病人的大忌，可谁也劝阻不了。

盛馆长说，老于，咱俩南行前你那一卦怎么算的？你说出门步步芳草倒算对了，你说家中万事顺遂可恰恰反了！

于明诚窘迫地说，臭卦臭卦，那是我此生最后一卦了！

连日来，高部长和宣传部、文化局的领导都到了文化馆，做了些安抚。高部长又召开了一个小会，与会的还是上次那些人，外加建筑公司的一个技术员。一开会，李书记就要求给他处分。高部长说我们现在首要的任务是群策群力，采取补救措施，而不能心灰意冷、一蹶不振，追究责任，那是下一步的事。高部长说完，有人提出一种设想，碑亭建筑结构比较简单，能不能分解开，平移过去？建委和建筑公司的同志以严谨的论证否定了这种设想。另有一种设想是拆料重建。建委和建筑公司的同志说，一拆一建，就是两项费用，拆下来的料大半是废掉，这样算起来，比新建一座造价还高。有人提出另一种设想，庙不动和尚动——把新碑移出来，把像石移过去。于明诚思索了一会儿，他说不行，碑井一亭是天作之合；假设把像石移过去，新碑的位置要再往前推好远，本来应该紧凑和谐的布局弄得不伦不类，贻笑大方。到此为止，谁也提不出新的设想来了，会议室渐渐窒息了。盛馆长扼腕一叹说，癌，成了癌症了！

临散会，高部长说，还有一个办法，就是争取资金，再建一个更漂亮、更壮观的新碑亭！

盛馆长说，这个办法好是好，但是，争取资金谈何容易！不是画饼充饥，也是望梅止渴了！

高部长说，咱们努力吧，只要努力，没有什么事不能办到！

事隔五天，市委郭书记到灾区检查工作，返回时经过县城，挤出几分钟去文化馆观瞻那方大名鼎鼎的汉画像石。郭书记望着像石望着古井慨叹许久，手抚着像石残缺的那一角，连连说可惜可惜，再往下一点，就伤着女娲的头部了！郭书记又去看由他书写的那块新碑，嘴里谦虚地说涂鸦涂鸦，心里说刻到碑上更见效果。正私下陶醉着，猛然想到碑亭，勃然大怒，对着陪同他的县里的头头嚷开了，你们有没有文化？你们懂不懂文化？你们这叫……张冠李戴！鸠占鹊巢！张冠李戴！鸠占鹊巢！这件事你们要立即追查，严肃处理，要立即纠正，绝不能容忍张冠李戴，鸠占鹊巢！

郭书记走后第九天，也恰巧是阴历的八月十五，县文化局下达了《关于李××等同志职务任免的通知》，全文为：经研究并报请县委组织部、县人事局批准，免去李××同志文化馆党支部书记职务，于五日之内到组织部报到听候安排；同意盛××同志辞去文化馆馆长职务的请求，保留行政科级待遇；任命强××同志、赵雨果同志为文化馆副馆长；文化馆党支部书记、馆长，将另作选派。

如此重大的人事变动，要在其他单位，也许会闹出什么风波，引出什么骚动，三月半载难以平复。文化馆不，文化馆的人好像曾经沧海，谁上谁下都会泰然处之。天有阴晴，月有圆缺，阴晴都是天，圆缺都是月；文化馆永远是文化馆，文化馆只能是文化馆，文化馆甘心做文化馆。通知中涉及的几位，自然比别人多了点心情，多了点话语。盛馆长神采奕奕，他说他多年的愿望实现了，从现在起，他靠近了自然的人，他的生活发生了质的飞跃。李书记说他本是混官场的，最初绝不想在文化馆待下去，现在叫他走了，他又真心实意地不想走了，他留恋文化馆，和文化馆的同志们有了深厚的感情，他说文化部门才是最重要的部门。盛馆长说你还是服从分配吧，塞翁失马，焉知非福！新任命的副馆长老强说我要找组织反映，李书记不能走，盛馆长不能下，老强不能上——我姓强的何才何德？另一新任命的副馆长赵雨果放怀大笑，他说只要不枪毙我，我就不会当！叫谁当我都没意见，唯独叫我当我有意见，叫我当才真叫张冠李戴、鸠占鹊巢。

泰然并非无情。有人提出，今天是中秋节，晚上大家在一块圆月吧，明年大概就月是人非了。人们无不热烈响应，也都生发出浅浅的离愁别绪。

月亮升起来了。文化馆的人没见过这么动人的月亮，明镜似的悬挂在静谧的天空，月影中那棵饱经沧桑的老树默默婆娑着，给世人以永远的憧憬；那位多愁善感的女子正翩翩而舞，以她晶莹无瑕的香魂给世人无尽的温情。皎皎的月华是在树影的婆娑和女子的舞动中向世间流泻的，时浓时淡，时急时缓，时静时动，时沉时浮，将世间梳洗得明丽剔透而又如梦如幻。

文化馆的人聚会在后院。孩子们不乐意与大人为伍，吃饱喝足便去做种种的游戏去了，碑亭里坐着几个恬静交谈的中年妇女，石头一般沉默的于明诚靠着那块像石，其余的人都在那一片新铺的水泥地上坐成一个圆。人们各自从家中提来最好的月饼，拿来最好的烟、酒，端来最好的菜。良辰美景，老朋新友，觥筹交错，宠辱皆忘，文化馆俨然成了桃花源。

酒喝到一半，高部长来了，以一个在文化馆工作过的老同志的身份参加这里的聚会，使人们的情绪掀起一个新的高潮。高部长表现得慷慨豪爽，一一给人们敬酒，他自己也陪着喝，接连下去十几杯。微醉之际，他说，我是来向文化馆的老领导、老师、朋友告别的，下午五点我才接到调离通知，明天一早去市里报到。感谢大家对我的帮助……希望今后继续帮助、支持，我又回到文化战线上来了，新的职务是市文化局副局长……

高部长的话使飘飘欲仙的人们一下坠落尘埃。略知仕途的都明白，这种平调其实是被"贬"了。片刻的沉寂之后，人们向高部长表示祝贺，又喝了一通五味俱全的祝贺酒，话题也斑斓了，人生，命运，事业……谈到文化，人们总结说，文化人干什么都难，文化人什么时候都难，文化人的价值就是通过难来实现的，离开了难，文化人就完了！

一直缄默的于明诚说，如果有来世，我还选择现在这个职业，九死九生，矢志不渝！

于明诚的话极富感召力，第一个站起来的是赵雨果，他宣誓一般重复着于明诚的话。继而，盛馆长、谢苑、童舞……都对来世做了最赤诚的承诺，一股英烈之气浩荡开来。碑亭上的几位中年妇女感情脆弱，不忍听他们再谈这些了，提议大家说些高兴的事，唱唱跳跳，欢度佳节。

有人点了谢苑的名，谢苑唱了《枉凝眉》《友谊地久天长》，又带领大家一起唱《长亭送别》。又有人点童舞的名，童舞跑回家穿戴好，一只雪白的天鹅出现在人们面前。谢苑也跑回去拿来小提琴，为童舞伴奏——在优雅的旋律和流动的音乐中，一只美丽的白天鹅忧伤地飘浮着，她知道她已在垂危之中了。正是那期待的月亮，那深情的浩渺的天空，那热切的无声的呼唤，给了她勇气。她不屈不挠地立起脚尖，试图重新振动翅膀，飞向抒写生命的天宇。然而，她终究体力衰竭，跪了下来，合上了双眼……音乐和舞蹈水乳交融，白天鹅对崇高的追求，白天鹅以死亡对生命的永恒的歌颂，赢得了人们的喝彩。

　　童舞在表演白天鹅跪下的那一瞬，头晕目眩，一下撞在地上，谢苑抢过去把她扶起来。她抱住谢苑哭了。

　　盛馆长提来收录机，放起了舞曲。碑亭上的几个妇女也进了舞场。高部长走到童舞面前，伸手邀请，童舞稍作迟疑，把手送了上去。

　　人们跳了一个多小时，才看到于明诚还是孤独一个倚着像石坐着，分明一尊石刻。李书记喊他学一学跳舞，谢苑也去邀他，他动也不动，应也不应。赵雨果心存疑虑，过去看了看，猛然顿足大哭，仰天叫道，于老师……入境了……

乡村情感

张宇

一

我是乡下放进城里来的一只风筝，飘来飘去已经二十年，线绳儿还系在老家的房梁上。在城里由于夹紧着尾巴做人，二十年前的红薯屁还没有放干净。脸上贴一种纸花般的假笑，也学会对别人说你好和谢谢，但是总觉得骨子眼里还是个乡下人。清早刷牙晚上洗脚时，总盼望有人能发现，证明我已经刷过牙和洗过脚。

城里的街道很宽，总觉得这是别人的路，没有自己下脚的地方。往前走时感觉不到在走，总觉得是挤。好不容易挤过去，还要再挤回来。日月就这么重复着，把人的生命放在洗衣机里来回搅。只有风低低地吹过来时，才能追着风吻到那遥远的山坡和亲密的乡村，还有那温暖的黄土泥屋。

我常常有一种感觉，总会有那么一天，城里人把我看够玩腻了，就会把我赶出去。那时候我就回到乡下去，嫩牛拖犁耙，打着牛屁股，去翻起父亲们翻过的泥土。每逢集日掂半篮鸡蛋到街里去换回盐和火柴。养一棵桐树，将来给自己打棺材。可惜麦生伯害癌症死了，不然就可以跟着他学木匠，打棺材时不用请人。

不知为什么，当初爹和麦生伯在城里放着官不做，又没有犯错误，却跑回山里当庄稼人。有时候就想，如果父母把我生在城里，我对这个世界，就会是另一种感觉。我问过多次，他们都不说，好像这是他们两个人的秘密，和别人不发生关系。时间长了，使你觉得他们就没有过去，只有眼前的日月。

麦生伯姓郑，住郑家疙瘩，离我们张家湾不远，中间隔一道坡，流一条河。山坡上的树被人们一代又一代砍净了，露着肉的荒坡上只盘着些曲曲弯弯的小道，像黄牛身上缠绕着的鞭痕。小河从深山里流出来，走过一个又一个村庄，摇摇摆摆流进前边的洛河；进黄河，奔大海，像人来自大地又回到大地那样曲折和坎坷。

虽然不一个村，麦生伯常来，爹也常去，经常坐在一块拉家常排闲话。说说庄稼，也说说家里养的牛和猪。有时高兴，爹从墙上取下大弦，扯着长长的弓，摇头晃脑使劲地锯，麦生伯就伸长脖子吼叫起来。麦生伯的脖子长，唱起来又滚出几条很粗的筋，使我觉得他是在用脖子唱。有时候心烦，他们一声不吭，只对着抽旱烟；岁月在他们烟锅里一点点燃烧为灰烬，然后举起来往鞋底一磕，就什么都没有了。

> 和成的面像石头蛋，
> 放在面板上按几按。
> 擀杖擀成一大片，
> 用刀一切切成线，
> 下到锅里团团转，
> 舀到碗里是莲花瓣，
> 生葱，烂蒜，
> 姜末，胡椒面，
> 再放几撮芝麻盐儿，
> 这就是咱山里人的面条饭。

在他们所有的唱段里，我喜欢这段面条饭。如果去说，这段唱里什么道理都没有；如果去听，这段唱里则好像什么意思都有。那扯开的腔里展开着庄稼人走过的长长的路，那曲曲弯弯的弦声里诉说着山里人坎坷不平的人生。说不明白是生活进入了音乐，还是音乐飘进了生活。

他们唱，我跟着学，总唱不出那股味道。小时候常怪自己嗓子细，不明白是由于心里还没有悲凉的苦楚。

除了听他们唱戏，还喜欢麦生伯带我上野地里玩。我们走进坟地，把狼从坟地赶出来，看着狼大摇大摆从我们面前走过去，我就对着狼吆喝：

> 日头落，
> 狼下坡，
> 逮住小子当蒸馍，
> 逮住闺女当汤喝。

手里还提着麦生伯给我做的木头手枪。有麦生伯在身边，我什么都不怕。只是奇怪，既然有人，为什么还要有狼呢？那时候还不知道怕人，只知道怕狼。

麦生伯指着狼对我说不要怕，狼有吃人的心，没有吃人的胆；豹有吃人的胆，没有吃人的心。我问麦生伯，狼为什么想吃人又不敢，豹子为什么敢吃人又不想。麦生伯笑笑说，这些道理等你长大了才能明白。其实到如今我也不明白，只是不去追问这些话罢了。

孩子们不明白的事情还少，总想追问，大人们不明白的事情太多，也就不去追问了。不去追问，把一些话放在心里埋起来，这恐怕就是大人和孩子的区别了。

二

麦生伯发现自己害了癌症是那年秋后。麦生伯吃饭老往外吐，爹心里邪，害怕出事儿，就逼着他上县医院检查。这之前麦生伯的儿子小龙已经和我妹妹秀春订了婚，两家人亲上加亲，和一家人一样。起初麦生伯还高低不去，爹发了脾气，才逼着他上了车。

在县医院做胃镜检查时，爹在外边等。爹后来说麦生伯一进那黑屋里，他忽然两腿发软，浑身冒汗，就知道这病不会有好结果。因为在我爷爷奶奶死前，爹都有过这种奇怪的感觉，一下就双腿发软心惊肉跳，满脸出冷汗；爹解释不了这感觉的道理，只是有这种感觉。

麦生伯走进那黑屋里，什么也看不见，定睛一会儿，才稳住了神儿。先喝下那白糊糊的药，等了一会儿，才脱去衣裳给检查。检查完了后又到几个诊室去折腾。折腾完了，赶他出来，爹脸上的冷汗还没有落下去。

医生把门打开一条窄窄的缝，叫："谁是郑麦生的家属？"

爹站起来说："我。"

医生说："进来吧。"

爹先挤进了那门缝儿，麦生伯也要跟进去，被医生谢绝了。医生顺手碰上门，那门板差点碰上麦生伯的额头。

医生看着爹的打扮，在里边又显得很严肃很郑重地问："你叫啥？"

"我叫张树声。"

"你和郑麦生啥关系？"

"他是我哥，我是他兄弟。"

"你姓张，他姓郑，怎么是兄弟？"

"大夫有啥你尽量说，我们和亲兄弟一样，我能当住他的家儿。"

"唉，"医生说，"根据目前情况看已是胃癌晚期，回去准备后事吧。"

爹接过那几张检验单，像接过一块砖头那么沉重，久久说不出话来。医生又劝他：

"别难过，不要告诉病人，影响病人情绪。"

爹点点头，又把那几张检查结果的单子放回桌子上。他没有勇气把这些单子带回家。但是奇怪，浑身的汗落了，心里冰凉冰凉，他知道麦生伯走到了路尽头。

不过，爹一辈子经历的事太多，知道在这个世界上，好人并不一定有好报，老天爷并不公平；既然认定是癌，也就冷静下来。在黑屋待了一会儿，出门时已经是满脸笑容。他拉住麦生伯的手就走，像什么事儿没发生一样，走出医院就轻松地说说笑笑起来。

"他妈的，真是虚惊一场。"爹哈哈笑着说，"我怕是癌，原来是啥胃炎消化不良。"

"日他妈我想着就是消化不良。"麦生伯也笑了，"人吃五谷杂粮，还能不出点毛病？"

他们两个说着，走到县城大街上。看着大街上车水马龙，爹忽然觉得心里难受。麦生伯是条硬汉子，瞒着他，太看不起他。再说，能瞒到啥时候？总会有一天他要知道的。说明了，又不忍心。于是，就站下来，看着麦生伯的脸，心里没了主意。

"你看着我干啥？不认得？"

"唉，麦生哥，我看他妈的给你实说了吧，反正你这老家伙啥都能看得开。咱这病刚才大夫说了，可不是胃炎消化不良。"

"是啥？"

"是癌。"

"狗日的你这老家伙还想瞒我，大夫叫你进去我就看出来了，你不说我也知道了。"

"咋？你在门外偷听了？"

"那还用说！"

两个人都哈哈大笑起来。爹然后满不在乎地说：

"癌也没啥了不起，又不是翻人家墙头偷人家大闺女小媳妇，害病不丢人。"

"有啥了不起？"麦生伯也笑着说，"这病别人能害，咱也能害，反正不害这病害那病，都是死。"

"反正不能长生不老。"

"不是是啥！"

"打土匪时死了那么多弟兄，还不都是二三十岁？叫我说，麦生哥，咱又活了这几十年，已经是便宜了。"

"不是是啥！"

爹突然心里一热："咋弄，去哪儿？"

麦生伯说："你说上哪儿就上哪儿。"

爹说："上酒馆，喝一杯！"

麦生伯一拍大腿乐了："他奶奶的，喝一杯！"

两人进了酒馆，要了四盘菜一瓶白酒，喝了个痛快……

从县里回来，麦生伯一个月后就躺倒了，一躺倒，再没有起来。一个人的命就像树叶那么轻，风一吹霜一打，说黄就黄，说卷就卷，说落就落了。

人一死，什么都没有了。

只有风低低地吹过世界。

三

那年我们家修房子，麦生伯身体还强壮，跑来做泥水匠。我从城里赶回去帮工，因为修房子在我们老家是件大事情。

我们那山里人，一生就三件大事：修房子、娶媳妇、生孩子。这就是我们山里人的全部的事业和辉煌的前程。他们不知道也不去想还有别的什么，只为了这些脸朝黄土背朝天，土里刨食，一代又一代。

我们家乡的房屋分两类：瓦房和草房，很少有窑洞。但全都是黄土泥墙，站在山坡上去望我们的村庄，就像一群黄牛卧在那里晒太阳。不断有山风吹歪一股股炊烟，就像黄牛们举起来的尾巴。

房墙大都由土坯先垒起来，外边再抹上黄泥。黄泥里拌有麦草，它们是泥墙的筋肌，手挽手把着不让风雨吹打进去。常年的雨水洗干净麦草的脸，天晴时麦草上便反射出金灿灿的阳光。

这种墙的好处是可以更换，屋宇用木柱架起来撑着，墙倒屋不塌，过许多年，人们闲下来时，就把老墙扒掉，当肥料送进田里去养庄稼。这种肥料叫壮土，劲道很大，在肥料中算上品。然后再用新土做成新墙，十分方便，又给人一种新房的感觉。

不知为什么，在我们家乡，庄稼人极少用砖做墙，过去的大地主富户也只用砖做个墙腿以显排场，都不肯一砖到底，只有一些老庙宇例外。这些神仙住的地方才完全用砖做墙，而且一砖到顶不见黄泥，和庄稼人住的黄泥墙屋形成鲜明的对比。好像只有神仙才能脱离土地，飘出人间飞上天空。爹和麦生伯都对我讲过，这是老辈人的古训，人是土物，离不开土。如果细细去追踪，这话里好像有些什么神秘的启示，在深深地揭示着人和土地之间一种生命的联系。这个联系从现实世界到精神世界，无处不有，能使人联想到漫无边际。

不过在家乡时，并没有觉得住那土屋有什么好处，除了比城里的房子多一些老鼠洞，并没有别的优点。一直到在城里住了许多年后，才逐渐体验到那黄土泥屋的温暖。具体说，那只是心灵上一种温暖的感觉，住在家乡那黄土泥屋里永远有一种躺在母亲怀抱里的安全和幸福，而且这感觉是住在城市的楼房里体验不出来的。于是每每从城里远远地返回那乡村，走进那黄土泥屋，就像一个大人又回到婴儿的世界。在这里见人不用说你好和谢谢，谁要感谢谁，见面不用说好听话。这就使我在城里活得很累，我害怕城里人。

我小时候怕狼，现在害怕城里人。

麦生伯给我们家干活不要工钱，又特别卖力气。每天早早上架子，吃饭时才下来。撒尿时就解开裤裆掏出家伙，往墙上滋，好像满世界就他一个人。

那时候他已经死了老伴，里里外外一个人，经常吃不上应时饭。妈妈心细，每顿饭都给他碗底卧一个鸡蛋，想补补他的身子。爹让我每天都给他衣袋里塞包烟，让他随便抽。而他并不常抽，却喜欢把纸烟像旗帜一样夹在耳根。他还把抽剩的烟屁股留着，剥去外边的纸，把烟末装进旱烟锅里。他在替我们家节省，他知道这纸烟都是用钱买来的，而钱又是用汗水换来的，能省一点是一点。庄稼人就这样，啥时候都是细水长流过日月。

那几天活儿紧，人累，但夜里全不急着去睡，一定要聚在一块排闲话。因为我从城里回来，麦生伯想听我说外边的事情，晚上也不回郑家疙瘩，就住在俺家。排闲话时，爹爱坐在木圈椅里，脚蹬住桌边儿。麦生伯爱躺在床上，扛着被卷儿，把一双臭脚蹬在木圈椅的靠背上，差一点就放在我爹的肩膀上。只有点烟时才起身，把旱烟锅对住灯头儿，把灯头火吸得一会儿倒下去，一会儿又站起来。

"娃子，"麦生伯有天夜里忽然问我，"你说，咱中国老富不起来，这是他妈的啥问题？"

"中国地大，人多呗。"我说。

麦生伯重新躺下去后，自己讲起来："闹土改斗地主时，咱们去发动人家，就说咱们共产党是为穷人服务的。现在还这么说，还说是为人民服务的，咱共产党是人民的服务员。可要是咱共产党的干部比群众吃得好穿得好，群众咋会相信咱？不相信，就不能上下一条心，不一条心，就搞不上去。"

爹说："可是总要有人去当官儿。没有官儿，就没有人管；没有人管，天下不就乱了？"

"可是谁来管这些当官的？"麦生伯说，"有些官要是不好好服务时，咱老百姓管不住他们，时间一长，不就生外心只为自己不为国家了？所以我还是那句老话，咱们的官儿，是凭良心官儿。"

爹说："一定要想个办法，让群众一发烧当官的就头疼，群众一肚子疼当官儿的就拉稀屎，这才能心连着心命连着命。这个社会主义搞好了，保险能搞过资本主义。"

麦生伯叹口气说："唉，这个办法可不好想。咱老两个想了几十年，还在这原地转圈圈儿。"

我这才明白，他们这些年来想得很苦，虽然脱离革命队伍回家当了庄稼人，却并没有停止过思考。

麦生伯那晚上的话一字一句如一块块石头压在我心上，直到他死后，也没能够放下来。虽然这些话很家常，我却知道这里边的深刻内容。我不知道什么时候才能去到麦生伯的坟地，对他说您安息吧，您想了一辈子的问题，现在解决了。

太阳每天都从东方挺灿烂地升起来，每次都放射出万道金光一样，难道这一天很遥远很遥远吗？

四

证实自己是癌症后，麦生伯不让爹对外人说出去，他说还有些事情要办。回家以后，先放倒家里那棵桐树，亲自拉锯，把这棵桐树解成二寸厚七尺长的棺材板。然后又用麦糠火把木板烘干，这时候他觉得自己没了力气，翻动那棺材板时已经张口喘气头上冒汗。他知道自己没有劲把棺材做成了，才买来二斤点心，去请来木匠。匠人们一上工，乡亲们才明白这是为什么了。

他本来准备亲手把棺材做好，他知道自己个头多高，怎么样躺进去舒服。再者做棺材要花不少钱，他不想再多浪费。给别人做了多少棺材，给自己做个棺材不算什么，要不了几天工夫。怎奈实在是力不从心，才请了人。等到做棺材的匠人们开工以后，麦生伯便浑身像软面条一样倒了下去，再也站不起来了。开始还多少能喝点稀汤，慢慢地越来越吃喝不进去了。

麦生伯早早死了老伴，儿子郑小龙才二十二岁，和我妹妹秀春还没有结婚，没过门的媳妇不能常住在婆家侍候公爹。白天去干点活，夜里还要赶回俺张家湾住，住在郑家别人要说闲话。在山里，名誉是女人的命，比什么都要紧：爹每天下午都在山坡下等，一直到太阳落山后，看见山坡上秀春的影子，才放心地回家来。

这样，病人家就没有女人料理，只好亏了麦生伯的妹妹郑麦花，放下婆家的一摊子，住回娘家来侍候哥哥。按乡俗称呼，我们这晚辈人都叫她麦花姑。

麦花姑已经五十岁了，老实人一个，虽然手脚并不精巧和麻利，心肠极好。每日洗洗涮涮，一边侍候哥哥，一边给做棺材的匠人们做饭。还要张罗着给哥哥缝制老衣，里里外外忙得团团转。她不怕忙，亲兄妹吃一个奶吊大，爹娘下世早，基本上是哥哥把她拉扯成人。老嫂比母，长兄比父，她最敬最亲哥哥。但使她难受的是自己心眼太实，拐不过弯儿，从小哥哥只待她好，侍候她吃喝，却不怎么和她说话。如今哥哥躺在床上，眼看着一天不如一天，死在眼皮子上了，总是唉声叹气明显有心事放不下，她就是问不出来。为此她伤心极了。

这时候她又坐在床边，慢声细语给哥哥说话。

"哥，棺材在原来生产队的场房里做，那里地场大，宽展，啥都能拉得开。"

"我知道，我去看的地方我知道。"

"匠人们可卖力气，还刻了木花，前边刻龙，后边刻凤。老师傅说解放时跟着你打土压拉锯，还是你的兵。"

"我知道，我什么都知道，我也听见斧头响了。"

"哥，你放心，老衣也在缝。七件，咱小龙孝顺，还给你买了件军大衣。嫂子们还在枕头顶上给你绣花，一头绣着日头和云彩，一头绣着月亮和星星，是地道的阴阳枕。"

"尿——这些鸡毛蒜皮事，你认真干啥？"

"哥，我们都想好了，等你百年之后，无论如何也要把俺嫂子的骨头起出来，给你们合葬。"

"唉，你都操这些闲心弄啥？人死如灯灭，合葬不合葬，有什么要紧，费那工夫干啥？"

"哥，你到底有啥心事，也说出来给妹子听听。妹子再没有能耐，也总还有心。你啥也不说，我知道你想啥？"

麦生伯有点不耐烦了，闭上眼睛，不再搭理自己的妹妹。好一会儿沉默，他才摆摆手说："饭不是做好了吗？做好了给匠人们送饭去吧。我啥心事也没有，你也别再胡思乱想了。你一辈子没心秤，能知道点啥。"

郑麦花看着哥哥心烦，连忙抹一把泪退出来，收拾好饭篮，提着去给匠人们送饭。

已经是初冬，西北风像小刀子一样往身上刮。村里人闲下来，不少庄稼汉袖着手缩着脖子夹着膀子在背风处晒太阳。牛吃饱了草，被牵出来拴在小树上，几头牛卧在地上慢慢地拍着那宽大的嘴巴一点点往外倒沫，一边倒沫一边悠闲地卷起尾巴在空中缭绕。

场房屋在村边上，过去生产队红火时这里极热闹，又是粮库又是开会的地点，差一点就是政治经济文化中心了。现在那破墙上还留着文化大革命时的毛主席像，造反派写的标语。不过墙已经老了，伤痕累累已经破败，这场房屋便像过去的一团影子飘在这里。现在闲下来没有用场，人们常借来做活用，麦生伯的棺材就在这儿做。

匠人一共三个，老师傅带两个小徒弟。棺身棺盖已具规模，两个小徒弟正用细刨子刨光打磨，准备上漆。老师傅正手握雕刀一心一意地刻花，老花镜滑落在鼻尖上。

老师傅旁边有一堆火，一来用它取暖，俗话说屁暖床烟暖房，人坐在火边心不凉；二来用它温胶，几块石头架着一只胶锅，胶锅里有一把胶刷，是那种用竹笋叶捆起来砸碎的胶刷，过胶后黄亮透明。郑麦花提着饭篮进来时，都正在用心做活。老木匠只翻眼看了看，没有说话，好像吃饭这些事目前不大重要，他的一颗心都在刀尖上。

郑麦花把饭打在碗里，屋里便飘起油葱花的香味儿。她双手端给老木匠，老木匠这才接住饭碗。郑麦花又要给两个小徒弟打饭，被老木匠拦住了。

"麦花，你也坐下歇会腿，叫他们自己弄。"

等着木匠们用心地吃饭，郑麦花不由得看着棺材心里难受，忍不住又说："活做好些，活做细些，可怜我哥受了一辈子罪，让你们受累了。"

这话，郑麦花不知说多少遍了。老木匠听见，认真地点点头，吃完饭他抹把嘴后，才忽然对郑麦花说："有一点可要说清楚，我这回做活可是破了规矩，在这棺材头的龙身后刻了一面红旗。麦生兄弟当过我们连长，我想这么刻。不管你们家同意不同意，我都这么刻了。"

老木匠说完眼潮潮的，痴痴地看自己刻的那面红旗，去看那红旗上飞舞腾跃的龙……

郑麦花连忙答应下来："好，好。其实我啥规矩都不懂，只要你看着好，就好。"

她真的许多事情都不明白，她只知道吃饭干活，给男人过光景。但她知道哥哥的为人，庄稼人看得起她，常常说这就是郑麦生的妹子。老木匠的几句话，使她又一次为有这样受人尊敬的兄长而骄傲；又一次感到可亲可敬的兄长就要死了，天就要塌下来了。

郑麦花低着头走在村路上，村路弯弯，像牛绳一样缠来绕去，拴住了一个又一个黄土泥屋。

五

郑麦花送饭回来，走进院门，远远看见小龙站在病人的屋外边。郑麦花走过去。郑小龙连忙拦住她，对她又打手势又摇头，不让她往里闯。她不知道发生了什么事，一直往里走，郑小龙只好拉她过来，悄悄对她说，麦旺叔来了，在这里屋与爹说话呢。她才停下脚步，姑侄两个默默站在门外，听着里边的动静。郑麦旺是村长，他们多么希望村长能打开病人的心扉，让亲人们心安。

屋里边，郑麦旺已经坐在床边，拉了拉病人的手，又把这软塌塌的手放进被窝里，点着烟，一边抽一边往外一串串掏垫肠子话。

"麦生哥，"郑麦旺说，"你也六十开外的人了，啥事心都要想开点儿，人生在世就这么回事儿，早晚都有这一回。谁也躲不过，你说是不是？"

"麦旺兄弟，你放心，人活七十古来稀，啥道理我都明白，没有啥。"

"麦生哥，说起来我是村长，在办官事儿。可是当初是你介绍我入党的，其实关住屋门，咱说家里话，咱还是姓郑一家人，你是我哥，我是你兄弟。咱今个儿说说，我麦旺啥时候不听你麦生哥的？"

"说这叫啥，该咋是咋。"

"麦生哥，办官事儿我有点私心，有几场事为占便宜弄得不美气，哪一回你训我都像训牲口一样，我哪回给你记过仇？到头来还不是乖乖听你的，连个屁也不放。所以我说，你有啥心事不方便给家里人说，给兄弟我说说，不能让一家人干着急呀。"

郑麦生两眼看着黄土泥墙，不接他的话。

"麦生哥，咱麦花妹子人虽老实不会花言巧语，是个没嘴葫芦，心肠好呀。我看侍候得你也不赖，端吃端喝端屎端尿，也尽了心。咱小龙虽没成家，还是个娃娃，我看给你请大夫办老衣，料理起事情，比个大人还懂事儿。你也该知足。人活一辈子啥叫值，我看这就叫值。走在人前有人敬，走在人后有人想。公道不公道，打个颠倒，麦生哥，你说是不是这个理儿？你平常不是也常这样劝别人吗？"

郑麦生眼从那黄土泥墙上移过来，久久看着郑麦旺。

郑麦旺不慌不忙地抽烟，说几句话，故意停下来，让病人在心里想想。

"麦生哥，我知道你这一辈子太硬气太刚强，啥话都不说，万事不求人。可是我是你兄弟。我还不知道你心里想着啥吗？今天我给你明说哩，这几天我没有来看你，我可给你办了件大事儿。"

郑麦旺说完故意得意扬扬地看着郑麦生，掩饰不住心头的喜悦。郑麦生问："麦旺，啥事体？"

"麦生哥，我知道你嫌咱院小没地场儿，房屋太窄，不能种树，也不能放手养猪养鸡，不是个过光景的场儿。将来小龙结了婚，过得不如人。所以，这几天我看好一块地皮，就和我那新院子挨着，三分半大，能盖三面房，也朝阳也亮堂，又离大路不远，出路也好。我在村里弄了个证明，又跑到乡里盖了章，给你办好了地基。麦生哥，这一回，你该放心了吧？"

郑麦旺说完，从口袋里把地基的表挖出来，小心地展开，把这张村里庄稼人都望眼欲穿的宝贝纸递到郑麦生手上，然后高兴地说："麦生哥，我亲手交给你，你交给咱小龙。"

郑麦生双手拿着这张表，两眼闪闪地看着郑麦旺。亲兄弟吃一个奶吊大，也不过如此吧；便久久说不出话，定定地看着这同族的兄弟，这郑家疙瘩的村长。

"麦生哥，我想这宅基和我的新院子挨着，就是将来没有了你，还有我呢，我吃碗稠的，总不能叫小龙他们喝稀的。我替你照看孩子们，你就放心吧，啊？"

"麦旺兄弟，真让你难为了，我知道这玩意儿难弄。将来有你们照看小龙，我再放心不过了。"

"看麦生哥说的，别的本事没有，孩子们我还能照拂好。村长干不好，给咱姓郑的当看门狗，还行。"

说到了动情处，郑麦旺两眼潮潮鼻子尖也酸酸起来。毕竟在一块生活了一辈子，春种秋收，脸朝黄土背朝天地土里刨食，结下了深厚的情谊。现在，眼看着人就要去了而且一去不返永不能再相见，使人感到天下的路长、人生的路短，一晃几十年过去，再追不回往日的岁月了。

两个人默默地望着，在这生死离别的地方，你看着我，我看着你，任凭两眼燃烧着兄弟之情的火花，两个人之间只觉得心越来越近了。

郑麦生的眼神由激动转向平静，好久好久才淡下来，苦笑着对郑麦旺摇了摇头，这才慢慢地说："兄弟，我知道你。不但有本事，心肠也好。这心意我领下了。只是这宅基并不需要，房屋虽小院地虽窄，也还够小龙住的。咱村这些年盖房太多，耕地越来越少，我也不是觉悟高，凭良心说能省地还是省点地，给后代人留一口饭吃。这表你拿回去，我不要了。"

郑麦旺怎么也没有料到，郑麦生能退回这张表，能说出这种话，说什么也没想到。他郑麦旺并没有猜透病人的心事，这让他又失望又伤感。

他心里一下子就空了，只好慢慢把这张纸卷起来，无奈地走出房来。

等在门外的郑麦花和郑小龙眼巴巴看着他，他无力地摇了摇头，低下脑袋，双手背后托着小大衣往院外走。姑侄俩送他到院外边，他什么话也不说，一步一步向前走去。已经走出去十几步远，郑麦旺忽然心里一动，又拐回头，对郑小龙说："小龙，你去趟张家湾儿吧。"

"麦旺叔，"小龙不解地望着郑麦旺说，"去张家湾干啥？"

"去请你老丈人来一趟，我想了，你爹的心事，也只有树声哥知根知底儿。你去对他说，就说我请他来，总不能让你爹就这么可怜地去了。"

"好，我一会儿就去。"

"不，你现在就去。麦花，你偷空儿也歇会儿，不能这么熬，看把你熬出毛病。"

"麦旺哥，不要紧，您回去吧。"

"缝老衣那边，由你嫂子照看，我交代过，不会出差错，你不用管。"

"哥，回去吧，嫂子在那儿，我放心。"

姑侄俩站立院门外，一直看着郑麦旺低着头背着手慢慢地走去，郑麦旺脚步笨笨的有点斜，也斜出老年人的老态来。这时候太阳已经有点偏西，冬天里日头短，阳光一眨眼已走出院子爬上了院墙。

墙头上有公鸡追着阳光踮着脚小心地走。

西北风轻轻摇着树梢儿。

六

郑家疙瘩离俺张家湾也就几里路，翻一面坡就到。平时放牛，两个村的牧童经常在山头上相会，比赛着甩鞭子。平时干活，地界挨着地界，老头们也聚在地头烟锅对着烟锅点火抽烟。当然也发生争执，双方呼腾腾站出来十几条小伙子要拼命，便由两边的老年人推开，从中间说合说合，彼此让根纸烟，就烟消云散了。

小龙弟弟赶到俺张家湾时，太阳还没有落下去，正蹲在西山头回首相望，于是晚霞便烧红了半天的云彩。做晚饭的炊烟刚刚升起来，叮叮当当的风箱声在村巷里溅来溅去。粪堆上的鸡群刚刚散开，正慢慢地摇摆着身子，走向自家的鸡窝。

爹正在屋檐儿下给牛拌料，冬天里山坡上没草，要在家里喂养。他给牛料桶里兑上热水，又丢把盐末。这才伸手试试水温，并把指头放在嘴上伸出舌头尝尝咸不咸，他做这些活一贯非常认真，总觉得牛干了一年活，冬天里难熬，不能亏待它们。爹常说牛是庄稼人的半个江山，虽不会说人话却通人性，也是家里一口子，要以心换心。平时犁地赶车，爹手里的牛鞭子总爱在空中绕来绕去，轻易不抽在牛身上。土地把人和牛的感情紧紧地联系在一起，相依为命，耕种着未来和理想。

小龙帮着爹把活干完，才开始说话。未来的小女婿进了丈人家门儿都勤快，这是庄稼人的特点。小龙说话，爹抽着烟只是听，也不问。爹听完后也不表态，不说去，也不说不去，让妈妈和秀春先给小龙做饭吃。爹心细周到，知道这种时刻小龙肯定是忙里忙外吃不好饭，先稳住他，叫他好好吃顿饱饭。一个女婿半个儿，爹嘴上不说，心里却疼着他。

等小龙吃过饭，爹才说，我还有点事儿，一会儿再去，让秀春送你先回去。并大大方方叫秀春，送送你小龙哥。

爹这么做，是让他们说说话，给年轻人一个机会，让他们多接触接触，建立些感情。爹不允许他们像城里人那样随便谈恋爱，害怕败坏门风，却经常创造出一些机会，让他们大大方方地多接近接近。

我常常觉得爹什么都明白都懂，比任何人都开通，但是有一条，你必须接受他的安排和计划，决不允许你越出他的轨道，只能在他的操纵下运转。这就是爹。经常使人想到爹是一个鸟笼，儿女们像鸟儿一样在笼里有吃有喝，自由自在地在笼里跳上跳下却展不开翅膀，渴望着外边的天空。爹像一个鱼池，儿女们像鱼儿一样在池里游来游去，却见不到江河大海里的风浪，渴望着那江河和大海。我有时候甚至想，爹把儿女们养大成人，很难说是为了儿女们，还是为了他自己。这时候我便觉得自己不孝顺，有了深深的罪恶感。我不敢再往下想，因为我做过噩梦，爹像一座山压着我，压得我喘不过气来……

一直等到秀春送罢小龙回来，爹才掂着小烟袋出村。这时候天已经落黑儿，远山已漫进夜雾里，天上的红云已渐渐暗下来，几颗不驯的星星已挣扎着跳出来。喧闹的白天已走到尽头，夜晚已张开温暖的怀抱搂住了山山水水。

爹走进郑家疙瘩时，在村头碰上蹲在那儿的郑麦旺，他显然在等爹。两个人一块儿走进村子，直奔麦生伯的院子。走进院子，郑麦旺停下来，并拦住郑麦花和小龙，三个人不再往病人屋里去，只让爹一个人进去。

爹自然是走一路想一路，把什么都想到了。但一走进病人的屋子，却像换了一个人，也不问病情，劈头就对他笑着骂起来：

"麦生哥，你咋还没有死哩?"

"没有嘛。"一见爹的面，一听爹的话，麦生伯马上就有了笑脸，"阎王爷去开会还没有回来，我还没有接住通知。狗日的，你可等着急了?"

"死吧死吧，我都等着急了。"

"我才不着急呢。我正托人给阎王爷走后门儿，准备把你也捎上。"

"不行不行，还是你先去，到那儿给我多占个位儿，我去了就不用排队。"

"狗日的啥会儿你都比别人日能，又不是看电影看戏，我才不管你的闲事呢，人都是和自己近各顾各，我不给你占位儿，你去了自己挤吧。"

老朋友之间一说一笑，生死在他们心里一下就淡下来，淡如一杯白水。也许生死原本就很淡，因为有些人把它们看得太重，它们才显得重要，于是这人世间才发生了那么多的丑恶和美好。

慢慢地，他们才说起正经话，又说起他们常说的老话题。还是麦生伯先说："树声兄弟，这几天我躺在床上想遍几十年，你说咱两个当初要不回来，这会儿也起码是县团级了吧?"

"少说也是县团级。"

"穿黑皮鞋，披呢子大衣，坐小汽车屁股冒烟儿，这都是小菜儿。"

"那当然，说不定比这还阔呢。"

"老实说，兄弟，你后悔不后悔?"

"不悔，我啥会儿都不悔。"

"为啥不后悔?"

"狗日的咱当初动员穷人闹土改时，咱说的啥排场话，你忘了吗?"

"对了，咱们发动群众，打下一个寨子就站在那碌碡上讲我们是为穷人办事儿的。咱从来没想过，让别人去冲锋陷阵，为了咱当县团级。"

"是呀，咱那时候啥也不想，只想着打掉国民党，剿完土匪，让老百姓过好日月。"

"对了。可是后来这几十年，我嘴上硬，心里确实也后悔过。咱们就不说了，看着孩子们跟着咱穷，我心里确实后悔过，觉得当初把官帽白白扔了，有点对不住孩子们。你动过这心没有？"

爹不言不语看着他。

"老弟，我快死了，你对我说句实话。"

"后悔过，人非圣人，还能不想七想八？不过，我还是会想，咱要为享福，咋对得起死去的那么多兄弟？"

"对了，这就他妈的对了。这几天我想了个遍儿，还是不后悔。因为咱当初说过排场话，过后革命胜利了，咱也没享福，还是庄稼人咋着咱咋着，咱没有比庄稼人多吃一个鸡蛋多抽一根纸烟。"

"这就是咱们的不后悔。"

"对极了，对极了。"

"就是咱们没有把这个问题想透，老是受症。咱们老说咱是人民的服务员，人民是咱们的主人；可是服务员老是比主人吃得香穿得光，闹得人人都想当服务员，不想当主人。这问题苦没有办法弄。"

"唉，我可是再不想这个事儿了，因为我快死了，以后你一个人慢慢去想吧。"

老朋友一说到这个老问题，就打住车，几十年来他们思索的野马一次也没有冲破这道墙，这儿简直是鬼打墙，永远挡住了两个老党员两个庄稼老人的思路。

爹心里一动，觉得这时候不应该再折磨他，人要死了，要让他高兴高兴，就伸手取下墙上挂着的大弦，吹去上边的灰尘，用袖子揩净弦杆，一试弓，就拉出了弦声。

"你要干啥？"

"麦生哥，你也快死了，今夜黑儿咱们两个再要要，唱也唱不了几回了。你这腿一蹬眼一闭，我找谁要去？"

麦生伯乐了："狗日的你这个侉头儿，有你这样的吗？人家还没死，你就来送戏。你没看我有出气没进气，还能唱动吗？"

"别狗日的装蒜，"爹说，"我知道你十天半月死不了，你唱不动，我自己拉自己唱，你在心里跟着我哼还不行吗？"

"狗日的好极了，好极了。"麦生伯兴奋起来，"我就是想听你唱，咱死也落个快乐死。"

爹运满弓，先拉出长长的过门儿，弦声便如那黄土高坡的小道曲曲弯弯起起伏伏，又如山间流水时而卷起浪花时而直泻而下，流进了静静的夜晚里。

屋里这么一闹，把屋外边的郑麦旺他们闹呆了。他们万万没有想到，这两个过心的朋友说着说着又唱起来，再也想不着他们要干什么了。

七

　　　和成的面像石头蛋，
　　　放在面板上按几按，
　　　擀杖擀成一大片，
　　　用刀一切切成线，
　　　下到锅里团团转，
　　　舀到碗里是莲花瓣，
　　　生葱，烂蒜，
　　　姜末，胡椒面，
　　　再放上一撮芝麻盐儿，
　　　这就是咱山里人的面条饭。

爹放开嗓吼着唱，弦声和心声像水和面一样和在了一起，像有一串串玉谷穗儿和红薯块块带着泥土的腥气从这弦声里滚动出来，跳出屋门跳出院子，流向村巷里的各家各户。乡邻们不少人走出院子，站在那里倾听。庄稼人还没有见过，有这样奇怪的朋友，一个人要死了，一个人还来唱戏。他们听着这如歌如云如泣如诉的弦声，似乎感到了什么，品出了这音韵的味道，也似乎什么也品不出来……

音乐这个世界，并不是什么人都能走进去的。

唱过这段，爹便放下了大弦，不再接着唱。其实爹会唱许多的戏文，但他知道麦生伯就只喜欢这一段，宁咬鲜桃一口，不吃烂杏一筐。

适可而止。于是爹放下大弦，小心地把弓收好，挂上了墙。

"麦生哥，唱得不赖吧？"

"听你唱这一回，死了也不亏了。"

"死，你可别吓唬我，你吓唬别人行，吓唬我，我可不买账。咋弄，说正经事儿吧？"

麦生伯不解地望着他的老朋友，他听不懂爹的话，也猜不透他的心事，只默默地望着他。

爹上前一步，坐在床沿上，慢悠悠说起来："麦生哥，我知道你十天半月死不了，你也知道我张树声这人心狠。我想趁你现在没死，再给我办一场事儿。只再办一场事儿，怎么样？"

麦生伯乐了："狗日的你这个侉头儿，我都这模样了，还能给你办啥事儿？"

"能办，这事儿天底下也只有你能办，换个人，还办不成呢。"

"啥事儿，快说，看你说得多玄乎。"

"啥事儿？你老东西只想着胳膊腿一放一蹬死了美气，你就不管娃子们的事儿了？"

"娃子们怎么了？"

"你别装糊涂了。"

"我装啥糊涂？"

"麦生哥，我不管你死活，说到天边儿，我也不饶你，你死前得把我闺女秀春娶过来，看着他们成一家人，有了小光景，你再走好不好？"

麦生伯一下收住笑容，呆住了。

麦生伯说啥也不会想到爹能说这种话，这是一直深深地埋在他心里的话啊！老伴死时，什么也没有交代，只求他一定把小龙养大成人，一定把儿媳妇娶过来。他记着这话。没料到自己还没有等到这一天，已经患了癌症死在眼前。他觉得这一天永远不会有了，心里又难受又没法对任何人说出口。

因为按照风俗，这时候是绝对不能娶媳妇过红事儿的，新媳妇过门来就戴热孝挂哭棍儿，是极不吉利的。虽然这风俗这习惯不一定有什么道理，只是几百年传下来的规矩，但他不能因此而伤害和姓张的感情。再说他目前久病不起，存那几个钱儿，也扔在药罐子里了，也没能力办这么大的事情。可是，这话能从亲家的嘴里说出来，就像捧出来一颗血疙瘩心，他再也说不出话来，只呆呆看着爹……

麦生伯好大一会儿，才抖着手抓住爹的胳膊，只管摇，只管摇，什么话也说不出来；热泪终于像玉谷籽一样一颗颗从眼眶里掉下来了。

"麦生哥，你答应了？"

"好兄弟，这哪是给你办事儿，你这话说得太拐弯儿，我也能听出来，你这是为我想呀。"

"麦生哥，"爹的话一出口，两眼也潮湿起来，"我知道这不吉利，我也知道你手头没钱儿，可是钱这玩意儿脏，算啥东西？只要你答应下来，我张树声一手托两家，这边我给咱姓郑的娶媳妇，那边我给咱姓张的嫁闺女，啥都不叫你操心，只要你好好躺着，啊？"

"不，不能这么办。"

"能，就这么办。"

"太难为你，太难为你了。"

"没啥，没啥，咱把事儿办了，你到阴间见到我嫂子也好交代。"

"不行，不行。"

"就这么定了！"

"你等等，叫我再想想。"

麦生伯定了定神，闭上了眼，过了一会儿，又睁开眼笑了，仿佛已平静下来。

"好兄弟，我想是这样，事不能办，你有这句话，哥我也知足了。你要实在想尽尽心，叫娃子们去乡里登记一下，领个证我看看，我摸摸，也就是了，别认真办。"

"不，办，我已订好日子，今天是初二，就放在初六，就这么办了。"

爹说完这话，不再停留，把被子给病人掖好，走出屋来。他还要赶回去安排，他已经把事情定下来，家里人还不知道呢。爹从来就是这样，天大的事儿，从不征求家里人的意见，总是一个人做主，先定下来，再通知我们。

郑麦花和郑小龙等在门外，单单不见了郑麦旺。显然，什么话他们都在屋外边听到了。

郑麦花连忙说："树声哥，天晚了，我弄点你吃吃。"

"不吃了，我得快回去。"

郑麦花看着拦不住，连忙追着劝："树声哥，别办了，你的心俺们领了。秀春过门来就戴热孝一辈子不吉利，俺哥他秧儿短，闺女路长啊。"

爹没好气地说："我知道。"

郑麦花说："再说就是树声哥你同意，还有咱姓张的族里人，还有亲戚们，还是不办了好。明显显的不吉利事儿，谁也不会同意的。"

爹边走边说："我知道。"

小龙追到院门外也开口劝："别办了，俺爹他有病他糊涂了，您别当真。"

爹忽然收住脚，回头瞪着小龙说："谁说你爹他糊涂了？你们年轻人才糊涂，我们啥会儿都不会糊涂，你少给我说这些混账话！"

小龙没见过爹发起脾气这么凶，训得不敢吭声，两眼噙着泪，呆呆地站在那里，像一根木桩子。

爹发过脾气，就从口袋里掏出一百块钱，递给小龙，小龙不明白这意思，不敢伸手去接。

"拿上。"

小龙往后边退。

"拿上！"

小龙只好接过来。

爹像下命令一样说："记着，从明天开始，用这钱买葡萄糖，开始给你爹打吊针，不准他死。"

小龙小心地记着爹的话，点点头，再不敢说什么。看着爹的背影，他心里也热辣辣地燃起了一团火，一下理解到这份情意。

在高大的爹的面前，孩子们永远是长不大的。

夜已经很深了，山村也浸入梦中。

爹翻山时，已经是星星满天，月光如银泼满了山川。那黄土高坡一道道连成起起伏伏的世界，在月光下分出许多的层次，远远溅起几声鲜活的狗咬。

爹把夜踩得很响很响。

八

郑麦旺甩手而去，一晚上没有睡安稳，为没能猜着病人的心事感到又惭愧又丢人。第二天一大早就起来，他去敲钟吆喝，让姓郑的男人们吃过早饭都到场房屋开会。

这是一个晌晴的天，天上飘满了雪白雪白的瓦片云。钟声落后，便有郑氏家族的男人们或袖着手或披着棉袄从各家各户走出来，向场房屋云集。在山里，开家族会历来就比公家开会更加重要，俗话说亲戚三辈，族情万年，家族观念极深。

场房屋里的棺材已经做成，正在上漆。整个棺材黑明发亮，棺头飘一面红旗，红旗上腾飞一条金龙，棺尾卧一只凤凰，前龙后凤，倾注尽老木匠的全部感情。

钟声响时，小徒弟不解地问老木匠："师傅，没见过这号事儿，这边做棺材，那边又要娶媳妇，这到底算白事儿还是红事儿？"

老木匠一边刷漆一边说："这叫红白大事吧。按道理说，不该这么办，新媳妇过门来就披麻戴孝，不吉不利。不过对男方没啥，主要是对女方主凶。不知道女方是哪村的？怎么连这点道理都不知道，是外来户还是本地坐地苗子？"

"听说是张家湾儿的。"

"姓啥？"

"姓张。"

"这张家湾姓张的可是名门大户，祖上出过朝廷命官，还有秀才和举人，现在的老族长是有名的大夫，不会连这点道理都不懂。没听说是谁家闺女？"

"听说是张树声家。"

老木匠一下停下刷子，半天不说话，长长出口气，把感慨抒发："错了，你们都错了。"

"为什么错了？"

老木匠又运起刷子，一边悠悠地推着漆刷子，一边慢条斯理地说：

"别人还好说，要说是张树声的闺女，我可知根知底儿。闹革命时张树声就是咱县独立团的司务长，那时候二十啷当岁，就是个精明能干的弄家儿。别说在张家湾儿，就在这方圆三里五村，比张树声懂道理的人，还真没有几个呢。"

"那他怎么会办这种糊涂事儿?"

"唉，这种事儿别人办，也许是鬼迷心窍不明道理，把自己闺女往血灾里送。张树声要办，那可不是糊涂，这叫气派。"

"怎么他办就叫气派，别人办就叫糊涂?"

"你们知道个啥，明知主凶，便要冲着上，这显然是为姓郑的病人着想，舍生忘死。这就叫出手高千丈，仗义万古传。好，好啊。"

"不就是嫁闺女吗?"

"唉。"老木匠叹口气，"现在这人是啥都不懂了，因为不懂，也就掂不着轻重了：记着，一会儿人家姓郑的来这儿开家族会，咱们手艺人可不敢多嘴多舌。来来，把杂碎物件挪挪，给人家腾腾地方。"

两个小徒弟连忙开始搬东西。

"停住，要慢点，别荡起灰尘。"

两个徒弟刚把闲杂物件腾开，姓郑的男人们便一拨一拨走进来，老木匠连忙招呼两个徒弟，把活停下来，挤在墙角里坐下，不再说话。

场房屋很大，四间房子通着没有隔墙，百十人拥进来，也没有占满。有的人围着烤火，有的人蹲着抽烟，还有的从地上捡根木片撕开做成耳勺，往耳朵里挖。只有村长郑麦旺板着脸坐在那张破桌后边抽纸烟，满脸的怒气，镇得人群静悄悄的，没有人敢笑敢说话，只有几个年轻人不知天高地厚，对着咬耳朵。

一个人开始查人数，扳着手指点着脑袋，查完后回头对郑麦旺说："旺哥，人齐了，开始吧。"

郑麦旺扔掉烟屁股，站起身来，把滑下肩头的小大衣往上一抖，把那张破桌子一拍，开口就骂："咱姓郑的男人们都死绝了没有？我看今天来的人还不少，我想着都死绝了，咱郑家疙瘩就剩下蹲在地上尿尿的婆娘们了！"

人群被骂得死一般寂静，好像郑麦旺一伸手就卡住了所有人的喉咙。郑麦旺不仅是村长，也是郑氏家族的头人，所以他说话才敢这么凶。

"你们知道不知道，咱姓郑的出大事儿了！"

刚才查人数的那人连忙小声劝郑麦旺，让他别生气，慢慢说，慢慢说。郑麦旺这才长长出一口气，把那嗓门降了下来。

"唉，要说起来，不怪你们，全怪我。"郑麦旺这才慢慢讲起来，"今天这个会，不是咱村的官事儿，是咱姓郑的私事儿，所以没有通知那几家杂姓兄弟来参加。但是，这也是咱姓郑的官事儿，挨着门扳住指头数数，咱郑家疙瘩不姓郑的还有几家？"

有人连忙给他点根烟，郑麦旺抽口烟，情绪稳定了下来，又坐在那破凳子上，慢条斯理讲起来：

"唉，啥事体呢，不说你们也知道了，麦生哥害了癌症，眼看一天不如一天，这不，棺材也做好了。麦生哥是条血性汉子，解放时打土匪斗地主，是咱村里的头人。好几次为了看家护院，差点送命，为一干人落了一身枪伤。

"唉，不说你们也知道，咱姓郑的和张家湾姓张的那时候闹革命立场最坚决，剿匪反霸时死人最多。后来成立区小队，咱这两家人是基本队伍，麦生哥当队长，树声哥当队副。后来区小队又编成县独立团成了正规军，麦生哥又是出了名的老虎连连长。为解放咱们县，麦生哥立过多次战功。咱姓郑的人不旺，辈辈穷做庄稼，出过麦生哥这么个人物，是咱郑氏家族的光荣啊。可是麦生哥眼看就要去了，咱姓郑的这么多人，有谁去问问麦生哥死前有什么心事未了呢？"

郑麦旺说到这里眼泪闪闪，连忙抽两口烟，稳稳自己激动的心情，接着说：

"我去问过，麦生哥没说。我给他弄了份地基，麦生哥不要，他说为咱姓郑的后人留口粮食，省一点耕地。作为村长，我脸上无光呀。"

郑麦旺说："夜黑里，我打发小龙搬来了树声哥，人家树声哥不愧和麦生哥是生死朋友，一来就知道麦生哥想在死前看着儿子成家有光景儿，心里踏实。你们知道不知道？"

郑麦旺说："不说你们也知道，麦生哥的小龙和树声哥的闺女秀春订婚时，还是我的媒人。这一说你们心里的镜明了吧？如今人家树声哥准备一手托两家，那边给人家姓张的送闺女，这边给咱姓郑的娶媳妇，赶在麦生哥死前把这件事办了。明明放着这血灾，人家姓张的敢浑身淌着这么办，咱姓郑的男人们都死绝了吗？"

人群开始不安地小声说话，纷纷议论起来。

郑麦旺最后狠狠地说："我夜里在门外听，脸红得像猴屁股，直想把头塞进裤裆里当尿使，丢人哪！真是找不着地缝儿，找着地缝儿我就一头钻进去再没脸见人了。"

人群炸了窝，呼啦啦站起来几条庄稼汉，往郑麦旺跟前拥过来。

有人叫："麦旺叔，人家敢办，咱还说啥，把这事接过来，咱姓郑的人办！"

有人喊："办，咱要再不出头办，咱姓郑的就把脸丢尽了，以后咋在上村下院做人？"

"不但要办，还要办排场。"

"对，让人家姓张的兄弟看得起咱，把闺女嫁过来，也放心。"

"村长，你说咋办吧，咱姓郑的老少爷们不是婆娘，听你的！"

人群呼一下都站起来，看着郑麦旺。

郑麦旺看着众人这么义气，心里高兴脸上也有了笑容。他伸手把大家按坐下，又说起来："我也想了，麦生哥家穷，办也办不起，要踢一屁股账，往后咋叫小龙侄儿过日月？打断骨头连着筋，手心手背都是肉，一手掰不开一个郑字，咱是一家人。要办，咱各家各户兑粮兑钱，齐心合力，把这红白大事全办了，你们看咋样？"

人群腾一下又站起来："办，就这么办！"

"好！他妈的这才像男人，这才像咱姓郑的子孙。"郑麦旺兴奋起来，"大家都同意，就这么办。有一条说到前头，各凭各良心，过后没账算！"

庄稼人嗷嗷乱叫："对，各凭各良心，过后没账算。"

事情就这么定了，会就要散了，墙角处忽然站出来老木匠，吭喝一声等等我，就挤着走过人群，来到郑麦旺面前，一下子拿出来二百块钱，往郑麦旺手里塞：

"郑村长，收下吧，我也算一份儿。"

老木匠这一手把人群弄呆了，也把郑麦旺弄愣了，郑麦旺推着老木匠的手，怎么也不肯接收。

"老师傅，别这样，别这样。"

"收下吧，郑村长，你收下，我高兴。"

老木匠看着郑麦旺死活不接，竟然发了脾气。

"郑麦旺，这是我干活挣下的手艺钱，干干净净，不脏。"

郑麦旺慌了神，连忙劝："老师傅，不是这意思。"

老木匠把钱往那破桌上一放，不再理郑麦旺，回头对郑氏家族的男人们说："我给你们明说吧，你们和郑麦生是姓郑一家子，觉得我是另姓旁人不是？你们全错了，我和郑麦生的关系比你们还近还亲哪。"

"你们去看看，"老木匠手指棺材，"我在棺材头刻了面红旗，这是为了啥，你们没有人知道。"

老木匠抬起眼似乎穿过黄泥老墙望穿几十年岁月，深情地说："你们都知道我是木匠，连我的名字也记不住，你们去问问郑麦生，他知道我叫啥。为啥？因为闹革命时我也先干农会后当兵，我是郑麦生郑连长的老部下哪。那一次打东山土匪的寨子，我正好跟郑连长身后，往上冲时，我一出头就挨了他一耳巴子，他骂我你想死哩，跟在我屁股后头！为啥，因为他知道我是独子，怕我一死，绝了我这门人。这一耳巴子打得我哭了多少场，到死我也忘不了。你们想想，我和老连长是啥关系啥感情？现在为老连长儿子娶媳妇，我老木匠还是个人，不是条狗，我能不兑一份礼钱表表心意吗？郑村长，你就可怜可怜我这老头子，收下这份礼钱吧。"

郑麦旺还说什么呢，庄稼人不会花言巧语，只有一颗血疙瘩心，不习惯握手，郑麦旺伸出双手抓住老木匠的两只胳膊，用劲地捏着，什么话也说不出来，只有眼泪点点滴滴往下掉……

不少人都为这情景感动，默默抱脑袋低下来，燃烧着自己的情感。老木匠的话使郑麦生的人品在他们心里燃烧出灿烂的火光，把自己前边的路照亮了。

这时候太阳从窗外照进来，扑上了黑亮亮的棺材，那面红旗在阳光下展开来哗啦啦飘，那条龙在阳光下飞起来，活在了人心里……

九

从郑家疙瘩回来的那天夜里，爹先做家里人的思想工作。也只是走过场儿。许多年过去，俺家里已形成习惯，凡事他说了算。家里人已经习惯听他的话，他是俺家里的神。

所以，他一说初六要把妹妹秀春嫁过去，尽管有些突然，但都没有话说。只有妈妈呆呆坐在那里一声不吭，眼眶里慢慢就有些泪水涌出来，在灯光下晶晶地亮。她是心疼秀春，明知道主凶不吉利，心里难受，又不想把话讲出来，去伤爹的心。

爹把事情讲明白，就停下话来抽烟，让大家在心里翻腾翻腾，在爹这方面看，这就算对家里人的尊重了。一直等到妈叹口气把眼泪掉下来，秀春玩着衣襟的手放下抬起头迎着爹的目光表示同意，爹这才慢慢地又说起来，他要把这个事情的根根梢梢讲清楚，要把他的计划讲明白。

夜已经深了，灯里已没了油，灯头开始跳着挣扎。妈妈掂着油瓶又给灯续上新油，灯火才又直直地立起来，不再摇晃着跳了。

"秀春，"爹开口说，"现在你还是咱姓张的闺女，过罢初六，你就成了姓郑的人了。爹脾气不好，养你这么大，从来就没有给你个好脸气，动不动就拿你们出气。有时候呢，确实是你们有错误，有时候呢，是爹心里烦故意把火往你们身上发。现在你长大了，这些话爹给你讲明白，你知道不知道？"

"爹，我知道。"

"秀春，你一出门就成了外人，爹娘不能再跟着你，凡事要自己做主，多动动心眼，话到嘴边留三分。这郑家疙瘩是咱亲戚窝儿，你过门去当媳妇，也带着你爹妈的脸，抬脚动手邻居们都看着你，要好好做人。一上来就要站稳脚跟，立住名声，人活名鸟活声，这要紧哪。"

"爹放心，我懂。"

"你懂是懂，我该说还要说。你过门去，虽然没有公婆，自己多受些罪，可也没那么多事儿，小两口过日月清净，也有好处。但是要记住，丈夫是棵大树，你是只树上的鸟儿，你敬他，他才心疼你。可不敢信他们说那男女平等，这男女啥时候也不平等。"

"爹，我记下了。"

"再给你说咱家，你这一出门去，拐回来就和过去不一样了。不要心里只有你爹你妈，你爹妈生你养你，啥时候也得罪不下。要把心往你哥你嫂子那儿靠那儿暖，爹娘的路短，哥嫂的路长。将来我们一下世，你要有困难，只有哥嫂才能给你撑腰做主，可不敢糊涂。"

"爹，我明白。"

"我和你妈也六十来岁了，没几天阳寿。人的命天注定，像这灯头火一样说灭就灭。爹娘一下世，你和哥嫂处得亲亲热热，你就不可怜。你哥你嫂子在城里当干部，又不要你们啥，多写信问问，有顺手人去捎块红薯捎点核桃柿饼，东西不值钱，是你的心。你和你哥比，还不是明看着你哥贴补你们的多吗？"

"爹放心，我知道心疼我哥。"

"这就好。这接下来，我交代你过门去咋办。秀春，你长这么大，爹没有看上你有啥长处，就喜欢你给爹娘端饭这一条。你公爹这人血性汉子，可怜一辈子没有温暖过。你过门去可不比一般的儿媳妇，先当三天客人不沾生水不进厨，咱可不守这老规矩。因为你公爹死在眼皮子上，现在对他不是论月而是论天，说不定哪会儿说死就死了。"

妈妈眼里又孕满了泪："麦生哥可怜哪。"

"所以，"爹说，"你这一过门，走进婆家院子，什么也不要管，先下厨房，抢着给你公爹做顿饭。"

妈妈说："就做面条儿，他一辈子好吃这一口，回回来家就让我擀面条儿。记着要把面和得筋筋的，擀得薄薄的，切得细细的，记着要稀点儿，看病人咽下去。"

爹接着说："唉，做啥饭他也吃不下去了，喝口水现在还往外吐呢。我让你给他做饭，并不是让他吃，他知道这是啥意思？是让你公爹知道知道他有了儿媳妇，让他亲手摸摸儿媳妇端去的碗，亲口尝尝儿媳妇给他做的饭。"

妈妈说："你公爹身体弱，床也脏，你可不要嫌弃。要大大方方一手把你公爹扶起来，一手用勺往他嘴里喂，叫他知道有人在孝顺在侍候他。"

爹越说越动情："明知是血灾，爹为啥偏要这么办？你们年轻，体会不到人老了啥味儿。等到你们老了，就体会到了。等到我和你妈死的时候，就知道了。"

爹说着，秀春答应着，答应到最后已经只点头不说话，热泪已涌满了她的眼眶，说不出话了。

乡村情感／张宇　　235

妈妈劝："别说了，夜也深了，明天还要和族里说，咱都早些歇吧。"

爹长长叹一口气，抹把老泪，放下烟袋说："好了，该说的，都说了。明天秀春去给你哥打电报，我去和族里人说。走，现在是正当午夜，咱去当间把祖牌位敬出来，给你爷爷奶奶说说，让他们保佑你。"

俺家的房屋是爷爷奶奶传下来的老宅，高大古朴，三大间房子两边住人。中间是堂屋，放一张宽大的老式四方桌，桌后边靠墙摆一张一丈多长的古条案，条案两头卷起来，条案檐下镶着一排木雕的花纹，条案正中央敬放着一尊二尺高的木楼，那木楼就像是缩小的宫殿和庙宇，里边存放着祖先们的一尊尊灵牌，老人们都叫这木楼为祖楼。过年时爹总把这些灵牌从祖楼里敬出来，按辈分摆放在方桌上，带着全家老小烧香磕头。那木制的灵牌有二寸宽一尺高，上边圆顶，下边还有四方底座，活像石碑的木模，那时候方桌上便灵牌林立像碑林一样壮观。

爹和妈妈带着秀春来到堂屋，先把香炉摆好，再点三根香插在香炉里，这才去打开祖楼，敬出爷爷和奶奶两尊灵牌，放在香炉后边方桌的中央。爹退后几步，望着这灵牌，就像望着爷爷奶奶的灵魂，缓缓跪了下来，把心里的话诉说。

爹先说："父母大人在上，你们的孙女张秀春初六就要出嫁，男方是郑家疙瘩郑麦生家，姓郑的是老门老户，善良人家，望二老放心。"

妈妈说："爹，妈，秀春太年轻，不懂礼节，少调失教，平时有啥不孝顺你们处，还望多担待，别和她一般见识。闺女嫁过去主凶，眼前有血灾，望二老在天之灵，保佑她平安无事。"

秀春最后说："爷爷奶奶在上，孙女张秀春初六就要出门，请您们放心，不论我走到哪儿都不会忘记您们，年年回来给您们上坟，十月一给您们烧纸送寒衣。爷爷奶奶，请您们放心，不论我遇到再大的困难，一定好好做人，给您们争气。爷爷，奶奶，保佑我吧，保佑我吧。"

把话说完，爹领着给爷爷奶奶的灵牌磕头，这才站起来，把香案收好。

这时候鸡已经叫了。夜晚已走到了尽头。

十

天刚亮，爹躺在床上只眯眯眼，就起来去和族里人商量，爹知道有更大的困难在等待着他。俺们姓张的族规极严，能不能过去这一关，他心里也没数。于是，他先去找老族长，抬脚进了中院。

现在我们张氏家族人丁兴旺，房屋新盖了很多，早没有了布局和章法。古人传下来时就三幢院子，分南院北院和中院，一个完整的结构部落。这三幢院子，每幢院分三进，每一进都有牌房从中隔开，每一进院子都有左右厢房，三进院子只厢房就有六座，再加上上房和下房，整幢院共八座房屋。说是厢房，并不比外姓的上房小，每座厢房共三间，也设左右卧室中间堂屋，还出前檐，只是比上房下房低下来。院内极宽阔，清一色的砖铺地，极其讲究。住房又不能乱了辈分，长不离祖，上房为尊，下房次之，厢房里住儿女们，左厢为兄，右厢为弟。三幢院子，中院为主院，南院和北院为偏院。一看就知道，当初是兄弟三人，兄住中院，弟住南院和北院。这三幢院子传下来三枝人，我们家住北院下房，属老三传下来这一枝人。老族长住中院，是老大传下来的这一枝人。因为是族长，他住上房。这中院的上房又历来是我们张氏家族议事的中心，每每都是族里头人的住宅。

在我们张氏家族的部落里，中院的上房又最为高大，在一大片房屋中拔地而起居高临下。晚辈们造房，谁也不敢超过它。这上房结构和一般上房看去一样，却大到见方三丈，我们那儿又叫这种房屋为方三丈。高高的房脊上塑着一排飞禽走兽，房脊两头站两只雄鸡，象征着发达和吉祥。堂屋里的八仙桌和条案都由紫檀木做成，桌檐下都镶有木雕，一朵朵的莲花；条案檐下的木雕是一群仙女的舞姿，条案两头又卷起来前龙后凤，古香古色。不同的是，这条案上不供祖楼，供一只明红的木塔，木塔里存放着古时候皇帝下给我们先人的两卷圣旨，老人们都管这木塔叫圣塔。在堂屋正中的宽大墙壁上悬挂着一张宽阔的壁挂，那壁挂上画着我们张氏家族的来历，从上到下，左右分枝，一代一代，层次分明，老人们管这张壁挂叫神旨。每年春节，族里的男丁们都要先到这儿烧香磕头，然后由老族长指着壁挂给后辈人讲古，然后才能回家去敬各家各户的祖上的灵牌。

这张壁挂是先人所绘，后辈人不敢乱往上添，于是与这张壁挂相接的便是家谱，厚厚的一本书，谁家娶妻生子，嫁女出外或是亡故入坟，便由老族长提笔在家谱上给你续写入卷，不使你流浪游离于家族之外成为可怜的孤魂。

这是因为我们不是当地土著，祖上是朝廷命官，因得罪奸臣有杀身灭族之祸才四散奔逃，我们这一枝人里祖人张益本曾做过江南两省学监，很可能我们是江南人，流落逃到这江北伏牛山中。老族长曾几次下江南遍访几省，给我们张氏家族寻根求源，未能如愿。每每我回去，他都交代我，常在外边跑，要多找多问，一定要找到我们的根本。

按辈分，我叫老族长爷爷。他年岁已高，将近八旬，由于习研中医，善修身养性，耳聪目明红光满面。一把雪白胡子飘在胸前，人见人敬，三里五村的人，都叫他张先儿，也就是张老先生的简称。

爹走进中院，远远就看见上房的门已开了，老族长已经早早起来，在堂屋木圈椅上闭目打坐。爹不敢惊动他，抽着旱烟蹲在外边等待。一直看着老族长打坐完毕，缓缓向外推出两只手掌，呼出长长的一口气，才睁开眼。爹这才进了上房，给他讲事情的来龙去脉。爹讲着他听着，一边将着自己的胡子一言不发。等爹讲完，在心里思忖了好大一会儿，才表态说：

"去叫他们来吧。"

吃过早饭，老族长主持召开了我们的家族会。不同的是，我们的家族会分层次，很少开那种每家男人都参加的大会。一般来说，只请几个家族中的主要人物，来到上房堂屋，把事情定下来，再去分头传达。只有清明扫墓和春节时，才开家族大会。或者是要与别的家族械斗，才召集全家族的男丁。不过这已经是旧社会的事儿了，解放后再没有发生过。所以，能走进老族长的堂屋议事，也不是容易的，要么是辈分高，要么是能干会办事在社会上有影响。总之，全是我们张氏家族的上层人物。

老族长开门见山先介绍完事情，接着也不征求意见，就一锤定音：

"我看这事儿不但该办，还要办得排场。树声贤侄敢这么做，这是我姓张的门风。"

老族长说:"咱张氏家族,祖上是朝廷命官,一代忠良。忠臣不绝后,只咱这一枝人,如今不是兴旺发达人强马壮吗?"

只要开家族会,老族长就要摆古。他从来就讲不俗,别人从来也听不烦。就像江河回首望着源头,总有一种悠远亲切的情感在心里燃烧着。

老族长说:"这第八代上,咱姓张的又出过两位名士,一个举人一个秀才。后来因为替饥民奔走告状,又屈死狱中。方圆百里的饥民都聚在咱张家湾,给咱这两位先人立碑。如今石碑还在,碑文写得明明白白,这是咱祖上的光荣。"

老族长说:"再说解放时跟着共产党打土豪劣绅和剿匪反霸,咱姓张的又是一马当先,和郑家疙瘩姓郑的联手成立了区小队,打遍西山打东山。还乡团扑过来,一次就杀死咱姓张的十七口人。咱姓张的害怕了吗?没有,见血不要命,仇恨鲜明不畏生死,这是咱姓张的门风。那时候我只会当大夫,不会打枪。我下刀子从郑麦生贤侄的大腿上把枪子儿挖出来,我的手都抖了,麦生贤侄咬碎了牙没叫喊一声。英雄呀,汉子呀!"

老族长说着说着站起来:"所以我说,如今麦生贤侄患了绝症死在眼前,树声侄敢送女过去,不避血灾,这是大义。这才像我姓张的门风,舍生忘死。你们说,该办不该办?"

十来个主事人早被老族长一番热肠子的话打动,全都同意老族长的意见,把这件事拍定了。

老族长这才缓缓坐下,开始料理:"虽然是急事儿,也不能乱了章法。通知下去,每家去一个送女客。马备上,车套上,要气气派派。到初六那一天,你们安排好,我要亲自去送女!"

大家都感动了,老族长由于年高,逢这种事只主持大局,好几年都不曾亲自出动了。爹怕万一,连忙劝说:"老伯,你年高,天也太冷,就不要去了。"

"去去!"老族长把眼一瞪,"我要亲自把我孙女送到郑家疙瘩,交给郑家人。让麦生贤侄放心,他后世有人。"

这个结果,是爹没有料到的。爹只是想通过老族长说服,大家会勉强同意,没想到家族里人人都这么深明大义,心里只觉得有股血浪往上涌。他当众跪下,谢过老族长,谢过全家族的亲人。

十一

接到电报，我就往家赶，多年来养成的习惯，只要家里有事，排除一切困难，我也要赶回去。急切切的，就像江河卷起来，回到源头那么渴望。

我回到家，一切都准备好了。

初六那天一大早，我家院里已热闹起来，本家族的人和来自四面八方的捧情客挤满了院子。我拿着烟，一个个地散，足足散了三盒。经常不回家，我要找机会和乡亲们亲热亲热，哪怕是一支烟两句话一声笑，总算又贴了心。我害怕他们忘了我，希望他们像过去那样待我，我不是城里人，是他们中间的一个。

鞭炮声在街里响了。这是向家里报信儿，来迎亲的郑家人到了。老族长手一摆，我们张氏家族的男人们便涌出院门，来到街里，迎接客人。接过客人肩上的四彩礼钱搭儿，接过来抬嫁妆的扁担，前引后拥，把客人请进院子。

来迎亲的郑家人由郑麦旺带着，一女四男，女的陪新人，四个男的抬嫁妆，两根扁担上缠着布袋和绳子。从现在起，就不能再用娘家的东西捆绑嫁妆，也没什么道理，像是古时候抬花轿沿袭下来的象征吧。

老族长没出院门，只站在院中央，看见客人进来，笑容满面地双手拱起来，向客人行一个古礼：

"辛苦，一路辛苦。"

郑麦旺连忙紧走几步，跑上前搀住老族长的胳膊说："不敢，不敢。老伯好！"

"贤侄好！"

于是老族长由郑麦旺搀着走进俺家的堂屋，两个人在首席坐下，其他人便围着方桌按辈分入席。这一桌酒席，是款待迎亲客人的，吃过这桌酒席，才能起程。

这时候便有主事的大总管看着客人已落下座，站在门外屋檐儿下开始吆喝：

"旋奉哪里——"

我们家乡管端菜上酒的跑堂人叫旋奉，总管一叫，马上就有人应声：

"旋奉在——"

"上酒上菜——"

"酒菜来了——"

一叫一应，全扯着长长的声音，差一点就是唱了。那叫声悠长古朴，有一种历史和文化感在里边洋溢。叫声中，旋奉飞快把菜端上摆好，把酒具敬上，又把酒满上，这才退下来手掂着四方红漆木盘，候在那里，充当仆人；又不准远离，完全是宴席的一部分内容，给场面形成一种氛围。

老族长站起来，手举酒杯：

"一杯水酒，不成敬意，给各位洗尘，请！"

大家全站起来，并不碰杯，看着老族长喝下酒，才敢下酒。然后由老族长落座，举起筷子，在各盘里点点，才说：

"动开，动开！"

这时候酒席才正式开始，该吃该喝各随各便，刚才那一套，完全是一种仪式。不走这个仪式，乱吃乱喝，那叫不懂方圆，老族长说那样做就是野人。

在酒席进行中，另有人帮助迎亲客人，把嫁妆捆好两担，一担是老式朱红桌子在下，桌面上放烤火取暖用的火炉架子和洗脸盆架子，接触处用布袋垫好，以免破损。另一担是朱红木箱在下，箱面上放几床被子和床单以及门帘。一共两担，共四个人抬。剩下的小件东西，如洗脸盆、镜子、针线筐、小凳子等，都由娘家新娘的弟弟和侄儿辈的人手里抱着，和古时候把轿门儿的顽童一样。送女到婆家，婆家人用红封包银，才能把这些小东西接过去。

大总管站在屋门外房檐儿下，一边看外边捆绑嫁妆一边观看里边的酒席。看看两边都已完毕，便长长出一口气，挺累的样子，好像外边干活的里边吃喝的都是他一个人一样。然后又抻长脖子开始吆喝：

"旋奉哪里——"

"旋奉在——"

"收席——"

"收席了——"

吆喝了里边，一掉头又吆喝外边：

"嫁妆好了——"

院里人便应声：

"嫁妆好了——"

"嫁妆起——"

"嫁妆起了——"

来抬嫁妆的四个小伙子连忙抬起嫁妆，先走出院门儿。他们要走在最前边，和后边的送亲队伍拉开长长的距离，赶回去铺新床，又要赶回去报信儿。因为在这一天，新郎家的床一定要空着，等新娘带来的被褥才能铺。算不上什么规矩，因为新郎家的被褥按风俗都要由新郎的嫂子们来缝，嫂子们爱闹，要在那褥子被子里塞上石头瓦片甚至枣刺和木棍儿，只有娘家人心疼闺女，才不乱闹。

嫁妆一起，鞭炮又响起来。大总管在鞭炮声中提高嗓门儿，接着吆喝：

"车套好了没有——"

"车套好了——"

"老族长请——"

便由晚辈人一边一个搀着老族长走出院门儿，一直扶着他坐上马车。老族长一动百动，大总管便一连串地叫喊起来：

"新娘子请了——"

"迎亲客请了——"

"送女客请了——"

在大总管的一连串吆喝声中，我们按次序排好队伍。抬嫁妆的已出村看不见了。头一辆马车上坐着我妹妹秀春，来迎亲的女客坐在她前边，去送她的我们姓张的女伴坐在她后边，算两个伴娘。第二辆马车上坐着老族长，郑麦旺和我们张氏家族的长辈人陪着老族长，坐在周围。爹带着我们跟在车后边走，人群中挤着掂小东西的孩子，一阵鞭响，马车起程，浩浩荡荡，向村外拥出。

车动的那一刻，我妹妹哭了。她回头望着我们的家，望着站在那里远远送她的妈妈，望着我们张家湾的一切，哭成了泪人一个。但她咬着牙，不哭出声，她知道她不能哭，今天是她的好日子。

十二

平时去郑家疙瘩，翻坡走小路近，走平路要远出五里绕过前边的山尾巴。因为是喜事，自然舍近求远走大道。冬天的山川荒凉冷漠，望不断的黄土高坡像一张张剥去衣裳的老人的脊梁，小河细成一股尿挣扎着往前流。我们张氏家族的送亲队伍放一路鞭炮，撒一路红绿纸花，使凉哇哇的山野变得异常生动。

绕过山尾巴，离郑家疙瘩一里远的地方，我们受到了家族历史上从来没有过的热烈欢迎，浩浩荡荡的郑氏家族竟然迎出村外一里之远。先听到地动山摇的礼炮声，那是一排三眼铳，接下去是鼓声，再接下去是鼓乐，一排五杆金唢呐同时吹响，老年人一看就明白，这是动了老礼。

手执三眼铳的六个小伙子点响以后，抱着铳枪站在最前边。路中央是一面大鼓，擂鼓人双槌挥动，两腮的肌肉突突乱跳。围着大鼓的内圈是手镲，像草帽那么大的铜镲，一圈四副。再往外，站一圈老头甩钹，这钹要大出铜镲一倍，一副铜钹就像两张小伞。甩钹的人不能够平举起来像铜镲那样拍响，每一次都要鼓足力气甩起来举过头顶拍几下，又连忙放下来张口喘气，然后再弯腰用力再举起来，这样他们就只能击响鼓点中重要的节拍。于是在起起伏伏的鼓点中，在流水开花般响亮的铜镲声中，就在铜钹声不断像响雷滚过，炸碎了冬日的空旷和沉闷，敲醒了昏迷的黄土高坡和田野。

后边一排五杆唢呐朝着天空，全吹得是《百鸟朝凤》，满山的鲜花在唢呐声中开放，一群群的鸟儿在唢呐声中歌唱，美丽的凤凰在唢呐声中展开了翅膀……

整个春天在唢呐声中向人们全部展开。

一看这气派，面对这阵势，老族长马上让停住马车，从车上下来，一路拱手还礼，步行入村。

受到如此隆重的欢迎，我们张氏家族的人十分兴奋和自豪，郑氏家族给了我们张氏家族天大的脸面。我们在前边走，鼓乐在后边跟着，一直把我们送进院子，送入酒席，仍然在院里边击鼓奏乐。

只有我妹妹秀春悄悄挤进了厨房。

爹和我不放心，跟着她，站在了厨房门外。

厨房里的郑麦花连忙起身拦住秀春：

"闺女，今天是你大喜日子，不要进厨烧火做饭。"

"姑姑，"秀春说，"我是想亲手给爹做顿饭，尽尽心，你就成全我吧。"

郑麦花抬头望着我爹，爹对她点点头，她才让开了。

不少人过来围观，一看这阵势，感觉到了什么，也不敢嘻嘻哈哈，都认真地看着秀春做饭，看着她和面擀面，也看着她拉风箱烧火。一直看着她手端饭碗从厨房出来，走进病人的屋子。

人群闪开一条路，让我和爹跟着秀春，走进病人的屋里。我一回头，小龙弟弟不知什么时候也站在了我身边，他往前一挤，我伸手拦住了他，我要让妹妹走完这个全部的过程……

麦生伯抬头热切切望着我们，泪在眼里打转。

"爹，"秀春把饭端到床边，"我给您擀了碗面条儿，趁热，我喂您吃点儿。"

"不了，不了，别难为你了。"

爹劝他："麦生哥，你吃一口，她能侍候你吃顿饭，这是她的福分。"

麦生伯不再阻拦，让秀春扶起来，一手扶着身子，一手用小勺到桌上的碗里舀一勺，又放在嘴边吹吹，伸出舌头尝尝，喂他吃一口。喂一口，吃一口，三口之后，麦生伯开始往外吐。秀春连忙用手帕接住，收拾干净，慢慢地把麦生伯又放下去。

就像爹安排的，这不是吃饭，这只是吃一个形式。

麦生伯走完这个形式，显然是极感动极满足，躺下去喘了口气，就摆着手把小龙叫过去，指着地，对小龙说：

"跪下！"

我没料到这一手，眼看着小龙面向爹和我跪了下来，去搀也不是，不搀也不是，一时间不知该如何办，也不知要发生什么事情。

麦生伯开始说话："记着，我死之后，你树声叔就是你亲爹，秀春就是你亲妹子。"

小龙向爹磕了一个头："我记下了。"

麦生伯又说："这以后，每年都要去给你爹你妈做生日，等你爹你妈百年后，要和你哥一样披麻戴孝，把你爹你妈送到坟头。"

小龙向爹又磕了一个头："我记下了。"

这就算小龙的爹要死了，又给他找了个爹。

这时候屋里所有人都掉了泪，那一刻本该难受到极点，但我眼里噙着泪，心里却忽然想到了别的什么，爹安排制造的这一切全发生了，而这一切都像是飘着白云的天空……

"让开，让开!"

听到门外的叫喊声，我连忙搀起小龙，回头迎接客人。不是别人，是郑麦旺引着老族长，来看病人。我们连忙闪开，退到后边，让老族长走到床边。

老族长拉起麦生伯的手："麦生贤侄，我看你来啦。"

麦生伯诚惶诚恐："老伯父，您怎么也来了?"

"这么大的喜事儿，我能不来吗?"

老族长说着又拉过秀春，说："我送孙女来了，就是孙女没教养不懂话，往后可要让你多操心指教。"

麦生伯连忙说："老伯父，哪里话，你们给我做亲戚，这就是抬举我了。"

"不不，我孙女能进到郑家门，是她的福分。"

"我这身子，也不能起身去给您老敬杯酒。"

"不必了，自古咱姓张姓郑的就是一家人哪。"

老族长说过这句话，忽然动了感情，放下病人的手，去擦自己的眼中泪。郑麦旺看在眼里，连忙扶着老族长，让他出病房，不让他激动，害怕万一。

"老伯父，您看过病人，就先出去歇会儿，啊?"

老族长被扶着往外走，麦生伯忽然两眼放光，坐了起来高声叫道："老伯别走，让我给您磕个头吧!"

我们都呆了。

麦生伯奇迹般一下子坐起来，能喊出这么高的声音，是谁也没想到的。然而他已无力走下病床和跪在地上向老族长磕头了，他两手艰难地把住靠着床的桌沿儿，转一下身子，远远向着刚走出门外又回过头的老族长，努力地低下脑袋，把脑袋磕在了桌面上……

十三

麦生伯是在秀春过门后第七天死去的，不是六天，也不是八天，整整是七天。

人死了以后，七天算一个祭日，有一七、三七、五七，然后才是周年。

七真是一个神秘的数字。

由于听到儿媳妇叫爹，亲口尝了儿媳妇给他做的饭，还给老族长磕了头，麦生伯死得很满足，离开这个世界时脸上还带着微笑。

他对这个世界充满着希望。

生命就像一阵风一片云一排滚滚的洪流一样，说来就来说走就走。一个人就这样没了。

喜事接着是丧事。喜事和丧事手挽手一块儿走进了这个庄稼院儿。我看着老木匠在盖棺时手举斧头口噙长长的四方棺钉，在左边砸钉时就吼叫着老连长你往右边躲，在右边砸钉时就吼叫着老连长你往左边躲。我看着出殡时先把棺材抬出去放在街里，让亲人们最后一次扑上去抱着棺材哭。人们一边哭喊一边用袖子用手擦着棺材，并不是要擦干净些，完全是一种抚摸，是死去的人最后一次接受亲人们的抚摸。

几百名孝子拼命地哭。女人们闭着眼哭得很悠扬，不紧不慢起起伏伏又曲曲弯弯，完全切进了音乐。男人们吼声如雷，哭得很粗犷如洪水泛滥排山倒海……

参加完葬礼回到城里，这哭声还在我的脑海里游荡。正赶上青年联合会举办新春联欢晚会，我被架出来注定要出一个节目。看着一群城里的红男绿女，心里一动，我恶作剧般向他们唱起了面条饭的唱段。没有伴奏，我只是拼命地吼叫：

　　和成的面像石头蛋，

放在面板上按几按，
擀杖擀成一大片，
用刀一切切成线，
下到锅里团团转，
舀到碗里莲花瓣，
生葱，烂蒜，
姜末，胡椒面，
再放一撮芝麻盐儿，
这就是咱山里人的面条饭。

　　我得说我得到了疯狂的掌声。这掌声让我极不平静。难道城里人也听够了城里人的声音，渴望听到山里乡村的牛叫和狼嗥？

　　无论如何这里边有一种沟通。

　　也许城市感情的溪水是从乡村流出来的，乡村情感是城市感情的源头。反正那一刻，我觉得城里人一下子有点可爱了。

　　啊，我的乡村情感。

通腿儿

赵德发

一

那年头被窝稀罕。做被窝要称棉花截布，称棉花截布要拿票子，而穷人与票子交情甚薄，所以就一般不做被窝。

两口子睡一个被窝。睡出孩子仍搂在被窝里。一个两个还行，再多就不行了。七岁八岁还行，再大就不行了。

再大就捣蛋。那一夜，榔头爹跟榔头娘在一处温习旧课，刚有些体会，就听脚头有人喊："哪个扇风，冻死俺了！"两口子羞愧欲死，急忙改邪归正。天明悄悄商量：得分被窝了。

但新被窝难置。两口子就想走互助合作道路。榔头娘找狗屎娘说了意思，狗屎娘立马同意，并说你家榔头夜里捣蛋，俺家狗屎捣得更厉害，俺家狗屎爹已经当了半年和尚了。两个女人就嘎嘎笑，笑后谈妥：两家合做一床被窝，狗屎娘管皮子，榔头娘管瓢子。

费了一番艰难，终于将皮子瓢子合在了一起。狗屎家有间小西屋，有张土坯垒的床，抱些麦秸撒上，弄张破席铺上，把被窝一展，让两个捣蛋小子钻了进去。

狗屎榔头就睡。一头一个，"通腿儿"。"通腿儿"是沂蒙山人的睡法，祖祖辈辈都是这样。兄弟睡，通腿儿；姊妹睡，通腿儿；父子睡，通腿儿；母女睡，通腿儿；祖孙睡，通腿儿；夫妻睡，也是通腿儿。夫妻做爱归做爱，事毕便各分南北或东西。不是他们不懂得缠绵，是因为脚离心脏远，怕冻，就将心脏一头放一个给对方暖脚。现如今沂蒙山区青年结婚，被子多得成为累赘，那又怨不得他们改动祖宗章法，夜夜鬼混在一头了。

五十年前的狗屎榔头就通腿睡，睡得十分快活。每天晚上，榔头早早跑到狗屎家，听狗屎爹讲一会儿傻子走丈人家之类的笑话，而后就去睡觉。小西屋里是没有灯的，但没有灯不要紧，狗屎会拿一根茼秆，去堂屋油灯上引燃，吹得红红的，到小西屋里晃着让榔头理被窝。理好，狗屎便把茼秆去墙根戳灭，二人就同时登床。三下五除二退去一身破皮，然后唉唉哟哟颤着抖着钻进被窝。狗屎说：俺给你暖暖脚。榔头说：俺也给你暖暖。二人就都捧起胸前的一对臭东西搓、揉、呵气。鼓捣一会儿，二人就互搔对方脚心，于是就笑，就骂，就蹬腿踹脚。狗屎娘听见了，往往捶门痛骂：两块杂碎，不怕蹬烂了被窝冻死？二人就怵然生悸，赶紧老老实实，随后把对方的脚抱在怀里，迷迷糊糊渐渐睡去。

就这样睡，一直睡到二人嘴边发黑。

后来，二人睡前便时常讨论女人了。女人怎样怎样，女人如何如何。但是尽管热情很高，他们却始终感到问题讨论不透。榔头说："好好挣，盖屋娶媳妇。"狗屎说："说得对，娶个媳妇就明白啦。"于是，二人白天就各自回家拼命干活。

十八岁上，二人都说下了媳妇，都定下腊月里往家娶。

这一晚，狗屎忽然说："娶了媳妇，咱俩不就得分开吗？咱通腿十年，还真舍不得。"

榔头想了想说："咱往后还是好下去，一、盖屋咱盖在一块；二、跟老的分了家，咱们搭犋种地。"

狗屎说："就这样办。"

榔头说："不这样办是龟孙。"

二

人生的重场戏是结婚。

重场戏中的重要道具是床。床叫喜床。一要材料好。春是好光景，春来万物始发，因而喜床必须是椿木的。二要方位对。阴阳先生说安哪地方就安哪地方，否则会夫妻不和或子嗣不蕃。

狗屎的喜床应该靠东山顶南，榔头的喜床应该靠西山顶南。于是，俩人的喜床就只隔一尺宽的屋山墙。

墙是土坯垛的，用黄泥巴涂起。墙这面贴了张《麒麟送子》，墙那面也贴了张《麒麟送子》。

夜里，这墙便响。有时两边的人听到，有时一边的人听到。

狗屎家的睡醒一觉，听那墙还响，就去搔耳朵边的大脚片子。搔不了几下，大脚片子一抖，床那头便问："干啥？"狗屎家的说："你听墙。"狗屎便竖起耳朵听。听个片刻，狗般爬过来，也让墙响给那边听。弄完了，墙还响个不停。狗屎家的说："你个孬样！看人家。"狗屎便在黑暗中羞惭地一笑，爬回自己那头，又把个大脚片子安在媳妇的耳旁，媳妇再去搔他也不觉得。

狗屎家的仍不睡，认真听那响。一边听一边寻思：离俺尺把远躺着的那女人，长了个啥模样？黑脸白脸？高个矮个？这么寻思着就一心要见见她。但又一想，不行不行。老人家嘱咐得明白，两个女人都过喜月，是不能见面的，见面不好。

不见面就不见面，反正三十天好过。狗屎家的就整天不出门，只在院里、灶前做点活。榔头家的似乎也懂，也整天把自己拴在家里。两家如发生外交事务，都由男人出面。男人不在家，偶尔鸡飞过墙，这边女人便喊："嫂子，给俺撵撵！"那边女人便也答应一声，随即"欧哧、欧哧"地把鸡给吆过来。两个女人虽没见面，声音却渐渐熟了。榔头家的心下评论：她声音那么粗，跟楠棒似的。狗屎家的心下评论：她声音那么细，跟蜘蛛网似的。

中午，狗屎家正做饭，忽听街上有人喊："快出来看！过队伍喽！"

狗屎家的忙舀一瓢水将灶火泼灭，咕咚咕咚跑向了门外。还真是过队伍。一眼就认出是八路。军装黄不拉唧，破破烂烂，比中央军差远了。可人怪精神，一边走还一边唱，唱几句就喊个一二三四。当兵的整天喊一二三四，准是好久不在家数庄稼垄，怕把数码忘了。好多人都别着钢笔，怪不得有"穷八路、富钢笔"这句传言。有些兵还胡子拉碴，看来是有家口的，不知他们想不想老婆孩儿……

不知不觉，队伍过完了。有人说，这是老六团，沂蒙山里最神的八路队伍，说打哪儿就打哪儿，小日本最怕他们。狗屎家的听得一愣一愣的，不由得又追了队伍尾巴几眼。

又一眼撒出去，却撒到了一个女人身上。女人站在东院门口，穿一身阴丹士林，脸上几片雀斑，雀斑上方有一对亮亮的东西在朝自己照。

狗屎家的悟出：这是隔墙躺着的那女人。哟，新人竟见面了，这可怎么办？对了，娘说过，遇到这件事，谁先说话谁好。

说，赶紧说！

可是，向她说啥呢？

正思忖间，忽听那女人开口了："也看队伍？"

听着这细如蜘蛛网的熟音儿，狗屎家的浑身一抖：糟啦糟啦，这一下子俺可完啦。这个浪货，浪货浪货！她就狠狠地戳了榔头家的一眼，狠狠地在鼻子里哼一声，转身回家了。

见她这样，榔头家的马上灰了脸儿。

一出喜月春老爷醒来，要人们用犁铧给他搔痒，但榔头与狗屎没搭成犋。狗屎的老婆不让，说她不愿见东院那爱走高岗的骚货。

榔头明白了缘由，就回家责怪媳妇。媳妇道："俺不抢先说话她就抢先。谁不想个好。"

榔头嘟噜着脸说："弟兄们不错的，都叫娘儿们捣鼓毁了。"

媳妇把嘴一噘："俺孬，俺回娘家。"说着脚就朝门外迈。榔头从后边一下子抱住，边揉搓媳妇胸脯边说："谁嫌你孬啦？谁嫌你孬啦？杂种羔子才嫌你孬！"

春耕时，两家都买不起牛，都用锨镢。

两个女人见面不说话，错过身都要吐一口唾沫。两个男人见面还说话，但也就是"吃啦喝啦"，不敢多说，生怕惹得自家媳妇心烦。

三

别看八路军吃穿不好枪炮不好，却在这一带扎下根了。小鬼子兵强马壮，可就是到不了沭河东岸。

八路扎下根，就开始发动老百姓。从那时活到现在的人都说：共产党就是会发动老百姓，不会发动老百姓的不是共产党。

先是唱戏。把戏班子拉来，连演两天。有出戏也怪，不唱，光说光说。说的是北京洋腔，听了半天才听出眉目：那个俊女人不正经，跟老头的前妻儿子搿伙。后来那小伙子不干了，又跟丫环好。后来一家几口人都死了，说是叫电电死的。电是啥玩意儿？那么毒？那么毒就拿去毒小日本呀！另外几出戏虽然唱几句，但也不懂。不懂就不懂吧，老百姓图个热闹就行了。所以有人一边看戏一边议论：还是八路好，五十七军啥年月给咱演过戏？

接着是减租减息。"工作人"把佃户叫到一起问："你们为什么穷呀？孙大肚子为什么富呀？"佃户说："人家命好呀，咱们命孬呀！"工作人气得瞪眼，瞪完眼又说："不是的。是穷人养活了地主。"佃户说："养活就养活呗。地是人家的，给咱种是面子，不给咱种是正好。"工作人气得骂："贱骨头！活该受罪！"就散会了。第二天晚上又开，另一个工作人不发火，老讲老讲，一连讲了五六个晚上，把佃户讲转了筋，就合伙去找孙大肚子要他退粮。佃户们扛着粮食回家，见孩子的小肚子凸了起来，便伸手去摸，摸得孩子笑着喊痒也摸不够。

然后是办识字班。工作人说：妇女要翻身，要学文化。就叫大闺女小媳妇聚在一堆学起来。没有本子钢笔，就一人抱一块瓦盆碴子用滑石画。学一阵子还唱歌：

> 呜哩哇，呜哩哇。
> 呜哩哇，呜哩哇。
> 北风吹起落叶飘，冬来了。
> 湖净场光粮藏好，心不操。

上冬学又是时候了，
上冬学又是时候了。
不当游手的流浪汉，满街串，
别叫庄长会长催，挨户喊。
自动报名跑在前，
自动报名跑在前。

狗屎家的就是跑在前的。因为她去了一回就觉得那里热闹。原来，她晚上都是和狗屎拉呱，但大半年过去也没啥可拉了，一进识字班，晚上回来就又有呱拉了，所以她就很积极。妇救会长看她积极，就叫她当了组长，负责后街的十几户，这一来她就更积极，天天上门动员人家参加识字班。有的人家不让闺女出门，说是听人讲：办识字班是为了给八路配媳妇。过了阳历年，识字班里的大闺女都不准出嫁，跟八路排成两排抛手绢，抛着谁就跟谁睡。狗屎家的听了，骂一声"放狗屁"，立即报告了妇救会长田大脚。田大脚手拿铁皮喇叭筒，爬上村中的一棵大榆树，一遍又一遍地辟谣，大闺女们这才陆陆续续地走出了家门。

后街这片唯独榔头家的没参加，狗屎家的也没上门动员。她让别人去叫。榔头家的对来人说："狗屎家的参了俺就不参。"狗屎家的气得不行，就找田大脚，要她召开妇女大会，狠狠斗争那个落后分子。田大脚没同意，说革命要靠自觉。

一入腊月，识字班就学扭秧歌。没有红绸，就一手甩一条毛巾，甩得满街筒子毛巾翻飞，让人眼花缭乱。有促狭汉子在一边看，就和着秧歌调唱：

哎哟哎哟肚子疼，
从来没得这样的病：
自从进了识字班，
奶子大来肚子圆……

姑娘们听见了，就一齐围过来要斗争唱歌的。唱歌的把手撑在额头上，连声说："对不起，对不起，捏着眼皮打敬礼！"姑娘们便哈哈笑，笑完又去扭着腰肢甩毛巾。

狗屎家的也甩。但她腰腿不灵活，那"转身步"扭得太冒失，让人看了直想笑。于是又有人唱：

> 狗屎媳妇真喜人，
> 扭起秧歌大翻身。
> 肚子一挺腔一扭——
> 看你翻身不翻身！

狗屎家的听了也不恼，仍旧嘻嘻哈哈地扭，直扭得满头大汗。

狗屎家的整天不在家，狗屎就冷清了。一人坐不住，就溜达到东院。榔头家的说："跑俺家干吗？宝贝媳妇呢？"狗屎咧咧嘴说："那块货，疯疯癫癫的，可怎么办。"榔头家的说："进步嘛。等去开模范会，又是大饼又是猪肉。"狗屎不再作声，就蹲到地上跟榔头下"五虎"棋。狗屎的棋子是草棒，榔头的棋子是石子。一盘接一盘，谁输了就气得不行，榔头家的在一旁边做针线边笑。

狗屎家的从识字班回来，找不见狗屎，就知道是上了东院。她在院里使劲咳嗽一声："呃哼！"狗屎听见了，就慌忙撇下一盘没下完的棋跑回来。媳妇熊他，嫌他找落后分子，他只是笑。

这一天，狗屎家的回来，在院里咳嗽了一声，但没见狗屎回来；又咳嗽了一声，还不见狗屎回来。于是，她把新理的"二道毛子"一甩，噔噔噔去了东院。见男人正瞅着棋盘发愣，就一把拧住了他的耳朵："叫你你不应，耳朵里塞上驴毛啦？天天跟落后分子胡混，有个啥好？"榔头家的听这话太损，就也开口骂起来："你先进，让八路都先进你！"狗屎家的眼里顿时喷出火来，扔下男人就扑向榔头家的。榔头说："甭闹了甭闹了。"把媳妇严严地遮在了身后。狗屎家的仍要揍榔头家的，不料狗屎去她身前一蹲一起，她就在狗屎肩上悬空了。男人扛着她朝门外走，她还在男人肩上将身子一挺一挺地骂，那架势活像凫水。

四

　　根据地的参军运动开展了，村村开会，庄庄动员。

　　野槐村也开了大会，可就是没有报名的。无奈，村干部就把二十多名青年拉出去，关到村公所里"熬大鹰"：不让吃饭，不让睡觉，由村干部日夜倒班训话。青年一个个都叫熬得像腌黄瓜。第三天上，村长又训话，青年说："整天嘴巴巴儿地，你怎么不去？"村长脸一白，说："你甭不死攀满牢。俺走了，村里的工作谁干？"青年便皱鼻子："这话哄三岁小孩还行。"村长哑言半晌，而后把腿一拍："那好，俺去！这回行了吧？"见村长带头，有三四个人也应了口。村里把他们放了，剩下的继续熬。但一个个都熬倒了，还是没有人再答应。

　　村干部私下里说："看来光这个法子不行，得发挥识字班的作用。"

　　于是，识字班就开会，要求妇女们"送郎参军"。田大脚讲完，让大家都表个态度，狗屎家的第一个站出来说："看俺的！"

　　当天晚上吃饭，狗屎家的说："唉，你去当八路吧？"

　　狗屎说："甭跟俺瞎嘻嘻。"仍旧往嘴里续煎饼。

　　"真的。"

　　狗屎的嘴不动了，左腮让一团煎饼撑得像个皮球："俺连鸡都不敢杀，怎么去杀人？"

　　"那是去杀恶人。"

　　"杀恶人也不敢。"

　　"那就去当伙头军，只管办饭。"

　　"俺也不。"

　　以后再怎么说，狗屎就是不应口。

　　狗屎家的火了："开弓没有回头箭，俺已经保下证了，你去也得去，不去也得去。"

　　"俺舍不得你。"

　　"舍不得俺？那好，从今天俺就不给你当老婆，叫你舍得！"

　　果然，当天夜里她就不让狗屎上身了。第二天，也不和他说话，也不给他做饭，晚上隔二尺躲上三尺。

第五天上，狗屎说："唉，有老婆跟没老婆一样，干脆去当八路吧。"媳妇一笑："俺就等着你这句话了。"立马就去村里汇报。田大脚说："太好了，明日就往区里送。"

晚上，狗屎家的杀了鸡，打了酒，让狗屎好好吃了一顿。吃完，女人往床上一躺："这几天欠你的，俺都还你。"这一夜，榔头听见墙一直在响，但他与媳妇没有效仿。他披衣坐在被窝里，一声不吭老是抽烟，一夜抽了半瓢烟末。

第二天，野槐沟送走了十一个新兵。十一个当中，有六个是识字班动员成的。识字班觉得很光荣，就扭着秧歌送。狗屎家的扭了两步却不扭了，说两脚怎么也踩不着点儿。就跟着走，一直走到村外。

狗屎是正月十三走的，二月初三区上就来人，说他牺牲了，还给了狗屎家的一个烈属证。狗屎家的不信，怎么也不信，说活蹦乱跳的一个人，怎么会这么快就死。正巧当天本村回来一个开小差的，说狗屎第一次参加打仗就完了，他还没放一枪，没扔一个手榴弹，就叫鬼子一枪打了个死死的，尸首已经埋在了沂水县。狗屎家的这才信了，便昏天黑地地哭。

榔头家的一听说这事，心里立即乱糟糟的，便去了西院想安慰安慰狗屎家的。不料，狗屎家的一见她就直蹦："都怪你都怪你都怪你！喜月里一见面你就想俺不好！浪货，你怎不死你怎不死！"骂还不解气，就拾起一根荆条去抽，榔头家的不抬手，任她抽，并说："是俺造的孽，是俺造的孽。"荆条嗖地下去，她脸上就是一条血痕。荆条再落下去再往上抬时，荆条梢儿忽然在她左眼上停了一停。她觉得疼，就用手捂，但捂不住那红的黑的往外流。旁边的人齐声惊叫，狗屎家的也吓得扔下荆条，扑通跪倒："嫂子，俺疯了，俺该千死！"榔头家的也跪倒说："妹妹，俺这是活该，这是活该！"

两个女人抱作一处，血也流泪也流。

五

　　榔头家的养了一个多月眼伤。这期间又正巧"嫌饭"①，吃一点呕一点，脸干黄干黄。狗屎家的整天帮她家干活。推磨，她跟榔头两人推；烙煎饼，她自己支起鏊子烙。就是去地里剜野菜，回来也倒给榔头家半篮子。

　　一个月后榔头家的拆了脸上的布，脸上大变了模样。以后狗屎家的跟她说话，从来不敢瞅那脸，光瞅自己脚丫子。

　　识字班还是办着，但狗屎家的不去了，她说没那个心思。

　　没处去，就去找榔头家的拉呱。拉着拉着，她常把话题扯到榔头家的眼上，骂自己作死，干出那档子事来。一次又这样说，榔头家的变色道："事过去就过去了，还提它干啥？你再提，咱姊妹一刀两断！"狗屎家的见她脸板得真，往后就再也不提了。

　　就拉别的。多是拉做闺女时的事。

　　榔头家的说，她娘家有十几亩地，日子也行，可就是亲娘早死了。后娘太酷，动不动就打她骂她，有一次下了毒手，竟把她下身抠得淌血。

　　狗屎家的说，爹好赌钱，赌得家里溜光，把娘气疯了，他还是赌。没有兄弟，地里的粗活全由她干，硬是把个闺女身子累成了粗粗拉拉的男人相。

　　说到伤心处，俩人眼睛都湿漉漉的。

　　榔头家的会画"花"，鞋头用的、兜肚用的、枕头用的都会。村里女人渐渐知晓了，都来向她求"花样子"，榔头家的常常忙不过来。狗屎家的说："你教俺吧，俺会了也帮你画。"榔头家的说："行。"

　　榔头家的找出几张纸，一连画了几张样子："喜鹊登梅""鸳鸯戏水""金鱼串荷花""凤凰串牡丹"等。狗屎家的一看，眼瞪得溜圆："俺娘哎，难煞俺了。"榔头家的说："要不你先画'五毒'，小孩兜肚上用的，那个容易。"

---

① 嫌饭：妊娠反应。

狗屎家的就开始画，仍用识字班里学字的盆碴子。先画蛐蜒。两条长杠靠在一起是蛐蜒身子，无数条短杠撒在两旁是蛐蜒腿。榔头说："不孬不孬。"狗屎家的笑逐颜开，又接着学画蝎子、蝎虎、长虫、巴齐子。十来天把"五毒"画熟了，又去学其他的。

一天，狗屎家的画着画着停了笔，眼直直地发愣。榔头家的说："你怎么啦？"

狗屎家的听了羞赧地一笑："嫂子，不瞒你说，这些日子，俺老想那个事，有时候油煎火燎的。"

榔头家的懂了，就说："你想走路？"①

狗屎家的摇摇头："他死了才几天？"

榔头家的思忖了一下，说："要不，叫俺家的晚上过去？"

"你这是说的啥话。"

"不碍的。"

狗屎家的不抬头。

"今晚上就去？"

狗屎家的仍不抬头。

晚上，榔头家的就跟榔头说了这事。榔头说："这不是胡来吗！"媳妇说："她怪可怜的，去吧。"

榔头忸怩了一阵，终于红着脸出了门。

榔头家的躺在被窝里睡不着，就隔着窗棂望天。

天上星星在眨巴眼儿。她对自己说：你数星星吧。

就数。一个两个三个。四个五个六个。

数到二十四，刚要数第二十五，那一颗忽然变作一道亮光，转眼不见了。

唉，不知是谁又死了。天上一颗星，地上一个丁。这个"丁"不知是哪州哪县的？想到这里，榔头家的心里酸酸的。

门忽然响了。朦胧中，榔头低头弓腰，贼一般溜进屋里。

榔头家的忙问："这么快？"

男人不答话，将披着的棉袄一扔，就钻进了被窝。

_____

① 走路：改嫁。

男人用被子蒙住头，浑身上下直抖。女人问怎么啦，问了半天，男人才露出脸战兢兢地答："俺不去！出门一看，狗屎兄弟正在西院里站着……"

"他？他还活着？"女人也给吓蒙了。"那俺得去看看。"她壮壮胆走出了屋门。

西院的屋里亮着灯，狗屎家的正披着袄坐在床上。一见槭头家的进来，笑了笑说："嫂子，你两口子说的话俺全听见了，快别恶心人了。"

"……"

"说实话，这几天俺真起了走路的心，打谱过了年就找主。可一动这个心，俺就真真地看见他站在跟前，眼巴巴地瞅着俺。"

槭头家的明白了。

狗屎家的又说："这辈子俺走不成了。你想，走到哪里他跟到哪里，俺不是活受罪？唉，'狗屎家的'，'狗屎家的'，俺只能让人家叫一辈子'狗屎家的'了……"

一席话，说得槭头家的眼泪澄澄。

她找不着话说，想走。狗屎家的却说："嫂子，你要是疼俺，就陪俺一夜吧，俺害怕。"

槭头家的就脱鞋上了床。

天明回到东院，槭头一见她就嚷："毁啦毁啦。"

女人忙问什么事。槭头说："俺一宿没睡着觉，一合眼，就见狗屎站在跟前，气哼哼地朝俺瞪眼。"女人说："没事，过一天就好了。"

但一天两天、三天四天，槭头还是一合眼就见狗屎。

槭头家的说："这死鬼还真是小心眼，俺去打送打送。"

她买了一刀纸，偷偷上了西北岭顶。在大路上，用草棍划个圈，只朝西北方留个口子，然后把纸烧了。一边烧一边说："狗屎兄弟，你甭缠磨你哥了。"

打送了以后，槭头还是那样。

狗屎家的就笑着对她说："嫂子，甭打送了，白搭。我倒是有个法儿治那死鬼。"

"啥法儿？"

"叫槭头哥去当八路。"

"当八路？"

"对。当八路使枪弄炮，狗屎怕那个，就不会再缠磨榔头哥了。"

榔头家的想了半天说："那就去当八路！"

村长喜出望外，亲自抬轿，把榔头送到了区上。

这年秋天，榔头家的生下一个小子，取名抗战。

六

榔头家的坐月子，由狗屎家的服侍。狗屎家的白天做饭洗褯子，晚上就跟榔头家的在一床通腿睡觉。

满了月，榔头家的说："你往后甭回去睡了。"

狗屎家的说："行。咱姊妹在一块儿省得冷清。"

于是，两个女人没再分开。

两家一个是烈属，一个是抗属，地都由村里组织人种。两个女人只干些零活，大多心思都用在孩子身上。抗战爱尿席。尿湿一头，狗屎家的就叫榔头家母子到另一头，自己到尿窝里躺下。刚刚暖干，抗战在那一头又尿了，她又急急忙忙和那母子俩调换过来。抗战掐了奶，两个女人就烙饼嚼给他吃。你嚼一口喂上，我嚼一口喂上，抗战张着小口，左右承接。抗战长得风快，转眼间会走会跑。晚上，两个女人一头一个，屈膝屈肘撑起被子，让抗战"钻山洞"。抗战就在一条坎坷肉路上爬，嘻嘻哈哈。爬到头再拐弯时，狗屎家的亲亲他的小腚锤儿说："嫂子，等抗战他爹回来，你再养个给俺！"

榔头家的说："好办。"

鬼子跑了，榔头却没回来。

老蒋跑了，榔头还没回来。

两个女人仍旧通腿睡。这一晚，抗战忽然把脚伸到了不该伸的地方。

天明两个女人悄悄商量：得给抗战分被窝了。

七

刚给抗战分了被窝，榔头家的就接到上海的一封信。

是榔头的。榔头告诉她，因为革命需要，他又新建立了家庭，不能再和她做夫妻了。

狗屎家的气得一蹦三尺高，要拉榔头家的去上海拼命。榔头家的却说："算啦，自古以来男人混好了，哪个不是大婆小婆的，俺早料到有这一步。"

晚间上床，榔头家的苦笑了一下说："这一回，咱姊妹俩赌管安心通腿，通一辈子吧。"

狗屎家的说："只是你不能再养个给俺了。"

榔头家的说："好歹还有个抗战。咱俩拉巴大的，他就得养咱两人的老。"

狗屎家的擦擦眼泪，挪到床那头，紧紧抱住榔头家的。

不料，当年入伏这天，抗战却在村南水塘淹死了。他跟几个孩子摸蛤蜊，一潜下水就没再露头。等被人捞上来时，眼里嘴里都是黑泥。

抚着那具短短小小的尸首，两个女人哭得死去活来。

埋掉抗战已是晚上，狗屎家的拎一只筐在床上，里边放盏灯，再披上一件裸子，然后拉榔头家的到西院睡。她说，孩子死了，要偎三夜娘怀才去投胎转世。要是叫小死鬼偎了，大人就会得病。咱就叫那只筐当孩子的娘。

但榔头家的不干，依旧和衣睡在床上，狗屎家的只好陪着她。

第三个夜里，榔头家的突然坐起身喊道："抗战！抗战！"

她跟狗屎家的说：刚才梦里见到抗战了，他眼泪汪汪地叫了几声娘，转身走了，眼下刚走出门去。

说着，她像记起什么似的，下床跑到门口，冲那无边的黑暗喊："抗战，你投胎甭到别处投了，就投你小娘的吧！你小娘把你养大了，你再来看看俺！记住，你爹大名叫陈全福，在上海，听人说要一直往南走……"

这一夜，两个女人一直坐在门口，望着南方，流着泪。

八

若干年之后的一天晚上，有一老一少走进了野槐村。

一汉子遇见，认出那老的是谁，就急忙带他们去了一个破破烂烂的院子。

汉子心急，刚叫了一声就用肩撞门，竟把门闩啪地撞断。

进屋，见壁上挂一盏油灯，灯下摆一张床，床上一南一北躺两个老女人。

汉子说："嫂子，看看谁来啦？"

俩女人侧过脸，眼一眨一眨地瞅。瞅见老的，她们没说话。瞅见小的，却一齐坐起身叫道："抗战。抗战。"边叫边伸臂欲搂。臂间的乳裸然，瘪然。

小伙子倏地躲开。他把老的拉到一旁，用上海话悄悄问："嗲嗲，伊拉一边厢一个头，啥个子困法？"

老的泪光闪闪地说："这叫通腿儿……"

年关六赋

阿 成

爷爷活着的时候，每逢旧历的春节，老三的父母一定要领着他们生育的四位雌雄，到爷爷的家去过年。爷爷死后，老三这兄妹四人也一定得到父母的家守岁。

这是王氏家族的规矩。

——题记

赋 一

老三爷爷的家，临着一条江。

这条江叫松花江，先前叫速水，比较有名气，也很古老，颇为寂寞地流了几千年。两堤的歪柳，婆婆娑娑，可以望到将尽不尽之处。

速水时代，江水大阔，浩兮荡兮，霸去了现今道里、道外和松蒲三个区镇所踞的几万公顷土地。就是现在，三个区镇仍在南岗区的鸟瞰之下：鸟从南岗区的平地翔出，到这三个区镇就无端高出几百公尺。故此，南岗区，一直被哈尔滨人仰慕为"天堂"。

"天堂"地势伟岸，文明发达，人之心态也日趋居高临下：自矜自诩，自恋自爱，以为领着哈尔滨几十年的风骚。

位次"天堂"的道里区，异人扭集，洋业鼎盛，歌兮舞兮，朝夕行乐，几乎无祖无宗。誉为"人间"。人间者，比上而不足，比下则有余。善哉！

道外区，行三。净是国人，穷街陋巷，勃郁烦冤。为生活计，出力气，出肉体，也干买卖，也来下作。苦苦涩涩，悲悲乐乐，刀拼，秽骂，亦歌亦泣，生七八子者不鲜："今朝有酒今朝醉，明朝没酒现掂对。"得"地狱"之称不枉。

天公巧成，老三和他的两位哥哥，竟分别住在这三个区。大妹及父母则住在江对岸的松蒲镇。

松蒲镇，现今也归于道外区。但洒脱得多，大有世外桃源的味道。草势汹涌，水汊纵横，落云降鸟，十分清平。早先是一渔村，次成疗养区，今为游览区，老、中、青三结合的恋爱区："芳洲拾翠暮忘归，秀野踏青来不定。"入了夜，草窠里有不少叫鸟儿糊涂的东西。此地先前是一叶小洲，站在江对岸某株歪柳下一眺，人间夕照红红艳艳，恰好从岛腰处柔柔地浴下去。灿烂辉煌，佛光四射，得一名："太阳岛。"

太阳岛亦有另一说法，倒是倭寇给取的，象征大日本如是红太阳一般，占了此地直至永久。老三的爷爷听了，便要跳骂："放屁！×他娘，太阳岛，是我取的！"

老三的爷爷，是古齐国的山东人。山东地俗强悍，古风就不甘寂寞，反过朝廷，多侠义，也作恶，多孝忠，也招安，很有冒险精神。

苍天可鉴，老三的爷爷，的的确确是这里的第一家住户，壮年时，逢山东大灾，不忍吞石餐土，驿水驿马，到东北来挖宝。

东北自古殷富，且多山林，素有三宗珍宝：人参、貂皮、鹿茸角。此三者，为九州之上品。餐冰卧雪，跑山居洞，弄些回老家，置田、置房、娶好样女人，续宗氏香火，绰绰乎有余。

那时，为此目的来东北的山东人很多，然"无颜见江东父老"的也很多。老三的爷爷当属后者。

两手空空，从大、小兴安岭摔出来，野鬼般，劳顿疲苦，都想笑笑，都想歇歇，就纠集三两同党，驶一条不小的篷船，再找老客易些柴米盐茶以及烟酒一类，在松花江上顺流而下，"三花银鳞细，生拌野味香"，过神仙的日子。

这样的船，在当时叫"漂漂船"。

"漂漂船"的船主们，都要凑钱雇一女人。这女人必定是同乡，或是同府，称"漂漂女"。漂漂女到东北来，常常是婚姻不尽人意，或者是被"第三者插足"，抑或偷了中意，便学孙二娘母大虫，弃乡出走——去他娘的山东吧！

汉子们选的漂漂女，一身体好，抗折腾；二模样要顺，耐琢磨。一口的家乡话，你一句我一句，长一句短一句，硬一句软一句，感到"不似山东，胜似山东"，算是回家了。

漂漂女很贤惠。除了给"神仙"们温酒、煮茶、擀面剂儿、烙饼、包饺子、洗衣以及缝破补绽之外，夜里还要伴着潺潺的逝水，按其辈分，逐个陪他们睡觉，享受人伦之乐。

松花江，唐曰"粟末"，两岸有的是野生的粮食，主食不愁；辽曰松花江为"鸭子河"，吃肉也不成问题，还有硕大的鸭蛋佐酒（愿意吃黄的，扔清；愿意吃清的，扔黄。很随便）。且松花江有的是鱼虾王八，饿是绝对饿不着。雄雄勃勃，体格就很好。常常沐着白日、赤身裸体站在篷船上，于行云流水之中，放声野歌。

始暮春至晚秋，恰一轮血色的晚照，浮在哈尔滨（蒙语：平地也）江汉的一个芳洲之上，就逼了岸。这些日月，漂漂女一般都要怀上一崽，叫"漂漂崽"。哈尔滨的后代，大约就是"漂漂崽"的后代。

"是亲——三分向。"下了船，几条汉子一定要替漂漂女盖间房，以备生产之用，并障景院子。不愿留下的，叫"嫂子"，叫"妹子"，叫"大姐"，叫"可怜儿"，磕个头，说"难为啦"，哭几声离别的不舍，然后，再各自去闯山、挖宝、喂野牲口！

那次，单是老三的爷爷留下没走。他总觉得漂漂女肚子里的玩意儿是自己的骨血。留下来同这位漂漂女安锅灶、盘火炕、铲柴草、晒鱼干，过生活。

几个月后，老三爷爷乐不可支。在柴门的左侧挑出一块血布和一支柳条撖成的弓箭。

山东古俗：倘若在自家的柴门上挑出一尺把长的血布，再斜挂上弓箭，大富大贵，表示该户产了儿子。

老三的父亲就是"漂漂崽"，是山东人的后代，也是哈尔滨人的第一代子孙。

老三的父亲，是爷爷给接的生。他用酒洗了手，从漂漂女的胯下掏出肉滚滚、满头乌发的父亲，渔刀一闪，断了脐带，再用温了的松花江水痛痛快快浴了父亲，用粗糙的大手托着，赏着，止不住一阵傻笑。这位漂漂女，就是老三的奶奶，她为王氏家族完成了这一伟大的壮举，陪着爷爷也傻笑了一阵，突然白了脸，抻直了身子，砰一声倒下去，与世长辞了。当日，老三的爷爷又在柴门上的右侧挑出一挂"黄纸"。那挂黄纸，随着疾疾的江风，疯疯地响了好几日，直至一条不见，才软软地歇了。

漂漂女死后，老三的爷爷参照死人，用木炭给漂漂女画了一个像。画得很幼稚，儿童画的一样。是裸体。乳房和臀部画得很大，脚也画得很大，很粗实。稳稳地站在那儿，腰间荡出一块云，云上是太阳，小小的；云下是月牙儿，也小小的。

北方规矩，祖父祖母乃至父亲母亲过世，其子孙后代都要请人给他们画像，以示缅怀，规矩是好规矩。可惜，不是裸体。

每逢农历的春节，老三的父母领着他们的孩崽到爷爷家过年。一进门，依着顺序，都要先给画像上的奶奶磕头，是三叩头，说：

"妈，过年好！"

"奶奶，过年好！"

奶奶的画像之下，供着奶奶用过的家什：针、线、顶针和一只未纳完的麻鞋底儿。放在一个元宝形的、用柳条编制的小簸箩里，上面画着那条尺把长的血布。

爷爷死后，这些都随了葬。就葬在太阳岛上。

赋 二

老三爷爷的也就是后来老三父亲的家，院子很阔。凭栏望去，一任江天浩浩荡荡，爽着肺腑。其住房几经修缮，已楚楚动人。庭院里植着一簇丁香、一簇樱桃、一簇迎春，另有两株高杨，任鸟喁啾，任风肆意。栅栏上爬着翠翠柔柔的喇叭、蒺藜，精精巧巧，缀着各色彩朵，十分享眼。院里犁开几垄，植豆角、茄子、黄瓜、土豆。栅栏上勾悬着几条铁丝，晒着鱼干，有白鱼，有三花，亦有江鲤、草根一类，哗哗啦啦，干干透透，濡着精盐。雪日里，放油锅一烹，脆香！

父亲住着很好，很遂心，很滋润，过得也极有板眼。

每值茶余饭后，一轮将浴，兄弟几个一律恭恭敬敬，坐在庭院的小凳上，听父亲讲《论语》。

老三的父亲是读书人。爷爷活着的时候，早早地把他送到江对岸的私塾，读孔子。那时，江对岸已有铁路过，就是俄国人建的那条中东铁路。大哉！孔子，也一同被载了来。山东人古来就讲究智力开发："大学之道，在明明德，在新民，在止于至善。"再者说，养不教，父之过"嘛。

老三的爷爷为了供儿子读书，捕了一辈子的鱼，卖了上百吨的鱼虾，真累！

每逢星期六，学堂放课，老三的爷爷就早早地摇了船到江南，歇船在柳荫之下，吸着早烟，等父亲。

父子俩见了面：

儿子给爹鞠一躬，说：爹——

爷爷嘿嘿地傻笑，说：儿子——

染江的夕照下，逝水，桨声；桨声，逝水，爷爷唱：

儿子的江来——

爹的桨哎——

一桨，一江，

一江，一桨，

×他娘——

日他江——

真眼亮哎——

……

老三的父亲讲《论语》，从不看书，凭着记性。另外，小方桌上总有一壶清茶，饱饱地候着。

"子曰，"父亲说，"就是孔子说。曰，就是说。子曰：巧言令色鲜矣仁……做事，不能光靠嘴，要少说。古人说：贵人言语迟。靠什么呢？靠行动，靠做。光说不做，不是仁义人；光做不说，大用之材。记住没？"

兄弟几个都点头，不说。

> 子曰：融四岁，能让梨。
> 子曰：温良恭俭让。
> 子曰：君君臣臣父父子子……

父亲说："凡'子曰'，都要背下来，方能成人。"

老三的父亲教育子女，层次比较高，很有群体意识。

每逢旧历的春节，八仙桌上的饭菜，就不错。可喜可贺，这几日，无论长幼，一视同仁，可以放开吃放开造，不必拘谨，过年了嘛。为什么要过年？就是这个意思。正月里的父亲，态度好，脸上总是漾着慈笑，同辈的表兄表弟一样。

除夕的圣餐，事先一律要祭祖，儿女们要给仙逝的爷爷、奶奶的灵位磕头。父亲还要在灶前烧一沓阴币，恭恭敬敬，说些话。全磕完头，父亲站在一旁，依次给压岁钱，都是新票子：二元、一元、五角不等。

儿女们接了钱，很激动，说"谢谢爸"。

守岁之夜，不准睡觉，都要精精神神。俗话说：一分精神，一分财，十分精神，抖起来。

年夜饭，老三的父亲总要讲些旧话。如："在家敬父母，胜似远烧香。"讲的是山东泰安一个打烧饼的和一位有钱的少爷，到泰山大成殿争当天下第一大孝子的事。父亲讲得有板有眼儿、有景有物，人物实在，对话不多，听了不忘，有较高的审美层次。老三一干儿女，听得入神，觉得很亲切。

高兴之际，父亲还要唱两口，《借东风》啦、《天女散花》《花田错》什么的，有些功夫、韵白、京白也不错。高音上不去，就改成低音过渡，挺有趣。

看着父亲得意忘形，老三的母亲就要讲老三的父亲的那桩风流事。

据母亲介绍，老三的父亲年轻时搞过一个日本姑娘，叫木婉。一到这时，老三的父亲就软了下来，挺狼狈："嘿嘿，什么木碗、木盆的……"

木婉，在老三母亲断断续续的介绍中，大约是一个长得很文静，也很庄秀的姑娘。老三的母亲说："日本的娘们儿，就是搞破鞋的，也挺懂礼貌，总是说：对不起，对不起。"

老三的爷爷死后，老三的父亲学过日本语，一度在日本人的机关里谋过职，是文书，相当于校对，不是翻译。他的口语不太好，但会的，都说得比较纯正，还是东京口音。这大约是他同木婉遭遇后的一个意外收获。解放后若干年，老三的父亲在填什么表时，在"懂何种外语"一栏，总是很骄傲地填上"日语"。然后，脸色就戚戚的，半天才把笔帽插上。

木婉小姐是那个日本机关长官的秘书，笑吟吟，常常来请教老三的父亲。老三的父亲，汉语水平不错，讲得也精确，不懂的不装懂，回去翻书，再讲。故此，木婉回赠了父亲不少日本良宽禅师的诗，都是她亲笔写的，其中一幅，老三的父亲至今还珍藏着。

> 望断伊人来远处
> 如今相见无他思

老三的父亲也给她写了不少诗，内容不详。

光复后，木婉回国，老三的父亲哭得真不行。老三的母亲说："你爷爷死的时候，你爹也没那么哭，一把鼻涕，一把泪的，贱叽叽，抓住人家的手就是不放……"

解放后若干年，这事被红色造反者们知道了。说老三的父亲是民族的败类，是狗日的日本翻译，一定是日本潜伏特务。来调查老三的母亲时，母亲说："怎么，干了日本娘们不行？我看，干日本娘们是革命的，大方向是正确的。"

儿女们听了，都笑笑，大过年的，不说什么。坐在一起：吸烟、喝茶、嗑瓜子儿，说些吉利的话。

窗外下着大雪，爆竹声此起彼伏。

赋 三

兄弟几个，数老三的大哥最出息。

老三的大哥在地方法院工作，是副院长。早已娶妻生子。每值旧历年，他总要早几天把"东西"送到父母的家里。送的东西都很实惠，东北大米、特级沙子面、半扇精肉、一大捆绿豆宽粉，以及豆油、母鸡、肥鹅一类。算一算，一二百元不止，足够老三的父母享一个正月。老三的大哥今年送的东西最丰实。去年因去广州办案，没回家过年，今年就多送了些，有些补过的意思。放下年货，大哥总要抑下声来，对母亲说："妈，东西的事，就不要告诉小李了。"小李是老三的大嫂，长得很媚气，而且这媚气透过一脸的雀斑，竟显得很朴实，个子不高，心细，观察得也很入微。听说老大手上不少疑难的案子，她都出过有益的主意，并且说的都是家常话，现成的比喻，三句五句，入情入理，明明白白，就让大哥疑窦顿开。因此老三的大哥对她就防备些。古人说："害人之心不可有，防人之心不可无"嘛。

大哥因是副院长，到家里送礼的人自然很多，送的也很实惠。大嫂就很愉快，再把这些礼物编派到日常生活中去，眉头就展得很开，腾出心思，专心调剂就是了。时不常，嘴里还淌着曲子，什么"小雨来的正是时候"之类的。

送礼人到，老三的大哥总是凶煞着脸，坐在转椅上，泥像一般，一动不动，听对方涕泪交叠，说这，说那，自始至终一言不发。一两个小时也不吸烟，挺得住。待送礼人不得不走，才缓了口气，说："走好。"但眼神仍是冷冷的。送礼人出了门，便要在心里下死口地骂："我×他妈的！呸！"

老三的大哥是前年升的副院长。据讲是一桩案子办得挺干净。某某区的商业局长的儿子，肆行无教，高高兴兴，连着串儿蹂躏了几个姑娘家，女儿们的家长齐名告了官。商业局长倾家荡产和利用本职业的特点，一一打通了各个关节。区公检法批了他儿子二年教养。百姓不服，再告。老三的大哥去了，商业局长一见这张冷脸，心都不跳了。二十天后，把商业局长的儿子验明正身，毙了。

大嫂则对大哥极佩服，仰着脸说："唉——你大哥呀，我是一辈子也看不透啦——"

旧历三十这一天，老三的大哥领着媳妇、女儿回家，事先一定要脱掉法院的制服，换上便装、布鞋，并告诉大嫂："到家讲话做事要注意，不能乱说，不能神气，也没什么可神气的，是事儿，听着就是了，多干活！"

大嫂笑着说："老王啊，老王……"

大哥狠狠地瞪了她一眼。

赋 四

住在道外区的，是老三的二哥。二哥一律是旧历三十的下午，骑着摩托车，驮着新二嫂回父母的家过年。

老三的二哥也出息得不错。他在道外区的繁华地带承包了三家铺子——建材商店、服装商店和食品杂货商店，是总经理。这三家商店装修得很洋气，均挂有"质量第一顾客至上"的竖匾。老三的二哥经常骑着摩托车往返三店，指导工作。

老三的二哥有头脑，办事干脆利落，是行家里手，业务往来，人事周旋，应付裕如。常常一声令下：酒肴杂陈、姝女环候、滋润政界人士。头年选为区政协委员，出人意料，竟对住房问题有些见解。在一次政协会议上，他说："对于住房，老百姓还编了一套顺口溜：一二楼老弱病残，三四楼有职有权，五六楼傻×青年。这个这个，哈，是不是，希望有关部门重视一下子，玩点真的，不能总是'孩子死，来奶了'这一套，一旦既成事实，怎么管？"为此，他还专门写了一份提案。老三的二哥，字写得不好，中国字全让他抽去了骨头，破线头似的，写了一整篇。有关部门的头头破译后，说，这小子，真能白话。

旧二嫂，二哥考虑以后，已经不要了。新二嫂比之旧二嫂要洋气些，长得白净，化上妆，很打眼。一身行头，少说也值几百元。冬天则要翻一番。总是咯咯地笑，嘴上常常"××"的，挺现代，办事也极精明，胆子也大，追求新生活，是新女性，也是三家商店的副总经理。算账从不用电子计算器，眼珠儿水灵灵地一转，秋毫无差。二哥喜欢得不行，常常吃些补品。

旧二嫂就旧了些，不打扮，也想不起来打扮。打扮给谁看？黑了，白了，能怎么的了。一心扑在孩子身上，跟二哥也不亲热。二哥瞅着旧二嫂很灰心，觉得真他妈的！说："怎么尿不到一壶去呢？"

旧二嫂同二哥没离之前，二哥就同新二嫂处得很融洽，彼此也谈得来。二哥说："我爹还说：子曰，吾未见好德如好色者也。"

于是，二哥同新二嫂，有些事，真痛快！公开得很，不在乎。新二嫂非常尊重二哥的意思和行为。二哥离了婚后，俩人就比较快地完了婚事，提前生了一个男孩。这样，二哥先前单位的同志们说些话，二哥觉得没劲儿，便辞了工作，吃苦耐劳，干买卖，是第一代企业家。现在已是几十万元户，常常去参加市里的一些会议。他比大明星小点，比小明星大点，是中不溜的明星。二哥回家过年，自然提的都是高档货。有山珍，有海味、有洋货，分东洋与西洋，都很名贵，看着浑身痛快。

临行前，老三的二哥也一定很严肃地对二嫂说："回家过年，有几条注意：一不要化妆，全擦掉，土一点没关系。二不能摆阔，首饰什么的，不戴。要有老有少，不准瞎白话。家里的饭，好不好吃，一律认真吃。尤其爸妈做的，要说，真好吃。听见没有？"二嫂笑笑，说："行。听你的。就当上庙了，一天怎么也忍了。"二哥说："对！就是这意思。"

二哥二嫂回家过年，穿着都很朴素，甚至显得过了，头发也剪得很短，像五十年代的干事。

赋　五

老三住在道里区，在一家杂志社当助理编辑，也是新潮作家。戴贝雷帽，推崇奥地利人弗洛伊德，对性有些研究，很真诚地在一些刊物发表了几篇此类评论和表达这一认识的中、短篇小说。不少曾扶植过他的老同志，十分痛心地说：老三老三骄傲了，年纪这样轻、这样轻，口出狂言，狂言，性性性，可悲可悲，不见发达，不见发达，螳臂当车、蚍蜉撼树，混尿！

有个别老同志落泪了。

然，老三的工作作风很严肃，对作者的一篇小小说，也能高谈阔论一个上午："在中西文化，在传统与当代，在感性与理性，在主体与客体，在客体与主体，性，首当其冲。无性与中性，阴性与阳性，阳性与阴性，阴阳二者构成宇宙。宇宇宙宙，阴阴阳阳，公公母母，雄雄雌雌，如此而已。"

老三的阴性，在机关工作，是党员，极讨厌老三把业余作家引到家里大谈其性。骂他没出息，不要脸，是流氓教唆犯："准有一天被公安局抓了去，送到玉泉采石场，活活累死你！看你还性不性！×你个妈的！"老三的阴性就这样高嗓门地骂他。老三很伤心，心里不好过，一直想离婚，头发也早早地花白了。

老三的女儿说："嘻！爸，妈，我算看明白了，你们就是打出玫瑰花来，也离不了婚。"

"玫瑰花?！"老三听了，惊了脸，顿时泪水纵横，自言自语念叨了一个下午，反反复复地叨咕："玫瑰花，玫瑰花。"

老三的家境不富裕。回家过年，带的礼品就很一般化，是四合礼，有四种奶油蛋糕，很艺术地组装在一个礼品盒子里，并用透明的玻璃纸罩着。

老三回家过年，从不戴贝雷帽，上衣兜也不插钢笔、油笔。事先也要对媳妇说："嗯——到家，看别人，他们怎样，咱怎样，千万别出挑儿……"

老三的媳妇看了看他，轻蔑地说："熊架!"

赋 六

自从老三兄妹四人分别嫁娶后，凡二十余载，都回家过年：或步行，或坐车，携妻带子，提着年货、礼品，从冰冻的松花江的江面上过去。这事，居在一个城市的兄妹，并不事先通通电话，也不约定一下，基本上都回去。平常并不见面，见面干什么呢？都觉得没必要，也无话可说，便不往来。

近几年，子女回家过年的情况不佳，总有"少一人"的现象。老三的父母伤心了。说："你们翅膀都硬了，另外都有自己的家，以后，不回来也行。"

老三去年没回来，参加文化人的除夕晚会，有录像；老二前年旧历年在厦门谈生意，是一笔大钱，没舍下。听了父母的话，一律说："哪能哪能，今年都回来。"

今年过年，兄弟几个都事先做了安排，回家过年。

老三的母亲对孩子很好，很平等，也很亲近，总是喜着脸："三儿回来啦。""老二回来啦。"都柔柔的，儿子、女儿瞅着，心里就充满了温馨的阳光。

老三的父亲早已退了休。赋闲在家，养养鱼，养养花，清早起来打打拳，买份报纸，尤其爱看日本方面的消息。过得还滋润。兄弟几人，回到家后，坐在一起，吸烟，喝茶，彼此都很客气，坐的姿势也很规矩。对于对方的意见，不论长幼，一律尊重，耐心听，点头。说话的声音也都不高。

大哥善着脸，很和气地问：

"老二，最近怎么样?"

二哥想了想，规规矩矩地说："还行。"

大哥张开嘴，笑了，冲老三："你最近还行啊?"

老三咽了咽唾沫，点点头，笑了一下，没言语。

新二嫂坐在一旁，也规规矩矩，不言语，偷眼挨个地瞅，也没琢磨出什么来。

在年五更的菜肴中，有一个是父亲亲自下厨做的菜，权且叫"土豆合子"。这种菜的做法比较简单：在半切开的土豆片中，夹上拌好的猪肉馅，再滚上面糊糊，用油一炸，焦黄，再撒些白糖，这样吃。

母亲说："这是木婉教的，吃着——还行。"儿女们都尝尝，好吃，从此的年五更，总少不了这菜。先前的旧二嫂最喜欢吃，说这东西实惠。

旧二嫂同二哥离了以后，母亲再没说过旧二嫂一句好话，说她不像正经女人。父亲则在一旁说："还行……还行。"母亲忍不住笑了，说：

"行？是个女的，你都行，老贱种！"

大哥岔开话儿，问母亲：

"妈，年夜饭有酸菜炖肉吗？"

母亲听了，慌慌地拢了拢一头的白发，说："有，有。都是五花三层的肉哩。"

酸菜炖肉，是王氏家族过旧历年的传统菜，也是东北地区的名牌产品。东北人都很喜欢吃，而且吃得也很有感情。

守岁之夜，一家人嗑瓜子儿、吸烟、喝茶水。第三代人，则在另一屋内玩、疯，或到院里放小鞭儿。谁要饿了，可以先吃点儿点心。大哥说："老三买的点心不错。"二哥说："这东西市面上脱销，买要排队。"

老三在一旁就有些不自然。

父亲见了，就说："甜东西我爱吃。"

母亲笑了，说："木婉也爱吃甜的。日本人都爱吃甜的，啧啧！怪了。"

大家都笑笑，不说别的。母亲也笑，说："你爸搞的那个木婉，跟疯了似的，一天几趟往人家那跑……"

"说点别的，说点别的。大过年的……"父亲在一旁很和蔼地说。母亲说："不要紧的，都是自己家的人……大过年的，就这么干坐着？"

北方规矩：年五更的主食，吃饺子。须女人们在一起来包。王氏家族的这顿饺子，是素馅的，有点善男信女的味道。一般是用韭菜、虾仁、蘑菇（是白蘑），以及鸡蛋和馅，再淋上点香油，味道很鲜，吃了很爽口。母亲的手很巧，把饺子包成"麦穗""元宝"，以及"小荷包"式的。这几种各有点象征意义。另外，还要分别在饺子里放几枚古钱，谁吃着了，谁一年有福。

母亲一边包，一边讲父亲的"艳史"。几个儿媳妇就陪着笑笑，相互也不传递别样的眼神儿。

父亲则在里间的屋子里，恭恭敬敬，供上爷爷、奶奶的灵位，燃几炷香。

母亲一边包饺子，一边讲解似的说："你爸的品行不好，是根儿上的毛病。啧！还上供？瞅他孝的！……年年扯这个淡，文化大革命也没把他这毛病斗过来。"

大嫂柔着声说:"妈,别老提木婉了,你看我爸都是快七十的人了……"

母亲笑了:"这是岁数大,再倒数几年,还得搞……"

二嫂也笑了,说:"看您把我爸说的。"

老三的父亲过来听了,美美地吸口烟,摇摇头,说:

"你妈没坏心眼儿……"

"有坏心眼,早把你这个花货送监牢狱去了。"说罢,母亲嘎嘎地大笑起来。

到了子时,王氏家族的人,一律要给爷爷奶奶的灵位磕头,这一规矩,凡数十年未变过。父亲站在灵位一旁,看着几个比自己高出半头的儿女,想了想,说:

"今年——就不用磕头了吧?"

兄弟三人一律抬眼看母亲。母亲觉得受不了这询问的眼光,就把头扭了过去。

大哥笑着说:"哪能,哪能。"率先跪下来,恭恭敬敬地叩了三个头。

大哥磕完二哥,二哥磕完老三。都磕得很严肃,很端庄,也很虔诚。儿媳妇们不必磕头,行个礼就行了。三个媳妇,礼行得也很标准,几乎全是九十度大鞠躬。

母亲是最后一个,给公公婆婆板板正正地行了个礼,完了,眼睛就湿润了。

父亲也落了泪。

年五更的饭,坐位是一定的:八仙桌的上首是父亲,大哥次之,以后按顺序坐。第三代人在外间另置一桌,不提。母亲坐在一角上。儿媳坐在右边,序乱些,没人计较。女儿,年五更不能回家,依旧俗,在婆婆家过。大妹则例外。

妹夫前几年认真思考后,就弃家出走了。妹夫同大妹结婚时,不知大妹有疯病。十几年来,他们夫妇的日子过得非常之艰难。大妹此病的特点,是周期地犯。年复一年,妹夫觉得真是的,就走了。至今整三年。听说他又找了一个女人,并郑重地寄回一张照片,是合影。新女人的肚子明显地大了。老三媳妇说:"估计——有四个月了吧?"大妹觉得真可笑，哈哈大笑了一阵，说："三嫂，你真是，还是干部。瞅瞅，那凸的，少说五个月……"母亲看了，说："假的！木婉也这么凸了一阵，没几天，啧，瘪了。"

大哥把照片拿过去，说："这张——我拿着？"大妹问："干啥？""依法，这是遗弃的罪。"大妹说："别介。他闹一阵，准回来。"父亲说："都大了，这事儿，让你妹妹自己处理吧。"大哥立刻笑笑，把照片还了回去。

大妹回家过年，永远什么也不买，就带着刚上学的儿子猛猛。然后，嘱咐说：

"儿子，给你大舅、二舅、三舅拜年，让他们给压岁钱。"

猛猛羞着脸，逐个地拜。

大哥给了二十。二哥想了想，说：

"猛猛，等一会儿，二舅再给你……"

老三红了脸，掏出五块钱，说：

"儿子，赶明我再给你点稿纸……"

一家人闲聊之中，彼此都温温和和。大妹因为疯，一切就来得很冲：

"大哥！你现在是什么级？科级吗？正的，副的？"

"是正处级。"大嫂喜喜地说。

大哥恶了一眼大嫂，然后，转过脸，温温良良地问："爸，您老今年的身体感觉怎么样？很好吧？"

"好。这都是你妈伺候得好。"说罢，老三的父亲还讨好地看了老三的母亲一眼。

"哼！"母亲对大哥说，"你爸要是跟那个木婉呀，早就折腾死了，能活到今天？"

儿女们都笑笑，并不入心。

"三哥，"大妹说，"你现在是大作家了，我们同事说的，《荡女的魔力》是你写的吧？真好看。"

老三很尴尬："是写爱情，不好……"

父亲叹了一口气。母亲见了，就说："怎么，想木婉了？"

父亲赶忙说："什么木婉！木婉这五十一年，再搞十个男人也有工夫……都是哪年的事啦……"

"啧啧!"母亲笑着对儿女说,"瞅瞅,这老东西的记性,五十一年……"

　　……

　　时辰已到,二岁交叠。年五更的圣餐开始了。大家坐好后,大哥端着酒杯站了起来,笑微微地说:

　　"爸,妈,过年好!"

　　几个儿子、儿媳妇都站了起来,一律恭恭敬敬地说:"爸妈,祝你们长寿!"

　　母亲听了,落了泪,说:"好好!你们都好!"

　　父亲擎着酒杯,很感慨:"一晃三四十年,你们都成才了——"

　　大妹说:"就我不好!是疯子。"

　　母亲说:"你说说。这搞破鞋的人……"说着,白了父亲一眼。

　　二哥夹了一只红烧大虾,递到母亲的碟子里,说:"妈,吃这个。"

　　于是,儿子、儿媳的筷子,各夹一种,递到母亲的碟子里,唯老三夹了一条颤巍巍的海参,不动声色地送到父亲的碟子里……

　　吃罢年夜饭,一家人都觉得昏昏沉沉,有些困,倚在座位上,阴阴阳阳地挺着。

　　唯父亲一人精精神神,一旁里同母亲小声说着话……

　　老两口常常夜里这么小声说着话。

前面就是麦季

李俊虎

一

太阳把红芳的脸上晒出了紫色的斑，那个时候她已经三十四五岁，身上少女的影子荡然无存，体态和神情都从少妇向着中年妇女发展。南无村小她一轮的新媳妇们抱着孩子开始在巷口闲聊后，红芳不再熬喝了十多年的治疗不孕的中药。那个时候她每天喝的药比吃的饭还多，已经甘之如饴，突然停了药，总觉得丢了什么东西，好一段时间每天恍恍惚惚惚的。

红芳向福元提出抱一个孩子，她主张要个女子。作为男人的福元说："怎么都行，只要将来我死了有人发落。"红芳骂他："出息！"福元说："你最好问问咱妈。"红芳说："忘不了她！"红芳朝透明的塑料门帘外望望，婆婆兰英和跛脚的公公七星正坐在梨树斑驳的树影里小声说着话。

抱一个娃娃的事，兰英私下和跛脚的老头子商量过不止一次了，跛子的说法是："咱不管人家，人家自己都不着急，你急顶个什么用？"这要搁在从前，兰英不但要骂跛子，还要连儿子媳妇一起骂，但兰英竟然听从了跛子的，几次想问问小两口，话到嘴边，又生生地咽下去了。

红芳掀开门帘出来，笑眯眯地走到老两口跟前，蹲下来笑，不知道该怎么开口，回头喊："福元，你出来！"兰英嗔怪地斜睨着媳妇，她早习惯了她的缺心眼儿。福元趿拉着拖鞋出来，站在妈的身后，望着媳妇笑，红芳笑得更说不出话来，福元骂她："你喝上夜猫子尿了？"红芳说："你才喝上夜猫子尿了！"又对兰英说："妈，福元想抱一个娃。"福元皱皱眉依旧笑着说："怎么是我想抱，你不想吗？"兰英低声呵斥："住嘴，多光彩的事情，要让全村子都听见吗！"红芳伸伸舌头。跛子泄露了兰英的秘密："你妈早有打算了，就等你们问呢。"福元绕过来，也蹲在兰英面前，三个人静静地望着兰英一个人。兰英一手摇着蒲扇，发了话："我娘家侄子媳妇已经怀了七个月了，这是第三胎，你舅舅早就说已经有一个孙子一个女子了，叫他们早早地把娃娃刮掉，那两口子惜子得不行，宁挨罚也要生。现在犯熬煎了，前面两个的学费都不知道到哪里去找，这个再生下来还不把他爸的腰累折？"红芳附和道："就是就是，现在的娃娃上学比吃比穿，上不起了。"福元说："你别说话，听咱妈讲。"兰英接着说："你舅舅知道你们跟前没有娃娃，就想着娃生下来送给你们，怕你们要面子，不敢说，先和我商量，我也不敢做主。"说完打量下小两口的表情。红芳说："还要什么面子，福元想娃都快想疯了。"笑着看福元，福元翻她一眼，问他的妈："不知道是男的还是女的哈？"跛子发表意见："你管它是男的还是女的，女子更好。"自觉失言，赶紧看了兰英一眼，怕勾起她的心事想起秀娟来。

大姑子秀娟依然不肯嫁，但她已经不是当妈的兰英心里的病了，她就像一块好在脸上的疤，好看是不好看，疼是肯定不疼了。秀娟每天骑着她的自行车，车龙头上架着锄面已经磨得很圆很小的锄头，去属于她的地里干活，或者推个别人早就不用了的小平车把地里的产物载回她住的老磨房院子。在南无村的人眼里，她生活得很平静，没有人去打搅她，甚至连狗都不大愿意进她冷清的院子里转转，直到有件事情发生在她的身上，让一切都变了样儿。

兰英正沉浸在儿子媳妇的目光里，笑容里泛起多年不见的妩媚，提醒小两口："'侄子外甥过继，一辈子生气'，你们想好了啊。"红芳笑呵呵地说："这是侄子还是外甥？我糊涂了！"福元说："按说该叫我表叔，该叫你表婶。你说对吗妈？"兰英笑得用蒲扇撑住了地，捂住嘴不能回答。跛子说："到娃娃这一辈已经是拐弯子亲戚了，我和你妈死了这门亲戚就快断了，不算侄子，我看能行。"红芳和福元也表示同意，事情就这么定下了。

一家人在梨子树的阴影里围在一起说了一下午的话，数红芳最能笑。突然，跛子对红芳说："你到磨房去叫秀娟，让她来吃晚饭。"红芳说行，站起来就往院子外面走。

估摸着红芳走出巷子口了，兰英弯下腰低声问福元："这个二杆子不知道是你的毛病吧？"福元摇摇头，又皱起眉来教训他妈："你别再叫她二杆子了，我就娶了个二杆子？"兰英定定地看着儿子，嘎一声笑了，跛子也笑了。福元忍不住，也笑了，他坐在地上，双腿叉开，看到脚边有只蚂蚁，就用指甲围着它画了一个圈，蚂蚁仓皇地奔逃，始终不敢越过那个圈子。

二

最早想让福元抱个孩子的，是秀娟，只是她没说出来。这几年秀娟的话越来越少了，红芳是和她说话最多的人，那是因为红芳是个没心计的人，对这位不愿嫁人的大姑子，她偶尔也会和别人说说她的闲话，但当她们面对面说话的时候，秀娟是从红芳的眼睛看不到别人那种古怪的眼神的——红芳看着秀娟的时候，眼神从来不躲躲闪闪。即使是这样，秀娟也没有提出让红芳抱个孩子，回到那个家里时，她会替弟媳妇熬熬药，也会问："你不嫌苦？"仅此而已。没人知道她多么渴望弟弟能有一个孩子，前好几年她就想让他们抱一个娃了。

话多话少，秀娟从来是个豁达的人，谁家有红白喜事都能看见她拉把小凳子，坐在灶房旁的大盆边洗碗。那些年兰英嫌她丢人现眼，骂她，她依旧我行我素。这些年兰英也不骂了，但在那样闹哄哄的场所看到这一幕，也不会去跟女儿说句话。四十岁的人了，每天两晌下地，秀娟也没有晒出像红芳那样的紫斑来——真正白净的人是晒不黑的，顶多在夏天变红，一个冬天就捂过来了——但皱纹是不可避免的，眼睛已经不再和秋天的晴空一样清亮，头发里也有了白丝丝。一切都显示着秀娟作为女人最好的岁月过去了，像一块没来得及开垦播种的地，被荒草覆盖着，就连草也要渐渐黄了。但秀娟还是姑娘家的身材，劳动使她的胳膊和腿变得粗壮，可那腰身你从背后看去，总要误会是谁家十几岁的小女子。

村里有闲话说，别看秀娟是吃了秤砣铁心不嫁，但在这件事情上，当妈的兰英只要还有一口气，那就是"帝国主义亡我之心不死"。

红芳站在老磨房的院子里喊："姐——，你在吗？"她不愿意进秀娟的屋子里去，这么多年秀娟的屋里还是那么简单，一张木板床上挂个电灯泡，除了福元给她买的一台电视机，实在没其他可看的，跟刚住了三天人的一样。就听见秀娟在偏屋说话："红芳，我正做饭呢，你进来吃根黄瓜。"红芳进了三片石棉瓦当屋顶的灶房，一边说："做什么呀，别做了，咱妈叫你过去吃饭哩。"秀娟把一瓢面哂丢回面缸里，递给红芳一根洗好的黄瓜说："前天不是我才去过吗？这是怎么了？"红芳扑哧一笑说："姐，你说抱个娃男的好还是女的好？"秀娟静静地问："抱啊？能找下吗？"红芳说："咱舅舅的孙子，怀了七个月了。"

夕照从石棉瓦的缝隙里把黄红的光露在秀娟的右边脸上，红芳看见大姑子眼角的皱纹已经很明显，脸的轮廓跟婆婆兰英有些相似。她嚓嚓地嚼着黄瓜，笑模笑样地望着大姑子。秀娟笑着说："我也觉得这个娃合适，再说舅舅也养不起三个孙子。"红芳骂着："吃他娘的十年药屁事没顶，还得让人替咱受罪！我也想开了，抱的娃更亲。"她眼里突然有了泪水，看看秀娟说："就是给你说了空话，还说我多生几个送你一个养老呢！"秀娟也拿手去抹眼睛，又劝红芳："行了行了，侄子照样能养老，我走不动了他还不给我端碗饭？"红芳说："要是个女子到了还是人家的人，养大了又走了，还不把人心疼死呀！"秀娟说："呸呸呸，肯定是个男的。"红芳破涕为笑："看，你什么时候能掐会算了！"招呼秀娟出门，"走吧，迟了咱妈又骂呀。"

两个人出了灶房，见秀娟锁好了门，红芳就要往院子外面走，秀娟招呼她："你来帮我搬件东西。"红芳跟着进了屋，秀娟从床下拉出两个方便面纸箱子说："一人搬一个。"红芳问："什么呀？"秀娟笑着说："别管！"红芳搬起一个抱到怀里看看秀娟说："这么轻？"秀娟说："不是重东西。"红芳笑着问："到底是什么好东西？"秀娟笑道："好东西就是好东西，问什么！"

两个人说说笑笑，一路走回来，看到跛子和福元还在院子里喝茶，兰英大概到灶房生火去了。福元见她们笑个不停，也笑着问："你们怎么了？都喝猫尿了？"秀娟骂道："扯你的嘴！"老头温柔地问："箱子里是什么？"红芳抢先说："我也不知道，你问我姐。"秀娟吩咐福元："找两张报纸去。"福元问："干什么？"秀娟说："放箱子里的东西，快点！"福元不屑地埋怨："什么好东西，还要摆到报纸上！"红芳说："叫你去你就去，这么不利索。"福元已经起身去了，秀娟和红芳把箱子放到地上。秀娟冲灶房喊："妈，你出来。"

就听见兰英在茅房里答应，一边系着裤子走过来，天光还很亮，她看到了地上的箱子问："谁买的方便面？"红芳说："我姐让从她那里搬来的。"福元把报纸拿过来了，铺在地上说："好家伙，我看你们要干什么！"秀娟问她妈："我舅舅那里说定了吗？"兰英说："那是我哥，又不是外人，他还要咱的钱啊？"秀娟就吩咐福元："去抱娃娃的时候，把这两个箱子带上。"福元说："人家不稀奇你的方便面吧？"兰英就骂儿子："你知道个屁，现在坐月子都在医院，坐月子的吃鸡蛋，伺候月子的都吃方便面。"红芳附和道："就是就是。"秀娟一边开箱子一边说："这里头不是方便面。"

几双眼睛都跟着她的手去看。箱子打开了，满满当当都是月娃娃的小衣裳，最上面是几双小小的袜子和虎头鞋。红芳第一个叫了起来："妈，你看，你看我姐！"兰英默然地说："低声些，我没瞎！"秀娟又把另一个箱子也打开来，是几床小棉被和小棉褥子，她把它们指给家里人看："抱娃娃的时候用得上，得提前预备下。"兰英讥讽她："这是给人家抱娃娃还是给你抱娃娃？"跛子老头不满地说："你当妈的怎么跟娃说话？"秀娟知道这辈子她妈都不会忘记对她的怨恨，习惯了，也不计较，看看福元，黑瘦的弟弟正在那里慢悠悠地笑。

"姐，你可真细心！"红芳由衷的感激之情写在脸上，她把那些小小的衣物拿出来，一件件摆在报纸上看，抬头问："你多会儿做的，这得做个把月吧？"秀娟说："我地里忙，下雨天还要追肥料，这几件东西做了一年多。"老头子忍不住也拿起来看，那小小的衣服拿在手里，仿佛抱着孙子一样让他的神情变得有如老太太般慈爱。兰英却低声地呵斥道："别抖了，不能拿回屋里去慢慢看，有人进来看见算怎么回事？"她讲的是有道理的，秀娟和红芳匆匆收拾进箱子，一前一后端回小两口的屋子里。福元不由自主地跟进来，站在身后看两个女人在床边摆弄小娃娃的衣物。秀娟回头看看他说："奶粉也得提前买下。"福元笑笑说："肯定要买啊，还指望吃红芳的奶？"红芳笑着回头骂他："滚！"

三

跛子看家，其他的人都去医院抱娃娃了。昨天孩子一落地，舅舅就亲自来了，宣布了是个男娃的喜讯，他和妹妹还有跛子妹夫商议，也别等出院后去家里抱了，干脆明天直接从医院抱走，一来趁当妈的奶没下来，还没喂过奶——等回去吃过了奶，再要抱走就等于割肉，万一舍不得送了就麻烦了；二来产妇回去，村里人见只有大人没有娃娃，就说娃娃没成，夭了，计划生育也好过关。兰英说行。这样的事情自然是她定下个啥就是啥了。舅舅又找福元两口子谈话，传达儿媳妇的意思说："罪替你们受了，住院费你们出了吧。"福元笑着说："行，怎么不行！"

次日一早，福元把自己那辆平时拉客人的三轮摩托车的车篷换了新帆布，密不透风，里面坐的是他的妈、姐和媳妇子。福元把车开得飞快，面色愉快而庄重，三个女人从帆布上那一小块方形玻璃里望着他的后脑勺笑，兰英斜着眼说："看把他急的！"

舅舅已经在镇卫生院大门口等老半天了，福元的车一到，舅舅领着三个女人头前快步走，福元抱着那个装棉被的纸箱跟在后面。找到病房，舅舅先进去，然后是兰英，秀娟跟着，红芳提着一兜鸡蛋躲躲闪闪在最后面。福元在门口把箱子给了秀娟，他不打算进去。病房里有三个床位，两边靠墙的床上各躺着一个产妇，都盖着被子，中间的床上没人，放着一个包袱。兰英只看了一眼躺在床上的侄子媳妇和伺候月子的嫂子，眼圈就红了。嫂子抹着眼泪说："大人没问题，先看娃吧。"兰英就走向那张空床上的包袱，娃娃在里面睡得正甜。

这时候侄子提着个暖瓶进来了，笑着和姑姑、表姐、表嫂打招呼，说："福元不进来，在外面站着呢。"兰英说："他一个男人家，进来也没用。"秀娟抱起了娃娃，眼神亮亮地看了看红芳，把娃娃递给她。红芳手忙脚乱地接过来，看着那张小脸傻笑。

侄子媳妇在无声地垂泪，兰英拿过床头的毛巾给她擦擦，也落着泪劝道："娃，别太伤心，咱还不是一家子？以后你什么时候想见，骑车子来就是了。"又对嫂子说："别着急出院吧，多住几天，养好了再回去。"嫂子说："不了不了，这就回啊，就等你们把娃抱走呢。"兰英说："福元装着钱呢。"嫂子就吩咐她儿子："你去和福元把住院费算算。"兰英已经开始催促着秀娟和红芳给孩子换新被褥了，她先把新被褥在床上铺了两层，又亲手把裹娃娃的包袱解开，让那肉肉的小东西在眼前滚着，一边说看这个小伙子，一边把娃娃从头到脚摸了一遍，又提起两只小脚看看脊背和小屁股，确信没什么毛病，才笑不拢嘴地把那小心肝捧起来放到新被褥上，小心地重新裹将起来。

这时，福元探进头来低声喊红芳，红芳抬头看他，福元说："你出来。"秀娟把娃娃抱在怀里，目不转睛地看着那张丑丑的小脸。兰英和嫂子说着话。

楼道里只有福元一个人，红芳问："怎么了？"福元一边嘴角挑了挑，看上去像笑，他说："人家说让咱再出两千块。"红芳瞪起眼睛问："谁说的，舅舅？"福元说："不是。"红芳就明白了，苦笑："这又不是卖娃娃！昨天舅舅没有说这个啊。"福元说："表弟说他媳妇子昨天夜里给妗子说的，说让咱出点怀孕期间的营养费。"红芳鼻子里哼一声说："咱给她送过多少回鸡蛋了，她怎么不说？"福元说："算了，别说废话了。你说一句话吧，要行，一定不能让咱妈知道。"红芳快快地说："行，谁让我不会生呢，迟早还不都得这样？你带的钱够吗？"福元说："不够，差一千，我马上去海峰的修理铺问他借一千。"红芳说："傻子，你先给他一千，以后再给不行啊？"福元皱着眉说："给他算尿了！"甩开腿紧着往外就走。

红芳是个心里藏不住事情的，回来再面对妗子和那产妇，依然在笑，但那笑容就有些僵。秀娟一心在孩子身上，兰英倒看出什么不对头来，但她不说。嫂子不容红芳开口，喋喋地嘱咐着什么时候给娃娃打疫苗，喂奶怎样定时定量，并说这是护士再三嘱咐过的。

舅舅进来说住院费福元已经交了，手续还没办完，让兰英一家抱上娃娃先走，以免一起走时碰上熟人不好说。兰英从秀娟怀里抱过娃娃，裹严实了，就往外走，秀娟紧跟，红芳红着脸在最后面。一出病房门，福元在楼道那头看见，掉头就跑。兰英抱着娃娃，缩着肩疾步走着，秀娟红芳跟在后面小跑，能看见福元已经发动了车子，掀起车篷的门帘等在那里了。

上车坐下，依然是兰英抱着娃娃，虽然她上了点年纪，秀娟红芳还是充分信任她的经验。红芳就忍不住笑："妈，你跑那么快干什么，又不是偷娃娃。"兰英也笑了："你知道什么，谁身上掉下来的肉谁心疼，这可是个男娃啊，我怕她变卦。"红芳就说："她变什么卦，连营养费都让咱掏了，我看她还怕咱变卦哩。"突然意识到说漏了嘴，吐舌头也已经来不及了。秀娟望着红芳说："那会儿福元叫你出去就是说这啊！要了多少钱？"红芳先看了一眼婆婆，假意轻松地笑着说："不多，两千块，要不是亲戚还不知道要多少呢。"兰英拉下脸说："要不是亲戚，给多少钱人家舍得把个男娃娃给你？"红芳想不到婆婆的态度是这样，想起自己不会生养来，就闷在那里不说话了。秀娟冷冷地说："要钱好，要了钱就糊了他们的嘴，将来这娃就不能说是她生的了，她敢跟娃说两千块把娃卖了？"

福元把车开得很平稳，就像船在无风的湖上悠，车篷是新换的帆布，密不透风，里面坐着三个女人一个婴儿，抱娃娃的是奶奶，奶奶旁边坐着姑姑，姑姑对面坐着妈妈。进村的时候，她们把说笑的声音压得很低，外面什么也听不到。

四

有苗不愁长。一家子已经开始商议给江江过满月的事情了，这个名字是妈妈红芳取的，因为他哥家娃叫海海，就随了这个名字。奶奶兰英不爱叫这个名字，她叫孙子小狗子，这个名字是从心上来的，怎么亲怎么叫，也不管红芳高兴不高兴。福元跟上媳妇叫"江江"，老头子七星变通了一下，叫"狗狗"，秀娟有时候叫"江江"，有时候叫"小狗子"，有时候只叫一个字："亲！"

对于是否给江江过满月，妈妈红芳的意见是：不过吧，不是自己亲生的，过满月，会不会惹人家笑话？福元向来没主见，只说："娃是咱妈的亲侄孙子，叫她定吧。"红芳这回多了个心眼说："你别去问，你去问万一不合适该让妈生气了，你让咱姐去问。"福元就去老磨房找秀娟，秀娟听了说："过，为什么不过？养的比亲的更亲。我去跟妈说。"

黄昏，从地里回来，秀娟洗了洗就过来帮妈做晚饭了。每次秀娟主动来，兰英都会心情很好，一口一个"娃"地叫着。这个时候最快乐的是跛子，老头子看着老伴渐渐看开了秀娟的事情，不再把娃当眼中钉肉中刺，望着她们的眼神就越发温柔得近乎迷离。此刻，手里摇着躺在自己亲手制作的童车里的孙子，娃娃苹果般的小脸和藕瓜似的一节一节的胳膊腿儿，总使老人想起秀娟刚生下来的时候，那是他的第一个孩子呀，他对她的爱和对她一辈子的祝福简直无法形容。后来，这一切的美好心愿都化成了泡影，就像几十年后对兰英和"土匪"长盛的恨也化为了泡影。跛子并不是那么粗心的人，他能看出秀娟的长相和神气一点不像长盛——近四十年的观察使他敢下结论，秀娟和福元不同，她绝不是长盛的种——这使他对秀娟是自己亲生的多了许多幻想，而这幻想，兰英竟从来没让它破灭，而且看来这辈子都不会破灭，这给了老头子无限的安慰。

此刻，坐在梨子树下，望着兰英秀娟母女在灶房门口摘着菜说笑，老头子笑呵呵地摇着快一个月大的孙子，竖起耳朵来捕捉着她们的话音，希望能够插上几句。

秀娟说："妈，福元和红芳想给娃过满月。"

兰英压低声音笑道："这一对脸皮真厚！"

秀娟也笑了，责怪自己的妈："看你，先笑话人家了，人家就是怕外人笑话！"

兰英马上就成了一副同仇敌忾的面孔，厉声道："笑话？打破他们的脑瓜！我的娃我想过就过，谁看不惯谁别来，请他们去了？！"

跛子发表意见说："你这人真是，着什么急，这村子里谁敢笑话你？"

兰英喝道："静着！"

跛子不服气地发出"喊喊"的声音，把那母女逗得咕咕笑。

一阵摩托车声响，福元开着车从大门进来了。车没停稳，车篷的门帘被撩开了，红芳从里面跳到地上来，跛子适时地柔声责怪："慢着，看摔着！"红芳看到秀娟在，打招呼："姐，你来啦。"秀娟笑着说哦。福元把车停好，走到跛子那里弯下腰逗了逗娃娃，才笑眯眯地到灶房里打水洗脸。红芳先去抱起娃娃，蹲到摘菜的母女面前去，兰英不搭理她，是嫌福元拉完客人又专门去地里接了媳妇。秀娟说："福元，明天别去跑车了，和红芳去集上买菜吧。"福元没反应过来，红芳一脸惊喜地问道："给娃过满月呀？"她去看婆婆的脸色，兰英不动声色，这并不影响红芳快乐的心情，她从来不在乎这些，她只知道自己的办法奏效了，就对秀娟眨了眨眼睛。

跛子很郑重地发表意见说："不用专门去买菜，现在谁家办事还自己买菜？都用'理事会'了，买菜、做席面、上菜全是人家的事，你只要找个总管管花销就行了。——该省的心不省！"

兰英没吭气。红芳就提高声音说："福元，咱用'理事会'吗？"

福元正拿毛巾擦脸，嗡声说："怎么不用？"

红芳说："那你在你的伴儿里找个人来当总管吧。"

福元说："海峰吧，他是副村长。我明天出车时跟他说。"

红芳说："你今天晚上去镇上的修理部找他吧，叫他明天一大早就来商议。"

兰英终于发话了："着什么急，天黑开车多操心，福元别去。明天去外村联系'理事会'的时候捎带告诉他还不行？"

于是又讨论用哪个村的理事会，一致同意北张村的张呆子手艺最好，席面不浪费，收拾得也干净。

最后兰英说："红芳明天回下你娘家，让你妈找几把干净稻草，扎个'草芽儿'，让你哥赶后天天亮前拿来挂到咱家门楼额上，还得写张喜帖，贴在'草芽儿'后面，村里人看见就知道咱们要给娃过满月了。"

红芳问："妈，什么是'草芽儿'？什么是喜帖？"

秀娟就笑了："这也没见过啊，'草芽儿'就是用稻草扎一个房子的样子，里面是个小草人儿，穿着红袄绿裤子。生的是男娃，大红喜帖上就写'栋梁之材'，女娃就写'巾帼英雄'。"

福元说："姐你别告诉她，没吃过猪肉也没见过猪跑？"

一家子都在笑话红芳少见识，红芳不好意思地笑了，还像个小女娃一样红了脸。她不服气地问兰英："妈，福元满月的时候喜帖上写的是什么？"兰英想想说："那个时候兴写'雷锋再世'，好像写的就是这个。"红芳就抱着孩子笑得坐到地上："哈哈，看不出来福元还是雷锋转世！"跛子叫着："看娃摔了，看娃摔了！"歪歪斜斜地跑过来抱过小狗子江江。

<h1 style="text-align:center">五</h1>

　　理事会提前两天就来了，盘了灶给前来帮忙的村里人做饭。女人们聚在热气腾腾的屋子里和面蒸小花卷馍，一笸箩又一笸箩；男人们来了没事可做，就打扑克"斗地主"，到吃饭的时间就每人拿一个碗，到大铁锅里打烩菜，端到桌子上去吃，理事会的人给桌子中间放一大盆冰凉的花卷，一圈手一伸盆子里就剩不下两三个了。看那些碗里，泡着掰碎的花卷，是嫌凉，手里还抓着一个。兰英在窗户里看见，心里直骂："这是来帮忙的？饿死鬼转世！"

　　好的理事会是为主家着想的，正日子前一天的晚上才做正经的菜：炸酥肉丸子、粉条丸子，炸豆腐片，炸好的整鱼和炖好的整鸡在偌大的洋瓷盘里摆得像表盘，都放在灶房里猫狗祸害不到的保险地方。张呆子后半夜把火封了才回去，第二天天不亮就来了，把火捅开，开始用肉丸子和炸豆腐炖比前两天油水大很多的烩菜，犒劳那些早早来帮忙的邻居。

　　正日子这天最有威严的是总管，脸色很庄重，眼神很大气，举手之间就是发号施令，但总是恩威并施，四个口袋里鼓鼓的装的全是没拆封的香烟，碰上有那敢于挑战总管权威的小年轻，只要厉声喊过来，悄悄给口袋里塞上一盒，马上就是亲兵了，叫干啥干啥。早上来的小年轻不多，因为村外的国道边正建设一个大厂子，都去那里找活干了，都是些受苦的土工活，但据说工钱开得还及时。家里有农用车的，都开着大小"金刚"去拉土方，拉一车领一张票，最后凭票结账。中午的时候，都来吃饭了，总管给每张桌子上都放着个盘子，拆几包香烟放盘子里，抽的时候方便，也防止有人整盒的拿去，但也有那聪明的，拿出个抽完的空烟盒，把盘子里零散的香烟一支一支装进去，还是一盒。如若被总管看见了，只需要做个鬼脸，大多数时候总管会假装没看见，但一会儿派活儿到你头上的时候，懂事的就乖乖的服从，这样大家都有面子。

刚订婚的军军望见总管海锋刚转过身走向灶房，对同伴强说："快，快装!"块头很大的强抓过一把香烟来就给自己的空烟盒里装，结果只进去两支，其他的都撒在了桌子上。军军急了，伸手来帮忙，旁边的人都哈哈大笑，起哄。军军干脆把烟盒抢过来自己动手，强不给，两个人推推搡搡了半天，才装了半盒，看见周围的人都不吭气了，一回头，海锋就站在他俩背后静静地看着。强一吐舌头，把烟盒给了军军，军军临危不乱，很镇静地把烟盒装满，装进了自己口袋。海峰默默地转身走了，一桌子的人就起哄，把那一盘子香烟全部瓜分了。谁也没想到，海峰又回来了，还站在他们背后，有那听话的年轻人就缩起了脖子，不由低声嘟囔："海峰叔!"海峰从后面把手伸进军军的上衣口袋，把那盒烟拿出来，哧——，烟盒撕成两半，烟又回到了盘子里。小年轻们都嘲笑地望着军军，军军扭过头，挑衅地望着海峰，眼里是不无胆怯的怒火。海峰从口袋里掏出一盒没开封的"红河"，插到军军空着的口袋里，慢悠悠地说："没烟了，跟你叔叔说嘛!"若无其事地转身去了。军军吐吐舌头，转脸用得意的眼神打量着一桌子羡慕的人，说："打牌!"哄一声，无数的手都伸向他被烟盒撑起的口袋，吓得他一个后仰倒在地上，捂着口袋死活不撒手。

一院子的人都被这边的闹剧吸引，秀娟也朝这边望，笑着责怪道："这些娃们，就不知道歇一歇。"

兰英的哥嫂和娃娃的亲妈亲爸半上午来的，兰英陪着在红芳的屋子里坐着，和红芳的娘家人一起对娃娃的胖瘦和长相品头论足。兰英嫂子说："嘴长得像红芳。"红芳不好意思地说："又不是我生的，怎么能像了我?"兰英嫂子就说："你看这女子傻的，谁养的就像谁，娃娃都是看着长得吗。"于是又说起谁谁家都是抱的孩子，神气长相比亲生的还像，可笑死了。兰英不像红芳那样没心没肺，不喜欢听这些，笑脸说出去看一下，出来一放下门帘，脸就沉下了。在院子里找到总管低声念叨了两句，海峰就一路走进堂屋，撩开红芳屋子的门帘说："亲戚先坐席，要走远路！"兰英嫂子说："不远，不急。"那媳妇却对没吃过自己奶的亲骨肉没有当初被抱走时那么动情，对婆婆说："坐吧，听人家的安排。"一屋子的人就出来坐席，被总管安排在堂屋的桌子上，那是身份特殊的客人才能坐的席面。海峰又每个屋子来喊了一遍："亲戚先坐，亲戚先坐！"又到院子里赶那些已经坐满桌子的村里娃娃："起来，让亲戚先坐，人家吃了要赶路！"

坐下来才发现找不见了跛子，他该陪兰英哥坐的。海峰又找福元，也不见，有看见过的人说父子俩顶了几句嘴，就都不知道去哪里了。海峰就找到兰英说："姊子姊子，我叔叔和福元都寻不见，总得有个人陪人家喝酒吧，要不你先坐？"兰英把颧骨那里的肉耸了起来，笑着说："我多会儿坐过席？还喝酒哩，你姊子是那有出息的人吗？"海峰为难地说："红芳呢？"兰英说："找福元去了，让我给她看娃娃呢。"海峰说："怎么呀，让我秀娟姐陪人家？"兰英问："合适吗？"海峰说："合适，又不是出嫁女。"

海峰在院子里找到秀娟，说："姐，你先顶顶，我叔叔和福元回来你的任务就完成了。"秀娟是男人的性格，也不考虑一下，就坐到桌子上了。

兰英的哥嫂在家里每顿饭都习惯喝二两的，有不花钱的酒当然要放开喝个饱，秀娟陪不起酒，那妗子就劝道："娃，喝一点，喝一点这世上就全是顺心的事情了。"一来二去，秀娟就喝了几杯，看着舅舅妗子都成了四只眼睛，再有人劝，仰脖就是一杯，一点也不辣了，跟凉水没什么两样。外面的流水席已经开了，红芳送自己娘家的人走半天了，这边兰英娘家人还在喝。海峰进来敬酒，才看到秀娟的眼神都喝直了，赶紧出去悄悄吩咐红芳："赶紧把咱姐搀出来，再喝要出事了。"红芳小跑进堂屋，把秀娟往外劝，秀娟不走，口齿不清地说："娃满月他姑姑高兴，我要再和他亲爸亲妈喝两杯。"那亲爸亲妈也看出表姐喝太多了，帮忙劝，几个人好容易把秀娟从座位上拉起来。正要往兰英屋子里送，兰英闻声从红芳屋子里出来，低沉地喝道："送她回自己家里去，别在我这里丢人！"红芳叫道："妈！"海峰说："送过去送过去吧，你妈屋里人也满着呢，万一咱姐要吐要哭的，不好看。"

秀娟没吐也没哭，她从站起来的那一刻就神志不清了，什么也听不到，只感觉云里雾里的飘。几个人把秀娟扶出来，海峰一眼看到吃完抹嘴准备走的军军和强，喊一声："军军，看外面谁的三轮摩托在，和强把你姑姑送到老磨房去。"那两个二十出头的少年不敢磨蹭，赶紧往院外跑，可巧强叔叔新买的三轮摩托就在巷子里，他正是开着它来的。把秀娟架进车篷里，红芳也打算上去照顾秀娟的，还没上车，那舅舅妗子和江江的亲生爹娘也出来了，要回去，红芳只得嘱咐强开慢些，和兰英一起送客。

三轮摩托突突地开出巷子，亲戚还在寒暄，就看见跛子从邻居家出来了，原来是和儿子生了气，找人喝茶解闷去了。接着福元也开着三轮摩托回来了，车停下，下来一个媳妇和脸上抹着紫药水的半大小子。是红芳姑姑家的媳妇和姑姑的孙子，那会儿小孩子好奇要开福元的摩托，结果撞到树上，把脸蹭破了皮，福元饭也没顾上吃，赶紧带他到镇上去抹紫药水。

亲戚都送完，流水席也接近尾声了。红芳想起该去看看秀娟时，已经大半后晌了，可一时还走不了。

六

天压黑时分，红芳捎带送了借别人家的几件物什，来看秀娟。走进老磨房，推秀娟的屋门，竟没推开，就趴着门喊："姐，姐——？"没人应，再看看门，是从里面闩上的，就拿巴掌拍门，一下比一下重，嘴里喊："姐，我是红芳，开门来！"还是没动静，红芳就觉得后脖梗儿发麻，怕秀娟是出了什么事。正要出去找人来，有人在外面喊："秀娟？"是跛子听说秀娟喝多了不放心，也赶来了。红芳已经控制不住自己的声调，大着嗓子说："爸，我姐把门从里面插着，叫也不答应。"跛子就叫了几声，果然没声响。红芳说："爸，不会有什么事吧？要不你在这里看着，我去叫福元。"跛子说："跑快点！"

福元听说了并不急，笑着说："喝多了就是这样，叫不醒。"但他还是马上就开着三轮摩托车到了老磨房，老头子还在哪里叫喊，已经有两个热心的邻居过来看究竟了。福元进来瞅瞅，门是暗锁，没有钥匙是绝对打不开的，除非撞开，但福元觉得没那么严重，不必要撞门，他推开仰着写满紧张和期待的脸哀求地盯着自己的老子，又走出门去，打开摩托车的工具箱，找到一把长改锥，笑眯眯地走进来对邻居们说："没事，没事，又不是冬天怕煤气中毒，就是喝多了，回去吧，回去吧。"跛子和红芳也机械地跟着赶人，邻居们就不甘心地退了出去，眼神闪闪烁烁，站在院子里不肯走，低声地议论着。

福元把改锥的刀头深深地插进锁眼里，握住那木柄使劲一旋，鼻子里发出"嗯——"的一声，锁子就被撬坏了，卡轴心的弹簧断了，锁心跟着螺丝刀随便转。跛子眼睛一亮，伸过手去握住球形门把，还是转不动。福元把改锥交给老子："拿着！"腾出两只手来握住门把，又是"嗯——"的一声，那门就开了。他把门推开，红芳趴在他背上探头探脑地问："在吗？咱姐在吗？"福元往里走着拧回脖子说："你自己不会看？"从福元的背后，红芳依稀看见秀娟背朝里躺在床上，屋子里酒气熏天。福元打开墙上的开关，就看到床边吐下一摊秽物，秀娟黑色的裤子扔在地上，皮带像一条蜿蜒的蛇。跛子一蹿一蹿地奔了过去，红芳轻手轻脚地往跟前蹭，她绕到床那边，看到秀娟脸色苍白，干结的汗水把发丝贴在脸上，鼻孔里呼出很粗的气息。红芳蹲下来轻轻地叫着："姐，姐，你难受吗？"秀娟睁不开眼睛，无力地抬起一只手掌，轻轻地摇了摇。红芳仰头看看站在床尾的福元，福元说："凉茶解酒，我回去端一壶凉茶来。"松了一口气的跛子催促道："快去，快去！"他把闺女的裤子拾起来，搭到一把旧折叠椅上，跟在福元的后面去门背后拿笤帚，又跑到灶房去用小铁铲在炉子里挖来满满一铲草木灰，撒在呕吐物上，小心地把它们扫进簸箕里，端到院子里倒掉。回来后对正给秀娟喂水的红芳说："你看着她，我回去把你妈换过来给你姐洗洗。"红芳说："等下福元过来开车送你过去。"跛子气鼓鼓地说："用不起！"

跛子在家看着娃娃，福元开着摩托车拉着他妈来到磨房。兰英一眼看见秀娟的样子，沉着的脸就如同阴云里爆发了闪电，骂道："你说你这算怎么回事，你是我奶奶，你是我奶奶还不行吗！"红芳不满地嚷道："妈，你也不看我姐难受成什么样子了？"兰英说："该，她逞能哩吗，自作自受！"红芳嘟囔着："这人心真狠！"低头看见一行泪水越过秀娟微微有些皱纹的鼻梁，和另一只眼睛流出的泪水汇成一股，终于消失在枕巾的沙漠里。兰英的怀里还抱着个茶壶，狐疑地望着搭在椅子上的秀娟的裤子。三个女人半晌都不言语。

福元给屋门换好了新锁，进来拿过茶壶放到陈旧的木桌上，倒了一杯酽茶，递给红芳。红芳说："姐，起来喝一口凉茶吧。"秀娟撑起身子抖抖地握住茶杯，咕咚咕咚两口喝干，又躺下了，似乎不愿意看她的妈。

兰英在那把旧折叠椅上坐下，命令福元："福元你和红芳回去，我和你姐待一会儿。"福元迟疑地问："你呢?"兰英拉长着脸说："我一会儿走回去就是，又不是在城里京里的!"福元就望向红芳，红芳有些心烦地看看他，低声对秀娟说："姐，那我先回，咱妈在这里招呼你。"站起来欲走又止，俯身问道："你吃点什么呢? 我到那边给你去端碗丸子汤吧?"秀娟摇摇头，没言语。红芳只好跟着福元走了。

听到摩托车声远去，兰英过去把门关上，回来依然坐在那把离床很远的椅子上，声音毫无感情色彩地问："怎么了呢?"秀娟躺着没动，声音暗哑地回答："没怎么。"

"你把我当傻子，我吃的盐比你吃的饭也多!"当妈的紧逼不放。

秀娟咬着牙不说话。

兰英有气，毕竟不如年轻时的心肠硬，不由坐到床边来，声音柔和了些，转着眼珠问："大白天的，脱了裤子干什么?"

秀娟说："我难受，准备睡觉呀，就脱了。"

兰英把手放到秀娟的薄被子上，尽量用了慈母的语调问："秀娟，今天就咱娘们俩，你说实话，你不愿意嫁人，是不是怨恨我? 你说实话。"

秀娟冷笑："你真可笑，我不嫁人，怨你干什么? 有意思吗?"

兰英长叹一声说："娃子，你苦，妈知道，你不嫁人，就是让妈活着不如死了! 你六岁的时候碰到妈和那该死的'土匪'在你梅子婶子家的炕上，吓破了胆，妈也知道。你觉得妈不是个正经女人，可是你知道妈为了谁? 还不是为了你和福元? 妈命不好，嫁个'武大郎'，成了人的笑话; 妈怎么忍心再生一窝'武大郎'，让儿女也成笑话? 妈错了吗? 天地良心，妈要是为了自己，让我死到大年初一!"

秀娟呼地转过身来，红红的眼睛瞪着亲妈，不耐烦地嚷："你别说了！告诉过你多少遍了，我不嫁人，和你没关系没关系，你以后别再说这些话了！"

兰英抹了把眼泪，歇斯底里地说："把我死了吧，把你们都死了吧！"站起来，直撅撅地走出门去，把门摔上了。

七

兰英摸黑走进巷子，将近自家院门时，看到有个人正站在门口朝着灯火依然通亮的院子里探头探脑地张望，她收住脚问道："那是谁呢？"一个女人受惊的声音回答："婶子啊，是我。""谁呢？"兰英上前几步借着光仔细看，"玉翠啊，怎么不进去？"原来是强的妈玉翠。玉翠说："我家强说来你家帮忙了，还不见回去，我来找，看见院子里早没外人了吗？"兰英说："强不是在那个什么厂的工地上干活吗？"玉翠担忧地说："就是呀，人家工头说他后晌就没去。"兰英说："小伙子家的没事，也许中午在我家喝多了酒，到谁家玩扑克去了吧？"玉翠说："兴许是呢，我到军军家问下去，婶子你回去吧。"兰英："你不进去？给你端碗菜吧，剩下可多菜呢，天气热了，明天怕就放坏了。"玉翠说："那就端一碗，我先送回来再到军军家去找强。"

玉翠跟着兰英进了院子，到厨房里端了一碗做酒席剩下的菜，说了几句闲话走了。兰英心情好了些，想去看看孙子，问福元："红芳看着小狗子呢？"福元说哦。兰英就进了红芳的屋，红芳是个没心机的人，看见婆婆进来，笑着问："我姐好些了吗？她不吃点什么？"兰英早趴在孙子跟前，有心无心地说："别管她，死不了。"红芳说："看你说什么！"又问："刚才谁来了？我听见有人说话。"兰英说："玉翠找她家强，鸡巴娃不知道到哪里云游去了。我让她端了碗菜。"红芳说："我姐中午喝多了，就是她家强和军军送的，开着辆新三轮，肯定是跑到镇上打台球去了。"兰英只顾和一个月大的孙子说话，并没有听见媳妇的话。

第二天一早，秀娟过来拿喷雾器，要去给刚绣穗的小麦喷洒防治吸浆虫的农药，先进来看小侄子。红芳见她眼睛肿肿的，脸色也灰白，说："姐你好点了吗？要不你给我看娃，我给你打药去算了。"秀娟依然是她那恬淡的笑，说："不用不用，一点酒毒不死我！"红芳对她做个鬼脸，指一指婆婆屋子的方向。秀娟似有似无地笑笑，并不当回事。出来碰见兰英，当妈的亲热地问："娃，有炸好的鱼，你这几天过来吃饭吧？"秀娟说行。跛子知道闺女没把她妈的话当话，补充说："打完药过来吃早饭。"秀娟说行。

前脚秀娟走，后脚玉翠胳膊底下夹个碗又来了，红肿着眼睛，带着哭腔说："该死的强到现在还不见影子，军军昨晚也没回去。"她看着兰英，试探又决绝地问："说是两个娃昨天晌午开三轮送秀娟去，就再没见影子？"兰英的脸就开始变酸："看你说的，秀娟一个女人，能把两个小伙子吃了？"玉翠说："我的好婶子哩，我不是那个意思，我就是想问问秀娟知不知道两个娃后来干什么去了——刚才我去老磨房，秀娟的门锁着哩，有人说看见她到前面来了，我就跟过来问问。"兰英依然沉着脸说："我问了，她不知道，她喝那么多酒，话也不会说了，怎么能知道？"玉翠就开始抹眼泪，有大哭一场的意思。兰英硬硬地说："你还不到工地上问，别是出了什么事工头瞒着你！"玉翠也没听出这话里的毒来，只觉得很有道理，直魂飞魄散，转身就走，走了两步又回来，把碗还给兰英说："婶子，你的碗。"

兰英望着她慌慌张张的背影，低声骂了句："那嘴门上也不安个栅栏！"她本来想回屋里看孙子，想到玉翠可能去地里找秀娟，就巫巫地出了门，抄近路向河边的地里走去，她走得飞快，不想被别人看见，她这一辈子可是从来没下过地的。

同一时间，福元正把一个客人拉到县城的火车站，客人进站后，他没有走，在车站前面和几个同样开三轮的抽烟闲谈。他不多来火车站，向他们打听下一趟列车什么时候到站，想顺脚拉几个回本乡镇的客人——如今油价又涨了不少，福元不想放空。一转头，就看见军军和强正蹲在候车室外的台阶上抽烟，他想起两个娃的妈昨晚找他们的事，想告诉他们一声，就喊了一声："军军——！"军军一抬头看见是福元，没有答应，慌慌张张拽了一把蹲在旁边的强，两个人跑进了候车室。福元想这两个鸡巴娃这是哪根筋不对了？也不跟家里人打个招呼就坐火车走啊，想去南方打工？寻思了半天，觉得为他们的父母着想，应该问问这两个娃打算去哪里，就走向候车室。

这趟火车就要来了，人都排着队检票，福元进去的时候，看见军军和强刚进了检票口，他喊了一声："强——，你妈找你哩！你们去哪里?"两个娃飞快地跑向了站台，也没见拿什么行李。福元跟过去，检票员拦住了他，冷漠地说："送人不能进站，去买站台票。"福元正犹豫是不是该去买张站台票，从弹簧门的玻璃里看到那些开三轮的都拥向了出站口，显然生意需要抢，他就想："算了，没钱了他们就会回来的；看见我就跑，肯定不想让我知道去哪里，问了也不会说。我还是抢客人去吧，不能放空费油。"

福元送完客人，回村里吃午饭，路过国道边的厂子工地，看到强的妈玉翠正在那里跟工头哭闹，他把车开过去，喊道："嘿——，嘿——，嫂，你家强和军军坐火车走了。"玉翠惊愕地望着他，福元笑笑说："我刚才在县城火车站看见俩鸡巴娃，叫他们，他们就跑。"玉翠用巴掌抹了抹脸上的泪水问："你没问他们去哪里了?"福元说："我想问哩，鸡巴娃跑得太快，上火车了，人家不让我进。"玉翠问身边的工头："这俩娃干得好好的，怎么跑了?"工头的眉头拧成了疙瘩，不耐烦地把烟屁股扔地上说："谁鸡巴知道！现在你知道人没死我这里就行了!"转身摇着头走了。

福元对玉翠说："嫂，回去吗我捎你。"玉翠拉住他说："福元，你赶紧拉我去县城火车站!"福元笑了："迟了五百年了，火车这会儿到上海了!"玉翠突然面目狰狞，厉声怒骂儿子："鸡巴娃，好生把你死在外面!"

八

就有闲话在村里传开了，说军军和强那天趁着秀娟醉得不省人事，把比他们大了一辈的老女子糟蹋了，两个小畜生怕秀娟告他们强奸，畏罪潜逃了。有那持反对意见的人说不对，谁不知道秀娟是男人的脾气，真要被人害了能不气死? 可是你看秀娟还跟以前一样，侍弄着她那两亩口粮田里的麦子，跟没事人一样，不像，肯定是瞎说。

家家都在议论这件事，只有兰英家最清净，舌头最长的妇人也不敢到兰英跟前翻这闲话，都知道她是一门理：你来说闲话，你先不是好人！因此一家人像傻子一样耳根清净，乐呵呵地过日子，没有去寻思快成了疯子的玉翠怎么突然就不来找她家强了。兰英看着小狗子不出门，红芳满村子跑，偏她又是个没心机的，人家的话拐个弯她就听个表面的意思，也从来不琢磨别人古怪的眼神。

　　这天红芳帮秀娟清洗完准备装新麦的化肥口袋，急着回去看看娃娃，路过军军家那条巷子，就看见玉翠倚着水泥电线杆，正和人说话，有个妇人靠墙站着听，只能看见半个身子，看不见脸，可能是军军的妈巧香。玉翠背对着巷子口，没瞅见红芳过来，正压着嗓子骂人："我正要去找那个老×，问她个不是，她以为她的老女子真是尼姑子？凭什么我们两个好小伙子非要日她个嫁不出去的老女子？肯定是她女子守不住了，借酒撒疯勾引我娃哩吗，她美过了，把我娃吓唬得跑没影了，她还装得跟没事的一样。我看就是家传，她妈年轻时偷汉子，她也偷人，她们一家子都偷人，那个娃娃说不定就是福元和城里哪个小姐生的私娃子……"她突然看见巧香瞪起眼睛看自己身后，赶紧住了嘴，但是已经太迟了，红芳的两只手弯成爪子从她额头到下巴齐齐抓下，就是十道血印子。玉翠像杀猪一样号叫起来，伸手去抓红芳的胳膊，红芳不言语，脸刷白，一手揪住玉翠的头发，一手就去扯那妇人的嘴。巧香呆了一呆，赶紧去抱红芳的腰，红芳依然扯着玉翠的头发不放手，嘴里只念叨着："扯你的狗嘴，扯你的狗嘴！"玉翠满脸的血，号哭着一头撞向红芳，把两个女人都顶在墙上。

　　这时有一对串村卖菜的夫妻和一个路过的男人叫嚷着过来把她们分开了，又有两个半老太太过来，说着一些惯用的毫无针对性的劝架的话，指责打架的双方"真可笑"，应该"快回家去"。红芳并不回去，靠着墙根坐下来，刷白着脸，喘着大气，指着玉翠骂："你再胡说一句，你再胡说一句试试，我就坐这里等着，你再说一句立马、立马扯烂你的狗嘴！"年纪大身体弱的玉翠果真不敢乱说了，只披头散发地大哭："我的强啊，你死到哪里去啦，你妈回去就上吊啊——！"一个老太太劝说她："强妈，你能打过年轻的？快回去洗洗脸，别让人看笑话！"另一个老太太过来拉红芳："女子你也起来回去吧，你不知她嘴不好？别和她计较啊。"红芳不起来，把脸埋进两膝盖间放声大哭。

兰英是个爱看热闹的，听见街上闹，把孙子给了跛子就跑到大街上看，碰上玉翠满脸的血，还关切地问了句："这是怎么了？和谁啊？"没人搭理她。走到跟前一看，红芳坐在地上，声调就失了控："红芳，这是怎么哩呢？"红芳抬头看见婆婆，眼神说不清是亲还是恨，只说了个："妈你别管！"起来就往家走，屁股上的土也不知道拍打下。人也就散了，只有几个留下来围着军军妈巧香，看来打算探问议论一番。

兰英悯悯地跟进了家门，红芳已经回她屋里哭上了。跛子小心地问："怎么回事？"兰英沉着脸说："和玉翠打架，把人家抓了满脸血。"又说："该，把那个神经婆娘的嘴扯了才好。"在院子里站了站，寻思还是该去问问红芳怎么一回事，就进了屋。

红芳已经不哭了，在床上躺着。兰英立在地下问："好好的怎么在街上干上了？"红芳依然咬牙切齿地恨道："该死的婆娘嘴里不好受，在街上宣传我姐的闲话。"兰英就紧张起来："你姐和个死人没两样，有什么闲话？"红芳厌烦地说："你坐在家里什么也不知道，人家都说娃满月那天军军和强送我姐……"她看看婆婆的脸色，接着说，"那两个小坏仔把我姐害了，害怕告他们，就跑了……"又看看兰英，"也不知道是不是真的。她们在街上嚼舌头，正好被我撞见，我先把那个浪婆娘抓了个满脸花，又扯她的嘴！"红芳又激动起来。兰英把目光从红芳脸上挪到墙角，呆了半晌，低声恨道："辱没先人啊！"慢慢转过身，撩开门帘，出去了。

红芳见兰英回自己屋里了，怕玉翠男人来闹事，自己要吃亏，就从堂屋里把自行车推出来，飞身上车，去镇上叫福元去了。走时叫公公把院门关上，自己回来叫门再开。跛子抱着娃娃不明就里，问着怎么了怎么了，红芳什么也不说就走了。跛子关了院门，回屋想问问兰英，兰英躺在床上，闭着眼一声不出。

红芳找到福元，福元并不想回去，不耐烦地说："别听她们胡说八道，咱姐不是那种人。"红芳吓唬他："咱妈可气病了，回不回由你吧。"福元是个孝子，一听就把红芳的自行车放三轮子上，两口子赶了回来。

回来一看，当妈的真的病了，不吃不喝，也不和人说话。秀娟正坐在床边掉眼泪。

九

　　小两口商议了半天，福元去院子里了，红芳把秀娟叫到自己屋里，悄悄地探问："姐，到底是不是真的？"秀娟坦荡地看着弟媳妇说："什么真的假的，你也神经了？"红芳不好意思地笑了："我当然不信……咱妈问你了吧？"秀娟摆摆手说："问了，我说没有，她不相信吗！"红芳也不相信秀娟的话，但她愿意相信大姑子，就说："谁再胡说八道，我扯她的嘴！"秀娟说："再有几天好太阳，麦子就焦了，电视新闻里说南边已经开始割了；我没工夫和咱妈生这肚子气，她愿意睡就睡着，我回去呀。"红芳说："只要老天爷不捣乱，也不用慌，反正都是要联合收割机，到时候我和福元帮你去拉麦子口袋就是。"秀娟说行，那我走呀。

　　秀娟来到兰英的屋里，对睡着的妈说："你这人真可笑，老了老了看不开了；我都四十岁的人了，还不知道个事情的反和正？用你对我这个样子？我一个人要干的活儿还很多，没工夫和你生这口气，你睡着吧，我走了。"秀娟说走就走，到院子里抱过小侄子亲一亲，又还给老头子，低声说："爸，我走了她就起来了，你不信看着。"红芳捂住嘴的笑，福元没听清说的是什么，也跟着笑。

　　估摸着秀娟走出巷子口了，兰英突然冲出了屋门，站院子里冲门口骂："厉害死你个奶奶，你脸比那城墙还厚，我丢不起这人！你和没事人似的，我们怎么出去见人？你把我气死吧……"她的头发也睡乱了，起来得太快，这会儿只觉得头晕目眩，赶紧说："福元给我拿个椅子。"福元拿把椅子放在她屁股后面，兰英坐下来，谁也不看，把脸冲着大门口。红芳接过公公怀里的江江，抱回去了，说："太阳太毒了，我让娃回去睡会儿。"跛子说："我去做饭，福元妈你想吃什么？"兰英说："什么也不吃，气也气饱了！"语气已经是很松动。福元说："生气顶什么用？要是真有这事情，等那两个小坏仔回来，我把他们都骗了。可是看我姐的样子，不太像。"兰英瞅瞅儿子："你懂个屁，肚子大起来才像啊？你姐心善，从来是不害人的，吃了亏也不吭气，——我就是生她这个气，你说年轻的时候死活不嫁人，现在落下这个名气，活着窝囊不窝囊！"福元说："还不是你这辈子太争强好胜，遮盖了我姐？"兰英斜儿子一眼说："哦，你们都怨我吧，好歹把我气死了吧！"起来就回屋里去了。跛子埋怨儿子："她好不容易起来，你又惹她干什么？没事你去给你姐帮忙，一会儿叫她过来吃饭。"跛子是最心疼闺女的。福元不高兴地说："这还用你嘱咐？我姐就那二亩地，现在又都用联合机，我捎带就给她干了，倒是熬煎咱这一大家子的吃喝吧！"

　　就听见有人进了院子问："我婶子在吗？"福元一看是军军的妈巧香，心里就有火儿，说一声："屋里呢。"干他该干的事情去了。巧香尴尬地笑笑，对灶房里的跛子打个招呼，一边往屋里走，一边喊着："婶子？"就看见兰英脸朝里躺在床上，于是在床边坐下，就开始呼哧呼哧地哭了起来。兰英转过来，阴沉地望着她说："我养的女子不正经，勾引了你家娃，让你伤心了？"兰英的刀子嘴是没几个人能招架了的，巧香抱得就是个服软的态度，撩起衣角擦着泪说："说实话哩婶子，我也不知道究竟是怎么回事，都是玉翠那个×胡说呢，村里谁不知道秀娟的为人？要造孽也是两个小畜生造的孽……可是婶子，说实话哩，我家那军军再淘气，他从小不是那胆子大的，强也是个木疙瘩，我真不相信他俩娃能做出这种不是人的事情来。也许，是个误会？秀娟没说什么吗？我们不能问，婶子你当妈的就没问一问？"兰英不是糊涂人，听人家说的在理，也就坐了起来，一边说："我也不相信有真事情，可人嘴里带毒啊，还有那不要脸的婆娘自己站在街上宣传，也不怕她儿将来说不下媳妇。"听到这个茬儿，巧香又哭了起来："该死的军军，也不给家里打个电话，不管他妈的死活。婶子，不怕你笑话，不知道哪个嘴长的把闲话翻到了我亲家哪里，人家捎来话了，说收麦前军军不回来，那就是逃犯，就要和我们退婚，你说这刚花了万把块钱订了婚，人家要反悔了，到哪里去要钱啊！"巧香哭得很凄惶，兰英有心劝劝她，又不愿意让她觉得自己理亏似的，就说："不行就报案，让派出所去找。"可把巧香吓着了，抓住兰英的胳膊说："婶子，你要报案我就给你跪下！"又哭了起来。兰英趁机拿她一把："不报案也行，你去跟那个烂婆娘玉翠说，她要再敢到处扇风，说我女子的坏话，就是逼我报告派出所。"巧香一万个应承："行行，婶子，我去骂她，我就说去骂她哩，都是她那张嘴不好给我惹下的事情，我家军军要真退了婚，我就提上尿盆子天不亮去她家大门口骂街。"兰英说："你坐一下，我去上茅房。"伸脚去勾地上的鞋，巧香赶紧弯下腰去从床底下帮她把鞋拉出来，嘴里说："我不坐了，回去做饭啊婶子。"

半夜里，跛子正睡得好，被人推醒了，睁眼看，昏暗中兰英坐在自己的单人床上，眼睛里仿佛有星光。老头子问："你神经了？"兰英低声说："福元爸，我说了你别生气，其实要是咱秀娟真怀上了，生下个带把的来，那也算是咱的亲孙子，你说呢？"跛子马上就说："我看你真神经了，这是人话吗？"兰英又羞又气，探身抓住跛子脑袋下的枕头一把拽出来，又砸到他身上去。跛子不敢动了，嘴还硬着："你想想这是当妈的能说出来的话吗？"兰英一把揪掉他身上的毛巾被，低声骂："你就是个绝户的命！"跛子只好坐起来，盘起腿来望着压制了他一辈子的厉害人，强压住心头的火气说："可我看不是这么回事。"兰英问："不是这么回事那两个小畜生跑什么呢？"

关于这个问题，老两口讨论了大半夜，睡觉的时候，窗帘发白，院子里梨树上的麻雀已经开始吵闹成一片了。

十

舅舅来了，茶也不喝，一脸的严厉，把妹妹和妹夫叫到屋子里，黑着脸说："秀娟的丑事都在我们村传成笑话了，再不能由这女子了，四十岁的人了不嫁，不出是非才怪。你们当爹妈的不管，我这当舅舅的可不能不管了。"从自己口袋里摸出根烟来点上，望着兰英说："咱村原来在省里的纺织厂开车的小贵你还记得吧，这几天回来了，说他的一个战友在矿务局上班，婆娘年前死了，跟前有个不到十岁的娃，愿意找个农村的女人。我看和秀娟合适，你俩当爹妈的说句话吧，小贵就要回省城去了，要行就让人家来见个面。"

跛子问："有多少年纪了？"

兰英说："我女子一结婚就当后娘啊？"

舅舅看看他们说："四十多岁吧，不大；我看跟前有个娃是好事，秀娟的年纪恐怕也不能生了，她的日子也过了小半辈子了，将来总有个养老送终的吧。"

兰英就开始抹泪，跛子也开始抹泪。舅舅叹口气说："都别太难受，个人有个人的命，也许娃这是要过好日子了。"

谁也料不到，秀娟竟然认命了，不哭不闹，只说要等把这季麦子收了再商议。兰英有自己的小九九，想拖上两三个月，看看秀娟的肚子能不能大起来。可是人家那边催得紧，麦收后来见了一面，都还中意，秋播前就娶了过去。福元送的亲，回来说新房在一座旧楼里，据姐夫说很快要搬新房子。

兰英几个月来想起来就哭，想起来就哭。新棉花下来后，兰英想起秀娟结婚时没来得及给娃做两床被子，就弹了几斤新棉花，给闺女做了一厚一薄两床被子，被子面是自己结婚时娘家陪嫁的好绸缎，几十年没舍得用。又亲自炒了一袋子花生，让福元坐火车给秀娟送去。

福元扛着两个大编织袋下了火车，找到秀娟家，房子里已经换了主人，原来新房是租人家的。只好又到纺织厂找到舅舅村里的小贵，小贵说秀娟两口子回矿上去住了，把地址给了福元让他自己去找。福元先坐公交车，又换长途车，下了长途车雇了个小三轮，颠簸了十几里路，终于来到矿区。打听姐夫的名字，有认识的说在半山住，于是爬了半下午山，天黑时终于在一片棚户区找到了秀娟的家。秀娟正坐在屋前洗一大堆工衣，看来是给别人洗了挣钱的。看见福元，秀娟满是皱纹的脸上乐开了花，赶紧把弟弟让进屋里，说："你姐夫还没下班哩，先喝碗水，等他回来一起吃饭。"福元看看低矮破旧的棚屋，问秀娟："姐，你娃呢？"秀娟倒了一碗水递给福元说："上初中了，住校呢。"福元端着那碗水，看着秀娟满是皲痕裂纹的手，怎么也喝不下去，眼泪大颗大颗地掉进碗里……

红芳使劲地推着福元："福元，快醒醒，村长来了，咱妈叫你出去说话。"福元心突突地跳，张开眼睛半天才发现做了一个噩梦。红芳把他拉起来，笑道："这人真有意思，快四十了做梦还哭哩！"福元边穿鞋边说："我梦见咱姐嫁了个恓惶主儿，难受死了，幸亏不是真的！"

福元走出来，院子里已经亮起了灯，村长银亮正坐在梨树下和老两口说着话。福元打招呼说："银亮哥你来了？"银亮说："福元你坐下，我正和我叔叔婶子说事情呢。"福元坐下来，拿起小桌上的湿毛巾擦擦脖子里的汗——刚才做梦吓出了一身的虚汗。跛子给儿子倒了一杯茶，福元端起来咕咚一口喝干。兰英嗔怪道："慢着，看呛着！"银亮说："军军和强找到了，这两个鸡巴娃受不下工地的苦，听说南方打工好挣钱，早想走，可家里大人不同意让去；那天趁秀娟喝多了，从她屋里偷了七千块钱，跑到广州去做买卖，想着将来挣了大钱再还给她；结果一下火车就被人给骗了，住在火车站回也回不来，要不是去找他们，就要成叫花子了。死娃娃！"福元蔫蔫地说："是这么回事啊？"看看他妈，兰英的脸上也有些寡然的样子。银亮说："两家的大人凑起了钱叫我还给秀娟，刚才我给她送到老磨房，问她知不知道丢了钱，这女子光笑，到了一声没吭。"福元笑笑没说话。跛子说："我女子从小就善。"端起茶壶给村长的杯子里加满水。

银亮对兰英说："婶子，眼看就收麦了，多一事不如少一事，既然秀娟没说什么，我看这事情就算了了，也别经公了，两个娃都不是坏人，进回派出所不值得。玉翠不好意思来给你赔话，她已经去和秀娟赔过不是了。"看见兰英没不情愿的表示，就站起来说："那我回去了。"

兰英说："银亮在家吃了饭再走。"

银亮说："不了，家里等着哩。"往外走。

跛子拄着椅子说："福元和你妈送送银亮。"

母子俩把村长送出大门，兰英说："福元去叫你姐过来吃饭。"福元说："太迟了吧，她肯定做下了。"兰英斜儿子一眼说："你没听银亮说玉翠在你姐那里吗？她哪有工夫做饭？"

福元说"哦"，向老磨房走去，心里想着那会儿做的那个梦，感到很庆幸。村街上有不少人在夜色里往家赶，晚风吹散了燠热，空气中氤氲着麦子熟透了的带着尘土味道的香气。

一个人和村庄

潘 灵

一

　　一个人怎么样活着本身就是问题，怎么样死掉就更是问题。这一段时间，包伍明被胃病折磨得没了活下去的信心。胃病是包伍明的老毛病了，为对付胃病带来的疼痛，包伍明寻觅了数十种方法。但所有的方法都不再灵验了，自打入秋以来，胃病发生的频率和剧烈较从前明显增加了。有时放羊在山上，包伍明会觉得满山遍野都在疼痛。今天一早，包伍明又被疼醒了。疼醒了的包伍明咬牙忍着疼把羊赶上山，面对东山上慢慢升起的太阳，感到了最强烈的孤单。他决定暂时离开心爱的羊群，去三十里外的镇上。不是去镇上抓药。药对他那个千疮百孔的胃毫无作用。他是去买一种叫敌敌畏的剧毒农药。在农村，不想活的人最常用的方法就是，一仰脖吞下一大口这种剧毒农药。

　　艰难地走到镇上的包伍明，在街口那个满脸雀斑的女老板的店铺里买了一瓶敌敌畏。店铺一开门就有生意，女老板心情大好，就找了话跟包伍明聊：都秋天了，还有庄稼遭虫害？包伍明说，谁说庄稼遭虫了？女老板说庄稼没遭虫，你买敌敌畏做甚？不会是自己喝吧？包伍明说恭喜你猜对了。女老板说包伍明，你不要跟老娘开这种玩笑，你要喝了，会连累老娘的。包伍明狡黠地笑了笑说，我就想连累你，让你给我收尸。要不，我村子里人都走光了，我死了咋办？包伍明的话让女老板笑了，我知道你杂种阴险，你们村的人都走了，就你不走，肯定有目的。

包伍明听女老板的话不像开玩笑，就觉得没意思了，拎了敌敌畏扭头就走。这时，他的胃竟然不疼了。他嘀咕，有目的，我有目的？是他们自己要走，又不是我撵他们走的。胃不疼了，人就有了饥饿感，包伍明就走进了一家豆花饭店，要了一碗豆花一盘小炒，准备填饱肚子就赶回村，他开始惦记赶到山上的羊了。但豆花还没端上桌，一个干部模样的人也进了饭店，叫嚷订一桌好菜。他说上面又来领导了，有野味没？饭店老板从伙房跑出来，胖胖的脸上站着一堆笑说，有麂子肉，清晨才送来的，新鲜着哩。包伍明看出来人是镇政府办的文书王贵，去年春节前跟镇长一起来村里送温暖，包伍明还亲手杀了一只羊招待过他们。包伍明忙放下筷子，起身说王文书，你家也下馆子。王贵显然没记住杀过羊给他们吃的包伍明，一脸陌生说，我好像不认得你呀。他的话让包伍明既失望又尴尬，就说去年春节前，你给我送过温暖哩。王贵想了想，哦了一声，想起来了，你不就是丫口村的老包吗？前两天镇长还说要去找你哩。包伍明听王贵说镇长要找自己，原本尴尬的脸上就有了嘚瑟。镇长找我？他半信半疑。王贵点头说丫口村不就你一个人了吗？镇长惦记着你，要你搬镇上来。包伍明说，搬镇上，我住大街上？王贵说，政府要你搬，自然会分你安置房。包伍明摇头说，我除了放羊，只会放羊，我搬镇里喝西北风呀？王贵搔了搔头皮说，你冲我摇什么头呀？是镇长要你搬，不是我要你搬，你老包咋连点配合的想法都没有，什么态度呀？当然，话又说转来，你这样的人确实是个问题，没文化没技能的。包伍明听王贵这么讲，赶忙赔了笑脸，掏支烟凑过去说王文书，你跟镇长好好说说，让他别惦记我，这镇上我包伍明住不惯，寻不着活路。我这样的人，是山猪吃不来细米糠，住惯的山坡不嫌陡的那类。

女老板插话说，老包，你一个人待那丫口村，就不怕成孤魂野鬼？

包伍明就龇了嘴笑说，在丫口村大不了成野鬼，搬镇上怕连野鬼都不如。这镇上是能人待的，我这样的只配讨口。

王贵也笑了，说老包你也别看起自己，养羊，我看你就是能人。

包伍明说，跟羊打交道，我成；跟人打交道，我不成。王文书你不提羊，我一门心思嚼舌头，差点忘记羊还在山上放着哩。

包伍明付了饭钱，给王贵弯弯腰当是告别，提着敌敌畏瓶，一溜烟出了镇子。呕呕地走在路上的包伍明胃又开始隐隐作痛。路是山路，全是上坡，包伍明越走越觉吃力，不一会儿额头上就爬满了汗珠，他索性在一块石头上坐下来，想小憩一会儿。才点燃一支烟，就看见路的前方，有个羚羊一样轻快的身影在山道上轻盈地跳跃，那身影在包伍明的注视中越来越近，越来越清晰。最后，包伍明终于看清楚是隔壁坡头村的小翠。去年他放的羊，跑了一只到坡头去，被小翠妈捡了。包伍明找上门，小翠妈死活不认账。包伍明理论了半天，没法要回羊的他就动了粗口，双方说了些现在想起来都脸红的粗话。就在包伍明垂头丧气走出一两里地后，小翠牵着羊赶来还给了包伍明。包伍明看着失而复得的羊，对小翠连说感谢。小翠说包叔你别谢我，羊本来就是你的，是我妈不好。要谢你该谢我们镇中的老师，他们教育我要拾金不昧。包伍明当时感慨，人啊，有文化跟没文化就是不一样。

包伍明打招呼说，小翠，看你欢天喜地的，考取县上的高中了？小翠停下脚步一脸笑容说，包叔我半年前就休学了，读出来工作找不着家里钱不就打水漂了？没意思。包伍明摇头，那什么有意思呢？小翠说打工呀。为打工我跟妈软磨硬缠了两个月，嘴都差点磨起泡了，这才同意我去省城打工。包伍明哦了一声，说小翠，原来你这是去省城……小翠说我到镇上赶去省城的夜班车。我表姐在省城一家洗脚城上班，一个月两三千哩，她给经理推荐了我，经理同意我去上班哩。包叔，你手里提的不会是酒吧，酒你可别多喝，喝多了伤身子。

包伍明忙把敌敌畏瓶子往背后一藏说，我这酒就用来泡药的。小翠没看出包伍明撒谎，就说包叔，看你脸色不好，丫口村就你孤家寡人了，有病就到镇上看医生。天色不早了，我得赶夜班车呢。

看着小翠又像羚羊在山路上跳也似的背影，包伍明感叹这么漂亮的姑娘要去城里给人洗脚挣钱，这不是作践自己吗？他心里相当生气，弯着腰杆捂着肚子走路的样子像个受难者。他现时有双重的疼痛，心疼胜过了胃疼。走了几步又转过身，却再也没了小翠的人影。这时他脑海中浮出前些年去了省城的阿莲。包伍明觉得太不可思议，咋会把素素净净的小翠跟不干不净的阿莲扯在一起……

村子这几年人走空了，山上的野物多了起来，特别是狼，一下子多了许多。在无数个孤寂的夜里，包伍明都听到过狼的嗥叫。那嗥叫声让包伍明心里发慌，狼叼走羊的事在包伍明的记忆中已经司空见惯。如果不是这要命的胃病，包伍明不会轻易离开他的羊群。还算幸运，狼今天并没因为包伍明的擅离职守光顾羊群。当他集中起所有羊，确定一只也没少，心情就好了许多，他在落日的余晖中赶着羊群回到了村里。将羊群赶进羊厩后，他开始为要不要做晚饭发愁。站在羊厩门外犹豫了一会儿，他决定还是做一顿简单的晚餐。在菜地随意拔了棵青菜和几根大葱，就一只手提菜一只手提敌敌畏回了家。

离家还有几十步，包伍明就觉出了异样：空气中有陌生人的气息。再往前走，他发现早上出院子时随手拉上的柴门竟然洞开着。包伍明还发现，邻居陈老汉空了一年的土房也有了异样：先前一直像个守门的石狮的小青，没伸着红红的舌头守在门口，柴门也敞开着。包伍明想，一定是陈老汉回来了！被儿子接进城去的陈老汉，离开村子时跟包伍明说过，城里他住不舒坦，一定会回来的。想着这些，包伍明心中涌起一阵兴奋，陈老汉回来，闲时间就有个说话下棋的人了。他把手中的敌敌畏和蔬菜往自家院门前一扔，直奔了陈老汉家。还没进门就喊道，老陈哥，你可回来了，这一年时间，你可想死我伍明了。

但迎接包伍明的不是他巴望的陈老汉，而是陈老汉的儿子陈光宗。陈光宗是陈老汉的骄傲。他是丫口村出的唯一一个大学生，也是丫口村唯一一个在省政府吃国家粮的人。但包伍明过去对陈光宗的印象并不好，他觉得陈光宗对人冷淡傲慢，内心里看不起引他为骄傲的乡亲。过去，陈光宗回家来看父母，遇了包伍明就像见了陌生人，有时招呼都不打，香烟也不敬。但今天陈光宗见了包伍明仿佛见了救星，热情得有些过头，他紧握了包伍明的手说，包叔您可回来了，我都等您大半天了。包伍明很少被人这么紧握过手，他有些不习惯地把手挣脱出来说，我还以为是你爹回来了。

陈光宗表情凝重地点点头说，我这次就是专程送我爹回来的。

包伍明的目光急速在院子里扫了一圈，没看到陈老汉，却看见仅一年没有人住的院落里，长满了疯狂的杂草。他以为陈老汉一定是故意藏起来了，就抻长了脖子喊，老陈哥，你把我包伍明当娃娃，还跟我躲猫猫不成?

他这么一喊,陈光宗就带着哭腔说,包叔你别喊了,我爹永远不会回应你的话了。

包伍明有些不明白,说光宗你不是送你爹回来的吗?

陈光宗没言语,领着包伍明进了堂屋。在堂屋山墙边积满灰尘的供桌上,放着一个黑布包裹着的盒子。包伍明觉得,那黑布是他人生看过的最黑的布,黑得让人绝望。陈光宗上前将黑布解开,包伍明就看见了一个小小的做工考究的黄棕色盒子。陈光宗凝视着盒子低沉了声音说,我爹三天前去世了。

三天前?包伍明一脸惊讶说,一年前老陈哥离开丫口村时,身板还硬朗得很嘛,啥子贼病那么凶,要个人没了就没了?

陈光宗沉默了一下说,包叔,爹生前把你当自家人,我也就实话实说。爹不是病死的,他是从我家八楼阳台上跳下去寻的短见。这里面是他的骨灰,我原本想在城里给他找块墓地,但左思右想后,还是听了妈的话。妈说光宗你把你爹送回老家吧,你爹他生前总念叨丫口村和你包叔,总说生是丫口村人死是丫口村鬼,你就顺了他的愿望,让你包叔寻个风水好的地方把你爹葬了。

包伍明愣愣地看了那个黄棕色盒子好一阵,叹一口气说,老陈哥,你说好了要回来跟我下棋的,你说好了要回来跟我一起唱《莲花落》的,你这个样子回来,伍明很不喜欢!

包伍明把话一扔,就自顾反剪了手出去了。他边走边狠狠地说,老陈哥啊老陈哥,伍明不喜欢,很不喜欢!

二

包伍明花了大半天工夫,用山石砌好了陈老汉的新坟。看着冷峻地立在自己面前的石堆,累得上气不接下气的包伍明心中生出无限伤感和悲凉。陈老汉死了,还有他包伍明为他砌个坟堆,自己哪天一口气上不来怕是连坟堆也没有的。这样一想,原本疲惫不堪的包伍明就更累了,他索性瘫坐在坟前。他伸手在口袋里摸索一阵,想掏烟却掏出了五张百元票子。他看一眼手上的票子，又看一眼陈老汉的新坟，疲惫的脸上就又添了几丝愧色。昨天傍晚，他从陈老汉家的土屋回到自家院落，本想关了门痛哭一场，但还没把门合上，门就又被推开了。陈光宗提着骨灰盒急匆匆地扑进门说，包叔你一定得帮我这个忙，把我爹给葬了。我儿子刚考完中考，我得急赶回去给他报志愿。包叔你不晓得，城里上个好高中有多难。

陈光宗边说边把骨灰盒塞在包伍明的怀里。包伍明抱着骨灰盒，有点不知所措。但立马镇定下来，对陈光宗说，帮你可以，但你得如实告诉我，你爹他为什么要寻短见？是不是你和你媳妇对他不好，让他遭了罪？

陈光宗摇了摇头说，包叔你冤枉我和我爱人了。我们对他一直很好，给他买新衣服，买保健品，但他一直闷闷不乐，成天都板了脸，呆坐着。他记忆力快速减退，对当天的事越来越记不住，记得的都是过去的事。早上起床，他总对妈说，你出去看看，我听见羊叫了，是不是伍明贪睡睡过头忘放羊了？妈就凑到他身边说，什么羊叫，城里哪有羊叫，你是想丫口村了。听妈这么说，他愣半天，哦一声，然后就一眼的泪光。有一天我不在家，妈也出去买菜了，他内急上厕所，把自己关里面出不来了。他急得高声唤妈的名字，我媳妇听见叫唤就让他转手柄，他可好，在厕所里转起了圈圈。等妈回来打开门，他也晕倒在马桶边好一阵子了。这件事后，我和爱人感到了问题的严重，觉得再这么下去，他会患老年痴呆。于是托人找了最好的医院，看专家门诊。专家验证了我们的怀疑，爹，已经是老年痴呆症患者了。

包伍明觉得有些不可思议。在他的印象里，陈老汉的记忆力惊人，丫口村几十年的陈芝麻烂谷子，没有他不记得的。他还反应快，特别是下棋处于下风的时候，两只斗鸡眼一转就怪招频出。包伍明一脸怀疑说，光宗，你爹都患痴呆了，这世上怕全是傻瓜了。

陈光宗说包叔，你不相信我难道还不相信专家？他已经没有耐心跟包伍明理论下去，随即从口袋里掏出钱夹，拣出五张百元大钞，塞进了包伍明的口袋。包伍明像脖子被捏了一把的公鸡惊叫起来，光宗你这是干什么呀？陈光宗说包叔，这是给你的辛苦钱，我不会让你白埋我爹的。

陈光宗边说边拔腿就走。包伍明搂着陈老汉的骨灰盒，紧追了几步没追上，想想也懒得再追。倒是陈家黑狗小青，追了陈光宗不放，像是执意要把自己的主人留下。但它的好心不仅没感动陈光宗，反而挨了陈光宗一脚。小青汪汪叫着跑回了陈家老屋，样子委屈而悲伤。暮色渐深，秋意更浓，晚风卷动枯叶，像零乱的纸钱，在空荡荡的村子里忽高忽低，或左或右地乱蹿。包伍明心中有些冰冷，为陈老汉委屈。他自始至终都觉得，陈光宗送他爹的骨灰回来，像是完成一个任务，有责任，无感情。包伍明低头看了看双手搂着的骨灰盒，叹一口气说，陈老哥，这城市咋就这么改变人呢？当年靠你种生姜，好不容易把他供出书，在省府捧了金饭碗，他怎么就没点感激呢？古时候的官，都知道丁忧三年，他这新时代的干部，怎么连等自己的爹入土为安的耐心都没有了呢？

　　包伍明抱着陈老汉的骨灰盒进了自家院子，把骨灰盒放在了柿子树下用青石板搭成的石桌上。这石桌是他从前跟陈老汉下象棋的地方，上面有包伍明用红油漆画的棋盘，有陈老汉用红油漆写的楚河汉界。包伍明在石桌前坐下，借着月光看着有些斑驳的"楚河汉界"四个字，又看看装了陈老汉的骨灰盒，苦笑着自言自语道，什么"楚河汉界"，分明是阴阳二界。

　　山中的月色还是那么美，那么凄清。包伍明抬头看看月亮，记忆就被勾了起来。一年前，也是在这样的月色下，陈老汉披着衣，提了瓶烧酒进到包伍明的院子来。包伍明说陈老哥，遇上什么好事了，请我喝酒？陈老汉说，没事就不能请你喝酒？别废话，下棋！包伍明听陈老汉的话里满是火气，就说陈老哥你吃炸药啦？陈老汉很不耐烦地挥挥手说，拿酒碗去，去，去！

　　酒碗拿来，陈老汉已摆好了棋，包伍明伸手倒酒，陈老汉示意先下棋。两人于是相向坐在清清朗朗的月光里对弈。陈老汉显然不在状态，连出几个臭招，被包伍明连吃了几子。这次陈老汉没有转他的斗鸡眼，而是叹了一口气，一把推乱棋盘说，泼烦！包伍明说不下就不下，心里泼烦个啥？包伍明边说边倒了两碗酒，一碗递给陈老汉，一碗自己端了。陈老汉没等包伍明碰个杯，就自个一仰脖倒进了肚里。酒很烈，烈得陈老汉的眼角烧出了泪光。

　　伍明，我和你老嫂要搬光宗那儿去。陈老汉话一出口，就哽咽不止。

　　包伍明心里一紧，但马上还是挤出了一个笑纹：老哥你难过啥？你早该跟光宗享享城里的清福了。

陈老汉瘪瘪嘴说，福个屁，在别人的城里享清福，做梦！我那孙子耀祖，明年要中考，光宗媳妇说，关键时期，耀祖是重点保护对象，要吃好睡好，要你老嫂子去给耀祖做中午饭。

包伍明说，难道光宗家两口子不会做饭吗？

陈老汉说，人家是公家人，要上班的嘛，中午回不成家的。

包伍明说，城里不是有的是食堂馆子吗？

陈老汉白一眼包伍明，城里当然有的是食堂馆子，但在我那儿媳心里，我那孙子耀祖金贵得很，怕他吃着地沟油。

包伍明伸伸舌头说，你儿媳是拿你孙子当皇帝养哩。老陈哥，我知道你心里那点小九九，你是怕死在城里，被一把火烧了。听了包伍明的话，陈老汉脸上有些挂不住，又白一眼包伍明说，你咋一点见识都没有？什么一把火烧了，多难听，那叫火化。我和你老嫂当然怕火化，但我更怕的是我要跟那几亩地割舍了。那是我那么多年辛辛苦苦盘出的好地，我在那地上牛粪、羊粪、猪粪、鸡粪的没少施。要不，我种的生姜能供出个大学生？不是我吹牛皮，这方圆百十里地有哪个能种出我那份黄姜？辛辣中带着甜脆，咬上一口三天都记得那滋味。我跟儿子有言在先，他妈待不待城里我不管，但我只去一年。一年后耀祖考上重点中学我就回来。所以包伍明，有两件事你得记好了，一是我那几亩地你得帮我种，不能放荒，你种黄姜，种什么都在你，收成全归你；二是你不能荒废了棋艺。我有本祖上留下的棋谱，留给你，照着棋谱琢磨。别一年后我回来，下两步就悔棋。

包伍明说，谁悔棋谁知道，哪次悔棋要赖的不是你老陈哥？棋谱你自己带去好了，别一年后回来棋下不赢，怪棋谱给了我。地我帮你种没问题，我不占你便宜，五五分成。

陈老汉又叮嘱，说不能往地里施化肥洒农药，要经常除草。但陈老汉的叮嘱被包伍明当成了啰唆，他也翻了下白眼仁说，陈老哥就你会种地？你把伍明当三岁孩童了。我也有话说在先，地我只帮你种一年。我担心你城里安逸惯了不再想回来，我绝不跟你当一辈子长工。

陈老汉老大不高兴，拉长脸说，包伍明你小子别不服气，放羊你在行，种庄稼你做我徒弟都不够格。伺候土地，得像对待自己的身子，马虎不得。我和你老嫂这一走，这原本二百多号人头的丫口村，就剩你光杆司令一个了。这村子人越少，鬼就会越多。陈老汉说到这里，从口袋里掏出些红红黄黄的纸片，摆在棋盘上说，这是我打早到镇上找先生给你画的符咒，你在门头上贴端正了，能驱邪，能保你晚上睡着不被鬼近身。伍明，一个人待在空村里，日子肯定不好过，心里肯定空落落的。但你不能乱跑，天一黑就吹灯蒙头大睡。

陈老汉这番话，把包伍明说笑了。他说你当我是鸡变的，天一黑就睡？人都不想待的地方，你以为鬼想待呀？要有鬼才好呢，你走了就让鬼跟我做伴。

包伍明话说得轻松，是他不愿让陈老汉为自己担心。事实上，在他内心里，他一直最怕的就是陈老汉夫妇熬不过儿子的劝，搬到城里。这山村白天好对付，放羊或忙点农事，日子就能打发过去。但这无数漫长的一个人的夜晚，想想都让人崩溃。陈老汉说他只去一年，包伍明内心是不相信的。那么多人去城里都不回来，何况是儿子在省府工作的陈老汉。

陈老汉端起酒碗，也不跟包伍明碰，一仰脖下去大半碗，抹抹嘴说，伍明，拿二胡去，咱兄弟俩来段《莲花落》。包伍明就进屋把旧得像古董的二胡拿将出来，调了弦子给陈老汉伴奏。

陈老汉扯着又老又破的嗓门，唱了起来——

> 一寸光阴一寸金，
> 寸金难买寸光阴。
> 失落寸金容易找，
> 失去光阴无处寻。
> ——可怜人！

陈老汉唱得苍凉，唱出了沧桑……

现在包伍明回想当时陈老汉的心境，确有些诀别的意思。难道，这就是一种预感？陈老汉死了，是他自己选择的，也许他是因为病症，没了活下去的信心；也许是因为在城里太憋屈，觉着太没意思。包伍明不想再追问陈老汉的死因，在他的想象里，那个从八楼跳下去的陈老汉，一定像极了秋天那脱离了枝头的枯叶，无足轻重地在风中坠落……

瘫坐在坟前的包伍明，手中捏着陈光宗硬塞给他的五张大钞票说，老陈哥，这是你儿子硬塞我口袋里的，其实给你修阴宅是我的应分。但我没执意还你儿子，是我想逢年过节换点纸钱烧给你，你在阴间就不受穷，不被人欺，能人模人样照过不误。只要伍明在，就能让你陈老哥在阴间不做可怜人。

　　包伍明话音未落，觉得身后被什么碰触了一下。不会是陈老汉显灵了吧？这么一想，包伍明整个脊背就都硬了。老陈哥，你的魂灵别在后面吓我。包伍明哆嗦着边说话边转身，看到的却是陈老汉看家的黑狗小青。

　　死……包伍明本想冲小青骂一声死狗，但要冲口而出的话又被他活生生地咽回了肚里。包伍明惊讶地看见，小青那张狗脸上，有两条明显的泪痕。

　　包伍明不禁想起一年前陈老汉离开时那个山雾弥漫的早晨。陈老汉把小青牵来，对包伍明说，今后只你一个人了，一来让它给你做个伴，二来给你看家护院。但包伍明才接过牵狗的绳子，小青就烦躁地拉来挣去，总往陈老汉身边蹿。当陈老汉转身离去时，它猛地挣脱了包伍明，发疯一般追赶陈老汉。陈老汉只好又把它牵回来说，把它拴在你的柿树上，它这么追呀赶呀，让我心乱。

　　被拴在柿树上的小青，在主人远去后的那个上午，一直凄婉地叫个不停，连把羊赶到半山腰的包伍明，都听出了它的伤痛和绝望，后悔把小青拴柿树上，太过残忍。

　　傍晚放羊回家的包伍明，没看见小青，却看到了那根被咬断的拴狗绳。包伍明蹿出门，在村里边走边呼唤小青。但回应他的，只有晚风摇晃枝头的声音。

　　咬断绳索的小青，一直追到镇上的长途汽车站，在那等候了三天。那是惊心动魄的三天，先是它被两个膀大腰圆的长途货运司机逮住，准备途中做一锅狗肉汤。如果不是其中一个疏忽大意，它已化为汤锅了。逃过一劫的小青没有因此离开车站，依然冒着危险在站里东突西蹿，就算饥饿让它不得不铤而走险，偷偷摸进了站旁一家小餐馆，叼走了一根猪筒子骨。就在它以为大功告成时，恼羞成怒的女老板将一瓢滚汤泼在了它的脊背上。三天后，小青带着惊恐、绝望和火辣辣的烫伤，重回丫口村，面对包伍明准备的丰盛狗食，帮它清理烫伤发炎的创口，涂烫伤药，小青却又溜回到陈老汉的屋前。

陈老汉走了一年多，小青守宅一年多。

包伍明准备回家做饭。忙活了一整天，又饥又累的他唤了两声小青，它就像没听见，依旧与陈老汉的新坟相向而坐。

最懂得感情的，不是人，是动物。包伍明想。

三

陈老汉以这种方式回村，让包伍明彻底清醒了：再没人返回村子了。蹲在火塘边了无胃口的他，一碗饭吃得好艰难。吃完了碗也懒得洗，就进了里屋，直挺挺瘫在床上，眼睛盯着床头上空吊篓里的敌敌畏——那是为了胃痛得受不了的时候方便一把抓到手里的精心设计。眼盯着，人有点羞，有点臊。盼陈老汉回来做伴，盼回一盒骨灰。包伍明清醒了，丫口村现在是他一个人的村庄了！这，不仅没让他绝望，反使他无限失落的内心里生出了一份从未有过的使命感。为了丫口村，他包伍明想活得活，不想活也得活。一句话，必须活着！他第一次如此清醒地意识到自己活着的重要。只要活着，丫口村就还在。现在，他知道自己的生命不仅属于自己，而且还决定着一个村庄的存亡。他第一次有了庄严感。

这个夜晚，他竟然睡得少有的踏实。一觉醒来，天已大亮。他赶忙去羊厩里，把饿得咩咩叫的羊放出来，往村口赶。昨夜睡得好，早上人也就自在精神，他忍不住扯开嗓子唱了两句酸曲。看见村口那棵八百年的银杏树下，围着一大群人。也许是镇林业站的人吧。几年前，他们就来统计过丫口村上了百年的老树。当时，来的还有一个长相斯文、举止彬彬有礼的戴眼镜的老者。林业站的人介绍说老者是省林业大学的教授。教授抚摸着银杏树斑驳的树皮说，这银杏是树中活化石，这样树龄的银杏树已经难得一见了，很珍贵，要好好保护。他还说，这银杏树不是这里的土生树种，是人从外面引种来的。这又恰好证明，丫口村的历史不少于八百年。当时有村民不同意教授的说法，说这树不是人引种的。教授问村民，你认为它是怎么来的呢？那村民说，我爷爷给我摆过龙门阵，说我爷爷的爷爷告诉过他，这银杏是神仙不小心留在这里的。当时，神仙骑着一只仙鹤来到丫口，正值傍晚，丫口的晚霞，美得把神仙都看呆了，仙鹤也忍不住"啊"地张嘴赞叹，不小心把叼着的那枚银杏种子掉在这儿了。后来仙鹤驮着神仙走了，种子就长成了树。这故事把教授逗笑了，拍着手说这个好，这个好！这银杏就是神树了！

事实上，在丫口村人心里，这银杏树从来就是神树。谁家有个小病小灾，有小儿夜哭不止，都会来树下烧香，树上贴符。年轻男女还认为这古树能给他们缔结姻缘。连附近几个村的年轻人，每到农历六月六都会结伴来树下对歌，在树上拴红线。久而久之，树下也成了村民聚会，生产队学文件开动员会，村民自治搞选举的场所……再后来，人们走了，一个两个都离开了丫口村，就剩下包伍明了。眼下他把羊赶到树下，就为学着当年生产队队长反剪了手神气活现训话，只不过他的听众是羊群。

但赶着羊群迎着八百年古银杏树走拢的包伍明，没看到镇林业站的人，看到的是一群陌生人，正在挖树的陌生人。绕树一圈已刨成了深坑，满坑都是纠结百年的老根，让包伍明的心也纠结成一团：什么人敢对神树下毒手？包伍明大喝了一声——

住手！

吭哧挖树的人，被这声呵斥吓了一跳，他们停下手中的活计，满脸不解地望着这半路杀出的程咬金。

谁叫你们挖树的？包伍明厉声问道。见没人回答，他又提高八度说，这树挖不得，这是丫口村的神树，你们挖了它，会遭天谴雷劈的！

天谴我雷劈我那也是我的事，关你屁事？一个模样活像青蛙的矮胖子从坑里爬出，指着情绪激动的包伍明说，识相点，别在这里添乱，乖乖放你的羊去。

包伍明眯眼看了一阵矮胖子，认出他是当年镇上臭名远扬的蟊贼肖三儿。于是一脸鄙夷说，肖三儿出息了，由贼变盗了。光天化日之下盗树，你长了包天胆了！

放你妈的臭屁！肖三儿被揭了底，恼羞成怒，疯狗一样扑向包伍明。包伍明没防着肖三儿会动粗，毫无准备的他，被肖三儿一个罩篷，扑倒在新挖的坑里。肖三儿骑在包伍明身上，劈头盖脸一顿狠打。围观的众人见肖三儿出手狠毒，怕闹出人命，忙把肖三儿拉开。包伍明满嘴是血，踉跄着站起说，肖三儿你太猖狂了，除非今天你打死我，否则，你休想从我眼皮底下把树盗挖走。

肖三儿见包伍明态度坚决，知道遇着难缠的主。他卷起衣袖说，你这人讲不讲理？这树是我花大钱买的，我把它搬走，天经地义，咋在你眼里就成盗了？

包伍明说，你骗人。

旁边有人说，我们肖总是腰缠万贯的大老板，犯不着骗你。这树要光明正大搬到省城去，一处高档住宅小区靠它做风水招牌呢。

肖三儿叫人拿过皮包，掏出两张盖了章的纸说，你知道刘安文吗？

当然知道，包伍明说，他原来是丫口村的村主任，举家搬省城打工了。

知道就好。肖三儿扬扬手中的纸说，这是他卖树跟我签的合同。

包伍明说，他无权卖丫口村的神树。

肖三儿说，在你心目中这是神树，在刘安文心目中，这是他的私产。

包伍明说，神树属于丫口村集体财产。

昏说乱讲了不是？肖三儿说，我这几年走南闯北做古树生意，不会做那些找不着主的事。我在镇上查过资料，这棵树包产到户就分给刘安文了。我今天揍你，是让你长个记性，学刘安文活络点。人家在省城都买房买车了。

包伍明瘪瘪嘴，一脸轻蔑说，他就是买了飞机，我照样看不起他。你见刘安文告诉他，他卖神树，卖的是我丫口村的根！

肖三儿说我真弄不明白了，一棵上点年纪的银杏树，你咋硬要说成丫口村的根？你们丫口村有根吗？有根咋一窝蜂全跑城里了？

肖三儿这话，比用拳头揍他还痛，包伍明脸红脖粗说，我也弄不明白了，这城市咋就那么霸道，有棵好树要挖走，有个好女子也要哄去！你告诉我这是啥世道呀？

肖三儿点着包伍明说，你这人咋啦，城市跟你八辈子冤家？

旁边有人说，肖总，跟这样的人说不清，他一个人待久了，脑子坏了。

包伍明样子狼狈，心里窝囊。眼见人家挖了丫口村的根，自己却无力阻止！一阵悲哀在心中涌起……

从那天开始，包伍明噩梦连连，总梦见丫口村的所有东西都长了脚，正一件件被移走，一样样在失踪。这些梦让他惊惧，让他后怕。害怕哪天连丫口村都没了。

这天他早早起了床，没像往常赶羊上山，而是披了衣反剪了手，到地里去绕了一圈。那专注模样像个恪尽职守的卫兵，神气模样像极了巡视领地的君王。

这些年，他的主要精力都耗在他的羊群上。哪只瘦了，哪只胖了，他一清二楚。他很长时间没有如此认真地关注丫口村的田地了。真是不看不知道，一看吓一跳，田地抛荒的程度真的触目惊心。过去种植玉米黄豆的良田里，长满了茅草野蒿，那些被秋霜击过的野蒿竟然高过了包伍明的头。田埂上，到处都是老鼠打的洞，千疮百孔，不成样子。凝视着这大片荒芜的田地，包伍明心情急转直下，糟糕透顶。心情下沉的时候，脑子里却浮出了一个深埋在记忆深处的人像。

啊！父亲，那是父亲！

在这个时候想起父亲，他羞愧难当，视自己为不孝之子。父亲，那个容不得田里一棵稗子一根杂草的父亲，那个把田地看作命根子的父亲，他的灵魂看着这些疯长的茅草野蒿，看着这千疮百孔的田地，一定不会原谅他的儿子。

立在野草丛生的田地边，包伍明的耳膜好痛。他真切地听到了那个来自苍天之上的父亲灵魂的叹息。这叹息不容他辩解，这叹息无视他的势单力薄，这叹息让他惶恐不已。他第一次对丢下土地进了城的乡亲们生出鄙夷和憎恨。他的内心腾起裹挟了不满和愤怒的风暴——这是你们的土地呀！是什么让你们如此狠心地扔下它的？你们这土地的不肖子孙哟！

要真论起来，第一个走出丫口村到外面见世面的人，还是包伍明。在二十个世纪七十年代初期，还是少年的包伍明已经真切地体会到了什么是背井离乡。他少年时被迫像一只断线风筝，漫无目的游荡了几乎半个中国。其原因，就为不足二亩的一块山地。

二十世纪七十年代初，作为生产队守林人的父亲，带着没有心思再在小学胡混下去的小儿子包伍明，住进了丫口村最偏远的一座山林。在山林深处，父亲发现了一块相对平整的空地。包伍明至今依然记得，表情向来麻木的父亲，脸上一下子生动了起来，那兴奋劲不亚于孙悟空发现了水帘洞。看到这块空地，父亲就想起了正处在青春期的三明和四明两个儿子。在父亲心目中，正在吃长饭的这两个儿子，就像两个不见底的粮仓，再多的粮食也填不满。看见这片长满杂草开满山花的野地，父亲看到了让两个食量惊人的儿子填饱肚子的希望。看到希望的父亲，急切地想把希望快速变为现实。他悄悄回到家里，拿了开山斧、铁锹和铲子，决定神不知鬼不觉地在山林里大干一场。父亲的干劲惊人，他用了不到半月工夫，将一块杂草丛生的野地开垦成了良田，并在上面种了玉米。为了最大限度地利用这块地，他后来又套种了黄豆和洋芋。几个月下来，这块地无论是玉米、黄豆或洋芋，一律长得蓬蓬勃勃。在包伍明心里，父亲简直就是丫口村点石成金的能人。他为有这样的父亲骄傲不已。

为了让家人尽早尝到自己的劳动成果，父亲掰了一背箩青玉米，让包伍明背回了丫口村。背着青玉米雄起起回家的包伍明，逢人就炫耀父亲的能干。就在母亲将包伍明背回的青玉米去壳，准备煮一锅香甜的玉米给几个嘴馋的儿子尝鲜的时候，生产队长带着民兵排长来家里了。母亲看到丫口村两个最有权势的男人比乌云还要阴沉的脸，知道一场灾难不可避免，吓得一屁股坐在用来煮青玉米的柴火上。

包伍明像一只蔫鸡，被生产队长和民兵排长押着，还加一队基干民兵，进山林去抓父亲。这些基干民兵每人腰间都别了一把比弦月还要刺眼的镰刀。他们进到山林深处那片青翠的田地边，一字排开，大义凛然地看着还在地里忙活的父亲，目光充斥了让人胆寒的敌意。生产队长大喝一声，包崇仁，你知道你干什么了吗？父亲抬起头来，一看是队长和乡亲们，就说队长，我没干什么呀，我在山林里闲得慌，就自己开了一块山地。父亲边说边指着长满庄稼的地。这让生产队长更加愤怒——

包崇仁呀包崇仁，你还好意思说没干什么，你干的是资本主义！

队长说得中气十足，把林中的鸟儿都震得四处惊飞起来。

父亲显然没有意识到问题的严重。他说队长，资本主义啥鸟样我都没见过，怎么干的会是资本主义呢？我不就娃多，生产队分的那点口粮填不饱他们的肚子，看他们一个个黄皮寡瘦，我这当爹的心痛得慌，看这山里闲着块野地，就收拾了种了庄稼。

队长说包崇仁，你振振有词还有理了不是？这丫口村就你一个人当爹？就你家娃多？就你家饿肚子？我们再饥再饿，也只能干社会主义，不能干资本主义！

看队长跟老包有完没完地理论，民兵排长不耐烦了，他卷了卷衣袖，从腰间抽出了磨得亮晃晃的镰刀冲队长说，队长你这是对牛弹琴，没用的，还不快点把这资本主义的尾巴给割了。

他边说边握了镰刀往地里走，其他基干民兵也纷纷抽出镰刀。见自己辛苦一季的庄稼就要惨遭毒手，父亲又急又慌，把手中的板锄高高举起，大声喊道，谁要敢动我的庄稼，我就跟他拼命！

包崇仁，你好大的胆子！队长大喝一声。学着电影里英雄的样子朝父亲一步一步逼近，吓得浑身哆嗦的包伍明，看着父亲举着的板锄像风中的庄稼一样摇摆不定。队长走近父亲，一把夺过板锄，往天空随手一划说，把坏分子绑了。

众民兵就扑将过去，将势单力薄的父亲摁翻在地，来了个五花大绑。

制服了父亲，众民兵又扑向庄稼地，割姓资的尾巴。镰刀砍在玉米秆上的声音，像是庄稼压抑的叫喊。

包伍明看见，被五花大绑的父亲不忍看玉米成片倒下，绝望地闭上了眼睛。但闭上眼睛不看的父亲，终没能抑制住那分伤心，他的嘴角像冬天寒风中的树枝，不停颤抖一阵后，发出了像山风拂过山梁的呜呜声。

多年以后，成了牧羊人的包伍明，每每在山冈上听见风声呜呜，总觉是父亲的悲鸣。

对于父亲来说，更伤心的事情还在后面等着他。

父亲被押到生产队晒粮食的晒坝，民兵排长逼他跪下，在父亲脚弯端了一脚。父亲咚地跪在了晒坝。但倔强的父亲随即摇晃着又站了起来。看父亲这个倔样，民兵排长又重复端了一遍。父亲也重复站起一遍。看着绝不跪下认罪的父亲，生产队长又摇头又叹气，冲他吼：包崇仁你这茅坑里的石头，又硬又臭。

比生产队长还要愤怒的，是包伍明的两个哥哥，三明和四明。兄弟俩满腔怒火地从人群中冲出，扑向父亲。三明用他回乡知青的觉悟，扬手在父亲脸上左右捆了两耳光。继而，弟兄俩又一左一右，硬压父亲腿弯，逼他跪在晒坝上。包伍明见父亲再没挣扎着站起，实实在在跪下了，跪得像一摊烂泥。

第二天一早，丫口村的人看到了他们人生最惊恐的一幕——包崇仁用捆自己的绳子，把自己吊在了村头核桃树上。也就在那天早晨，生产队长和民兵排长的茅草屋腾起了冲天火光。等村人手忙脚乱地灭完火，赶来料理父亲的后事时，包伍明随即远走高飞了。

纵火后的包伍明，像只惊恐的羚羊，带着失去父亲的伤痛和报复的快感，风一样赶到镇上，偷偷爬上了一辆运桐油的卡车，开始了长达十年的流浪生涯。

十年间，包伍明从县城到省城，从这座城市到那座城市，广州、武汉、北京、上海，都留下过他的足迹。他甚至还到过新疆，帮兵团摘了一个半月棉花。十年里，他做过搬运工、叫花子、流浪艺人、小偷和骗子。有一次在武汉因为饥饿差点就做了拦路打劫的强盗。让他得意的是，一副象棋摆残局，居然在京广沿线的城镇混了三年，从没挨过饿。他在流浪岁月里，学会了吹拉弹唱，靠垃圾堆捡到的笛子，冒充了一回下乡巡演走失的宣传队队员。十年里，他数次被送进收容所，却从没成为遣返对象。无论收容干部如何恐吓，如何诱劝，他的底线是，什么都可以说，就是不说自己是哪里人。十年里，他从一个孱弱的少年长成了一个模样标致的青年。饥一顿饱一顿的流浪生活，让他落下纠缠了整个人生的胃病。胃病和失去故乡的忧伤，让他显得忧郁而动人。在上海，这清瘦而忧郁的形象差点收获了青春年华最美好的爱情——一个长相可人、心地善良的卖花姑娘，向他献出了少女纯洁的初吻，一个有着淡淡薄荷香味的初吻。但后来他手提礼品尾着姑娘，穿过棚户区狭窄的里弄，去见她的工人父母——内心活得无比骄傲的工人阶级父母，面对包伍明的不明身份，脸上自然比霜还冷。

那天傍晚，姑娘送他出棚户区。她忧伤地看着他说，我父母不会允许我嫁给一个身份不明的流浪汉，我绝不相信你没有故乡。告诉我，你是有的——

包伍明含着泪点点头说，当然有。它在我心中。但我不能告诉你，这是秘密。

姑娘沉默一阵后说，那就让你的秘密陪你好了。

包伍明的初恋，死于身份不明的自己。失恋是痛苦的，经过痛定思痛的内心挣扎，包伍明做出了人生最重要的决定，义无反顾回故乡。当包伍明几经周折，带着长途奔波的疲惫回到丫口村时，竟没一个人认出他来。他向乡亲们介绍自己是包家的老五，他的南腔北调，让乡亲们以为来了个骗子。幸亏陈老汉眼尖，他记起包家老五屁股墩有块紫色胎记。不得已，包伍明当众褪下了裤子。

陈老汉冲他屁股墩一巴掌说，回得早不如回得巧，包产到户，土地人人有份了。

在包伍明的记忆里，那是丫口村最鲜活的时候，也是丫口人活得最光亮的时候。几乎所有人都浸泡在获得土地的幸福和兴奋中。那是白天充满希望夜晚弥漫梦境的好时光，几乎每家每户都相信，生活将拥有一个崭新的未来。也许正是这种朝前看的心态，让人们仿佛忘记了往昔的伤痛。生产队长和民兵排长脸上，没有了原来的神气，却多了现在的和气。他们见了包伍明也咧一口黄牙，笑容可掬地招呼，似乎记不得他十年前放的那两把火了。包伍明的两个哥哥三明和四明，也都成家且有了孩子，都搬出老屋盖了新房。让包伍明没有想到的是，在包伍明离开的十年里，他们对日渐年迈的母亲恪守着孝道，照顾得殷勤备至。包伍明见到的他们，脸上泛着油光，胸前腆着油肚。他们对小弟伍明送衣送肉送粮，两位嫂嫂还赶缝了两套衣服。但包伍明对他们的热情和关爱视而不见，总是冷若冰霜。

给包伍明分地时，他提出要父亲当年垦出的那块山林深处的土地。这让所有人都惊讶不已，都认为包家小儿子脑子出了问题——那块地既偏僻，生产也有诸多不便，庄稼经常会被野牲口光顾，谁都怕这块地跟自己沾边。只有负责分地的陈老汉瞄出了他的心思，没有立马分地给包伍明，让他回家好好想想。夜里，陈老汉提了瓶荞麦酒过来。包伍明见了他就一句话，我就要那块地。看着态度坚决的包伍明，陈老汉点头了。那夜两人都醉了。醉了的陈老汉手指包伍明说，你他妈有种！问题是你这样会让自己活不安生，也让别人活不安生。你以为过去谁都不记得了？大家只是不想像你那样活在记忆里……

现在，站在杂乱苍凉的地边，想起陈老汉的话，包伍明明白了，自己错就错在一辈子活在记忆里。因为记忆，他不能原谅生产队长民兵排长；因为记忆，他更不能原谅三明四明；因为记忆，他甚至不能原谅当年袖手旁观的乡亲们。而因为不能原谅，他不合群得有些不近人情。他知道大家讨厌自己，所以后来他选择了做牧羊人，成天跟着埋头啃草的羊群蹲在山上。

原本充满希望的田野，几经折腾，希望似乎成了水中月镜中花。但丫口村人倔，倔得像夸父的子孙，从不会停息追求和寻找希望。最早看到希望的是丫口村的年轻姑娘。王家的小珍，经一个远房亲戚介绍，去省城给人做了保姆。春节穿着女主人穿后下放给她的既轻便鲜艳又拢身保暖的羽绒服的小珍，在姑娘们众星捧月的眼里，王小珍哪是去做保姆，分明是女王。春节过后，一支保姆小分队，在没有任何动员的情况下，自然而然组队了。她们追寻着王小珍的足迹，义无反顾进城了。看着过去总出现在深夜梦中的邻家女孩手都不挥一下就进了城，丫口村的小伙子们，在经历感情的巨大失落后，也吆五喝六坐上了长途班车。这群新时代的年轻农民，离开土地轻松得就像去赶集。乡村公路上，山风一样掠过的长途班车，扬起的是做着美梦的他们左声左调的歌声和黄龙一样的尘埃。

在包伍明看来，现在的城市就是一块块巨大的磁铁，所有的乡亲都是铁钉。每一块磁铁都磁力超强，让铁钉来不及思想，来不及迟疑就被一股脑儿地吸引过去。而早先，磁铁是眼前这些被放荒芜的田地，乡亲们是牢牢地吸在田地上的铁钉。是什么让视为命根子的土地失却了吸引力？包伍明还没想明白。他只知道，这些世世代代生活在丫口村的乡亲们，抛下自己的老屋、祖坟，舍弃自己的猪、牛、羊、马、鸡、鸭、猫、狗，没有悲悲戚戚，没有哭天抢地，一个比一个走得坚决。首先走的是年轻人，继而是中年人，后来是孩子，再后来是老人。

一家一家走了，一户一户的屋空了，一块一块的田园荒芜了。原本鸡鸣犬吠呼儿唤女的村庄，冷清死寂了。乡亲们在的时候，包伍明刻意回避他们，躲着他们；等他们都走了，包伍明却想念他们了，想着他们的脸，一张比一张活灵活现，一张比一张亲切。反差怎么如此巨大？包伍明自己也搅不清楚。现在看着这野草蓬勃茂盛的田地，包伍明有了一个想法：他要把这大片田地上的杂草野蒿通通收拾干净，然后翻耕了种上庄稼。包伍明知道，自己就算累吐血，也无法把这么多荒芜的土地都种上庄稼，但这疯狂的想法却又如此激动人心。

连续几天都被激发的包伍明，每夜都梦见父亲，梦见父亲在林中开荒，一刻不停开荒。而在父亲的身后新开出的土地上，杂草盖了过来，野蒿蹿了起来。他梦见孩童的自己站在父亲旁边，傻瓜一样大笑不止。在这样的梦中醒来，包伍明就忍不住泪流满面，就越发坚定了在丫口荒芜的土地上种庄稼的决心。包伍明知道，这都是别人的地，他真在上面种了庄稼，就是占用他人的地，于情于理于法他都是错。为此，他跑到镇上找干部，要干部给他授权。

镇干部说这是个新问题，说你要在别人地上种庄稼，你就侵占了别人的利益，百分之百不对。包伍明说，难道让地荒着就对了？镇干部说当然也不对。包伍明为难了，他冲镇干部摊了摊手，这也不对那也不对，你政府就没个办法？镇干部说土地是承包给农民的，我有屌办法！包伍明说既然是承包的，没人种还包啥？政府理应收回来，承包给想种地的人。镇干部白他一眼说，轮不着你老包替政府操闲心，政府把土地收回来？那不等于说不搞包产到户了？你想回到生产队的老路？再说你一个人种一个村的地，你想蛇吞象？

包伍明说，我一个人是种不了那么多。我盘算了，卖上十只羊，雇人种。

镇干部说老包，你狗日做梦讨媳妇，想得美！雇人？到哪儿雇？你们村走光了，其他村比你们好？剩下的除了残疾，就是386199部队的人，你雇不雇？

包伍明问，什么时候镇上驻军了？镇干部扑哧笑了，什么驻军，我说的是妇女、儿童和老人，他们现在是村子里的主力军。老包，你又不是肚子吃不饱，承包地种庄稼，那可是又费力又不讨好，还赚不到钱。

包伍明觉得自己被误解了，说我不是想赚钱，我是见地一季季荒着心痛。镇干部不相信，瞅一眼包伍明，教训说，你心痛啥？人家地的主人都不心痛，你瞎操什么心呀？还不快回家放你的羊去！我看你是孤寡久了，脑子进水了。

本来是找镇干部解决问题的，没想到挨一顿训！走在回村路上的包伍明越想越窝囊。爬上山梁后，情绪他再没控制住，往山梁一站，大声吼道——

你脑子才进水了！你们脑子才进水了！

咆哮的山风轻易地覆盖了他无用的吼喊。

四

回到村里，他在荒芜的田地中点了把火。那些茅草野蒿三天三夜才烧光。包伍明不再想那些荒芜的田地，也不敢再想。他终于明白了，要让它们长出庄稼，他没这个能力，更没这个权利。他越明白就越无奈。也许就像镇干部说的，自己真的是瞎操心了，荒的是别人的地，何苦呢？

但痛的心分明是自己的呀！

包伍明只好把精力放到羊群上，似乎这样，心痛才会少些。

秋天在丫口村的停留是短暂的，当包伍明送走最后一批雁阵，冬天就来到丫口村了。先前还只是充满凉意的风，现在硬得像刀子刮过脸庞。包伍明就疼得打个颤儿。群山在冬天也空旷了很多，大地像失了血显出苍白。放出去的羊群，在山坡上寻寻觅觅，觅那些被霜漂白的衰草。今年，包伍明的草料因为胃病没能备充足，夜里给羊的草料不得不克扣，白天饥饿的羊群为能找到更多的枯草，要爬更陡的坡，走更远的路。包伍明辛苦一天，累得连晚饭都不想做，往火塘埋上几个洋芋当饭。今天他刚扒出烧洋芋，镇供电所的张小鱼就不请自入了。

老包又害小鱼走夜路了。我要撞了鬼，你得负责。张小鱼马了脸说。

张小鱼是来收电费的。每季度收一次。一次收得比一次高，让包伍明很不舒展：谁请你摸夜路撞鬼了？又是谁和鬼伙起来催债的？

你骂我是鬼催债？用了电自个不交费，我上门收费还成鬼催债了？凭你这态度，我就可以断你的电！他边说边递上计算器，看好了，交吧。

包伍明见电费比上季度贵了几十块，窝在心里的火星子就被点着了，你电费比地里的韭菜还长得快吗。

张小鱼说，给句话吧，这钱到底交是不交？

包伍明脖子一梗说，你要说不出电费为啥涨，老子就坚决不交。

张小鱼轻蔑一笑，关了计算器，往挎包里一塞，说我要是你老包，就老老实实交了，你当供电所稀罕你那点电费？为你一个人多拉多长的线，知道吗你？你享受的可是VIP服务哩。

VIP？包伍明丈二和尚摸不着头脑，问张小鱼什么叫VIP？

张小鱼脸上就更轻蔑，我说人待傻了吧？就是贵宾服务。

包伍明呸一泡口水说，少拿名词日哄人。你把我当贵宾？当杨白劳还差不多！

张小鱼冷冷地说，别怪我没提醒你，现在后悔还来得及。

不交！包伍明冲张小鱼吐了两个斩钉截铁的字。你当老子是吓大的！

你会后悔的，张小鱼走得有些气急败坏，你一定会后悔的！

包伍明不仅没后悔，还决定犒劳自己一顿：薰在火塘上的羊干巴取下了，再加二两苞谷酒。心情大好，包伍明哼着小曲，换上了节庆才用的百瓦大灯泡。

大灯泡倏忽一亮，又倏然一灭。包伍明顿时明白了，张小鱼出村就给供电所所长打了手机，因为不交电费，输往丫口村的电路切断了。

黑灯瞎火地过了一周，深刻体会到了一个人的夜晚难熬，一个人没电灯的夜晚更难熬。包伍明只好厚着脸皮去找张小鱼。张小鱼说后悔了？后悔你别找我，要找你得去找所长。

包伍明就赔了笑脸，又是认错又是敬烟找所长。这所长耷拉着眼皮子面无表情，一声不吭。包伍明日气了，收敛笑容说，我找镇长告你去。

这句话起了作用，所长终开尊口说，你狗日别瞎折腾了，断你电本是镇长的主意。就是要把你这号人逼到镇上来。

包伍明说，你们这不是存心断人后路吗？

所长说你该自己去问镇长。

包伍明不想问镇长，他最怕镇长惦记自己。镇长去年送温暖给了他三百元钱，却带着一帮镇干部吃了他一只价值两千元的肥羊。当然，他最怕的还是要他个人服从组织、服从大局，搬镇上来。为此，包伍明放狠话说，谁要我搬镇上，我就把两百多只羊赶到街上。

想起羊，包伍明急了。羊清晨上的山，现在都正午了。这段时间里，晚上冻醒的包伍明，不止一次听到狼令他胆战心惊的嗥叫声。一想到狼，包伍明忘了中午饭没吃，撒腿就出了镇子。他在山路上丞丞赶了一阵，遇上了一个腰粗膀圆的白胖子。白胖子山路走得很是吃力，呼咻呼咻喘粗气。包伍明揶揄说，贵客又是为山里大树来的吧？晚了！肖三儿早挖跑了！

白胖子吃力地转过身子，眯眼打量包伍明说，你是……包五叔？

你是……包伍明见胖子浑身透着陌生，就说我不认得你呀。

胖子说，尹成友你总认得吧。

尹成友？他不就是丫口村原来的会计吗？前几年跟老伴去外省和儿子住，听说得病死了呀。

包五叔，胖子说，我就是尹成友家幺儿子，尹小贵呀。

你是尹小贵？包伍明打量胖子，摇头说，尹成友幺儿子比猴子瘦，比猴子精灵。

胖子说人家发福了嘛。这些年忙生意应酬多，肉尽往身上堆。包五叔还记得我打小的绰号吧。

包伍明说，当然记得，花肚皮。

胖子将肚皮上的衣服撩起说，正宗花肚皮。

包伍明点头说，我们好多年没见面了。

尹小贵张开两个大巴掌说，十年，整整十年了。丫口村更热闹了吧？

热闹个屎，人都走光了。

尹小贵说，走光了？都去哪儿了？

包伍明说能去哪儿？都像你进城了呗。

尹小贵哦了一声，摸出个夹子，夹出一张纸片递上。我的名片。

包伍明看名片上的宇通物流公司和尹泽宇董事长两行字，惊讶说，都混成长字号了。名字咋要改呢？这董事长比镇长大吧？

尹小贵说这没法比的。我这名字嘛，是香港起名大师给改的，人家说了，我的物流公司要做成国际知名企业，名字非改不可。你还想叫我小贵就小贵好了。

国际知名？那不就是地球人都知道吗？包伍明伸舌头说，我只听说过人流，这物流什么东西呀？

尹小贵被逗笑了，包五叔在山里待闭塞了。物流嘛顾名思义，就是货物流通。我们边走边说好了。

两个人上山下山，轻松了。

五

尹小贵是冲着他家老屋回来的。

站在人去楼空的老屋前，他见识了什么是衰败。多年失去维护的土坯老屋，像极了久病缠身的老者，整个人佝偻着，就像随时会瘫痪。一面院墙已经坍塌；没塌的长满了衰草。满院被霜打的野蒿瑟瑟发抖。正门的对联贴得很是牢实，只是再无一点血色，惨白衬得黑字越发沉重，猛一看更像挽联。门上的大铁锁，锈得像一碰就会碎成一地铁锈。尤令人惊讶的是，屋檐上吊一条蛇蜕的皮，在风中游弋。许是为了证实尹小贵的猜测，檐上传来两只耗子撕咬嬉戏的叫声，随着落下一串黑色尘埃。

这是真正的老屋了！尹小贵感叹。事实上，十年前离开时就是老屋了。尹小贵当时离村去深圳打工的主要动力，就是想挣钱回来盖新房。当时尹小贵的哥哥已经到了婚配年龄，媒婆前前后后十几拨，看看老屋摇摇头就离开了。为了挣到盖新房讨媳妇的钱，哥哥一咬牙去深圳做了码头搬运工。第二年，哥哥给家里寄了一张戴着安全帽站在远洋货轮旁咧嘴傻笑的照片。尹小贵觉得哥哥神气得不行，第二天就瞒着父母，坐了汽车坐火车，到深圳找哥哥。

回忆充满了伤痛和辛酸。如果不是面对这幢老屋，尹小贵是不会碰触那脆弱的记忆的。包伍明发现，眼前这个大腹便便的胖子，表情凝重而伤感。他整个像一个巨大的坛子，装满了发酵的心事。包伍明拉了拉尹小贵的衣角说，小贵去我家吧，叔侄来个一醉方休。

这个夜晚尹小贵一直都在说话。他充满强烈的倾诉欲望，仿佛第二天就要成为哑巴似的。包伍明第一次体会到，听人倾诉也是一种幸福。这些年来第一次觉得夜短。尹小贵说那码头真大，大得人像蚂蚁。哥哥就是蚂蚁中的一只。哥哥一刻不停地装卸货物，整个人就像刚从水里捞出来的。尹小贵要不是亲眼看见哥哥，永远不会相信一个人能流出那么多汗水。他至今还记得，哥哥说的第一句话是你还不快滚回家去！但尹小贵对哥哥说，我也想挣钱盖新房讨媳妇。

但工头没看上尹小贵，嫌他身子单薄。哥哥不得不买了两条中华烟塞给了工头。后来在尹小贵的梦里，地狱就是码头的模样。每天都是背上被压着，面前被烘着，随时都像会被烘熟烘焦。尹小贵很多时候都有一个冲动：扔了背上的货物，纵身跳入海里。哥哥总担心尹小贵撑不下去，但没能撑住的是哥哥。这个体壮如牛的汉子，终于在四十多摄氏度的高温下，连同身上的货物一起重重地摔在了货轮的甲板上，再也没站起来。医院开出的死亡证明，说哥哥死于中暑。尹小贵将哥哥的骨灰盒偷偷放在一艘远洋货轮的货舱里，让只见过轮船却没坐过轮船的哥哥做一次免费远航。看着载了哥哥骨灰盒的轮船鸣笛驶离码头，尹小贵在心里哼起了歌——再也不能这样活，再也不能这样过！

尹小贵邀了两个处得好的工友，掏出平日的积蓄和哥哥的抚恤金，注册了物流公司，印了名片，买了名牌西装，理了分头，将自己包装得派头十足，就去找刚落成的一个新码头，谈承包物流的生意。不到一年买了豪车别墅，结识了一个手模，相处半年就结了婚。

尹小贵的经历，让听众包伍明啧啧称奇。但包伍明还是不明白，都住上别墅了的尹小贵，还惦记这随时都可能倒塌的老屋干什么呢？尹小贵说头几年物流顺风顺水，但今年自打开年，生意突然不顺了。竞争太多，压力越来越大，我就请香港风水大师来家看，他在海边别墅转一圈说，你是不是还有房子？院门是朝西开的。他这话一出口，我老婆就拉长了脸，以为我隐瞒了房产。风水先生说你再想想。我使劲想呀想，就想到了老屋。我虽离家多年，但还是清楚记得，我家老屋的院门确实是朝西开的。

包伍明更是觉得神奇。这香港风水先生长通天眼了？看到尹小贵远在万水千山外的丫口村的老屋的院门，需要何等眼力和神力！包伍明说小贵，他给你整治的方法了吗？

尹小贵说，当然给了，要不我千里之外跑回来干啥？大师说了，把院门改东开，紫气东来，不发都难。包五叔，我好多年不干体力活了，这改门朝向，还得劳你了。工钱我不会亏待你的。

说到钱就不亲热了。包伍明打个哈欠说，天不早了，睡吧。

尹小贵说包五叔不答应帮我，我睡不着。

包伍明说废话，我不帮你谁帮你？工钱我不要，只拜托你再见了香港风水大师，也请他帮我改改门向，说不定这断的电又能通上了。

第二天一早，包伍明把羊赶上山，就折回帮尹小贵改门向。忙活了一整天，改了门向，又砌好了年久失修坍塌的部分院墙。包伍明的工作效率和认真劲，得到了尹小贵高度的褒扬。习惯用钱解决问题的尹小贵，掏出了钱夹。但他看包伍明阴沉下来的脸，就想了想，打开背包取出一个三星手机说，这是我的备用手机，送你。包伍明连连摆手，这么贵重使不得，使不得。再说我拿手机打给谁？

给我打呀！尹小贵说，有空给我打个电话，我就知道老屋和你的情况了不是？

这么说包伍明就不好推辞了。他接过手机说，我会随时给你汇报老屋的情况的。

尹小贵走后，包伍明把手机当宝贝。有手机怎么找个人打？这手机能不能打出去？越怀疑，试一试的欲望越强烈。他想起尹小贵送他的名片。于是他从枕头下翻出名片，念着名片上的号码，拨电话了。也许是第一次打手机，拨号的手显得机械且颤抖不止。手机嘟——嘟——随即他听到了尹小贵的声音：喂，你找谁呀？

包伍明结结巴巴说，就、就、就找你，小贵，我、我、我是你包五叔呀，你到深圳了吗？

手机里尹小贵说，我这记性也真是的，连自己的备用号码都记不得了。哪有那么快，我还在镇上等班车哩。

包伍明说是没那么快，怎么会那么快呢？深圳那么远。小贵，是不是坐了班车还要乘火车？

不了，电话里传来尹小贵的声音，我坐班车到省城，然后坐飞机回去。包五叔手机你要省着打，话费很贵的。

包伍明就鸡啄米似的连说了几个好，但还没等说完，尹小贵就挂了电话。包伍明看着手机，又兴奋又后悔，兴奋的是这手机灵，一拨就通了；后悔的是不该尹小贵才离开就给人家打电话，显得自己太小家子气。

自从得知手机的好，包伍明每天早起第一件事，就是去尹小贵家的老屋巡视一番，然后再赶羊上山。下午把羊关进羊厩，再巡视一番尹小贵家的老屋。内心巴望着老屋出点新情况。但老屋似乎再没什么变化，总那样立着。包伍明心中就会失望一阵，就生不出理由给尹小贵打手机。每每带着失落感回到家里，晚饭也懒得做，呆坐在越来越深的夜幕里，双手把手机抚摸不停。

手机让他意识到了自己是多么孤独。孤独的包伍明，找不到打发寂寞时光的好方法。四个人可以打拖拉机，三个人可以斗地主，陈老汉健在可以下象棋，而今一个人的日子干什么呢？包伍明想到了黑狗小青。他试着跟小青套近乎，有时倒碗剩饭，有时扔根猪骨头羊骨头。但小青对他的小恩小惠满不在乎，对他一点不亲近，成天伸了舌头，目光呆滞地蹲在陈老汉的院门前。包伍明走近陈老汉家那道院门，它甚至还发出愤怒的汪汪声。乡亲们还在丫口村的时候，包伍明喜欢躲着他们，见了他们不理不睬，他甚至在内心深处有些讨厌他们东家长西家短的飞短流长。但现在孤独的他，在经历了过多的寂寞时光后，内心对他们的思念越来越强烈，有时夜里醒来，感觉他们就在村子里游荡，等他披衣起床拉开门，除了扑进来一阵冷风，眼前就是伸手不见五指的黑夜。在冬天空旷的山里，包伍明追随着饥饿的羊群，心中惶恐不已。他害怕长此以往，他的记忆会把丫口村的乡亲丢失掉。

为此，他用乡亲们的名字给羊命名。那头膘肥体壮毛色亮丽的公羊，自然就叫了尹小贵。看着两头长相秀气的母羊，他就想到了丫口村长得最标致的年轻姑娘杨小丫和漂亮少妇唐榴花。而羊群中又老又丑的两头公羊，就被他叫成了生产队长和民兵排长……他在山上这样管理他的羊群：排长，你狗日的就爱冒险，崖边的草也敢去吃，就不怕一脚踩滑摔死？队长，谁都晓得你这毛病，总往唐榴花身边凑什么？想偷腥，人家男人回来，不怕揍死你？

包伍明后来又多了一个习惯：放羊回来，巡视一遍尹小贵的老屋后，他就叼一支烟，出村到丫口去坐一会儿。丫口的风景很好，坐在丫口，能看见一轮夕阳在晚霞中一点一点掉到山那边去。但包伍明不是来看风景的，他是坐在那里等待的。他眯着眼，看着丫口外蜿蜒通向镇上的山道，祈求着奇迹出现——丫口村的某个乡亲，会像从前的尹小贵一样，出现在山道上……

终于有一天，包伍明的等待有了收获。

从山道走来的人肯定是女人。她身上的颜色鲜艳得有些夸张了，扎得包伍明的眼像进了沙子。她一定在身上抹了太多的香水。女人离着包伍明还有好几十步，山风就把浓烈的香气送进了包伍明的鼻孔，熏得包伍明有些犯迷糊。不会是山妖吧？这样一想，他浑身都紧张起来了。

包伍明又眨了几下眼睛，女人就近到面前了。女人用粉红手帕抹了一下额头上的汗，立住，打量神色慌乱的包伍明，兴奋得叫起来——

这不是五叔吗？

包伍明显然没有认出她是谁来。在包伍明眼里，这女人的衣服不仅太鲜艳，而且太小了，小得她丰满的身体仿佛马上就要从衣服里跳出来。

包伍明说，我不认识你呀。

女人说五叔，我是阿莲，钟贵家的阿莲呀。

一听说是阿莲，包伍明的脸，就像这暮色黯淡下来了。这阿莲让包伍明一改内心的激动为厌恶和羞辱。不仅是包伍明，在过去丫口村人的心中，阿莲都是让丫口村蒙羞的坏女人。

包伍明冷冷地说，你回来干什么？

阿莲说，我回来找镇上派出所迁户口，顺便回村来看看。

阿莲说是回丫口村没说回家，这让包伍明内心很是不满，但转念一想，这阿莲哪还有家？自从钟贵死后，她家那间破草屋没撑住两年光阴，就被雨淋垮了。

包伍明背了手，不说话，径直往村里走，阿莲紧紧尾在后面。进村后没有寻见自家的茅屋，阿莲就问，五叔，我的家呢？

包伍明头也不回说垮了。

阿莲叹息一声，尾了几步又问，村子里咋没见个人呢？

都走了。包伍明答得漠然。

阿莲又尾了几步，从口袋里掏出一张百元大钞，塞往包伍明反背着的手心。包伍明转身厉声道，你这是干啥？

阿莲看着脚尖说，五叔，麻烦你带我去我爹坟头上看看，行吗？

包伍明皱眉想了一阵说，我也记不清你爹的坟埋哪儿了。

阿莲突然抬起头，拉了包伍明的手说，五叔，你一定要带我去爹的坟上看看，我相信你记得我爹的坟埋哪里。我知道你们厌恶我，恨我，但我看看我爹的坟没什么错吧？这世上的男人，我对不起的就只有我爹。五叔，难道我求你还不行吗？

阿莲满脸泪水地看着包伍明，扑通一声跪在了包伍明面前。

包伍明赶紧俯身扶阿莲说，你不能这样，我真不知你爹埋哪里。你爹死的时候，我的两只羊丢失了。有人说是坡头村的手脚不干净的肖三儿偷的，我就往坡头村追；到村里有人告我说羊被肖三儿拉镇上了，我就往镇上追；到了镇上，又有人说羊被肖三儿雇车拉县城了。我于是又坐了班车去县城。折腾了三天，羊追回了，你爹也下葬了。葬哪里我也没问，我当时的心思都在羊上。

找不到爹的坟，阿莲是又悲痛又沮丧，她说五叔，我原本是想借这次回来，给我爹修一座气气派派的墓的，他生前的脸被我阿莲丢尽了，他死了，在阴间要有个体面。

包伍明安慰阿莲说，你有这心，九泉之下的你爹也就知足了。修墓那是大工程，丫口村人都走光了，你找谁修？再说就算有法子修，修得再气派，给谁看？跟我回家去吧，我想你一定饿了。

这次包伍明让阿莲走在了前面。看着阿莲的背影，包伍明的心情复杂了起来。

包伍明记得，当年阿莲跟随第一批保姆小分队离村时，还是个黄毛丫头。她是瞒着父亲钟贵走的，她从钟贵藏在墙缝的积蓄中偷了一百元钱。等钟贵知道女儿要跟随小分队去省城做小保姆，追到镇上阻拦时，阿莲已经和姐妹们坐着长途班车，离开镇上几十里地了。没有追上女儿的钟贵，是流着泪回村的。乡亲们都理解钟贵的脆弱，自从他的女人生下阿莲不足一年就被人贩子拐卖后，阿莲就成了他唯一的亲人。但半年后，钟贵的脸上渐渐有了笑容，原因是清清秀秀的阿莲，被有钱人家相中了。阿莲做保姆的收入，居然比丫口村同做保姆的其他女孩子多一倍还多。阿莲每个月都把做保姆的钱寄回来，钟贵每个月去镇上邮电所取一次钱，内心就会添一分骄傲。这个从前穷得一上街就有人追债的男人，自从女儿进城做了保姆，就神气了许多。他总在赶集的日子，买上几斤苞谷酒，用胶壶装了，逢人就用胶壶盖子当酒杯，跟人喝上几盖子，随口拉拉家常，话题都是围绕阿莲的。当别人吞下几盖子苞谷酒，红着脖子夸他养了个好女儿，钟贵的脸就会笑成一个烂柿子。

但后来街上就有了流言，说阿莲做了不到一年的保姆，就嫌做保姆累，去夜总会干见不得人的事了。流言传得乡亲们都知道了，唯独钟贵蒙在鼓里，还像从前见人就用胶壶盖子倒酒给人喝。但人们都躲他了，他就大声抱怨，说这是又纯又正的上好苞谷酒，你们咋像见了敌敌畏似的。直到那年春节前，丫口村做保姆的女孩都回家过年了，唯独阿莲没回。钟贵就跑去找那些女孩问，女孩们都说省城大，没见过阿莲。看着她们躲闪的目光，钟贵心里有了担心，就跑到镇上长途车站等候。只要有客车开来，他就凑上去问见过他家阿莲没有。有一天，坡头村一个打工的男青年下车来，钟贵又像往常一样上前打探。那男青年把双肩背包往身上一背说，你是问丫口村的阿莲吗？她在省城做鸡哩。

问到女儿的下落，钟贵心里踏实了很多，他又打了酒，提着在街上晃悠，遇了熟人就说，这城里跟乡下不一样，乡下的鸡是鸡蛋孵的，城里的鸡是人做的。听的人说钟贵，你酒喝多了，日白啥？鸡就是鸡蛋孵的嘛。钟贵就争辩说，谁日白了，我家阿莲就在城里做鸡嘛。

他的话让一条街都笑爆了。陈老汉实在看不下去了，将钟贵拉回了村用手戳了钟贵的额头说，你丢人现眼哩。钟贵不服说我丢啥人现啥眼了，我家阿莲就是在城里做鸡嘛。

陈老汉跺脚说，你家阿莲是在城里做小姐。

钟贵说你日哄我，做小姐，我家阿莲没那个命。

我说的小姐不是你想象的小姐。是陪人困觉的小姐。

陈老汉的话激怒了钟贵。钟贵眼鼓得像牛卵，他说陈老汉你说啥子？我姑娘陪人困觉？我要不看你年长我的话，我就抽你两耳刮子！

陈老汉叹息一声，回自己家了。

钟贵抱头想了想，就蹲地上哭了。

第二天，丫口村的人看见，钟贵吊死在屋前的柿树上了……

有了这样的记忆，阿莲在包伍明的印象里那是糟糕透了，但现在阿莲这个样子又让包伍明心疼同情和怜悯。原本包伍明是不打算让阿莲跨进自家门的，而同情和怜悯还是让他心软了，一个无家可归的可怜女子，就算是个陌生人，包伍明也不会袖手旁观，何况她还是自己的乡亲。

包伍明把阿莲领进屋，点了煤油灯，就忙活晚饭。因为没有电灯，又加上柴火燃烧后产生的浓烟，让阿莲觉得连睁眼都有些困难。很不习惯的她，一边揉眼睛一边问包伍明，五叔就这样过日子？包伍明说还能咋过？阿莲有些同情包伍明了：城里比这强。包伍明说都去城里了，这丫口村不就没了？再说我这把年纪谁还要？阿莲想想说，也是的。

晚饭潦草而简单，阿莲却吃得香甜。也许是饿了的缘故，她贪婪的吃相还是像个山里姑娘。这，让包伍明感到了一丝儿亲切。吃完晚饭，包伍明就忙着给阿莲收拾住的房间。这时阿莲进来说五叔，我能烧锅水擦一下身子吗？

包伍明有些不高兴，想这城里待久了，人就活得讲究了。但他又想女人家一个，上上下下走那么长的山路，累一身汗，擦擦身子也在情理之中，就又去烧洗澡水。

整个屋子里都是阿莲洗澡弄出的水声。

包伍明坐在火塘边，感觉到有女人的屋子跟从前有了区别，那是一种说不出却又能真切感受到的区别，他感觉到整个屋子被一种气息充盈着，笼罩着，弥漫着，夜变得温暖踏实了许多。

女人洗澡真是一件既烦琐又耗时的事情，包伍明烤了一下火，就去自己的房间睡觉了。好久没有做过梦的他，这个夜晚被梦境包围了，他梦见了卖花的上海姑娘，梦到了那刻进了舌头的唇齿之间淡淡的薄荷香。事实上，当年从上海回到丫口村的包伍明，原本是有机会恋爱结婚成家的。在他年轻时的生活里也不乏女孩子暗送的秋波，他也曾在别人的撮合中跟两个女孩有过短暂的交往，但他却没相中她们，因为他从她们身上找不到那种淡淡的薄荷香味。在烟云一样的梦境中，包伍明追逐着卖花姑娘，他听到她银铃一样的笑声，他闻到了那销魂蚀骨的薄荷香，但他就是追不上她，他想跑得快些，但脚像被什么缠住了，这可把他急死了，他重重地摔了下去，摔倒在了一张床上。他试图着从床上爬起来，但床像一块磁铁，将他紧紧吸附住，让他动不得。这时卖花姑娘回来了，她轻轻地敲门，轻轻唤他，他张了嘴，却说不出任何话。这时，卖花姑娘捂着脸哭了，她哭得好伤心。哭着哭着，卖花姑娘猛一抬头，变成了阿莲。

这下，包伍明醒了。醒了的包伍明，真的听到了敲门声。包伍明吓了一跳，他有些迷糊。搞不清楚为什么卖花姑娘会变成阿莲。他披衣起床，点了马灯，提着去开门。门外真真切切站着的是阿莲，她好像受了什么惊吓，胆怯得像一只兔子。她说我听见好多人在哭，吓死我了。包伍明说，那是夜风的声音。阿莲，不是风，是人在哭，真的是人在哭。就在这时，一股香气钻进了包伍明的鼻孔，薄荷香。他看着阿莲，看着看着她就变成了卖花姑娘，包伍明一扔马灯，就紧紧地抱住了阿莲。他把她抱得太紧了，紧得他都感觉到她的心跳了。她没有挣扎，但他感觉到有冰凉的水一样的东西掉在了他肩膀上。随即，在他的耳边，他听到了阿莲同样冰冷的声音——

五叔，他们欺负我，你也想欺负我呀？

阿莲的话说得很轻，但在包伍明的耳畔却像一声惊雷。他身子抖了一下，松开了阿莲。他像此时才从梦中惊醒，尴尬和羞愧让他无地自容。他突然扬手扇了自己一记脆脆的耳光。

阿莲似乎并没生气，语气平静地说，五叔如果你真需要，我可以陪你。

就在阿莲抬脚要跨进包伍明卧室的时候，他一把推开了阿莲。他说阿莲，你把你五叔当畜生了。你既然不敢一个人睡，五叔就生起火塘，陪你说话。

那夜他俩后来都没说话，彼此低头坐在火塘边，直到天亮。

清晨，阿莲要走了，包伍明送她出村。也许因为昨夜的事，包伍明始终低着头。出村的时候，阿莲停顿了一下，她回转身来，看着一身被羞愧包围着的包伍明，脸上顿时爬满了泪水。

五叔，你是一个好人。阿莲说这句话的时候。昨晚的事……包伍明红了脸才说出这几个字，就被阿莲阻止了。她说五叔别说了，昨晚你让我知道，这世上还有人把我当人。

包伍明说阿莲，户口迁城里了，你还是丫口村人，有空就回来看看。

阿莲含着泪点点头，又摇摇头。

太阳还在山的那一边，阿莲眼前的世界，却跟昨天来时完全不同了，整个丫口村都被霜覆盖了，看上去白茫茫好干净。空气依然有些凉，但吸进肺里，有一种清清冽冽的爽。跟着这爽，心田里泛起的是一丝儿淡淡的甜。她怎么也没想到，跟丫口村的诀别，会是如此的美丽。这美丽太残酷。她知道，自己未来的生命中，这种美丽，会成为挥之不去的记忆。

不了，阿莲说五叔，我一直都以为，我拼命挣钱，存钱，就是为了逃离丫口村。我原以为，我之所以被人糟蹋，被人损害，都是因为我生错了地方。现在我才明白，是自己不配活在这地方，不配有这样的故乡。

包伍明说，阿莲，看来你是铁了心了。

阿莲重重地点了点头说，五叔你们把我忘了，丫口村也就把我忘了。五叔，我在你床头放了一万块钱。

包伍明伸手拉阿莲回去，说你留钱给我干啥？你觉得我穷？还是觉得我可怜？告诉你阿莲，我不要人同情，我当年要想进城打工，我比任何人都有条件。我毕竟闯荡过半个中国。但我不想，也不情愿，我知道我这样的人离开了土地，跟秋天的树叶离开枝头差不离。还有，我背弃了丫口村，我爹的在天之灵也不会原谅我。我承认我在丫口村活得孤独，活得寂寞，活得空虚，活得无聊，但这是我的选择。不要人可怜，同情，你跟我回去，拿了你的钱再走。阿莲用力挣脱了包伍明的手说，五叔，同情你可怜你？我阿莲还没这资格。那钱我不是给你的，是给我爹的，那是我给我爹买火纸的钱。

包伍明叹了口气说，阿莲你这是成心为难我呀？我早给你说过，你爹的坟我不知在哪里，这火纸我在哪烧去？

阿莲看着包伍明，一脸认真说，五叔，我昨夜坐在火塘边想好了，逢年过节的，你替我给丫口村所有坟头上都烧两刀纸，我爹的坟头不就烧到了吗？

听了阿莲的话，包伍明笑了，阿莲也笑了。但他们从彼此的笑中，都看到了凄然。

夜风掀翻了尹小贵家老屋一角的盖瓦，落下来碎了一地。看着那些碎瓦，包伍明心中涌起了莫名的兴奋。他没有像往常一样去羊厩开门放羊出来，而是脚步轻快地回到自己屋里，把尹小贵送他的手机拿出来，给尹小贵拨电话。

电话里传来一阵嗡嗡声，包伍明知道，村子里手机信号一直不太好。这段时间，他给尹小贵打电话打出经验了，人站山冈上，手机信号就好，话就能听得明白也传得明白。于是他就又奔羊厩，开了厩门，哑哑地把羊赶上山冈。站在山冈上，他又拨通了尹小贵的电话。

小贵，你家老屋的盖瓦……包伍明才说了半句话，电话就断了。包伍明把手机从耳边移开。见手机屏幕上出现了几个字——电池电量低，就看着没电的手机，包伍明怕听了半句话的尹小贵，在电话那一端不知怎么着急呢。这一想，他不顾漫山遍野寻草吃的羊群，一溜烟下了山，回村拿了充电器，奔镇上去。

这样来来回回几十里地，就为给手机充个电，换了别人，肯定觉得亏。但包伍明却觉得值。他只是有些心虚，为了充电，他不得不到街口那家馆子，要二两老烧，一盘花生米，三两卤猪头，坐下一边细嚼慢咽，一边等手机充饱电。但即便这样，老板娘还是脸拉得比马脸长，认为他借吃饭给手机充电是占她的小便宜。他想今天得多点一个菜，免得看老板娘的马脸。

包伍明无限煎熬地在小饭馆等了两个小时，给手机充饱了电。虽然多点了份小炒肉，结账时老板娘还是给他马了脸。包伍明走出饭馆，又心急火燎给尹小贵打手机——

小贵，你家老屋的……

话马上被手机里一个女声打断了——

你的电话话费余额不足，请速续费。

包伍明于是又到处打听，终于找到了移动公司在镇上的营业室，交了一百元话费。

这次电话接通得很顺利，但还没等包伍明开口，尹小贵先说话了：我在开会，会后给你电话。

随即。尹小贵就挂了电话。

包伍明就手握了电话，奔出镇子，往丫口村赶。一路上，他的心仿佛掰成了两瓣，一瓣惦记着羊群，一瓣盼着尹小贵的电话。

直至包伍明赶到丫口村旁的山坡上，也没等到尹小贵的回话。更糟的是，包伍明抻长脖子张望了半天，也没见到一只羊，心中一紧，脑子里随即有了个不祥的预感。他忙站在山冈上，学着头羊的叫声——

咩——咩——咩——

回应他的只有山风的呜呜声。

包伍明越发慌乱了，他像一只无头苍蝇，在山坡上漫无目的地奔跑，嘴里不停地学着羊叫。那叫声撕心裂肺般悲凉，连原本明丽的天空，也在这叫声中变得忧郁了。山上长刺的灌木，把他身上的棉衣划破了，手上脸上都划出了血痕。但他全都顾不上了。此时的他，心中只有丢失的羊群。

他喊得口干舌燥了，跑得精疲力竭了，还是没见羊群。这时面前是横亘着的一条深箐，太阳沉到山那边了，光线晦暗起来，从深箐中鼓起来的风，又阴又硬。他目光凶狠地看着深箐想，天黑前找不到丢失的羊群，他就纵身跳进箐里去。而就在这时，一声短促的羊叫声随风从箐里浮了他内心的一丝希望，被这声羊叫唤醒了。他顾不得脚下的陡坡，三步并作两步就朝箐里奔去。

在箐底，他找到了丢失的羊群。它们惊魂未定的样子：像一群受了惊吓的孩子。当羊群看见包伍明，竟都咩咩叫唤起来。那叫声，像是抗议，又像是倾诉。

包伍明用手清点了三遍，还是少一只羊。在朦胧的暮色中，他看不清楚每张羊脸，弄不清丢的是哪一只，只好赶了失而复得的羊群回村。

羊群赶进羊厩，回屋点了马灯，一张一张羊脸认真看。最后发现，丢失的是他用丫口村长相俊秀的媳妇唐榴花命名的那只母羊。那是只毛色亮丽的漂亮母羊，这让他好不心痛，表情凝重地回到院落，索性把身上破绽百出的棉衣脱了，将夹层里的棉花掏出，又找来一截竹竿，做成火把。火把做好了胃却痛了起来，提醒他该是吃晚饭的时候了。但他哪有做饭的心思，满脑子都是那只叫唐榴花的漂亮母羊。把火把浇上煤油，他点燃了就又上了山。山上的夜风比白日紧多了，从光秃的枝丫上掠过，发出肆无忌惮的叫声，让人一听就浑身起鸡皮疙瘩。焦急和恐惧，让他不停地呼唤——

唐榴花——唐榴花——

唐榴花，你在哪里？——

包伍明不知这样喊了多少遍，也不知爬了多少坡，他举着快要燃尽的火把来到了一个窝荡里，看到了惊心动魄的一幕——

天哪！三只，不！是四只，是四只眼睛里放着绿光的狼！它们正在撕扯着什么。也许它们太饥饿了，所有的注意力都集中在了面前的猎物上。包伍明被吓成了一截木桩，举着火把僵硬地立着。他看清楚了，它们残忍地撕咬的是一只羊，他顿时明白了，遭此厄运的就是那只叫唐榴花的母羊了。

当他明白这一切的时候，他心中强烈的恐惧一下就不在了。他看着被撕咬得血肉模糊的母羊，竟然举了火把大放悲声朝着它走过去——

唐榴花，可怜的唐榴花呀！狼来了，你为什么不跑呀？难道你没长脚吗？

他哭着，喊着，走着，他眼里似乎只有血肉模糊的漂亮母羊唐榴花。他的举动惊得那四头专注于猎物的狼抬起头来，伸长了舌头张着满是血腥的嘴看着他。四头狼中的一头，把脑袋甩得呼呼响，像是警告包伍明不要破坏它们难得的晚餐。

但包伍明依旧叫着唐榴花的名字迎着它走。包伍明的无所畏惧让它们畏惧了，刚才甩头的那头狼，发出一声无奈的嗥叫，领着另外三头狼风一样逃进了茫茫夜色里。

包伍明将差不多只剩下骨架的死羊扛在肩上，忍着剧烈的胃痛下山回家。

把只剩下骨架的死羊放在了石桌上，包伍明在石凳上坐了下来，悲伤得像是死的不是羊而是人。他坐着，用手一遍又一遍地抚摸着依旧完整的羊头，他想就这样点一支烟，安静地陪它坐一会儿，于是他从羊头上把手移开，伸到口袋里掏烟。掏出的却是手机。

看着手机，他就又想起了尹小贵家被风掀掉的盖瓦，他想，自己光顾着找羊了，会不会错过了尹小贵的电话呢？但当他端详手机屏幕，却没任何未接电话，这尹小贵开什么重要的会，需要黑天白日的开？肯定是他忘了自己说的话了。

这样一想，包伍明就不自觉地拨了尹小贵的电话。

电话里传来一个嗲里嗲气的女人的声音，问你找谁。包伍明说我找尹小贵。女人说你打错电话了。说完就挂了电话。包伍明看了看手机屏，号码没错呀，就又拨了一遍。电话里依旧是一个嗲里嗲气的女人的声音，依旧问你找谁。包伍明说我找尹小……不，我找尹泽宇尹总。女人说尹总累了，休息了。包伍明说，我找他有急事。女人说什么急事跟我说好了。包伍明说，他家老屋的盖瓦被风吹掉了，碎了一地。女人说，掉就掉了呗。包伍明对女人不以为然的回应很不满意，就用强调口气说，盖瓦掉了，要遇上下雨，会把墙淋垮掉的。女人对包伍明的强调口气依旧不以为然，又说垮掉就垮掉了呗。

女人的不以为然让包伍明火了，他大声冲着手机说，你知道吗？就为给你们尹总打电话，我的一只羊被狼吃了！

女人说，吃了就吃了呗，关我什么事呀？

包伍明被女人的冷漠充分激怒了，他冲着手机咆哮道——

不关你事，但关尹小贵事！你知道那是多么好的一只羊吗？

我不想知道！女人也被激怒了，手机里传来她的骂声——

神经病！

这三个字尖锐地撞击包伍明的耳膜时，电话就断了。包伍明恶狠狠地盯着电话看了一下，又恶狠狠地拨了过去。但尹小贵的电话关机了。包伍明捂着疼痛的肚子，吃力地站起身，叫声去你妈的，就把手机扔到院墙外的黑夜里了。

八

年关将至。镇长带着镇政府的一行人，来丫口村给包伍明送温暖了。看着这一行人，包伍明想，又要损失两只羊了，心里就疼得不行，但脸上还是使劲挤出了笑纹，又是端茶又是敬烟，一副诚惶诚恐的样子，里里外外忙个不停。

镇长接了包伍明递上的烟，又接了包伍明捧上的茶，往火塘边一坐，哈一口热气说，这丫口村的冬天咋这么贼冷呢？老包你是咋熬的呢？包伍明就说，镇长，不是有你送温暖吗？一看着红包，我就不冷了。镇长呷一口茶说，包伍明，你别给我贫嘴，我今天一见你那哆嗦样，就知道你心里想什么了。你不就怕我们吃你两头羊吗？实话给你说，今天即使吃了你两头羊，你也不吃亏。听镇长这么说，王贵就帮腔说，这回你赚大了！镇长这次送的可是大红包——两床被子，十件衣服。

包伍明想，王贵你就吹吧，骗我羊吃，也别吹牛来日哄我。我刚才出门迎接你们这一行人，全都是空脚空手的。于是包伍明就摆手，说不要不要，两床被子十件衣服，我包伍明受用不起，我包伍明只盖一床被子。

镇长说包伍明，被子也不是你说的被子，衣服也不是你想的衣服，那是县里的政策，准确说，我今天是给你送好政策来了。

包伍明嬉笑说，什么好政策，好得要劳你镇长大人亲自送？

镇长吸一口烟，吐出后又喝了一大口茶说，就是关于农转城的两床被子，十件衣服的政策，老包你这次赚大了，说你是农民吧，享受着城里人的好处；说你是城里人吧，又拥有农民的实惠。你这是两头占，两头逮。我要是能这样，睡着了都要笑醒。镇长话说到这里，笑眯眯看一下包伍明，就偏了头说王贵，你具体给老包介绍一下，什么是两床被子，十件衣服。

做文书的王贵，称得上是政策通。他讲起政策来，可谓头头是道——

老包，县里下发的农转城政策规定，农村居民转变为城镇居民以后，在一定时期内可兼有城乡两种身份，就是既是城里人，也是农民。这就是俗称的盖上两床被子；同时有了城里人身份的农民，仍然保留承包地、宅基地、林地、计划生育、集体经济资产分红等五项基本权益，并同时享有城镇居民所享有的就业、社保、住房、教育、医疗等五项保障权益，这就是俗称的穿上十件衣服。

包伍明盯着头头是道的王贵说，你咋说的比唱的好听呢？

还陶醉在政策通里的王贵，被包伍明这一说，就一脸尴尬了。他红着脸用求援的目光看朝镇长说，这老包也真是的，什么态度吗？

还没等镇长说话，包伍明就接了王贵的话，我什么态度？明白地告诉你，要哄我农转城，门都没有！包伍明把话一扔，不顾家里坐的一行镇干部，就反剪了手，气呼呼进了里屋。

镇长把烟头往火塘一扔，铁青了脸站了起来。其他镇干部也立马纷纷站了起来。镇长摆手让他们坐下，就端了茶杯，进里屋去找包伍明。

包伍明不想理镇长，蜷缩了身子脸朝墙躺在床上。镇长在床沿坐下，用手拍了拍包伍明的肩说，你老包怎么就一根筋呢？要你农转城，又不是要你下地狱，犯得着发火生气？实话给你说，这次农转城，市里给县里下了指标，县里又给我们镇上下了指标。

包伍明脸也不回说，我只问镇长一句，我包伍明不想丫口村的地抛荒了，你们不给种不说，还非哄我农转城！我农转城了，这丫口村还存在吗？镇长没想包伍明会这么问，迟疑着，包伍明又说，一个人都没有的村子还叫村子吗？镇长又迟疑了一下说老包，这村子还有你嘛。包伍明说，那我还转它做甚？包伍明这下难住了镇长，镇长站起身，头被吊着的敌敌畏碰得生痛。他抬起头来，一边摸着撞痛的头一边看着敌敌畏，一脸惊讶问，老包你在床头上挂瓶敌敌畏干吗呀？

这下包伍明转过了身，冲镇长说不干啥，不想活了，死得快。

包伍明的话吓了镇长一跳，老包你可别想不通，也别拿这架势吓我。政策这么好，你咋个非往歪处想呢？

包伍明认真地对镇长说，政策当然是好政策，可俗话说得好，好经也怕歪嘴和尚！

镇长又在床头坐下来，抽出香烟，递一支给包伍明，自己燃上一支喷出一脸烟雾说，我是真弄不懂你也弄不懂我自己了，我咋成了歪嘴和尚了呢？

包伍明从床上坐了起来说，我要听你的农转城了吧，我农不农城不城的，要两头都不管，我咋办？这城里人多得像蚂蚁，缺了我包伍明就不是城了？跟你实话实说吧，我只想做我丫口村的农民，你嘴不歪的话，就把我断了的电给接上！

镇长见包伍明是吃了秤砣铁了心，就不再多说，带着镇干部去其他村了。

镇长一行走了，村子又重归于死寂。年关将至的丫口村，一点年味都没有。要是时光倒退十年，年关的丫口村是既热闹又忙碌的时候，忙着置办年货的人们，盼着过年的孩子们，还有大老远赶来卖春联、年画和鞭炮的小商小贩，杀年猪的，宰羊的，把一个山村闹腾得像锅烧开的水。人在村子里兜一圈，满鼻孔都是好闻的腊味。包伍明想着这些，竟恍若梦中。

包伍明下了决心，为了自己，为了丫口村，一定要好好过个年。他首先收拾凌乱不堪的院子，然后打理屋子，把灰尘清扫，把家什放规整，硬是把一个乱得像狗窝的家收拾得窗明几净，井然有序。收拾完家，他又准备收拾自己。把平日里穿的破衣烂衫清洗了，搭了竹竿，晒在院子里。再烧了一大锅水，把整个人赤条条上上下下擦洗了一遍。但长得犹如一蓬乱草的头发让他犯了愁，他拿了镜子和剪刀，试图自己给自己理一个发。尝试着剪下几束头发后，就放弃了努力。决定去镇上集市转一遭，一把惨不忍睹的自己整清爽了，二则也顺便买上几捆火纸，置办一些年货回来。

有了上次的教训，包伍明不敢把羊放在山上了。他给羊厩投了草料，然后背一只大背篓，就奔镇上去了。镇上赶集的人也不多，没有从前那闹热劲。前些年每逢年关，这镇上就是欢声笑语的海洋，四面山上的村民，都往镇上来凑热闹。特别是那些打工回家过春节的年轻人，把集市当成了炫自己的舞台，赛谁时尚，赛谁大胆，那份趾高气扬的派头，像是要把在城里丢失的尊严全找回来。但今天的包伍明没有看到这每年年关都要上演的场面。他在理发店里，一边让理发师傅给打理头发，一边聆听师傅无休无止地抱怨生意难做。看得出来，这理发师傅是想借年关发笔小财的，但事与愿违了——他抱怨镇上的人越来越少了，要理发的人更少了。他说，放在往年，理发的、烫头的和染发的，年关会排成长龙，赚钱就像捡树叶子。面对时下的冷清，理发师傅问包伍明，你说这人都到哪里去了呢？

包伍明说明摆着的，进城了。理发师傅说，我知道进城了，但这逢年过节总该回来看看嘛。这年不在家乡过，有屁意思嘛？

包伍明把自己整爽朗了，心情却被理发师傅破坏了。出了理发店，走在集市上采购年货的包伍明，有些无精打采，心不在焉。

九

春节尾随着一场纷纷扬扬的大雪，来到了丫口村。

包伍明早起推开门，就看到了纷纷扬扬的雪花和地上泛着银光刺得他眼生痛的积雪。

好大的雪！包伍明发感慨。

被白雪覆盖的丫口村仿佛变了样，变得更空旷，更沉寂，更孤单了。包伍明呆站在门口，看雪花旋转着，舞蹈着，无声地落在雪地上，那么轻，那么静，轻得静得让他终于忍禁不住，扯开嗓门大喊一声——

啊——

但声音马上就被这片白雪给吞没了。

静得无可救药的世界，让包伍明咬牙切齿。

咩——咩——

终于有了声音，那是从羊厩里传来的羊的叫声。这原本是羊提醒包五明它们是如何又饥又饿又寒又冻的叫声，竟然被包伍明听出了亲切和温暖。他没有急着投放草料，而是关了屋门，回里屋把自己换了一身新。穿着特意为过年在镇上买的新衣服，包伍明别扭得像个新姑爷。他挑了最好的草料，投放进羊厩后，就站在羊厩边，把那些羊的名字全叫了一遍。那些名字都是原来丫口村乡亲们的名字，叫着这些名字，他就想，他们现在在哪里？他们在的城市是不是也在下纷纷扬扬的雪？他们会不会像他想起他们那样想起他？这样一想，孤单的他又多了份伤感了。

才想了生者，又记起了死者。包伍明离开羊厩，回屋背上火纸，踏着积雪，往坟山上去。他面对这些因无人祭奠显得冷清寂寥的坟茔，又一次为那些抛下故土进了城的生者感到愧疚。他在每一个坟头跪下，虔诚得就像是他们请求宽恕的儿子。他在每一个坟头上点燃纸钱，看它们化成缕缕青烟。他突然生了一种奇怪的想法，如果没有了丫口村，这坟里的亡灵，会不会在阴间成了来历不明的孤魂野鬼？

一个人的春节，越忙活越寂寞，越忙活越孤单。

烧了纸钱回来的包伍明，放下背篓就将火塘的火拨旺了。他拿一个大大的口缸，放在火边熬糨糊。糨糊熬好，他把从镇上买来的春联贴了院门又贴屋门。贴完春联，他又贴门神，把买来的两个红灯笼一左一右挂在了院门上。

冷冷清清的院子，顿时有了喜气。包伍明站在院门前的雪地里，眯了眼看了一下自己的精心设计，心里有了份得意。做完这些该忙活年夜饭了。他把从镇上采购的东西从背篓里一样一样拿将出来，摆在厨房的台面上，鸡、鸭、鱼一样不少，粉条、萝卜、青菜一样不缺，他要做一顿丰盛的年夜饭。看着一应俱全的食材，他想起他特意买的猪头，那是他买了来作为祭祖供香案的，但他把猪头提出来后有了新的打算。他要把这猪头煮了，供到村头去，他要替丫口村人祭所有的祖。这个想法，让他激动不已。

包伍明煮好了猪头，端到村口。村门还是二十世纪七十年代建的，当时，生产队逢年过节就在村门楣上拉红布标，在门两边刷口号。包伍明有点后悔在镇上没买红布，他立在雪地里，看着腐朽不堪的斑驳村门，没有一点儿生气。他想了想，将用盆盛着的猪头往雪地上一放，就踏着积雪往山上去。不一会儿，他从山上弄来了一大捆松枝，扎在了村门上，这些青翠的松枝在白雪的映衬下显得更青更翠。装点好村门，他又回自家屋扛来了香案，端端正正放在村门前。把猪头供在香案上，燃了蜡，点了香，烧了纸钱，就重重地跪在了雪地上，他冲着寨门连磕了三个响头。他是那么虔诚，磕头的时候，整个脸都埋到了雪里。他边磕头边大声说，祖啊，把你们的儿孙召回来吧，让他们种好自己的田地，放好自己的牛羊，看好自己的山林，教好自己的儿女，建好自己的家园。祖啊，包伍明求你了，没有了丫口村，谁给你们上香，谁给你们点蜡？谁给你们烧纸，谁给你们添供？

包伍明跪在那里，先是大声说，后来就变成声嘶力竭的喊了。他说着，他喊着，竟然一脸的泪水。

包伍明还没有像今天这样做过如此丰盛的年夜饭。事实上，自从他在外漂泊十年后回到丫口村，他就没有认真过个年，而且他也害怕过年。陈老汉在的时候，除夕夜就把包伍明叫过去，那个时候，包伍明总是努力把自己喝醉。只有这样，除夕夜才不会让他感到漫长。陈老汉理解包伍明内心的伤痛，总是尽量找乐子让他高兴。过年时在包伍明记忆中最美好的回忆，就是除夕夜和陈老汉借着酒兴，唱《莲花落》。在流浪的十年时间里，包伍明没少跟流浪艺人混，混的时间久了，吹拉弹唱也混出了门道。陈老汉特别喜欢包伍明拉的二胡，夸他拉的调调里有沧桑感。包伍明边做菜边想着跟陈老汉唱《莲花落》的情境，心里是既温暖又伤感了。做好的菜肴公然摆了满满一桌。他把装酒的土坛抱出来，给自己倒了一碗酒，接着又倒了一碗，放在他的对面。他看看酒碗说，老陈哥，以前过年是你请我酒，今年我请你，咱们一醉方休。

吃年夜饭之前，要放炮仗。在过去，哪家腾起一阵鞭炮声，其他人家就会说，某某家开始吃年夜饭了。包伍明前几天上街特意买了鞭炮。只是，这鞭炮是放响给自己听的，他要告诉自己，我包伍明过年吃年夜饭了，我没有马虎。我在认认真真过一个春节，我要把一个人的春节，过出节日的样子来。雪还在下，落在鼻尖上，有一丝刻骨的凉。他掏出火机，点燃了香烟，猛吸一口后，就用香烟点燃了鞭炮。鞭炮响得热闹，炮声此起彼伏，山鸣谷应。包伍明看着一个个炮仗粉身碎骨，散落在雪地上，像极了凋落的花瓣。放完鞭炮，包伍明回到桌前，开始吃中国人一年中最重要的饭——年夜饭。菜做得丰盛，年却吃得潦草，酒也喝得沉闷，一个人的年夜饭，无论包伍明怎么努力，还是没有让他咀嚼出年味。包伍明现在明白了，年不是为自己而过的，年是要过给人看的。人要过得欢欢喜喜，首先要热热闹闹。包伍明坐在桌前，实在不太甘心把眼下这个除夕夜过得越来越冷清。

他想，这该是中央电视台春节联欢晚会的时间了。想着春节联欢会的包伍明，习惯性地伸手去开身后的旧电视机，手摸到电视机才想起，电都没有了，还看什么电视？当包伍明意识到看春节联欢晚会也成一种奢望，整个人就沮丧到了极点。这时他听到了羊的叫声，才猛然想起，下午忘记给羊添草料了。他赶紧站起身来，去给羊添草料。饥饿的羊，拥挤着抢吃草料。他看见那只被他命名为排长的老羊，把旁边那只叫杨小丫的母羊，狠狠地顶了一羊角。原因是那只叫杨小丫的母羊凑过来抢吃它面前的草料。包伍明就冲过去，在排长的羊屁股上重重踢了一脚，说排长，你咋一点风度都没有呢？他伸手摸了一下杨小丫的羊头，说杨小丫，你是美人，美人要斯文，咋跟人抢食呢？

叫着这些羊的人名，包伍明想，这羊不是一般的羊，是有着乡亲人名的羊。自己过年了，它们也要过年！没有春节联欢晚会，我们自个就一起办个联欢晚会。这个想法的种子一落到他寂寞的心的田野，疯长得比夏天的野草还要蓬勃。

他打开了羊厩门，把羊赶进了自家铺满积雪的院子。

他抱出一大袋玉米，将玉米粒撒满了整个院子，羊就在院子里吃得欢实。他折回屋，趴到床脚，将积满灰尘的二胡、笛子拿将出来，用布擦干净，他拉一下二胡，调了一下音准，吹了两声笛，笛子响得清越。要搞晚会，光有这两个乐器不行，他想到了锣、鼓等响器。锣鼓在他印象里，存在村保管室里，已经好多年没人动过。于是，他慌张着跑出院门，去村保管室找锣寻鼓。他慌张而急促的步履，竟然把积雪都踩得嘎嘎叫了起来。保管室的大门是紧锁着的，大门上的大铁锁锈迹斑斑，但锁的功能依旧完好。他试着用力摇晃了一阵，放弃了从门进去的想法。他认真看了一下保管室四周，觉得最简捷的办法是破窗而入。但他的手还没怎么用力，窗门就掉下来了。他从窗口爬进保管室，轻车熟路找到了锣鼓。鼓实在太旧了，但擂着还响；锣看上去跟过去没什么两样，依然泛着黄灿灿的光。

他肩扛鼓手提锣回到院子里，将马灯调到最亮，挂在院子中央那棵柿树上。又搬来桌椅，总算一切准备就绪，他咳嗽一声，清了清嗓门，准备宣布联欢晚会开始，黑狗小青不知什么时候也摸进院子来了。他赶忙跑到厨房，拿了两截没剔干净肉的猪骨头，扔给了小青。这时雪停了，风也安静了下来，包伍明就又跑到放在正屋门前的桌前，咚咚咚敲几下鼓，又哐哐哐打了一阵锣，声音洪亮地宣布——

丫口村春节联欢晚会现在开始！

他环视了一下只顾在地上觅食玉米粒的羊，大声说，大家鼓掌！羊不会鼓掌，锣声鼓声吓得它们在院子里到处乱窜。

包伍明拼命鼓掌，巴掌拍了个生痛。

这时他看到了蹲在院角认真啃着猪骨头的小青，又大声说，出席今天晚会的除了众乡亲，还有我们不请自来的朋友小青。欢迎我们的嘉宾小青！

他又是一阵鼓掌。

他又环视了一下院子。羊们依旧躁动不安。他说，安静，安静，加强纪律性，革命无不胜。后来他的目光停留在那只叫队长的老羊身上。在包伍明儿时记忆里，生产队长当年喜欢在女社员面前炫，出工中间休息，他总在田边地角扯了嗓子唱样板戏。想到这里，包伍明就又大声说，队长，这晚会你得带头，来个《白毛女》中杨白劳的唱段如何？包伍明边说边忙着去拿二胡。拿二胡拉了一段过门后，包伍明学着队长那沙哑的嗓音唱——

> 人家的闺女有花戴，
> 你爹我钱少不能买。
> 扯上了二尺红头绳，
> 给我喜儿扎起来，
> 扎呀扎起来。

包伍明改成自己的腔调说，队长唱得好不好？包伍明连说了几个好，目光落在了那只叫杨小丫的漂亮母羊身上。他把手握成话筒状，凑嘴边说，下面，我们隆重请出我们村的著名女高音歌唱家杨小丫，给乡亲们演唱她的成名歌曲《在希望的田野上》。包伍明边说边做了几个扭捏的动作，伸手抓了桌子上的笛子，吹了一段过门，就尖了嗓门，唱出了又高又尖的女声——

我们的家乡，
在希望的田野上，
禾苗在农民的汗水里抽穗，
牛羊在牧人的笛声中成长。
一片冬麦哎，
那个一片高粱，
十里呦荷塘，
十里果香……

包伍明又改回自己的嗓门大声说，杨小丫唱得好不好？包伍明用童音说了几个"好"，又用老腔叫了几个"好"，又男声女声倒换着唤了几个"好"，然后又抬起头，看着那些羊，眼花得羊都成了乡亲们的模样。他问，杨小丫唱的是不是咱丫口村人的心声？包伍明连珠炮似的说了好多个"是是是"，又接着问，大家想不想把丫口村建成歌中唱的那样？包伍明张嘴，本想替乡亲们说许多个"想"，但嘴未张，泪却下来了。他哽咽了一声，擦了擦脸上的泪水说，晚会继续！

包伍明正襟危坐，将手上的二胡调了一下弦。羊们在院子里吃饱了肚子，注意力集中到身体的寒冷上了，对艺术没兴趣了，一点也不理会对羊弹琴的包伍明，它们中的几只已经蠢蠢欲动，试图回到比院子温暖的羊厩里去。包伍明没发现羊群的异动，仍沉醉在他的晚会里。他拉了一下过门，才意识到忘了报幕，于是放下二胡站起来，假咳一声，算是清清嗓子，然后字正腔圆地说——

下面，请丫口村最忠实的村民包伍明，为大家演唱乡谣《莲花落》。

包伍明报完幕，又回凳上坐定，操了二胡，扯了嗓子，闭了眼睛唱起来。院子里琴声悠扬，唱腔浑厚苍凉——

一寸光阴一寸金，

寸金难买寸光阴。

失落寸金容易找，

失落光阴无处寻。

——可怜人！

　　包伍明唱得投入，唱得沉醉，唱完的他睁开眼睛，院子里空空荡荡，作为观众的羊们溜走了，就像离开丫口村的乡亲，无声无息就离开了。院子里全是它们让人伤心的零乱的蹄印。包伍明继续唱，他拉着二胡唱，他敲着铜锣唱，他擂着大鼓唱，扯开了嗓门唱，拼了性命唱。歌声嘶哑，含混不清，像没有归宿的风。歌声招来了雪花，一场好大的雪！飘飘洒洒，纷纷扬扬。

蒲柳人家

刘绍棠

一

七月天，中伏大晌午，热得像天上下火。何满子被爷爷拴在葡萄架的立柱上，系的是挂贼扣儿。

那一年是一九三六年。何满子六岁，剃个光葫芦头，天灵盖上留着个木梳背儿；一交立夏就光屁股，晒得两道眉毛只剩下淡淡的痕影，鼻梁子裂了皮，全身上下就像刚从烟囱里爬出来，连眼珠都比立夏之前乌黑。

奶奶叫东隔壁的望日莲姑姑给何满子做了一条大红兜肚，兜肚上还用五彩细线绣了一大堆花草。人配衣裳马配鞍，何满子穿上这条花红兜肚，一定会在小伙伴们中间出人头地。可是，何满子一天也不穿。

何满子整天在运河滩上野跑，头顶着毒热的阳光，身上再裹起兜肚，一不风凉，二又窝汗，穿不了一天，就得起大半身痱子。再有，全村跟他一般大的小姑娘，谁的兜肚也没有这么花儿草儿的鲜艳，他穿在身上，男不男，女不女，小姑娘们要用手指刮破脸蛋儿，臊得他直想找个田鼠窝钻进去；小小子儿们也要敲起锣鼓似的叫他小丫头儿，管叫他一辈子抬不起头。

何满子不穿花红兜肚，奶奶气得咬牙切齿地骂他，手握着擀面杖要梆他，还威吓要三天不给他饭吃。原来，这条兜肚大有讲究。何满子是个娇哥儿，奶奶老是怕阎王爷打发白无常把他勾走；听说阎王爷非常重男轻女，何满子穿上花红兜肚，男扮女装，阎王爷老眼昏花地看不真切，也就起不了勾魂索命的恶念。

何满子的奶奶，人人都管她叫一丈青大娘；大高个儿，一双大脚，青铜肤色，嗓门也亮堂，骂起人来，方圆二三十里，敢说找不出能够招架几个回合的敌手。一丈青大娘骂人，就像雨打芭蕉，长短句，四六体，鼓点似的骂一天，一气呵成，也不倒嗓子。她也能打架，动起手来，别看五六十岁了，三五个大小伙子不够她打一锅的。

她家坐落在北运河岸上，门口外就是大河。有一回，一只外江大帆船打门口路过，也正是歇晌时分。一丈青大娘站在篱笆外的伞柳荫下放鸭子，一见几个纤夫赤身露体，只系着一条围腰，裤子卷起来盘在头上，便断喝一声："站住！"这几个纤夫头顶着火盆子，拉了百八十里路，顶水又逆风，还没有歇脚打尖，个顶个窝着一肚子饿火。一丈青大娘的这一声断喝，他们只当耳旁风。一丈青大娘见他们头也不抬，理也不理，气更大了，又吆喝了一声："都给我穿上裤子！"有个年轻不知好歹的纤夫，白瞪了一丈青大娘一眼，没好气地说："一大把岁数儿，什么没见过；不爱看合上眼，掉过脸去！"一丈青大娘火了起来，挽了挽袖口，手腕子上露出两只叮叮当当响的黄铜镯子，一阵风冲下河坡，阻挡在这几个纤夫的面前，手戳着他们的鼻子说："不能叫你们腌了我们大姑娘小媳妇的眼睛！"那个不知好歹的年轻纤夫，是个生愣儿，用手一推一丈青大娘，说："好狗不挡道！"这一下可捅了马蜂窝。一丈青大娘勃然大怒，老大一个耳刮子抡圆了扇过去；那个年轻的纤夫就像风吹乍篷，转了三转，拧了三圈儿，满脸开花，口鼻出血，一头栽倒在滚烫的沙滩上，紧一口慢一口倒气，高一声低一声呻吟。几个纤夫见他们的伙伴挨了打，呼哨而上；只听咯吧一声，一丈青大娘折断了一棵茶碗口粗细的河柳，带着呼呼风声挥舞起来，把这几个纤夫扫下河去，就像正月十五煮元宵，纷纷落水。一丈青大娘不依不饶，站在河边大骂不住声，还不许那几个纤夫爬上岸来；大帆船失去了纤力，掌舵的绽裂了虎口，也驾驭不住，在河上转开了磨。最后，还是船老板请出了摆渡船的柳罐斗，钉掌铺的吉老秤，老木匠郑端午，开小店的花鞋杜四，说和了两三个时辰，一丈青大娘才算开恩放行。

一丈青大娘有一双长满老茧的大手，种地、撑船、打鱼都是行家。她还会扎针、拔罐子、接生、接骨、看红伤。这个小村大人小孩有个头痛脑热的，都来找她妙手回春；全村三十岁以下的人，都是她那一双粗大的手给接来了人间。

不过，别看一丈青大娘能镇八方，她可管不了何满子。何家世代单传，辈辈一棵苗，何满子的爷爷就是老生儿，他父亲也是在一丈青大娘将近四十岁时才落生的；偏是何满子不同凡响，是他母亲头一胎生下来的贵子。一丈青大娘一听见孙子呱呱坠地的啼声，喜泪如雨，又烧香又上供，又拜佛又许愿。洗三那天，亲手杀了一只羊和三只鸡，摆了个小宴；满月那天，更杀了一口猪和六只鸭，大宴乡亲。她又跑遍沿河几个村落，挨门挨户乞讨零碎布头儿，给何满子缝了一件五光十色的百家衣；百日那天，给何满子穿上，抱出来见客，博得一片喝彩声。到一周岁生日，还打造了一个分量不小的包铜镀金长命锁，金光闪闪，差一点把何满子勒断了气。

何满子是一丈青大娘的心尖子，肺叶子，眼珠子，命根子。这一来，一丈青大娘可就跟儿媳妇发生了尖锐的矛盾。

何满子的父亲，十三岁到通州城里一家书铺学徒，学的是石印。他学会一笔好字，也学会一笔好画，人又长得清秀，性情十分温顺，掌柜的很中意，就把女儿许配给他。何满子的爷爷虚荣心强，好攀高枝儿，眉开眼笑地答应了这门亲事。一丈青大娘却不大乐意；她不喜欢城里人，想给儿子找个农家或船家姑娘做妻子，能帮她干活，也能支撑门户。可是，她拗不过老头子，也怕伤了儿子的心，不乐意也只得同意了。何满子的母亲不能算是小姐出身，她家那个小书铺一年也只能赚个温饱；可是，她到底是文墨小康之家出身，虽没上过学，却也熏陶得一身书香，识文断字。她又长得好看，身子单薄，言谈举止非常斯文，在一丈青大娘的眼里，就是一朵中看而无用的纸花，心里不喜爱。何满子的母亲更看不上婆婆的粗野，在乡下又住不惯，一住娘家就不想回来。等生下了何满子，何满子的父亲就想在城里另立个家。一丈青大娘是个爱面子的人，分家丢脸，可是一家子鸡吵鹅斗，也惹人笑话；老人家左右为难，偷偷掉了好几回眼泪。但是，前思后想，千里搭长棚，没有不散的筵席，到了儿点了头。不过，却有个条件，那就是儿媳妇不能把何满子带走。孩子是娘身上掉下来的肉，何满子的母亲哭得死去活来。最后，还是请来摆渡船的柳罐斗，钉掌铺的吉老秤，老木匠郑端午，开小店的花鞋杜四，说和三天三夜，婆媳俩才算讲定，何满子上学之前，留在奶奶身边；该上学了，再接到城里跟父母团聚。

何满子在奶奶身边长大，要天上的星星，奶奶也赶快搬梯子去摘。长到四五岁，就像野鸟不入笼，一天不着家，整日在河滩野跑。奶奶八样不放心，怕让狗咬了，怕让鹰抓了，怕掉在土井子里，怕给拍花子的拐走。老人家提心吊胆，就像丢了魂儿，出来进去团团转，扯着一条亮堂嗓门儿，村前村后，河滩野地，喊哑了嗓子。何满子却隐匿在柳棵子地里，深藏到芦苇丛中，潜伏在青纱帐内的豆棵下，跟奶奶捉迷藏，暗暗发笑。等到天黑回家去，奶奶抄起顶门杠子，要敲碎何满子的光葫芦头；何满子一动不动，眼皮眨也不眨，奶奶只得把顶门杠子一扔，叫了声："小祖宗儿！"回到屋里给孙子做好吃的去了。不是煮鸡蛋，就是烙白面饼。

这一天，何满子的爷爷回来了。一丈青大娘跟老头子叨唠这个，嘟哝那个，老头子阴沉着脸，哼哼哈哈，一脑门子官司；一丈青大娘气不打一处来，跟老头子叫起了苦，顺口就给何满子告了状。爷爷是个风火性儿，一怒之下，就把何满子拴在了葡萄架的立柱上，系的是拴贼扣儿，跑不了更飞不了。而且，在他面前扔下一个纸盒，盒子里有一百个方块字码，还有一块石板和一支石笔，勒令他在这一个歇晌的工夫，把这一百个字写下来。

这倒难不住何满子。可是，他有生以来头一回失去自由，心里委屈而又憋闷，两眼直呆呆，双手懒洋洋，一点也没有写字的兴致。

二

何满子的爷爷，官讳已不可考。但是，如果提起他的外号，北运河两岸，古北口内外，在卖力气走江湖的人们中间，那可真是叫得山响。

他的外号叫何大学问。

何大学问人高马大，膀阔腰圆，面如重枣，浓眉朗目，一副关公相貌。年轻的时候，当过义和团，会耍大刀，拳脚上也有两下子。以后，他给地主家当车把式，会摆弄牲口，打一手好鞭花。他这个人好说大话，自吹站在通州东门外的北运河头，抽一个响脆的鞭花，借着水音，天津海河边上都震耳朵。他又好喝酒，脾气大，爱打抱不平，为朋友敢两肋插刀，所以在哪一个地主家都待不长。于是，他就改了行，给牲口贩子赶马；一年有七八个月出入古北口，往返于塞外和通州骡马大市之间，奔走在长城内外的古驿道上。几百匹野马，在他那一杆大鞭的管束下，乖得像一群温驯的绵羊。沿路的偷马贼，一听见他的鞭花在山谷间回响，急忙四散奔逃，躲他远远的。所以，他不但是赶马的，还是保镖的，牲口贩子都抢着雇他。这一来，他的架子大了，不三顾茅庐，他是不出山的；至于脚钱多少，倒在其次，要的就是刘皇叔那样的礼贤下士。

他这个人，不知道钱是好的，伙友们有谁家揭不开锅，沿路上遇见老、弱、病、残，伸手就掏荷包，抓多少就给多少，也不点数儿；所以出一趟口外挣来的脚钱，到不了家就花个精光。

在这个小村，数他走的地方多，见的世面广；他又好戴高帽儿，讲排场，摆阔气。出一趟口外，本来挣不了多少钱，而且到家之前已经花得不剩分文，但是回到村来，却要装得好像腰缠万贯；跟牲口贩子借一笔驴打滚儿，也要大摆酒筵，请他的知音相好们前来聚会，听他谈讲过五关，斩六将，云山雾罩。他这个人非常富有想象力，编起故事来，有枝有叶，有文有武，生动曲折，惊险红火。于是，人们一半是戏谑，一半是尊敬，就给他送了个何大学问的外号。

自从他被尊称为何大学问以后，他也真在学问上下起功夫来了。过去，他好听书，也会说书；在荣膺这个尊称之后，当真看起书来。他腰里常常揣着个北京者二酉堂出版的唱本，投宿住店，歇脚打尖，他就把唱本掏出来，咿咿哦哦地嘟念。遇上生字儿，不耻下问，而且舍得掏学费；谁教他一字一句，他能请这位白吃一顿酒饭。既然人称大学问，那就要打扮得斯文模样儿，于是穿起了长衫，说话也咬文嚼字。人们看见，在长城内外崇山峻岭的古驿道上，这位身穿长衫的何大学问，骑一匹光背儿马，左肩挂一只书囊，右肩扛一杆一丈八尺的大鞭，那形象是既威风凛凛又滑稽可笑。而且，路遇文庙，他都要下马，作个大揖，上一股高香。本来，孔夫子门前早已冷落，小城镇的文庙十有八九坍塌破败，只剩下断壁残垣，埋没于蓬蒿荆棘之中，成为鸟兽栖聚之地；他这一作揖，一烧香，只吓得麻雀满天飞叫，野兔望影而逃。

夜深人静睡不着觉的时候，何大学问也常常感到阵阵悲凉。自家祖宗八辈儿，穷得房无一间，地无一垄，都是睁眼瞎。自个儿跳了大半辈子，已经年过花甲，不过挣下三间泥棚茅舍，八亩河滩洼地；虽然被人尊称大学问，可从没进过学堂一天，斗大的字认不得三筐，而且只会念不会写。儿子天生文质，也只念了三年私塾，就不得不到书铺学徒。看来，何家要出个真正大学问，只有指望孙子何满子了。可是，掂量一下自己这点财力，供他念完小学，已经是鼓着肚子充胖；而中学大学的门槛九丈九尺高，没有白花花的银洋砌台阶，怎么能高攀得上？自己已经老迈年高，砸碎了骨头也榨不出几两油来；难道孙儿到头来也要落得个赶马或是学徒的命运？

何满子也真是聪慧灵秀，脑瓜儿记性好，爱听故事，过耳不忘；好问个字儿，过目不忘。何大学问在孙子面前假充圣人，把他的那些唱本传授给孙子；何满子就像春蚕贪吃桑叶，一册唱本不够他几天念的。何大学问惊喜过望，就想求个名师指点。正巧他在赶马路上，在一座骡马大店里，遇见一位前清的老秀才，在这座骡马大店里当账房先生，写一手魏碑好字；店里生意冷清，掌柜的打算辞退这个穷儒。何大学问脑瓜子一热，就礼聘这位老秀才到他家教专馆，讲定教一个字给一个铜板。

老秀才来到何家，就在葡萄架下开讲。他高高在上，坐一张太师椅，手拿一杆斑竹白铜锅的长杆烟袋；何满子低首俯身，坐个蒲团儿，面前一张小饭桌，就像被老秀才踩在脚下。老秀才整天板着一张阴沉沉的长脸，何满子抬头一看，只觉得头上压着一朵乌云，叫人喘不过气。老秀才又酸气冲天，开口诗云子曰，闭口之乎者也，何满子只觉得枯燥乏味，更加闷闷不乐。他本是个整天跑野马的孩子，从早到晚关在家里，难受得屁股下如坐针毡，身上像芒刺在背。念着书，一听见篱笆外柳树梢上莺啼燕啭，就想嘬着嘴唇学鸟叫，念书跑了调儿；一听见门外过往行船的纤歌声，心里就七上八下，想跑出去看一看，念书走了神儿。老秀才的眼睛尖得像锥子，一见他的身子动了动，就伸出斑竹白铜锅的长杆烟袋，敲他的光葫芦头；每敲一下，就肿起一个枣子大的青包，何满子恨透了老秀才。一丈青大娘见孙子天天挨打，心疼得就像一块一块剜肉；只有何大学问认定不打不成材，非但不怪罪老秀才学规森严，而且还从旁给老秀才呐喊助威。何大学问每天招待老秀才三顿净米净面，外加一壶酒；这个局面，穷门小户怎能支撑得住？不到一个月，何大学问就闹了饥荒，拉下了斗大的亏空，只得又去赶马。

何大学问一走，何满子就像野马摘了笼头；天不亮，头顶着星星，脚蹬着露水，从家里溜出去，逃开了学。一丈青大娘早就腻歪了老秀才，先断了每天一壶酒，又撤了一天三顿净米净面。老秀才混不下去了，留下了几百个方块字码，索取了几百个铜板，愤愤而去。

这时，西隔壁那个在通州潞河中学念书的周檎，放暑假回来，何满子整天跟这位洋学生形影不离。何大学问赶马回来，一见老秀才走了，很觉得过意不去，埋怨一丈青大娘头发长，见识短；但是，一见何满子跟着周檎学会了一大堆字儿，还不花一文钱，又不禁转怒为喜了。

何大学问也不是不疼爱孙子。他每趟赶马回来，一心盼家，最大的盼头就是享受天伦之乐。他满脸胡碴儿，就像根根松针，最喜欢磨蹭孙子的脸蛋儿，逗得孙子吱儿喳乱叫，笑成一团儿，打成一团儿。而且，每趟回来，都要给孙子带回一梢马子吃食。

但是，这一趟回来，何大学问好像苍老了几岁，愁眉苦脸，垂头丧气，眉头子挽成个鸡蛋大的疙瘩。何满子吱吱喳喳欢迎爷爷，爷爷一点也不欢喜，没有抱他，也没有亲他，梢马子空空荡荡只有两层皮。

何满子对爷爷心怀不满，拿白眼珠儿翻瞪爷爷，闷坐在窗根下，小嘴噘得能挂个油瓶儿。

后来，他听见奶奶跟爷爷吵了起来：

"你一进家就丧门神似的，没一点喜色，要是你嫌弃我们娘儿俩，就留在口外守你那座娘娘庙，死外丧也没人去给你收尸！"

近一两年，何满子懂了点事儿，从大人们的只言片语里，影影绰绰听说爷爷在口外还有一个相好的女人，比奶奶年轻十多岁，住在帐篷里，是个放马的。奶奶跟爷爷吵架，一骂起那个放马的女人，爷爷就不敢跟奶奶对仗了。何满子却非常想跟爷爷出一趟口，到那位年轻奶奶的帐篷里住几天；他自信，那位口外的奶奶也会像家里的奶奶一般疼爱他。疼爱他的人越多越好。

"妈的，我差一点儿扔了这把老骨头，你还咒我！"这一回吵架，爷爷却不肯向奶奶低头服软儿，忍气吞声，"日本鬼子把咱们中国大卸八块啦！先在东三省立了个小宣统的满洲国，又在口外立了个德王的蒙疆政府，往后没有殷汝耕的公文护照，不许出口一步。这一趟，蒙疆军把我跟掌柜的扣住，硬说我们是共产党，不过是为了没收那几百匹马。掌柜的在牢房里上吊了，他们看我是个榨不出油水的穷光蛋，白吃他们的狱粮不上算，才把我放了。"

何满子听不大懂，可是他听说过殷汝耕这个名字。去年冬天，一个下大雪的日子，乡下哄传殷汝耕在通州坐了龙庭，另立国号，天怒人怨，大地穿白挂孝。寒假里周檎回来，大骂殷汝耕是儿皇帝，管殷汝耕叫石敬瑭，还给何满子讲了一段五代残唐的故事。

原来爷爷坐了牢，还险些扔了命，何满子心疼起爷爷来了。他正想进屋把爷爷哄得开了心，谁想爷爷竟把满腔怒火发泄到他身上，不但将他挂在葡萄架的立柱上，系的是拴贼扣儿，而且还硬逼他在石板上写一百个字。何满子一看见老秀才留下的这些手迹，就想起老秀才那一张阴沉沉的长脸和斑竹白钢锅的长杆烟袋，心里烦透了。

爷爷喝了一壶酒，四脚八叉躺在北房东屋土炕上，打着呼噜睡大觉，天塌了也惊不醒他；奶奶哭丧着脸，坐在外屋锅台上，拨动着一支牛拐骨捻麻绳，依然怒气不息。

现在，只有一个人能搭救何满子；但是，何满子望眼欲穿，这颗救命星却迟迟不从东边闪现出来。

三

何满子觉得，他这个家，像个鸟笼，他好比一只被关在笼子里的柳叶翠鸟；他又觉得，这个家像一只麦秆编成的蝈蝈篓儿，他好比被捉进篓里的小绿蝈蝈。

四面是柳枝篱笆，篱笆上爬满了豆角秧，豆角秧里还夹杂着喇叭花藤萝，像密封的四堵墙。墙里是一棵又一棵的杏树、桃树、山楂树、花红果子树，墙外是杨、柳、榆、槐、桑、枣、杜梨树，就好像给这四堵墙镶上两道铁框，打上两道紧箍。奶奶连巴掌大的地块也不空着，院子里还搭了几铺黄瓜架；而且不但占地，还要占天，累累连连的南瓜秧爬上了三间泥棚茅舍的屋顶，石磙子大的南瓜，横七竖八地躺在屋顶上，再长个儿，就该把屋顶压塌了。

天气越来越热，没有一丝风，小院子闷得像扣上了笼屉。虽然葡萄架绿荫如盖，何满子又赤条精光，可是还阵阵出汗；他看了看拴在脚踝上的绳索，解也解不开，挣也挣不脱，急得满头冒火星子，汗下如雨。

忽然，隔墙花影动，从东篱笆上的豆角秧和喇叭花藤萝里，露出一张俊俏的脸儿，轻轻地叫了一声："满子！"

何满子一抬头，原来是望日莲姑姑，救命星光临了。

"莲姑！"何满子一肚子委屈，好容易盼来了亲人，哇的一声哭了。

坐在外屋的一丈青大娘，听见哭声，扔下手里的牛拐骨，走了出来，问道："满子，怎么啦？"

何满子一听奶奶的口气，明明是带着心疼的意味，于是便演出了他的拿手好戏，扯着嗓子大哭起来。

篱墙外，一串脆笑，望日莲问道："干娘，满子犯了多大的家规，披枷戴锁的打算刺配沧州呀？"

何满子哭得一声更比一声高。

"那个老杀千刀的，撞了黑煞，一进门就瞧着我们娘儿俩扎眼；打算先勒死小的，再逼死老的，好接那个口外的野娘儿们来占窝儿！"

一丈青大娘破口大骂起何大学问。

北房东屋土炕上，发出一声虎啸，何大学问怒吼着冲出屋门。他光着膀子，赤着两脚，只穿一条肥大短裤，挓挲着根根松针似的胡碴，喊嚷道："不是你这个长舌头娘儿们挑三窝四，我就舍得拴起满子来啦？"

"是我叫你拴的呀？"一丈青大娘的嗓门儿，压倒了何满子的哭声和何大学问的吼声，"我不过是叫你吓唬吓唬他，谁想你却黑心下毒手！"

"我并没有真捆满子呀！"

"唉哟，拴贼的扣儿，勒得孩子快断了气儿！"一丈青大娘拍得巴掌山响。

"我割下你这个娘儿们的长舌头！"何大学问大步走到葡萄架下，伸出一个指头，抖搂了一下那圈套圈儿、环套环儿的绳索，哗啦散开了，"瞧，这是真捆他吗？"

望日莲背着大筐跑进来，笑道："干爹，您可真会玩花活儿。"

"这叫兵不厌诈，空绳计！"何大学问得意地呵呵笑道，"可这一来，我的花活露了馅儿，满子的贼胆子就更大了。"

"您还是进屋睡回笼觉去吧，满子陪我到河滩上打青柴。"望日莲说。

"等一等！"何大学问说，"让他奶奶给孩子做口吃的。"

"我不管！"一丈青大娘还在跟老头子赌气。

"不敢有劳王母娘娘的大驾！"何大学问叹了口气，"我给何家的这个小祖宗儿当大脚老妈子。"

"我不吃！"何满子一甩胳膊，"把挂在西屋墙上的那一串打鸟夹子给我拿来，我打鸟去。"

"得令！"何大学问高声答应，"瞧我孙子的孝心多大，给爷爷打野味，晚上下酒。"说罢，一溜小跑进屋去。

何满子从爷爷手里接过一大串打鸟夹子，牵着望日莲的手走出柴门，眼睫毛上还挂着泪珠儿，就噘起嘴唇学了一声布谷鸟叫："咕咕，咕咕！"

"你也是我的小祖宗儿。"望日莲说，"来，我背着你。"

望日莲找个土坡，半蹲下身子，大筐靠在土坡上，何满子坐进去，望日莲直起腰，背着他奔河边去了。

望日莲十九岁，奶名可怜儿，是何家东隔壁杜家的童养媳。十二年前，在摆渡口开小店的花鞋杜四，从一个逃荒的饥民手里买下来，领回家，给他那个当时已经十七岁的傻儿子当童养媳妇。这个傻儿子小名叫二和尚，长得丑陋，又缺心眼儿，就在小店里扫马粪。花鞋杜四是这个小村有名的泥腿，他的老婆豆叶黄，又是这个小村独一无二的破鞋。豆叶黄长得有几分姿色，可是心肠歹毒，一张嘴就像蛇吐信子。可怜儿来到杜家，一年到头天蒙蒙亮就起，烧火、做饭、提水、喂猪、纺纱、织布、挖野菜、打青柴，夜晚在月光下，还要织席编篓子，一打盹儿就要挨豆叶黄的笤帚疙瘩，身上常被拧得青一块紫一块。

可怜儿十岁那年，张作霖的队伍跟吴佩孚的队伍隔着北运河开仗，炮火连天，一个炮弹炸了个大坑，把可怜儿倒栽葱埋了下去，花鞋杜四和豆叶黄也不扒她，慌慌张张跑反走了。一丈青大娘心肠软，冒着硝烟把可怜儿扒了出来，可怜儿昏迷不醒，一丈青大娘把她装进大筐，背在身上就跑。一块炮弹皮子划破了一丈青大娘的鬓角，她还是不忍心扔下这个苦孩子自个儿逃命。在青纱帐里躲藏了三天，仗打完了，回到村里，才知道二和尚被奉军抓了伕，下落不明。豆叶黄哭天叫地，一腔毒火扑到可怜儿身上，骂她是扫帚星，克夫命，又掐又咬，疼得可怜儿满地打滚儿。一丈青大娘忍无可忍，跳过篱笆，把可怜儿抢救出来。豆叶黄也不是好惹的，跟一丈青大娘对骂起来；一丈青大娘虽然口角锋利，可是豆叶黄的舌头带着毒刺儿，于是动口改了动手，把豆叶黄打得七窍出血，豆叶黄就爬到何家门口，躺下装死。花鞋杜四更不是省油的灯，手持一把宰猪的育条子赶来，要烧何家的房；一丈青大娘就拿起一把鱼叉，跟花鞋杜四交了手。正打得你死我活，难解难分，何大学问从口外赶马回来了，抢起大鞭，一个鞭花抽过去，把花鞋杜四抽了个皮开肉绽，差一点腰断两截。花鞋杜四岂能善罢甘休，他在官面上有路子，搬来了河防局的一个巡长，要把何大学问抓去坐牢。最后，还是有人出面说和，何大学问请了两桌酒席，答应给花鞋杜四和豆叶黄治疗养伤；但是，何大学问和一丈青大娘一定要认可怜儿当干闺女，花鞋杜四表示同意，不过将来可怜儿圆房，何大学问跟一丈青大娘得陪一笔嫁妆。两下立了文书，画了押，可怜儿当众给干爹和干娘叩了头。

一丈青大娘觉得干女儿的名字不吉利，就给她改名叫贵莲。贵莲虽然不再挨打，可是一年三百六十天，还是没有喘气的工夫。她到河滩上打青柴，何家西隔壁的周檎下了学也到河滩上打青柴，两人十分要好，常常嬉戏打闹，周檎就管她叫望日莲；她的命相本来不贵，反倒挺喜欢这个外号，一来二去就叫开了。

运河滩上遍地开放着五颜六色的野花，顶属死不了的花朵最小，只有蚕豆粒大，血红血红的，洒满在河边、路旁、柳荫下，不怕风吹雨打，不怕曝晒干旱。一连多少日子不下雨，土地龟裂，禾苗枯黄，可是小小的死不了花却更鲜红，更艳丽，叶子也更翠绿。望日莲就像那死不了花，在饥饿、虐待和劳苦中发育长大，模样儿越来越俊俏，身子越来越秀美。干爹和干娘疼她，一年也给她做一身新衣裳，她穿上新衣裳就更好看。

二和尚被奉军抓伏，一去没回头，何大学问和一丈青大娘就想给望日莲另找婆家。当面不便开口，就拜托摆渡船的柳罐斗，钉掌铺的吉老秤，老木匠郑端午，到杜家探探口气。谁想，三个人刚说明来意，豆叶黄便号啕大哭，夹枪使棒地摔了一大堆闲言碎语。花鞋杜四倒似乎通情达理，说他也不愿意耽误了儿媳的青春，只是儿子生死未卜，宁拆十座庙，不破一门婚，他主张请个算命先生，给望日莲打一打卦。也真凑巧，他的话刚落音，门外就响起算命先生的笛声，他就跑出去请了进来。当着众人的面，算命先生盘问了望日莲和二和尚的生辰八字，掐指算了又算，口中念念有词；然后断定，二和尚在外已经当了官，要像薛平贵那样，一十八载才能衣锦还乡。二和尚出去已经八年了，所以望日莲还得在寒窑苦守十个春秋，就会苦尽甘来，夫贵妻荣。

其实，花鞋杜四和豆叶黄各怀鬼胎，居心不良。花鞋杜四一肚子狗杂碎，他见望日莲出落得一朵鲜花似的，就起了乱伦的贼心。豆叶黄本来是个破鞋，花鞋杜四常年住在小店里，很少回家来睡，她就招野汉子；眼见自个儿年老色衰，缺乏吸引力，就想拿望日莲当招蜂引蝶的幌子。有一天夜晚，豆叶黄跟她的野汉子约定，半夜三更前来。正是暑伏时节，豆叶黄喊叫屋里闷热，打开前后门窗通风。半夜里，豆叶黄走出后门，叫她那个等候在篱笆根下的野汉子进去，她在外面把门。那野汉子像一只偷鸡的黄鼠狼，蹑手蹑脚而入。就在这时，前门又贼溜溜闪进一个黑影；月黑天，天阴得像锅底，两人谁也没看见谁，一齐扑向望日莲的小百屋。

望日莲人大心大，又见豆叶黄行为不正，花鞋杜四贼眉鼠眼，每晚临睡之前，都关严窗户，顶住房门，身旁左边一把镰刀，右边一把剪子。两个恶贼扑门，望日莲惊醒，从炕上跳起来，可是还没有等她动手，这两个恶贼先厮打起来。望日莲投出了镰刀和剪子，从窗口跳出去，大喊一丈青大娘救命。一丈青大娘闻声而至，掌起灯火，只见镰刀砍在花鞋杜四腿上，剪子扎在野汉子胳臂上，两个恶贼仍然死咬住不放，滚在一起厮打。

出了这件事，一丈青大娘不依不饶了。豆叶黄理屈词穷，只得应许望日莲白天给她家干活，晚上到一丈青大娘那里去睡。

何大学问出口赶马，望日莲就跟一丈青大娘和何满子同睡在一条小炕上；何大学问赶马回来，望日莲就跟何满子到西屋去睡。那时候何满子才三岁，每晚都睡在望日莲的怀抱里，已经三年了。

望日莲虽然摆脱了花鞋杜四和豆叶黄的暗算，可是摆不脱苦重的劳动，她还要一年到头、一天到晚地干活。而且，豆叶黄因为奸计未成，要出口气，更加重了望日莲的劳苦。望日莲从来没有歇过晌，大晌午头儿，便得去打青柴。

年轻的姑娘媳妇们下地，身边都带着个孩子，倒不是为护身，而是为防嫌。所以，望日莲晌午打青柴要带着何满子。

四

望日莲的大筐里背着何满子，沿着河岸走出村口，便是一片河滩。

这片河滩方圆七八里，一条条河汊纵横交错，一片片水洼星罗棋布，一道道沙冈连绵起伏。河汊里流水潺潺，春天只有脚面深，一进雨季，水深也只过膝，宽窄三五尺，也不搭桥，可以一跃而过；河汊两岸生长着浓荫蔽日的大树，枝枝丫丫搭满大大小小的鸟窝。水洼里丛生着芦苇、野麻和蒲草，三三五五的红翅膀蜻蜓，在苇尖、麻叶和草片上歇脚；而隐藏深处的红脖水鸡儿，只有蝴蝶大小，啼唱得婉转迷人，它的窝搭在擦着水皮儿的芦苇半腰上，一听见声响，就从窝里钻进水里，十分难捉。沙冈上散布着郁郁葱葱的柳棵子地，柳荫下沙白如雪，大热天躺在白沙上，身心都感到清凉。

何满子最喜欢到河滩上玩耍。光着屁股浸入河汊，捞虾米，掏螃蟹，摸小鱼儿；钻进苇塘里，搜寻红脖水鸡儿，驱赶红蜻蜓满天飞舞，更是有趣；但是，最好玩的还是在大树下、茂草中和柳棵子地里，埋下夹子和拍网打鸟。

一到河滩上，何满子就叫望日莲把他从大筐里卸下来，欢叫着跳过一条条河汊，跑在前面，从一片片水洼的苇丛中钻进钻出，最后一口气跑上最高的那道沙冈。

望日莲也来到了高高的沙冈上，她坐下来喘了口气，就折了两大把柳枝，编成一个遮阳的柳圈儿；她连一顶破草帽也没有。柳圈儿编成了，她把那一条粗大油黑的辫子盘绕在头上，然后再戴上柳圈儿。这时，何满子一定要采几朵火红的、金黄的、洁白的、绛紫的、天蓝的野花，插在柳圈上，想把莲姑打扮得更好看。望日莲又脱下身上那打满补丁的蓝花土布小褂儿，扔给何满子，叮咛说："给我看着！你打鸟儿别像断线的风筝，有男人来，赶紧喊我。"

何满子见她的胸脯上还七缠八绕着一块长条子破布，便说："莲姑，把这条子破布扯下来，多凉快。"

"放屁！"望日莲脸一红，"姑娘家能脱光膀子吗？"

望日莲头戴着插满野花的柳圈儿，一手提着大筐，一手握着镰刀，钻进蓬蒿茂草丛中去了。何满子坐在柳棵子地里，抱着望日莲的蓝花土布小褂儿放哨。一会儿，他就感到寂寞了，越寂寞，也就越感到发困。于是，他不耐烦了，揉了揉眼，摇了摇头，清醒过来，就扒了个沙坑，把蓝花土布小褂埋起来，提着一串打鸟夹子，走下沙冈。

何满子先到草棵里捉小虫，把小虫串在夹子的支棍上，一把一把地四处埋伏起来，每处都拔几棵草盖上，伪装一下。然后，就钻进茂草中，轻柔地吹着口哨，含一片草叶学鸟叫，引诱树上的和树丛里的鸟儿下村出窝，觅食上钩儿。何满子听见这里啪的一声，那里啪的一声，乐得直想翻个跟头打几个滚儿，那是打中了。但是，有时候也噗的一声，却是打空了。受了惊的鸟儿，吓得钻入没天云，受了挫伤的羽毛在风中飘散。

他听着打中鸟儿的声音，心里默默地数着数儿；要打到二三十只，才够他和望日莲烧吃一顿。

一想到莲姑每天都吃不饱，何满子的心里就一阵阵发酸。打青柴的时候，他常常看见望日莲饿得心里发慌，脸白得像一张白菜叶子，额角上冒出一层层的虚汗，就手打着战儿摘取一颗一颗的地梨，填填肚子。何满子心疼望日莲，就到财主家的瓜田里去偷瓜；面瓜香甜柔软，很好吃，吃上几个也能饱一阵子。而且，偷瓜也是一种冒险的游戏，对何满子很有诱惑力。

他常常光顾邻村大财主董太师的瓜田。

爬过河滩上最后一道沙冈，就是董太师的瓜田。这一块瓜田二十亩，东西南北各有一座窝棚，地中央还有一座高高的瓜楼，瓜楼上站着一个拿枪的团丁；更有两条伸出血红长舌头的恶狗，在瓜田四处跑来跑去；瓜垄里，埋藏着一杆杆地枪，枪口露在土外，枪机上拴着一根绷紧的细绳。偷瓜的人不小心碰上绳子，地枪响了，枪砂打在身上或是腿上，就要受重伤。

何满子从茂草中悄悄爬到董太师瓜田的地边，只见高高瓜楼上的那个团丁，抱着枪靠在栏杆上打呼噜，四座窝棚的看瓜人，前仰后合地打盹儿；那两条恶狗也各自找个阴凉卧下，懒得跑动了。何满子偷瓜，不但胆大，而且心细，他滴溜溜转动着黑亮黑亮的小圆眼睛，先看准了有利地形，再仔仔细细观察，分辨出哪一条瓜垄埋藏着地枪。然后，他趴下来，只靠两只臂肘爬行；临到地边，滋溜一下，像一只泥鳅，钻进了瓜垄。

钻进瓜垄的密叶下，何满子就如鱼游水，再有阵阵微风拂过，吹得瓜叶沙沙响，那就更给他帮了忙，打了掩护。他最喜欢吃甜瓜，甜瓜不但解渴，而且一直甜到心窝里。他也爱吃面瓜，面瓜不但解饿，而且吃过之后余香满口。他更喜爱西瓜，但是西瓜个儿大，还要砸破了皮，在瓜垄里不能吃，必须推出瓜田去。这个活儿很累，何满子却干得十分巧妙。他摘下一个斗大的西瓜，然后仰巴脚躺下，又开双腿，把西瓜夹在腿裆里，两个手掌子按地，屁股一颠一颠地推的那个斗大的西瓜滚动着；慢慢地，慢慢地推出了瓜田，钻进茂草中，就算胜利了。但是要出一身大汗，沾满一身的沙子。

何满子听见啪的一声又一声，已经打中了十几只鸟儿，就钻进了董太师的瓜田；先在瓜垄里吃了个肚儿圆，然后抱出三个大面瓜，到蓬蒿丛中寻找望日莲。

这一大片蓬蒿，五尺多高的大汉钻进去不见影儿，何满子钻进去，就像一粒石子投入汪洋大海。他走一走便侧耳听一听，听一听哪里有镰刀的唰唰声，再循声找去。寻找望日莲，还有一个方便，那就是望日莲喜欢一边打青柴，一边唱小曲儿，她有一条低柔的嗓子，轻轻唱起来，悦耳动人心。这些小曲儿，都是情歌，词句都很大胆；何满子听不大懂，可是知道在家里是不能唱的。

何满子抱着三个大面瓜，在蓬蒿丛中找来找去，听不见镰刀的唰唰声，也听不见低柔的小曲声。他感到奇怪，也有点恐惧，站住了脚，支起耳朵，听了又听，仿佛听见了幽幽的哭泣声。他乍着胆子，跟着脚尖，提着身子，小步小步地向那边挨过去。

他看见了，望日莲已经割倒了一大片青柴，却不知为什么趴在了青柴上，两手抓着两大把泥土，哭得整个身子抽搐着。何满子想，望日莲一定是饿得肚肠子疼了，便高喊道："莲姑，你饿了吧？我给你送面瓜来啦！"

望日莲仰起半边脸，挂满了泪水，抽噎着说："我……不饿，你……吃吧！"

"我早就吃饱了！"何满子把三个大面瓜放在望日莲头前，腾出手来，拍了拍蝈蝈儿似的肚子，"快吃，快吃。"

"我……吃……不下去。"

"你病了吧？我找奶奶来给你扎针。"说着，何满子转身要走。

"我没病！"望日莲一把勾住他的腿腕子。

"那你为什么哭呢？"何满子迷惑地问。

"没来由，就是想哭。"望日莲坐起来，擦着眼泪。

何满子直勾勾磁着眼珠儿，忽然笑了起来："我猜着啦！你是想檎叔了。"

"谁说我想他？"望日莲又扑簌簌淌下泪来，却还要嘴硬。

"他算是我的什么人，我算是他的什么人？"

"你们俩……你们俩……"何满子不知如何回答，"你们俩当两口子吧！"

"今生没缘了，来世再说吧！"望日莲凄然地说。

"来世还得等多少年呢？"何满子问道。

望日莲失神地说："眼下就死，投胎转世，再过二十年，又这么大了。"

"我不愿意你等到来世！"何满子兴致勃勃地说，"等檎叔回来，我就催他雇花轿抬你。"

"他早就该回来了。"望日莲哀怨地说，"人家今年从潞河中学堂毕了业，就要进京上大学堂了，还想得起我这个打青柴的乡下丫头？"

"他要是把你忘了，我见面就骂他！"何满子愤愤地说，"我还要拿奶奶的鱼叉扎他，顶门杠子打他。"

"住嘴吧！"望日莲慌忙双手捂住他的嘴巴，"不许你咒他。"

"我偏咒他，偏咒他！"何满子呸呸咋起了唾沫。

"求求你，好孩子！"望日莲哀求起来，"你在这儿咒他，他在外边有个灾枝病叶，谁来服侍他呢？"

"看你的面子，我不咒了。"

"你还得说，求老天爷保佑檎叔平平安安。"

"说这个干什么呀？"

"你刚才咒了他，还得给他消灾呀！"

"老天爷，保佑我檎叔平平安安吧！"何满子带着哭音呼叫起来，"保佑我莲姑跟我檎叔成两口子吧！"

望日莲紧紧地把何满子搂在怀里，雨点似的亲他。

望日莲也真的饿了，她风卷荷叶一般吃下了三个面瓜，心情也欢悦起来，白菜叶子似的脸上泛起了娇艳的颜色，目光也明亮得像月光下的春波，喜气挂上了微蹙的秀眉，红润的嘴唇漾起微笑，何满子呆呆地凝望着她。

"你看我什么？"望日莲纳闷地问道。

"莲姑，你真好看。"

"呸！"望日莲啐他一口，"这几个月，你光学坏，往后别跟我睡了。"

"等檎叔回来，我跟他做伴去！"何满子气恼地说。

望日莲愣了下神儿，脸红了红，小声说："那你就跟他睡一宿，再跟我睡一宿。"

"不！"何满子斩钉截铁地说，"檎叔回来了，我才不愿意跟你睡。"

"原来你跟我这么狠心呀！"望日莲说，"姑姑刚才逗你玩儿，心里才舍不得你。"

"你舍不得我，咱们仨一块儿睡！"何满子说。

"滚你的！"望日莲张开巴掌，轻轻用掌心拍了何满子的光葫芦头一下，"快去收拾你那些打鸟夹子吧，别叫人家起走了。"

何满子恍然想起这桩大事，哑哑飞跑而去。

五

满河滩跑了一遭，何满子起回了他所有的打鸟夹子和拍网，打中了二十多只，其中还有两只肥囊囊的花胡不拉鸟，心里非常高兴。这两只肥鸟，一只孝敬爷爷下酒，一只要让莲姑吃个痛快。

他回到最高的那道沙冈上，扒出望日莲那件打满补丁的蓝花土布小褂儿，望日莲已经一趟一趟地把大捆的青柴背到了沙冈下晾晒。

望日莲头上那插满野花的柳圈儿已经散乱了，盘绕着的大辫子拖落下来，沾了一头草叶，赤裸的肩头和胳臂上，划满了一道道血印子，七缠八绕在胸脯上的那块长条子破布，被汗水浸透，沾满了泥土。

"莲姑，歇一会儿，烧鸟吃！"何满子跳着脚喊道。

望日莲乏得有气无力，说："我要去洗洗身子，你来给我看着人。"

他们来到一个僻静的河湾，这个河湾被一道沙冈环抱着，长满红皮水柳，水色澄碧，清可见底。何满子留在沙冈上，望日莲说了声："合上眼！"何满子就把两眼紧紧地闭住。莲姑跟他说过，偷看姑娘家脱衣裳，要长枣核钉那么大的针眼。望日莲下到水边，在红皮水柳丛中掩住身子，一边脱着衣裳一边向何满子喊道："睁开眼吧！"何满子便把眼睛睁开，向四下张望，警戒男人走来。

红皮水柳深处，传出哗啦哗啦的洗衣裳声；不大工夫，何满子看见，洗干净了的衣裳挂在了水柳枝头晒着，还有那一条长长的破布。又过了一会儿，何满子便听见一阵阵撩水声和凫水声。他又感到寂寞了；衣裳不晾干，望日莲便不能上岸，他也就像一只孤雁似的呆立着。

"莲姑，你可别凫到漩涡里去呀！"他跟望日莲搭着话，"我力气小，救不了你。"

"我用你来救呀？"望日莲在红皮水柳丛中笑着，"当年你檎叔掉在漩涡里，还是我把他救上了岸。我是他的救命恩人哩！"

"我才不信！"何满子哼道，"你跟我爷爷一样，爱吹牛打鼓，小心大风刮跑了你的舌头。"

"真不骗你。"

“你说说，我听听！”何满子从沙冈上出溜下来，坐到河湾子的水边去。

“不许下水！”望日莲吓得尖叫。

“我看不见！”何满子说，“你不快说我就下水。”

望日莲告诉何满子，她十岁的时候，跟着周檎到河滩上挖野菜，天气酷热，周檎下河凫水。谁想凫着凫着腿肚子抽了筋儿，一股急流把周檎卷进了一个水漩子里，周檎的身子就像被拧成了陀螺，一会儿沉没下去，一会儿又旋转着露出个脑瓜顶儿。周檎连喝了几口水，挣扎着大喊救命，她扑通跳下河，掐着周檎的脖子拽上了岸。后来，周檎再凫水就跟她搭伴了。

“你姑娘家跟小子一块凫水，怎不害臊呢？”何满子问道。

“那时候都小，不知道害臊。”望日莲说，“我跟他在柳棵子地里过家家玩，还拜过花堂呢！”

“原来你跟檎叔早就是两口子啦！”何满子惊喜得喊叫起来。

“别嚷！”望日莲喝道，“我好像觉得有脚步声，你快去看看，是不是有人来？”

何满子又跑上沙冈，手搭凉棚，远瞧近看。忽然，他看见从河岸的柳荫羊肠小路上，走来一个打着旱伞的人，他忙喊道：“莲姑，躲起来！有人。”红皮水柳丛中，响起稀里哗啦的凫水逃跑声。何满子又跳着脚观望，只见那个打着旱伞的人，是个青年书生，穿一身白学生装，肩上背着一个方格土布的小包袱。何满子欢呼了一声：“莲姑，是檎叔！”望日莲在红皮水柳丛中说：“瞎话！”何满子却已经大喊着：“檎叔！”飞也似的迎上前去了。

那个穿学生装的年轻人，收拢了旱伞，也喊着：“小满子！”奔跑过来。

周檎二十岁左右，清秀的高个儿，两道剑眉，一双笑眼，高鼻梁儿，嘴角上挂着微笑，满面和颜悦色，一看就知道是个文静和深沉的人。

他跑到何满子跟前，张开胳臂要把何满子抱起来；何满子急忙跳开，说：“别弄脏了你的新衣裳！”

“你在这儿干什么呢？”周檎含笑问道。

何满子脑瓜一歪，眨巴着小圆眼睛，说：“你猜！”

周檎假装皱着眉头，想了又想，说："猜不着。"

"跟我来！"何满子牵起他的手就跑。

这时，望日莲也从红皮水柳深处出来，扒着岸边的柳枝向外偷看，一眼就看见了那个日夜思念的人，心一下猛跳起来，脸一下子烧红起来。

"满子，别带你檎叔过来！"她是在跟周檎打招呼。

"你害什么臊呀？"何满子顽皮地笑道，"你们不是搭伴凫水，还拜过花堂吗？"

"没那么回事儿！"望日莲说，"周檎，你到远处站着。"

"满子，咱们躲她远远的！"周檎一指几丈外的一片柳棵子地。

他俩在柳荫下的白沙地上一坐，何满子便急着问道："檎叔，你是跟莲姑拜过花堂吗？"

周檎抚摸着他的光葫芦头，悠然神往地说："那是童年时代的游戏。"

"你们在哪儿拜的花堂呢？"何满子追问。

"就在这片柳棵子地里。"

"你们穿新衣裳吧？"何满子刨根问底儿。

"我跟你现在这个打扮差不多，她比我多穿了一件兜肚。"

"你头戴一顶插红翎子的礼帽吗？"

"我戴着一个柳圈儿。"

"莲姑蒙着红盖头吗？"

"她顶了一张荷叶。"

"十字披红吗？"

"一人身上斜挂着两个柳枝串起的花环。"

"摆天地桌吗？"

"堆了个土台。"

"烧高香吗？"

"插了三根艾蒿。"

"拜完天地，到哪儿去入洞房呀？"

"在地上划了个四方块，就算洞房。"

"吃子孙饽饽吗？"

"两片麻叶上放了几个地梨儿，就算子孙饽饽。"

"吃长寿面吗？"

"嚼甜芦根草。"

望日莲走进了柳棵子地，娇嗔地说："你跟他胡说些什么呀？"

何满子一看，望日莲从水中走出来，俏丽的脸儿，就像雨后清晨的一朵荷花。她匆忙中忘了把那块长条子破布七缠八绕在胸脯上，洗得干干净净的蓝花上布小褂儿，紧紧箍着她那丰满的身子。

周檎眼色温柔地答道："我常常回忆儿时的往事。"

"你为什么不在村口下船？"望日莲问道。

"我想晌午头上你一定在河滩上打青柴，就在前一个渡口上了岸，看看在河滩上能不能找见你。"

"你怎么比去年晚了半个多月才回家来？"望日莲含情脉脉地问道。

"我到北平考大学去了。"

"考中了吗？"

"还没有发榜。"

望日莲低下头去，咬了咬嘴唇，脖颈上泛起了红潮，猛地抬起头，目光火辣辣地问道："你知道今天是什么日子吗？"

"阴历七月七。"周檎声音微微发颤地说，"所以我挑这个日子回来。"

"七月七，牛郎会织女！"何满子插嘴说，"檎叔是牛郎，莲姑是织女。"

"贫嘴！"望日莲啐道，"到那边看看有没有人来。"

"等一等！"何满子折断一根柳枝，在周檎和望日莲的四周划了个大四方块，"你们就在洞房里说话吧！"

他走出柳棵子地，爬上一棵老杜梨树，骑在大树杈子上。快起晌了，可是还热得像火烤，田野河边仍然路断行人。

在何满子的心目中，周檎是个了不起的人物，是天上的文曲星下凡。

何满子喜欢听老人们说古。他从爷爷、奶奶、摆船的柳罐斗、老木匠郑端午和钉掌铺的吉老秤口中，也从开小店的花鞋杜四那里，零星片断地听到，周檎的父亲周方舟过去在玉田县当小学教员，九年前领头闹起京东农民大暴动，暴动失败，被奉军杀害了。周檎的母亲嫁到周家后仍旧住在这个小村，丈夫一死，就带着周檎跟外祖母和舅舅柳罐斗一起生活。不久，母亲也因哀痛过度而亡，周檎就跟外祖母和舅舅相依为命。后来，他以甲等第一名考入美国教会开办的通州潞河中学，在那个学校里一直是数一数二的学生。

通州城距离这个小村三四十里，周檎孝顺外祖母，每个礼拜六都回家来，跟外祖母团聚一天，第二天下午再回去。他很穷，雇不起马车或脚驴子，夏天回家靠两腿走，走累了就下河凫水；冬天回家乘坐冰床，冰床在封冻的河面上像流星一般飞行。前年，外祖母去世了，他又像孝顺外祖母那样孝顺舅舅，仍然每个礼拜都回家。柳罐斗怕外甥荒废了学业，叫他一个月回家一趟。而一个半月的暑假，半个月的寒假，他都回家来住。他给舅舅打青柴，也帮助舅舅摆船，爷儿俩过得和和睦睦，从没有抬过杠，拌过嘴。

何满子喜欢追随周檎的身前背后，不仅是因为周檎会给他讲引人入胜的故事，教给他的字儿也比老秀才那些"赵钱孙李，周吴郑王"和"天地玄黄，宇宙洪荒"有趣得多；而且更因为周檎也像望日莲那样疼爱他。

柳罐斗跟何满子家住隔壁，也是三间蒲草盖顶的棚屋，一座四面夹着柳枝篱墙的院落。柳罐斗住在摆渡口的大船上，家里只有周檎一个人，何满子听故事和识字儿入了迷，舍不得走，有时就跟周檎一起睡。他玩了一天，跑得乏了，免不了尿炕，周檎也不声张；如果声张出去，他在小伙伴们中间，就没脸见人了。

何满子还有一个乐趣，那就是他在周檎的炕上睡着了，望日莲就要来抱他回家；躺在望日莲的怀抱里，他常常感到呼吸着一股芬芳的紫丁香气味。有一回，他被搬醒了，睁了睁眼，看见望日莲把他抱在怀里，却又跟周檎肩并肩坐在炕沿上不肯走，把她那一条粗大油黑的辫子绕在周檎的脖子上。他想笑，可是太困了，眼皮又黏在一块儿，睡着了。

现在，何满子骑在老杜梨树的树杈子上，想到这里，忍不住抻着脖子向柳棵子地里偷看了一眼。果然，望日莲又在用她那粗大油黑的辫子缠绕着周檎。何满子想，一定也要系个拴贼的扣儿。他咯的一声笑了，但是马上又捂住了嘴，怕惊散了那一对戏水的鸳鸯。而且，也不敢再看了。他想，偷看人家缠辫子，也要长针眼，比枣核钉还得大。

六

七月七的夜晚，何满子不想睡觉。

奶奶给他说过牛郎织女的故事。七月七半夜三更的时候，要有一大群喜鹊在银河上搭桥，牛郎挑着一副挑筐，前边装着儿子，后边装着女儿，来到鹊桥上，跟分别了一年的织女见面，两人抱头大哭。小孩子眼睛亮，耳朵尖，站在葡萄架下，能看见银河鹊桥上的人影，听得见从天上传来的哭声。去年，何满子就曾偷偷站在他家的葡萄下听哭，可是那一天下小雨，他没有听见哭声，只是洒了一身牛郎织女的眼泪。

今年这个日子，繁星满天，白茫茫的银河横躺在夜空，不会下小雨了。何满子打定主意，不听见哭声不睡觉。

吃过晚饭以后，上弦月像一只金色的小船，从东南天角飘了上来。望日莲编了一只篓子，织了一张席，豆叶黄才不大情愿地说："睡觉去吧；明天早早起来，别黏在了炕头上。"望日莲才离开杜家，来到何家。

一丈青大娘已经睡醒了一觉，听见望日莲的脚步声，在东屋打着呵欠说："儿呀，别过了子时，你到小后院拜拜月，乞个巧吧！香烛跟针线，我都给你放在灶王爷佛龛上了。"

"娘，您睡吧，我记着。"

望日莲吱扭推开了门，何满子赶紧闭着眼睛装睡；他单等望日莲出去拜月，就溜出去听哭。

拜月乞巧的风习，虽然迷信，却很优美。那是在七夕之夜，年已及笄的姑娘，半夜时分悄悄找个僻静角落，给垂挂中天的月牙儿焚香叩拜，然后掏出一根银针，一条红线，在月色朦胧中穿引；如果一穿而中，今年必能跟自己心爱的人儿结成美满姻缘。

望日莲走进西屋，却没有上炕，她先拿起一把芭蕉扇，扇跑了叮在何满子身上的一只大花脚蚊子，尔后就呆坐在炕沿上。何满子偷眼觑着她，只见她心神不宁，又一声一声地长吁短叹，后来就双手捧着脸，一动不动了。何满子想问她为什么难过，却又不敢开口，怕望日莲不让他溜出去。

过了很久很久，望日莲像下定了决心，鼓足了勇气，一跺脚站起身来，走到外屋；外屋的灶王爷佛龛上响动了一下，一定是取走香烛和针线，到小后院去了。

　　事不宜迟，何满子急忙下炕，光着脚丫儿，屏住气息，从外屋前门蹭了出去。

　　他抬头仰望夜空，隐隐约约看见，在白茫茫的银河上，好像有一座桥影，桥影上又晃动着两个人影，那一定是牛郎跟织女已经见面了。他赶紧走到葡萄架下，左胳臂抱住立柱，右手扯着耳朵，全神贯注地听起来。

　　这铺葡萄架，搭在东屋窗前三步的地方。屋里，爷爷和奶奶正在酣睡。今晚上，因为周檩回来了，柳罐斗打了几条大鱼，割了一斤肉，灌了一葫芦酒，烹炒了几样酒菜，邀集他那几位相好的老哥儿，聚会在他那摆渡大船上，月下开怀畅饮。何大学问喝得酒气熏天，跌跌撞撞而归，走进东屋，扑到炕上倒头便睡。现在，何大学问扯着抑扬顿挫的鼾声，睡得很香。但是，他的鼾声却搅扰得何满子耳根不净，刚刚仿佛听见了天上的哭泣，却又被那不肯停息片刻的鼾声搅乱了。他真想大喝一声："爷爷，别打呼噜啦！"可是，喊醒了爷爷，爷爷必定禁止他站在葡萄架下，怕他受了夜凉。

　　他感到烦躁，后来忽然想起，不如偷偷溜到周檩家小后院的葡萄架下去，远离爷爷的鼾声；而周檩是个文明人儿，睡觉一定不会打吵人的呼噜，或许能听出个究竟。

　　于是，他又蹑手蹑脚地溜出柴门，绕篱笆根儿，来到周檩家的小后院外；只见篱笆上有个大窟窿，便四脚落地爬了进去，而且一直爬到葡萄架下，才直起腰，按住心跳，静静地谛听。

　　静静的七夕之夜，夜风像淙淙的流水；流水淙淙中似有幽怨的哭声，传进他的耳朵，他一阵惊喜。但是留神听去，哭声不是从天上传来，也不是从地下冒出来；而是从周檩睡觉的后窗口，飘出来的余音袅袅。

　　他吓了一跳，不禁慌了神儿，这是谁在哭泣？他想赶快逃走，却又想听个明白，心里嘀咕了半天，还是留了下来，而且又爬到后窗口下。

　　"我……我今生跟你……注定是没缘分了！"是望日莲在嘤嘤啜泣，"我烧了三炷高香，点起两枝红蜡烛，四起八拜，求月下老儿保佑我跟你……我的眼睛睁得挺大，手也没打哆嗦，红线就是穿不进针鼻里去……"

"你这是迷信思想！"周檎却低低发笑，"拜月乞巧，穿针引线，怎么能决定一个人的命运呢？月色朦胧，幽暗不明，穿不进针鼻是正常现象，不必自寻烦恼。"

"不！"望日莲痛苦地说，"我是柴草穷命，黄连苦命，天意不能嫁给你。"

"我不信天意信人意！"周檎满怀激情地说，"我一定要把你救出火坑，跟我做一对志同道合、生死与共的终身伴侣。"

"万般皆由命，半点不由人呀！"望日莲叹息着，"我的心整个儿给你了，今晚上我把身子也给你送来了；咱俩好一天，就是我一天的福气。"

"那我就更要娶你！"周檎说。

"我压根儿不想拖累你。"望日莲声音虚弱地说，"只怕我逃不出今年的厄运；等你进京上学一走，咱俩的缘分也就到了头。他们要糟践我，我就拼上一死，不活了。"

"花鞋杜四跟豆叶黄的野汉子，还想欺侮你吗？"周檎全身像着了火。

"这两个恶贼倒是断了念头。"望日莲打着寒噤，"眼下这两个恶贼又合了伙。有一回，他俩一块喝酒，我偷听了三言两语：董太师想买我做小，他们正讨价还价。"

"这个狗东西！"周檎愤怒地骂道，"殷汝耕当儿皇帝，董太师也上了劝进表，是个汉奸，我们要打倒他。"

"他有几十条枪，你一个文弱书生，怎么碰得过他呢？"望日莲苦笑着说。

"莲，你真的甘愿跟我同生共死吗？"周檎忽然庄严郑重地问道。

"从小好了这么多年，原来你信不过我！"望日莲又悲悲切切地哭起来，"我愿意跟你活在一处，当牛当马服侍你；遇到三灾八难，我替你去死。"

"好人儿！"周檎感动得喉咙哽咽了，"实话告诉你，我晚回家半个多月，不光为了考大学……"

"还干什么去了？"

"我们不少人成立了京东抗日救国会通州分会，开展抗日救国运动，将来还要建立武装。"

"你打算叫我干什么呢？"

"参加救国会，打鬼子，除汉奸。"

"我一个女人家，好比萤火虫儿，能有多大亮呢？"

"国家兴亡，匹夫有责；连小满子都应该为抗日救国出一份力。"

何满子几乎想蹦起来喊道："我出这份力！"可是，他又听见望日莲说话了："真要拿刀动枪，我比你胆子大，手也狠。"以下，何满子只听见他们轻声悄语，就像风拂青萍，房檐滴水。何满子真困了，他想回家，两条腿却不听话，于是就倒在窗口下睡着了。

不知过了多久，他被摇醒，但是眼皮发涩，睁也睁不开。

"满子，醒醒！"是望日莲在唤他。

"醒醒，满子！"周檎也在唤他。

他终于睁开了黏在一起的眼皮，原来他躺在周檎的小炕上；炕席雪白，屋子里充满熏蚊子的艾蒿青烟气味。望日莲的头发蓬乱，神色发慌地问道："满子，你是撒癔症吧？怎么跑到这儿来？"

"我到葡萄架下听哭，原来是你们俩。"

"你听见我们说的话了吗？"望日莲的神情更紧张了。

何满子点了点头，说："莲姑，檎叔要娶你，你就答应跟他拜花堂吧！"

"好孩子，今晚上你听到的话，可不能说出去呀！"望日莲哀求地说，"你要是溜了嘴，莲姑跟檎叔就没命了。"

"原来……你们也信不过我呀！"何满子嘴一撇，委屈地哭了，"你们在河滩上钻柳棵子地，说悄悄话；你把辫子绕到檎叔脖子上，我跟别人说过吗？"

"满子，我的亲人哪！"望日莲把何满子紧贴在心窝上。

七

一去二三里，何满子跟着周檎到钉掌铺去。周檎去看望吉老秤，何满子想在钉掌铺碰见小马倌牵牛儿；牵牛儿是何满子整天在河滩野跑交上的朋友，比他大几岁。

北平到天津的沙石马路和北运河岸之间，有个交叉路口，吉老秤的钉掌铺就坐落在交叉路口上，一间门面，一架凉棚，房前屋后栽种着几百棵高大金黄的向日葵，还有四四方方一个小菜园。

吉老秤已经五十几岁了，可是身体硬实得像一座石碑；从口外刚赶来的儿马蛋子，一蹶子踢到他的胸脯上，就像被跳蚤弹了一下。他的手艺高超，远近驰名，却只能混个半饥不饱；用他的话说，一辈子没吃撑着过。他脾气暴，不娶家小，不信鬼神，只好喝烈酒，闻鼻烟；喝醉了就睡觉，扯起鼾声像打雷，打起喷嚏像放炮。

歇晌，他拿一把破扫帚，打扫了房前屋后，泼洒了清水。酒葫芦空了，没有钱买，就只吃两个凉饽饽。吃完饭，他光着上身，坐在大蒲团上，只穿一条到膝盖的大裤衩子，露着毛刺刺的大肚脐眼儿，挥着一把破芭蕉扇子驱赶马蝇，把鼻烟捻进多毛的鼻孔里，于是接二连三打喷嚏，好像一门过山炮响起了隆隆炮声。

后来，他就盘膝打坐睡着了；于是，炮声停止，雷声又起。不知睡了多久，他忽然被一声巨响惊醒；睁眼一看，面前的向日葵荫下，趴着个憨头憨脑的孩子，嘴里咬着一支芦根草，正嘿嘿发笑。原来，这个孩子从他的鼻烟壶里偷出一大撮辛辣的鼻烟，全抹进了他的鼻孔。他被自己那放炮一般的喷嚏声惊醒了。

"牵牛儿，你这个小狗日的！"吉老秤自己也嘀嘀笑起来。

说也奇怪，他本来是个火神爷的脾气，但是跟牵牛儿却没有火性。这一老一小，交情深厚。

牵牛儿给大地主董太师家扛小活儿，他是个憨头憨脑而又蔫蔫糊糊的孩子，常常挨小管家的打骂。挂锄时节，完秋以后，他给董太师放马，晌午不许回去吃饭，只给几个馊饽饽。每天，他都赶牲口到河滩上，把牲口撒到河边，再打一大筐青草，然后就得闲了。他不喜欢说话，可是小孩子怕冷清，牲口们都很服他管，撒在河边并不乱跑，他就来到吉老秤的钉掌铺，看吉老秤给牲口钉掌。他坐在一边，也不多言少语，也不碍手碍脚，只是两眼直勾勾地盯着吉老秤的一招一式，默默记在心里。

有一回，吉老秤给一匹生马钉掌，那匹生马嗷嗷嘶鸣，腾跳扑咬，吉老秤降伏不了它，就使出了绝招儿。牵牛儿猛地蹦起来，嚷道："您这是毁它！"他像一头小牛犊子，把吉老秤撞了个趔趄，抢过缰绳。他牵着这匹生马，嘴里轻柔地吹着口哨，那匹马就像通人性的精灵，也不踢了，也不跳了，也不扑了，也不咬了；马头亲昵地贴在牵牛儿身上，舌头舐着他的肩膀，牵牛儿也嘟嘟嚷嚷地像跟这匹马说知心话儿，那匹马被乖乖地牵上了桩。吉老秤就要钉掌，牵牛儿说："秤爷，我来吧！"吉老秤一赌气把家伙扔给他，说："钉坏了蹄脚，把你小狗日卖了也赔不起。"牵牛儿却心里有底，不慌不忙，仔仔细细，钉得平平整整。吉老秤乐了，给他一个耳刮子，笑骂道："小狗日的，你要抢走我的饭碗了！"

刚好这天吉老秤给一个外地老客的爱马治好了足疾，那老客送他一份厚礼，有酒有肉；吉老秤又从小饭铺买了五斤大饼，就留牵牛儿吃饭。牵牛儿口羞，不好意思真吃；他就破口大骂，张手要打，牵牛儿被逼无奈，便放开肚皮吃起来。这个常年填不满肚子的苦孩子，饭量像口井，狼吞虎咽着烙饼卷儿；吉老秤快活地大笑，笑得大肚囊直抖动。

吃饱了食困，牵牛儿就躺在凉棚下睡着了，吉老秤坐在一边闻鼻烟，放炮似的打喷嚏也吵不醒他。就在这时，小管家来了，手提一杆懒驴愁鞭子，不问青红皂白，劈头就照牵牛儿身上抽下去，牵牛儿的脊背上顿时肿起一道紫黑的伤痕。牵牛儿打了个滚儿爬起来，懵头懵脑就奔河边跑，小管家还不罢手，追赶着还要打。吉老秤恼了，扑上前去，夺过小管家的鞭子，抓住脖领子扯回钉掌铺，说："这孩子是我请来的客人，你打他，就是抓我的脸。我吉老秤的脾性你也有个耳闻，有冤必申，有仇必报，有气必出。我要打你，你经不起我的小拇指一捅；不打你，我的气又不出。好吧，我看你是个两脚畜生，给你钉上掌，免得你假充人形。"说着，就给那小管家上了桩。小管家骂不住口，吉老秤也不理他，扒下他的皂鞋白袜儿，找了一副给瘦驴钉的掌铁，比了比小管家的脚样，拿起榔头就要动手。小管家知道古老秤的性情古怪，说得出做得到，便扯破了嗓子哀叫："牵牛儿，快来救命呀！"牵牛儿从河边跑回来，下死劲扯住吉老秤的胳臂，说："使不得，使不得！"吉老秤说："一报还一报，你来抽他一鞭子。"牵牛儿又说："使不得，使不得。"吉老秤骂道："孬种，我来打！"小管家叫道："牵牛儿，还是你打吧！"牵牛儿说:"我不打你,往后你也别打我了。"就松开绑绳,放小管家逃生。吉老秤又骂牵牛儿道:"你就打他,怕他咬下你的鸟来当笛儿吹?"牵牛儿说:"我打他一鞭子,回去得挨他十鞭子,把我打得皮肉开花。"吉老秤说:"他打你十鞭子,你就杀了他!"牵牛儿说:"杀了他,官府要把我抓去砍头哩。"吉老秤说:"你长着两条腿,不会逃奔他乡吗?"牵牛儿说:"天下都有官府,都给有钱人办案,早晚也得给抓住。"吉老秤叹了口气,说:"是呀,天下的官府都给有钱人办案,插翅难逃,只有反!"

从此,这一老一小更心连着心。牵牛儿有空就到钉掌铺来,夏夜坐在月光下,冬天躺在热炕上,爷儿俩只是默默相对,并没有多少话说。但是,在默默中,交流着情感,温暖着孤苦的心。

何满子跟着周檎来到钉掌铺,吉老秤正没生意,在凉棚下给牵牛儿剃头。

"牵牛儿哥!"何满子撒着欢儿跑上前去。

"老秤大舅,您好!"周檎也大步走到凉棚下,给吉老秤深鞠一躬。

"檎哥儿,我的大学士外甥!"吉老秤笑眯了眼,把剃刀折了起来。

牵牛儿的头刚剃了一半,央求说:"秤爷,您给我剃完吧!"

"没兴致啦!"吉老秤一拧牵牛儿的耳朵,从凳子上提起来,"檎哥儿,咱爷儿俩屋里坐。"

周檎笑道:"您得给牵牛儿剃完头呀!"

"咱爷儿俩一两个月没见,我急着跟你说话,不急着剃头。"吉老秤一手提着凳子,一手牵着周檎的袖子,走进屋去。

牵牛儿双手捂住他的阴阳头,噘着大嘴,瞪了何满子一眼,说:"瞧你们来的这个时候儿!"

"那你走开,咱俩谁也甭搭理谁!"何满子推搡着他。

牵牛儿比何满子大好几岁,力气也比他大几倍,但是却乖乖地被推出了凉棚;可又舍不得走,就在路边的阳光下站着。

何满子翘着鼻子,两眼望天,一副傲慢神态,给周檎站岗。

钉掌铺小屋里,只听吉老秤那铁锤一般的拳头,咚地捣了一下小屋的泥墙,小屋连连摇动,屋顶上沙沙落土。

"当年我跟着你爹闹暴动……"

"嘘！轻声。"

"而今这把老骨头跟你闹抗日！"吉老秤虽然压低了声音，嗓门还是震耳。

何满子并不知道吉老秤参加过京东农民大暴动，只听说他坐过五年牢。那是有一回，吉老秤跟花鞋杜四吵架，骂花鞋杜四："你这条人蛆！"花鞋杜四也骂他："你这个蹲了五年大镣的囚犯！"吉老秤大怒，要把花鞋杜四的脖子拧断，花鞋杜四吓得钻进了女茅房，让豆叶黄蹲在茅房里不出来；吉老秤从来不跟女人打逗，骂骂咧咧而去。

还有一回，是今年清明节，周檎回家来给外祖母和母亲上坟，从通州带回三个花圈。一个花圈上写着外祖母的姓氏，一个花圈上写着母亲的姓氏，一个花圈上写着他父亲的名字，还安放着他父亲的一张放大照片。周檎的父亲死在玉田，尸骨未回，是在一块青砖上刻上姓名，跟他母亲合葬的。吉老秤一见周檎父亲的照片，涕泪滂沱，哭叫一声："党代表……"昏厥过去，被柳罐斗架走。这个场面，何满子亲眼看见，也大哭起来。

现在，这爷儿俩在钉掌铺的小屋里密谈。周檎每说一句，吉老秤就答应一声："是喽！"何满子觉得，吉老秤跟周檎的感情，就像戏台上的孟良和焦赞对待杨宗保一样。

"满子，满子！"站在阳光下暴晒的牵牛儿，汗珠子像下雨似的从阴阳头上滴答着，"别生我气了，跟我到河边玩去。"

"我不去！"何满子的头昂得更高了。

"我给你捉一只花翎小鸟儿。"牵牛儿恳求说。

"不去！"

"我再给你用柳条编个鸟笼子。"

何满子的心动了，悄悄地瞟了牵牛儿一眼，问道："一只花翎小鸟，再配上一个红皮水柳鸟笼子？"

"我还要给你逮一只大肚子蝈蝈儿，"牵牛儿眼里流露出希望和笑意，"再配上一只三转八棱的蝈蝈篓子。"

何满子的心高兴得直打小鼓，他坐不住了，在凉棚下打起转转。

钉掌铺小屋里，吉老秤正以震耳的叽喳声说："我埋了一支枪……"

"低声！"

何满子忙站住了脚，向牵牛儿一挥手，说："你走吧！我不去了。"

"我背着你！"牵牛儿可怜巴巴地说。

何满子摇了摇头，说："我不能去。"

牵牛儿说："那就让我跟你坐一会儿。"说着，眼含着泪水向凉棚下走过来。

"站住！"何满子突然喝道，"不许你走过来。"

牵牛儿又乖乖地站住了脚，嘟嘟囔囔地说："满子，我知道你不跟我好了。"

"牵牛儿哥，我跟你好。"何满子觉得对不起这个好朋友，眼里也噙满了泪花，"檎叔跟秤爷在屋里说话，别打扰他们爷儿俩。"

"檎哥儿，一言为定！"屋里，吉老秤跟周檎猛一击掌，纵声大笑。

周檎兴冲冲地走了出来，拍了一下何满子的肩膀，说："满子，咱们再到你端午爷家串门去。"

"我也正想去看我干娘！"何满子笑嘻嘻地说。

他牵着周檎的衣襟儿，蹦蹦跳跳地走了。

被冷落在一旁的牵牛儿，嘴一咧哇哇大哭。

"过来吧，让我的牛儿受委屈了。"吉老秤柔情地喊道，"秤爷接着给你剃头。"

牵牛儿却犯起了牛脾气，一动不动；吉老秤奔过去，把他挟到凉棚去。牵牛儿踢蹬着两条腿，吉老秤降伏不了他，只得像给倔骡子钉掌一样，把牵牛儿上了桩；然后打开剃刀，接着剃起来。

八

殷汝耕在日寇卵翼下成立伪冀东防共自治政府以后，便在通州城内风景秀丽的西海子南岸，万寿宫大街以北，仿北平的前清王府，修造他的行政长官官邸，把西海子霸占为他的后花园；门前便是当时横穿通州城内，将通州分割为南北两城的通惠河。

老木匠郑端午是北运河两岸的活鲁班，也被强征去做工。那些雕花的门窗，奇巧的游廊，都是他的手艺。殷汝耕一心要赶忙住进他这座儿皇帝的府第,逼迫工匠们日夜加班赶造;郑端午累过了力,又受了风寒,挣扎着一条骨瘦如柴的病身子,也得白班夜班都出工。殷汝耕自称笃信佛教,在后院又加造一座佛堂,点名叫郑端午掌作。上架那天,殷汝耕怕坨檀木走了尺寸,传令郑端午上房。郑端午身子虚弱,头昏眼花,手脚颤软,刚上房就从高高的大坨上摔下来;摔得大口吐血,跌断了右腿。一块门板抬回家,只剩下小半口气息,半年下不了炕。眼下虽已死里逃生,却再也拉不动大锯,抢不动斧头,握不住锛凿,掌不住墨斗了。他便拿了一把瓜铲,在村外河边,栽种了一亩三分瓜田,日夜住在小小的瓜棚里。

儿子郑整儿和儿媳荷妞,接下了他的锛、凿、斧、锯、墨斗、罗盘。可是,他们的手艺粗糙,郑端午看不上眼,住到瓜棚去,也是为了眼不见心静。

郑整儿和荷妞,都比周橼大一岁,他们是童年的亲密伙伴。

这小两口,是一对有趣人物。

郑整儿像何满子这般大的那一年,一天正光着屁股在门口骑狗玩,他爹郑端午挑了一副挑筐,从外村回来;郑整儿打着狗迎上前去,挑筐里忽然传出哇哇的哭声,吓得他从狗背上滚了下来。他定睛一看,一个六七岁的小胖丫头坐在挑筐里,红通通圆脸,粗眉大眼,蒜头鼻子,四方大嘴,梳着两只小抓髻,几片荷叶遮掩着身体。郑整儿眨巴眨巴小眼睛,问道:"爹,哪儿捡来的这个胖丫头儿?"郑端午得意地笑道:"给你娶来的媳妇,叫荷妞。"郑整儿吐了吐舌头,跟荷妞扮了个鬼脸儿;荷妞扑哧乐了,脸上还挂着好几颗大泪珠儿。

荷妞到婆家,头一顿就一口气吃下三个大贴饼子,老木匠又把半大海碗菜粥倒给她,也吃得溜干二净,不必刷碗。整儿娘直皱眉头,埋怨老伴儿说:"三口人还常断顿儿,又添了这个没梁的小水筲儿,等揭不开锅,孩子大人喝西北风去。"老木匠呵呵笑道:"你的见识三寸远。这个丫头五大三粗,满脸福相,将来给我生下孙儿,保管是个高我一等的好木匠。"

老木匠郑端午果然好眼力;荷妞十岁,就敢给他打下手;拉起大锯,不但有板有眼,而且有使不完的力气,可是,婆婆教她针线女红,却比赶牛上树还难,十根手指笨得就像鼓槌子;婆婆见她不堪造就,也就随她野生野长，不再跟她操心费力了。老木匠却不计较，而且逢人便夸，说老天爷赏了他这个儿媳妇，顶两个儿子使唤。

这话一点不夸大。荷妞样样压过了郑整儿，吃得比他多，个子比他高，力气比他大。青梅竹马，耳鬓厮磨，两小免不了打架。最初一两年，两人打平手；一两年之后，看见荷妞头上肿起一个青包，郑整儿的头上准少不了两个。这几年，郑整儿更怯了阵，只敢动口，不敢动手了。

爱情，在这儿戏的欢笑与眼泪里，在木匠作的汗水交流中，不知不觉滋长起来。吃饭的时候，荷妞总让郑整儿先吃饱，剩多剩少她再一扫而光。遇到木匠生意清淡，吃喝不够，老木匠将少得可怜的食物平分四份，荷姐便将她那一份推给郑整儿。郑整儿不忍独吞，她说："我不饿。你当我平时吃那么多，都火化食了？才不是。我就像那口外的骆驼，肚子里有存项。"到十八岁，荷妞发育得胸脯丰满，两人的嬉笑打闹就躲避老人了。老人们看在眼里，正盼望儿孙绕膝，就给他们圆了房。

洞房花烛之夜，荷妞约法三章，笑破了听盲人的肚皮。吹熄了红灯，荷妞躺在炕上，威吓郑整儿说："你得依我三件事，不然别碰我。"郑整儿嬉笑道："三百件也依你。头一件？"荷妞说："老言古语，娶来的媳妇买来的马，由人骑来由人打，我可不认这个规矩。"郑整儿说："立这个规矩的人是混账东西，咱俩不听他那一套。二一件呢？"荷妞说："娘上了年纪，眼神不济了，我的手又比脚丫子还笨，往后你得学做针线活儿。"郑整儿说："你太难为人了，我好歹是个男子汉呀！"荷妞喝道："离我远点儿！"郑整儿连忙说："我学，我学。三一件呢？"荷妞说："打明天清早起，不许你再跟大姑娘小媳妇儿贫嘴滑舌。"郑整儿是个顽皮家伙，姑娘媳妇们最爱跟他逗趣儿，他也喜欢招惹得这些山喜鹊们叽叽喳喳叫。于是，他吭吭哧哧地表示对这个条件有所保留。啪！火烧火燎一大巴掌，打在他的屁股上，疼得他咳哟一声叫出来，连说："别打，别打！我依你，我依你。"

童年，郑整儿和荷妞也常到河滩上打青柴，两个人都喜欢跟周檎搭伴。郑整儿淘气，荷妞粗鲁，周檎文秀，三人性格不同，也就免不了闹个狗龇牙儿。

郑整儿常常嬉皮笑脸地戏弄周檎，荷妞却站在周檎那一边；每当周檎被逗得眼泪围着眼圈转的时候，荷妞便挥拳上阵，把郑整儿打跑。荷妞力气大，手脚快，青柴打得多；周檎力气小，手脚慢，青柴打得少，荷妞便把自己打得的青柴分给周檎两大抱。

他们过家家，也玩拜花堂。郑整儿喜欢当娶亲的吹鼓手，拜天地时的喜令官，入洞房时的大全福人，却让周檎跟荷妞扮演新郎和新娘。

"那怎么行呢？"周檎红着脸说，"荷妞本来是你的媳妇儿，你该跟她拜花堂。"

"过家家，又不是真的。"郑整儿一心要扮演他称心的角色，非常大方，"等长大了，你想娶她，归你也行。"

"我不当他的媳妇儿！"荷妞也要挑肥拣瘦，"檎哥儿长得比我好看，力气也比我小，得给我当媳妇儿。"

"对，对！"郑整儿拍着巴掌笑倒在地上。他觉得，这么一颠倒，拜花堂的游戏更好玩了。

"我不干！"周檎认为他俩合伙捉弄他，"媳妇儿都是女的，没有男的。"

"不！"荷妞咬定说，"长得好看的，力气小的，才是媳妇。"

周檎不玩了，想走；但是郑整儿拧住他的胳臂，荷妞握起了拳头，周檎只得忍辱屈从。

于是，荷妞给周檎打扮起来。她脱下自己的小花褂儿，给周檎穿上，又扒下周檎的小白褂儿，穿在自个儿身上；周檎穿她的小花褂儿飘飘荡荡，她穿周檎的小白褂儿紧紧绷绷。然后，她自编一个柳圈戴在头上；又给周檎耳丫上夹了两朵野花，还研碎了几朵凤仙花，用花汁给周檎搽红胭脂，头上再扣一张荷叶，就算打扮齐整了。周檎挣扎着，反抗着，但是被他们降伏了，哭丧着脸任他们摆布。

郑整儿搓了一支长长的柳笛，摇头晃脑，呜哇呜哇吹起来，逼着周檎在沙冈上转了几圈，算是坐轿行街。

然后到达婆家门口，荷妞大摇大摆迎进门去，把周檎按在插着三支艾蒿的土台前跪下。

郑整儿快活地高声叫着：

"一拜天地！"

"二拜高堂！"

"夫妻相拜，同入洞房！"

在一片柳笛呜哇呜哇声中，周檎被荷妞拖进画好的四方块里。郑整儿摘了两张麻叶，托着几颗地梨，分别送给女新郎和男新娘，模仿大全福人，捏着嗓子问道："生不生？"

"生！"荷妞响亮地答道，"媳妇儿，你也说呀！"

"生……"周檎呜咽着说。

郑整儿又拿来两团甜芦根草，当作长寿面，请荷妞和周檎吃。

按照规矩，本来可以收场了；郑整儿偏又想出个鬼点子，还要让小两口说悄悄话儿，他在外面听窗。

"你愿意当我媳妇吗？"荷妞假装在周檎耳边打喳喳。

"我愿……不愿意！"周檎忍无可忍了。

"你为什么不愿意？"荷妞大怒。

"牛不喝水强按头，"周檎含着眼泪儿说，"强扭的瓜不甜。"

荷妞哈哈大笑，说："不愿意也晚啦！你跟我拜了花堂，生米做成熟饭了。"

后来，周檎逃避他们，跟望日莲做伴了，也玩拜花堂；荷妞不答应，找碴儿跟望日莲打架，说望日莲抢走了她的媳妇儿。郑整儿还吓唬周檎说："你跟望日莲拜花堂，二和尚知道了要打折你的腿；还是当荷妞的媳妇儿吧，我心甘情愿让你们入洞房。"

不过，他们一天天大起来，郑整儿也不那么大方了。周檎上了潞河中学，放假回家，来看他俩，荷妞一跟周檎亲热，郑整儿就像搬倒了醋缸。他俩成亲那一天，周檎正赶上期末大考，第二天才赶回来，荷妞笑道："媳妇儿，你来晚了一步，我娶了别人了。"周檎打趣地说："整儿哥言而无信，他说过心甘情愿把咱俩配成夫妻的。"郑整儿嬉笑着说："你说过强扭的瓜不甜，哥哥我替你把这颗苦瓜一口吞下去吧！"

两人圆房已经三年，却没有生下一男半女，整儿娘盼孙子盼得中了邪；东庙烧香，西庙拜佛，长途跋涉，叩头朝山，祈祷苍天慈悲为怀，不要让郑家断了香烟。但是，荷妞照旧月月开花不结果；她万分难过，觉得对不起公婆的养育之恩，常常暗自哭泣。郑整儿却不怪她，软言柔语，给她消愁解闷，又教她在饭桌上装呕吐，嚷叫想辣椒酸杏吃，哄骗老婆婆信以为真。老人家真当是儿媳妇有了喜，满街满巷奔告亲朋好友，说她只要抱上孙子，哪怕砸锅卖铁，典尽当光，也要请亲朋好友们吃一顿风风光光的喜酒。老人家没有等到孙子落生，就卧病不起，临咽气，拉着儿媳妇那满是硬茧的大手，脸上带着心满意足的微笑，一遍一遍地叮咛："闺女，往后你什么也别操劳，只给我照看好孙儿。"荷妞跪在炕沿下，哭成个泪人儿。

荷妞不知从哪儿打听来一个偏方，一天两口子打扮得齐齐整整，光光亮亮，带着一身小孩子的红裤绿袄，来看望一丈青大娘，开口要借何满子用一用，给他们暖窝。何大学问跟郑端午是姑表兄弟，一丈青大娘怎能不答应？不过却笑出了眼泪，骂他俩是一对儿荒唐。

这是去年的事，何满子已经五岁了。他来到郑家，每天好吃好喝，奉若子孙娘娘驾前的金童，一到晚上，就叫他睡在荷妞的被窝里，荷妞把她那像葫芦一般硕大的乳房，塞进他的嘴里，这叫开怀。然而，偏方也不灵，荷妞依然不见有喜的征兆。两年里，婆婆亡故，公公残废，拉下天圆地方的饥荒，家无隔夜之粮；但是他俩却还像童年时代，嘻嘻哈哈，无忧无虑。而且，干脆收了何满子当干儿，也不想再暖窝了。

九

长河落日圆。何满子跟周檎，在郑整儿和荷妞那里吃过晚饭，才踏着夕阳西下的霞光，沿运河边纤夫踏出的小路回村去。

夏日的傍晚，运河上的风暴像一幅瑰丽的油画。残阳如血，晚霞似火，给田野、村庄、树林、河流、青纱帐镀上了柔和的金色。荷锄而归的农民，打着鞭花的牧童，归来返去的行人，奔走于途，匆匆赶路。村中炊烟袅袅，河上飘荡着薄雾似的水汽。鸟入林，鸡上窝，牛羊进圈，骡马回棚，蝈蝈在豆丛下和南瓜花上叫起来。月上柳梢头了。

何满子的胳臂上还挎着个小饭篮，那是替荷妞给老木匠郑端午送饭；老木匠郑端午那块瓜田，正在他们回村的半路途中。

这块瓜田，从河岸上一直种到河坡下，原本只有一亩；另外那三分，是老木匠郑端午带着郑整儿和荷妞，一冬一春挑土垫出来的。老木匠郑端午不但是一位能工巧匠，而且是一名高手瓜把式；他的瓜个儿大，皮儿薄，结得多，色、香、味都是上品，很是名贵。然而，他的瓜从不丢失。老木匠郑端午从十二岁学手艺，不以规矩不能成方圆，木匠这一行的规矩最讲究。他这大半辈子，手艺上从没走过尺寸，规矩上从没差过板眼。他是北运河两岸的活鲁班，但是从不目中无人，从不恶语伤人，更从不同行结怨，损人利己；因此，他在这一方是个出名的老好人。他的瓜田本来不必看守，就是手脚最不干净的人物，也不忍心偷他一个瓜，摘他一片叶；他住在瓜棚里，是为了驱赶黑夜进犯瓜田的刺猬和狼叭狗子。白天，他一个人孤独寂闷，常常到渡口上找摆渡船的柳罐斗，或是到钉掌铺找吉老秤，一坐就是半天一晌；等回到瓜田，到瓜垄里转一遭，哪一棵秧少了一个瓜，拨一拨瓜叶，执一扒浮土，会找到或是扒出三两个铜板。

何满子跟着周檎来到老木匠郑端午的瓜田地边，突然站住了脚，说："檎叔，你替我把饭篮送过去吧。"

"为什么？"周檎感到奇怪。

"我不敢过去。"何满子说，"一到瓜田，干爷就得让我吃瓜，不吃得肚儿滚圆不让我走。"

"那你就放开肚量吃吧！"周檎笑道，"瓜吃多了撑不着人，走两趟小水就泄空了。"

何满子摇头说："干爷种瓜，是为了挣出一年的嚼谷，我怎么能糟害他老人家呢？"

"好个懂事的孩子！"周檎很感动，提着篮子走向瓜棚。瓜棚里没人，他向四下喊道："郑大舅，端午大舅！"

瓜田一角的沙冈上，有个女人答话："把饭篮挂在瓜棚横梁上吧！你舅舅吩咐，叫你赶快到他船上去，他们老哥几个在那儿聚会。"

这是一条微微沙哑而又甜润悦耳的嗓子。

周檎知道，她是舅舅柳罐斗的情人云遮月，一位每年入夏到运河滩走村串庄唱京东大鼓的女艺人。

"满子，你自个儿敢回家吗？"周檎向爪田地边扬手问道。

"我陪云姑奶奶坐一会儿，你走吧！"何满子跑过来，"要是我睡着了，你把我背回家去，我跟你睡。"

周檎答应一声走了，何满子就跑上瓜田一角的沙冈，在云遮月的身边仰八叉躺下来。

柳罐斗是这个小村的头一条好汉子。他现年三十八九岁，高大魁梧，顶天立地，宽肩膀，细腰身，扇面胸脯，五官端正，一副庄严英武的神态，深沉大度的气势。何大学问很少看得起人，可就是夸柳罐斗是活赵云，赛平贵。

　　年轻时候，柳罐斗在董太师家扛长工，董太师的女儿爱上了他，有了身孕；董太师怎能容忍？一条白绫勒死了女儿，挂在后花园的凉亭上，说是受辱不屈，自尽全节。董太师要抓住柳罐斗，活剥了他的皮。柳罐斗拿着姐夫的一封信，投奔了打到河南的北伐军；两年后，柳罐斗练就一手百发百中的枪法回来了。董太师还想抓他五马分尸；可是那时候北平挂上了青天白日旗，有个北伐军的连副跟他是磕头把兄弟，带着一队人马前来看望他。董太师的团丁正要捆绑柳罐斗，那个连副的人马赶到，当场就把两个团丁枪毙在柳罐斗的脚下。然而，柳罐斗不但不感谢这位连副救了他的命，反而怒喝道："你对不起咱们的蒋团长，我早就跟你割袍断义，划地绝交了！"那个连副跪到地上，哀求着："大哥，不是你战场上从枪林弹雨中三次救出兄弟，兄弟哪有今天高官得做，骏马得骑？你就开一开金口吧，要什么兄弟都给你。"柳罐斗说："我要一支枪，二百发子弹。"那个连副赶忙摘下身上的驳壳枪和子弹带，还有他的坐骑好马，交给了柳罐斗。柳罐斗又喝令他摘下军帽，挂在一棵河柳枝杈上，抬手一枪，打碎了帽檐上的国民党徽，然后猛一挥手，向那个连副厉声说："你走吧！咱俩谁也不欠谁的情，清账了。"那个连副不敢违拗，叩了个头，怵怵惶惶而去。临走，那个连副又闯进董太师的宅院，恐吓董太师，胆敢碰柳罐斗一根汗毛，他就要带兵把董太师一家杀得鸡犬不留。此后，董太师也真的不敢再跟柳罐斗找碴儿了。眼下，这个连副在驻防通州的冀东保安总队里当大队长，早已跟柳罐斗不相往来，但是对董太师依然起着威慑作用。

　　原来，柳罐斗跟这个连副，都在北伐军里一位名叫蒋先云的团长手下当兵。蒋先云是个共产党员，黄埔军校第一期毕业生，英勇善战，赫赫有名。他这个团打到河南，不管是吴佩孚的队伍，还是张作霖的奉军，都被他们打得落花流水。后来，蒋先云团长阵亡，换了个国民党的团长，在团里大举清党，把那些跟蒋先云接近的官兵，杀的杀，抓的抓，遣散的遣散。柳罐斗当时已经当了排长，这个连副当时是他的排副；柳罐斗不满国民党团长的为非作歹，扯下领章军衔，愤而解甲归田，这个连副却不肯走，还补了他的缺。

柳罐斗回到家乡，京东农民大暴动已经被镇压下去，姐姐带着外甥周檎，一对孤儿寡母，跟老娘和他一起过日子。他卖了那个连副送他的坐骑好马，打造了一只大船，就在渡口摆船为生，养活一家四口。

柳罐斗人品出众，不少人给他提亲，他都一口谢绝。有一回，何大学问保媒，他还是不肯答应，一丈青大娘恼了，找上门跟他吵架："男大当婚，女大当嫁；你三十出头的人，老哥老嫂操心你的终身大事，你怎么反倒不赏老哥老嫂的脸？"柳罐斗长叹一声，说："老嫂子，兄弟不是狗咬吕洞宾。你想，我的姐姐是个苦命人，一奶同胞，手足情深，我要好好服侍她一辈子。娶个媳妇进门，就算她是个贤良女人，可是居家过日子，天长日久马勺没有不碰锅沿的；真要是三天吵架，五天拌嘴，伤了我姐姐的心，岂不是我的罪孽？"一丈青大娘听他说得有情有理，也就不为难他了。过了两年，周檎的母亲去世，一丈青大娘又给他说媒；柳罐斗心情沉痛地一声长叹，说："如今我姐姐过了世，檎哥儿更是个孤儿；我娶个媳妇进门，谁知道她是个什么脾性？真要是待我的外甥不好，我怎么对得起九泉之下的姐姐和姐夫？即便她脾性温顺，待我外甥不薄；就怕我有了亲生儿女之后，生出偏心眼儿，疼爱自个儿的，慢待了檎哥儿，无情无义，天理不容。所以，还是让我打一辈子光棍，给檎哥儿扛一辈子长工吧！"一丈青大娘听他说得伤感，也落了泪，不再勉强他了。

柳罐斗每天黎明拂晓解缆，日落西山收船，往返两岸，迎送行人。那年月，有句俗谚："车、船、店、脚、牙，无罪也该杀。"这当然是污蔑不实之词；可是，这五行人，也真是各有其刁钻之处。船夫一般都很粗野，夏天穿一条短裤，赤身露体；一言不合，张口就骂街，动手就拼命。然而，柳罐斗却与众不同。三伏大热天，头戴一顶斗笠，上身穿一件白粗布小褂，纽襻儿扣到脖颈上，下身穿着一条紫花布裤，挽着裤腿儿，只到膝头。他为人非常文明，未曾开口面带笑，说话听不见半个脏字儿。他那一条船，能运送三辆大车，站立几十位乘客，摆船的却只有他一个人；一支三丈大篙，握在手里，舞弄得十分轻巧。解开缆绳起了锚，大篙一抵河岸，大船便驯顺地直奔河心；然后他在河心一篙直刺到底，大船定住方位，在水流中不晃不转，平平稳稳向对岸靠拢。这个小村渡口，河面也有几十丈宽，他非但不手忙脚乱，而且自有板眼路数；几篙到岸，不多一篙，不少一篙。看看临近对岸码头，他抓起缆绳，扬手一抖，那粗大的缆绳便像一缕游丝，团团缠绕在水边的河柳上，尔后抛下锚去，大船就像石舫一般铸在码头上；于是，他铺上跳板，人马车辆平安下船。

几年前，农历五月初五赛船会，从通州下来一个唱京东大鼓的女艺人，艺名云遮月，住在花鞋杜四的小店里。过河时，她刚踏上柳罐斗的渡船，就对柳罐斗一见倾心。云遮月不到三十，可是沦落风尘，又染上一口烟瘾，已经是残花败柳。半夜三更，这个女艺人情不自禁，爬墙出来，跑到柳罐斗停泊大船的地方，钻进船舱，要跟柳罐斗同床共枕。柳罐斗一向洁身自爱，云遮月却是老于风情；柳罐斗婉言谢绝，云遮月死活不走；柳罐斗又气又恼，把她挟下了船，然后解缆划船躲到对岸去。

云遮月却不死心，她竟打定主意不回通州了，每天就在渡口打地摊卖艺。夜晚散了场，柳罐斗早已躲往对岸，她便隔河相望，站在一座沙冈上，向河那边的大船歌唱，唱完一段又一段。

云遮月有一副好嗓子，歌声像行云流水，动人心弦，搅扰得柳罐斗睡不着觉了。

"姑娘，你睡觉去吧！"柳罐斗从船舱里走出来，站在皎洁的月光下，"你吃的是开口饭，累哑了嗓子，那就砸了饭锅；我靠卖力气吃饭，你吵得我不能安歇，明天撑船拿不动大篙，也是断了我的生路。"

云遮月停止了歌唱，说："你不请我到你的船舱里睡，我就唱一宿；砸了我的饭锅，断了你的生路，咱们一块饿死。"

柳罐斗觉得跟这个要货儿真是没咒念，便玩笑道："我的船舱敞着门，你就过河来吧！"

云遮月二话没说，扑通跳下了河，她本不会凫水，一下河就沉了底；柳罐斗慌了神儿，赶忙下水，一个猛子，将她捞上了船。

盛情可感更难却，柳罐斗收留了她。

这个女艺人自从跟柳罐斗相好，烟也戒了，也不搽胭脂抹粉了。不多日子，竟面如满月，像一朵枯萎了的花朵，沐浴春雨，又盛开怒放起来。她从小学艺，一不会烧火做饭，二不会针线女红；可是自从跟柳罐斗相好后，饭也能做了，针线活也学会了。两人夜夜三更相会，好得如胶似漆。

一丈青大娘感到不安了，劝说柳罐斗道："你跟这个烟花女儿打连连，败坏了自个儿的名声，背兴不背兴？"

柳罐斗正色道："嫂子，她虽是个人下人，人品却高。"

"那你就娶了她。"

"她是一只水鸟儿，我不想把她关在笼子里。"

一丈青大娘又把云遮月找到家里去，说："你要有心跟我罐斗兄弟好一辈子，那就嫁给他。"

云遮月凄然一笑，说："我这一条洗不净的脏身子，怎么配当他的妻室呢？他应该娶一个好人家的黄花闺女。等他看中了谁，明媒正娶，我就跟他一刀两断，绝不藕断丝连。"

可是，柳罐斗并不想娶别的女人，他们相好几年，仍然像新婚燕尔的少年夫妻一般。为了避人耳目，不受惊扰，柳罐斗每晚收船之后，将大船撑到远离渡口的僻静河湾停泊，等候云遮月悄悄前来幽会。

何满子很喜欢听云遮月演唱京东大鼓；他爱听云遮月的歌声，也爱听唱词里的故事。今晚上，他躺在云遮月的身边，乞求地说："云姑奶奶，您给我唱一段顶好听的。"

云遮月没有给他唱京东大鼓的曲段，却目光迷离，神不守舍，用低柔的鼻音哼唱一支摇篮曲：

> 风儿轻，月儿明，
> 树叶遮窗棂；
> 蛐蛐儿叫声声，
> 宝贝儿睡在了摇篮中……

唱着唱着，把何满子唱进了梦乡里。

等他醒来时，已经天光大亮，原来他从瓜田一角的沙冈，乔迁到周檎的小炕上。周檎临窗放了一张小饭桌，正在晨光中埋头写字。

十

这几天，周檎白天在家里给云遮月写新词，夜晚便到老木匠郑端午的瓜棚去，跟柳罐斗、何大学问、吉老秤、郑端午等人聚会。有时聚会在柳罐斗的大船上，郑整儿和荷妞就代替他们的老爹看瓜，巡风放哨的是云遮月，不用何满子；因为爷爷说他还是个黄口小儿，不能担当大任。

望日莲这几天被豆叶黄关在家里，不再到河滩上打青柴，何满子也不能跟她搭伴了。

何满子像风吹柳絮，雨打浮萍，没头没脑地这里跑跑，那里转转。找牵牛儿去玩，那个憨头憨脑的家伙，蔫蔫糊糊半天说不出一句话，就像浸了水的木鱼敲不响；他感到没意思，又像蜻蜓点水飞走了。

他走到渡口花鞋杜四的小店墙外，忽然看见河防局的巡长麻雷子，骑着一辆贼光闪亮的自行车，飞驰而来。那年月，自行车极其罕见，何满子未免少见多怪，这就吸引了他那百无聊赖中的好奇心。麻雷子骑车驶进小店外院，何满子也接踵而至。

这个小店，坐落在距离渡口百步之外的一块空地上，四面打起半人高的土墙，土墙外栽种着连绵不断的柳棵子，柳棵子外掩上了沙坡。荆条编的大梢门，一进门是个大院，东西两溜敞棚，拴着骡马，存放车辆。满院的粪尿和草料末子，招引来一群群鸡、鸭、麻雀啄食。正面一座长棚屋，被一条过道隔成两个大通间，每个大通间都是对面两条炕，每条炕挤得下二三十人，都是贩夫、走卒、苦力；夜晚他们便三五成群，聚拢在小黑油灯下，掷骰子，押大宝，呼么喝六，吵蛤蟆坑。穿过过道，东西两座厢房，东厢房是灶上，西厢房是花鞋杜四和三个伙计的住处；正房也是一座长棚屋，只不过隔断成一个个鸽子笼似的单间，四壁粉刷了白灰，店钱高出前院大通间十倍。租赁这些单间的都是商人、老客、纨绔子弟，他们开酒席，推牌九，打麻将，抽鸦片烟；花鞋杜四还有一只花船，给他们从通州接来妓女。

有一回，何满子看见花船靠岸，一个独眼龙，左手搓弄着两只叮当响的铁球，右手提着一条皮鞭，从船上押下几个女人。一个个黑眼窝子，目光像死鱼，脸上搽着厚厚的白粉，抹着血红的嘴唇，妖形怪状。何满子尾随进去，只见前院大通间的客人，吹口哨，挤眉眼，嘴里全是不干不净的脏话儿。一到后院，单间里的那些有钱客人，发了狂似的扑奔出来，有的一个人拉走了两个，有的两个人架走了一个。一个十五六岁的女孩子尖叫着："我有病，我有病！"那个独眼龙一把挽住她的辫子，手里的皮鞭雨点似的抽打着，何满子吓得扭头就跑。跑到墙外，他又可怜那个有病的女孩子，痛恨那个残暴的独眼龙，就找了两块碎瓦片，钻进柳棵子，隔着土墙，照那个独眼龙的后脑勺打去。何满子扔砖头，投坷垃，打瓦片，百发百中不落空。他站在渡口上，一块瓦片擦着水面掠过去，在河上留下圈套圈、环扣环的一大串涟漪，直到对岸。所以，他这两块瓦片不偏不倚都打中了独眼龙的后脑勺，登时就开了瓢儿，血流如注，疼得独眼龙抱着脑瓜子又蹦又跳，躺在地上打滚儿，爬起来转磨。何满子见闯下大祸，急忙逃之夭夭，脚上扎了六七个蒺藜狗子，也顾不得拔下来，一口气跑回了家。

小店店主花鞋杜四，是一条人蛆，一块地癞，抽大烟抽得瘦小枯干，三分不像人，七分倒像鬼。他的名声恶臭，谁沾上他就像招了鬼祟，轻则晦气十天半个月，重则便会流年不利。这两年，他入了个会道门，脖子上挂着一串念珠儿，吃起了素，开口闭口阿弥陀佛。

麻雷子跟花鞋杜四臭味相投，狼狈为奸。麻雷子在河防局当巡长，管界三十里，这个小村正在他的管界之内。他有头无脑，是条傻狗；花鞋杜四是他的眼线，又是他的耳报，更是他的狗头军师。

"杜四哥！"麻雷子的自行车直穿过道，冲入内院，"天上掉馅饼，一桩好买卖找上门来了。"

花鞋杜四从西厢房抻出脖子，龇牙一乐，说："阿弥陀佛，夜猫子进宅！我刚点着烟灯，请你抽头一口。"

麻雷子鬼鬼祟祟走进了西厢房。

何满子追在麻雷子的自行车后面，听见他那句话："一桩好买卖……"忽然想起七月七夜里，他在周檎的后窗下，听见望日莲打着寒噤说："……董太师想买我做小，他们正讨价还价。"于是，急忙收住脚，转身走出小店，钻柳棵子来到土墙外。

花鞋杜四居住的西厢房，后山正借的是院墙，也有个小窗户；何满子溜到墙根，在窗口下站立，屋里说话都听得见。

一阵呼噜呼噜的抽烟声之后，花鞋杜四急不可待地问道："你先说说是哪一路买卖，油水大不大？"

麻雷子从嘴里拔出烟枪，说："自治政府警察厅，下来个十万火急的公文，悬赏缉拿京东共产党头子周文彬：赏金五百块大洋，一巴掌膘的油水！"

"够肥的！"花鞋杜四咂着嘴儿，"可是，大海里捞针，到哪里去摸姓周的影儿呢？"

"在周檎身上打主意！"麻雷子一拍炕席。

"你真是长虫打架绕脖子！"花鞋杜四嘎嘎笑道，"咱们正话说捉拿周文彬，你怎么又牛头不对马嘴，拐到周檎那小哥儿身上。"

麻雷子压低了声音，叽叽喳喳地说："周文彬这个共产党，原是八年前的潞河中学毕业生，跟你们村的这个周檎，算是大师兄和小师弟。头年冬天京东闹学潮，反对殷长官成立防共自治政府，主谋是周文彬，周檎也参加了。你想，他俩能不是同伙吗？"

"二遍茶，刚喝出点滋味儿。"花鞋杜四说。

麻雷子又接着说下去："周文彬是天上的鸟儿，水里的鱼，云游四方，没有准窝儿，他们管这个叫地下活动。周檎要是他的同伙，周文彬免不了来到周檎这儿落脚。你只要发现周檎家有生人来，就赶快报告我；来不及报告，那就先斩后奏，抓起来再说。"

"阿弥陀佛！"花鞋杜四的舌头打着嘟噜，"你叫我动手抓周檎那小哥儿，我惹得起他舅舅柳罐斗吗？"

"只要周檎犯了案，那就连同柳罐斗也一块抓起来！"麻雷子气冲冲他说，"这个家伙在我的管界之内，天不怕，地不怕，软不吃，硬不吃，是我的肉中刺。"

"阿弥陀佛，抓起他来，那更是拔了我的眼中钉！"花鞋杜四说。

麻雷子又呼噜呼噜吸了两口烟，问道："你家那个小花妞儿，还不趁早卖个利市呀？樱桃桑葚儿，货卖当时；等过两年花儿不红了，蕊儿不嫩了，可就卖不出好价来了。"

"董太师一不肯出大钱，二不肯给我撑腰呀！"花鞋杜四唉声叹气，"这个丫头自从认了何大学问跟一丈青当干爹干娘，我跟你嫂子再也摆布不了她；除非你助我一臂之力。"

"把何大学问也抓起来！"麻雷子说。

"你给他安个什么罪名呀？"花鞋杜四问道。

"跟周檎和柳罐斗一勺烩！"

何满子听到这里，又气又怕，急忙钻出柳棵子，就奔家里跑。

这时，已经傍晚，他看见周檎正在小院里绕着篱笆转来转去，低声吟哦，轻拍手板，琢磨着他给云遮月写的唱词。

"檎叔，檎叔！"何满子跑进来，把周檎推进屋去，"你认得一个叫周文彬的人吗？"

周檎脸色一变，忙问道："你听谁说起这个名字？"

"我刚才在小店西厢房的后窗口下，听见麻雷子跟花鞋杜四捣鬼，他们要捉拿周文彬，能得赏金五百块大洋。"

"两条癞狗，竟想捉住一头豹子！"周檎轻蔑地冷笑一声。

"他们还想暗地里害你跟柳爷爷。"何满子着急地说，"还要把莲姑卖给董太师，连我爷爷也安个罪名抓起来。"

周檎凝神沉思，半晌才说："满子，别害怕，狗汪汪拦不住人走路。你听到的这些话，不许再对外人说，更不许告诉你莲姑。"

夜晚，何满子在炕席上翻过来掉过去，就像烙烧饼，睡不着。梆打二更，门声吱扭，是望日莲来睡觉了。

这几天，望日莲不去打青柴，豆叶黄还叫她新做了一件花洋布小衫，一条黑洋布裤，穿在身上，又粗又黑的大辫子扎着红头绳，显得十分俏丽而秀气。豆叶黄打扮望日莲，是为了抬高望日莲的身价，在董太师那里多卖几个钱，望日莲还蒙在鼓里。她走进屋，只见何满子在炕上乱滚，还当是大花脚蚊子叮得他难受，连忙抓起芭蕉扇给何满子扇了一阵。

何满子抽抽搭搭哭起来。

"满子，做噩梦了吗？"望日莲上了炕，轻声问道。

"没……没有"

"那你怎么啦？"

"檎叔……不让我告诉你。"

"你檎叔有什么事瞒着我？"望日莲把何满子抱了起来，"是不是他要进京去？"

"不……不是。"

"是不是……有人给他提亲保媒？"望日莲的呼吸紧张而急促。

"也……也不是。"

"到底为什么呀？"

"我……不说。"

"满子，你这个小没良心的！"望日莲伤心地说，"你檎叔跟我变了心，你还跟他串通一气。"

"不是呀！"何满子慌忙说，"花鞋杜四跟麻雷子合伙，要赶快把你卖给董太师，檎叔怕你着急，不让我告诉你。"

"原来他见死不救呀！"望日莲气得哆嗦，"我找他去。"

"他在柳爷爷的大船上。"

望日莲跳下炕就走，何满子紧追在后面，惊醒了睡在东屋的一丈青大娘，喊也喊不住他们。

鸡叫头遍了，月明星稀，草上下满露水；望日莲牵着何满子的手，上气不接下气地一路小跑。

柳罐斗的大船，停泊在距离郑端午瓜田不远的河湾处，船上人影幢幢，声音有高有低。何满子和望日莲还没有跑到大船近前，老木匠郑端午从瓜棚里走出来，说："你们别上船！"河坡上，云遮月也说了话："你们来干什么？"望日莲却不顾阻拦，直奔船边。

"干爹，快救救女儿吧！"望日莲扑通跪倒水边上，"您要不管女儿，我就脖子上挂一块大石头，跳河淹死。"

何大学问哈哈笑道："那是麻雷子的下场！"

"莲姑娘，不必急火攻心！"吉老秤笑眯眯地说，"我保你七天之内，跟檎哥儿完婚。"

望日莲惊呆了。抬起头，满脸泪光，睁大眼睛望望吉老秤，望望何大学问，又望望柳罐斗；最后，目光迷惘而哀怨地落在周檎身上。

周檎走下船，搀她起来，柔情地小声说："几位老长辈同心合力成全咱俩，你回去放心睡觉吧！"

柳罐斗一直没有开口，朦胧的月光中，他站在船头，像一座古代勇士的石像。

十一

　　望日莲长这么大，头一天清早不起炕；豆叶黄隔着篱墙大喊大叫，一丈青大娘从屋里走出来。

　　"我女儿病了。"一丈青大娘笑吟吟地说，"你有什么活儿，我来替她干。"

　　豆叶黄眨了眨小眼睛，冷冷地说："那怎么敢当呢？她昨晚上还好端端的，怎么一夜之间就倒卧在炕上了呢？"

　　"人吃五谷杂粮，难免灾枝病叶。"一丈青大娘沉下脸说，"莲丫头成年累月，整天地不得闲儿，伤了元气。"

　　豆叶黄无可奈何，只得回屋去。这个女人半百了，却人老心不老，一心要打扮得"娉娉袅袅十三余，豆蔻梢头二月初"。她描眉入鬓，鬓似刀裁，擦胭脂抹粉，脸上桃红李白。要想俏，女穿孝，她爱穿一身月白；三寸金莲凤头鞋，走起路来扭扭捏捏，两只长长的耳环子荡来荡去打脸。她本来长着一双巧手，却吃馋了，呆懒了；平日横草不动，竖柴不拿，油瓶倒了也不扶。望日莲不回来，没人烧火做饭，她的墙柜里正有一位相好的送来一包绿豆糕，就打开红纸包大吃起来。鸡笼里的鸡，猪圈里的猪，饿得扑笼拱圈，吱吱哇哇乱叫，她也不管。

　　正当她大吃绿豆糕的时候，忽然有人抬开柴门，何大学问跟一丈青大娘双双走进来。何大学问剃头刮脸，身穿长衫，一丈青大娘也梳了头，穿一件新毛蓝布褂，黄铜手镯叮叮当当分外响；老两口子的神情都十分严峻。

　　"大妹子在家吗？"一丈青大娘高声问道。

　　豆叶黄连忙将一块绿豆糕直脖儿咽下去，噎得打着嗝儿，捂着胸口迎出来，说："老姐……姐，何大……哥，屋里坐。"

　　她高高打起门帘，一丈青大娘和何大学问一前一后走进去。

　　这间小屋，不知道的只当是新婚的洞房。粉莲纸糊顶，雪白的四壁，窗棂上贴着剪纸的红喜字，墙上挂着鸳鸯戏水和美女思春的杨柳青年画，炕上铺的是细软新席，墙角码起的是两床火烧云的大红被子。

豆叶黄忙给何大学问端过来烟笸箩，递上她的翠玉石嘴长杆烟袋。这个女人好抽烟，一口牙齿熏得乌黑，使她的花容月貌大为减色。

何大学问正襟危坐，目不斜视，掏出自个儿的大脑壳烟斗和烟荷包，吧嗒吧嗒抽起来。

一丈青大娘咳嗽一声，嗽了嗽嗓子，说："弟妹，按照咱们的乡俗礼数，挂锄时节，当爹娘的要接闺女回娘家住几天；我跟你大哥想留莲丫头住几天娘家，求你点头。"

豆叶黄虽然歹毒，可是自从吃过一丈青大娘一顿暴打，心存畏怯；她一看这个情景，不敢不答应，便顺水推船说："老姐姐，你心疼她，难道我不疼爱她吗？那就让她叨扰你两天，只是一天要喂三遍猪，还得她管。"

院里又响起一阵咚咚脚步声，有人喊道："杜四哥在家吗？"好大嗓门儿，是吉老秤。

豆叶黄心惊肉跳地迎出去，只见吉老秤也是一身齐整打扮，头上还顶着个红疙瘩帽盔儿。

"老秤兄弟，哪阵香风把你这位稀客刮了来？"豆叶黄年岁比吉老秤小，可是花鞋杜四比吉老秤大，所以是嫂子小叔。

"无事不登三宝殿！"吉老秤大摇大摆闯进屋，一见何大学问和一丈青大娘，忙打了个千，"原来大哥大嫂也在这儿，巧啦！我本想见过杜四哥跟杜四嫂以后，再到府上去，这就不必我磨鞋底儿了。"

豆叶黄又递过烟笸箩和翠玉嘴儿长烟袋，说："老秤兄弟，尝尝我的兰花烟。"

"请吧！"吉老秤从腰里摸出鼻烟壶，"四嫂子，你尝尝这个。"说着，捏了一大撮，抹进鼻孔里。

于是，就像过山炮装上了炮弹，点着了药捻子，在豆叶黄的这座香巢里，响起了震耳欲聋的连珠炮声。

"哎呀，你要把我的房子震塌啦！"豆叶黄堵住两只耳朵尖叫。

"老秤，你究竟有什么事儿？"何大学问开了腔。

炮声戛然而止，吉老秤欠了欠身子，说："回大哥的话，我来给杜四嫂子的女儿莲姑娘保个媒。"

"我是她婆婆!"豆叶黄急忙更正。

"谁不知道二和尚肉包子打狗以后,你就把莲姑娘当成了亲生女儿!"吉老秤狡黠地眯着眼睛笑道,"有个好主儿,跟莲姑娘天生一对,地造一双;我不能不积德行善,成全这一桩美满良缘。"

"且慢!"何大学问打断他的话,"莲姑娘还是我跟你大嫂的干闺女,我们也是她的一层父母;水大漫不过船去,我们两口子不乐意,你也白搭。"

"大哥,你且听我说下去!"吉老秤当胸一抱拳。

"我不想听,你免开尊口!"豆叶黄急赤白脸。

"四嫂子,我的尊口一开,保你鸡啄米似的连连点头。"吉老秤不慌不忙地说,"我给莲姑娘提的这个亲,男方是咱们方圆几十里的一位高才人物?"

"谁?"一丈青大娘插嘴问道。

"姓周名檎!"吉老秤说,"大哥大嫂,你们两口子都是爽快人,乐意不乐意?"

何大学问乐得闭不上嘴,说:"这是高攀了,求之不得哩!"

一丈青大娘更是眉开眼笑,说:"我的心里乐开了花。"

"四嫂子,你呢?"吉老秤又问豆叶黄。

"你给我滚出去!"豆叶黄犯起刁来。

"豆叶黄,你胆敢不赏我的脸面!"吉老秤咆哮一声,一拳捣在炕上,砸塌了一大块炕坯。

豆叶黄一见吉老秤那一副金刚怒目的模样儿,吓得一屁股从炕沿上出溜到地下,哼哼唧唧地说:"我一个妇道人家做不了主,得杜四说了算。"

"我要听你的回话!"吉老秤大吼。

"嫂子依你,依你。"豆叶黄眼珠儿一转,"我去找杜四,劝他也答应这门亲事。"说罢,爬起来就奔外跑。

"你还是陪我这个香风刮来的稀客吧!"吉老秤像老鹰抓小鸡,把豆叶黄拦在怀里,"有人请杜四哥去了。"

请花鞋杜四的是老木匠郑端午。

这一天是阴历七月十五。阴历七月十五是鬼节,鬼节是黑煞日,人不下水，船不摆渡。因此，花鞋杜四的小店门前冷落车马稀，柳罐斗的大船也拴在对岸。

渡口不远处的柳荫下，花鞋杜四正跟麻雷子席地而坐，交杯换盏地喝酒。

"杜四兄弟！"老木匠郑端午走上前去，"我有件事，要跟你和弟妹求个人情，到你家去说吧！"

麻雷子正想把花鞋杜四打发走，他好独吞酒肉，忙说："四哥，办事去吧！快去快回，我等你回来再下着。"

花鞋杜四只得硬着头皮，跟着老木匠郑端午走了。

等花鞋杜四一走，麻雷子便自食其言，大块吃肉，大口喝酒，直喝得浑身冒油，扒下了身上的黄狗皮，露出一身黑肉。他眼花耳热，猛一抬头，只见从对岸的柳罐斗的大船上，走下了云遮月。

云遮月只穿了一件粉花葱心绿的抹胸，怀里抱着刚拆完的被子，还有两支棒槌和一块搓板，到河边去洗。

麻雷子打了个尖厉刺耳的胡哨，怪叫道："云遮月，到河这边来洗吧！我给你打个下手。"

云遮月坐在了水边，扬起一只雪白的胳臂，笑着说："麻巡长，我不会凫水。"

麻雷子色眯眯地说："我有心过河帮你的忙，就怕柳罐斗不许我在你身上插一手。"

"他不在船上！"云遮月隔河抛过来一个媚眼。

"到哪儿去啦？"

"他去买纸钱，晚上祭水鬼。"

"那我真得陪陪你，免得你冷清。"麻雷子色迷心窍，说着就下河。

"麻巡长，你找死呀？"云遮月吓得惊慌摆手，"今天是鬼节，水鬼拉替身。"

"神鬼怕恶人！"麻雷子踩水泅过来，"我麻雷子是凶神恶煞，水鬼不敢惹我。"

他的话没落音，水下两只大手扯住他的两条腿，一抻到底。

麻雷子虽然一阵心慌，可是他的水性不小，沉到河底睁眼一看，原来是柳罐斗，这才知道中了计，便拼命挣扎起来。柳罐斗扼住他的喉咙，他也死抱住柳罐斗的身子不放，两人被水下的激流冲向下游。到底麻雷子的水性比柳罐斗差得多，力气也不如柳罐斗大；角斗了十几里，气力渐渐不支，柳罐斗便掐着他的脖子灌坛子。咕噜噜！咕噜噜！三番五次，麻雷子昏迷不醒，挣扎了几下，便断了气。柳罐斗拖着死尸，又游出几里，见岸边有一片浓密的水草，四下没有人影，便将麻雷子的尸体扛了进去。然后，悄悄上岸，钻进了青纱帐中。

再说花鞋杜四跟随老木匠郑端午回到家里，进门一看何大学问、一丈青大娘和吉老秤摆开了阵势，便知必有来头，马上堆起笑脸说："各位大驾光临，我的面子不小呀！"

何大学问和一丈青大娘说："我们来接莲丫头住娘家歇伏，弟妹答应了。"

吉老秤开门见山，说："我来给莲姑娘保媒，四嫂子满口应允，只等你一句定乾坤了。"

"吉老秤，你这不是拆我的家吗？"花鞋杜四炸了，"我的儿子在外当了官，一十八载衣锦荣归；我的儿媳妇是个贞节烈女，要学那苦守寒窑的王宝钏。"

"谁说你儿子当了官？"吉老秤问道。

"难道你忘了？是铁嘴小神仙算出来的。"

"陈谷子烂芝麻，我早忘得一干二净了。"

无巧不成书，门外传来笛子声。花鞋杜四像是盼来了救命星，说："小神仙来了，我请他当着你的面再算一回。"

"你陪客，我去请！"何大学问抢先一步，走了出去。

一会儿，铁嘴小神仙进来了，问过了二和尚和望日莲的生辰八字，掐指算了又算，口中念念有词，猛然一拍大腿，说："好卦！大吉大利。"

"是不是二和尚在外当了官儿？"花鞋杜四提醒他。

"新近升了混成旅旅长！"

"哪一年衣锦还乡？"

"一十八载。"

"怎么样？"花鞋杜四得意地笑了起来，"我那儿媳妇是不是还得等上几年，熬出个夫贵妻荣？"

"不必了！"铁嘴小神仙沉重地摇了摇头，"二和尚已经被他们的司令官招为东床佳婿，莲姑娘命小福薄，配不上旅长大人了。"

"胡说！"花鞋杜四绝望地嘶叫，"你为什么变了卦，跟两年前算的不一样？"

"谁说不一样？"

"两年前你说二和尚当了营长，他的媳妇应该等他。"

"两年前他当的是营长呀，莲姑娘的命相还算相当；如今令郎高升三级，莲姑娘的命相可就尊卑不合了。"

"放你妈的屁！"花鞋杜四破口大骂，"什么他妈的铁嘴？你是红口白牙跑舌头，马勺上的苍蝇混饭吃。"

"岂有此理！我虽比不了诸葛亮，也还比得上刘伯温。"铁嘴小神仙愤然作色，"杜四掌柜，我分文不取，送你一卦：这位莲姑娘命硬金石，先克公，再克婆，你不赶快把她打发走，我敢断你流年不利，必遭险凶。"说罢，跟何大学问讨个卦礼，扬长而去。

铁嘴小神仙一出门，正跟小店伙计撞个满怀，两人都跌倒在地；小店伙计连滚带爬进了院子，气喘吁吁地叫道："老掌柜，大事不好！麻巡长叫水鬼拉了替身。"

"赶快救人呀！"花鞋杜四急得暴跳。

"鬼节黑煞日，谁敢下河呀？"小店伙计带着哭腔说。

"我去捞他！"花鞋杜四说，"他还欠着我十块大洋哩。"

"你不能去！"豆叶黄扑到他身上，"十块大洋只当喂了狗，你可别叫水鬼再拉走。"

何大学问拉着长声说："老四，铁嘴小神仙送你那一卦，你可别当耳旁风呀！"

花鞋杜四咳的一声，抱着脑袋蹲在地上，口中连念："阿弥陀佛，阿弥陀佛！"

吉老秤伸出大手，一抓他的脖领子提了起来，说："亏得你还算个男子汉，倒不如四嫂子这个娘儿们家有见识，君子一言，响屁一声，你开个身价吧！"

花鞋杜四身上像发疟疾，嘴里像满槽牙疼，呻吟着说："我这个儿媳妇是花钱买来的，又吃了我十二年饭，我不能白送给人家。"

吉老秤不耐烦地喝道："放响屁！"

豆叶黄说:"三十块大洋吧?"

"住嘴!"花鞋杜四尖叫道,"五十块,少一个铜板我也不撒手。"

"杜四,你是一只饿狼!"吉老秤骂道,"给你五十块,连豆叶黄也搭上。"

花鞋杜四咬定牙关,说:"我言无二价。"

"我扒出你的狼心狗肺来!"吉老秤大吼一声,把杜四当胸一抓,顺手抄起了炕上的剪子。

"救……"花鞋杜四刚要呼救,脖子已经被吉老秤掐住,眼珠子憋得凸了出来。

"老秤兄弟,你饶了他吧!"豆叶黄苦苦哀求,"我叫他依你,全都依你就是了。"

"豆叶黄,你还怜惜这只饿狼干什么?"吉老秤说,"我宰了他,你挑个黄道吉日嫁人,赶巧了还能结个晚瓜。"

"老秤,不要莽撞!"何大学问拦住他,"老四,你也真是财狠食黑;莲丫头进你家门十二年,给你家当了十二年的牛马,是她白吃你的饭,还是你喝了她的血?咱们找个算盘来,清一清账。"

"甭……甭算了。"花鞋杜四气息奄奄地说,"三十块……就三十块吧!"

"找文房四宝来!"何大学问大喊,"咱们当面锣,对面鼓;白纸黑字,立下文书。"

"爷爷,我这就拿来!"一直隔着篱笆偷听的何满子,欢叫着跑了。

"大哥,这笔钱谁掏?"花鞋杜四不放心地问。

"我!"何大学问一拍胸膛。

"咱们现钱交易,不准赊欠。"花鞋杜四又紧吁一句。

"我拨给你二亩地!"何大学问说。

花鞋杜四两眼一阵贼亮,忙说:"大哥,你可不能翻悔。"

"我何某人吐唾沫是钉儿!"何大学问慷慨激昂地说,"二亩地给我干闺女赎身,二亩地给我干闺女陪嫁,才不过花掉我半壁江山。"

何满子从周檎那里,用一个小竹篮拎来文房四宝。

花鞋杜四开小店,能写会算,亲手写了字据,跟豆叶黄按了手印,呈给何大学问;何大学问回家取来地契,扔给了花鞋杜四。

闷葫芦郑端午这才得着机会说话："表哥，表嫂，老秤是檎哥儿的媒人，你们就把莲姑娘这个大媒赏给兄弟吧！"

"多谢了！"何大学问爽朗地大笑，"还得有劳你带着整儿跟荷妞，给我操持聘闺女办喜事。"

十二

何家小院喜气冲天，一群群喜鹊从东西南北飞来，落在院里院外的树上，从早到晚喳喳山叫。何大学问跟一丈青大娘虽然赔出四亩地，损失了半壁江山，可是博得了全村男女老少的喝彩；老两口子心里高兴，脸上放光。

最叫老两口子感动的，是跟花鞋杜四办完交涉的当天晚上，柳罐斗忽然来了；这个顶天立地的汉子，一进屋倒头便拜，只说了一句："大哥，大嫂，兄弟一辈子报答不完你们的大恩大德！"便泣不成声。

柳罐斗的心情是很痛苦的。他只有三间泥棚茅舍，并无一垄土地，深感对不起外甥，更有负于九泉之下的姐姐和姐夫。

老嫂比母，小叔似儿。一丈青大娘比柳罐斗大二十来岁，见他如此礼重和伤情，心里发酸，慌忙扯起他，吵架似的嚷道："我又不是为你破费，你谢得着我吗？我是花在我那可人疼的女儿莲丫头身上。"

"也为了檎哥儿！"何大学问慢声慢气，自我陶醉地说，"常言道，一个女婿半个儿；从今以后，檎哥儿有我一半了。罐斗，我占了你的大便宜，你怎么不识数儿，反倒谢起我来？"

柳罐斗并不多言，挥泪转身离去。

办完交涉那天从杜家回来，望日莲感激涕零，双膝跪倒在干爹干娘面前，抱住二位老人的腿，哭着说："爹呀，娘呀！我不能割您们身上的肉，我不要那二亩地陪嫁。"

一丈青大娘也哭了，搂住望日莲说："儿呀，谁叫娘穷家破舍呢？娘真想陪你三宅两院，十顷八顷，可是娘没有呀！"

"那就再给莲丫头二亩！"何大学问激动起来，"剩下二亩给咱们老两口子当坟地，足够了。"

"不，不！"望日莲大叫，"这怎么对得起哥哥嫂子呢?"

何大学问说："你哥哥在城里当了少掌柜，用不着土里刨食了。"

"不，不，不！"望日莲叫得声音凄厉，"我更不能对不起小满子。"

何大学问扬声高笑，说："寒门出将相，草莽出豪杰，蒲柳人家出英才。我看那小子注定是个大命人，不稀罕这二亩地。"

望日莲哭急了说："爹呀，娘呀！您再逼我多要二亩地，我就不嫁了。"

何大学问和一丈青大娘只得不再强迫，但是一定风风光光大办喜事。

门婿周檎出面劝阻了。

"大舅，大舅妈，您们待我跟她的恩情，已经山高海深，不能再铺张排场了。"

乡下礼数，没正式成婚拜堂的女婿，不能登丈人家的门；怕的是被人背后飞短流长，说是"先有后嫁"，名声上不好听。所以，周檎闯进门来，说话又扫人兴，何大学问跟一丈青大娘脸色不悦。

一丈青大娘没有好声气地说："檎哥儿，你还没有八抬大轿把我们莲丫头搭走，我们何家的事你少管，也不该你管。"

何大学问也整着脸子说："檎哥儿，莲丫头虽不是我的亲生女儿，可是比我的亲生儿女还要亲，婚姻本是终身大事，我不能委屈了孩子，也不能叫乡亲们戳我的脊梁骨。"

"大舅，大舅妈，您们都是知大理，明大义的人。"周檎恳切地说，"如今国难当头，眼看要当亡国奴了。这个时候，大办喜事，乡亲们更要戳断咱的脊梁骨！"

何大学问恍然大悟，连声说："言之有理，言之有理！"

一丈青大娘仍然赌气，望日莲撒娇地说："娘，人家说的是至理名言，您别蛮不讲理，依了他吧！"

一丈青大娘叹了口气，说："只是委屈了你，娘过意不去。"

望日莲连忙一牵周檎的袖子，说："还不谢谢爹娘。"

"大舅，大舅妈，我……"

"你管我叫什么?"一丈青大娘又恼了。

"爹，娘！"周檎改了口，深深鞠了一躬。

一丈青大娘笑逐颜开，说："只要你们俩恩恩爱爱，和和美美，我跟你爹这两把老骨头，还能给你们熬出斤儿八两的油来。"

周檎跟望日莲的喜日前一天，何满子的爸爸何长安从通州赶来。

何长安在通州并没有另外安个家，而是跟岳父岳母住在一起。他的妻子到通州后生下一个女儿，目前又要分娩。岳父年老力衰，小书铺主要靠他经营；他是个守成之材，小书铺在他手里，并没有发达，但也没有衰落。

他为人心地善良，却又胆小柔弱，满面和气生财的笑容，一副安分守己的仪态。这两年发了福，白白胖胖的，完全是个文雅的商人，失去了农家子弟的气质。

何长安礼貌周全，每年回一趟家，不但对父母必有孝敬，而且对于吉老秤、老木匠郑端午和柳罐斗这几位父辈的友好，也都多少带来一点礼物。他虽然鄙薄花鞋杜四和豆叶黄的人品，但是念在多年乡邻的情分上，也要登门拜望，问好请安。

这一趟，也不例外。不过，馈赠的重点是望日莲。他给望日莲买了一身衣裳和两双鞋，还给买了茶壶、茶碗、茶盘，一面镜子和一只梳头匣；都是花花绿绿，喜庆颜色。

但是，对于他的到来，何大学问和一丈青大娘并不高兴，何满子也不跟他亲热。何大学问和一丈青大娘知道，他这一趟来，必定想把何满子带到城里上学，夺走他们生活中的最大乐趣。何满子也知道，爸爸将要强迫他离开爷爷和奶奶，离开望日莲姑姑，离开干爹郑整儿和干娘荷妞，离开柳罐斗、吉老秤、老木匠郑端午以及牵牛儿，离开这个可爱的小村和他整天野跑的河滩，像抓住野鸟一般把他关进笼子去。

何长安也感觉到，他的到来，不但冲淡了喜气，而且带来了阴郁。他是个玲珑剔透的人，便想打破这尴尬的气氛，猛一拍手说："你们看，有一桩天大的喜事，我竟忘了禀告。"

"什么天大的喜事！"何大学问忙问。

"咱家的新姑爷，周檎兄弟考中了燕京大学！"何长安从身上掏出一封大红信柬，"这是录取通知书，我给捎了来。"

"这真是双喜临门，满子快去请你姑父！"何大学问果然喜形于色，"檎哥儿给咱们这个小村增了光，给咱们穷门小户争了气。董太师良田十顷，子孙成堆，连个潞河中学生还没出，他的气数尽了。"

"所以我想让满子今年赶快上学！"何长安说，"踩着他姑父的脚印步步高升。"

"对，对！"何大学问连连点头。

"再说吧！"一丈青大娘还是沉着脸，"孩子还小哩。"

周檎被何满子推推搡搡而来。

"恭喜，恭喜！"何长安连连拱手，"恭喜你洞房花烛又金榜题名，大小双登科。"说着，把燕京大学录取通知书递给周檎。

周檎看也不看一眼，就塞进裤兜里，说："华北之大，已经安放不下一只书桌了；我是不是上学，还不一定。"

何长安又从腰里掏出一个信封，递给他说："这是上海给你寄来的稿酬和一封信。"

"什么叫稿酬？"何满子好奇地问。

"你姑父写成的文章，印在书里，书店给的酬谢。"何长安说，"你要上进，长出息；将来也上大学，也写成文章印在书里。"他又对周檎说："我在船上，遇到河防局新上任的尹巡长，他让我替他问你好。"

何大学问惊问道："檎哥儿，你怎么跟这种人认识？"

"他是自己人。"周檎低低地说。

第二天是喜日，只雇了一顶四人抬的小小花轿，两名吹笛的乐手，不用锣、鼓、唢呐，花轿进门放了一挂鞭炮；虽不红火，倒也喜兴。

吉老秤和老木匠郑端午这两位大媒，一个替男家迎亲，一个替女家送亲；郑整儿当上了真正的喜令官，荷妞专管铺红毡、倒红毡。柳罐斗家的小院中央，安放了一张小桌，插上红烛高香，在郑整儿那悠扬嘹亮的口令声中，新婚夫妇拜过天地，给亲朋好友们见礼，然后双双牵着彩带，进入洞房。何满子穿上望日莲给他做的花红兜肚，奉命在炕上滚床；他演得高兴，又翻起筋斗，竖起蜻蜓。

忽然，他听见隔着篱墙，奶奶正跟爸爸发脾气。

"铺子里离不开我，我得在关城之前赶回去。"爸爸说，"满子一定要在今年秋季上学；我把他带走，先收收心。"

"他还小，我不放心！"奶奶粗声大气，"等过两年，个儿长高一点，再上学也不晚，还免得受大学伴的欺侮。"

"娘，求求您……"爸爸低声下气地央求。

何满子一听大事不妙，跳下炕，亟亟如漏网之鱼，慌慌如惊弓之鸟，逃向河滩。他先躲到周檎和望日莲童年时代拜花堂的柳棵子地里，后来又藏进望日莲洗身子的河湾红皮水柳丛中。水深没顶，他不敢踩水出声，就来了个仰巴跤漂羊；几条小鱼在他身边游来游去，两只花翎小鸟蹲在红皮水柳枝上，亮晶晶的小圆眼睛瞪着他。

水边传来轻轻的脚步声，低低的说话声。

"今后，你要跟周檎保持单线联系，保障他的安全。"

"请放心，文彬兄！"

"他们要打起民团旗号，建立秘密抗日武装，你要帮他们取得合法地位。"

"文彬兄，我一定办到。"

何满子悄悄翻了个身，从柳枝空隙间偷眼看去，只见一个身穿警察制服的年轻巡长，跟一个三十来岁的长方脸高身材的人，拉了拉手，就分开了。

何满子心想这年轻的一定是尹巡长，这文彬兄又是谁呢？天渐渐黑了，他有点害怕了，但是，他又不敢回家，怕被爸爸掳走。进退两难，无依无靠，他感到孤独而委屈，伤心地哭了；一串一串的泪珠，下小雨似的滴落在水中，流进运河里去了。

暮色苍茫，河上荡漾着望日莲呼唤他的回声："满子，小——满——子！"

"莲姑！"何满子钻出红皮水柳丛，一颗流星似的投进伫立沙冈上的望日莲怀里，鼻涕眼泪把望日莲那红花小袄浸湿了一大片。

"好孩子，跟我回家吧！"望日莲要抱起他，背在身上。

"我不回家！"何满子打着坠儿，"我爸爸要把我带到城里去。"

"你爸爸不把你带走了。"望日莲笑道，"你姑父也不进京上学了，留在村里办个小学堂，你跟姑父念书。"

"是那个叫文彬的人让姑父留下的吗？"

"你怎么知道？"

"那个人来的时候，我在暗处看见了他。"何满子说，"姑父怎那么听他的话呢？"

"他是你姑父的大师兄。"

"一定是周文彬！"何满子惊喜地叫道，"快带我去看看他。"

"他已经走了。"

何满子拍着光葫芦头，只恨自己没眼福。

何满子被望日莲背回家，只见奶奶和爸爸坐在家门口。奶奶一见他们，摆手说："满子，先到你姑姑家去。"

"我才不想进咱家的门！"何满子气哼哼地说。

望日莲背他到外屋，静悄悄的，只有干娘荷妞在做饭。

"他们呢?"望日莲问。

荷妞小声说："在东院商量立民团的事。"

望日莲放下何满子，给他盛了一碗小米饭和一碗鸡肉，说："快吃吧！吃饱了赶紧睡觉；从明天起，野马戴上笼头，先跟你姑父认字儿。"

何满子说："我不回家，跟你和姑父睡。"

望日莲面带难色，哄他说："你跟你爸爸半年多没见了，还是回家跟你爸爸睡吧。"

"不！"何满子赌气扔了筷子，不吃饭了，"我就跟你和姑父睡。"

"让他跟你们俩睡吧！"荷妞哧哧笑道，"正好叫他给你们暖窝儿，我保你过年就抱个大胖小子。"荷妞又把她那个偏方传授给望日莲。

"呸！"望日莲啐了她一口，清脆地打了她一巴掌，灶膛里的火光映照得她满脸通红。

不过，第二年望日莲并没有抱个大胖小子，而是在卢沟桥的炮声中生下个女儿。这个女儿二十三年后大学毕业，跟由于写文章而遭遇坎坷的何满子结了婚。

这是后话，本书不表。

敬告作者

为了保护有关作者的合法权益，我社曾多方联系本套书所涉及作者的版权事宜。但遗憾的是，由于种种原因，仍未能与少数作者取得联系。现谨对尚未取得联系的作者深表歉意，并请有关作者或著作权人见书后，尽快致函作家出版社，以便及时奉寄样书和稿酬。

通讯单位：作家出版社
通讯地址：北京市朝阳区农展馆南里10号
邮政编码：100125
联系电话（传真）：010-65925260

图书在版编目（CIP）数据

新现实主义小说：上下卷 / 陈晓明主编． -- 北京：
作家出版社，2018.12
（改革开放40年文学丛书）
ISBN 978-7-5212-0315-8

Ⅰ．①新… Ⅱ．①陈… Ⅲ．①小说集 – 中国 – 当代
Ⅳ．①I247

中国版本图书馆CIP数据核字（2018）第296156号

新现实主义小说（上下卷）

主　　编：陈晓明
统　　筹：兴　安　崔庆蕾
责任编辑：张　平
装帧设计：意匠文化·丁奔亮
出版发行：作家出版社有限公司
社　　址：北京农展馆南里10号　　邮　　编：100125
电话传真：86-10-65067186（发行中心及邮购部）
　　　　　86-10-65004079（总编室）
E-mail:zuojia@zuojia.net.cn
http://www.zuojiachubanshe.com
印　　刷：三河市北燕印装有限公司
成品尺寸：152×230
字　　数：786千
印　　张：51.75
版　　次：2018年12月第1版
印　　次：2018年12月第1次印刷
ISBN 978-7-5212-0315-8
定　　价：1200.00元（全20册）